19A43022 Kjærstad, Jan: Berge : Roman / Jan

Oslo: Der linke Minister Arve Storefried fällt mit seiner ganzen Familie einem grausamen Attentat zum Opfer. Die Journalistin Ine Wong, die gerade ein Buch über den Chef der LINKEN geschrieben hat, recherchiert in dem Fall, der ihr ein berufliches Comeback ermöglicht.

Originaltitel: Jan Kjærstad, Berge

Die Veröffentlichung dieser Übersetzung wurde ermöglicht durch die finanzielle Unterstützung von NORLA, Norwegian Literature Abroad

FSC
www.fsc.org
MIX
Papier aus verantwortungsvollen Quellen
FSC® C012536

Lektorat der Übersetzung: Rowena Körber
Korrektorat: Evelyn Bubich
Umschlag und Satz: Jürgen Schütz
Umschlagbild: © fotolia.com – Negro Elkha
Druck und Bindung: Christian Theiss GmbH
Printed in Austria

ISBN: 978-3-902711-84-7
www.septime-verlag.at
www.facebook.com/septimeverlag | www.twitter.com/septimeverlag

Jan Kjærstad

Berge

Roman

Aus dem Norwegischen von Bernhard Strobel

S

INE WANG

Es sollte sich als ein Verbrechen herausstellen, das jedes Begriffsvermögen überstieg. Ein Wanderer hatte bei der Zeitung angerufen. Mehrere Menschen lagen ermordet in einer Hütte irgendwo tief in den Wäldern der Nordmarka. Abgeschlachtet, wie der Hinweisgeber sagte. Auf bestialische Weise. Unter den Toten befanden sich angeblich berühmte Personen. Sehr berühmte.

Terror, durchfährt es mich. *Schließlich ist er auch hier angelangt.*

Ich stehe da, das Handy in der Hand. Zittere. Sollte dies trotz allem mein Glückstag werden?

Der Gedanke lässt mich zusammenzucken, ich will ihn aufhalten, aber der Gedanke lässt sich nicht aufhalten, ich spüre einen Kick, denn ich bin an einem Tiefpunkt angelangt, nicht nur in meinem Leben, sondern auch hier, gestrandet auf einer Insel. Die längste Zeit schon bin ich mir fehl am Platz vorgekommen, herausgeputzt, verschwitzt, wie ich hier stehe und junge Paare nur in Unterwäsche am Strand herumlaufen sehe, der Party zusehe, die bereits auszuarten beginnt, ich lese mir die lange Textnachricht erneut durch, wie zur Bestätigung, dass ich mich nicht verlesen habe, und lasse das Handy zurück in die Tasche gleiten, wie eine Waffe ins Holster, denke ich, während Marie mir zuwinkt, mir deutet, ich solle herunterkommen, mich auf die Decke setzen, sie schneidet lustige Grimassen, ich lächle, gebe ihr mit einem Zeichen zu verstehen, dass es mir gut geht an meinem Platz hier, hebe das Glas, wobei ich gleichzeitig eine verächtliche Fratze verberge, weil ich schon bereue, dass ich so dämlich sein konnte, diese Hochzeitseinladung anzunehmen, ausgerechnet auf Hovedøya, ein Brautpaar in Weiß, die Gäste in Weiß, auch ich in Weiß, wie es die Einladung verlangte, und sie hatten Glück, bei dem Wetter an diesem Tag Ende August sehnte man sich nach einem Sonnenschirm, und alles war so unerträglich romantisch, die Trauung in den Klosterruinen mit allem Drum und Dran, das Wort Gottes und das Vogelgezwitscher und die Freudentränen, eine hippe, wahrscheinlich lesbische Pfarrerin, große, viel zu große Worte über die Liebe, das Größte von allem, und lauter solches Geschwätz, eine endlose Suada, wenn auch ein bisschen ergreifend, das Ganze hatte etwas von einem keltischen Ritual, ein Hauch von Tolkien mit den hohen Laubbäumen rundherum, der Schar weißgekleideter Menschen zwischen all dem schimmernden Grün, Gedichtvorträge, Küssen, ungehemmtes Küssen, Champagner in Plastikgläsern, in rauen Mengen Champagner, auch die Pfarrerin trank gierig, ich stand inmitten lautstarker Gespräche, die dadurch, dass sie ineinander übergingen, nur noch sinnloser wurden. Skål auf das Brautpaar, grölte ich, nur um mitzumachen, die Leute fingen schon an, über die Steinstufen der Ruinen zu stolpern, brüllten vor Lachen, ich hätte nie herkommen sollen, Marie war eine viel jüngere Kollegin bei der Zeitung, *ermordet*, obendrein schwanger, wie sie mir gestanden hatte, *auf bestialische Weise*, ich fühlte mich wie ein altes Weib unter Maries gleichaltrigen Freunden, Glückspilze, scheiß doch auf die, und alles war so bemüht informell und improvisiert und ausgelassen, Hippies im Jahr 2008, vierzig Jahre zu spät, keine Rede natürlich von einem förmlichen Hochzeitsmahl, sondern es wurde ein Picknick veranstaltet, *viele Tote*, man hatte Decken und Körbe mitgebracht, besetzte die Wiese hinab zum nördlichsten

Strand, den, der auf Lindøya hinausging, und es wurden Garnelen kredenzt, Weißbrot, Zitronen, Salate, Wein aus Kühltaschen, jemand grillte auf den dafür angelegten Plätzen, so dass bald ein Duft von gebratenem Fleisch, vermischt mit dem Geruch von gegrilltem Hummer, über die Klippen und den Hügel zum Wald hinaufzog, es wurde geschlemmt, getrunken, geprostet, es wurden spontane Reden gehalten, eine Floskel löste die andere ab, man hatte natürlich Gitarren mitgebracht, es wurde gesungen, grölend gesungen, *All you need is love*, scheiß auf die Glückspilze, alle diese unverschämt jungen und schönen Menschen, denen das Leben noch bevorstand, *berühmte Personen*; einige tanzten, andere rauchten, und nicht nur normale Zigaretten, es gab Küsse noch und nöcher, die Leute knutschten noch und nöcher, mehrere Paare verschwanden kichernd in den Wald, bald wird hier nackt gebadet werden, denke ich, wie ich hier stehe, ich erkenne die Atmosphäre wieder, vor fünfzehn Jahren noch wäre ich selbst nackt baden gegangen, jetzt deprimiert mich dieses Glück nur umso mehr, ein echtes Glück, wie ich mir widerwillig eingestehen muss, während ich nach einer Ausrede suche, um mich nach Hause davonstehlen zu können.

Deshalb sehe ich in Ulriks Nachricht einen Rettungsanker, eine Chance, von hier wegzukommen. Diese Morde. Zahlreiche Menschen getötet im Wald. Ich wittere etwas, wittere einen gottgegebenen Stoff. *Wer hätte gedacht, dass an einem der schönsten Spätsommertage … In der Stadt wusste niemand, dass im Wald ganz in der Nähe … Einmal musste es auch hier passieren …*

Ich spüre es. Es liegt in der Luft. Etwas geschieht. Alles wendet sich.

Ich ziehe mich zurück, keiner merkt etwas, ich nehme den Steilweg hinauf zur Vestre Kanonenbatterie, der Anhöhe mit

Aussicht auf Bygdøy, auf das Fram- und das Kon-Tiki-Museum, auf die Stadt und den wuchtigen Bergrücken im Norden. Was ist vorgefallen in dem Fichtenwald dahinter? *Auf bestialische Weise.*

Das Gegröle unten am Strand ertönt immer lauter. Flüchtig kann ich Marie sehen, die sich dreht wie ein Derwisch, rundherum und rundherum. Sollte sie es nicht ein bisschen ruhiger angehen? Die Düsternis kehrt zurück. Woher diese Melancholie? Ist es, weil die Insel Heggholmen direkt nebenan liegt – Heggholmen, wo ich in einer tropisch heißen Johannisnacht Anfang der 90er Jahre Martin begegnet bin? Auf diesem Fest damals war ich weit davon entfernt, mich unpässlich zu fühlen, ein Saufgelage, das in einem großen, laubgeschmückten Schuppen neben einigen Sommerhäusern nahe am Wasser abgehalten wurde. Blumenkränze im Haar, Lampions unterm Dach, Parmaschinken mit Melone, Lammkoteletts, Schüsseln mit Erdbeeren, Fässchen mit Wein, zwei Gitarren und gemeinschaftliches Singen – wenn ich darüber nachdenke, war das Fest damals gar nicht viel anders als die Hochzeitsfeier, von der ich gerade flüchten möchte. Der Unterschied war Martin. Und dass ich jung war, jünger, mitten in der Ausbildung zur Journalistin, Martin war gerade fertig geworden, hatte einen Job bei einer Zeitung bekommen, ich dagegen hatte zu zweifeln begonnen, überlegte, ob ich das Studium abbrechen, etwas anderes machen sollte, aber Martin spornte mich an, meinen Abschluss zu machen, sagte, das sei der wichtigste Beruf der Welt, wir seien die vierte Staatsmacht, verdammt, er brannte vor Eifer, steckte mir eine Erdbeere zwischen die Lippen, und ich hatte nichts dagegen, zum Knutschen in die Büsche zu schleichen, besaß dieselbe Unbekümmertheit, Verrücktheit, wie ich sie jetzt bei den Hochzeitsgästen unten am Strand sehe;

Martins Augen hatten etwas an sich, einen Blick, der Funken erzeugte, es machte mich nicht zwingend geil, wenn ich in diese Augen sah, aber sie brachten etwas in mir zum Entfachen, und später an dem Abend gab es eine Führung auf dem Künstlergrundstück, das auf dem südlichen Felsvorsprung der Insel lag, wo wir noch mehr Wein bekamen, einen exklusiven Wein, in einem Ateliergebäude unten am Ufer, und dort saßen wir zwischen ausgefallenen Gemälden und Skulpturen und tranken, aber das schönste Kunstwerk hier, flüsterte Martin, das sei ich, und wir waren baden gegangen, nackt baden gegangen am ersten Abend unseres Kennenlernens, wir hatten uns geküsst, wir hatten all das gemacht, was man eben so macht, wenn man sich in einer warmen Mittsommernacht am Fjord kennenlernt und sofort verliebt ist. Ich war nicht berauscht, ich war entfacht.

Das Feuer spüren. Das war lange her. Und verloren.

Abgeschlachtet?

Ich rufe in der Redaktion an, werde an Jakob vermittelt, der diesen Samstag die Zügel in der Hand hält, er sagt, er wisse auch nicht viel mehr, aber es sei Blaulicht zu sehen, sagt er, Chefsache, die Leute seien gerade auf dem Weg dorthin. Wohin?, frage ich. Blankvann, nicht weit von der Kobberhaughytta, sagt er. Scheiße, stimmte das? Ich war dort mal auf einer Skitour, rauf zum Kikut. Mit Martin. Dem Saftsack Martin. Nach dem, was wir von der Polizei aufgeschnappt haben, stimmt der Hinweis, sagt Jakob. Jemand soll die Ermordeten am Nachmittag gefunden haben. Wie viele?, frage ich. Fünf, sagt er, vielleicht mehr.

Mein Blick bleibt an einem der Hochzeitsgäste hängen, der sein Hemd abstreift und sich vom gegrillten Hummer bedient. Ich fühle mich beduselt, und das nicht von dem Champagner, dem Wein, dem Geruch nach angebranntem Fleisch. Terror?, frage ich. Allem Anschein nach, sagt Jakob. Fünf Tote?, wiederhole ich. Ja, mindestens, es soll die Hölle sein, sagt er. Wer?, sage ich. Weiß nicht, sagt er, mit anderer Stimme als sonst. Ich glaube, das ist was Sensationelles. Etwas, das wir nie zuvor gesehen haben.

Wieder durchzuckt mich dieser Schauder, und das nicht vor Schreck. Lange Zeit bin ich von einem Gefühl begleitet worden, dass nie etwas passiert. Oder dass immer wieder dasselbe passiert. Nicht nur in meinem Leben, sondern in ganz Norwegen. Für Journalisten ist es nicht immer nur ein Segen, in einer leidenschaftslosen Wohlstandsgesellschaft zu leben, die ein so verdammt begrenztes Ereignisregister aufweist. Aber jetzt. Jetzt geschieht etwas. Etwas, das anders ist. *Sonntagmorgen erwachte ein friedliches Land mit der Nachricht, dass …*

Der Holmenkollås ist sonderbar dunkel geworden in dem schönen Wetter. Rechts der Masten steht der Fernsehturm Tryvannstårnet – wie eine Rakete, die man nie abzuschießen geschafft hat. Und dahinter. Sieben, acht Kilometer im Waldesinneren. Mindestens fünf getötete Menschen. Plötzlich ist es, als ob der Bergrücken eine schwarze Bösartigkeit hinter sich abschirmte.

Ich halte es nicht länger aus, ich muss nach Hause, weiß nicht, ob es an der Nachricht liegt, an der Aufregung, die ich empfinde, oder ob es damit zu tun hat, dass die Gäste am Strand aufgestanden sind und mit erhobenen Gläsern »Love Is All Around« singen, begleitet von Gitarren, ziemlich sauber gespielt eigentlich, sogar ein bisschen ergreifend eigentlich, und weil ich einen Schmerz, eine Wehmütigkeit fühle, ohne dass ich recht verstehe, woher das kommt. Martin, die ganze Sache mit Martin. Ich schicke der Braut eine Nachricht – der schwangeren Braut –, die bestenfalls am nächsten Tag einen Blick auf ihr Handy werfen wird, dann verlasse ich die Bastion, spaziere an den Klosterruinen vorbei zum Anleger hinunter, wo ich auf die kleine Fähre warte; nur ich und ein paar Badegäste, niemand sonst von der Hochzeit, sie haben ein eigenes Boot bestellt, um irgendwo in der Stadt weiterzufeiern. Ich versuche, den Blick auf Aker Brygge verweilen zu lassen, doch meine Augen werden unweigerlich nach oben gezogen, bleiben wieder am Holmenkollås und am Vettakollen hängen, blauschwarz in der Dämmerung, als hoffte ich, etwas zu erblicken, etwas weiter drinnen, *dahinter*. Bestialisch? Wurden sie erschossen, erhängt, zerstückelt? Als ich an Bord der Fähre gehe, ist es, als hätte der Abendhimmel einen apokalyptischen Schimmer angenommen.

Ist dies ein solcher Tag? Ist heute einer dieser Tage, der eine oft wiederholte Frage gebiert: Wo warst du am 23. August 2008?

Aus dem Zugfenster, vom Abhang über dem Mosseveien aus, sehe ich die Insel Hovedøya aus einem neuen Blickwinkel, irgendwas ist da mit ihrem Umriss, das sie zu einer fremden, einer unheimlichen Insel macht, einer Insel, von der mir die Flucht gelungen ist, und doch ist das kein Trost, denn ich bin auf dem Weg aus der Stadt in ein Leben, das keines ist, ein Leben aus gleichförmigen Tagen und Schlaf, ein Leben auf Sparflamme. Der Zug ist fast leer, keiner fährt jetzt nach Hause, bei diesem Wetter und zu dieser frühen Abendstunde, man bleibt in der Stadt, feiert, leistet sich ein Taxi heim, wie ich es früher auch getan habe. Jemand hat ein Taschenbuch auf dem Sitz gegenüber vergessen oder absichtlich liegen lassen, einen Roman, ich habe keine Lust, ihn mir anzusehen, wer braucht schon

Romane in unserer Zeit, stattdessen klaube ich eine Zeitung auf, die allerdings dünn ist, dünn im doppelten Wortsinn, es steht nichts drin, die Seiten sind voller Schrift, aber sie könnten genauso gut leer sein. Die vierte Staatsmacht, was für ein Schwachsinn. Ich starre aus dem Fenster. *Eine graue Wirklichkeit mit einem Mal von Blut rot gefärbt … Norwegen, aus dem Winterschlaf gerissen … Für fünf Menschen hat der Sommer ein jähes Ende genommen …*

Der Fjord verschwindet, als der Zug in die Landschaft vor Hauketo biegt. Wieder rufe ich Jakob in der Redaktion an. Ob sie schon mehr wüssten? Einige Sekunden vergehen, ehe er einen Namen nennt, und bei der Erwähnung dieses Namens richte ich mich im Sitz auf. Stimmte das? Es fällt mir schwer, das Handy ans Ohr zu halten. Jakob wiederholt den Namen, es ist schon bestätigt, sagt er, ich stelle noch mehr Fragen, doch alles andere geht unter in der Gewissheit, dass Arve Storefjeld tot ist, ermordet – *abgeschlachtet* –, in seiner Hütte am Blankvann-See in der Nordmarka. Ich bin gleichzeitig erschüttert und ruhig, denke, weiß aber nicht, was ich denke, erinnere mich nicht, woran ich gedacht habe, und es ist allein die Gewohnheit, die mich an der richtigen Haltestelle aussteigen lässt, Vevelstad, und von dort aus gehe ich in Richtung der Reihenhaussiedlung westlich des Bahnhofs, ich gehe an Dreirädern und an in Sandkästen vergessenem Spielzeug vorbei, an gegen Schuppenwände gelehnten Gartenwerkzeugen, ich habe bereits Hassgefühle gegen diese Gegend entwickelt, nicht weil etwas falsch daran wäre, objektiv betrachtet ist es eine nette Siedlung, einheitliche Reihenhäuser mit kleinen Gärten davor und dahinter, dazwischen Gehwege, ich bin auch kein Snob, ich bin in einem riesigen Wohnblock in Etterstad aufgewachsen, ich bin in vielerlei Hinsicht ein Ostrandmädchen, aber es ist, als wäre ich verlassen hier draußen in Ski, einer Gemeinde, die sich für mich in den letzten Jahren immer mehr wie eine Abwärtsspirale ausnimmt, zumindest wie eine existentielle Abwärtsspirale, es hatte nur etwas Vorübergehendes sein sollen, bevor Martin und ich es uns hätten leisten können, in eine Villa zu ziehen, gern in Stadtnähe, Kolbotn vielleicht, Nordstrand, mit Kindern und allem, was dazugehört, danach vielleicht ein Townhouse im Zentrum, nicht mehr und nicht weniger. Dann kam die Scheidung. Keine Kinder. Zum Glück. Leider. Ich bin hiergeblieben, im Reihenhaus. Die ganze Zeit über mit dem Plan, in die Stadt zu ziehen. Ich bin trotzdem hiergeblieben. Wohne hier immer noch. Abgekoppelt. Auf dem Abstellgleis.

Ich gehe heimwärts im dunkelblauen Abendlicht. Der Politiker Arve Storefjeld, tot. Der Minister. *Eine Straßenwalze hat für alle Zeit eingeparkt.* Es will mir nicht in den Kopf, ich bekomme Atemprobleme, ich muss stehen bleiben, gehe langsam weiter.

Vor drei Wochen habe ich bei einem Verlag ein Manuskript eingereicht, ein Buch über Arve Storefjeld. Es ist bereits angenommen worden.

Wieder stehe ich still, oder richtiger, meine Beine bleiben von allein stehen, als könnte ich nicht glauben, dass es wahr ist. Dass mir ein solches … *Glück* zuteilwerden kann. Das Wort ist einfach da, ich will es streichen, aber es ist da. Natürlich muss jetzt alles ein wenig umgeschrieben werden. Das Vorwort. Und das Buch braucht ein neues Schlusskapitel. *Das Vermächtnis des Arve Storefjeld.* Aber was für ein … Glücksfall. Ich kann nichts dagegen tun, das Wort steigt einfach in mir hoch. Ich bin stehen geblieben und starre auf ein Trampolin. In jedem zweiten Garten steht ein Trampolin. Sie sehen aus wie … Ich muss irgendwann mal was darüber schreiben. Diese ganzen

Trampoline als Symbol für etwas. Arve Storefjeld. Guter Gott. Was für ein Timing. Wieder schäme ich mich meiner Gedanken, aber sie nicht zu denken ist unmöglich. Das heißt, ich bin sicher genauso schockiert wie alle anderen, genauso voller Mitgefühl, aber wenn ich ehrlich bin, spüre ich auch diesen berauschenden Taktwechsel im Körper angesichts der Möglichkeiten, die sich plötzlich vor mir auftun. Und gleichzeitig die Ungeduld, die Neugier: Was jetzt? Was wird passieren? Mir fällt auf, dass ich den Kopf schüttle, als könnte ich es noch immer nicht glauben. Was für ein Zufall.

Eine Zündkerze.

Alles wird sich wenden. Der Herbst gehört mir.

Es konnte nicht immer so weitergehen … Eines Tages musste die Idylle Risse bekommen. Letzteres streichen. Klischee. Ich muss neue Wörter finden.

Martin wird blau im Gesicht werden. Nein, falscher Gedanke. Das hier ist zu groß für solche Belanglosigkeiten, Erinnerungen an eine schmerzvolle Scheidung.

Es war ein Glück, dass ich früh nach Hause gefahren bin. Ich fühle mich verhältnismäßig nüchtern. Irgendwas sollte ich jetzt noch schreiben, was Langes. Mich hervortun. Für die Sonntagsausgabe ist es zu spät. Aber für Montag. Ein Überblick. Eine Analyse über die Bedeutung von Arve Storefjeld. Storen, »der Große«. Bekannteste Persönlichkeit der Arbeiterpartei und genannt wie der dritthöchste Berg Norwegens. Größer, wichtiger für die Partei als der Ministerpräsident selbst.

Kein Journalist in diesem Land weiß mehr über Arve Storefjeld als ich.

Ich bewege mich durch die Küche, verschließe die Augen vor den herumliegenden Kleidungsstücken, vor Tellern und

Tassen, die nicht in den Geschirrspüler geräumt wurden. Dem Staub. Den Flecken auf dem Fußboden. Scheiße, muss ich trotzdem denken, was für ein trostloses Dasein. Die Reihenhaussiedlung ist wie Hovedøya, ein abgeschiedenes Kloster, in dem ich wie eine gottlose Nonne lebe und den Routinen, der Eintönigkeit fröne. Zur vollen Stunde schalte ich das Radio neben der Mikrowelle ein. Nichts über die Morde, kein Wort, wahrscheinlich ist es noch zu früh, die Nachricht ist noch nicht bis zu den *Breaking News* durchgedrungen. Ich stelle mich ans Fenster im Obergeschoss, sehe zu den Fassaden auf der gegenüberliegenden Seite des Gehwegs, eine Häuserreihe, die sich bergauf schlängelt und endlos wirkt, länger als die Chinesische Mauer. Auf einem Rasen läuft eine Sprinkleranlage, jemand muss sie abzustellen vergessen haben. Im ersten Jahr meines Alleinwohnens habe ich mich mit dem Gedanken getröstet, dass ich Beobachterin sein könnte, habe viele schneidige, ziemlich amüsante und selbstironische Glossen verfasst über das Leben im Mittelschichtsmekka, in dieser Häuschenidylle, die sich von der Stadt Kardemomme nur dadurch unterschied, dass nicht das Räuberhaus, sondern ein Einkaufszentrum, im Übrigen eines der größten des Landes, direkt davor liegt. Auch über meine Expeditionen in die »Höhle des Löwen«, in das Geschäftslabyrinth des Skier Großeinkaufszentrums, über meine Kaufsucht, eine Unterbrechung der Einförmigkeit, hatte ich köstliche Kolumnen für die Zeitung geschrieben, später dann fürs Magazin – selbstverständlich gewürzt mit einer kritischen Betrachtung über den Weg vom Dasein als Bürger zum Dasein als Konsument –, doch je länger ich wohnen blieb, desto blasser und armseliger gestaltete sich die Satire, ich schrieb nichts über meine aufdämmernde Verzweiflung, und der Gedanke an diese Zeit ruft mir einen peinlichen Vorfall vom vergangenen

Samstagabend in Erinnerung: Es war heiß und ich schlief bei offenem Fenster, und ich wurde von Lärm geweckt, der Nachbar hatte Gäste geladen, sie saßen im Garten um den Grill herum, ein festliches Gelage, farbige Glühbirnen hingen zwischen den Bäumen, der Anblick machte mich niedergeschlagen, auch der Anblick meines eigenen Gartens machte mich niedergeschlagen, oder richtiger, der dürre Rasen, denn als wir hierhergezogen waren, hatte ich den Traum gehabt, den kleinen Garten zu einer Art Meditationsstätte umzugestalten, etwas Japanisches, mit einem kleinen, künstlichen Springbrunnen zwischen akribisch ausgewählten Steinen, Kirschbäume und ein Beet mit Sträuchern, die zu unterschiedlichen Zeiten blühten, aber daraus war nie etwas geworden, und obwohl das bloße Hinauslehnen aus dem Fenster und das Erinnertwerden an meinen eigenen Garten mich verdrießlich stimmten, gelang es mir dennoch, höflich zu fragen, ob sie ein wenig leiser sein, die schreckliche Hitparadenmusik herunterdrehen könnten, aber sie lachten nur, boten mir an, rüberzukommen und mitzufeiern, sie meinten das nicht böse, aber da war ich bereits auf dem Weg die Treppe hinunter, raus, dann rein durch das kleine Scheißtor im Zaun, und ohne groß nachzudenken, hatte ich den Grill umgestoßen – ein gezielter Tritt –, ihn mitsamt dem Fleisch und der Glut umgestoßen, jemand war sofort mit einem Gartenschlauch zur Stelle, um die Glut auszulöschen, ich selbst besaß nicht einmal einen Gartenschlauch, doch anstatt wütend zu werden, lachten sie einfach weiter, fragten, ob ich Kampfsport betriebe, ich hatte einen viel zu großen Pyjama an, sie machten mir Komplimente für den prächtigen Fußtritt, stellten einen Stuhl für mich hin, boten mir einen Drink an, ich sah, dass sich Schirmchen darin befanden, aber ich war so wütend und gleichzeitig so peinlich berührt, dass ich zurückrannte, und hinterher dachte ich mir, dass ich das getan, dem Grill einen Tritt versetzt hatte, weil ich ausbrechen wollte, ich war keine Nonne, die freiwillig hier Zuflucht gesucht hatte, ich, früher eine Rebellin, war eine Gefangene zwischen einem gelbversengten Rasen, einem staudenlosen Beet und den ewigen nachbarlichen Grillereien und Rasenmähergeräuschen.

Alles Wichtige im Leben lag hinter mir.

Einige Stunden bevor ich zur Hochzeitsfeier aufgebrochen war, war ich in dem kleinen Zimmer, das ich Büro nannte, am Schreibtisch gesessen und hatte in meinem elektronischen Kalender geblättert. Leer. Nichts als nackte Felder. Ein Beweis meiner Antriebslosigkeit. Früher war der Kalender voller Erinnerungen gewesen, nicht nur an Lunchs, Abendessen, Treffen mit Freundinnen, nein, sondern da waren Arbeitstermine, Reisen, namhafte Aufträge, einführende Worte zu Debatten, Diskussionsleitungen, Vorträge, Frauenkonferenzen, Moderationen. Erfreuliche Dinge. Da traf mich die Erkenntnis – und legte sich schwer auf meinen Körper: Alles Wichtige lag hinter mir. Meine Mondlandung, sofern ich das Wort verwenden kann, hatte vor langer Zeit stattgefunden, ich war in die norwegische Pressewelt, in die Wohnzimmer der Leser hineingefegt wie ein Wirbelwind und sofort für meinen »jugendlichen Ton« gelobt worden, für eine nie zuvor gehörte Sprache, man hatte Vertrauen in mich gesetzt, ich hatte nach und nach immer mehr Enthüllungsreportagen verfasst, die Himmel und Erde in Bewegung setzten, zumindest norwegischen Himmel und norwegische Erde, später dann Porträts, die schöpferisch genannt wurden und bei den Tischgesellschaften Gesprächsstoff waren, aber dann, ehe ich überhaupt wusste, dass ich den Gipfel erreicht hatte, erkannte ich, dass der Gipfel bereits überschritten war.

Ein ereignisloses Leben.

In einem ereignislosen Land.

Ich hatte den Blick von den leeren Kalenderfeldern abgewandt und aus dem Fenster gesehen. In jedem zweiten Garten waren Sprinkleranlagen aufgedreht, warfen Pfauenschweife aus Tropfen in die Luft. Auf einem Spielplatz weiter weg veranstalteten zwei Kinder einen Wettbewerb, wer höher schaukeln konnte. Ich weiß nicht, ob es etwas mit den Wassertropfen in der Luft oder den Kindern auf den Schaukeln zu tun hatte, doch genau in dem Moment wurde mir klar, dass ich nie Chefredakteurin sein würde oder mir eine Leitungsfunktion würde sichern können. Und ich wollte nicht, wie ich es mir lange erträumt hatte, beim Norwegischen Rundfunk arbeiten. Das Problem war die Ideenlosigkeit. Ich dachte an die Redaktionssitzungen, an die vernichtende Tatsache, dass die schlechten Ideen der Jüngeren immer noch besser waren als meine – aus dem einfachen Grund, weil ich keine Ideen hatte. Mir wurde schwindlig, obwohl ich bloß eine Mauer aus Reihenhausfassaden anstarrte, ich wusste, ich steckte in einer gewaltigen Negativspirale. Alles, was mir blieb, waren immer nur mehr Kreise, immer weiter abwärts. Bis zur Abfindung. Zum Tod. Alles, was ich schrieb, waren Wiederholungen, im besten Fall Variationen meiner besten Arbeiten – selten einmal war es vielleicht besser geschrieben, aber es war immer lascher gedacht. Nehmen wir beispielsweise meinen letzten Artikel fürs Magazin, über Harriet Fett, die Frau des berühmten Kunsthistorikers und Vorsitzenden der Denkmalschutzbehörde, diese merkwürdige Frau, die sich in den damals rein männlichen Kulturkreisen so wenig zurechtgefunden hatte. Interessant, vielleicht. Und mit schönen Illustrationen, einem schicken Layout. Aber absolut unbedeutend. Wieso stand ich hier in einem Reihenhaus, in einer Gegend ganz ohne jede Eigenart, wieso nicht in einer Villa in Kolbotn, einem Townhouse in Homansbyen? Wieso war es so lange her, dass ich etwas Entscheidendes beigetragen hatte?

Alles Wichtige im Leben. Hinter mir.

Lange war ich so dort gestanden, halb hypnotisiert von den Sprinkleranlagen und den im Takt schaukelnden Kindern, und doch war es mir gleichzeitig gelungen, mich darauf zu besinnen, dass ich meinen Geist schärfen musste, bevor ich in einen katatonischen Zustand verfiele, bevor es gefährlich wurde; ich spielte mit dem Gedanken, meinen Hausarzt zu konsultieren, ihn zu fragen, ob er mir Antidepressiva oder wenigstens etwas Stimmungsaufhellendes verschreiben könnte. Habe ich nicht, wenn ich darüber nachdenke, sogar ein bisschen geflennt? Hatte ich, Gott bewahre, vor Selbstmitleid nicht sogar einen Kloß im Hals?

Doch jetzt, nur wenige Stunden später, stehe ich an einem anderen Fenster im selben Haus und wiederhole vor mir selbst, als könnte ich es noch immer nicht ganz glauben: Arve Storefjeld ist tot. Und nicht nur tot – ermordet. Das war … das ist Norwegens Olof-Palme-Schock. Ein rotes Kreuzchen auf der Zeitleiste der Nation, wie man es in Lehrbüchern eingezeichnet findet. Der Vorfall wird einen Aufruhr auslösen, der seinesgleichen sucht. *Wenn große Bäume fallen.* Die Kompetenz einer Ine Wang wird gefragt sein. Alles liegt fertig angerichtet für ein Comeback der seltenen Art. Eine neue Mondlandung. Nein, kein Comeback, Ine Wang ist nie weg gewesen.

Bis dato gehörte der Begriff ins Fremdwörterbuch … Terror ist etwas, das anderswo geschieht … Ich bin vor Schreck wie gefroren. Ich jubiliere.

Ich suche die Flasche Jack Daniel's heraus, die ich zum 39. Geburtstag von Rachel bekommen habe, »Noch 1 Jahr Rebellentum«, nehme einen Schluck, nicht zu groß, es geht mir hauptsächlich um den Geschmack, um die Schieflage in den Eingeweiden, um das Wiederauffinden dieses Gefühls eines Außenseiterdaseins aus einer Zeit, als Bourbon Teil meines Alltags war, und es wirkt, ich öffne einen Schrank, den ich seit vielen Jahren nicht mehr geöffnet habe, und fische eine LP heraus, lege sie auf den Plattenspieler und führe den Tonabnehmer so weit nach innen, bis die Nadel über dem glatten Kreis vor dem dritten Lied auf der B-Seite schwebt, und so bleibe ich stehen und starre hinunter auf die schwarze Scheibe, die sich dreht und dreht, so dass ich in einen Mahlstrom aus Erinnerungen hineingezogen werde, bevor ich die Nadel zu »Brass in Pocket« hinabsinken lasse und die Lautstärke hochdrehe, und sowie das Gitarrenriff, der Bass gegen meine Rippen klopfen, fange ich an zu tanzen, als wäre dies das einzig Natürliche, ich tanze mit der Jack-Daniel's-Flasche in der Hand und singe das Lied mit, einen Text, den ich seit meinem zwölften Lebensjahr auswendig kenne, ein Text, der mich nie verlassen hat, der dank Chrissie Hynde und den Pretenders die Nationalhymne meiner Jugend war, denn ich hatte ebenfalls *brass in pocket*, ich war *special, so special*, und ich würde, verdammt noch mal, alles und jeden überwinden, ich würde meine Arme benutzen, meine Beine benutzen, *I'm gonna use my, my, my imagination*, ich würde einen Erfolg erleben, der seinesgleichen suchte, denn ich war besonders, verflucht noch eins, ich war einfach *so special*, ich war Ine Wang aus dem Etterstadslottet, ich würde mir ganz sicher nicht von irgendwelchen Scheißtypen den Weg versperren lassen, nicht jetzt, nicht später, ich singe mit, singe aus vollem Halse, wie man sagt, und obwohl mich der Whiskeygeschmack an viele verkaterte Morgen erinnert, nehme ich zur Sicherheit noch einen Schluck, wobei ich es mit Absicht unterlasse, zu den Fenstern, den Reflexionen hinzusehen, die mir offenbaren würden, wie ich hier tanze, wie ich hier tanzend Rebellin spiele im weißen Sommerkleid in einem erzkonventionell eingerichteten Wohnzimmer in einem erzkonventionellen Reihenhaus in einer erzkonventionellen Siedlung, in einer Gegend, bevölkert von Menschen, denen zum Zeitvertreib nichts anderes in den Sinn kommt, als in so kurzer Zeit wie möglich so viel Fleisch wie möglich zu grillen und so viel Pappkarton-Wein wie möglich zu trinken, ehe sie ihre Rastlosigkeit in dem riesigen Skier Einkaufszentrum wieder betäuben; gerade heute Abend möchte ich nicht daran erinnert werden, dass ich, obwohl ich besonders bin oder jedenfalls geglaubt habe, dass ich es wäre, nicht weiter gekommen bin als bis hierher.

*

Der Whiskey hat mich hungrig gemacht, ich habe auf Hovedøya fast nichts gegessen, und so suche ich mir heraus, was ich als Einziges esse, wenn ich zu Hause bin, Brot und Aufschnitt, gutes Brot wohlgemerkt, zwei dünne Scheiben mit viel Belag dazwischen, dazu jetzt Butter und Pastrami und Senf und eine Sorte kleiner Gurken, die wie ein Feuerwerk zwischen den Zähnen knallen, und daraus mache ich mir ein Sandwich, meine Spezialität, das ich von einem kleinen Teller esse, während ich vergeblich im Fernsehen nach Nachrichten suche; ich gehe zum Rechner im Arbeitszimmer, sehe, dass die Nettavisen es als Topthema bringt, es wird berichtet, dass mindestens fünf Menschen in einer Hütte in der Nordmarka tot aufgefunden wurden und dass die Polizei von Mord ausgeht, aber ärgerlicherweise steht sonst wenig darüber, es herrscht offenbar Ungewissheit darüber, was vorgefallen ist. Keine Namen. Als wolle man Vorsicht walten lassen. Keine Panik auslösen. Aber ich weiß, dass Jakobs Quellen vertrauenswürdig sind. Es sehe aus, als seien sie hingerichtet worden, hat Jakob gesagt. Ich gehe zurück zum Fernseher im Wohnzimmer, zappe weiter, schaue im Stehen irgendeine nichtssagende Sendung und esse währenddessen das restliche Sandwich. Ich zappe weiter. Lauter nichtssagende Sendungen. Ich schalte ab, sehe meine Gestalt auf dem glatten, schwarzen Bildschirm.

Arve Storefjeld ist tot. Was für ein Unglück. Was für eine Chance. Was für ein abenteuerliches Glück.

Mein Leben hatte einen Tiefstand erreicht. Und dann das.

Du glaubst, du suchst dir dein Leben aus, aber wenn du dich umdrehst, siehst du nur eine lange Reihe von Zufällen.

Ich bin Zufällen gegenüber immer aufgeschlossen gewesen. Ich nenne sie Zündkerzen. Kleine Begebenheiten, die etwas zum Stillstand oder etwas anderes zum Laufen bringen können.

Ich hatte meinen ersten richtigen Freund mit siebzehn, und wir hatten sehr bald eine Phase so heftigen Knutschens erreicht, dass unsere Gesichter rot und geschwollen waren. Ich sehnte mich danach, noch weiter zu gehen, aber Christian zögerte. An einem Wochenende waren mein Vater und meine Mutter mit meiner kleinen Schwester in die Hütte nach Lyseren gefahren, und ich durfte allein bleiben in unserer Wohnung in dem majestätischen Gebäude, das nur unter dem Namen Etterstadslottet bekannt war. Am Samstagabend lagen Christian und ich so lange auf dem Sofa und knutschten, küssten und betatschten einander, dass ich kurz vor dem Zerplatzen war. Ich fand, dass wir alt genug waren, um die Grenzen noch weiter auszudehnen, und schlug vor, wir sollten miteinander ins Bett gehen, aber Christian wollte nicht, und als er am Ende nach Hause musste, er wohnte in Årvoll, und ich ihn zu seinem Motorroller hinausbegleitete, da wollte der Roller nicht anspringen, es müsse die Zündkerze sein, sagte Christian. Dann kannst du jetzt also doch bis morgen bleiben?, sagte ich, und er gab nach, blieb über Nacht, und so hatte ich nun also meine Unschuld verloren, wegen einer Zündkerze, wie ich später dachte. Am nächsten Morgen kam einer von Christians Freunden aus Årvoll mit einer neuen Zündkerze, worauf Christian mir die alte schenkte, die ich aufhob und überallhin mitnahm. Auch nachdem wir Schluss gemacht hatten und ich mein Publizistikstudium anfing, kam es vor, dass ich sie beim Schreiben vor mich hinlegte, wenn ich etwas schreiben musste. Such nach der Zündkerze, sagte ich mir, und diese Devise half mir, in meinen Reportagen und Porträts überraschende Blickwinkel zu finden.

Und nun hatte ich also ein Buch über den Polterer und Häuptling der Arbeiterpartei Arve Storefjeld geschrieben. Wenn ich jetzt darüber nachdenke, fällt mir ein, dass ich bei der Abgabe des Buchs ein wenig unsicher gewesen bin, es war mein erstes Buch und ich hatte etwas Neues, Gewagtes ausprobieren wollen, hatte mich zwingen wollen, einer Karriere auf die Sprünge zu helfen, die am Stagnieren bin, es war zu spät, um ins Ausland zu gehen, mich in ein Kriegsgebiet zu stürzen, mit kugelsicherer Weste durch die Gegend zu fahren, eine neue Lise Lindbæk zu werden, aus deren Buch *Brennende Erde* Martin mir laut im Bett vorgelesen hatte, wenn ich durchgefickt neben ihm lag, damals, als ich noch auf der Hochschule war; auch der Verlag hatte seine Zweifel gehabt, allerdings vielleicht hauptsächlich wegen der Form, und das ärgerte mich, da mein größter Stolz gerade der Form galt, der von mir angewandten Methode, denn das Buch folgte Storen nicht sklavisch Jahr für Jahr durch sein Leben, sondern es gab Sprünge hierhin und dorthin, und obwohl alles mit seinem Leben zu tun hatte, berührte es doch auch viele verschiedene andere Phänomene, ich hatte im Verlauf meiner Arbeit sogar einen Anflug von Inspiration verspürt – ein fast schon vergessenes Phänomen –, und jetzt, mit dem Tod Storens, »des Großen«, erkenne ich plötzlich, dass es ein gutes Buch ist, auch der Verlag wird das so sehen, es ist perfekt so, wie es ist, ein Buch, das zu lesen vielen, sehr vielen gerade jetzt ein Bedürfnis sein wird. Vielleicht wird es sogar Trost spenden können, denke ich. *Diesem Buch verleihen wir keine Note, sondern wir geben unsere wärmsten Empfehlungen ab: Lesen!*

Das Erste, worauf meine Augen Sonntagmorgen fallen, ist die grüne Tapete, deren Muster so surreal hässlich ist, dass es im Laufe der Jahre jeden Kater verschlimmert hat. Beim Einzug hatten wir beschlossen, die Tapete zu tauschen, aber das hatten wir nie, auch als ich wieder allein wohnte, hatte ich sie nie gewechselt, sondern mich mit dem Gedanken getröstet, dass es in Ordnung sei, die geschmacklose Tapete zu behalten, weil ich durch sie jeden Morgen beim Aufwachen daran erinnert würde, dass ich von hier fort musste.

Dann fällt mir der gestrige Tag ein und ich bin sofort wach, und nicht nur wach, sondern ich spüre einen neuen motorischen Willen im Körper, eine Ungeduld, die dazu führt, dass ich nur wenige Minuten später in der Küche stehe und Kaffee koche. Vor vierundzwanzig Stunden noch habe ich mich im Stillstand befunden. Jetzt bin ich in Bewegung, oder freiheraus gesagt, voll in Fahrt, ich habe ein Buch über Arve Storefjeld, die »Dampfwalze aus Bjølsen«, geschrieben, ein Buch, in das ich womöglich keine allzu großen Hoffnungen gesetzt hatte, bis dann plötzlich Storen – ich kann den Gedanken nicht unterdrücken: wie auf Bestellung – unter den dramatischsten Umständen ums Leben kommt.

Die Morgenzeitung konnte den Vorfall noch auf die Titelseite bringen. Zusammen mit der Nachricht, dass Verkehrsminister Arve Storefjeld unter den Ermordeten sei. Im Zeitungsinneren jedoch steht fast nichts. Ich schaue die Onlineausgaben durch. Auch die haben nicht mehr Stoff anzubieten. Man weiß noch immer wenig. Oder will nichts sagen. Ich finde kurze Resümees von Storens Karriere, finde die ersten Reaktionen, Parteispitzen der Ap, die ihrer Fassungslosigkeit Ausdruck verleihen. Was für ein Verlust das für die Partei sei. Nichts über Terrorismus, nichts über die Tötungsart. Ich kehre zurück in die Küche und zu der Titelseite. Ein düsteres Bild des Bergkamms nördlich des Blankvanns. »Was ist hier vorgefallen?«, lautet die Schlagzeile.

Plötzlich kommen mir Zweifel. Vielleicht verstehe ich die Düsternis in diesem Bild als Warnung. Soll ich mich wirklich in diesen Vorfall hineinstürzen, einen Kommentar schreiben? Könnte das dem Buch schaden? Oder würde es sich für die Aufmerksamkeit, den Verkauf, eher als vorteilhaft erweisen, wenn ich mich als schlagkräftige Kommentatorin zeigte? Ich *bin* eine schlagkräftige Kommentatorin, jedenfalls war ich das früher.

Nicht unerwartet erhalte ich schon am Vormittag einen Anruf vom Verlag, nicht von meinem Lektor, sondern vom Verlagschef, er bittet um Verzeihung, er wisse, dass Sonntag sei, bla, bla, bla, der ganze Vorfall sei natürlich schrecklich, eine unbeschreibliche Tragödie, bla, bla, bla, aber er wolle nur sagen, *müsse* nur sagen, dass er das Manuskript gelesen habe, ja, selbstverständlich, sagt er, als er mein Stutzen vernimmt, wiewohl auch dieses »Selbstverständlich« mich nicht davon überzeugt, dass er es tatsächlich gelesen hat, jedenfalls sagt er, der Verlag werde jetzt, aufgrund der äußerst traurigen Umstände, bla, bla, bla, aufgrund des dringenden Bedürfnisses, etwas über die Opfer zu erfahren, bla, bla, bla, alle Hebel in Bewegung setzen, damit das Buch so rasch wie möglich vorliege, was bedeute, in drei Wochen, maximal vier, wie er hinzufügt, wobei er seine Begeisterung durchaus nicht verhehlen kann, er lobt meine spitze Feder, ehe er anmerkt, und auch das hat er von meinem Lektor, dass ich natürlich gewisse Einzelheiten anpassen müsse, keine Sorge, alles Kleinigkeiten, außerdem müsse das Vorwort überarbeitet und ein neues Schlusskapitel geschrieben werden, worauf ich ihm antworte, ihm faktisch ins Worte fahre – denn ich bin Ine Wang, von neuem Selbstvertrauen erfüllt –, dass ich schon mittendrin sei, und ohne zu wissen, warum, wie ein Verkaufsargument, einen guten Klappentext, füge ich die Bemerkung hinzu, dass Arve Storefjeld – egal wie man seine politische Bedeutung einschätze – für die Arbeiterpartei tot mehr wert sein werde als lebendig, woraufhin es still wird am anderen Ende, lange, und dann, ja, aber das sollten Sie vielleicht lieber nicht schreiben, sagt der Verlagschef, Sie wissen schon, das könnte bei manchen nicht so gut ankommen, wir müssen Rücksicht nehmen, Sie verstehen, was ich meine, und ich sage, ja, natürlich, das war nur so ein Gedanke, der mir gerade gekommen ist, und nach Beendigung des Gesprächs habe ich schon alles im Kopf, ganze Passagen, ich bin inspiriert, ich bin *entfacht*, ich bin imstande, fünfzig Seiten an einem Tag, in ein paar Stunden hinzufetzen, es kribbelt in meinen Fingerspitzen, und noch ehe der Vormittag um ist, habe ich bereits zehn Seiten mit Stichworten per Hand hingekritzelt, Sätze, ganze Fragmente, die direkt ins Manuskript übernommen werden können, Formulierungen, die plötzlich, vollständig, mit einem Knall aus meinem Unterbewusstsein auftauchen. Ich liebe es, habe es immer geliebt, zu schreiben, Wort um Wort zusammenzuführen, Satz an Satz aneinanderzuketten, erkenntnisreiche Zusammenhänge herzustellen, den Stoff aus anderen Winkeln anzugreifen als alle anderen, und wenn ich es nicht schon vorher gewusst habe, so sehe ich spätestens jetzt klar, dass es sich bei meinem Buch über Arve Storefjeld um ein ehrgeiziges und würdiges Projekt handelt, denn ich hatte über die Wirklichkeit, die norwegische Wirklichkeit schreiben wollen, und Storen *ist* die norwegische Wirklichkeit, das heißt, er *war* es. Jetzt lag die norwegische Wirklichkeit ohne Puls tief im Waldesinneren, »hingerichtet«, wie Jakob gesagt hat.

Als ich den Füller weglege, spüre ich die Erregung, sie holt mich ein wie die eigenen Wellen das Boot, wenn man die Fahrt verringert, ich sitze da und habe Herzklopfen und genieße den Zustand, genieße den Anblick der dicht beschriebenen Seiten, der Pfeile zu noch mehr Schrift am Seitenrand, genieße das Gefühl, aus einem Winterschlaf erwacht zu sein, mich im Vollbesitz meiner Kräfte zu befinden.

Aber wer waren die anderen Getöteten?

Ich habe das Essen vergessen, mache mir ein dickes Sandwich, ein klassisches Club Sandwich, mit dem Unterschied, dass ich nur zwei Toastscheiben verwende, nicht drei, fülle es mit Pute, Speck, Tomaten, Mayonnaise, Salat, ich esse gierig, während ich das Wasser für eine Tasse Tee aufsetze. Heute muss es grüner Tee sein, denke ich. Dies ist entschieden ein Tag für grünen Tee. Und für dicke Sandwiches mit Pute und Speck.

Den ganzen restlichen Sonntag sitze ich im Reihenhaus in Ski und schreibe an der Analyse, dem Überblick, den ich für die Montagausgabe geplant habe, das heißt, ich muss sehen, ob mir eine Idee kommt, die gut genug ist. *Der Tag, an dem der norwegischen Naivität das Rückgrat gebrochen wurde …* Ich blättere in meinen Notizen über Arve Storefjeld, suche nach etwas Verwertbarem, einem Aspekt, einem Gedanken, der nicht ins Buch Eingang gefunden hat, ich lese mir alle diese Seiten durch mit ihren Pointen, zugespitzten Formulierungen, Zitaten, kurzen Erzählungen, die ich bei Gesprächen aufgeschrieben habe, die ich mit anderen über Storen geführt habe, über seine Zeit in der Bjølsen-Volksschule, der Realschule in Sandaker, beim Militär – er hatte seinen Wehrdienst in der Finnmark geleistet, was auch seine Liebe zu Nord-Norwegen erklärte und somit seine Beliebtheit in diesem Landesteil: »Wir brauchen eine bessere Verbindung zwischen dem verwöhnten Süden und dem heldenmutigen Norden!« Während der Ölpreiskrise in den 70er Jahren, vor seiner Zeit als Parlamentsabgeordneter, hatte Storen über Nacht Berühmtheit erlangt, als er sich in einer Fernsehdebatte seinen riesigen Gürtel herunterriss, dass es in den Kulissen krachte – der Gürtel war mit einer so soliden Schnalle ausgestattet, dass man glauben mochte, sein Träger sei Vorsitzender der Metallergewerkschaft. »Für den normalen Arbeiter darf es jetzt nicht heißen, den Gürtel enger zu schnallen, sondern es ist verdammt noch mal an der Zeit, ihn ein bisschen lockerer zu machen!«, rief er. »Zum Henker, für die Schwankungen in dem dreckigen Spiel des Großkapitals werden wir nicht die Bürde tragen.« Als Kleidung bevorzugte er auch alte Lotsenjacken und abgetragene Schiffermützen, wie um die Wähler an seinen Großvater aus Østfold zu erinnern, einen Mann, der im Lotsenwesen tätig gewesen war, ehe er in seinen älteren Tagen Fischer wurde. *Ein politischer Lotse ist über Bord gegangen …* Ich sitze am Schreibtisch und blättere in meinen Aufzeichnungen, lese über Storens Zeit als internationaler

Sekretär des Gewerkschaftsbunds, über Auslandsreisen, besonders nach Südafrika, bevor Nelson Mandela aus dem Gefängnis entlassen wurde. *Unser internationales Gewissen wurde zum Schweigen gebracht …* Ich lese über seine Ehefrau, Mosse, ebenfalls im Gewerkschaftsbund tätig, später dann in der ehemals gewerkschaftlichen Forschungsstiftung FaFo, über ihr allzu frühes Ausscheiden, ich habe ein ganzes kleines Archiv angelegt über Storen und seine Familie, Recherchenotizen und Zeitungsausschnitte thematisch aufgeteilt, alle in ihrer eigenen Klarsichtfolie.

Das Buch ist durch einen Zufall entstanden. Eine Zündkerze.

Vor gut einem Jahr, im Sommer 2007, bekam ich den Auftrag, ein Zeitungsporträt über Arve Storefjeld zu gestalten. Zu der Zeit hatte er gerade einige ungewohnt scharfe politische Aussagen vom Stapel gelassen, wie zum Zeichen, dass der Kommunalwahlkampf bereits voll im Gang sei. Wir hielten das Interview in Dovre ab, Storen selbst hatte darauf bestanden, dass das Treffen dort stattfinden solle, ich erinnere mich, dass ich mit dem Fotografen des Magazins frühmorgens aufgebrochen und voller Freude gewesen war auf dem ganzen Weg dorthin, denn ich mochte es, bekannte Persönlichkeiten zu porträtieren, die Herausforderung, etwas Neues zu schreiben über eine Person, von der alle glaubten, alles zu wissen, und wenn es etwas gibt, dessen ich mich rühmen darf, dann dass es mir gelang, die Menschen, auch die reservierten, dazu zu bringen, Unerwartetes über sich zu äußern, Erfahrungen in Worte zu fassen, die sie nie zuvor in Worte gefasst hatten, Erinnerungen auszugraben, die sie noch nie dem Licht der Öffentlichkeit preisgegeben hatten. Du könntest eine gute katholische Priesterin werden, hat Martin zu mir gesagt, als wir noch verheiratet waren, du bringst die Leute zum Beichten; mehrmals hatte ich auch erlebt, dass mir die Interviewten hinterher ihren Dank aussprachen, weil sie jetzt zum ersten Mal einen Bogen in ihrem Leben erahnten, jene Erzählung, die allem zugrunde lag. Deshalb also sah ich der Begegnung mit Arve Storefjeld voller Vorfreude entgegen, als wir Dovre erreichten, rechts abbogen nach Grimsdalen und kurz darauf, mit etwas Mühe, die kleine Straße fanden, die zu Storens Hütte, oder eher, zu seinem eigenen kleinen Dörflein hinaufführte, denn es handelte sich um eine ganze Ansammlung von kleinen Häusern mit grasbewachsenen Dächern. Es war ein dramatischer Sommertag, blauer Himmel und dicke, leicht bedrohliche Wolken, hübsches Licht, und Storen höchstselbst stand auf dem Vorplatz und hieß uns in seinem Wahlkampfkostüm, wie er es nannte, willkommen, ein weißes Hemd mit hochgekrempelten Ärmeln und der Selbstgedrehten in der Brusttasche – er war dafür bekannt, bei der ersten sich bietenden Gelegenheit die Jacke abzuwerfen, wie um zu zeigen, dass er anzupacken bereit war, sogar im weißen Hemd; und ich musste zugeben, diese Hemden hatten etwas an sich, sie waren so weiß, dass man nach Worten suchte, die das Adjektiv weiß noch verstärkten, und wie um mir zuvorzukommen, erklärte er, dass er seine Hemden, damit sie sich mit Sonne füllten, zum Trocknen im Freien aufhänge – das sagte er, während er breitbeinig auf dem Hofplatz stand, die Daumen eingehakt in jenen Hosengürtel, der seit langen Jahren landesweit bekannt war.

Der Sonnenkönig, schrieb ich auf meinen Block, verwendete es aber nicht.

Auf dem Wiesenboden unterhalb parkte der wuchtige »Dovregubben«, ein schwarzer Chevrolet Blazer, den er seit seinem Austritt aus dem Veivesenet, der Straßenverwaltungsbehörde, im Jahr 1977 besaß und mit dem er, sogar noch als

Verkehrsminister, gelegentlich zu Politveranstaltungen fuhr. Er entschuldigte das damit, dass es darum gehe, Aufmerksamkeit zu erregen, und ein Auto mit dem prächtigen Geräusch eines V8-Motors und einem Satz Reifen, der dich bis in die entlegensten Kaffs des Landes bringen könne, würde eben wirklich auffallen. Gerade wenn es um den Wahlkampf geht, bin ich nicht ganz so umweltbewusst, sagte er. Das heißt, viele waren der Meinung, dies gelte auch sonst. Storen hätte nie zugegeben, dass er die Eisenbahn hasste, aber wenn er seinen Willen durchsetzte, gab es nur Straßen, Straßen, Straßen, um jeden Preis. Willst du in Vestlandet Stimmen gewinnen, tief im Arm eines Fjords, umgeben von hohen Felsen, kannst du dich nicht hinstellen und über utopische Hochgeschwindigkeitszüge reden, sagte er.

Nach einer kurzen Führung standen wir wieder auf dem Hof. Eine schönere Lage hat wohl nur die Hütte von Trygve Lie beim Ruglsjøen, nördlich von Rorøs, sagte Storen und schlug mit den Armen aus. Er war schon ein Anblick, wie er da stand mit den mähnenartigen, zurückgestrichenen Haaren und Augen, die zu zwei Strichen wurden, zwei schiefen Strichen noch dazu, wenn er lächelte – die Karikaturisten hatten Storen immer geliebt. Hin und wieder spiele ich mit dem Gedanken, ob ich meinen Namen von Storefjeld zu Raudberg ändern soll, sagte er scherzhaft, während er vor der Haupthütte mit dem besagten Berg im Hintergrund für den Fotografen posierte. Das wird super, dachte ich immer wieder. Arve Storefjeld in Dovre. Diese monumentale Selbstsicherheit und Dovre befanden sich miteinander im Einklang. Ich war schon immer rot, ich bin verdammt noch mal rot geboren, lachte er mit einer Stimme, die durch jahrzehntelanges Rauchen heiser geworden war, sofern ihr denn nicht Agitation und unzählige Reden, unaufhörliches Diskutieren und grobes Gelächter diese Rauheit verliehen hatten. Storen unterstrich stets die Wichtigkeit der Parteiorganisation, seine Vorträge waren gefragt, und er hatte wahrscheinlich bei jedem einzelnen Ortsverein der Partei im Lande gastiert, mit oder ohne seinen Chevrolet Blazer.

Das Urgestein. Das verwarf ich bereits, bevor ich es geschrieben hatte.

Wir setzten uns neben die Hüttenwand, und ich konnte schnell eine gute Verbindung zu ihm herstellen, wobei ich mir jedoch gleichzeitig sagte, dass ich nicht seinem Königscharme zum Opfer fallen, nicht unkritisch werden dürfe. Er fragte mich nach meinen Eltern, und als ich erzählte, dass meine Mutter bei der Post arbeite, dass mein Vater Funktionär bei den Osloer Verkehrsbetrieben und ich in dem berühmten Etterstadslottet aufgewachsen sei, war ich akzeptiert. Nicht übel für eine Journalistin, sagte er. Ich bin besonders, sagte ich. Ich bin *so special*, sang ich innerlich, und damit waren wir auch schon in die Gänge gekommen, er beantwortete bereitwillig und ausführlich alle meine Fragen, und im Preis inbegriffen war noch eine Heerschar deftiger Kraftausdrücke. An diesem Tag bereitete ihm gerade der Rückgang der Handwerksausbildung Sorgen. »Scheiße, gibt es was Stolzeres als ein Facharbeiterzeugnis, mit dem man herumwedeln kann!«, rief er über den Hof. Er hätte das Interview am liebsten bei einer Bergwanderung abgehalten, doch da wir noch am selben Tag zurückfahren wollten, war dafür nicht genügend Zeit, und so erzählte er stattdessen, wie er Gäste, insbesondere politische Gegner, für gewöhnlich zu einem Ort etwas weiter nördlich von Dovre mitnahm, wo sie die Autos parkten und von wo aus er sie den alten Kongeveien, einen Pilgerweg, hinaufpeitschte, sie durch schnelles Gehen bis zur Erschöpfung den Brattbakken hinauftrieb, das ist scheißanstrengend, müssen Sie wissen, sagte er und lachte, als ob es ihm Freude bereitete, andere zu quälen. Ich habe eine Menge vorlauter Opponenten zermürbt, sagte er, indem ich sie auf diese Wanderung mitgenommen und währenddessen in symbolischen Wendungen über die Mühen alter Tage geredet habe. Aber wenn wir zur Allmannarøysa kommen und sich die Aussicht nach Norden zum Snøhetta-Massiv vor uns ausbreitet, ist alles verziehen. Dort hätten wir ein Bild machen sollen, zum Kuckuck, sagte er zum Fotografen gewandt, das ist mein Lieblingsplatz in Norwegen. Ganz oben am Brattbakken, vor dir die Snøhetta. Mann, die Burschen von Eidsvoll hatten recht, als sie bei der Verfassungsgründung über Dovre sprachen, sagte er. Nichts und niemand kann hier fallen.

Aber tief im Waldesinnern, da war etwas gefallen, es waren Menschen gefallen, denke ich, im Reihenhaus sitzend bei der Erinnerung an den Besuch auf der Alm unter dem Raudberget.

Durch das Interview war ich an einige wertvolle Informationen über Storens Familie gelangt, über seine Zeit beim Veivesenet, Dinge, die ihn geformt hatten, doch was dem Ganzen die Würze verlieh, war ein Detail, das sich offenbarte, als er nach dem Essen – er servierte *pytt-i-panne*, ein Restegericht, Wahlkampfnahrung – einen Whisky trinken wollte. Er bot uns ebenfalls einen an, doch weil wir vorhatten, uns auf der beschwerlichen Heimreise mit dem Fahren abzuwechseln, schlugen wir das Angebot aus. Er holte einen Glenmorangie – ein Geschenk, unterstrich er –, und da bemerkte ich, dass das Glas, das er geholt hatte, ein ausgewaschenes Aufstrichglas war, und an einem Zipfel des Etiketts, der noch daran hängen geblieben war, erkannte ich, dass sich Erdnussbutter darin befunden hatte. Als er meinen Blick bemerkte, erging er sich in einer ausschweifenden Erzählung über Mills, dieses norwegische Markenprodukt, über Grünerløkka, darüber, dass er stolz sei auf diese Dinge, dass er Kaviar und italienischen Salat und Erdnussbutter immer von Mills kaufe, und ebenjenes Detail verwendete ich dann auch als Leitmotiv – ein gewiefter Politiker, der feinen Malzwhisky aus einem alten Erdnussbutterglas becherte wie ein Kind seine Milch –, das sagte viel über seinen Hintergrund aus und darüber, wer er jetzt war. Diese Szene gefiel mir. Um ehrlich zu sein, ich wäre gern mit ihm dort sitzen geblieben und hätte mit ihm gemeinsam getrunken.

Danach wurde ich von einem Verlag kontaktiert. Es habe noch niemand ein Buch über Arve Storefjeld geschrieben, was seltsam sei, da es sich bei ihm um eine Figur handle, zu der jeder und jede eine Meinung habe. Ich sagte sofort zu, auch weil sich mir dadurch die Gelegenheit bot, etwas Neues zu machen, aus dem Stillstand, der *Eintönigkeit* herauszufinden, und obwohl das Buch sicher seine Schönheitsfehler hatte, war ich doch zufrieden mit der Form und mit dem Wagnis, das ich eingegangen war, indem ich die Erzählung aus einer Reihe verhältnismäßig kurzer Stücke aufgebaut hatte, getrennt durch Leerzeilen und nicht selten mit großen inhaltlichen Sprüngen, denn ich hatte nicht nur über Storens Zeit im Verkehrskomitee oder als Minister geschrieben, sondern auch kurze Schilderungen von Lom und Røros eingefügt, wo seine Großmutter beziehungsweise sein Großvater mütterlicherseits herstammten, sowie auch von Kråkerøy, wo die Familie des Vaters ihre Wurzeln hatte, ich erzählte von der Nagelfabrik Christiania Spigerverk, in der sein Vater gearbeitet hatte, und von dem Lebensmittelgeschäft im Bezirk Sagene, in dem seine Mutter hinter der Theke gestanden hatte, von Bjølsen, dem Stadtteil, in dem Storen aufgewachsen war, und von Voldsløkka, wo er Diskus geworfen hatte, ich schrieb kurze, fast essayistische Kapitel über das Oslo Veivesen, den Arbeitsplatz seiner ersten zehn Berufsjahre, ich schrieb über das gesamte Osloer Straßennetz, das er besser kannte als jeder Taxifahrer, und über Asphalt, dieses Material, zu dem er ein solch enges Verhältnis hatte – »Das Einzige, was ich mehr liebe als den Duft frischgebackener Waffeln, ist der Geruch von frischem Asphalt« –, ich streifte seine beiden Lieblingsschriftsteller, Tor Jonsson und Johan Falkberget und vieles mehr, fügte auch Absätze über Dovre ein, über Königsstraßen und Pilgerwege, es war ein Konglomerat von einem Buch über ein Konglomerat von einem Menschen.

Ein kleines Stück Norwegen. Auch das verwendete ich nicht. Natürlich nicht.

In dieser Phase hatte ich mich mehrmals mit ihm getroffen, und von diesen Treffen hatte ich in mein Buch einige Gespräche eingeflochten, in denen ich ihn über Gott und die Welt hatte reden lassen, nicht zuletzt über Politik, und dies alles hatte ich in meiner Darstellung dann auch bestehen lassen, seine ganze Kavallerie an Steckenpferden, mit zusammengesuchten Metaphern aus der Fischerei und dem Lotsenwesen und der Nagelfabrikation, wobei ich allerdings liebevolle Formulierungen wählte, auch deshalb, weil ich ihn tief in meinem Inneren beneidete, insbesondere um sein reges und lebhaftes Heim im Maridalsveien, in einer der alten, renovierten Arbeiterwohnungen direkt am Akerselva, das offensichtlich herzliche Verhältnis zwischen einem Vater und zwei erwachsenen Kindern, der Meinungsaustausch, seine Späße, die Offenheit, die Gastfreundschaft, das dachte ich auch deshalb, weil ich selbst kinderlos war, allein lebte, mich danach sehnte, im Zentrum von Oslo zu wohnen, ein altes Haus im Maridalsveien zu besitzen, es mit Licht und Wärme zu füllen. Mit Kindern.

Und jetzt ist er tot. Ich bin erschrocken. Und der Schrecken ist echt. Ich fühle, dass ich ihn kenne. Ihn gekannt habe.

Etwas ist gefallen. Etwas Schweres. *Am Samstag konnte man im Dovre-Massiv eine Erschütterung wahrnehmen.* Konnte ich das schreiben? Zumindest auf der geistigen Ebene stimmte es.

Jetzt machte sich die Mühe eines Jahres bezahlt. Ich war allen anderen eine Nasenlänge voraus.

Ich sehe aus dem Fenster, direkt in eines der anderen Reihenhäuser. Ich habe die Stichpunkte für meinen Kommentar im Kopf, fange zu schreiben an, schreibe schnell, blind, will sehen, ob der Stoff hieb- und stichfest ist. Daheim schreibe ich immer noch auf einem iMac G3 in einer dieser Farben, die so großes Aufsehen erregten, als dieses kleine Wunderding auf den Markt kam: grelles Limettengrün, eine Farbe, bei der ich immer an die Früchtegelees meiner Kindheit denken muss. Ich weiß nicht, ob aus nostalgischen Gründen, aber das Schreiben auf diesem Rechner verschafft mir einen ganz eigenen Genuss, es mag etwas mit dem ausgefallenen Design zu tun haben, der Computer ist annähernd eiförmig und aus durchsichtigem Kunststoff, sofern es denn nicht an einer taktilen Empfindung liegt, dem Gefühl von etwas anspornend Weichem beim Niederdrücken der Tasten; ja, doch, das wird gut, das wird mehr als gut, ich rufe in der Redaktion an, erwische Foyn, den Leiter des Nachrichtenressorts, er ist wegen des Terroranschlags am Blankvann bei der Arbeit, hier seien alle Mann an Deck, sagt er, animierter, als ich mich erinnern kann, ihn je gehört zu haben, ich sehe einen älteren General vor mir, der endlich wieder draußen im Feld ist. Ich bin als Journalistin für das Magazin tätig, schreibe aber zwischendurch auch für die Zeitung und erkläre ihm, dass ich bald einen Beitrag fertig hätte, eine Mischung aus Feuilleton-Artikel und politischem Kommentar, ich lege ihm den Stoff dar, die Perspektive, ich wolle es gern morgen, Montag, schon drin haben, sage ich und bekomme von Foyn grünes Licht, limettengrünes Licht. Toll, Ine, sagt er, ich wollte dich gerade anrufen, ich weiß ja, dass dein Buch über Arve Storefjeld schon in den Startlöchern steht. Foyn und ich haben ein gutes Verhältnis zueinander, ab und zu sitzen wir im Trainingsraum nebeneinander auf den Ergometern und plaudern. Ich frage ihn nach dem Stand der Dinge. Er berichtet, die anderen Ermordeten seien jetzt ebenfalls identifiziert, jedoch habe die Polizei die Namen noch nicht bekanntgeben wollen.

Wer sind die anderen?, frage ich mit einem Kribbeln in den Fingerspitzen, von dem ich nicht weiß, ob es von der Nervosität oder vom Tippen herrührt. Die Tochter, sagt Foyn. Du meinst Gry, Gry Storefjeld?, sage ich, muss schlucken. Die, von der alle glauben – ich korrigiere mich – geglaubt haben, sie wird Ministerpräsidentin? Ja, die, sagt Foyn. Pause. *Der Tag, an dem Norwegen seine Unschuld verlor.* Wer noch?, frage ich. Storens Lebensgefährtin, sagt Foyn. Sofie Nagel, sage ich, konstatiere ich. Und Jules Lefebvre, der Freund von Gry Storefjeld, sagt er. Der Franzose, murmle ich vor mich hin. Pause. Ich höre, dass Foyn Probleme hat, und wenn Foyn Probleme hat, dann herrscht wirklich Ausnahmezustand. Und ein kleines Mädchen, Lefebvres Tochter, sagt er. Das ist zu schrecklich, sagt er. Neun Jahre, sagt er. Ermordet. Das ist einfach zu schrecklich.

Wir beenden das Gespräch. Mehrere Minuten vergehen, bis ich imstande bin, das Gehörte zu verarbeiten. Die Dimensionen dieser Untat. Ich lege die Hand auf mein Herz, als wollte ich meinen Puls senken. Aufs Neue melden sich Zweifel: Sollte ich von diesem unangenehmen Material besser die Finger lassen? Lieber beim Gewohnten bleiben, sozusagen im Reihenhausdasein, in meinem geschützten Kloster? Angenommen, es würde alles durcheinanderbringen, die Dinge nur noch schlimmer machen? Ich habe den Gedanken noch nicht zu Ende gedacht, schon spüre ich ein Jucken in den Fingern. *Der Terror hat dem Land einen unersetzbaren Verlust zugefügt … Es sterben immer die Besten …*

Ich muss an die Luft, werfe mir eine Fleecejacke über und gehe hinaus ins Freie, nehme den Fußweg zu einem Teich in der Nähe. Um ehrlich zu sein, habe ich lange überlegt, ob ich den Journalistenberuf an den Nagel hängen sollte. Schon als ich in meiner ersten Glanzzeit über David Bowie, über seine unterschiedlichen Phasen und Rollen, die plötzlichen Wandlungen seines Musik- und Kleidungsstils geschrieben hatte, war mir der Gedanke gekommen, dass man im Laufe eines Lebens womöglich mehrere Inkarnationen durchlaufen könne; bereits damals sah ich vor mir, dass meine Karriere als Musikjournalistin kurz sein, dass ich in einem fort das Ressort wechseln würde, von der Kultur zu den Nachrichten, von den Nachrichten zum Enthüllungsjournalismus, von dort weiter zum Feature und … Vielleicht sollte ich eine Fortbildung machen, denke ich mir jetzt, auf dem Weg zum Teich, *Der friedliche Blankvann-See ist zu einem Gewässer der Toten geworden*, vielleicht sollte ich Lehrerin werden, denke ich, ein Café eröffnen, was auch immer. Auch an der Entwicklung meiner Branche beunruhigt mich etwas, dass nämlich die Zeitungen, insbesondere die Boulevardblätter, immer öfter für eine Skandalgesellschaft schreiben, ich habe die Schnauze voll von der pausenlosen Jagd nach Aufregern, als ob der Zweck der Presse nur darin bestünde, die Erregungsfähigkeit der Menschen zu nähren, zumal diese Erregung keinerlei Sinn und Ziel hat, man soll lediglich Gehirne für einige Sekunden zum Aufflammen bringen – was einen im Großen und Ganzen um nichts besser machte als einen Drogendealer, einen x-beliebigen Dr. Feelgood. Und Gleiches gilt auch für das andere Extrem, die Freudenbotschaften, eine absurder als die andere, ganz zu schweigen von den verzweifelten Versuchen der Zeitungen, die Konsumenten mit Klatsch zu füttern – im Grunde handelt es sich um nichts anderes, als Stoff abzuliefern zum Zeitvertreib, zur Ablenkung –, und jetzt kamen obendrein noch die sozialen Medien hinzu, wie die Leute sie nannten, so dass ich mich oft gefragt habe, ob wir Journalisten bald veraltet sein oder zumindest an Macht verlieren werden, die vierte Staatsmacht umfasst bald jeden Einzelnen, alle Kommentarschreiber und Blogger, oder das Allerneueste: Twitter und Facebook – Martin zeigte sich von alldem begeistert. Was mich angeht, ich habe mich zu kämpfen entschieden, zu kämpfen für das, was ich für seriösen Journalismus halte, für einen Journalismus, der Qualität garantiert, einen professionellen Blick, ein Gespür für Zündkerzen, und genau deshalb suche ich nach der außergewöhnlichen Reportageidee, dem unerwarteten Porträt und, so wie jetzt: nach Anhaltspunkten für einen Artikel, der den Terror am Blankvann von einem überraschenden, außergewöhnlichen Blickpunkt aus beleuchten kann.

Darüber denke ich nach, als ich mich beim Teich auf einer Bank niederlasse. Wenn ich nicht wüsste, dass es zu feierlich klingt, würde ich sagen, dass ich einen Ruf vernommen hätte. Zum ersten Mal hatte ich das gespürt, als ich bei einer Zeitung in der Akersgata eine Festanstellung bekommen und die Redaktionsräume betreten hatte. Ich hatte es geschafft. Da stand ich und hatte Zugang zu den Spalten einer landesweit erscheinenden Zeitung. Es war, als befände ich mich auf heiligem Boden. Ich würde das Volk aufklären. Ihm Stoff liefern, der *brennt*.

Ich starre auf den Teich hinaus. Meine Gedanken kehren zurück zu dem See in der Nordmarka und den grauenerregenden Morden. Sollte ich jetzt denn nicht genauso denken? Dass die Zeitung, die Öffentlichkeit, *die Nation* Bedarf hat an einer Stimme, die verständig über dieses erschütternde Ereignis spricht? Die Trauer lindert? Zur Solidarität mahnt? Ich trage Verantwortung, sage ich mir, während ich kleine Steine ins Wasser werfe, den sich ausbreitenden Kreisen zusehe. Nur wenige verfügen über so viel Material wie ich – dank der Arbeit an meinem Buch weiß ich auch so einiges über die Lebensgefährtin von Arve Storefjeld und über seine Tochter, Gry, »Morgengrauen«. Rasch gehe ich nach Hause in mein Reihenhaus und hinauf in mein kleines Arbeitszimmer und setze mich an den limettengrünen Mac. Die Aufgabe ist von edelster Art. Ich muss schreiben, und ich schreibe, dass es förmlich in meinem Körper knistert, das aufwendige Eröffnungsfeuerwerk der Sommerolympiade in Beijing, das ich, allein auf dem Sofa, Anfang des Monats im Fernsehen gesehen habe, wurde in meinen Kopf hineinverlegt. Ich weiß nicht, woher das kommt, aber ich verspüre auch einen Anflug von Radikalität, ja, eine Aggressivität, einen Wunsch, ein kritisches Korrektiv zu sein, etwas, das ich vor langer Zeit verloren habe, es ist, als hätte ich den Puls wiedergefunden aus meiner ersten Zeit in der Akersgata. Ja, verdammt, denke ich, *I feel inventive,* singe ich leise, *there's nobody else here, no one like me.*

Außer ein paar Sandwiches nehme ich nichts zu mir, der Kühlschrank ist voller Zutaten, ein ganzes kleines Notproviantlager, genug, um eine ganze Kompanie mit Sandwiches zu versorgen, und alles wegen meiner beständigen Raubzüge, meiner Zerstreuungsexpeditionen ins Skier Einkaufszentrum, wo ich mit einem riesigen Einkaufswagen an den Theken und Regalen entlanggleite – wie in einer Gondel entlang der Paläste am Canal Grande, wie ich es einmal in einer humoristischen Glosse geschrieben habe – und Hamsterkäufe tätige, alles besorge, was ich so brauche, Schinken und Pasteten verschiedenster Art, eingelegte Garnelen und Käse. Emmentaler! Senf und Mixed Pickles. Woher diese Sandwich-Angewohnheit kommt, weiß ich nicht, ich weiß nur, dass sie sich früh herausgebildet hat, Martin hat sich immer darüber geärgert, wollte stets ausgefallene Speisen zubereiten, gern mit mehreren Gängen, wollte in Kochbüchern blättern; vielleicht liegt darin ein Protest gegen die Rolle der Frau, dieses ewige Fokussieren aufs Kochen, Kochen, Kochen, ein Protest gegen all diese neuen Kochmagazine und -blogs, diese nie enden wollende Ernährungshysterie, ich wollte es einfach halten, gut sollte es sein, das ja, aber einfach, ich wollte meine Zeit auf andere Dinge verwenden, ich wollte schreiben, wie ich auch jetzt einsichtsvoll über Storen schreiben will, über den diabolischen Vorfall am Blankvann, aus dem ich schon jetzt ein kollektives Trauma entstehen sehe. *Der Terror hat Norwegen erreicht, mein kleines Land.*

Ein gutes Stück vor Ablauf der Deadline bin ich mit meinem Artikel fertig und schicke ihn ab. Zwischendurch habe ich die Nachrichten im Netz und im Fernsehen verfolgt. Immer noch herrscht hoffnungslose Unklarheit, einzig Arve Storefjeld wird namentlich genannt, und die Polizei will nicht mehr als das Allernotwendigste verlauten lassen. Trotzdem sieht es aus, als würde der Fall immer weiter anwachsen. In der *Dagsrevyen* gibt der Ministerpräsident einen kurzen Kommentar ab, es sei ein

Tag der Trauer, sagt er. Er sieht unsagbar betrübt aus. Der Ernst, mit dem er spricht, ist schon beinahe erschreckend. Hinter ihm ist eine norwegische Fahne aufgestellt, wie zum Zeichen, dass dieser Angriff nicht allein Menschen zum Ziel hatte.

*

Montagmorgen nehme ich den Umweg zum Bahnhof Oppegård, um dort in dem Einkaufszentrum Zeitungen zu kaufen, und auf der Zugfahrt in die Stadt, während der ich bisweilen aus dem Fenster hinaussehen muss, weil es scheint, als habe sich der Charakter der Landschaft verändert, bekomme ich die Bestätigung, dass mein Artikel sich abhebt von allem anderen, was über den Blankvann-Fall in Druck gegangen ist. Mein Kommentar ist politischer, eröffnet eine größere Perspektive, trägt eine deutlichere Handschrift: Es geht nicht allein um Arve Storefjeld, sondern darum, was uns nunmehr verloren gegangen ist, welche Voraussetzungen auf den Kopf gestellt wurden und dass wir schlichtweg von einem »Davor« und einem »Danach« in der norwegischen Geschichte sprechen können. Es ist lange her, seit etwas von mir Geschriebenes Widerhall gefunden hat, aber jetzt, während ich noch im Zug sitze, gehen ungewohnt viele Nachrichten auf meinem Handy ein. Wow, du bestimmst die Tagesordnung, denke ich.

Auf dem Spazierweg vom Jernbanetorget ist es, als wären meine Schritte leichter, dasselbe Gefühl wie in meiner Kindheit, wenn ich im Frühling die Winterstiefel gegen Laufschuhe tauschte, ich spüre eine Überspanntheit, und ich bilde mir ein, dass es vielen anderen ebenso gehen muss, denn irgendwas ist da an der Art, wie die Menschen gehen, der Art, wie sie umherblicken, eine neue Wachsamkeit, und beim Betreten des Empfangs in der Akersgata ist es, als befände man sich in einem Druckkochtopf, nie habe ich eine solche Geschäftigkeit erlebt wie nach diesem Vorfall, alles *beschleunigt*, als ob ich plötzlich in einem Land lebte, in dem sich etwas von ausschlaggebender Bedeutung ereignet; ich setze mich an meinen Platz, und in den nächsten Stunden vor dem Bildschirm, am Telefon, ist mir, als besäße ich übernatürliche Kräfte, einen Supergehörsinn, einen Superblick, und während ich inmitten dieser ganzen Aufregung den Entschluss fasse umzuziehen, endlich umzuziehen, sobald erst diese Sache aus der Welt ist, wünsche ich mir doch gleichzeitig, dass sie noch lange fortdauern, dass der Zustand, in dem ich mich befinde, die Energie, noch lange anhalten möge. Aber dieses Ereignis ist ein Zeichen, ich muss weg, raus aus dem Morast, weg von dem Glauben, dass alles hinter mir liegt. Irgendwann im Lauf dieses Tages sehe ich eine Zeitungsseite in meiner Erinnerung aufblitzen – es muss viele Jahre her sein, dass ich sie gesehen habe –, ein Bild von Gry Storefjeld, doch auf diesem Bild ist sie nicht allein, sondern sie hat ihre Arme um einen jungen Mann gelegt, Nicolai Berge. »Neues Dreamteam der AUF«, lautete die Schlagzeile.

Dann vergesse ich es wieder.

Für gewöhnlich findet die Teambesprechung für das Magazin Mitte der Woche statt, doch diesmal haben wir sie vorverlegt, das Zeitungshaus ist in eine Art Alarmbereitschaft versetzt. Gerade haben wir erfahren, dass von der Polizei nun auch die anderen Namen öffentlich bekanntgegeben wurden. Die gesamte Redaktion hat sich im Besprechungszimmer versammelt und wirft mit Ideen um sich. Blankvann, unser Pearl Harbor, ruft jemand, wird jedoch von Martin zum Schweigen angehalten.

So was dann doch nicht, sagt er, bleibt am Boden, Leute. Es ist fast schon bewundernswert, wie ruhig und beherrscht Martin die angeregte Sitzung leitet – für einige Sekunden gelingt es mir sogar, in ihm etwas anderes zu sehen als meinen Exmann. Nach unserer Trennung hatte ich die Zeitung gewechselt, ich dachte, das wäre für uns beide das Beste. Doch dann, einige Jahre später, war er mir plötzlich nachgefolgt, leider mit einem wasserdichten Alibi: Er hatte bei dem Magazin, für das ich schrieb, den Job als Herausgeber bekommen. Ich habe es geschluckt und bin geblieben. Habe mich geweigert, ein weiteres Mal das Feld zu räumen.

Die Produktionszeit eines Magazins ist verhältnismäßig lang, und es ist nicht leicht, auf dem Absatz kehrtzumachen. Nichtsdestotrotz beschließen wir, für die in anderthalb Wochen erscheinende Nummer ein neues Leitthema zu erarbeiten, eine Reportage, die die Reaktionen spiegelt, die Stimmung auf der Straße sozusagen, der Titelvorschlag kommt von mir, »Stille Mobilmachung«; Fotografen und Journalisten werden in Schwung gebracht, ich soll mit Ulrik und Cappelen, dem Fotografen, den wir alle nur Capa nennen, zusammenarbeiten, uns bleiben nur wenige Tage bis zur Deadline, aber es muss gehen.

Ich kehre an meinen Platz zurück. Eine offene Bürolandschaft hat ihre Vorteile, aber ich habe mich schon früh mit Ohrenschützern und -stöpseln ausgestattet, nicht nur zur besseren Konzentration, sondern um anzuzeigen, dass ich nicht gestört werden will. Noli me tangere.

Ich schalte das Internet ein und breite die Zeitungen um mich herum aus. Zwei Fragen sind es, die sich die ganze Zeit über aufdrängen: Warum? Wer steckt dahinter? Alles ist verwirrend fragmentiert, und wiederholt wird auch ein beunruhigendes

Gerücht laut: Die Opfer sollen enthauptet worden sein. Vor meinem geistigen Auge sehe ich plötzlich Arve Storefjeld dort liegen. *Ein weißes Hemd rot von Blut.* Aus irgendeinem Grund lenkt der Anblick mich weiter zu einer berühmten Fotografie von ihm – ich hatte sie sogar im Buch verwendet – aus jenem Jahr, als er zum ersten Mal ins Parlament gewählt worden war. Das Bild war auf der Alm unter dem Raudberget geschossen worden, wo Storen an einem kalten Wintertag im Freien vor der Sauna stand, mit nichts anderem bekleidet als engen, schwarzen Boxershorts der Marke Dovre. Das war mal ein Anblick – Storen, wie er barfuß und mit nackter Brust vor den schneeglitzernden Bergen stand und ihm der gefrierende Atem aus dem Mund strömte, ein Bild, das die Menschen weniger an diese ältere Fotografie des Ministerpräsidenten Per Borten in Schlüpfer und Hut denken ließ als vielmehr an das des Eisschnellläufers Eric Heiden nur in Unterhose auf dem See Savalen, und die Bildunterschrift verkündete, dass Storen gern Werbung für Dovre mache, in der doppelten Bedeutung des Wortes – im Übrigen gab er an jenem Tag, als die Firma Dovre ihre Unterwäscheproduktion ins Ausland, nach Litauen, verlegte, lautstark seine Unzufriedenheit zum Ausdruck. Vermutlich hatte die Ap diesem ikonischen Bild ebenso viele weibliche Wählerstimmen zu verdanken, wie der Chevrolet ihnen in den dünn besiedelten Landstrichen männliche Stimmen gesichert hatte.

Beim Überfliegen aller Reportagen, aller Bilder, aller Bildtafeln – nicht zuletzt nach den Updates aufgrund der Bekanntgabe sämtlicher Namen – erschließt sich mir nach und nach ein ziemlich klares Bild des Tathergangs. Einer aktuellen Aussage des Sohnes, Ståle Storefjeld, zufolge, war es sein Vater gewesen, der die Initiative zu der unheilschwangeren

Nordmarka-Tour ergriffen hatte, sie sollten die Hütte öfter nutzen, soll er gesagt haben, Sofie Nagel, seine Lebensgefährtin, sei bis dahin lediglich ein einziges Mal dort gewesen. Storen hatte Gry angerufen und sie gebeten mitzukommen, wir dürfen die Wege nicht verwildern lassen, soll er gesagt haben. Freitagnachmittag hatten Arve und Sofie sich in den Chevrolet Blazer gesetzt und waren von Sørkedalen aus in die Marka gefahren, hatten bei Myrås geparkt und waren das letzte, kurze Stück bis zu der Hütte, genannt Valen, zu Fuß hinaufgegangen. Valen, was für ein Name für eine Hütte: seichte Bucht, aber auch Walstatt, Schlachtfeld. Gry war später am selben Tag hingefahren, zusammen mit ihrem Freund, dem französischen Filmregisseur Jules Lefebvre. Auch die Tochter des Letztgenannten, die neunjährige Sylvie, war mitgekommen, weil ihre Mutter sie doch nicht, wie vereinbart, an diesem Wochenende nehmen konnte, sie hatte etwas Dringendes zu erledigen – dies ein Detail übrigens, dass den Leuten durchaus nicht entging, und in den Internetkommentaren herrscht große Verachtung gegenüber dieser Mutter, die, wenn sie sich nur ein bisschen weniger egozentrisch verhalten hätte, ihre Tochter hätte retten können. Lefebvre und die kleine Sylvie hatten im Anbau übernachtet, was den Eindruck erwecken mag, als hätte man auf das Kind Rücksicht nehmen, es mit dem Vater allein schlafen lassen wollen. Die drei anderen lagen im Haupthaus, Arve Storefjeld und Sofie Nagel in dem einen Schlafzimmer, Gry im anderen.

Enthauptet? Auch das kleine Mädchen?

Es war Tobben Lerche, ein Parteifreund – und, wie aus dem unangebrachten Nebensatz einer der vielen Berichte hervorging, Vorsitzender der Freunde des Flachmanns –, der sie am Samstag um vier herum auffand, nachdem er »auf eine

Eingebung hin« die U-Bahn zum Frognerseteren genommen hatte und zum Blankvann gegangen war, um zu sehen, ob jemand in Valen sei, und auf »einen Schluck Kaffee und ein paar Waffeln vorbeizuschauen«. Die Polizei wurde sofort benachrichtigt, und daraufhin brach die Hölle los, zuerst durch das Eintreffen einer Polizeistreife, die der Zentrale Meldung erstattete, dann durch die Kriminaltechniker und Strategen, gefolgt von dem Wolfsrudel der Medien, nur einige wenige am Samstag, Sonntag dann die ganze Meute; es herrschte reger Verkehr auf den Waldstraßen, auch auf der von Hammeren herauf, sowie ein Mangel an Respekt für Vorschriften, wie ihn die Menschen auf dem Blankvannsbråten nie zuvor erlebt hatten.

»Der Angriff der Barbarei gegen unsere Zivilisation«, lautete eine Schlagzeile. Es war, als betrachtete man Storefjelds Hütte am Blankvann als römischen Außenposten vor der Grenze zu den dunklen Wäldern im Norden.

Noch nicht einmal alle Osloer wussten, wo der Blankvann-See lag, aber jetzt weiß es das ganze Land. In den ersten Tagen wurde die Nachricht von einer mit Pfeilen versehenen Karte begleitet, und besonders ältere Norweger, all jene, die sich noch erinnern konnten, dass das 50-Kilometer-Rennen auf dem Holmenkollen am Blankvann vorbeigeführt hatte, stimmte es wehmütig, von diesem Ort im Zusammenhang mit brutalen Morden zu hören. Für viele musste es sich beinahe wie ein Mord in der Kirche ausnehmen.

Die Zeitungen sind voll mit Fotografien. Besonders auffällig scheinen mir jene vom Südende des Blankvanns. Wie *böse* der steile Bergrücken am Nordende wirkt, als habe der Teufel selbst seinen Abdruck dort hinterlassen. Die Bilder sind geprägt von einer unheimlichen, blaugrauen Atmosphäre. Capa ist vor Ort gewesen, und beim Verlassen der Sitzung erzählte er, das ganze

Plateau sei in einen unangenehmen Dunst eingehüllt gewesen, so dass es beinahe verbrannt gerochen habe. Dasselbe haben auch andere gesagt.

Bevor wir in die Stadt gehen, um für das Magazin an dem Artikel zu arbeiten, treffe ich Ulrik in einem der Ruheräume. Ulrik geht gern in die Ruheräume, er hat drei Jungs im Alter von neun, sechs und drei Jahren. Ich verstehe mich gut mit ihm. Er ist aus Horten, hat seine Karriere bei der Zeitung *Gjengangeren* begonnen. Wir teilen auch ein gemeinsames Interesse: Reggae. Ulrik behauptet, seine Leidenschaft für Reggae sei auf Haile Selassies Staatsbesuch in Norwegen 1954 zurückzuführen. Als der abessinische Kaiser, Ras Tafari Makonnen, auf dem Flottenstützpunkt in Horten gastierte, hatte Ulriks Großmutter ihn nämlich begrüßen dürfen, woraus dann natürlich eine Familienlegende entstanden war. »Ich und ich« waren schon von Geburt an bereit für Zion, scherzt Ulrik. Als ob das nicht schon genug wäre, hatte Robert Nesta Marley auf dem Horten-Festival gespielt, als Ulrik zehn Jahre alt war. Übrigens vertritt Ulrik die Meinung, The Clash, eine meiner Lieblingsbands, habe von Reggae absolut nichts kapiert. Darüber streiten wir oft.

Auf einem Whiteboard stehen Sätze und Namen, die zu einem anderen Artikel gehören, und am Rand hängen gelbe Post-its mit rätselhaften Stichwörtern. Was Neues über die Ermittlungen?, frage ich. Beunruhigend wenig, sagt Ulrik. Nichts über Samurai-Schwerter oder sonst irgendwas, worüber spekuliert wird?, sage ich. Nix und wieder nix, sagt Ulrik. Die Polizei hat die Allgemeinheit um Hinweise gebeten, sie wollen gern Kontakt mit Leuten aufnehmen, die an dem besagten Samstag oder am Tag davor in der Blankvann-Gegend wandern gewesen sind.

Wir arbeiten an unserem Artikel fürs Magazin. Ich schlage Orte vor, die wir aufsuchen könnten. Ulrik antwortet mit Ja oder Nein, er ist ein guter Sparringpartner. Sollen wir eine Runde durch Grønland und Tøyen drehen?, frage ich. Die Frage bleibt in der Luft hängen. Wir wissen nichts über die Nationalität der Täter, ob es sich um Einheimische oder Ausländer handelt, sagt Ulrik dann. Ich schaue ihn an. Du meinst: Ob es Muslime waren? Ulrik nickt, wir wissen beide um die Brisanz dieses Themas. Hat Storefjeld nicht vor Kurzem erst eine scharfe Kritik gegen Muslime vom Stapel gelassen?, sage ich. Spinnst du, doch nicht gegen Muslime, sagt Ulrik. Gegen den *Islamismus* – Ulrik betrachtet etwas, das er auf seinem Block notiert hat –, »diese unerhörte Vermischung von Religion und politischer Ideologie, ein teuflisches Gebräu«. Einige der empfindlichsten, extremsten muslimischen Gruppierungen könnten das als Provokation aufgefasst haben. Außerdem hat er sich mehrmals, auch neulich erst wieder, provokant über den Iran geäußert. Scheiße, sage ich. Scheiße, sagt Ulrik.

Im Aufzug treffen wir Foyn, den Leiter des Nachrichtenressorts, der in die Kantine runterfährt. Er trägt ein T-Shirt, auf dem *Lifeguard Bondi Beach* zu lesen ist. Es sei jetzt etwas mehr von den Ermittlungen durchgesickert, verrät er uns. Die Terroristen haben Messer benutzt. Die fünf Opfer wurden nicht ermordet, sondern regelrecht abgeschlachtet – der Hinweisgeber hat das richtige Wort gewählt. Alle haben in ihren Betten gelegen, vermutlich sind sie im Schlaf ermordet worden. In der Nacht oder frühmorgens, am Samstag. Im Netz steht schon was darüber, sagt Foyn. Ulrik sieht mich an, als sei er trotz allem enttäuscht, dass keine Schwerter benutzt wurden.

Wir sind nun unten angekommen. Foyn hält uns zurück, um uns zu berichten, es sei eine wirre Theorie in Umlauf gebracht worden, der zufolge die Terroristen die Falschen umgebracht haben könnten, dass das Ziel ein anderes gewesen sein könnte. So wie bei dem Attentat in Lillehammer 1973, als israelische Mossad-Agenten die falsche Person ermordet hatten. Ich schüttle den Kopf. Wohl kaum, sage ich. Blödsinn, sage ich. Foyn hat noch mehrere Theorien, lässt uns nicht gehen. Wenn jemand ihn frage, könne die ganze Sache genauso gut etwas mit Jules Lefebvre zu tun haben, der vor einigen Jahren angeblich einen stark antimuslimischen Film gedreht habe, in dem Szenen vorkämen, die als Verspottung des Propheten gedeutet werden könnten.

Jah jah have mercy, murmelt Ulrik und schreibt etwas auf seinen Notizblock. Da braut sich echt was zusammen, sagt er. Das hab ich im Netz aufgeschnappt, entschuldigt sich Foyn, bevor er sich in der Kantine an der Schlange hinter dem Tresen für die warmen Gerichte anstellt. Die Leute sagen das nicht laut, aber viele sind der Meinung, es war ein Unglück, dass dieser Franzose ins Land gekommen ist, sagt er über die Schulter.

Scheiß Internet, sagt Ulrik, bei diesem Wettrennen haben wir keine Chance. Mecker nicht rum, sage ich, die Sache ist groß genug für alle. Wir müssen unsere Vorteile nutzen. Gut schreiben, gründlich, anders. Glaubst du, Foyn ist in Sydney gewesen, in Bondi Beach?, frage ich. Wohl kaum, sagt Ulrik. Und er würde niemals irgendwo schwimmen gehen, wo es Fische gibt, die größer als Sprotten sind.

Die nächsten Tage fließen ineinander. Draußen auf den Straßen erleben wir etwas, das einer Staatstrauer gleichkommt. Die Menschen *trauern.* Der Vorfall hat das ganze Land geprägt.

Fünf getötete Menschen sind vielleicht nicht so viele, aber in Norwegen sind es viele, und was die Menschen erschauern lässt, hat auch mit der Tötungsart zu tun – das Messer, ein Dolch – und damit, dass unter den Ermordeten Personen sind, zu denen fast alle einen emotionalen Bezug haben, bedeutende Persönlichkeiten, vom Volk geliebt, es ist ein Ereignis, das alles andere überschattet. Wir, wir Norweger, sind nicht darauf vorbereitet, dass solche Dinge geschehen können, denke ich. Wir sehen es im Ausland, aber unsere Phantasie reicht nicht aus, um zu sehen, dass dasselbe auch hier passieren kann. Obwohl nur wenige Menschen ermordet wurden, ist das *Bewusstsein* einer ganzen Bevölkerung in Mitleidenschaft gezogen worden. Ich sehe, dass in vielen der großen ausländischen Zeitungen über die Morde geschrieben wird. Norwegen, sonst unsichtbar und uninteressant, ist plötzlich auf der Landkarte erschienen.

Die Tage sind warm, und nach Mittag gehen oft Regengüsse von tropischen Ausmaßen nieder. Wenn ich die Redaktion verlasse, sind die Straßen nass und es herrscht ein Geruch, als wäre die Stadt anderswohin verlegt worden. Die Lindealleen oben beim Regjeringsparken leuchtet übernatürlich grün. Ich bin voller Energie. Aus irgendeinem Grund übt der glänzende Asphalt eine anregende Wirkung auf mich aus. Spontan werden kleinere Gedenkstätten errichtet. Zusammen mit Ulrik und Capa bin ich bei einer davon. Am Youngstorget. Viele haben rote Rosen mitgebracht, solche, wie sie während der Wahlkämpfe ausgeteilt werden. Jemand stellt sich hinter ein Mikrophon und singt, ein bekannter Troubadour der Arbeiterbewegung. Die Leute weinen, klammern sich aneinander. Reden werden gehalten, man spricht über den Vorfall als einen Wendepunkt. Meine eigenen Gefühle dazu sind eher gemischt, fast anstößig. Ich empfinde eine tiefe Ergriffenheit, dieselbe Ergriffenheit wie alle anderen um mich herum, zugleich aber ist das für mich Arbeit, ich soll darüber schreiben, und es ist leicht, darüber zu schreiben, denn es sind die perfekten Szenen, wie vom Himmel herabgesandt. Was für ein Stoff! Diese Story hat *alles*. Bestialische Morde, unbekannte Terroristen, eine unheimliche Location, an der die Tat begangen wurde, der von allen Einwohnern Oslos geliebte Wald – so gut wie alle Zeitungen haben »Herz der Finsternis« in einer ihrer Schlagzeilen verwendet –, dazu eine Hütte, die im Krieg von Widerstandskämpfern genutzt wurde, und als Draufgabe eine jener Familien, über die in Norwegen am meisten geschrieben worden ist, obendrein eine Verbindung zur Arbeiterpartei, der staatstragenden Partei. Das ist fast zu schön, um wahr zu sein – in Gedanken korrigiere ich sofort: zu schlimm, um wahr zu sein. »Das absolut Böse«, steht in Kriegslettern auf dem Titelblatt einer Zeitung – als gäbe es Abstufungen des Bösen. »Norwegen wird nie mehr so sein wie früher.«

In den Redaktionsräumen der Akersgata herrscht eine so gehetzte Atmosphäre, dass ich des Öfteren meine geheime Denkstätte aufsuche, einen Platz, wo ich mit der Hand zu schreiben pflege. Ich überquere die Straße zur Allee zwischen den zwei stillen Wasserspiegeln vor dem Regierungsgebäude – ein Bauwerk, das mich immer ein bisschen an das UN-Hauptquartier in Manhattan erinnert –, trete ein und lasse mich auf der kleinen Sitzgruppe vor den Fenstern zur Grubbegata nieder, in der Ecke hinter den Aufzügen. Zuerst schaue ich noch am Empfang vorbei, bei der Zugangskontrolle, sie wissen, ich bin aus der Akersgata, sie kennen mich, sehen mich oft hier sitzen, oft kurze Interviews hier führen.

Ich hole meinen Journalistenblock heraus und lege ihn mir auf den Schoß. Es versetzt mich immer in eine besondere

Stimmung, wenn ich hier sitze, vor einer Wand aus Naturbeton, mit Sandstrahlkunst von Inger Sitter und Carl Nesjar. Gleich außerhalb liegt der Platz, der nach Einar Gerhardsen benannt ist und der mir den Gedanken erlaubt, ich befände mich mitten in Norwegens moderner Geschichte, ich kann fast den Druck spüren. Ich arbeite gern hier, weil es in dem Vestibül paradoxerweise merkwürdig still ist, es herrscht eine Form von ansteckender Konzentration, und weil ich, mit siebzehn Stockwerken voller Machthaber und Bürokraten über mir, an einem Knotenpunkt, in einer Kommandozentrale sitzend denke und es mir zugleich ein Gefühl von etwas Sicherem vermittelt – allein daran war ja schon zu erkennen, was für ein friedliches Fleckchen dieses Land war, dass jeder x-Beliebige mir nichts, dir nichts in diese Hochburg der Macht hineinspazieren konnte. Während des Denkens, Notierens, kann ich dort auch verfolgen, wer hereinkommt und zum Empfang geht, wer aus dem Aufzug steigt. Meine besten Tipps bekomme ich von Politikern, die mich wiedererkennen und auf einen kurzen Schwatz bei mir vorbeischauen.

Hier sitze ich und kritzle, schaue hinunter auf meinen Block, sehe, dass ich 11. 9. geschrieben habe. Und dann 11. 3. und 7. 7. – die zwei letzten Datumsangaben bezeichnen die Terrorangriffe in Madrid und London. Ich schreibe 23. 8. dazu. Dann streiche ich es wieder. Doch eher nicht. Zu dramatisch. Es wäre falsch, etwas, das in Norwegen vorgefallen ist, mit diesen tragischen Daten zu verbinden. Das wird eine Ausnahme bleiben. Ja, ein schwerwiegendes Ereignis. Aber dennoch nur eine kleine Ohrfeige. Trotz allem.

Die neueste Theorie besagt, dass die Morde ein Anschlag gegen die Arbeiterpartei seien. Dass die Terroraktion wegen des ausgesuchten Ziels auch gegen das Herz unserer nationalen

Wertegrundlage gerichtet sei. Ich denke: *Es ist ein Angriff auf das norwegische Modell,* auf unser unwahrscheinlich erfolgreiches politisches System, unsere Verteilung des Reichtums, unseren beneidenswerten Wohlstand, unser … *Glück*. Die Ap ist eng an die Sozialdemokratie geknüpft sowie an eine Tradition, die durch Emanzipation und die Gleichstellung der Geschlechter für viele Muslime ungenießbar ist. »Unsere Zwillingstürme sind gefallen«, lautete eine Schlagzeile, von der ich den Verdacht habe, dass sie sich im Nachhinein ein wenig übertrieben ausnehmen wird, die dieser Tage jedoch ein Gefühl ausdrückt, das von vielen geteilt wird. Arve und Gry Storefjeld verkörperten die neue und die alte Arbeiterpartei, es ist wirklich, als ob jemand versucht hätte, zwei der Tragsäulen des norwegischen Hauses zu stürzen. Sowohl vor Storens Wohnung im Maridalsveien als auch vor dem Treppenhaus in der Westye Egebergs gate, wo Gry wohnte, werden Blumen niedergelegt, viele Blumen. Ich bin dort gewesen, habe Nachbarn und andere interviewt, zusammen mit Ulrik und Capa.

Es trifft mich wie ein Schlag, dass mein Gedanke dennoch nicht ganz falsch war, als ich mit dem Verlagschef gesprochen und gesagt habe, Arve Storefjeld sei für die Partei tot wichtiger als lebend. Storen – und Gry – wurden nicht nur ermordet, sie starben einen Märtyrertod.

Eine hochrangige Person des Justizministeriums schaut auf einen Sprung zu mir herüber, um sich zu erkundigen, ob wir was Neues haben. Ich schüttle den Kopf. Fürchterlich, ganz fürchterlich, sagt er und verschwindet in den Aufzug. Von meinem Platz aus habe ich Aussicht auf die Wand mit Hannah Ryggens blauem Wandteppich. »Wir leben auf einem Stern.« Es kommt vor, dass ich hinübergehe und ihn mir ansehe, einfach nur, um meine kurzsichtige Perspektive zu justieren. Aber nicht heute. Ich denke. Ich versuche, Bausteine zusammenzusetzen.

Es stellt sich heraus, dass der getötete Franzose Mitglied der Parti Socialiste war, der Schwesterpartei der Ap, und dies, zusammen mit dem Wissen, dass auch Sofie Nagel, Storens Lebensgefährtin, im Parteiapparat auf dem Youngstorget eine zentrale Figur war, bestärkt die Spekulationen, der Anschlag sei gegen das sozialdemokratische Denksystem gerichtet, man mag es gern das norwegische Haus nennen, als hätte man gewusst, dass selbst eine verhältnismäßig kleine Bombe im Fundament das gesamte Gesellschaftsgebäude erschüttern würde. Nur eine Sache verwirrt, passt nicht hinein: die kleine Sylvie, und es gibt nur weniges, das mir so nahegeht wie die Tatsache, dass eines der Opfer ein neunjähriges Mädchen ist. Das ist unmöglich zu ertragen. Eine Sylphide. Und sie hat Violine gespielt. Noch schlimmer. Sie soll ein musikalisches Talent gewesen sein. Nicht zu ertragen. Der Gedanke, dass sie im Bett lag und schlief, und dann kommt jemand und nimmt ihr das Leben, sticht ein Messer in sie hinein. Wie kann ein Mensch zu so etwas imstande sein? Ich finde keine bessere Erklärung als die Worte der Schlagzeile: das absolut Böse.

Da ist auch noch etwas anderes. Mein eigener Kinderwunsch. Martin und ich haben es versucht, ohne Erfolg. Wir waren bei Fachärzten, ohne Erfolg. Niemand konnte uns helfen. Am Ende haben wir unseren Frieden damit gemacht. Das Schicksal der Kinderlosen. Aber meine Sehnsucht ist geblieben. Jedes Mal, wenn ich eines der vielen Bilder der kleinen Sylvie in den Zeitungen abgedruckt sehe, kriege ich einen Kloß im Hals. Das ist nicht auszuhalten. Das schöne kleine Mädchen. Sie soll Paganinis Cantabile D-Dur gespielt haben, dass den Leuten die Tränen in die Augen traten.

Gesegnet jede Bombe, die auf ein gotisches Bauwerk fällt, solange nur ein Kind verschont wird! Ja, spricht es in mir. Nordahl Grieg hatte recht.

Wir haben das neue Leitthema für das Magazin rechtzeitig fertig. Alle sind zufrieden, nur Martin schaut nachdenklich drein. Aber er bleibt bei dem Titel »Stille Mobilmachung«, nickt mir zu, ohne etwas zu sagen.

Die nächsten Tage verlaufen ruhig, aber genau wie die anderen Einwohner bin ich von den schrecklichen Ereignissen mitgerissen worden, ich versuche, es nüchtern zu betrachten, meine Distanz zu wahren, aber ich werde mitgerissen, mein ganzer Gefühlsapparat ist beeinträchtigt, meine Gespräche mit den Menschen sind anders geworden, verhaltener. Obwohl das Ausmaß des Terrors begrenzt ist, stellt er einen Umbruch in unserer Geschichte dar; es ist, als wäre eine neue Sensibilität in der Bevölkerung eingezogen, ich kann es an ihren Umgangsformen erkennen, den Blicken. Ist dem Ganzen nicht auch eine Furcht beigemengt? Viele haben Angst. Als wäre jene Sorglosigkeit, die wir so lange als gegeben hingenommen haben, pulverisiert worden. Durch das Zugfenster entdecke ich, dass an mehreren Fahnenstangen norwegische Flaggen gehisst wurden. *Gerade zu dieser Stunde wissen wir, was Freiheit ist.* Nordahl Grieg hat wieder an Aktualität gewonnen.

Obwohl von der gerichtsmedizinischen Untersuchung, von der Obduktion, nichts hindurchsickert, geht das Gerücht, dass es sich um ein besonderes Messer gehandelt haben soll. Dies wiederum bestätigt die Vermutung, professionelle Attentäter seien für die Morde verantwortlich. Es gehört schon was dazu, fünf Menschen umzubringen, ohne dass einer es auch nur aus dem Bett schafft, es muss schnell und lautlos vonstattengegangen sein. Eiskalt, berechnend. In vielen Zeitungen wird jetzt wild spekuliert, es werden Bilder potentieller Messer abgedruckt, so dass mir auf einmal, genau wie allen anderen, der Unterschied zwischen einem SOG-Kampfmesser und einem Balisong geläufig ist.

Immer deutlicher tritt nun die Bedeutung der Untat zutage. Fünf Menschen werden beim gemütlichen Hüttenaufenthalt ermordet. Das ist nicht bloß ein Angriff auf ein politisches System, das ist ein Angriff auf die norwegische Volksseele, die Nabe des norwegischen Daseins. Waldwanderungen. Hüttenleben. »Hygge«. *Das Ziel wurde gewählt, um uns größtmöglichen Schrecken einzuflößen,* habe ich in einem neuen Beitrag geschrieben. Das ist der Zweck des Terrors: Angst zu erzeugen. Kalkulierte, herzlose Gewalt.

Ich arbeite an der Fertigstellung meines Buchs über Storen, mache mich an die nötigen Änderungen. Wenn Zeit bleibt, gehe ich zu den Begräbnissen, Arve Storefjeld in der Trefoldighetskirke, Gry in der Gamle Aker kirke, Sofie Nagel in der Kapelle am Vestre gravlund, die kleine Sylvie in der Grefsen kirke – Lefebvre wurde in Frankreich beigesetzt. Ich weiß nicht, ob sich das zufällig ergeben hat oder ob es so organisiert wurde, aber die Begräbnisse sind an verschiedenen Tagen angesetzt, so dass jeder, der will, bei allen dabei sein kann. Und nicht nur ich gehe hin, die gesamte Presse ist dort, es ist ein Medienaufgebot sondergleichen, scharenweise Prominente, besonders in der Trefoldighetskirke, aber auch in der Gamle Aker kirke, die weit davon entfernt ist, allen Platz bieten zu können; verbotene Gedanken quälen mich, denn es ist dort wie bei einer Premiere, ich muss es zugeben, alle übertreffen sich gegenseitig im Aufsetzen tiefster Trauerfalten, es ist wie bei einer Aufnahmeprüfung an der Schauspielschule, »spiel Trauer« – überall sind auch Kameras –, oder eigentlich braucht man das gar nicht erst zu spielen, alle *sind* erschüttert, nicht zuletzt beim Gedanken an das kleine Mädchen, die Kirche ist von Schluchzern erfüllt, von einem ständigen Taschentuch-an-die-Augen-Führen. Es ist … es ist … unmöglich, das zu beschreiben, ein Schauder, ein Schnitt mit einer Messerspitze am Rückgrat entlang, und dabei bin ich über mich selbst überrascht, ich bin seit zehn Jahren in keiner Kirche mehr gewesen, abgesehen von ein paar Hochzeiten und einer Taufe, ich gehe nie auf Begräbnisse, ich hasse Begräbnisse, aber jetzt kann ich gar nicht genug bekommen vom Sitzen auf harten Kirchenbänken und dem Abschiednehmen von Menschen, die ich kaum gekannt habe, von diesen Menschen, denen so schockierend brutal das Leben genommen wurde in einer Hütte tief im Wald. Ich singe diese Lieder mit, die ich lange nicht gehört habe, einige davon seit meiner Kindheit nicht mehr, *»Wenn alles flieht, wenn jede Stütze bricht / du, der Verlaßnen Hort, verlaß mich nicht;«* und insbesondere dieses »der Verlaßnen Hort« zwingt mich geistig in die Knie; ich singe so laut, wie ich nur je gesungen habe, und höre trotzdem kaum meine eigene Stimme in dem allgemeinen Gesang, und ich weine, der Anblick der Särge, der blumengeschmückte Kirchenraum, die Orgeltöne, die Boden und Wände erzittern lassen, die ganze Zeremonie ist nicht zu ertragen, die Glockenschläge aus dem Turm dringen auf tiefe und bedeutungsvolle Weise in meinen Körper. Ich weine. Storen war bekannt für sein Weinen, eine böse Zunge hat einmal behauptet, sein einziges Talent sei die Fähigkeit zu weinen. Storen hatte stets Tränen in den Augenwinkeln, wenn er Arbeiterlieder intonierte oder besonders salbungsvolle Worte in eine Rede einflocht, er konnte einen an Dickens erinnern, der beim Vorlesen aus seinen Romanen über seinen eigenen Text weinte; in einer linksradikalen Zeitung stand leicht schnippisch geschrieben, jetzt sei es, als habe Storens Fähigkeit zu weinen ein ganzes Volk angesteckt, doch nicht einmal dieser sarkastische Kommentar vermag zu verhindern, dass die Tränen fließen, ich weine und weine, ich kann gar nicht genug weinen, niemand kann es, und überall werden wir an dieselben Werte erinnert, auch der Ministerpräsident, stattlicher denn je, erwähnt sie in seiner ergreifenden Rede bei Arve Storefjelds Beisetzung, und es macht dabei auch gar nichts aus, dass damit die traditionellen Werte der Ap gemeint sind, das ganze Land besteht plötzlich aus Sozialdemokraten: Gemeinschaft, Zusammenhalt, Solidarität. Die Schlussworte des Ministerpräsidenten, gesprochen mit dem Gesicht zu Storens Sarg gewandt, riefen ein leises kollektives Schluchzen hervor: Du warst Norwegen, als es am besten war.

Diesen Satz habe ich in mein Buch aufgenommen.

Es gibt auch ein paar Sonderveranstaltungen mit Künstlern, eine davon ein Open-Air-Konzert am Eidsvolls plass, auf einer Bühne, die am Studenterlunden aufgebaut wurde. Das Konzert findet am Abend statt und die ganze Spikersuppa-Eislaufbahn ist gerammelt voll von Menschen, denn es geht nicht nur um fünf getötete Individuen, auch nicht darum, dass einige von ihnen berühmt waren, sogar bewundert wurden, sondern es geht um einen Angriff auf Norwegen, die Menschen wollen zeigen, dass sie keine Angst haben, dass sie zusammenhalten, *alle Schwestern und alle Brüder*, einige der bekanntesten Künstler des Landes singen ihre gefühlsträchtigsten Lieder im Angedenken an die Toten, es ist ein wenig kühl, die Menschen stehen nah beieinander, und viele im Publikum nehmen

Feuerzeuge heraus oder schalten ihre Handys ein und halten sie in die Luft, der ganze Platz zwischen Theater und Parlament ist ein Menschenmeer, ein Menschenmeeresleuchten, und natürlich ist das bewegend, besonders als ein beliebter Liedermacher die Bühne betritt und eines seiner populärsten Lieder zum Besten gibt, ein Lied, dessen Inhalt in diesem traurigen Rahmen einen neuen, fast religiösen Anstrich bekommt und das sich danach noch größerer Beliebtheit erfreut, im Radio auf und ab gespielt wird, von da an auch immer von Tränen begleitet, weil so viele beim Hören dieses Lieds in Gedanken zu jenem schwarzen Samstag zurückkehren, zu den fünf Toten, die sinnlos aus dem Leben gerissen wurden, dann noch mehr Weinen, es ist, als würden wir ein Ventil finden für aufgestaute Gefühle, als wäre das Vorgefallene ein willkommener Anlass oder ein Vorwand, alles rauszulassen, eine Art Therapie, und an einem dieser Tage, vor dem Küchenradio im Reihenhaus, erkenne ich plötzlich, dass mein Weinen nicht allein den Toten, insbesondere dem kleinen Mädchen gilt, sondern dass es dabei auch um mich geht, es ist ein Weinen über all das Triste, all das Verpasste, alles das, wofür ich keine Worte finde, der schreckliche Gedanke, dass das Wichtigste im Leben hinter mir liegt, und es ist befreiend, hier auf einer Kirchenbank zu sitzen, dort auf der Spikersuppa zu stehen, dicht gedrängt unter anderen Menschen, oder bloß allein am Küchentisch zu sitzen und beim Hören eines einfachen Lieds die Tränen fließen zu lassen.

Selten haben die Medien bessere Tage erlebt, die Nachrichtensendungen werden von noch mehr Zuschauern verfolgt, die Auflagen der Zeitungen schießen in die Höhe, die Leute klicken sich durch die Onlineausgaben wie nie zuvor. Geschäftsführer und Chefredakteure laufen mit sorgenschweren Mienen umher, während sie in aller Heimlichkeit höheren Mächten für eine Story danken, die so außergewöhnlich ist, dass die Leute gar nicht genug davon kriegen können. Am liebsten würde ich meinen eigenen Gedanken wegsperren, aber gleichzeitig muss ich ehrlich sagen: So ist es nun einmal.

Und inmitten all dieser Gefühle bin ich ein Wirbelwind, in meinem Körper brodelt es förmlich vor Adrenalin und Dopamin und Serotonin, so dass ich in nur wenigen Tagen ein neues Schlusskapitel für mein Buch über Arve Storefjeld geschrieben habe, dazu ein Knaller von einem Vorwort, ich sitze zu Hause im Arbeitszimmer und schreibe, ein Sandwich neben mir auf einem Teller, etwas Einfaches, Eier, Tomaten, Mayonnaise und Schnittlauch; zusätzlich füge ich noch mehrere neue Absätze ein, oder »Fragmente«, wie ich sie nenne, Absätze von der Länge einer Drittelseite, darüber und darunter eine Leerzeile – vornehmlich über Valen schreibe ich noch etwas mehr, über die Hütte am Blankvann, die seinerzeit von Storens Vater gebaut und all die Jahre über von Ap-Leuten für »vertrauliche« Gespräche genutzt wurde und obendrein den »Gutta på skauen«, den Widerstandskämpfern, im Krieg Zuflucht bot. Die Hütte im Wald gehörte zu den wenigen, die in privater Hand waren und nicht zum Besitz der Løvenskiolds zählten, und ich kann gut nachvollziehen, dass sie in der Geschichte der Partei eine Rolle gespielt haben muss. Die Hütte war eine Art heimliche Enklave. Es musste in den Wänden widergehallt haben, wenn man die Strophe der Internationalen, »Så samles vi på valen«, in Valen gesungen hat. Und jetzt, wie die Erfüllung einer Prophezeiung, ist Storen dort gefallen.

Auch über Mosse füge ich noch mehr hinzu, Arve Storefjelds Ehefrau, die gestorben ist, als Gry noch klein war, über ihre wissenschaftliche Tätigkeit an der Fafo, denn im Zusammenhang mit den Ereignissen sind viele interessante Dinge über sie herausgekommen – die Wörter stehen einfach da, fix und fertig, ich sitze an meinem grünen iMac und habe plötzlich Zugang zu einer neuen sprachlichen Vitalität, die Sätze rieseln aus einer Quelle, die mir bislang verborgen war, ich gehe zum Friseur, lasse mir die Haare kürzer schneiden, verpasse ihnen eine dunklere Färbung, als wollte ich mich darauf vorbereiten, im medialen Rampenlicht zu stehen, einen möglichst guten Eindruck zu machen, auch deshalb aber, weil ich mich anders fühle, weniger grau, weniger ältlich, nicht mehr so schlecht drauf – nicht mehr auf dem Abstellgleis. Von vielen Seiten wird mir denn auch bescheinigt, dass ich gut aussehe, sie wollen wissen, ob ich verliebt sei – nein, denke ich, es ist nur eine norwegische Tragödie, die meinen Wangen Farbe verliehen hat –, und der Gipfel des Ganzen ist, dass ich mich wieder mehr wie eine Revoluzzerin fühle, ich überlege sogar, ob ich die alte, rote Lederjacke hervorkramen soll, die Chrissie-Hynde-Jacke, halte mich aber zurück, ich darf es nicht übertreiben. Trotzdem verwende ich mehr Zeit auf mein Make-up, spare nicht mit Schwarz und beschließe schon jetzt, nächstes Jahr auf das Øyafestival zu gehen, scheiße, ja, denke ich, auch wenn ich dann schon vierzig sein werde, und eines Tages schleudere ich dem Chefredakteur höchstpersönlich eine ziemlich freche Antwort auf eine Bemerkung entgegen, was ich noch vor zwei Wochen niemals gewagt hätte, er sieht mich verwirrt an, lächelt aber, hält den Daumen hoch, ich kann mir alles erlauben, ich habe wieder Fahrt aufgenommen, ich bin eine Bereicherung für die Zeitung, ich bin unverzichtbar, ich glühe, *I'm special, so special,* ich war eine lebende Tote, aber jetzt lebe ich wieder, *I'm gonna use my, my, my imagination.*

Nach einem neuen, größeren Artikel über Storens Karriere, in dem ich über weite Passagen mit der deftigen, subjektiven Sprache des neuen Journalismus auf den Putz gehauen habe, und nachdem ich, bei mehreren Sendungen sogar, im Fernsehen gewesen bin – »Für einen Kommentar haben wir heute Ine Wang hier bei uns, die bald ein Buch über Arve Storefjeld herausbringen wird« –, spüre ich den köstlichen Rausch, spüre den Wunsch in mir, dass dieser Rausch fortdauern möge, ich denke an das Märchen von der Zauberflunder, die Unzufriedenheit trotz Erfolgs, verdränge das aber schnell wieder, denn ich will mehr, mehr Aufmerksamkeit, ich will noch mehr spüren von diesem inneren Kick, diesem Bad aus Wohlbefinden, und ausgerechnet da kommt mir eine brillante Idee, das heißt, ich muss sie schon lange im Hinterkopf gehabt haben – schon seit diesem Erinnerungsblitz, als die Zeitungsseite mit der Schlagzeile »Neues Dreamteam der AUF« vor meinen Augen erschienen ist –, denn auf einmal taucht es wie ein ganz selbstverständlicher Gedanke auf: Berge.

Ich muss darüber nachdenken. Es gären lassen.

Eines Abends, ich komme jetzt jeden Tag später heim, schaue ich im Zug nach Hause die Wohnungsanzeigen durch. Ich halte Ausschau nach einer Wohnung in Kampen, oder wieso nicht am Ekebergskrenten, mit einer völlig anderen Aussicht als auf eine Mauer aus Reihenhäusern.

Ich sitze mit Ulrik in der Kantine. Eine seiner Eigenheiten ist, dass er immer Brot mit Makrelen in Tomatensauce isst, wobei die Eigenheit eher darin besteht, dass er sich nicht um den schlechten Atem schert, den er davon bekommt. Makrelen von Stabbur, das ist der Knoblauch Norwegens, sagt er, wenn ich ihn damit aufziehe. Er wiederum findet es lustig, dass ich immer meine Brotscheiben übereinanderlege, mit einer Lage Aufschnitt dazwischen, Sandwich-Girl nennt er mich. Wenigstens esse ich nicht Salat wie die anderen, sage ich und deute zu einer Warteschlange aus schlanken Jungjournalistinnen vor einer Theke, die sich vor lauter Grünzeug nur so durchbiegt. Wir reden über den Fall. Die Polizei geht weiterhin sparsam mit ihren Informationen um. Ulrik zufolge bedeutet das, dass sie nicht weiterkommen. Allen ist klar, dass es wenige oder gar keine Spuren gibt, dass die Terroristen ungewöhnlich gut ausgebildet gewesen sein mussten. Es hat den Anschein, als warteten die Ermittler nur darauf, dass eine Gruppe die Tat für sich beansprucht. Dass irgendein Dokument im Internet auftaucht. In der *Dagsrevyen* ist jetzt täglich die ranke Polizeisprecherin zu sehen, Leiterin der Abteilung Gewalt- und Sexualverbrechen, Polizeidirektion Oslo, wie sie mit traurigem Gesicht an der Treppe der Polizeiwache steht und in Bildern spricht, man suche noch immer nach der Blackbox, die ihnen die Erklärung liefern könne für das, was sich dort im Wald zugetragen habe. Auch meine Quellen können nicht viel zur Aufklärung beitragen, aber einen guten Kontakt habe ich immerhin, und der konnte bestätigen, was Ulrik gesagt hat: Man hat weder Fingerabdrücke noch Fußspuren der Terroristen am Tatort gefunden, überhaupt konnten keine wichtigen Funde sichergestellt werden. Die Polizei hat auf den beiden Anfahrtswegen, die in Frage kommen, vergeblich nach Reifenspuren gesucht. Auch Hinweise auf verdächtige Fahrzeuge gab es keine. Eine Frau, die nicht weit entfernt in einer Studentenhütte übernachtet hat, behauptete, frühmorgens Hubschrauberlärm vernommen zu haben. Unmöglich, denke ich. Ein Helikopter! Kann das stimmen?

Ulrik ist der Einzige mit Rastahaaren, mit kurzen Dreadlocks, den ich kenne. Ich habe den Verdacht, dass sie eher der

Tarnung dienen, als dass sie eine Folge seines Musikgeschmacks darstellten – sie verschaffen ihm Zutritt zu vielen unorthodoxen Milieus. Ulrik ist ein fähiger Journalist, verwandt mit *hackeren*, und jetzt berichtet er mir in aller Ruhe von einem wichtigen Detail, mit dem die Polizei bislang noch nicht herausgerückt ist: Die Täter hätten die Messer nicht auf irgendeine x-beliebige Art benutzt. Ach nein?, sage ich. Er lässt sich Zeit mit der Antwort: Alle Opfer seien mit durchschnittener Kehle in ihren Betten aufgefunden worden.

Entsetzen packt mich. Vielleicht war es gar nicht so verwunderlich, dass anfangs das Gerücht die Runde machte, die Opfer seien enthauptet worden. Als ich die Makrelenstücke mit Tomate auf Ulriks Teller sehe, verspüre ich den Drang, das Essen auszuspucken, das ich im Mund habe. Ich sehe es vor mir. Versuche, es vor mir zu sehen. Das ist unmöglich zu verstehen. Dass in dieser Idylle, an diesem friedlichen Flecken tief im Waldesinnern, in einer von Feldblumen umwachsenen Hütte Menschen wie Tiere abgeschlachtet worden sein sollen. In Ulriks Augen bestärkt das die Theorie eines Angriffs auf die Arbeiterpartei. Die Symbolik ist doch völlig klar, sagt er. Jemand will der Ap an die Gurgel.

Die Information lässt mein Herz schneller schlagen. Ich muss aufstehen und mehr Wasser holen, als hätte ich auf einmal selbst irgendwas mit dem Hals.

Wieso wurden sie dort ums Leben gebracht? Das Glas in der Hand, betrachte ich Ulriks verfilzte Locken und höre seinen Spekulationen zu. Konnte es damit zu tun haben, dass Valen lange eine Art Parteigeheimnis war, ein Ort, an dem mehrere Jahrzehnte hindurch bedeutende Entscheidungen getroffen wurden? Ulrik schlägt mit den Armen aus, gibt auf. Wählst du Ap?, frage ich. Das tue ich nicht, sagt Ulrik, ich wähle sehr viel weiter links als Ap. *Get up, stand up.* Isst du noch ein Sandwich? Schon mal Makrelen in Tomatensauce zwischen Käse und Salami probiert?

Dann die Neuigkeit. Ich bekomme sie nicht mit, ich habe am Morgen wenig Zeit und muss zum Zug laufen. Den Weg in die Stadt hinein verbringe ich im Halbschlaf, aber direkt vor dem Hauptbahnhof Oslo S, als ich hinaussehe und gerade denke, dass die glatten Fassaden des Hotels Oslo Plaza aussehen wie eine gigantische, in den Himmel ragende Messerschneide, vibriert mein Handy. Eine SMS von Ulrik: Eine Terrororganisation, die sich »Norwegen für Muslime« nenne, habe sich zu dem Anschlag bekannt. Am Hauptbahnhof sind heute weniger Menschen mit Migrationshintergrund zu sehen als sonst. Vielleicht trauen sie sich nicht mehr raus, nachdem ihnen diese Nachricht zu Ohren gekommen ist, denke ich. Vielleicht rufen sie sich gegenseitig an: Nicht rausgehen! Jetzt gibt's Krach! Den ganzen Tag werden die Medien von diesem Thema dominiert. Eine Flut von Hasspostings geht durchs Internet. Mehrere dunkelblaue Politiker fordern die unmittelbare Schließung der Grenzen. Dann stellt sich heraus, dass eine Jugendgang aus dem westlichen Teil der Stadt dahintersteckt, dass es nur ein Scherz war, eine Wette, wie lange man der Öffentlichkeit etwas so weit Hergeholtes vorgaukeln kann. Die können von Glück sagen, wenn sie nicht von einer aufgebrachten Meute gelyncht werden. Was fehlt der heutigen Jugend?, tönt es in den nächsten Tagen aus allen Ecken und Winkeln, nicht zuletzt aus den von älteren Bürgern eingesandten Leserbriefen.

Überhaupt gibt es nur wenige Anhaltspunkte, die die Behauptung zulassen, bei den Terroristen handle es sich um Muslime. Wir müssen alle Möglichkeiten in Betracht ziehen, sagt die Polizeisprecherin nach der Blamage. Das hellblaue Hemd steht ihr gut, denke ich, und die Mascara ist perfekt aufgetragen. Ich sehe es am Abend im Fernsehen, zu Hause im Wohnzimmer, eine Tasse grünen Tees in den Händen. Als wollten sie die Polizeisprecherin beim Wort nehmen, wird auf einem anderen Sender eine Theorie über die Beteiligung Russlands in Umlauf gebracht. Es wird ein Vorfall aufgegriffen, den ich in meinem jetzt bald in Druck gehenden Buch kaum berührt habe. Der Hintergrund der Geschichte ist, dass Storen seinen Wehrdienst 1968 geleistet hat. Er befand sich am Grenzübergang Elvenes an jenem Junitag, als sowjetische Panzer die Grenze zu Norwegen ansteuerten. Dies war eine Antwort auf eine umfangreiche NATO-Übung in Troms. Dem Vernehmen nach bestand die Gefahr eines Kriegs, und es gab Anzeichen für ein weltpolitisches Drama. Arve Storefjeld hat das nie vergessen, vielleicht weil er tatsächlich direkt in den Lauf eines sowjetischen Panzers geblickt hatte. Und nur wenige Wochen danach waren die Panzer in der Tschechoslowakei eingerollt. Den verdammten Russen werde ich nie trauen, lautete einer von Storens bekanntesten Kehrreimen. In seinen Augen war der Kalte Krieg nicht vorbei. Russland wird immer ein Schurkenstaat bleiben, soll er nach ein paar Gläsern zu viel bei einem offiziellen Diner geäußert haben. Ich dachte an die junge Frau, die den Hubschrauber gehört hatte. Konnten es wirklich die Russen gewesen sein, die ihm den Garaus gemacht hatten? Aber wieso ihn dann nicht lieber mit Polonium vergiften? Auf diese Theorie gab ich nicht viel. Was kommt als Nächstes?, denke ich und stelle die Teetasse ab. Nichts scheint unmöglich.

In dieser verwirrenden Zeit ziehe ich mich oft in das Vestibül des Regierungsgebäudes zurück, wo ich tief konzentriert über meinem Block sitze und Notizen mache, nach Zündkerzen suche. Die stille Umgebung an der Rezeption hat sich für mich zu einem Ort entwickelt, an dem ich verschnaufen kann, ein Zufluchtsraum, wo ich zu schreiben, die Fäden zu verbinden, eine Art Bildtafel zu zeichnen versuche, die mir im besten Fall eine Übersicht liefert. Da seit den Morden schon etwas Zeit vergangen ist, meldet sich nun auch Kritik: Irgendwem muss die Verantwortung zugeschoben werden. Hätte die Tat abgewendet werden können? Einzelne behaupten, bei der Polizei seien im Vorfeld Warnungen eingegangen. Die Polizei weist das zurück. Man gibt nicht auf. Als die Information durchsickert, der Tatort sei vor Eintreffen der Spurensicherung verunreinigt worden, gehen die Zeitungen nur so über vor Unzufriedenheitsbekundungen über die Unfähigkeit und die fehlende Bereitschaft der Polizei. Und wo nun alle von einem Terrorakt ausgehen, von einem Angriff auf Norwegen – wo war der Polizeisicherheitsdienst, der PST? Warum haben sie die Warnsignale nicht erkannt? Warum wurde der Anschlag nicht verhindert? Und überhaupt: Sollten wichtige Politiker nicht besser beschützt werden?

Ja, und wieso wurden auch hier keine besseren Sicherheitsvorkehrungen getroffen, denke ich, als ich einem der Staatssekretäre aus dem Büro des Ministerpräsidenten zunicke, einem Mann, mit dem ich einmal auf einem langweiligen Empfang im Rathaus geflirtet habe.

Andererseits: Wer hätte etwas Derartiges voraussehen können, denke ich und merke, dass ich, anstatt Notizen zu machen, den Block mit Schnörkeln vollgekritzelt habe. Liegt darin nicht der eigentliche Kern der Sache? Unsere mangelnde Hellsichtigkeit. Das ist zu einem Refrain geworden, einer Entschuldigung, aber auch zu einem Ausdruck von Ohnmacht:

Wer hätte vorhersagen können, dass eine solche Tat auf norwegischem Boden überhaupt stattfinden könnte? Noch dazu im Wald? Das übersteigt unsere Phantasie, sagte eine bekannte Persönlichkeit aus dem Kulturbereich in einer der vielen Fernsehsendungen.

So kaltblütig, so effektiv, so total aus dem Blauen heraus. Immer wieder dasselbe, in den Zeitungsspalten, den Kommentaren.

Die Bevölkerung erwartet eine Antwort, als würde das eine Form von Trost darstellen: Wer ist für die Tat verantwortlich?

Ich sitze im Regierungsgebäude und lasse meinen Blick auf Hannah Ryggens Bildteppich ruhen, »Wir leben auf einem Stern«. Ich versuche, den Blankvann-Vorfall mit Abstand zu betrachten, eine neue Öffnung freizulegen. Ich finde keine. Alles, was ich auf dem Block habe, ist eine Stickerei aus Tinte. Mir wird plötzlich bang. Der Fall hat sich mittlerweile erschöpft und die herrliche Euphorie nimmt ab, ich bin wie ein Junkie, ich wünsche mir, etwas zu finden, das die Energie aufrechterhalten kann, suche nach etwas Ungewöhnlichem, über das ich schreiben kann, etwas, an das niemand sonst gedacht hat. Ein überraschender Kniff, denke ich, ein Wechsel des Blickwinkels, denke ich, die Rückseite des Mondes, denke ich.

Dann habe ich es: Berge. Ich habe darüber schon länger nachgedacht, bin mir nicht sicher gewesen. Auf einmal bin ich es.

Ich schaue mich um, eine der Rezeptionistinnen schenkt mir ein Lächeln, wie um mir zu bedeuten, dass sie mich erkannt hat, mich vielleicht gerade im Fernsehen gesehen hat. In Großbuchstaben schreibe ich auf meinen Block: BERGE. Ich mache mir Gedanken über den Namen. Das Wort. Berge, wie

Gebirge. Oder wie bergen, retten? Ich spüre einen leichten Widerwillen. Die Angst, eine Grenze zu überschreiten. Wieder: Sollte ich die Finger davon lassen?

Eines der wenigen Dinge, die mir am Magazinalltag missfallen, ist, dass ich zu Martin in den Glaskäfig hinein muss, um ihn um grünes Licht zu bitten – Martin, einst mein Geliebter, jetzt mein Exmann, und der Gipfel des Ganzen: mein Vorgesetzter. Dieses Arbeitsverhältnis ist mir verhasst, und als ich aus dem Regierungsgebäude zurückkehre, muss ich für einige Minuten einen Ruheraum aufsuchen, mich sammeln, bevor ich Martins Kabuse betrete. Fast ohne aufzublicken, bekundet er seine Unzufriedenheit über meine Reportage über die Nachwirkungen der Blankvann-Morde, sie sei zu seicht ausgefallen, sagt er, zu kühl, kein Gänsehautgefühl; bei der Evaluierung hat er kein Wort darüber verloren, aber jetzt legt er los, als ob er mir persönlich die Schuld dafür geben wolle, schließt mit einer Salve, in der er unter anderem anmerkt, dem ganzen Ding fehle der Biss, der *sting*, wie es so schön heiße. Das Wort löst das Bedürfnis in mir aus, ihn daran zu erinnern, dass er mir einst »Every Little Thing She Does Is Magic« ins Ohr gesungen hat, aber ich verbeiße es mir, widerspreche ihm nicht einmal, sondern stelle ihm stattdessen meine Idee vor. Ich will was über Nicolai Berge machen, sage ich. Martin antwortet entschieden mit Nein. Schlechte Idee, sagt er. Du hast noch nicht mal gehört, was die Idee ist, sage ich. Na schön, lass hören, sagt er ungeduldig. Ich erkläre es ihm. Nicolai Berge sei vier Jahre mit Gry Storefjeld liiert gewesen, sie hätten zusammengewohnt. Ich wolle für das Magazin ein Porträt über ihn schreiben. Pause. Martin sieht mich an. Ich stehe da und fasse es nicht, dass dieser Blick mich einmal *entfacht* hat. Ich bin gespannt, was jetzt folgt, und gleichzeitig ärgert es mich, dass ich hier einem Mann Rede und Antwort stehen muss, der früher wie ein glückseliges Kind an meiner Brust gelegen ist. Zu allem Überfluss hat er sich einen Ziegenbart rasiert, den ich mit so hippen Typen wie Magne Furuholmen verbinde und an dem er pausenlos herumzwirbelt. Ich habe meine Zweifel, ob du das hinkriegst, sagt er. Das ist eine Perspektive, die viel verlangt.

Letzteres hätte er sich sparen können. Er sitzt, ich stehe, mehrere Augen beobachten uns durch die Glaswände. Hoffen die da draußen auf ein Drama? Wie wäre es, wenn du ein Interview mit der Mutter der kleinen Sylvie machst?, sagt Martin. Auf seinem Schreibtisch liegt ein Bild, das Sylvie bei einem Konzertauftritt zeigt. Allein das Betrachten dieses Bildes raubt mir alle Kräfte, die reizende Sylvie im schwarzen Samtkleid, mit einem Gesicht, das völlig in die Musik versunken ist. Sie möchte kein Interview, sage ich. Es ist auch schon viel zu viel über die kleine Sylvie geschrieben worden. Martin bedenkt mich mit einem scharfen Blick. Auch über Gry Storefjeld ist ja wohl genug geschrieben worden, sagt er. Denn das ist es ja, worauf du hinauswillst, oder?

Was das angeht, hat er schon recht. Seite um Seite ist über Gry Storefjeld geschrieben worden, diese junge Frau, die sozusagen auf der Schwelle zu einer strahlenden politischen Zukunft ermordet wurde, eine fertige Staatssekretärskandidatin, mindestens aber Beraterin, viele hatten sie schon als künftige Ministerpräsidentin gesehen, sofern die Ap 2009 die Wahl gewinnen würde. »Gry ist die neue Gro«, hieß es, als sie die Bühne betrat, jung, sexy, schlagfertig. Ich erinnere mich, dass Martin – das muss in der Schlussphase unserer Beziehung gewesen sein –, gemeint hat, dass sie allzu sehr hochgejubelt werde. Diese Behauptung zu wiederholen traut er sich jetzt nicht. Was, wenn ich die »andere« Story finde, sage ich, Nicolai Berge kann möglicherweise Dinge über Gry erzählen, die sonst noch keiner erzählt hat. Ich bin mir nicht sicher, werfe es einfach in den Raum, mir seien Gerüchte zu Ohren gekommen, wie schlimm es nach der Trennung vor vier Jahren um ihn bestellt gewesen sei. Martin zupft an seinem kunstvollen Ziegenbart und schüttelt den Kopf. Eine solche Idee müsste auf Anhieb zünden, meiner Meinung nach. Ich will ein großes Interview, sage ich, die Sache muss ihm doch nahegehen, er hat mehrere Jahre mit Gry Storefjeld das Bett geteilt. Im besten Fall – und das denke ich nur für mich – wird er auch etwas über das Umfeld der AUF, der Jugendorganisation der Arbeiterpartei, sowie über die Ap selbst berichten können, von denen beide ein Teil waren. Die Menschen wirken unersättlich nach einem Stoff, der Licht auf die Toten werfen kann, nicht zuletzt auf Gry Storefjeld.

Das überzeugt mich nicht, das könnte genauso gut in die Hose gehen, sagt er, wobei er vorgibt, Ordnung zu machen auf einem Schreibtisch, den zu ordnen unmöglich scheint. Ich entdecke eine Packung Knäckebrot, eine Tube mit Streichkäse. Ich spüre einen Anflug alter Zärtlichkeit für ihn, er hat nicht mal Zeit, in der Kantine essen zu gehen, sitzt hier in seinem Käfig und wirft Knäckebrot ein. Trotzdem: In meinen Ohren klingt sein Tonfall herablassend. Anstatt seine Skepsis zu begründen, fängt er an, mir Fragen zu stellen, wie es mir gehe, als wüsste er, dass ich es gerade schwer habe, oder als hätte er jemanden sagen hören, dass es mir nicht gut gehe. Er selbst hat wieder geheiratet, wohnt in Nordstrand, in einer Villa, auch ein Kind hat er. Besonders das mit dem Kind versetzt mir einen Stich, drängt mir den Gedanken auf, dass es an mir liegt, gelegen hat. Ich hätte gern ein Kind. Mehr als alles andere wünsche ich mir ein Kind. Eine Geburt. Rachel hat mir erzählt, bei einer Geburt sei es, als würde die Schwerkraft aufgehoben. Dass sie sich nie so lebendig gefühlt habe. Ich habe gelächelt, als sie mir das erzählt hat, aber auf dem Heimweg im Zug habe ich geweint.

Triffst du zurzeit jemanden?, fragt er. Vielleicht tue ich das, sage ich. Zu schnell, er merkt, dass es gelogen ist.

Seine Weigerung lässt ein leichtes Hassgefühl in mir hochsteigen. Wie hat es nur so kommen können? Wie kann es sein, dass ich einen Mann, dessen Zunge mir zwischen meinen Beinen lange Zeit die höchsten Genüsse verschafft hat, plötzlich als meinen schlimmsten Gegner betrachte? Und gleichzeitig kann ich nicht leugnen, dass die Beziehung zu Martin mein Leben verändert hat, dass er mir dazu verholfen hat, eine bessere Journalistin zu werden, mich dazu gebracht hat, Funken zu sprühen, mich motiviert hat, einige jener Texte zu schreiben, die ich heute als meine besten betrachte. Kann man jemanden hassen, der einen beinahe gerettet hat?

Denk noch mal drüber nach, sage ich. Was für eine Schlagzeile!, sage ich. Martin ist nicht so blöd, als dass er das nicht kapieren würde. Gry Storefjeld mittels Nicolai Berge beleuchten zu können, das wäre ein Knüller sondergleichen.

Brauchen wir das jetzt wirklich?, sagt er. Noch ein Porträt?

Ich stehe in Martins Glaskäfig. Er redet laut. Die Leute können uns durch die Wände hören. Ich denke an den Ausdruck »Elefant im Porzellanladen«. Was, wenn ich etwas kaputtmachte?

Ich rede nicht von einem gewöhnlichen Porträt, sage ich. Du wirst ein *epochemachendes* Porträt bekommen. Stell dir vor, du liest ein Interview mit Prinz Charles in der Woche nach Dianas Tod, sage ich. Du übertreibst, sagt er, du hast immer übertrieben, aber er muss lächeln, ich kann sehen, dass er keine weiteren Gegenargumente findet.

Die ganze Situation, einem skeptischen Mann eine gute Idee zu präsentieren, erinnert mich an etwas, was ich früher schon einmal erlebt habe, und nachdem ich eine Weile in meinem Gedächtnis herumgegraben habe, finde ich es: Beat. Das Musikpatriarchat. Eine Haltung, die, ohne es laut auszusprechen, proklamiert, dass Frauen keine Ahnung haben. Eine Attitüde, die lustig ist, wenn du neun bist, aber deprimierend, wenn du neunzehn bist. Wie ehrgeizig ich damals war! Und rücksichtslos. Ich erinnere mich an die vernichtenden Musikkritiken, die ich für Beat geschrieben habe, schonungslose Verrisse, die nur eines zum Ziel hatten: die Leute dazu zu bringen, sich meinen Namen zu merken. Meinen Musikgeschmack. Mein Formulierungstalent. Denn ich konnte schreiben, ich konnte so schreiben, dass die anderen dastanden wie begossene Pudel. In meiner Kindheit und Jugend habe ich mich als Außenseiterin gefühlt, die anderen trieben Sport, gingen tanzen oder zu den Pfadfindern, ich saß in meinem Zimmer im Etterstadslottet und hörte Musik, las englische und amerikanische Musikzeitschriften. Doch dann entdeckte ich das Schreiben, ich schrieb Tagebuch, schrieb durch und durch ehrlich, schrieb über Musik, auch darüber durch und durch ehrlich, furchtlos subjektiv, ich sammelte Wörter, schlagkräftige Wörter, trug meinen Pony genauso lang wie Chrissie Hynde, verpasste meinen Augen viel Schwarz, zog mich an wie die Leute aus der alternativen, basisdemokratischen Blitz-Bewegung, schwarz vom Scheitel bis zur Sohle, einschließlich der obligatorischen Doc-Martens-Stiefel, ich fuhr von Etterstad in die City, und ich war zielstrebig, unaufhaltsam, ich machte die Orte ausfindig, an denen sich die Beat-Typen herumtrieben, wie das Los

Amigos, die »Kantine« der Redaktion, wo ich Tex-Mex bestellte und mich neben sie hinpflanzte, ihre Stammessprache dechiffrierte und fragte, ob ich etwas schreiben dürfe; okay, zeig uns was, sagten sie, worauf ich ihnen ein paar Kritiken auf den Tisch knallte von Platten, von denen sie bestimmt noch nie was gehört hatten, und es gefiel ihnen, sie waren sogar tatsächlich ein bisschen beeindruckt und brachten die Texte raus, aber ich wollte mehr schreiben, okay, sagten sie, mach ein Interview, zeig uns, was du draufhast, sagten sie, wir tranken Bier im Sardine's, und ich dachte, denen werd ich's verdammt noch mal zeigen, denen werd ich ein Interview liefern, wie sie es noch nie gelesen haben, und dann fuhr ich nach London, weil ich in den englischen Zeitschriften die Ankündigung für ein Konzert entdeckt hatte, ich konnte ein Ticket für das Dominion Theatre ergattern, wo mehrere Künstler auf dem Programm standen, aber ich saß dort, um David Bowie mit einer neuen Band zu hören, das war im Juli 1988, als Bowie sich in einer Übergangsphase befand, vielleicht am Tiefpunkt seiner Karriere, sowohl sein letztes Album als auch die letzte Tournee waren ein Flop gewesen, und nach dem Konzert stellte ich mich neben den Künstlereingang und wartete, tatsächlich wartete dort niemand außer mir, ich war neunzehn Jahre alt und die Inkarnation der Unbekümmertheit, und als Bowie herauskam, hielt ich ein Plakat in die Höhe: *I'll write the best interview ever!* Natürlich war es das reinste Glück, aber er kam mit einem Grinsen, das seine spitzen Eckzähne freilegte, auf mich zu, und ich war absolut nicht nervös, kein bisschen *starstruck*, ich war einfach hemmungslos und voll auf der Höhe, und er sagte: »You'll have to prove it«, worauf wir uns am nächsten Vormittag in einem kleinen Café, oder eher einem Pub, in der Charlotte Street trafen und ich das beste

David-Bowie-Interview führte, das es je gegeben hatte, zumindest in Norwegen, und das klatschte ich den Beat-Typen dann auf den Tisch, die jetzt erst so richtig beeindruckt waren, denn in dem Interview stand kein Wort über *Life on Mars* oder Ziggy Stardust, sondern es gab Bowies kühne Gedanken darüber wieder, wie es sei, nur ein Bandmitglied zu sein, in einer Band mit dem Namen Tin Machine zu spielen, und so war ich nach diesem Interview eine der wenigen Frauen, die sich Zutritt verschafft hatten in diese sektiererische Szene, die so stark von Männern dominiert wurde.

Ich stehe in Martins Kabuse. Am liebsten würde ich ihn bei den Schultern packen, ihn schütteln und sagen, wach auf, Arschgeige, kann mich jedoch zurückhalten. Weißt du nicht mehr, was für ein Gerede es gab, als das mit ihrem Verhältnis bekannt wurde?, sage ich. Gry Storefjeld und Nicolai Berge, zwei Kinder aus zwei mächtigen Ap-Dynastien? Das war ja, als würde Kronprinz Haakon Magnus mit der Kronprinzessin Victoria von scheißfucking Schweden zusammenkommen! Das ist eine Riesenstory!

Okay, leg los, sagt er, schaut auf den Boden, will meinem Blick nicht begegnen. Und als ich auf dem Weg nach draußen bin: Sei vorsichtig. Vielleicht sollte ich mich umdrehen und fragen, was er meint, tue es aber nicht, lächle lieber all den Gesichtern dort draußen zu, denen es nicht gelingt, ihre Enttäuschung darüber zu verbergen, dass der erwartete Krach ausgeblieben, kein einziger Gegenstand gegen die Glaswand gedroschen worden ist. Fickt euch, denke ich. Wartet nur ab, ihr verdammten Loser.

Ich bin fleißig am Arbeiten, und noch am selben Tag gelingt es mir, Nicolai Berge ans Telefon zu bekommen. Er wirkt überrascht über die Anfrage und antwortet zunächst mit einer Ablehnung. Entschieden. Scheiße, denke ich, weiß aber, dass man nie aufgeben darf, weshalb ich ihm die Absicht meines Porträts etwas genauer darlege, an ihn appelliere und sage, das könne großes Interesse wecken – fast wäre es aus mir herausgeplatzt: Es könnte ein schreiendes Bedürfnis befriedigen. Er bittet um Bedenkzeit.

Ein Gedanke fährt mir durch den Kopf: Man schaue sich ein Leben an. Zwanzig Tage sind es vielleicht, einzeln verstreut, die sich als dramatisch oder ausschlaggebend erweisen. Einige dieser Tage erlebte ich jetzt.

Ich sitze an meinem Platz, habe die Ohrenschützer angelegt und mir bereits einige Stichworte notiert über Berge, 29 Jahre, Dinge, die ich über ihn weiß. Das Spannendste an ihm ist nicht, dass er Religionsgeschichte studiert hat, sondern dass er noch während seiner Studienzeit als Schriftsteller debütierte, kurz nachdem seine Beziehung mit Gry Storefjeld in die Brüche gegangen war. Leider – oder, wie ich denke: leider in Hinblick auf das Interview – wurden seine beiden Erzählbände mit einer soliden Dosis Skepsis aufgenommen. In der Zeitung, für die ich schreibe, hatte ein angesehener Literaturkritiker eine kurze, ablehnende Besprechung über den letzten Band verfasst. Bei der Internetsuche entdecke ich, dass ein anderer Kritiker sich sarkastisch über eine Erzählung geäußert hat, in der ein kleiner Ort in Sibirien sich langsam in einen Ort auf einem anderen Planeten verwandelt, während von einem dritten Rezensenten eine Geschichte ins Lächerliche gezogen wird, die den Titel »Der große Macaw« trägt und in der ein Ara, nachdem er im Dschungel eingefangen worden ist, seinen Schnabel öffnet und verkündet, er sei Pablo Picasso, und dafür dann auch einen *Beweis* erbringt. »Wenn die Phantasie mit einem durchgeht«, lautet die Überschrift. Nur in den ersten Band, *Unbegreifliche Geschichten*, hatte ich kurz hineingelesen, jedoch hatte nichts darin meine Aufmerksamkeit erregt, vielleicht auch deshalb, weil die Erzählung, die ich zu lesen begonnen hatte, gar so realitätsfern wirkte. Nach genauerer Recherche habe ich herausgefunden, dass das zweite Buch von der Liste gestrichen, das heißt also, nicht vom Norwegischen Kulturrat eingekauft worden war. Ebenso hatte Berge um eine Mitgliedschaft beim norwegischen Schriftstellerverband angesucht, aber eine Absage erhalten. Die meisten schienen sich darin einig zu sein, dass Nicolai Berge sich nie als Dichter hätte versuchen sollen.

Ich fühle mich ausgelaugt, gehe zur Kaffeemaschine. Ulrik kommt vorbei. Dank einer Quelle bei der Polizei weiß er jetzt mehr über die Tötungsart. Das waren definitiv keine Amateure, die ihre Messerkünste unter Beweis stellen wollten, sagt er und schaut mich vielsagend an. Der Schnitt ist nicht von vorn erfolgt, sozusagen gegen den Kehlkopf, wie man es in Filmen sieht, erklärt er, sondern das Messer ist höchstwahrscheinlich wie ein Stock gehalten worden, wie es nur Profis tun, mit der Schneide abgewandt, und es wurde seitlich in den Hals gerammt und von dort nach hinten geführt, zu Ohr und Nacken hin, demonstriert Ulrik voller Eifer, ein Pantomime vor der Kaffeemaschine; auf die Weise kann man mit dem Messer weit mehr Kraft anwenden, fährt er fort, und wahrscheinlich wurde den Opfern mit der linken Hand der Mund zugehalten, um dadurch Geräusche zu ersticken und zu verhindern, dass auch aus dieser Öffnung Blut ausströmt, und als Ulrik vorzuzeigen versucht, wie das gemeint ist, und seine Arme sich vor mir herumschlängeln, entdecke ich auf seinem Handrücken einen Stempel, den er in irgendeinem Club, bei einem Konzert, bekommen hat, wir sind gleich alt, denke ich, und er hat drei Kinder, aber immer noch findet er Zeit zum Ausgehen, er sitzt nie daheim herum und lamentiert über das Elend des Daseins. Der Eifer, mit dem Ulrik seine Darbietung betreibt, ist beinahe komisch, das Schauspiel hat inzwischen auch andere angelockt, die sich jetzt bei der Kaffeemaschine versammeln, so dass Ulrik sich gezwungen sieht, alles noch einmal zu wiederholen, wobei er sichtlich Gefallen findet an der Beschreibung dieser technischen Raffinessen, der Führung des Messers und der Einstichstelle, er kostet die blutigen Details förmlich aus. Die Kunst des Liquidierens. Dies bekräftige jedoch auch die Theorie, dass die Mörder über militärische Fertigkeiten verfügten. Man muss die Möglichkeit in Betracht ziehen, dass es Elitesoldaten waren, sagt Ulrik. Es kann nicht mit Sicherheit davon ausgegangen werden, dass sie aus Hass oder Bösartigkeit gemordet haben, sagt er, macht eine Pause, so als wüsste er, dass das, was er gleich sagen wird, kontrovers ist: Sie sind Soldaten, sie befinden sich im Krieg, ihr Auftrag war es, Feinde zu eliminieren.

Waschechte Terroristen also, denke ich. Ich schaue in die Tasse, die ich in der Hand halte, die Flüssigkeit sieht mit einem Mal rotbraun aus. Und sie riecht nicht mehr nach Kaffee.

Bevor die anderen überhaupt zu einem Protest ansetzen können, berichtet Ulrik von einer weiteren durchgesickerten Information: Ein Wanderer habe frühmorgens am Samstag beobachtet, wie ein Mann mit schwarzem Vollbart direkt unter dem Blankvannsbråten geradezu durch den Wald geschlichen sei. Als dem Mann bewusst geworden sei, dass er entdeckt worden war, habe er den Wanderer, wie dieser es bezeichnete, mit »einem fanatischen« Blick angestarrt, bevor er, abseits des Weges, zwischen den Fichtenstämmen weitergelaufen sei. Der

Mann habe durchtrainiert gewirkt, habe sich lautlos und mit großer Geschmeidigkeit fortbewegt. Ich habe keine Vorurteile, aber er hat ausgesehen wie ein Moslem, ein Dschihadist, soll der Waldwanderer gesagt haben.

Ach du Scheiße, sagt jemand. Am besten, wir suchen gleich den Koran heraus, sagt ein anderer.

Ich gehe an meinen Platz zurück, notiere, was Ulrik erzählt hat, weiß nicht, warum ich es notiere, denn daran werde ich mich ewig erinnern. Nur um etwas zu tun zu haben, unterstreiche ich »militärische Fertigkeiten«, doch meine Gedanken schweifen erneut ab zu Nicolai Berge und Gry Storefjeld. Etwas Pikantes haftete ihrer Beziehung an, denn obwohl man vielleicht nicht gerade von einem Clankrieg innerhalb der Arbeiterpartei sprechen konnte, hatte es doch immer zwei deutlich getrennte Parteiflügel gegeben, einen, der die Gewerkschaftsbewegung betonte, und den anderen, der auf Ideen und Visionen setzte. Arve Storefjeld repräsentierte den ersten Flügel, Olaf Berge, der Politikwissenschaftler und Akademiker, den zweiten. Viele waren der Ansicht gewesen, Olaf Berge hätte in der Ap nichts verloren, obschon er in Groruddalen aufgewachsen war, wo sein Vater in einer Eisenfabrik gearbeitet hatte. Olaf hatte immer gesagt, mit seiner außergewöhnlichen Erfindungsgabe erinnere ihn sein Vater an Reodor Felgen, er hatte eine neue Art Türklinken und Fensterscharniere entworfen, für die er ein Patent erworben hatte, und mit der Zeit hatte er seine eigene Firma in Groruddalen gegründet. Er war ein wohlhabender Mann geworden und mit seiner Familie in die noble Bygdøy allé gezogen. Genau wie sein jüngerer Bruder und seine Schwester spielte Olaf Tennis und segelte, doch im Gegensatz zu seinen Geschwistern, die mit einem Achselzucken ins Bürgertum entschwunden waren, war Olaf seinem familiären Arbeiterhintergrund treu geblieben und hatte sich früh in der Politik engagiert. Maj Runesen, Nicolais Mutter, kam aus Odda, gehörte zum Adel der Arbeiterbewegung und war von einem heldenhaften Nachhall aus Eisenwerk und Energiesozialismus umgeben.

Dass Gry und Nicolai ein Paar wurden, konnte kaum als eine Romeo-und-Julia-Geschichte bezeichnet werden, weckte aber immerhin so viel Neugier, dass in den Medien darüber berichtet wurde; soweit ich mich erinnere, wurde über die beiden als »Die Zukunft der Ap« geschrieben, als ein Zeichen dafür, dass die alten Konflikte der Vergangenheit angehörten.

Noch einmal rufe ich Nicolai Berge an. Er sagt, er könne es machen. Ich jubiliere innerlich. Tue ich das? Ja, ich jubiliere innerlich. Wir vereinbaren Zeit und Ort.

Es vergehen einige Tage, an denen ich Ulrik nicht sehe. Als er wieder zurück ist, schleift er mich hinaus auf die Raucherveranda, obwohl ich nicht rauche. Mit dem Zippo-Feuerzeug, das er sich besorgt hat, nachdem er zum ersten Mal das Feuerzeug auf dem Originalcover des Marley-Albums *Catch a Fire* gesehen hatte, zündet er sich eine Zigarette an. Ich beobachte ihn, wie er genussvoll den ersten Zug nimmt und sich beschwert, dass jetzt immer weniger Leute auf der Veranda seien. Lauter Weicheier, sagt er, bevor wir, genau wie die meisten anderen im Haus, zu einem Meinungsaustausch über die letzten Neuigkeiten im Blankvann-Fall überwechseln. Zum ersten Mal kommt Ulrik auf eine Theorie zu sprechen, der zufolge es womöglich doch kein Terroranschlag gewesen sein könnte. Auch andere haben schon darüber zu flüstern begonnen, sagt er. Was, wenn es sich um eine Liebesgeschichte handelt? Eifersucht von der blutigsten und othellohaftesten Sorte? Ich weiß nicht, ob es an dem liegt, was er sagt, aber auf einmal bekomme ich wieder Lust zu rauchen, bin kurz davor, eine Zigarette zu schnorren; auch die Rebellin in mir habe ich ja jetzt wiedergefunden, denke ich und frage mich, ob ich die Doc-Martens-Stiefel weggeworfen habe oder nicht. Storen hatte durchaus seine Leichen im Keller, sagt Ulrik, und es gibt Gerüchte, dass auch Lefebvre ein schwieriges Liebesleben in Frankreich hinter sich gelassen haben soll, inklusive einer hässlichen Scheidung und einer Gattin mit vielen ehrsüchtigen Brüdern.

Ich muss lachen. Mal ehrlich, Ulrik, bist du sicher, dass in der Zigarette kein *ganja* drin ist? Ich lache, höre aber trotzdem zu, schreibe mir alles, was er sagt, hinter die Ohren, ich folge seinen Worten, wie ich noch nie Worten gefolgt bin, als wäre ich Sherlock Holmes und glaubte, ich allein könne den Fall lösen, das winzige Detail entdecken, das von allen anderen übersehen worden ist, eine Spur, irgendetwas, das die Identität der Täter offenbaren kann. Auch noch im Zug, auch zu Hause, schlage ich mich mit verschiedenen Theorien herum. Die Zeitungsschlagzeilen haben beinahe eine mythologische Ebene erreicht. Die Leute stürzen sich gierig auf jede neue Information, egal wie klein sie ist, und die Zeitungen wissen das. Manchmal wird über mehrere Tage, und das auf Dutzenden von Seiten, ein einzelnes Detail breitgetreten, als könne es der Schlüssel zu allem sein. Nehmen wir etwa nur das mit dem Taschentuch im Schottenmuster. Die Tatortermittler hatten direkt bei der Hütte ein Taschentuch mit einem seltenen Muster gefunden. Es wurde in der Zeitung abgebildet. Ein grün-schwarzes Karomuster, dazwischen einige dünne blaue Streifen. Es ähnelte dem Muster eines Kilts. Plötzlich wusste Gott und die Welt alles über Kilts und Tartanmuster und schottische Clans. Das Seltsame daran war, dass dieses Muster nicht unter den fast 6000 bekannten Tartans zu finden war. Wo war die Verbindung? Diente das Taschentuch als Symbol für einen Freiheitskampf?

Ich lese alles, was mir über den Fall unterkommt, sehe mir alles, wirklich alles an, was im Fernsehen darüber gebracht wird, ich sitze mit einem Thunfisch-Sandwich oder einem Sandwich mit Roastbeef und Meerrettichaufstrich zu Hause im Reihenhaus auf dem Sofa und schaue Nachrichten, sehe mir die Diskussionsrunden an, die Interviews mit Terrorismusexperten, und was Storen angeht: aus alten Clips bestehende Dokus – glücklicherweise fällt mir beim Zusehen nichts auf, das am Inhalt meines Buchs rütteln könnte. Einige Wanderer haben an jenem Samstag, an dem die Morde stattfanden, in der Nordmarka Fotos geschossen, und diese Bilder finden jetzt ihren Weg in die Zeitungen. In der *Dagsrevyen* wird sogar ein Video eingespielt, ja, es wird immer und immer wieder gezeigt, wie die Polizei, mit ihren Waffen und dem ganzen Zeug, nachmittags am Tatort eintrifft, das Video dauert vielleicht eine halbe Minute und wurde per Handykamera von einem Mann aufgenommen, der auf dem Weg zur Kobberhaughytta war, die Qualität ist schlecht, die Bilder leicht verwackelt, doch die Leute wollen es immer wieder sehen, es verschafft ihnen die Illusion, ganz nah dran zu sein an dieser Untat, fast wie bei dem berühmten Zapruder-Film des Kennedy-Attentats, ein Schauder überkommt einen, und obwohl bekannt ist, dass die Terroristen früh am Morgen zugeschlagen haben, bildet man sich ein, die Morde hätten sich nur wenige Minuten vor der Filmaufnahme ereignet. Ich versuche, mich dagegen zu sträuben, aber auch ich sitze da und schaue zu, als handle es sich um den ersten Film über Leben auf dem Mars, auch ich verspüre den Wunsch, mir das Video immer wieder anzusehen. Danach gehe ich in mein kleines Büro, wo ich mich vor den Rechner setze und die Finger über die weiche, inspirierende Tastatur gleiten lasse, die den Eindruck erweckt, als würden meine Finger zurückfedern. Ich schreibe fast nur um des Schreibens willen, ich bereite mich auf das Treffen mit Nicolai Berge vor, ich habe so ein Gefühl, dass bei dem Interview Geschichten herauskommen werden, nicht zuletzt über Gry Storefjeld, die den Lesern die Augen hervortreten lassen werden. In diesen Tagen kann ich mich frei entfalten, ich bin Journalistin, ich bin eine Vorhut, ein Spähtrupp, ich liefere Waren, nach denen alle hungern: Wirklichkeit, oder Bruchstücke der Wirklichkeit, wobei jedes kleinste Detail wie eine kostbare Erkenntnis aufgenommen wird, gerade weil es zu einem größeren Verständnis des Ganzen, schlicht zur Wahrheit führen kann.

Es ist ein regnerischer, kühler Tag Mitte September, an dem mein Treffen mit Nicolai Berge stattfindet, in einem kleinen Restaurant am Olaf Ryes plass im Stadtteil Grünerløkka, er selbst hat den Ort vorgeschlagen, warum, weiß ich nicht, es herrscht dort ein angenehmes Licht, gedämpft durch die roten Baldachine, die der Beschirmung der noch immer im Freien stehenden Tische dienen, vielleicht hat er ja deshalb diesen Ort vorgezogen oder weil es keine Musik gibt, weil man sich gut unterhalten kann und es in Oslo nur wenige Cafés gibt, in denen man ein Gespräch führen kann, es ist, als glaubten die Besitzer, die Gäste kämen nicht, um zu reden, sondern zum Musikhören, jedenfalls gefällt es mir, dass es ein ganz normales Restaurant ist, keines dieser gehypten Lokale, in denen meine Freundinnen den Wein wegschicken lassen oder sich über Gerichte beschweren, von denen sie vor zehn Jahren noch nicht einmal etwas geahnt haben; generell ist dies eine Gegend, die mich in eine leicht schmerzliche Stimmung versetzt, sie erinnert mich an eine Zeit, da ich unüberwindlich war, da ich jeden Tag Grenzen durchbrach, hier habe ich mit Martin gewohnt in den Jahren, als alles noch möglich war, als Løkka sich in ein Greenwich Village verwandelte, als überall von jungen Unternehmern Boutiquen, Lokale und Restaurants eröffnet wurden, man konnte waschechte Hawaii-Hemden kaufen und es sich anschließend bei mexikanischem Essen gemütlich machen. Ganz Løkka gehörte uns, ganz Oslo gehörte Martin und mir, wir waren mehr in den Bars und Cafés und Restaurants als zu Hause, es war eine Zeit, als wir Sartre & Beauvoir waren, hochfliegend, kritisch, als wir Jazz hörten, weil Martin behauptete, der Jazz könne uns die Kunst lehren, eine Reportage zu eröffnen, einen Anschlag zu setzen, der das Publikum augenblicklich einfängt, genau wie die besten Jazzmusiker zuerst Melodie und Akkorde vorgeben, ehe die Improvisation einsetzt und irgendein bekannter Ohrwurm sich in die kosmischsten Sphären hinaufbewegt, wir werden der Bill Evans und der John Coltrane des Journalismus, sagte Martin, und wenn wir einmal nicht ausgingen und bei Mojitos und Wodka-Shots diskutierten, dann vögelten wir, es gab sozusagen nur Diskutieren und Vögeln, Tequila und Cunnilingus, und natürlich Arbeit, obschon es sich nicht wie Arbeit anfühlte, mitten in der Nacht konnten wir nackt vor unseren jeweiligen Rechnern sitzen und tippen, einander laut vorlesen, was wir geschrieben hatten, und versuchen, uns gegenseitig mit Ideen und Formulierungen zu übertreffen, wir befanden uns auf einem Höhenflug, ich war in meinem letzten Jahr an der Hochschule und Martin hatte einen Job bei einer kleineren Osloer Zeitung. Zündkerzen überall. Funke auf Funke.

Ich bin vor der vereinbarten Zeit da, will die Atmosphäre im Lokal einfangen, wie ich es in der Ausbildung gelernt habe, ich mache mir Notizen zu der Aussicht auf den Springbrunnen in der Mitte des Parks – das ließe sich nach einer von Berges hoffentlich gelungenen Formulierungen einfügen –, über die Geräusche aus der Küche, die Gerüche, aber ohne dass ich recht wüsste, warum, bin ich zugleich angespannt, ich würde ihn gern beim Hereinkommen beobachten, würde gern sehen, ob das etwas über ihn erzählen, enthüllen kann, ob es mir ein Schlüsselwort liefern kann. Ich hatte vorgeschlagen, wir könnten uns auf der Anhöhe über dem Fredensborgveien treffen, auf dem achteckigen Platz in der Westye Egebergs gate, wo er mit Gry Storefjeld zusammengewohnt hatte, sie gebumst hatte, dachte ich, am Telefon hatte er mir erzählt, Gry sei jeden Sonntag zum Æreslunden gegangen und habe eine Blume auf die Grabsteine von Aasta Hansteen und Gina Krog gelegt. Ob das stimme, hatte ich ihn gefragt, genau solche Geschichten seien es, auf die ich es abgesehen hätte, hatte ich gesagt und mir bereits Stichworte auf dem Block notiert, *anstatt in die Kirche zu gehen*, ich schlug vor, dass wir das als Rahmen verwenden könnten, das würde sich gut machen, hatte ich gesagt, vielleicht könnten wir eine Rose mitnehmen und sie auf Hansteens oder Krogs Grab legen, *jetzt liegen die Rosen auf ihrem eigenen Grab*, aber das wollte er nicht, weigerte sich hartnäckig, es müsse genügen, wenn wir das Gespräch in Grünerløkka führten, wo sie oft hingegangen seien – wie Martin und ich, als alles Wichtige im Leben noch vor mir lag, dachte ich. Ich versuchte, meine Gedanken beiseite zu schieben, aber es war unmöglich, das Eindringen dieser starken Erinnerung war nicht zu verhindern, die ganze Gegend verströmte einen Dunst ehrgeiziger Pläne und schwindelerregender Verliebtheit, von Cocktails mit ausgefallenen Namen, vom Spritzwasser des Springbrunnens, von Martins drahtigem Körper neben mir im Bett.

Bin ich nervös? Ich bin nervös. Ich muss über mich lachen. Ich habe David Bowie interviewt, einen der größten Künstler der Welt, und nun sitze ich hier, nervös vor dem Treffen mit einem abgehalfterten Jungpolitiker und gescheiterten Schriftsteller.

Ich muss lange warten, ich zittere ein bisschen und bereue es schon, dass ich keine dickere Jacke angezogen habe, ich trinke ein Glas Chardonnay, während ich pausenlos zur Tür hinüberschiele, die Fotografen brauchen neuerdings immer viel zu viel Zeit, sie bilden sich ein, wichtiger zu sein als die Journalisten, dass alles gut wird, solange nur die Bilder gut sind. Ich habe Capa gebeten, Bilder von Nicolai Berge vor dem Lokal Blå unten am Fluss zu machen, wo man auch draußen sitzen kann, ich spiele mit dem Gedanken, dem Porträt den Titel »Blaue Tage« zu geben, bestimmt verspätet er sich deshalb, weil das Posieren ihn erschöpft hat. Scheiße, denke ich. Und dann: Nur die Ruhe. Immer wieder schwenkt mein Blick zur Tür, ich will sein Eintreten studieren, diese oft ratlosen Sekunden, wenn man sich umsieht, Ausschau hält nach der Person, mit der man verabredet ist, besonders wenn es sich um jemand Unbekanntes handelt, wie es bei mir der Fall ist – sofern er mein Bild nicht schon aus der Verfasserzeile im Magazin kennt. An dieses Bild von mir denke ich jetzt, ob es ein gutes oder ein schlechtes ist, ob ich vielleicht ein neues, stilvolleres machen lassen sollte, jetzt, da ich wieder auf dem aufsteigenden Ast bin, und gleichzeitig fällt mir ein, dass ich ihn durch Zufall schon einmal in einer Buchhandlung gesehen habe, das war in jenem Herbst, als er seinen zweiten Erzählband herausgebracht hatte, und ich weiß noch, dass es mich überraschte, wie er in Wirklichkeit aussah, ich hatte lediglich einige Bilder von ihm aus seiner aktiven Zeit als AUF-Jungpolitiker in der Zeitung gesehen. Ich war eigentlich schon am Hinausgehen gewesen, aber nun war meine Neugierde geweckt und ich stellte mich etwas abseits und betrachtete ihn, es war ein Dezembertag und er saß zwischen zwei entzündeten Wachskerzen und mehreren Stapeln Bücher, um sein Werk zu signieren, es war vielleicht die einzige Buchhandlung, in der er zum Signieren eingeladen worden war – eine Art Trostpreis –, doch es hatte sich keine Schlange gebildet, in der ganzen langen Zeit meines Aufenthalts in der Buchhandlung war kein einziger Mensch zu ihm hingekommen, um sich ein Buch signieren zu lassen, ich weiß sogar noch, dass ich näher herantrat und mich hinter eines der Regale stellte, so dass ich ihn eingehender in Augenschein nehmen konnte, in erster Linie deshalb, weil er der Sohn von Olaf Berge war, wobei er mir fast leidtat, wie er dort saß und einen Füller zwischen den Fingern drehte, ich stellte mir vor, was für eine Qual das sein musste, so in der Auslage zu sitzen, zwischen zwei Kerzen und Stapeln unverkaufter Bücher, einen unbenutzten Füller in der Hand, während die Leute mit Bestsellern in den Einkaufskörben vorbeieilten, ohne ihn auch nur zu bemerken, und dann fiel mir noch eine etwas seltsame und hochtrabende Aussage ein, die er einmal bei einem Interview getätigt hatte, das muss in Zusammenhang mit seinem Erstlingswerk gewesen sein, es war das einzige Interview mit ihm, an dessen Erscheinen ich mich erinnern konnte, nämlich dass es sein Anliegen sei, auf einer fundamentalen Ebene auf den Leser Einfluss zu nehmen; wenn ich mich recht entsinne, sagte er etwas wie, dass er die tieferen Bewusstseinsebenen verschieben wolle, indem er den literarischen Text als Bulldozer verwende, worüber ich nur gelächelt hatte, vielleicht nicht gelacht, aber gelächelt, und an alles das denke ich gerade, als er endlich das Restaurant am Olaf Ryes plass betritt, sich umblickt und auf mich zuschreitet, ein kleines – wenn auch leicht verlegenes – Lächeln um den Mund, als ob unser Treffen oder die dahinter liegende Idee ihn ein wenig belustige, den düsteren, hinter meiner Anfrage verborgenen Umständen zum Trotz. Was mir als Erstes an ihm ins Auge sticht, ist sein ungewöhnlicher Anzug, ein grauer Anzug mit dazu passender Weste – wie ausgeschnitten aus einem Film aus den 50er Jahren, denke ich. Das dunkle Haar feucht und glänzend. Ohne hinzusehen, notiere ich »klassischer Dreiteiler« auf meinem Block.

Erst aus der Nähe sehe ich die Ohrhörer, er zieht sie heraus, Nicolai, sagt er, Händedruck und Blick verraten nichts. Zwischen der nüchternen Kleidung und seinem Duft besteht ein Widerspruch. Es ist ein überraschender Duft – nicht nach Eau de Cologne, sondern nach … Lagerfeuer. Ja, Lagerfeuer. Das ist es, was ich denke. Ein Mann im Anzug, der nach Lagerfeuer riecht. Sofern es sich nicht um einen neuen Herrenduft handelt, der genau auf ein solches Image setzt.

Was hören Sie?, frage ich, deute auf die Ohrhörer, die er in der Innentasche verstaut.

Schostakowitsch, sagt er. Schostakowitsch?, fühle ich mich genötigt zu fragen, ohne dass es sich wie eine Frage anhört. Er nickt nur, als ob es ganz normal wäre, dass ein junger Mann mit Schostakowitsch in den Ohren herumläuft.

Sein Gesichtsausdruck ist jetzt eher betrübt – ich denke, »stilvoll betrübt«. Kein Wunder vielleicht, nach allem, was vorgefallen ist. *Er hat nie aufgehört, sie zu lieben … Er spielt Trauermusik … Er versucht, den Schmerz mit klassischen Tönen zu betäuben …*

Die ersten Minuten vergehen mit Smalltalk, einer Aufwärmrunde, ich habe das kleine Aufnahmegerät auf den Tisch gelegt, und sofort fällt mir auf, wie ausgesprochen höflich er ist, *galant*, denke ich, was insofern auch im Einklang steht mit seinem etwas anachronistischen oder zumindest atypischen Kleidungsstil; er bestellt Bier und einen Hamburger mit Speck, das Fleisch well done, fügt er hinzu, lächelt mir zu, ich wähle ein Omelette, etwas, das ich aus Erfahrung tue, weil ich dazu nur eine Gabel brauche, mit der linken Hand essen und währenddessen Notizen machen kann, und was ich mir als eines der ersten Dinge notiere, ist seine besondere Stimme, eine auffallend angenehme Stimme, ich ertappe mich dabei, dass ich mehr auf den Klang seiner Stimme höre als auf das, was er sagt. Schnell bemerke ich jedoch, dass er nach Worten ringt, mit den Formulierungen kämpft, sich häufig unterbrechen, von vorn beginnen muss, und als ob ihm das zu einer besseren Ausdrucksweise verhelfen könnte, nimmt er mitten in einer seiner Antworten einen Füller aus der Innentasche seiner Jacke, es muss derselbe sein, mit dem ich ihn an jenem Dezembertag vor mehreren Jahren gesehen habe, und beginnt, etwas auf die Tischdecke, die aus Papier ist, zu kritzeln – kann sein, dass es ihm deshalb hier so gut gefällt, denke ich, weil er hier die Möglichkeit hat, die Tischdecke als Schmierheft zu benutzen –, »der Splitter, ein moralischer Kompass«, glaube ich, dort stehen zu sehen, bin mir allerdings nicht ganz sicher. Der Füller sieht alt aus. Meine Frage zu diesem Füller überhört er jedoch, kritzelt weiter, schaut dann auf, lächelt. *Schüchtern*, notiere ich, betrachte die für alle anderen unleserlichen Krähenfüße. Ich suche nach einem anderen Wort, finde es nicht.

Nur kurz erwidert er meinen Blick und sieht dann hinaus. Er wirkt nicht nur scheu, sondern verschlossen. Mir kommen

Zweifel, ob die Idee vielleicht doch nicht so gut war, wie ich geglaubt habe. Gehofft habe. Ich muss auf meine Fähigkeit setzen, Menschen dazu zu bringen, sich zu öffnen, und gleichzeitig nach einem vielsagenden Detail Ausschau halten. Der Kellner kommt mit den Getränken, Berge bekommt ein Bier, ich bitte um ein weiteres Glas Wein, frage nach einem Soave, mache eine Ausnahme, normalerweise trinke ich nicht mehr als ein Glas während eines Interviews.

Wieso hören Sie Schostakowitsch?, frage ich.

Wegen einer Erzählung, sagt er, oder wegen etwas, aus dem vielleicht eine Erzählung werden könnte. Er schaut mich an, als wäre er sich nicht sicher, ob das für mich interessant ist. Mir ist eine Idee gekommen, sagt er, als ich herausgefunden habe, dass Schostakowitsch im Zweiten Weltkrieg einen Metallsplitter ins Gehirn bekommen hat, als eine Granate direkt neben ihm explodierte. Er behauptete, er könne allein durch das Neigen des Kopfes Melodien hören. Der Splitter hat in seinem auditiven Cortex Aktivität ausgelöst. Wieder ein prüfender Blick von Berge, als ob er noch immer nicht wüsste, ob das eine Erzählung wert sei. Reden Sie weiter, sage ich. Vielleicht stimmt das nicht mal, sagt er, aber diese Entdeckung, oder dieser Mythos, hat meine Phantasie in Schwung gebracht. Ich habe eine Geschichte vor mir gesehen, in der ein junger Mann einen Unfall erleidet – erneut ein forschender Blick –, einen Unfall, bei dem ein Fremdkörper in seinen Organismus gelangt, und zwar so, dass dieses Ding, sagen wir, ein Kristallteilchen, eine Art Kompass wird, ein drittes Auge, das sich für ihn in schwierigen Situationen als hilfreich erweist. So in der Art. Er lächelt, irgendwie entschuldigend.

Ich stelle eine Standardfrage, höre nur halb zu, was er antwortet, während ich mir ein paar Stichwörter notiere, denke, dass ich das mit dem Splitter vielleicht erwähnen könnte, *Ich habe Gry ins Hirn bekommen, sie wird immer ein Teil von mir bleiben*, ich stelle weiter meine Fragen, schiele dabei aber auf meinen Block, ich habe ein bisschen recherchiert, ganz normale Recherche, nicht so umfangreich wie in meiner Anfangsphase, als ich mich gierig und mit unermüdlichem Eifer in das Journalistendasein stürzte, damals in Grünerløkka, als es keine Nächte gab, als alle Tages- und Nachtzeiten mögliche Arbeitszeiten waren, besonders dann, wenn es um was Wichtiges ging, so wie das eine Mal, als ich, mit Martins Hilfe, die enormen Gaunereien in der Baubranche aufdeckte, eine journalistische Leistung, die inzwischen Eingang in den Hochschullehrplan gefunden hat. Warum stürze ich mich nicht mehr auf solche Storys, denke ich, während ich mit halbem Ohr Berges Antworten lausche. Warum sitze ich hier und führe ein Interview mit einem unbekannten Schriftsteller, einem Mann, der von den meisten als absoluter Reinfall bezeichnet wird? Oder könnte auch das, sofern mir nur ein wenig Glück beschieden ist, als investigativer Journalismus bester Qualität betrachtet werden?

Ich habe einige von Berges Freunden angerufen, das heißt, eigentlich stellte sich bald heraus, dass er nicht viele Freunde hatte. Und keinen besten. Das war ungewöhnlich, das notierte ich mir. Genau wie die Tatsache, dass die Antworten und Charakterisierungen, die ich von diesen Freunden bekam, in alle Richtungen ausscherten. Auch in den Zeitungs- und Computerarchiven habe ich nicht viel herausgefunden, nur etwas über die letzten Jahre in Verbindung mit seinen beiden Büchern, einige wenige Buchbesprechungen sowie einzelne ältere Aufzeichnungen über seine Zeit in der AUF, aus denen ich erfuhr, dass es bei einer AUF-Wahl in Oslo zu einer hitzigen Auseinandersetzung gekommen war – was auch von einigen seiner Freunde als heikle Angelegenheit bezeichnet wurde. Auf mich wirkte das nicht besonders dramatisch, eher wie etwas, das in einem solchen Wespennest völlig normal war, ich konnte ohnehin nicht nachvollziehen, warum jemand sich den Intrigen und Keilereien um Führungspositionen und zukünftige Macht in einer Jugendpartei aussetzen wollte. Über Berges Leben hatte ich mir Folgendes notiert: aufgewachsen in Romsås, Jugendzeit in der Stadt, Bygdøy allé, weiterführende Schule Nissen, die Mutter Sachbearbeiterin in dem jetzt so bezeichneten Gesundheits- und Pflegeministerium, bei einem Unfall ums Leben gekommen, der Vater Zeit seines Lebens eine zentrale Figur in der Ap, und dann noch das mit seinem Großvater und dessen unternehmerischer Tätigkeit, die es mit sich brachte, dass sowohl Berges Vater als auch Berge selbst wohlhabend waren, ein Umstand, der ständig gegen sie verwendet wurde. Trotzdem griff ich das mit der AUF heraus, weil es das war, was mich am meisten interessierte, seine Beziehung mit Gry Storefjeld.

Das Essen wird an den Tisch gebracht. Omelett mit Mozzarella und Serrano-Schinken für mich, Hamburger mit Salat und Potato Wedges für Berge. Perfekt gegrillt, murmelt er nach dem ersten Bissen und schneidet das Fleisch und das Brötchen in kleinere Stücke, legt danach das Messer weg und benutzt nur mehr die Gabel, wie man es bei den Amerikanern beobachten kann, wobei ich mich frage, ob er das vielleicht aus Solidarität mir gegenüber tut, weil ich selbst für mein Omelett und den Salat nur die Gabel benutze, oder ob es daran liegt, dass das Messer ihn an die Morde erinnert, jedenfalls gelobe ich mir, nichts über seine Essensweise zu schreiben, ich hasse Porträts, in denen über das Besteck geschrieben wird, ein Klischee, ich werde nicht einmal erwähnen, was er isst.

Dann lege ich los, frage ihn nach Gry, nach ihrer Beziehung – etwas hat er mir bereits am Telefon erzählt –, er ist sich im Klaren darüber, dass darin die Absicht des Interviews besteht, oder zumindest der Blickwinkel, er versteht, dass es nie ein Porträt über ihn gäbe, wenn nicht Gry Storefjeld, *die talentierte Anwärterin auf das Amt der Ministerpräsidentin*, mehrere Jahre seine Freundin gewesen wäre. Trotzdem nähere ich mich dem Thema mit Behutsamkeit. Ob er ein wenig darüber erzählen könne, wie sie einander kennengelernt hätten?

Er zögert, schaut durch das Fenster auf die Bäume im Park, in der Mitte der Springbrunnen, verschwindet gleichsam. Ein zu starker Geruch nach Parfüm weht von der Frau herüber, die hinter mir sitzt. Als ich mich schon darauf einstelle, dass aus dem Interview eher nichts wird, richtet er sich auf und erzählt, dass sie einander in der weiterführenden Schule kennengelernt hätten, ich bin dort in den allgemeinen Zweig gegangen, sagt er, sie in den Schauspielzweig, ich habe mich in sie verliebt, als sie einige selbst zusammengestellte Monologe aus *Mutter Courage* von Brecht vorgetragen hat, das haben die in der vorletzten Klasse durchgenommen. Ich habe es sofort gewusst, wir waren gleich gestimmt – haben Sie je Gitarre gespielt? Darauf muss ich mit Kopfschütteln antworten, überlege aber, ob ich ihm von meinem Hintergrund als Musikjournalistin erzählen soll, vielleicht würde mir das ein wenig Anerkennung verschaffen, ihn wohlwollender stimmen. Sie wissen, manchmal stimmt man die Gitarre ziemlich unkonventionell, sagt er, komplett … Nun, sie war auf die gleiche Weise gestimmt wie ich. Anders. Zusammengekommen sind wir dann aber erst nach dem Abitur. Während er das sagt, bekommt er glänzende Augen, ich notiere mir ein Stichwort, ohne auf den Block hinunterzublicken, ein Codewort für das mit den Augen, das Aufnahmegerät lässt mich zwar selten im Stich, aber ich will nichts riskieren, damit ließe sich ein gelungener Effekt erzielen, *mit tränennassen Augen*, gleichzeitig weiß ich jedoch, dass ich das nie verwenden werde, dass es zu billig ist.

Schon damals war sie von englischer Literatur begeistert, fährt er fort. Sie hat oft laut aus Donne und Tennyson, Shelley und Wordsworth vorgelesen. Und besonders aus Coleridge. Sicher wissen Sie, dass sie in ihrem Studium über Coleridge geschrieben hat, sagt er. Wegen der Sprache hatte sie sich die zweibändige Kompaktausgabe des *Oxford English Dictionary* angeschafft, massige Bücher im Schuber, bei denen man die mitgelieferte Lupe benutzen musste, um die Wörter lesen zu können – das war, kurz bevor die Onlineausgabe des Werks herausgegeben wurde. Noch verliebter war ich, wenn ich sie mit über die Seiten gehaltener Lupe auf dem Boden sitzen sah, wie eine Insektenforscherin. Er lacht. Ich lache mit ihm, damit es ihm nicht unangenehm sein muss, über Tote zu lachen.

Das ist gut, denke ich. Das ist noch von keinem erwähnt worden, *sie wird nie wieder Coleridge lesen*, ich muss ein bisschen in Coleridge reinlesen, sehen, ob ich ein packendes Zitat aus einem seiner Gedichte finde.

Einmal ist sie im Theatercaféen die Treppe zu der kleinen Plattform hinaufgeklettert – Sie wissen schon, wo die Tafelmusiker sitzen –, sagt er, und hat Tennysons »Summer Night« deklamiert, in einem reizenden Englisch und zu stehenden Ovationen. Berge lächelt, wie über die Erinnerung, aber in seinem Lächeln entdecke ich doch auch etwas Nachdenkliches. Wenn wir zum Essen ausgegangen sind, hat sie übrigens immer darauf bestanden, die Rechnung zu bezahlen, sagt er, zumindest ihren Anteil, das sei ein feministisches Prinzip, hat sie gesagt, obwohl ich es mir leichter leisten konnte, sie hat sich grün und blau geärgert über Kellner, die automatisch mir die Rechnung hinlegten, sie besaß ein außerordentliches Selbstvertrauen, noch ein Grund, warum ich ihr verfallen bin, es gibt viel zu wenige Frauen mit Selbstvertrauen.

In diesem Punkt muss ich ihm recht geben. Ich denke an meine eigenen Freundinnen, daran, wie unsicher sie sind, sogar die Gebildeten unter ihnen, wie deprimierend leicht sie sich von ihren Männern manipulieren lassen. Ausnahmsweise habe ich diesmal keine klare Strategie, sondern ich will abwarten, wohin uns das Gespräch, die Fragen, führen werden, aber mein Ziel ist es, etwas über die verstorbene, bewunderte und schon jetzt heroisierte Jungpolitikerin zu enthüllen, etwas, das bislang noch niemand herausgefunden hat. *Was Sie noch nicht über Gry Storefjeld wussten.*

Ob es stimme, dass Sie bei einem AUF-Lager auf der Insel Utøya zusammengekommen seien, möchte ich wissen. Ich frage mit ruhiger Stimme, bin aber innerlich aufgeregt. Nicolai Berge gegenüberzusitzen, weckt ein starkes Gefühl in mir, mit der Tragödie, mit dem Entsetzlichen auf Tuchfühlung gekommen zu sein. Ich schaue auf meinen Teller hinunter, denke, ich sollte noch einen Bissen von dem Omelett nehmen, bringe ihn aber nicht hinunter. Das stimmt, sagt er. Im besagten Jahr 2000, sagt er. Ich blicke zum Aufnahmegerät, lege die Gabel zur Seite, aber er sagt nicht mehr dazu, und ich hake auch nicht weiter nach, dieselbe Geschichte haben mir schon mehrere seiner Freunde erzählt, das war damals ja eine halbe Sensation, tosender Beifall in der Partei.

Mit Gry Storefjeld zusammen zu sein, das sei vielleicht nicht immer … vielleicht nicht immer nur ein Honigschlecken gewesen? Ich frage das mit Vorsicht, finde, ich muss das Gespräch in eine andere Richtung lenken. Gleichzeitig überkommt mich eine Unsicherheit. Was will ich eigentlich? Die Frage drängt sich auf. Würde ich am liebsten etwas Negatives über Gry aufdecken? Wäre das der Knüller? Hat es mich nicht gewundert, mich tatsächlich sogar geärgert, dass sie so oft in der Zeitung war, obwohl keine ihrer Leistungen, weder die akademischen noch die politischen, sonderlich bemerkenswert waren, und sie lediglich als Mitglied einer Dynastie interessant war? Genau wie Martin gesagt hat. Ich hasse es, dass Martin möglicherweise recht behält.

Berge hat die Hand um das Bierglas gelegt, hebt es aber nicht an, als wolle er nur seine Finger abkühlen. Nein, es konnte … Es war nicht immer leicht, mit Gry zusammen zu sein, sagt er, setzt zu einem neuen Satz an, ohne jedoch weiterzukommen, hält inne. Tja, sage ich, signalisiere ihm, dass ich ganz Ohr bin. Sie konnte ein bisschen gemein sein, sagt er, unterbricht sich dann aber, als wolle er doch lieber nichts Negatives erzählen. Einmal haben wir bei einer Schachpartie eine Pause eingelegt, weil ich irgendwas erledigen musste, sagt er dann. Meine Figuren standen weit besser als ihre. Als ich zurückkam, waren alle Figuren auf dem Brett festgeklebt. Du kannst nicht mehr ziehen, sagte sie. Schach matt. Sie gehörte zu der Sorte, die sich weigert zu verlieren. Er lächelt leicht schief. Und es war ein kostbares Brett, ein Geschenk meines Vaters, aus Istanbul.

Eine unkonventionelle Partie … ein letzter Zug … Verlorene Königin … eine festgefahrene Beziehung … Er widmet sich jetzt ganz dem Essen. So ist es immer bei Interviews, das Essen wird kalt, die Leute reden, konzentrieren sich darauf, einen guten Eindruck zu machen, vergessen den Teller vor sich. Ich erhebe mein Glas, wie um ihn daran zu erinnern, dass auch er von seinem Bier trinken solle. Irgendwie passt es für mich nicht zusammen, dass dieser offenkundig schüchterne und linkische Mensch mit Gry Storefjeld zusammen gewesen sein konnte, deren Auftreten, sofern man es nicht ausagierend nennen mochte, sich doch zumindest, wie ist das Wort, freimütig gestaltete. Schon früh war mir das Gerücht zu Ohren gekommen – sicher von einem der Beat-Typen, dem ich auf einem Gartenfest wiederbegegnet bin –, Gry Storefjeld habe auf dem Roskilde-Festival Liam Gallagher gevögelt, Oasis hatten in dem Zelt Grøn Scene gespielt und extrem viele Menschen angezogen. Trotzdem aber sei Gry gesehen worden, der Geschichte zufolge, Gry Storefjeld, erst siebzehn Jahre alt, war diese Art Mädchen, das aus der Masse herausleuchtet, und dem Hörensagen nach wurde sie hinterher zum Weiterfeiern eingeladen. Ich wusste nicht, ob ich das glauben sollte. Wer, der alle fünf Sinne beisammen hatte, wollte mit Liam Gallagher schlafen? Aber wenn es stimmte? In dem Fall musste es etwas … nicht Bahnbrechendes gewesen sein, aber … Wie geht man mit so etwas um, wenn man auf dem Gymnasium ist und in die vorletzte Klasse geht? Ich fand immer, dass Gry irgendwie ausgebrannt wirkte, schon als ich sie zum ersten Mal in den Medien sah, dachte ich das. Als ob sie nichts mehr hätte, wofür sie leben soll, als hätte sie den Antrieb verloren.

Mit diesem Gerücht will ich Berge nicht konfrontieren. Falscher Zeitpunkt. Außerdem hat er wieder angefangen, auf das Tischtuch zu kritzeln. Mich fasziniert das Gold der Federspitze, ich denke sie mir wie ein Schmuckstück, aus dem Tinte tröpfelt, und ohne dass ich ihn noch einmal danach frage, erzählt er, die Füllfeder, eine Parker, habe seinem Großvater gehört, er zeigt mir den Clip am Verschluss. Geformt wie ein Pfeil, sehen Sie, sagt er. Mein Großvater hat mit halbgeschlossenen Augen geschrieben, als wäre er ein Zen-Meister und wollte mit dem Pfeil mitten ins Schwarze treffen. Und währenddessen hat er Charlie Parker gehört. Die Platten, die in den Savoy- und

Dial-Studios aufgenommen wurden. Berge schreibt Notenzeichen auf das Tischtuch, sieht mich an und lächelt. Ich weiß nicht, ob mein Großvater die Füllfeder wegen seiner Vorliebe für Charlie Parker gekauft hat oder umgekehrt, sagt er. Ich denke an Martin, an sein Interesse für Jazz. Martin hätte der Anekdote gewiss etwas abgewinnen können. Apropos Füllfeder, zu der hat Großvater mir auch eine Geschichte erzählt, sagt Berge, von Joseph Gillot, der im 19. Jahrhundert eine kleine Verbesserung an der Stahlfüllfederspitze vorgenommen hat und dadurch steinreich wurde, auch Kunst hat er gesammelt, hat mehrere von Turners Gemälden gekauft. Es braucht gar nicht viel, hat mein Großvater immer gesagt. Ein kleiner Dreh an etwas schon Bekanntem – und schwupps hast du eine neue Erfindung. Ich habe mich sehr gefreut, als ich die Füllfeder bekommen habe, sagt er, ich betrachte beim Schreiben immer die Spitze, damit ich mich daran erinnere. Nur eine kleine Variation, eine hübsche Schlinge aus Tinte, und die Geschichte kann eine ganz andere werden. Berge wirkt plötzlich wie vom Eifer gepackt, geradezu eloquent, und während er redet, macht er weiter seine Kritzeleien oder zeichnet ein Ornament, vielleicht verhilft ihm das zu einer besseren Ausdrucksweise, denke ich, und gleichzeitig ist es mir, als würde mein Auftrag immer mehr in den Hintergrund rücken. Ich ertappe mich dabei, dass ich es genieße, mit einem Glas Wein am Olaf Ryes plass Nicolai Berge gegenüberzusitzen, der auf einmal viel engagierter wirkt und das weiße Papiertischtuch mit blauer Schrift füllt, mit Zeichnungen, von denen ich nicht weiß, was sie darstellen sollen, *Spuren*, denke ich, Spuren, die ich gern deuten würde.

Ich überlege, ob ich ihm ein paar Fragen zu seinen Büchern stellen soll, fürchte aber, meine mangelnde Kenntnis seines Werks – sofern man zwei Bücher ein Werk nennen kann – könne hindurchschimmern, zusammen mit dem Wissen, dass sie als Machwerke bezeichnet wurden. Zudem hat Berge inzwischen jene Glut verloren, deren kurzes Aufblitzen ich beobachtet habe, er schaut jetzt wieder drein wie ein Häuflein Elend, wobei ich nicht weiß, ob das an der Trauer liegt, an der Tatsache, dass ich etwas zum Leben erweckt habe, das er gerne vergessen würde – oder daran, dass seine Erzählungen keine Zustimmung finden. Überhaupt macht er keinen so egozentrischen Eindruck wie andere Schriftsteller und Künstler, die ich kennengelernt habe. Einen Moment lang ertappe ich mich dabei, dass er mir leidtut.

Draußen hat plötzlich ein so starker Regen eingesetzt, dass die Tropfen vom Asphalt zurückgeschleudert werden. Einer der Angestellten hat einen kleinen Kamin in der Ecke des Lokals angeheizt, so dass eine noch wohligere Atmosphäre entsteht. Es gefällt mir hier, ich denke, ich werde irgendwann noch einmal herkommen, eine Freundin mitnehmen, Rachel vielleicht, ihr von Nicolai Berge erzählen, denn dieser Mann hat etwas an sich, irgendetwas, das ich nicht benennen kann. Je länger ich ihm gegenübersitze, desto deutlicher wird mir bewusst, welche Anziehungskraft von ihm ausgeht. Nicht allein wegen seines außergewöhnlichen, eigentlich ziemlich stilvollen Anzugs, sondern wegen seines Gesichts, seiner Körpersprache. Seiner Stimme. Irgendwas passiert da. Ich weiß zuerst nicht, was es ist. Dann spüre ich etwas. Ein leichtes Kribbeln. Wie um es aufzuhalten, schreibe ich etwas auf meinen Block, *ein Feuer wird angeheizt*, schreibe ich, was das Gefühl nur verstärkt. Es lässt sich nicht leugnen: In mir hat es zu kribbeln begonnen.

Nehmen Sie einen Nachtisch?, frage ich. Er fragt, ob er Kaffee bekommen könne. Ich bestelle auch einen.

Er hat drei Bilder aus seinem Leben mitgebracht, zur Verwendung für das Porträt. Am Telefon hatte ich ihn, sehr schonend, gefragt, ob er auch Bilder habe, auf denen er zusammen mit Gry zu sehen sei. Er zeigt mir eines, auf dem sie umarmt stehen, nicht zu intim, bei einem Umzug am 1. Mai. Sie haben nicht eines von der Hütte am Blankvann?, frage ich rundheraus, weiß, dass ich damit zu weit gehe. Er nimmt es mir nicht übel. Leider habe ich diese Hütte nie zu sehen bekommen, sagt er.

Wir bekommen unseren Kaffee, zwei Espressi. Er rührt ein Zuckerstück in seinen. Ich nutze die Gelegenheit, um ihn zu fragen, wie es zur Trennung gekommen sei. Ohne langes Nachdenken antwortet er, das sei ganz undramatisch abgelaufen, Gry habe es eine Quarterlifecrisis genannt, sie sei gerade 25 geworden und habe gemeint, sie hätten sich auseinandergelebt. Das klingt nicht überzeugend, denke ich. Nach vier Jahren?, frage ich. Kann man sich so schnell auseinanderleben? Er antwortet erst nach einer Pause und nachdem er dreimal einen Satz angefangen hat, ohne dann weiterzureden. Schließlich bringt er es doch noch heraus: Doch, ja, man könne sich auseinanderleben, zumindest in dieser Lebensphase. Er schaut mich an und lächelt, aber er sieht traurig aus, als glaubte er es selbst nicht. Sie sagte, unserer Beziehung würde es an Nachhaltigkeit fehlen. Er versucht zu lachen, kriegt es nicht hin. *Gry ist die neue Gro*, denke ich, erinnere mich an die Schlagzeile. In der Küche fällt ein Kochtopf zu Boden, zuerst Fluchen, dann Lachen. Ich weiß nicht, ob es an dem Lärm liegt, doch für einen Augenblick lässt Berge unverhofft die Maske fallen, und sofort überkommt mich ein Gefühl, dass er für Gry Storefjeld auch *Hass* empfindet. Das heißt, eigentlich bin ich mir nicht sicher, ob ich seinen Gesichtsausdruck richtig interpretiere – für das Magazin ließe sich damit ohnehin nichts anfangen. Wir haben unseren Espresso auf dieselbe Weise getrunken, in drei Schlucken, fast synchron. Ich bin kurz davor, ihn zu fragen, ob er jemals an Rache gedacht oder das Bedürfnis verspürt habe, sie zu verletzen, schlucke es aber herunter. Sie war ehrgeizig, sagt er, wie um ihre Trennung besser zu erklären. Damit meine ich, was die Politik angeht. Und sie war tougher als ich. Er sagt etwas über die Wahl des Vorsitzenden der AUF Oslo. Über seine Abneigung gegen Propaganda. Wieder eine Pause. Er blickt in die leere Tasse. Und es hat auch damit zu tun gehabt, dass ich angefangen habe zu schreiben, sagt er. Ihr hat das nicht gefallen. Er nimmt den Füller zur Hand und zeichnet weiter auf dem Tischtuch, zieht Pfeile, kreist einige Wörter ein, es glitzert in der blauen Tinte, ehe sie in die Fasern einzieht und trocknet. Ich bekomme Lust, mir einen Füller zu kaufen. *Blaue Tage, blaue Tinte.*

Eigentlich habe ich genug beisammen. Er hat mir kurze Einblicke verschafft, die ich zu einer ergreifenden Schilderung über Gry zusammenstellen kann. *Das Glück hat sich als nicht nachhaltig erwiesen.* Ein paar Fragen stelle ich ihm noch, aufs Geratewohl. Keine davon führt irgendwohin. Wie war Ihr Verhältnis zu Grys Vater?, frage ich dann. Berge richtet sich auf. Gut, sagt er, und während er die Verschlusskappe auf den Füller schraubt, gibt er eine großzügige Charakterisierung Arve Storefjelds zum Besten, viel zu »richtig«, denke ich, er gerät ins Stottern bei seinen Lobesworten, sogar ein paar heitere Anekdoten von Storen erzählt er, wobei sein Gesichtsausdruck verrät, dass seine Worte nicht ehrlich gemeint sind, dass er vielleicht sogar eine tiefe Abneigung gegen den Mann hegte, da liegt etwas verborgen, denke ich, etwas Größeres, vielleicht hat es etwas mit diesen Konflikten in seiner AUF-Zeit zu tun. Es ist, als hätte da ein ganz anderer Fisch angebissen als der, den ich mir an Land zu ziehen vorgestellt habe.

Ich schlage es mir aus dem Kopf, kann es nicht brauchen.

Draußen ist es dunkler geworden, und es ist, als würde der Olaf Ryes plass in dem Licht all der Geschäfte und Cafés und Restaurants noch besser zur Geltung kommen. Das Wort *kontinental* taucht in mir auf. Ich habe Lust, noch zu bleiben, das Treffen in die Länge zu ziehen, Lust, ein weiteres Glas Wein zu bestellen, ich will den Zug nach Hause ins Reihenhaus noch nicht nehmen, zu den Gehwegen zwischen Sandkästen und Schaukelgerüsten, und wie zum Vorwand, um noch ein paar Minuten in der Nähe eines Kaminfeuers sitzen zu können, frage ich ihn nach dem Schreiben, warum er Erzählungen schreibe, keine Romane, worauf ihn sofort wieder der Eifer packt, ein größerer Eifer als bei jeder anderen Frage, und er muss auch nicht so oft nach Wörtern suchen; die Frage könne er verstehen, sagt er, auch sein Verlag habe ihm ans Herz gelegt, einen Roman zu schreiben, ein größer angelegtes Werk, ein modernes Epos, er lacht, sagt, das wolle er nicht, er wolle sich an die Kurzgeschichten halten, die Wahrheit stecke in den Fragmenten, den Zwischenräumen, keiner solle heutzutage dicke Bücher schreiben, sagt er, niemand habe Zeit zu lesen, zumindest nicht mit der nötigen Gründlichkeit, ein Vierhundertseitenroman – nein, man müsse es auf zehn Seiten sagen können.

Tja, schade, denke ich, dass auch seine Kurzgeschichten niemand lesen will.

Andererseits muss ich ihm auch zustimmen, besonders dem, was er über die Fragmente und Zwischenräume gesagt hat. Ein langer, zusammenhängender Bericht ist immer eine Lüge.

Melancholische Falten überziehen erneut sein Gesicht. Mich überkommt das Bedürfnis, ihm Trost zu spenden, etwas Nettes zu ihm zu sagen. Fürsorge zu zeigen. Denke ich das? Das denke ich. Mit einem Schlag erkenne ich, wie ungewöhnlich diese Interviewsituation ist, wie wenig sie beispielsweise der Begegnung mit Arve Storefjeld in Dovre gleicht, einem Interview, das mir Erfolg beschert hat, wichtig war für die Karriere. Das hier könnte auch so werden, aber es ist persönlicher, eher in der Nähe von etwas … von etwas, das brennt.

Ich bereue, dass ich mir damals nicht eines seiner Bücher gekauft habe, so dass er endlich eines hätte signieren können. Das hätte schön werden können, ein persönlicher Gruß, geschrieben mit einer alten Parker-Füllfeder.

Ich habe keine Fragen mehr auf meinem Block stehen, trotzdem unterhalten wir uns weiter, jetzt eher wie zwei Menschen, die einander zufällig in einer Bar kennengelernt haben, denke ich, ja, in einer Bar, der Ausdruck schießt mir durch den Kopf, ich hätte wirklich Lust, ihn noch zum Ausgehen einzuladen, ihm Mut einzuflößen, ihn auf eine Runde durch die Bars im Viertel mitzunehmen, alle diese neuen, belebten Bars voller junger Leute, Cocktails mit seltsamen Namen trinken, wie Martin und ich in der Hochblüte unserer Verliebtheit, ein bisschen angeheitert bin ich obendrein, denn aufgrund meiner Nervosität, meiner anhaltenden Nervosität, habe ich einem Glas mehr zugestimmt, als ich sonst zu trinken pflege, und obwohl ich weiterhin versuche, professionell zu bleiben, einen klaren Kopf zu behalten, geschieht gerade etwas, ich weiß nicht, wann der Dreh – um Berges Wort, oder das seines Großvaters, zu verwenden – sich ereignet hat, doch ich bin kurz davor, das Gleichgewicht zu verlieren. Irgendwas passiert in meiner Lendengegend, sie wird durchströmt von einem Zittern, das ich sehr lange nicht mehr verspürt habe. Er sitzt mir gegenüber in einem grauen Dreiteiler. Ein grauer junger Mann, denke ich. Der trotzdem glüht. *Ein Zen-Meister*. Hier liegt ein Widerspruch. Etwas Spannendes. Etwas *Gefährliches*, denke ich, ohne dass ich wüsste, was daran gefährlich sein sollte. *Den Pfeil mitten ins Schwarze treffen*. Wenn wir jetzt allein wären, irgendwo anders, würde ich ihn ausziehen – der Gedanke durchfährt mich, so dass ich fast zusammenzucke. Aber es ist wahr, hier sitze ich und denke genau das, schaue hinein in dieses offene, schöne, schüchterne Gesicht und wünschte, ich müsste nicht nach Hause gehen, ich spüre eine halb vergessene Wärme zwischen den Beinen, eine schwache Flamme, ich hatte seit … Ich traue mich nicht einmal, daran zu denken, wann ich das letzte Mal Sex hatte. Aber jetzt. Hier sitze ich und spüre eine, wie ist das Wort, Intensität, deren Vorhandensein ich mit den Jahren vergessen habe. Eine Heftigkeit. Es brennt. Dieser Stoff brennt. Ich brenne. Und ich schäme mich für dieses Brennen, aber die Scham über den so tragischen Rahmen unseres Treffens macht das Brennen nur noch stärker. Das Gefühl wird dadurch nicht besser, dass wir anfangen, über Musik zu reden, nachdem er erwähnt hat, dass er viel David Bowie gehört habe – und das nicht seiner Identitätswechsel wegen, sondern wegen der Songs –, wohlgemerkt in einer Phase, da nur wenige in seinem Alter David Bowie gehört hätten, doch er kann unmöglich wissen, dass ich Bowie einmal interviewt habe. Ich habe mich in letzter Zeit ein wenig mit dem *Heathen*-Album beschäftigt, sagt er, wobei mir nichts anderes bleibt, als so zu tun, als wüsste ich, wovon er redet, da ich dieses verhältnismäßig neue Album noch nicht gehört habe, ich, die David Bowie einst gegenübersaß an einem Ort, der in der Tat an das Lokal erinnern mag, in dem Nicolai Berge und ich gerade sitzen. *I'll write the best interview ever!*

Es ist, als ob mein Gegenüber mir einen Blick auf die andere Seite gewährte. Er hat etwas … ja, genau, etwas *Heidnisches* an sich, etwas, das einen von ausgetretenen Pfaden wegführt. Meine Neugier wächst, genauso wie meine Faszination.

Etwas passiert.

Es regnet noch immer, ich habe keine Lust, in das schlechte Wetter hinauszugehen, ich will hier sitzen bleiben und reden, den ganzen Abend hier sitzen bleiben, bei Kaminduft, das Interview vergessen, nur plaudern über das, was uns gerade einfällt, diese Flamme nähren, die ich in mir spüre, die Flamme, deren Existenz ich beinahe vergessen habe. Dann fällt mir ein, dass wir bei jedem Porträt ein paar fixe Fragen haben, und die stelle ich ihm jetzt, was ein bisschen ulkig wird. Lieblingsbuch? Zunächst macht er sich noch einen Scherz daraus, antwortet aber schließlich: *Unser Mann in Havanna*, Graham Greene. Ob er das ernst meine? Ja, das tue er, denn das sei schon was, dass die Hauptfigur in dem Buch intelligente Menschen dazu bringen könne zu glauben, die Zeichnungen in einer Betriebsanleitung für Staubsauger hätten etwas mit geheimen Raketen zu tun, sagt er, das sei phänomenal, unsere Fähigkeit zu fabulieren. Wir lachen viel. Ich weiß nicht, warum, aber gleichzeitig denke ich an all die verrückten Theorien, die rund um den Blankvann-Vorfall in Umlauf sind – ist nicht auch das ein Beweis für unsere einzigartige Kapazität des Phantasierens? Was ist mit Ihnen?, fragt er, was ist Ihr Lieblingsbuch?

Die Frage bringt mich in Verlegenheit, ich bin keine Leserin, habe nie viel gelesen. *Bleak House* von Dickens, sage ich, völlig aus der Luft gegriffen.

Er wirft mir einen seltsamen Blick zu, einen sehr seltsamen Blick, macht eine Bewegung, als wolle er nach meinen Fingern greifen, hält aber im letzten Moment inne.

Was ist der wichtigste Rat, den Ihnen jemand gegeben hat?, fährt er fort. Ich werfe die Hände in die Luft, wir sollten nicht die Rollen tauschen, sage ich. Es ist lange her, dass es mir so gut gegangen ist.

Einen Augenblick bin ich kurz davor, ihm vorzuschlagen, wir könnten noch woanders hingehen, uns irgendeine Bar suchen. Einen Screwdriver bestellen. Nein, zu gewagt. Lieber einen klassischen White Lady. Ich könnte versuchen, ihn betrunken zu machen, um zu sehen, ob dann die Maske von ihm abfällt oder ob ich schon jetzt sein wahres Gesicht sehe. Ist er wirklich so einfach gestrickt? Oder so rätselhaft? Es ist, als ob hinter der Fassade des Erfolglosen etwas Erfolgreiches aufblitzt.

Und wenn ich es wäre, die unter den Tisch gesoffen würde?

Hätte ich etwas dagegen, unter den Tisch gesoffen zu werden?

Ich schlage mir den Gedanken aus dem Kopf. Bleib professionell, bleib vorsichtig, ermahne ich mich und klatsche mir im Geist die Handflächen an die Wangen, um mich aufzuwecken. Ich bitte um die Rechnung, packe meine Sachen zusammen, stecke Block und Aufnahmegerät in die Tasche.

Er reißt ein großes Stück vom Tischtuch ab, jenes Stück, auf das er geschrieben und gezeichnet hat, faltet es schön zusammen und steckt es in seine Jackentasche.

Ich bin versucht, ihn zu fragen, ob ich es bekommen könne. Aus irgendeinem Grund würde ich dieses Stück Tischtuch gern besitzen. Ich könnte es einrahmen, es vielleicht in meinem kleinen Büro aufhängen. Wörter mit Kreisen, Pfeilen rundherum. Raketen.

Es ist Abend geworden. Wir bleiben draußen vor dem Lokal stehen. Der Regen, das Geräusch der Tropfen auf den Baldachinen, ruft eine Erinnerung in mir wach, als ich mit sechzehn einmal in Sørlandet mit einem Jungen in einem vertäuten

Holzboot saß, den Tropfen auf dem Klappverdeck lauschte, dieselbe Spannung, die Journalistin in mir ist wieder in den Hintergrund getreten, ich will einfach nur hier stehen, weiterreden, dem Regen zuhören, die Gedanken schweifen lassen, die Wirkung des Weins im Körper genießen, auf das Interview scheißen, ich wünsche mir, einfach nur mit ihm weiterreden zu können. Weiter zu gehen. Ja, weiter zu gehen, auch in der anderen Bedeutung. In der Erinnerung sehe ich eine Zündkerze.

Wir verabschieden uns, er nimmt meine Hand, fast feierlich, bedankt sich für das Essen, es sei … er zögert, ermutigend gewesen, sagt er, der Regen geht in ein Nieseln über, und obwohl Straßen und Bäume nass sind, obwohl es auf den Herbst zugeht, erinnert der Olaf Ryes plass mich an etwas, das viel weiter südlich in Europa liegen könnte, in Málaga zum Beispiel, diese Dunkelheit und das strahlende Licht der Gastgärten rund um den quadratischen Platz, das Geräusch des Springbrunnens, ich gehe zur Straßenbahnhaltestelle, ich bin in einem sonderbaren Zustand, ich bin etwas Bedeutendem nahegekommen, etwas Wirklichem, Wahrem, einem trauernden Mann, einem Mann, der über das Schicksal einer Exfreundin tief unglücklich ist, ich weiß, ich besitze genug Material für ein gutes Porträt. *Vier Jahre, die mein Leben veränderten … Arve Storefjeld hat mich viel gelehrt …*

Ich hatte mir vorgenommen, auf der Zugfahrt nach Hause meine Notizen durchzublättern, Ergänzungen aus dem Gedächtnis einzufügen – ich habe den roten Filzstift für vertiefende Kommentare herausgeholt –, aber jetzt sitze ich nur da und starre aus dem Fenster, auf dem der Regen diagonale Schlieren hinterlässt, während draußen Landschaft und Bahnhöfe undeutlich vorübergleiten, gerade noch rechtzeitig denke ich daran, am Bahnhof Vevelstad auszusteigen, ich bin in einer Stimmung, die ich nie zuvor erlebt habe, *nie*, nie habe ich mich so lebendig gefühlt, so, wie ist das Wort, *hautnah dabei*, ich stecke mitten in Ereignissen, die ein ganzes Land beschäftigen, und ich bin eine von denen, die die Gedanken, ja, die Gefühle der Menschen beeinflussen, und jetzt kann ich noch mehr dazu beitragen, denke ich, während ich an den Reihenhausfassaden vorbeigehe, an Sandkästen mit liegen gelassenen Spielsachen und Gärten, in denen Trampoline stehen wie leere Manegen, und es bringt mich fast zum Lachen, wenn ich an Hovedøya zurückdenke, an die Hochzeit und an den Tiefpunkt, an dem ich mich befunden habe.

Der Gedanke bringt mich dazu, an einer Stelle stehen zu bleiben, von der aus ich ein kleines Wäldchen zwischen zwei Häuserreihen sehen kann. Es lässt sich schwer leugnen: Die Blankvann-Morde haben mich gerettet.

Zu Hause spüre ich, dass mir der Magen knurrt, ich habe seit dem Frühstück nur ein Omelett gegessen, oder eigentlich nur ein halbes. Ich mache mir ein Sandwich mit Räucherlachs und Dill, nehme eine Zitronenscheibe, schneide den Schalenring herunter und teile das Fruchtfleisch in kleine Stücke, die ich dann zusammen mit Kapern darüber verstreue. Mit dem Sandwich und einem großen Glas Wasser setze ich mich aufs Sofa, den Fernseher lasse ich ausgeschaltet. Ich schreibe einige Sätze auf den Block, der immer auf dem Wohnzimmertisch liegt. Ich schenke mir ein kleines Glas Jack Daniel's ein, wie um mich an eine Zeit zu erinnern, da ich glaubte, eine Jeanne d'Arc zu sein. Besonders zu sein. Einen Ruf vernommen zu haben. Große Dinge ausrichten zu können. Noch einige gute Sätze schreibe ich auf, ehe die Schläfrigkeit mich übermannt.

Ich bin im Verlag. Die Leute wissen, wer ich bin. Schon unten am Empfang herrscht ein übertrieben freundlicher Ton, als hätte jemand eine Warnung vorausgeschickt: Rollt den roten Teppich aus, potentielle Melkkuh im Anmarsch! Ich sitze mit dem Lektor und drei Leuten aus der Verkaufs- und Marketingabteilung in einem Besprechungszimmer. Die Stimmung ist heiter, Kaffeetassen auf dem Tisch, wir sprechen über die Veröffentlichung, die, um größtmögliche Wirksamkeit zu erzielen, auf die erste Oktoberwoche verschoben wurde. Läuft alles nach Plan, wird das Zeitschriftenporträt über Nicolai Berge ungefähr zur selben Zeit gedruckt vorliegen wie das Buch über Arve Storefjeld, *Der Wegbereiter* – als Arbeitstitel hatte ich *Mein Weg* gewählt, das war mir eingefallen, weil ich 1999 als Journalistin bei der Feier zu Storens 50. Geburtstag im Folkets Hus war, wo er gotterbärmlich falsch, aber nichtsdestoweniger charmant »My Way« gesungen hatte, mit norwegischem Text, geschrieben von ehemaligen Arbeitskollegen des Oslo Veivesen, wie die Behörde damals hieß. Die Leiterin der Marketingabteilung berichtet, es herrsche bereits maximales Interesse, die Einkäufe der Buchhandlungsketten seien beachtlich, ein Selbstläufer. Sie braucht mir das gar nicht erst zu sagen, ich weiß, dass ich, gelinde gesagt, umschwärmt sein werde, ich werde *die* Journalistin Norwegens sein, aus allen Ecken und Winkeln wird um meine Gunst geworben werden, zu allen nur erdenklichen Talkshows wird es Einladungen regnen, ich werde – ja, ich werde selbst in der Zeitung porträtiert werden. Ich muss über den Gedanken lachen, zerbreche mir fast schon den Kopf, was ich sagen und nicht sagen, was ich anziehen soll.

Doch bei all der Heiterkeit, der Freude über die guten Aussichten in Hinblick auf das Buch, vergessen wir allerdings nicht den Ernst der Sache, wir schütteln gleichsam erschüttert, oder *ehrlich* erschüttert, in regelmäßigen Abständen den Kopf, der Terror ist nicht vergessen, er spannt sich wie ein dunkler, wenn nicht goldener Rahmen um dieses Meeting.

Wir besprechen, wo die Buchpräsentation stattfinden soll. Ich schlage vor, wir könnten das Fyret, die Gaststätte, für einen Vormittag mieten. Dort gehe es genau in dem richtigen Maße zünftig und volkstümlich zu, ganz im Sinne Arve Storefjelds, noch dazu liege es am Youngstorget, umkränzt von den Gebäuden, in denen er sich ausgetobt habe. Und dann sei da auch noch der Name, Fyret, Leuchtturm, der hervorragend passe zu jener Heerschar mehr oder weniger geglückter Metaphern, die Storen von der Tätigkeit seines Großvaters als Lotse und Fischer übernommen habe. Alle sind begeistert. Es wird gelacht, obwohl alle wissen, dass nicht gelacht werden sollte, zwar verwenden wir in regelmäßigen Abständen das Wort schrecklich, aber trotzdem lachen wir, es ist wie bei einem Leichenschmaus, wo einen fast ein schlechtes Gewissen überkommt, wenn die Stimmung zu fröhlich wird. Der Verlag ist mit allem hochzufrieden, sogar mit der Textform, gegen die zu Anfang gewisse Vorbehalte bestanden haben, denn ich habe an der Form meiner Biographie festgehalten, den vielen Sprüngen, jeder mit Respekt vor der Wirklichkeit schreibt heute so, zumindest im Ausland, ich versuche immer noch, auf dem neuesten Stand zu bleiben, ich will die Wahrheit schreiben, keinen Roman – als wir noch verheiratet waren, hat Martin mir *Bleak House* von Charles Dickens geschenkt, von dem, wie er meinte, wir Journalisten viel lernen könnten, ich hatte das Buch auch ein Jahr lang auf dem Nachttisch liegen, schlief allerdings jedes Mal ein, wenn ich darin zu lesen versuchte –, nein, kein Roman, dieser völlig überbewertete Humbug mit seinen konstruierten und verrückt unwahrscheinlichen Zusammenhängen, ich will die

Wirklichkeit beschreiben, wie sie ist, zerstückelt, zerstreut wie Bruchstücke von höchst unterschiedlicher Art; ich möchte die Komplexität eines Schicksals aufzeigen, die zahlreichen widersprüchlichen Seiten, ohne dass der Leser gedanklich abschweift. Und ich möchte ein anderes Bild von Arve Storefjeld zeichnen als das eines Hanswursts – zu dessen Entstehen ich durchaus selbst beigetragen habe mit meinem Porträt aus Dovre –, weshalb ich in meinem Buch auch einige seiner dunkleren Seiten thematisiert habe, wie etwa sein Temperament, seine Neigung, Möbelstücke zu zerschlagen, wenn ihm etwas gegen den Strich ging, eine Angewohnheit, die in deutlichem Kontrast stand zu dem Politiker, der für seine Waffellunchs bekannt war – »Um ein Problem zu lösen, braucht es oft nicht mehr als ein Waffeleisen«. Zugleich bietet das Buch, wie ich glaube, wie ich hoffe, ein erfrischendes Bild norwegischer Politik, der norwegischen Gesellschaft, gespiegelt durch einen Akteur, dessen Spezialität die provokante Äußerung war, einen Politiker, dem das Kunststück gelang, die Balance zu halten zwischen Populismus und der Verteidigung der sozialdemokratischen Werte, der sowohl an den »kleinen Mann« zu appellieren vermochte als auch an die feinen Damen, die keiner Erwerbstätigkeit nachzugehen brauchten und noch immer stolz ihren Pelz trugen. Durch die Arbeit an dem Buch hatte ich allmählich angefangen, ihn zu bewundern. Indem er als ein Repräsentant der Wurzeln der Arbeiterbewegung auftrat, war Arve Storefjeld von unschätzbarer Bedeutung für die Partei.

Und jetzt war er tot. Von noch größerem Wert. Ein Wahlsieger selbst als Asche in einer Urne.

Schulterklopfen und freundliches Nicken von allen, denen ich auf dem Weg nach draußen begegne. Am Ausgang komme ich an Plexiglasregalen mit Neuerscheinungen vorbei, in die der Verlag diesen Herbst gewiss hohe Erwartungen setzt. Der Anblick macht, dass ich schnaube. Schon in meiner Kindheit ist mir eine Abneigung gegen »gute Geschichten« eingeimpft worden. Es war immer dieselbe Leier; die Leute behaupteten, mein Vater habe eine »Gabe«, er sei ein Erzähler von Gottes Gnaden. Ich erinnere mich nicht, wann es passierte, nur dass ich irgendwann diesen Augenblick zu hassen begann, wenn mein Vater sagte: Lassen Sie mich eine Geschichte erzählen. Bei Familienzusammenkünften, im Auto, bei Veranstaltungen der Verkehrsbetriebe, abends an der Bettkante. Ich kann das mit einer Geschichte illustrieren, sagte er. Ich zuckte jedes Mal zusammen, wenn ich das hörte, sah aber, wie sehr es anderen gefiel, bei einem geselligen Beisammensein etwa, wie sie sich in den Stühlen ausstreckten, als sollte gleich das Licht gedämpft werden und der Vorhang sich öffnen für ein gediegenes Unterhaltungsprogramm. Es dauerte nicht lange, bis ich diese Geschichten gründlich satthatte, weil sie zu simpel waren, sie waren wie Märchen. In diesen Jahren muss es gewesen sein, dass ich mir ein Versprechen gab: Ich würde wahre Geschichten erzählen, aus der Welt, wie sie ist, unangenehme Geschichten, ohne Moral. Und mit der Zeit fand ich heraus, dass es nicht viel gab, das mir bessere Gelegenheit verschaffte, diesem Programm zu folgen, als die Schilderungen gescheiterter Menschen. So gesehen war Nicolai Berge eine gute Wahl. Nein, er war perfekt. Ein guter Mensch, eine gescheiterte Existenz.

Auf dem Weg zur Redaktion bleibe ich vor dem Gerichtsgebäude stehen, dem hellen Kubus am C. J. Hambros plass. Ich stelle mir das Drama vor, das schon fertig angerichtet liegt, sollte es der Polizei eines Tages gelingen, einen oder mehrere der für den Terror verantwortlichen Männer aufzugreifen. Wie alle anderen hoffe ich, oder erwarte ich, dass die Ermittlungen zu etwas führen werden. Nicht nur um der Angehörigen willen. Das ganze Volk hat Bedarf an einer Art Therapie. Das wird eine lange Sitzung werden, ein Theater sondergleichen, eine goldene Gelegenheit, dem Publikum eine Reportage nach der anderen vorzusetzen. *Die schwierige Abrechnung.* In Gedanken sehe ich schon einen originellen Blickwinkel vor mir, eine ganze Anfangspassage, die zu einer glänzenden Story werden könnte.

Ich muss mich auf das Berge-Interview konzentrieren und mauere mich auf meinem Platz in der Zeitungsredaktion ein. Gern hätte ich dem Porträt eine unkonventionelle Form verpasst, doch Martin wollte keine Experimente im Magazin, ich musste mich brav an die Vorlage halten. Ich setze mir die Ohrenschützer auf, arbeite an der *Stimme*, meinem Markenzeichen, lasse die Kantine sausen, ich habe mir Knäckebrot und Streichkäse aus dem Schrank geholt – ich werde Martin, dem Workaholic, langsam immer ähnlicher –, ich lese die Rohfassung und nehme Korrekturen vor, gehe die Notizen durch, von denen ich normalerweise immer zu viele habe, aber diesmal, muss ich erkennen, sind es zu wenige, ich kriege es irgendwie nicht recht auf die Reihe, ich, die Meisterin der Porträts, bekannt dafür, einen Menschen mit nur drei Sätzen einzufangen, ich stecke fest, ich weiß nicht, woran es fehlt, sofern es sich denn nicht um den eigentlichen Hauptaspekt handelt, einen tragenden Kiel – eine Zündkerze. Das gesamte Material umfasst im Grunde nicht mehr als die oberflächliche Tatsache, dass Nicolai Berge mit Gry Storefjeld zusammen war, sowie eine Aneinanderreihung kurzer Geschichten über sie – amüsant vielleicht, aber nicht allzu spritzig. Statt der Ohrenschützer setze ich mir die Ohrhörer auf und höre mir noch einmal die Aufnahme an. Kein Aha-Erlebnis. Unberührte Saiten.

Scheiße. Mir kommt der Gedanke, dass Berge mich angesteckt hat, dass ich anfange, genauso um Worte zu ringen wie er.

Ich bin nicht zufrieden, glaube auch nicht, dass Martin zufrieden sein wird, aber ich will, dass Martin zufrieden ist, dass er sich seine Skepsis in die Haare schmieren kann, dass er mir seinen Glückwunsch aussprechen muss, dass er … Scheiße. Was, wenn er ein rigoroses Umschreiben einfordert? Oder sagt, dass es den Anforderungen nicht genüge? Zum Teufel auch. Obwohl ich diesem Mann gegenübergesessen bin, ihn über mehrere Stunden zu meiner Verfügung gehabt habe, ist es, als entziehe Berge sich all meinen routinierten Beschreibungsversuchen, verzweifelt blättere ich meine Notizen durch, höre mir einige Abschnitte der Aufnahme noch einmal an, und doch verbleibt er … verbleibt er als etwas, was ich mit meinen Worten nicht zu greifen vermag.

Ich stehe auf, gehe ein bisschen herum, und obwohl ich gern die jüngsten Neuigkeiten über die Blankvann-Morde gehört hätte – immerhin habe ich die Warnung der Experten mitbekommen, der zufolge die Terroristen erneut zuschlagen könnten, egal wo, an genauso unerwarteter Stelle –, vermeide ich die Kaffeemaschine, will lieber allein sein, ich gehe zum Nachrichtenstudio, wo ich auf der Treppe stehen bleibe und der Betriebsamkeit zusehe. Ich entdecke Foyn, den Chef, mitten in dem ganzen Trubel, er trägt ein T-Shirt mit der Zeichnung einer Schreibmaschine, unter der steht: *FCC Cambodia* – FCC steht für Foreign Correspondents' Club, es sieht cool aus, aber soweit ich weiß, ist Foyn nie in Phnom Penh gewesen, wo der Club liegt. Ich stehe auf der Treppe, während das Problem Berge in meinem Kopf weitersurrt. Willst du einen Menschen porträtieren, kannst du eigentlich über die ganze Welt schreiben – es gibt streng genommen nichts Unwesentliches. Die Kunst besteht in der Auswahl, der ganz zufälligen Auswahl jener Details, aus denen heraus die Illusion entsteht, dass es genau *dieser* Mensch ist, den man nachzeichnet. Foyns T-Shirts zum Beispiel – schon aus sich selbst heraus eine Erzählung über einen Globetrotter, der kaum je sein Wohnzimmer verlassen hat. Um es mir einfacher zu machen, und besonders dann, wenn die Zeit knapp ist, folge ich oft einer Vorgehensweise, die ich meine »prismatische« Methode nenne. Alle Menschen bestehen aus verschiedenen Schichten, so, wie das Licht, um es einfach zu machen, aus sieben Farben besteht. Daher versuche ich, bei der Person, über die ich schreibe, aus jeder Schicht, von jeder Farbe, Elemente hinzuzufügen, mit dem Ergebnis, dass der Leser sich einbildet, ein makellos zusammengesetztes Individuum kennengelernt zu haben. Bei Berge jedoch war es anders. Er wirkte einfach, leicht durchschaubar, bestand scheinbar nur aus einigen wenigen Farben – und genau darin lag die Herausforderung. Er verbarg etwas. Er verfügte über Eigenheiten, über die zu sprechen, die zu zeigen er sich hütete.

Ich bleibe in dem Teil der Redaktion stehen, in dem wir die fertiggestellten Seiten für die nächste Nummer des Magazins hintereinander aufhängen, den »Seitenspiegel«, wie wir sagen. Das Porträt eines Musikers – zum hundertsten Mal, denke ich, und wenig überraschend handelt es sich dabei um eben jenen, den ich auf der Spikersuppa-Eislaufbahn gehört habe, den Künstler, dessen altes, beim Volk beliebtes Lied durch den Terroranschlag, sofern das überhaupt möglich ist, noch populärer geworden ist. Ich stehe vor der Wand aus Schlagzeilen mit schickem Layout und erinnere mich an mein erstes erfolgreiches Porträt. Zu der Zeit hatte ich gerade beschlossen, die Phase des enthüllenden oder investigativen Journalismus hinter mir zu lassen, hatte beschlossen, dass das Magazin von da an meine Domäne sein sollte. Das Feature. Ein Tummelplatz mit großer künstlerischer Freiheit. Eines Tages sah ich ganz zufällig Arne Næss, den Philosophen, auf der Straße, und im selben Moment überfiel mich das Bedürfnis, ein Porträt über ihn zu schreiben. Er war in jenen Jahren nicht oft in der Zeitung, es war lange her seit der Tirich-Mir-Expedition, lange her seit dem Mardøla-Protest und der Alta-Kampagne. Ich war schon immer neugierig gewesen auf diese Persönlichkeit, die mehrere Generationen von Studenten geprägt hatte. Ich ging hin und fragte höflich bei ihm an. Er sagte zu, ich glaube, es gefiel ihm, dass eine verhältnismäßig junge Journalistin ihn interviewen wollte. Ein paar Tage später fand ein Treffen im Hotel Bristol statt, in der Bibliotheksbar. Ich hatte mich vorbereitet, doch zu Beginn verlief das Gespräch schleppend. Dann, wie ein unerwarteter Funke bei der Antwort auf eine recht weit gefasste Frage über seine Kindheit, erzählte er, dass er immer unter dem Flügel gesessen sei, wenn sein Bruder Klavier gespielt habe, am liebsten bei der Mondscheinsonate. Næss wäre selbst fast Pianist geworden, war sogar in Wien gewesen und hatte bei einem der namhaftesten Lehrer vorgespielt, und wie um die Geschichte zu beschließen, sagte Næss spontan, wie er es bisweilen tat: Setzen Sie sich unter den Flügel da, dann werden Sie hören, wie fantastisch die Mondscheinsonate sich aus diesem Winkel anhört. Der Tafelmusiker machte gerade Pause, woraufhin Arne Næss auf dem Hocker Platz nahm und ich alle Hemmungen über Bord warf und so weit, wie ich konnte, unter den Flügel rutschte, das heißt, bis ich fast auf dem Rücken lag. Die übrigen Gäste, darunter auch ein gefeierter Schriftsteller, der mitten in einem Interview zu seinem jüngsten Buch zu stecken schien, verfolgten neugierig die Szene. Arne Næss begann, den ersten Satz zu spielen – und es klang wirklich fantastisch, es war, als hätte ich diesen Ohrwurm der klassischen Musik noch nie zuvor gehört. Genau so müssen wir es auch im Leben machen, sagte er hinterher: Nach überraschenden Positionen suchen. Somit hatte ich eine tolle Rahmenerzählung, und im Laufe des Gesprächs präsentierte Arne Næss viele jener Ansichten, die er in seinem im darauffolgenden Jahr erscheinenden Buch mit dem Titel *Lebensphilosophie* formulieren sollte, das sich, für so eine Art Buch, erstaunlich gut verkaufte. Ich nannte das Porträt »Examen Philosophicum in Mondschein«.

Vielleicht bin ich nur nicht am richtigen Ort, denke ich. Einem Ort mit einem Requisit, das etwas enthüllen kann. Vielleicht sollte ich Berge fragen, ob ich ihn in seiner Wohnung auf dem Nordberg besuchen darf.

Ich treffe Rachel am Osloer Hauptbahnhof. Auch sie kommentiert mein Aussehen. Die neue Frisur stehe mir gut. Der dunkle Lippenstift. Ob ich im Lotto gewonnen hätte? Umarmungen, Lachen. Rachel arbeitet bei der *Aftenposten* in dem alten Postamtsgebäude gleich nebenan, wir treffen uns oft hier, um eine Kleinigkeit zu essen. Heute bin ich auf dem Nachhauseweg, sie hat Spätschicht. Wir sitzen in einem Restaurant auf der Plattform über der Abfahrtshalle. Manchmal ist es herrlich, ein ganz normales Abendessen zu sich zu nehmen, Pasta all'arrabbiata mit Hühnchen, ein Glas Wein, auch wenn es noch ein weiter Weg ist, sowohl zu dem Rabiaten als auch nach Rom. Wir sitzen beim Dessert, Pekannuss-Pie, und obwohl das Essen einen nicht eben vom Hocker haut, gefällt es mir hier, mir gefällt die Aussicht auf das Gedränge in der Halle unter uns und die Bahnsteige hinter den großen Fenstern, auf die ankommenden und abfahrenden Züge. Rachel sagt oft, dass sie mich beneidet, sagt, es müsse schön sein, allein zu wohnen, die ganze Zeit aufregende Sachen machen zu können. Ich weiß nicht, ob sie das ernst meint. Wir sind Freundinnen seit meiner Beat-Zeit. Ihre Mutter stammte aus England, und wir teilten beide ein Interesse für britische Rockmusik. Inzwischen ist Rachel ein bisschen anständig geworden, zieht sich auch anständig an, Kostüme und Kleider mit Blazer. Handtaschen, die einen Monatslohn kosten. Reicher Ehemann, sehr reicher Ehemann, Sohn irgendeines Immobilienmoguls.

Ich erzähle ihr von Nicolai Berge, von dem Porträt, an dem ich arbeite. Ja, armer Kerl, lautet Rachels unmittelbare Reaktion. Ich schaue sie fragend an. Stell dir vor, du bist der Sohn von Maj Runesen und Olaf Berge, sagt sie. Das einzige Kind. Stell dir die Erwartungen vor – und dann, dass du keine davon erfüllst.

Ich spüre ein Bedürfnis nach Protest, schweige aber. Es ärgert mich, dass sie so über Berge spricht. Wieder ist es, als empfände ich eine Art Fürsorge für ihn. Ohne von meiner Irritation Notiz zu nehmen, das heißt, sie bemerkt sie sicherlich nicht, beginnt Rachel über den Blankvann-Fall zu sprechen, und wir bleiben noch lange sitzen und unterhalten uns über den Terroranschlag, tauschen Erkenntnisse aus, wobei mir schlagartig bewusst wird, so, wie es mir bei mehreren Gelegenheiten in letzter Zeit schlagartig bewusst geworden ist, dass dies ein wunderbares Gesprächsthema ist, ein unerschöpflicher Stoff, Fäden, denen wir in alle Richtungen hin folgen können. Endlich haben wir etwas, worüber wir reden, worüber wir Spekulationen anstellen, worüber wir jammern können – eine Goldgrube. Und ist es nicht herrlich, hier zu sitzen, hoch erhoben, bei köstlichem Kuchen, Wein oder Farris-Mineralwasser mit Zitronengeschmack, und über schreckliche Dinge zu diskutieren … Ich fühle mich wie ein Kind auf dem Schoß eines Großvaters, der von Trollen erzählt – es ist spannend, aber es kann einem nichts passieren.

Rachel zerstört dieses Bild, spießt ein Kuchenstück mit der Gabel auf und weist mich darauf hin, wie verwundbar die Gesellschaft geworden sei, deutet auf die vielen Züge, die Passagiere. Wir sind nirgendwo sicher, sagt sie und erwähnt den Terroranschlag auf dem Bahnhof in Madrid vor vier Jahren, bei dem fast zweihundert Menschen getötet wurden. Keine Sorge, das passiert hier nicht, sage ich. Rachel sieht mich an. Hast du schon vergessen, sagt sie, fast wütend. Denk an die Bombe, die Anfang der 80er hier detoniert ist, als es noch Gepäckaufbewahrungskästen gab, eine Person wurde getötet und es gab viele Verletzte. Es passiert auch hier, sagt Rachel mit Nachdruck, zeigt mit der Gabel auf mich. Wir glauben, diese Toten am Blankvann wären die ersten. Ich sehe mich zu einem Nicken gezwungen. Rachel hat recht. Wir vergessen. Es passiert auch hier. Wir sind genauso verwundbar wie alle anderen, sagt Rachel. Ich nicke wieder, schaue zu den Zügen hinaus. Es ist weit von Madrid nach Oslo. Zu einem Terror von solchen Ausmaßen. Es wird nie passieren, denke ich. Nicht hier. Nicht in Norwegen. Trotz allem. Eine Bombe in der Gepäckaufbewahrung. Ja, vielleicht. Aber nichts Großes. Nichts Größeres als die grausamen Morde am Blankvann. Auch das wird in einigen Jahren vergessen sein, sage ich. Das ist jetzt schwer zu glauben, aber es wird vergessen werden. Das ist schade, sagt Rachel, denn dann werden wir die Augen davor verschließen, dass es wieder passieren kann. Mein Gott, Rachel, nun hör aber auf, so einen Unsinn zu reden, sage ich. Glaub mir, das wird nie wieder passieren. Nichts, was genauso schockierend, so barbarisch wäre. So was passiert in einem Land im schlimmsten Fall einmal in fünfundzwanzig Jahren. Zumindest in Norwegen. Ein politisches Attentat dieser Art. Du brauchst einen doppelten Macchiato. Zum Aufwachen. Ich winke dem Kellner.

Wir bleiben noch sitzen und beobachten die ankommenden und abfahrenden Züge oder das Getümmel der Menschen unter uns in der Halle. Schon denke ich, wir wären für heute fertig mit dem Blankvann-Thema, und fange an, nach etwas anderem zu suchen, über das wir uns unterhalten könnten, gute Filme vielleicht, aber natürlich sind wir noch nicht fertig, denn es zeigt sich, dass Rachel, und das überrascht mich, begonnen hat, an der Spur mit den Terroristen Zweifel anzumelden. Wir müssen alle Möglichkeiten ins Auge fassen, sagt sie, hört sich an wie die Polizeisprecherin. Vielleicht suchen alle am falschen Ort.

Ich bin froh, als der Kaffee kommt, ich fühle mich wie benommen. Gerade will ich sie fragen, ob sie Bowies Album *Heathen* gehört habe, als Rachel mir ihre eigene Hypothese offenbart: Sie glaubt, der Täter sei ein *misfit*, ein Verlierer. Vielleicht sogar ein Geistesgestörter.

Was, wenn es eine Frau ist?, sage ich.

Ich weigere mich strikt zu glauben, es könnte eine Frau sein, sagt Rachel. Versuch, dich wieder auf null zu setzen. Ich tue, als würde ich an irgendetwas an meiner Schläfe schrauben, was sie zum Lachen bringt. Angenommen, der Mörder ist ein Einzeltäter, fährt sie fort, und dass er sich obendrein versteckt gehalten oder völlig anonym gelebt hat – wie hätte man da im Voraus Gefahr wittern können? Das ist der Albtraum jedes Nachrichtendienstes. »Der Soloterrorist.«

Der einsame Wolf, murmle ich.

Wir nehmen die letzten Bissen Pekannuss-Pie. Genau, murmelt Rachel. Es ist, als hätten meine Worte sie auf denselben

Gedanken gebracht, denn nun berichtet sie ausführlich von einer anderen Sache, die ihr Sorgen bereitet, sie habe schon seit Langem über diese im Internet florierenden rechtsextremen Netzwerke schreiben wollen – solche Netzwerke, eingerichtet von Typen, die die halbe Nacht gewalttätige Videospiele spielten und die restliche Zeit mit dem Verfassen von Hasspostings verbrächten. Rachel sieht mich an. Ich kann nur mit einer ahnungslosen Handbewegung antworten, ich weiß wenig darüber. Ich habe meine Idee bei einem Meeting vorgebracht, sagt Rachel, mein Vorschlag war, dass wir eine Artikelserie über dieses Phänomen schreiben könnten. Niemand hat darauf reagiert, niemand nimmt das ernst. Das heißt, der Redaktionschef hat mich gebeten, etwas zu schreiben. Ich weiß nicht, ob ich die Kraft dazu habe. Diese Foren sind auch vollgestopft mit gehässigen Äußerungen über den Feminismus. Und über die Ap. Das ist gefährliches Gedankengut, sagt Rachel. Wir sitzen hier, essen Kuchen und reden darüber, als wäre es ein Unterhaltungsprogramm, sagt sie.

Es *ist* Unterhaltung, denke ich, traue mich aber nicht, es laut zu sagen.

Dann fällt mir ein, dass Sofie Nagel im Frühling eine Chronik über etwas Ähnliches geschrieben hat, ohne dass es eine Debatte ausgelöst hätte. Auch sie – eine Vorkämpferin der Gleichberechtigung – hat die Anhäufung frauenfeindlicher Einstellungen im Internet aufgezeigt. Das Problem sei, dass viele Männer in der heutigen Gesellschaft scheitern, hatte sie geschrieben. Dies habe den Nährboden bereitet für eine Verbitterung, eine lang aufgestaute Energie, die destruktive Folgen nach sich ziehen könne. Ich erzähle Rachel von der Chronik, ich erinnere mich gut daran. Sie nickt. Genau darauf will ich hinaus, sagt sie. Der Mörder könnte ein Mann sein, der voller

Zorn ist, der sich als *Außenseiter* fühlt, von allen missverstanden. Rachel richtet den Blick auf mich. Ich entdecke einen Anflug von Furcht in ihren Augen.

Dieser ganze Hass, sagt sie.

Angenommen, Sofie Nagel war das Ziel, nicht Arve Storefjeld. Und dass das Motiv Hass war.

Im Zug auf dem Nachhauseweg versuche ich, in einem Buch über das Böse zu blättern, kann mich jedoch nicht konzentrieren, schaue stattdessen aus dem Fenster, zur Hovedøya, und denke an alles, was vorgefallen ist, seit ich vor einigen Wochen in den Klosterruinen gestanden bin und einem Brautpaar zugeprostet habe. Vielleicht ist es gar nicht so verwunderlich, dass jetzt eine Diskussion über das Böse entflammt ist, darüber, was das Böse ist. Ich schlage mich mit der Idee herum, einen Artikel zu schreiben, oder schlechterdings eine größere Reportage für das Magazin zu erarbeiten, in der ich, oder wir, *das Böse* als Thema aufgreifen, wir könnten Kommentare von Philosophen und Theologen mit hineinnehmen, denn wenn das, was da im Wald vorgefallen ist, nicht das pure Böse war, was sollte man dann böse nennen? Ich nehme den Block heraus, notiere »das idealistische Böse?« und mache mir Gedanken darüber. Schon vor Holmlia lege ich den Block wieder weg. Ich denke an Arne Næss, der jetzt 96 Jahre alt ist, denke an die Mondscheinsonate, ich nicke ein, wache erst in Ski wieder auf, ich bin zu weit gefahren, beschließe aber, dass ich genauso gut im Shoppingcenter einkaufen gehen kann, zum Beispiel habe ich kein Fruchtgelee mehr, das ich für meine Erdnussbuttersandwiches brauche.

Ich muss mit dem Porträt fertig werden. Ich sitze mit Kopfhörern im Vestibül des Regierungsgebäudes, spule durch die Berge-Aufnahme – auch, um seine Stimme zu hören – und stelle abermals fest, dass da etwas Verborgenes dahinterliegt. Als wäre er nur mit der halben Wahrheit herausgerückt, denke ich. Scheiße. Ich muss das Handtuch werfen, ich muss ihn um ein weiteres Treffen bitten – auch weitere Gesichtspunkte zu Gry Storefjeld als Jungpolitikerin fehlen mir noch. Nichts, worüber ich mich aufregen müsste. Im Gegenteil. Bei einigen meiner besten Porträts habe ich mich mit der betreffenden Person öfter getroffen.

Ich spüre eine Art Vibration im Körper, eine aufgefrischte Arbeitslust durch die Aussicht auf ein weiteres Gespräch mit Berge, ein neuerliches In-Kontakt-Treten mit Gry und dem Blankvann-Fall. Einen Moment lang schäme ich mich für mein Wohlbefinden, dafür, dass ich dieses Unglück zu meinem Vorteil nutze. Dann schiebe ich den Gedanken beiseite. Es ist nicht auf meinem Mist gewachsen, dass Terroristen Dinge in Bewegung gebracht haben, Gry ist tot, und mit meinem Porträt von Berge kann ich dazu beitragen, ihre Erinnerung in Ehren zu halten. Meine Aufgabe ist es, mit scharfer Feder zu schreiben, mit überraschenden Perspektiven aufzuwarten. Ich muss zu dem Selbstbewusstsein meiner Beat-Zeit zurückfinden. Scheiße, ja. Ich habe noch immer *brass in pocket*, ich bin besonders, ich werde meine Arme benutzen, meine Beine, ich werde alles an Imagination einsetzen, was ich in mir habe. *Gonna make you, make you, make you notice.* Aber echt jetzt.

Der Ministerpräsident steigt aus dem Aufzug, entdeckt mich und kommt zu mir herüber, ich weiß nicht, ob wegen meines Gesichtsausdrucks, meines Rockerinnengesichts – vielleicht habe ich unbewusst auch mit dem Körper hin und her geschaukelt, im Takt zu der Pretenders-Hymne in meinem Kopf –, und fragt, ob ich auf jemanden warte, worauf ich sowohl nicke als auch nicht nicke, er sagt, er habe meine Artikel gelesen, sie seien gut, besonders der über die

Bedeutung Arve Storefjelds, er steht da vor mir – so stattlich, denke ich, so glanzvoll, so *unangreifbar* – und hebt die Hand, als erteile er mir seinen Segen, ehe er mit seinem Gefolge auf die Akersgata hinaus verschwindet. Mein Blick fällt auf die Fensterrahmen aus Teakholz, und wieder muss ich daran denken, in was für einem Prachtbau ich meine heimliche Denk- und Schreibecke bezogen habe. Ich muss darum ansuchen, diesen Platz für immer benutzen zu dürfen, denke ich. Wer weiß, vielleicht wird eines Tages ein blaues Schild an der Wand hängen, ausgeschmückt von Inger Sitter und Carl Nesjar: Hier arbeitete Ine Wang.

Ich bleibe sitzen und mache mir weiter Notizen, ich muss Nicolai Berge mehr über die AUF und die Ap fragen. Das liegt auch im Interesse des Falls. Von immer mehr Menschen werden die Morde im Wald als ein Versuch gedeutet, der »Sozialdemokratie an die Gurgel« zu gehen – die Angriffe seien gegen die Wertevorstellungen der Norweger gerichtet gewesen, gegen die Freiheit, die Möglichkeit, sich frei zu bewegen.

Schon auf dem Weg zwischen den glatten Wasserspiegeln in der Lindenallee hole ich das Handy heraus, um Berge nach einem weiteren Treffen zu fragen. Es dämmert mir, dass ich damit ein zweigeteiltes Motiv verfolge: Ich habe noch mehr Fragen, aber es hat auch eine unerklärliche Unruhe von mir Besitz ergriffen – wage ich, es auszusprechen: eine Sehnsucht? Werde ich diese Sehnsucht verbergen können? Vermische ich die Arbeit mit etwas Persönlichem? So außer Rand und Band bin ich allerdings nicht, als dass ich es nicht kontrollieren könnte. Ich bin gewillt, das Risiko einzugehen.

Einer der Polizisten, die seit Kurzem in der Nähe des Regierungsgebäudes Stellung bezogen haben, verfolgt mich mit dem Blick. Ich rufe Berge an, er stimmt dem Treffen zu, und diesmal zögert er nicht. Er lädt mich auf den Nordberg ein. Genau wie ich gehofft habe.

Rachels Aussage über die Internet-Communitys ruft mir Berges Blog in Erinnerung. Lange habe ich mir vorgenommen, ihn mir anzusehen, aber erst jetzt werfe ich zu Hause meinen leuchtgrünen iMac an und lese in dem Blog, in dem Nicolai Berge über mehrere Jahre Beiträge gepostet hat. Pens, so heißt er. War das eine Andeutung auf etwas Französisches – denken, Gedanke? Das Layout ist sauber gestaltet, elegant, zugleich aber ein wenig altmodisch. Das Hauptaugenmerk liegt auf dem Schriftbild, und er hat eine Type gewählt, die das Lesen vereinfacht. Ein Zähler verrät, dass der Blog nicht häufig besucht wird. Vor meiner ersten Begegnung mit Berge hat Ulrik erzählt, viele Menschen stünden Berges Schreibereien kritisch gegenüber, insbesondere die AUFler hätten es ihm übel genommen, dass er über Probleme innerhalb der Ap gebloggt habe, anstatt sie in der Partei anzusprechen.

Ich lese schnell hinein, überfliege die Beiträge nur, lasse sie hintereinander den Bildschirm hinaufgleiten wie einen langen, langen Vorhang, ohne dass sich mir dahinter eine Aussicht offenbart, erkenne aber unmittelbar, dass sich provokante Ansichten darunter befinden. »Ist es nicht so, dass das Haus der Arbeiterpartei am Youngstorget ein bisschen wie der Potala-Palast in Lhasa aussieht?«, hat er an einer Stelle geschrieben. »Es ist durchaus möglich, die Ap als eine Form des Lamaismus zu betrachten. Ein Dalai-Lama, der sich mit dem Penchen-Lama zankt. Anführer gegen Anführer, Fraktion gegen Fraktion.« Und an anderer Stelle: »Auch Norwegen hat seine Margaret Thatcher, eine Frau, die den Neoliberalismus vorangetrieben hat. Sie heißt Gro Harlem Brundtland.«

Soweit ich das sehen kann, bewegen sich viele der Blogeinträge am Rande des Anstößigen, doch in den Kommentarfeldern wird dazu nur wenig geschrieben. Als ob man es nicht der Mühe wert fände, sich auf eine Polemik einzulassen. Kurz bevor ich zu lesen aufhöre, finde ich doch noch einen langen Kommentar, in dem einer von Berges Einträgen als verdeckter Faschismus bezeichnet wird. Ich fahre den Rechner herunter und bleibe sitzen, starre direkt ins gegenüberliegende Reihenhaus. Ich bin verwirrt. Nichts davon passt zu dem Eindruck, den die Person, mit der ich mich am Olaf Ryes plass getroffen habe, in mir hervorgerufen hat.

Die Vorbereitungen für das Treffen mit Berge werden von einem Ausflug unterbrochen, einem Waldausflug mit Ulrik. Ein Hauch von Herbst liegt in der Luft, als wir uns in die Nordmarka aufmachen. Wir fahren mit Ulriks Wagen, einem ramponierten Passat, Kindersitze auf der Rückbank und eine sagenhafte Unordnung. Ulrik spielt Bob Marley auf hoher Lautstärke. Er will etwas über den Tatort schreiben und hat mich gefragt, ob ich mitkommen könne. Ich will nicht allein zu diesem Ort, sagt er. Ich zögere zuerst, gehe dann aber mit, denke, dass ich das für irgendetwas verwenden könnte. Während unsere Körper zu dem Puls von *Rastaman Vibration* mitschwingen, fahren wir den Waldweg hinauf zum Blankvannsbråten, ich glaube, Ulrik hat absichtlich ein Album ohne »I Shot the Sheriff« gewählt, um uns Assoziationen an den blutigen Anlass unseres Tagesausflugs zu ersparen. Jedenfalls bin ich froh, dass wir die Erlaubnis haben, hier zu fahren, ich war noch nie gern zu Fuß im Wald unterwegs. Laut einer Zeitungsmeldung waren in den letzten Wochen auch weniger Menschen in diesen Gefilden. Es wirkt so, als würden die Leute die Gegend um den Blankvann-See bewusst meiden.

Wir parken den Wagen. Ich bin etwas heiser, nachdem ich mehrere Bob-Marley-Lieder mitgesungen habe. Es ist ein schöner Tag, noch immer ziemlich warm, und wir setzen uns auf den offenen Abhang oberhalb des Blankvannsbråten, schauen aufs Wasser und widmen uns dem Lunchpaket, das ich vorbereitet habe. Es war mein Vorschlag, vor dem letzten Wegstück eine Rast einzulegen, ich glaube, auch Ulrik graut es davor, Valen, Storefjelds Hütte, zu sehen, und danach hätten wir wahrscheinlich nur mäßigen Appetit. Ulrik ist beeindruckt von meinen Sandwiches, spricht mir sein Lob aus und sagt, ich sollte anfangen, sie in der Arbeitskantine zu servieren, besonders die mit Mozzarella, Tomaten, Basilikum und ein bisschen Pfeffer. Ganz schlicht, völlig unschlagbar. Wir reden nicht viel, betrachten die Wiese, die Hügel, die glitzernde Wasserfläche, versuchen in unsere Köpfe hineinzukriegen, dass ein so idyllisches Fleckchen von einer so grausamen Tat heimgesucht werden konnte.

Ulrik beginnt zu pfeifen, und erst nach einer Weile höre ich, dass es sich um eines der Lieder des beliebten Troubadours handelt, eines von den einfachen, die dieser Tage noch populärer geworden sind, und als gebe es da eine Verbindung, wandern meine Gedanken weiter zu einem der vielen »Sinnsprüche«, die nach dem 23. August von jungen Menschen in die Welt gesetzt wurden und große Verbreitung gefunden haben und die von den Medien mit offenen Armen empfangen und zitiert werden, als könnten sie in Salomos Buch der Sprüche geschrieben stehen: »Sie brachten den Hass, unsere Antwort war Liebe.« Natürlich der blanke Unsinn, wenn man darüber nachdachte. Die Wahrheit ist, die Leute würden diesen Terroristen bei lebendigem Leib die Haut abziehen, wenn sie die Chance dazu hätten.

Wir zögern die Pause hinaus, beide, aber schließlich müssen wir doch unser Zeug zusammenpacken und weiter hinaufsteigen. Über seinen kurzen Rastalocken trägt Ulrik eine dieser Kopfbedeckungen, die er sonst nicht mehr verwendet, eine Häkelmütze, bei deren Farben ich stets an den Schoko-Waffel-Riegel Kvikk Lunsj denken muss. Ich glaube, er betrachtet das als eine Art Schutz. Bald gelangen wir zu einer Stelle, wo der Wald sehr dicht ist, merkwürdig dicht. Ganz plötzlich ist es ein wenig dunkel geworden. Die zwischen den Ästen hängenden Spinnweben senden ein unnatürliches, silbriges Licht aus. Es gibt vier weitere Hütten in der Gegend, und nachdem wir eine Weile nur mühsam vorangekommen sind, finden wir den Weg zu der richtigen, der Valen-Hütte. Keine Rede davon, dass hier ein spezieller Geruch herrscht, wie »von etwas Verbranntem«, wie Capa gesagt hat, eher riecht es frisch, oder herbstlich. Als ob die Natur die Untat bereits vergessen hätte. Meine Phantasie läuft auf Hochtouren, ich denke an diese überwucherten Tempel, die man im Dschungel finden kann, Tempel, in denen einst Menschenopfer praktiziert wurden.

Fast automatisch sehen wir uns um, wie nach Spuren, Gegenständen, die der Aufmerksamkeit der Polizei entgangen sein könnten. Ich erinnere mich an das rätselhafte Schottland-Taschentuch. Bald ist die ganze Natur ein Tartan in Grün und Gelb und Rot.

Als wir die Hütte erblicken, kurz bevor wir auf der Lichtung ganz oben auf dem Hügelkamm anlangen, ist es, als ob etwas geschehen würde. Das gesamte Farbspektrum verändert sich, und die Bäume zu beiden Seiten bilden gleichsam eine Trasse zu einem der Nebengebäude hin. Wenn ich vom Weg abkomme, wird mir etwas Schlimmes zustoßen, denke ich, ohne zu wissen, warum ich das denke. Mir fällt ein, dass die

Tatortermittler in einer mit Farn bewachsenen Schlucht einen mysteriösen Gegenstand gefunden haben, ein rundes, olivgrünes Ding. Man hatte zuerst befürchtet, es könne eine kleine Landmine sein, und eine Spezialeinheit wurde hinzugezogen. Es stellte sich jedoch heraus, dass es sich um eine EPa-Box handelte, eine Einmannpackung des Militärs. Niemand konnte erklären, wie sie dorthin gelangt war. Sie musste schon alt sein, da diese Art Notration nicht mehr gebräuchlich war. Bedeutete das aber, dass norwegische Soldaten in die Morde involviert waren? Einzelne wiesen darauf hin, dass die Sache mit den Kampfflugzeugen, bei der es um zig Milliarden aus dem Topf ging, im Spätherbst beschlossen werden sollte und dass Arve Storefjeld erklärter Anhänger des schwedischen Gripen-Fliegers war – weil, wie von einigen gesagt wurde, seine halbe Familie mütterlicherseits aus Rorøs sei; die historische Verbindung mit Schweden war immer eines von Storens Lieblingsthemen gewesen. Konnten Anhänger des amerikanischen Kampfjets, des konkurrierenden Angebots, hinter dem Attentat stecken?

Es würde mich nicht überraschen, wenn ich hier über eine Zündkerze stolperte.

Ganz plötzlich sind keine Insekten mehr da, keine Vögel, keine Geräusche. In meinen Ohren entsteht ein Druck, als wäre ich zu tief hinuntergetaucht. Ich bin nervös, sage mir vor, dass es nichts gebe, weswegen ich nervös sein müsse. Es liegen keine blutigen Körper mehr hier herum, das Gebiet wurde mit der Lupe abgesucht.

Was, wenn sich jemand irgendwo versteckt und uns im Auge behält?

Der Bereich um die Hütte ist noch immer abgesperrt. Ich verspüre den Drang, unter den Bändern durchzukriechen, tue es aber nicht. Wir sind mehr als nahe genug. Ulrik ist eindeutig unruhig. Er hat sein Zippo-Feuerzeug herausgenommen, den Verschluss runtergeklappt. Steht da und dreht an dem Reibrad, als hätte er Lust, den ganzen Ort niederzubrennen. Ich schaue zu der Hütte hin, zu dem Anbau. Der Eingangsbereich ist mit schönen Schnitzereien verziert. Ich überlege, wer die angefertigt haben könnte – Storens Vater, der in der Nagelfabrik gearbeitet hat? Das ist ein Detail, das in meinem Buch nicht vorkommt, und ich überlege, ob ich es weiterverfolgen soll.

An ein anderes Detail aber erinnere ich mich. Irgendwas über eine Information, die Ståle Storefjeld, Grys Bruder, der Polizei gegeben hat. Seine Schwester habe immer dasselbe Schmuckstück um den Hals getragen, berichtete er, eine Kette mit einem Herz aus Gold und einem Anker aus Silber, jeweils mit einem kleinen Diamanten darin. Er wusste nicht, woher sie es hatte, ob es ein Geschenk gewesen war oder ob sie es selbst gekauft hatte, doch dies sei der einzige Schmuck gewesen, den sie getragen habe. Ståle hatte eine Woche vor der Hüttenwanderung bei ihr in der Westye Egebergs gate vorbeigeschaut, und an diesem Abend hatte sie es wie üblich um den Hals getragen, daran erinnerte er sich deutlich. Als dem Bruder jedoch ihre Leiche gezeigt wurde, fiel ihm sofort auf, dass das Schmuckstück fehlte. Hatten die Terroristen es mitgenommen? Wenn ja, wieso sollten sie sich ausgerechnet dafür interessieren? Der Polizei zufolge war sonst nichts von den Ermordeten oder aus der Hütte entwendet worden.

Eine Weile stehen wir nur da. Alles ist still. Oder vielleicht hören wir die Geräusche nicht. Wir begutachten die Fassaden, den Vorplatz, die Vegetation rundherum, andächtig stehen wir da, schweigend, wie in einem Museum. Die Absperrbänder, irgendwie völlig deplatziert in dieser Umgebung, bewegen sich kaum merklich im Wind. Ulrik schießt Fotos mit seinem

Handy. Wozu, weiß ich nicht. Als Souvenir vielleicht. Ich habe den Block in der Hand, schreibe aber nichts auf. Stehe nur da. Versuche, eine Gestalt, oder mehrere Gestalten, vor mir zu sehen, die frühmorgens oder in der Nacht aus dem Wald kommen und in die Hütte, in den Anbau hineinhuschen. Die Messer. Stahl, der seitlich in den Hals gestochen, bis zum Lattenrost durchgedrückt wird, unbarmherzig, professionell. Vielleicht hat es nur wenige Sekunden gedauert, bis sie das Gebäude wieder verlassen haben und spurlos zwischen den Bäumen verschwunden sind.

Gibt es etwas, das eine solche Monstrosität übertreffen könnte? Das ist, das war ein Raubtierangriff aus dem finsteren Wald. Wer ist dazu fähig, sich über ein Kind zu beugen, vielleicht sogar, während dieses Kind die Augen aufschlägt, und ihm ein Messer in den Hals zu treiben? Der Gedanke ist unerträglich, hinterlässt ein Stechen im Körper. Es liegt kein Trost darin, dass eine solche Bösartigkeit in einem Land wie unserem so selten vorkommt.

Ohne ein Wort gesagt zu haben, drehen wir uns gleichzeitig um und machen uns auf den Rückweg. Scheiße, sagt Ulrik, als wir den Hauptweg erreichen. Scheiße. Er geht hinter mir. Plötzlich höre ich seine Schritte nicht mehr. Ich bekomme Angst und drehe mich um. Er ist zwischen die Bäume getreten und übergibt sich über einem Heidelbeerstrauch. Die Farben seiner Mütze scheinen zu leuchten – rot, gelb, grün. Ich kann gar nicht schnell genug zum Auto zurückkehren, es ist, als ob die ganze Landschaft verhext wäre.

An dem Tag meines Besuchs bei Berge bin ich in einer eigenartigen Verfassung. Ich freue mich, ihn zu treffen, spüre aber gleichzeitig eine Besorgnis. In der U-Bahn denke ich über mögliche Formulierungen nach, *Der abgedankte Prinz … Was ist so schiefgelaufen … Nach Grys Tod überlege ich, in die Politik zurückzukehren …*

Es ist Nachmittag, er konnte nicht früher, hat aber versprochen, einen kleinen Brunch vorzubereiten. Er wohnt in einem der Hochhäuser zuoberst auf dem Nordberg. Auf dem Weg dorthin kommt es mir vor, als befände ich mich auf einer Reise, einer Reise, die viel länger ist, als es die kurze Wegstrecke vermuten ließe. Dieselbe Vorstellung taucht erneut auf, als ich mich zwischen den Hochhäusern hindurchbewege. Das könnte damit zu tun haben, dass ich mich direkt neben dem Sognsvann-See befinde, an der Grenze zur Nordmarka. Habe ich das Gefühl, als wäre ich auf dem Weg in den Wald hinein? Ich glaube nicht. Beim Übertreten der Türschwelle in den Vorraum aber überkommt mich eine Empfindung, etwas Riskantes zu tun, ohne dass ich jedoch bestimmen könnte, wodurch diese Empfindung hervorgerufen wird.

Hege ich womöglich den Verdacht, alles könnte komplizierter sein, als ich geglaubt habe?

Berge ist wieder in demselben altmodischen Stil gekleidet, ohne Jacke und Schlips zwar, aber noch immer mit einer vornehmen Weste über dem Hemd. Fehlt nur noch die Uhrenkette, denke ich. Auf dem Weg ins Wohnzimmer zeigt er mir sein Arbeitszimmer, in dem das Auffälligste der lange Schreibtisch vor dem Fenster ist. In einer alten Teedose mit dem Bild eines Elefanten stecken mindestens zwanzig schwarze Bleistifte, alle von einer Art, die ich nicht kenne, alle mit der Spitze nach oben, alle so scharf gespitzt, dass ich glaube, er muss einen speziellen Bleistiftspitzer besitzen. Mir fällt auf, dass er nicht bloß einen, sondern drei große Bildschirme an seinen Computer angeschlossen hat, nebeneinander aufgestellt wie ein Triptychon. Er muss gearbeitet haben, als ich an der Tür geklingelt habe, denn alle Bildschirme leuchten – und alle sind voller Dokumente, voller Schrift. Ich muss lachen und frage ihn, ob er wirklich drei Bildschirme brauche –, um seine Kurzgeschichten zu schreiben, denke ich –, worauf er antwortet, sie stammten alle aus einer Zeit, da er an einer Arbeit über Religionsgeschichte geschrieben habe, über religiöse Strukturen in Computerspielen. Einige Jahre habe ich viel gespielt, sagt er. Viel zu viel, fügt er lachend hinzu. Kurz vor der Sehnenscheidenentzündung. Seither sind sie einfach stehen geblieben. Aber ich mag es, die Bildschirme mit Schrift zu füllen, Textbrocken im Verhältnis zueinander zu sehen, sozusagen im Raum. Haben Sie mal einen Blick in den jüdischen Talmud geworfen?, fragt er. Ich muss die Frage mit Kopfschütteln beantworten, und einen Moment lang macht meine mangelnde Kenntnis des jüdischen Talmuds mich verlegen. Der ist ein wenig so wie das hier, sagt er, deutet mit der Hand auf all die Textfenster. Eine spezielle Methode?, frage ich, und mir fällt auf, dass der Tisch mit Pauspapierstücken, die ebenfalls voller Schrift sind, bedeckt ist. Ich hebe den Blick zum Fenster. Wie gern ich doch so gewohnt hätte. Unmöglich, nicht an mein eigenes Reihenhaus zu denken, von dem aus ich nur in andere Reihenhäuser hineinsehen kann. Hier liegt ganz Oslo unter uns ausgebreitet. Wie ein Talmud aus Stadtteilen vielleicht, denke ich. Die Bildschirme lassen in mir den Eindruck entstehen, als befände ich mich in einer Kommandozentrale oder als stünde ich im Kontrollturm eines Flughafens.

Dass seine Mutter nicht mehr lebt, wusste ich bereits, aber jetzt erfahre ich auch, dass die Wohnung ihr gehört hat, dass seine Eltern sich haben scheiden lassen, als Berge die weiterführende Schule besucht hat, und dass seine Mutter hierhergezogen war. Berge hat die Wohnung übernommen, als seine Mutter bei einem Verkehrsunfall ums Leben kam – gleich nachdem er zu studieren begonnen hatte. Er hat nie zusammen mit Gry Storefjeld in der Innenstadt gewohnt, das heißt, ein paar Tage am Stück hatte er hin und wieder dort verbracht. Und sie war hier?, frage ich. Ja, natürlich, sie hat oft hier übernachtet.

Die Auskunft verschafft mir einen Kick. Ich bin auf der richtigen Spur. Das kann dem Porträt einen Schub versetzen. Ich sehe die beiden vor mir, hier drinnen, vor dem Fenster oder vielleicht vor den drei Bildschirmen, eifrig mit einem Spiel beschäftigt. *Die ganze Welt lag ihnen zu Füßen.*

Ansonsten hat die kleine Wohnung keine Überraschungen zu bieten. Keine Spuren von seiner Mutter im Wohnzimmer, keine Bilder oder Gegenstände. Durch eine Tür erhasche ich einen Blick in eine Küche, in der Ordnung herrscht. An der Decke hängt ein dreistöckiger Obst- und Gemüsekorb. Frische Farben. Auf einer Arbeitsbank stehen Dosen und Flaschen mit Olivenöl und Balsamico. Gern hätte ich sein Jugendzimmer gesehen, alles das, was ein Jugendzimmer verraten kann, ich frage mich, ob es das immer noch gibt, in der Wohnung seines Vaters in der Bygdøy allé.

Aus zwei alten Lautsprechern erklingt gedämpfte Musik. Zuerst erkenne ich es nicht wieder, zumindest ist es nicht Charlie Parker, wie ich es fast erwartet habe, doch dann, obwohl ich die Lieder nicht kenne, höre ich, dass es Frank Sinatra ist. Ich entdecke einen Plattenspieler, dann ein LP-Cover auf dem Boden, *In the Wee Small Hours*, ich versuche, den Titel im Gedächtnis zu behalten, fühle mich wie eine Detektivin, wie jemand, der glaubt, alles könnte wichtig, alles könnte eine Spur sein, alles könnte zu einer goldschimmernden Story über Gry Storefjeld führen.

Ich nehme auf einem hellen Sofa Platz, und schon vor Einschalten des Aufnahmegeräts stelle ich ihm einige Fragen über seine Eltern, bitte ihn, von seiner Kindheit und Jugend zu erzählen, woraufhin er mich mit einem ausführlichen Bericht über seine frühen Jahre überrascht, über die Zeit in Romsås und in der Stadt, und währenddessen sitze ich da und schaue hinaus, dasselbe Panorama wie aus seinem Arbeitszimmer. Da trifft es mich: Wie seltsam. Vor nur einem Monat saß ich völlig depri in einem Reihenhaus ohne Aussicht, der Inbegriff der *Tristesse*, und nun sitze ich hier, mit einem sympathischen Mann und freier Sicht gewissermaßen bis nach Dänemark. In Kürze wird mein Buch über Arve Storefjeld erscheinen. Schon jetzt höre ich die Lobeshymnen. Was wird Martin sagen, wird er es womöglich bereuen, dass er sich von mir hat scheiden lassen? Ich darf so nicht denken. Oder ist es doch so einfach? Sind alle meine Bemühungen von dem Wunsch motiviert, einer einzigen Person zu imponieren: Martin? Liebe ich ihn immer noch? Darüber will ich jetzt nicht nachdenken. Ich bemerke, dass ich viel auf dem Block aufgeschrieben habe, dass es mir irgendwie gelungen ist, Berges Geschichten aus seiner Kindheit und Jugendzeit zu folgen.

Er serviert frischgebackene Mohnhörnchen, sagt, er backe hin und wieder, hauptsächlich Brot. Ich kann mich nicht zurückhalten und frage, ob Gry ihm das beigebracht habe. Sie hat nie gebacken, sagt er. Sie konnte nicht backen, konnte überhaupt kein Essen kochen. Das sagt er wie zur Anklage. Ein interessantes Detail, das ich mir notiere. Wie viel sagt das über Gry aus? Ich denke an mich, ich koche auch nie. Esse immer nur belegte Brote.

Er kommt mit der Teekanne und dem Aufschnitt, stellt alles auf den Tisch, Salami mit Fenchel, Pastete, Käse, Marmelade. Das Geschirr ist aus Porzellan. Schön. Muss seiner Mutter gehört haben, denke ich. Plötzlich fällt mir auf, dass

Berge etwas Feminines an sich hat, dass er zerbrechlich wirkt, oder wenig robust.

Ich kritzle ein paar Stichworte auf meinen Block, stelle mir vor, ich würde Feldnotizen machen, dass ich Forscherin bin. Ich frage, ob er mir noch etwas mehr über ihre Beziehung sagen könne, ob es bestimmte Ereignisse gebe, an die er sich besonders gut erinnere.

Er steht auf und dreht die leise Hintergrundmusik ab, wirft mir einen entschuldigenden Blick zu. Wieder zögert er, genau wie am Olaf Ryes plass. Wir waren mehrmals in Dovre, in der Hütte unter dem Raudberget, sagt er dann, worauf ich nicke, Notizen mache, obwohl ich auf Anhieb höre, dass ich das nicht verwenden werde. Ich wechsle das Thema, spreche ihn auf das an, was zu fragen ich mir vorgenommen habe, über seine Zeit in der AUF, Politik, Sie waren doch beide in derselben AUF-Gruppe Mitglied, sage ich, in der Gruppe St. Hanshaugen. Ja, er sei nach dem Militär beigetreten, sagt er, in dem Jahr, bevor er mit Gry zusammengekommen sei. Sie waren beim Militär?, frage ich überrascht. Ich weiß nicht, warum, aber ich hätte wetten mögen, er sei Wehrdienstverweigerer oder habe sich, wie so viele gut situierte Jugendliche, vom Wehrdienst befreien lassen, vielleicht durch Angabe irgendeines obskuren Gebrechens. Ich habe beim Heer Dienst getan, sagt er nicht ohne Stolz. In Indre Troms. Ich bin der Meinung, die norwegischen Verteidigungskräfte sollten gestärkt werden, sagt er, wie um mir zuvorzukommen, in der AUF sind meine politischen Ansichten zur Landesverteidigung auf viel Widerstand gestoßen, es gibt noch immer viele, denen die NATO-Mitgliedschaft ein Dorn im Auge ist. Er legt jetzt einen immer größeren Eifer an den Tag, und in seiner Stimme höre ich plötzlich eine Aggressivität, die neu ist.

Ich kehre zurück zu Gry und ihrer gemeinsamen Zeit in der AUF. Das Thema ist ihm nicht angenehm, er rückt auf dem Stuhl herum, sucht nach Wörtern, antwortet aber trotzdem auf die Fragen. Ja, Gry sei weniger kritisch gegenüber der Mutterpartei gewesen als er. Sie haben eine Wahl verloren? Ich lasse die Bemerkung ganz nebenbei fallen. Ja, ich habe eine Wahl verloren, sagt er. Das war bitter, jedenfalls damals. Er lächelt, während seine Finger über seine Westenknöpfe laufen wie über die Knöpfe einer Ziehharmonika. Er spricht über seine Schüchternheit, seine Probleme mit dem Mündlichen – er sieht mich an, als ob er wüsste, dass ich in meinem Porträt seine mangelnde Redebegabung zur Sprache bringen werde –, und er erzählt von einer schmachvollen Fernsehdebatte, in der er beinahe einen Skandal ausgelöst hätte, über die Unzufriedenheit, die danach entstanden sei, woraufhin er ein Plakat mit Thesen gegen die Ap an der Eingangstür am Youngstorget angeschlagen habe und aus der Partei ausgeschlossen worden sei. Alles das weiß ich, schreibe aber zum Schein dennoch mit. Und dann kommt er endlich zu dem Thema, das ich mir erhofft habe, Gry als Politikerin: Sie war viel besser im Diskutieren als ich, sagt er, sie hatte eine außerordentliche Veranlagung, sagt er. Ich frage ihn, ob er glaube, Gry hätte Ministerpräsidentin werden können. Wieso sich auf Norwegen beschränken?, antwortet Berge. Nach allem, was ich sagen kann, hätte Gry UN-Generalsekretärin werden können. Das hört sich so gut an, dass mir fast das Wasser im Mund zusammenläuft. *Das vielleicht größte politische Talent, das Norwegen je gesehen hat, wurde am Blankvann aus dem Leben gerissen.*

Ich spreche ihn auf seinen Blog an. Pens. Wieso er ihn eingerichtet habe? Er gerät wieder ins Stottern, drückt sich so unbeholfen aus, dass ich sein Leiden mitfühle. Wahrscheinlich weil … ich hoffe, die wenigen zu erreichen, die an der Zukunft der Sozialdemokratie interessiert sind, sagt er. Ich versuche, ihn ein wenig unter Druck zu setzen, deute an, viele seiner Einträge seien sehr kritisch gegenüber der Ap. Er antwortet, dass der Ap sehr daran gelegen sein sollte, auf Widerstand zu stoßen – er schaut auf, als fürchte er, das Wort Widerstand könne missverstanden werden in einer Zeit, da die Partei so hart auf die Probe gestellt wird –, damit meine er: indem sie mit Ansichten konfrontiert werde, an denen sie sich schärfen könne, so dass ihre Mitglieder ein besseres ideologisches Grundgerüst aufbauen könnten als das jetzige. Er macht eine Pause, womöglich in der Befürchtung, er könne zu weit gehen, er nötigt mich, noch ein Hörnchen zu nehmen, sagt, ich solle zu dem Käse ein wenig von der Feigenmarmelade probieren. Die Ap von heute nähert sich immer mehr den Rechtspopulisten an, sagt er, während er mir Tee nachschenkt, es ist nur mehr ein Firnis von Sozialismus übrig, der die Partei von jeder beliebigen liberalen Partei unterscheidet, deren Grundpfeiler Markt und Wachstum heißen.

Ist das ein durchgängiges Thema in Ihrem Blog?, will ich wissen.

Er denkt lange nach, als überlege er, ob die Antwort der Mühe wert sei. Ich habe des Öfteren über die steigende, undefinierbare Unzufriedenheit der Norweger geschrieben, sagt er dann. Denn es ist doch paradox: Unsere Unzufriedenheit steigt proportional zu unserem wachsenden Lebensstandard. Ein Ziel sollte sein, die Unzufriedenheit zu mildern, Perspektiven zu schaffen, damit wir sehen, dass es keinen Grund gibt, so aufgebracht und unzufrieden zu sein, wie es viele von uns sind. Er fasst sich an die linke Brust, als hätte er vergessen, dass er ohne Jacke hier sitzt, ohne Füller, auf den er zurückgreifen kann, Goldfeder und blaue Tinte. Meiner Meinung nach hat die Arbeiterpartei in diesem Punkt versagt, fährt er fort. Indem die Erwartungen noch höher geschraubt werden, wird die Unzufriedenheit eher noch vergrößert. Und das, obwohl wir schon im Paradies leben. Berge ist jetzt Feuer und Flamme, die Sätze gelingen ihm flüssiger, wobei er gleichzeitig einzelne seiner Ansichten mit den Händen unterstreicht. Es gelingt mir nicht, ein Lächeln zu unterdrücken, ich mag es, ihn so zu sehen, es nimmt sich wie ein Widerspruch aus, ein Mann in konservativer Kleidung als Verfechter radikaler Anschauungen. Das gefällt mir, mir gefällt das Glühen in seinem Gesicht. Darf ich Ihnen einen Glas Armagnac anbieten?, fragt er. Meine Mutter hat ein kleines Glas Armagnac stets zu schätzen gewusst, diese Tradition versuche ich fortzuführen.

Ich denke, ich sollte ablehnen. Ich sage Ja.

Ich entdecke eine Fotografie, ungerahmt, die in einem kleinen Regal hinter ihm an den Büchern lehnt. Es ist ein Bild von ihm und Gry mit umeinander geschlungenen Armen. Der Abstand ist zu groß, als dass ich die Einzelheiten erkennen könnte, aber ich bilde mir ein zu sehen, dass es auf dem Vorplatz in Valen aufgenommen wurde, bei dem Sommerhäuschen der Familie Storefjeld in der Nordmarka – ich bin eben erst dort gewesen, und der Eingangsbereich hinter ihnen kommt mir bekannt vor. Bei unserem letzten Treffen hat Berge beteuert, er sei nie dort gewesen. Das Bild *könnte* natürlich auch vor der Haupthütte in Dovre aufgenommen worden sein, ich erinnere mich nicht mehr, wie sie ausgesehen hat. Ich lasse die Frage aus, das könnte peinlich werden.

Hat Gry Marihuana geraucht?, frage ich. Es ist der richtige Zeitpunkt, um ihn damit zu konfrontieren.

Er ist mit seinen Gedanken woanders. Wir haben beide von dem Armagnac getrunken, und ich genieße das Brennen des

Alkohols. Ich wiederhole die Frage, überprüfe gleichzeitig, ob das Aufnahmegerät funktioniert.

Nein, Gry hat nie Marihuana geraucht, sagt er.

Ich habe Gerüchte gehört.

Die sind nicht wahr, sagt er.

Ich stutze. Ich weiß, dass niemand darüber geschrieben hat, aber meine Quelle ist ansonsten vertrauenswürdig. In der Hütte am Blankvann soll eine kleine Menge Marihuana gefunden worden sein, sage ich.

Das hat sicher diesem Franzosen gehört, sagt Berge. Diesem Saftsack. Ein Kiffer. Dass der sich in Norwegen niedergelassen hat, war ein Unglück. Entschuldigen Sie. Man soll über die Toten nicht schlecht reden. Was ich zu sagen versuche, ist nur, dass er ein zwielichtiger Typ war. Gry war viel zu gut für ihn. *Sogar nach ihrem Tod verteidigt er sie.* Nein, streichen.

Hatte sie denn keine zwielichtigen Seiten? Ich höre eine herausfordernde Andeutung in der Frage mitschwingen, aber irgendetwas hat mich provoziert. Ich erinnere mich auch an das, was er über das Schachspiel erzählt hat.

Sie war skeptisch, was meine Erzählungen anging, sagt er. Lacht es beiseite. Haben Sie eins meiner Bücher gelesen?, fragt er. Ich schüttle den Kopf, nein, leider nicht, sage ich. Er nimmt es mir nicht übel, deutet mit der Hand zum Tisch, ich solle mich noch bedienen. Probieren Sie die Heidelbeermarmelade, sagt er.

Ich bin kurz davor, ihm eine Frage zu seiner finanziellen Situation zu stellen, von seiner Schriftstellerei, seiner erfolglosen, hätte ich fast gesagt, könne er ja wohl schlecht leben. Dann jedoch fällt mir sein Großvater ein, der Unternehmer, und dass Berge sich um Geld nicht zu kümmern braucht. Hat Gry Sie dafür kritisiert, dass Sie, wie sagt man … wohlhabend sind?, frage ich stattdessen.

Wir haben nie über Geld gesprochen, sagt er. Aber dass meine Familie Geld hatte, wurde natürlich gegen uns verwendet. Von fast allen. Irgendwie hat man diese Möglichkeit nicht vor sich gesehen: dass man eine Art Aristokrat sein und trotzdem Ap wählen kann. Nehmen wir nur Olof Palme, der aus einer bürgerlichen Familie stammte, in einem mondänen Stockholmer Stadtviertel aufgewachsen und trotzdem Sozialdemokrat geworden ist.

Apropos Geld, auch etwas anderes überraschte mich, als wir in seinem Arbeitszimmer standen. Es war fast leer, machte einen eher minimalistischen Eindruck. Keine Bilder von Gry an den Wänden. Keine Ordner, Ringmappen, Archivschränke, Bücher, Papierstapel. Nur eine Schildkröte aus Glas, mit der einige Zeitungsausschnitte auf der Schreibtischecke beschwert wurden. Auf dem Fensterbrett aber standen vier leere Wodkaflaschen unterschiedlicher Marken – ich erkannte ein paar der Etiketten wieder –, in denen jeweils eine weiße Lilie steckte. Auf die Schnelle erinnerte ich mich nicht, ob die Lilie ein Todes- oder ein Liebessymbol war oder beides. Sofort meldete sich die Frage: Trank er? Saß er hier und trank gegen den Verlust an? Als ich mich umdrehte, fiel mein Blick auf etwas ähnlich Mystisches: In einer Ecke thronte ein großer, altertümlicher Safe, so einer, der als Requisite in einem Olsenbande-Film hätte dienen können. Der Anblick brachte mich zum Lachen. Ich deutete darauf. Vollgestopft mit Dingen, die mehr wert sind als Goldbarren, sagte er. Gute Geschichten. Er lächelte. Hier bewahren Sie Ihre Manuskripte auf?, sagte ich. Backup, sagte er. Eine externe Festplatte. Und Ausdrucke. Ich habe zwanzig fertige Manuskripte in dem Stahlkubus liegen. Gefährliches Zeug. Der reinste Sprengstoff! Ich war mir nicht sicher, ob das sein Ernst war oder ob er einen Scherz machte. Sie sind erst 29, sagte ich. Ich arbeite hart, sagte er. Ich tue nichts anderes. Ich sitze hier und schreibe. Tag und Nacht.

Bei der Erinnerung an das mit dem Arbeitszimmer kommt mir ein Gedanke. Ich greife nach dem Block, schreibe »NB! Der Safe – Liebesbriefe?«. Kann ich ihn das fragen? Ich frage es nicht. Ich sehe aus dem Fenster. Es ist schön, auf dem hellen Sofa zu sitzen. Schön, in diesem Wohnzimmer zu sein. Ein Zimmer für ausgedehnte Konversation. Ausgedehnte Kopulation. Eine freudsche Gedankenverschiebung.

Darf ich Ihnen noch ein Glas Armagnac anbieten?, fragt er. Ich denke darüber nach, weiß, ich sollte ablehnen. Ja, ein kleines Gläschen vielleicht, sage ich. Es liegt etwas in der Luft. Intensität? Elektrizität? Ich kann mich nicht erinnern, wann ich mich das letzte Mal so … anwesend gefühlt habe. Kommt das daher, weil ich das Gefühl habe, nahe an Gry Storefjeld herangekommen zu sein, an einen toten Menschen, einen ermordeten Menschen?

Haben Sie eine Theorie, was am Blankvann vorgefallen sein könnte?, frage ich, bereue es unmittelbar, denke, dass das zu plötzlich kommt, dass es brutal klingen könnte.

Er lässt sich nichts anmerken, schaut auf das alte LP-Cover, Frank Sinatra, der rauchend auf einer Straße steht, Abend, blaues Licht. *Blaue Tage, blaue Musik*. Ich bin mir nicht so sicher, ob sie einem … Fanatismus zum Opfer gefallen sind, sagt er. Wie es in den Zeitungen steht. Vielleicht ist die Tatsache eher, dass wir, die ganze Nation, einer mangelnden Imagination zum Opfer gefallen sind.

Eine kryptische Aussage. Ominös. Ich verberge meine Verdutztheit, indem ich an dem Armagnac nippe. Er brennt am Gaumen, ein angenehmes Brennen. Das Wort »Imagination« merke ich mir, eines *meiner* Wörter. Eines der »Brass in Pocket«-Wörter.

Ein Kampfwort. Ich versuche, ihn dazu zu bewegen, noch mehr dazu zu sagen. Was sollte dann das Motiv sein?

Ich glaube, es ist unerklärlich, sagt er und begutachtet sein Glas. Auf die Frage, warum diese fünf Menschen ermordet wurden, gibt es keine Antwort.

Das können Sie nicht ernst meinen, bricht es aus mir hervor. Damit könnte niemand leben.

Das weiß ich, sagt er. Trotzdem. Was, wenn dieser ganze Vorfall ohne Sinn ist?, sagt er. Wenn die Gründe so banal sind, dass man sie nicht verstehen kann.

Seine Stimme hat jetzt einen anderen Tonfall. Ihm ist klar, dass das, was er sagt, unbegreiflich ist, und doch entscheidet er sich dafür, es zu sagen. Ich will etwas fragen, aber es gelingt mir nicht, die Frage zu formulieren. Er deutet zu der Teekanne. Ich hebe die Hand, sage, ich habe genug.

Hin und wieder sind selbst grausame und empörende Vorfälle ein Ergebnis von Zufällen, sagt er, spricht ins Zimmer hinein, ohne mich anzusehen. In unserem Bestreben, einen gewichtigen Anlass zu finden, sind wir blind dafür.

Irgendwas ist da an der Art, wie er das sagt. Er wirkt überzeugt. Das alles verwirrt mich. Ich denke: *Er ist verrückt vor Trauer*. Er redet wirres Zeug. Ich will etwas aufschreiben, aber es kommt nur ein Strich dabei heraus, ich finde keine Stichwörter. Ich sitze stumm da, lange. Auch Berge sagt nichts. Er betrachtet das Sinatra-Cover, ich glaube, er würde gern wieder die Musik einschalten, eine andere Stimmung anschlagen, er tut es nicht.

Ich frage ihn, welche Reaktionen die Trennung von Gry ausgelöst habe, höre aber nicht zu, als er antwortet, oder zu antworten versucht, es ist, als würde das Interview, mein Auftrag, immer mehr in den Hintergrund schwinden. Er deutet auf mein Glas. Ich will den Kopf schütteln. Ich nicke. Ein paar Tropfen nur, sage ich. Er hat die Flasche weggestellt, holt sie wieder.

Draußen vor den Fenstern herrscht jetzt ein anderes Licht, es ist bald Abend. Zwei Dinge haben sich immer stärker verdichtet in der Zeit, die ich in Berges Wohnung verbracht habe. Die Neugier. Wer ist er? Es ist nicht nur, dass er nicht so einfach gestrickt ist, wie ich zuerst geglaubt habe, sondern dass ich jetzt eine Kraft in ihm ahne, eine Kraft, von der er wünschte, sie nicht einsetzen zu müssen. Er ist ein geheimer Jediritter, denke ich, erinnere mich, wie sehr mich dieses Universum in meiner Kindheit begeistert hat. Ich merke, wie Gry Storefjeld immer mehr in den Hintergrund gedrängt wird, obwohl sie es war, die ich beleuchten wollte, Berge war nur ein Vorwand. Und das andere: die Anziehungskraft. Nun ja, er ist vielleicht ein Versager, und doch empfinde ich, wie ist das Wort, eine Güte für ihn, Mitleid, und zwar von einer Sorte, der gefährlichen Sorte, denke ich, die in mir die Lust auslöst, mit ihm zu schlafen, ihm zu zeigen, dass er Wert hat, dass er nicht aufgeben darf, wobei ich aus unbestimmten Gründen den Verdacht hege, dass es trotzdem so kommen, dass er vielleicht sogar Selbstmord begehen wird. Sich dem Sinnlosen ergibt. Ich will ihn retten. Aber da ist noch mehr, denke ich, innerlich fast außer Atem, denn hinter diesem Gedanken an einen Mitleidsfick, oder wie man das eventuell nennen mag, hinter diesem gleichsam edlen Motiv, liegt zitternd echte Begierde, eine Lust, von der ich vergessen habe, das sie in mir verborgen sein könnte, es lässt sich kaum übersehen, die Lust ist so stark, dass ich, als er direkt neben mir steht und mein Glas nachfüllt, nur mit äußerster Not eine Berührung unterlassen kann. Er ist ein faszinierender Mann. Anders. *Unvorhersagbar*. Und mir sind seine Blicke aufgefallen. Auch er ist interessiert, sieht mich an, wenn er glaubt, ich würde es nicht merken, und das auf eine Art und Weise, wie ich es von anderen Männern in ähnlichen Situationen kenne – obwohl, es ist lange her, dass ich mich in einer vergleichbaren Situation befunden habe. Viel zu lange her. Ich bin plötzlich in Versuchung, alle Rücksicht über Bord zu werfen. Das Glas zwischen den Fingern, fühle ich die Wärme, die sich in meinem Körper ausbreitet, ich wiege das Für und Wider ab, sehe alles, was klar dagegen spricht, aber ich bin willig, ich kann es nicht leugnen, ich bin gewillt, ein großes Risiko einzugehen.

Andererseits: Ich habe jetzt, was mir gefehlt hat, ich weiß, dass ich genug Stoff habe für ein gutes Porträt, mit dem ich indirekt eine neue Seite an Gry Storefjeld aufzeigen kann, und nicht nur das – ich habe ein *saugutes* Interview, es wird Aufsehen erregen, und trotzdem sitze ich hier und spüre eine Verlockung, alles zu verschenken, aufs Spiel zu setzen, meine Lust, ihn zu küssen, einen Kuss zu versuchen, ist größer als die, meine eigenen Formulierungen im Magazin zu sehen, *das Attentat auf Gry Storefjeld war ein Attentat auf die Zukunft der Ap*, größer als die Lust, Lob zu ernten, die Situation ist neu für mich, denn wenn ich mit ihm ins Bett gehe, kann ich das Interview nicht in Druck geben, das hieße den Pressecodex mit Füßen treten, ich wäre auf Lebenszeit an den Pranger gestellt, wenn ich ein Interview veröffentlichte und später herauskäme, dass ich mit meinem Interviewpartner geschlafen habe, nein, ich muss das Porträt sausen lassen, eigentlich hat meine Begeisterung immer mehr abgenommen. Gry Storefjeld ist auf einmal völlig ohne Bedeutung, es ist, als hätte der Armagnac eine Lunte entzündet, ich will nicht das Schulterklopfen der Leute spüren, *Blaue Tage, weiße Lilien*, sondern seine Hände an meinen Hüften, will seine angenehme Stimme Wörter in mein Ohr flüstern hören, will mit meinen Fingern durch seine

Haare streichen, will dieses reine, offene Gesicht über meinem nackten Körper schweben sehen, will seinen Blick vor Genuss zum Platzen bringen, nichts anderes scheint wesentlich in diesem Moment, ich bin voller Sehnsucht, will ihn ganz nah bei mir haben. Das Einzige, was mich ärgert, ist, dass Martin recht behalten würde, wenn ich das Porträt nicht fertigstelle, denn wenn ich ihm sage, dass ich es verwerfe, heißt das gleichzeitig zugeben, dass ich versagt habe, und es gibt nichts, was ich mehr hasse als Versagen.

Ich stehe auf, bedanke mich für seine Zeit, für das Essen, lobe seine selbstgebackenen Hörnchen, den Armagnac, spüre, dass meine Beine auf ihn zugehen wollen, aber ich beherrsche mich, trage Teller und Tassen in die Küche, hole meine Jacke aus dem Gang, ich habe wirklich die rote Lederjacke angezogen, die Chrissie-Hynde-Jacke, und als er mir die Tür öffnet, widerstehe ich der Versuchung, ihn zu umarmen, ich stehe nur da, kann nicht gehen, die Beine verweigern die Fortbewegung, er hält die Tür für mich offen, ich stehe wie ohnmächtig da, zehn Sekunden, zwanzig Sekunden, die Schwelle ein unüberwindliches Hindernis, ich will etwas sagen, will ihn küssen, stattdessen gelingt es mir, ein Tschüss zu murmeln, irgendwas von einer Vorabkopie zur Zitatüberprüfung zu faseln, bevor ich mich auf den Gang hinausschleppen und den Aufzugknopf drücken kann.

Unten auf der Straße überkommt mich Erleichterung. Ich atme mehrmals tief ein und aus. Die frische Herbstluft kühlt mich ab. Aber dann, der eine Zufall, die eine Nebensächlichkeit, die alles verändert, die etwas zum Stillstand bringt oder in Gang setzt: Ich habe meinen Journalistenblock vergessen. Und das nicht mit Absicht. Normalerweise vergesse ich nie etwas, nie in meinem gesamten Arbeitsleben ist mir so etwas passiert.

Ich gehe zurück. Direkt vor dem Hochhaus bleibe ich stehen. Etwas in mir sagt Nein. Ich brauche die Stichworte nicht, die ich mir aufgeschrieben habe, ich habe alles im Kopf und im Aufnahmegerät. Ich drehe mich um und gehe wieder zur U-Bahn, überlege es mir aber nach einigen Metern anders, kehre abrupt um und haste zu dem Wohnblock zurück, ich habe meine Chrissie-Hynde-Jacke an, wieso so verdammt bürgerlich sein, so karrieregeil, ich bin eine Revoluzzerin, ich scheiße auf das Porträt, scheiße aufs Magazin, scheiße auf Martin, ich nehme den Aufzug nach oben, klopfe an die Tür.

Es geschieht etwas. Alles verdreht sich.

Er öffnet. Die Musik ist wieder aufgedreht. Laut jetzt. Er ist am Aufräumen, hält den Korb mit den Hörnchen in der Hand. Frank Sinatra singt »Mood Indigo«, ich erkenne das Lied. Er wirkt ehrlich überrascht. Aber froh. Noch Hunger?, sagt er und hält den Korb hoch.

Es passiert. Es musste passieren. *Catch a Fire.* Wir fallen übereinander her. Küssen uns. In meiner Ungezügeltheit reiße ich einen Knopf an seiner Weste ab. Wie in einem Tanz wehen wir ins Schlafzimmer, und erneut fällt mir sein Geruch auf, der in so deutlichem Kontrast steht zu seiner Kleidung, wir sind nackt und ich schmiege mich im Bett an ihn, weide mich an seiner Haut, und schließlich finde ich heraus, was das für ein Geruch ist: Er riecht nach … Wald. Du riechst gut, sagt er, als wären wir auf derselben Wellenlänge, und sein Mund, seine Nase wandern über meinen ganzen Körper.

Es ist anders als alles, was ich bis dahin erlebt habe, es ist, als schliefe ich mit einem … Wieder entgleiten mir die Wörter. Oder vielleicht … mit irgendeiner Art von *Kraft*. Es geschieht etwas mit meinem Bewusstsein. Ich, alles in mir, weitet sich aus, ich finde keinen anderen Ausdruck dafür. Ich versuche, mich nicht zu fest an ihn zu klammern, ihm nicht zu zeigen, wie verzweifelt ich mich nach einer solchen Umarmung gesehnt habe, aber die Wahrheit ist, dass ich nicht weiß, was ich tue, ich lasse es einfach geschehen, und es ist wunderschön, von einem attraktiven jüngeren Mann so intensiv geliebt zu werden, wunderschön, zu spüren, dass auch er sich gut fühlt, dass er meinen Körper wertschätzt, und als ich komme, als der Druck, die Vibrationen tief in mir aufsteigen und sich immer mehr ausbreiten, geschieht das mit einer solchen Wucht, dass es mich zum Verschwinden bringt, ich bin weg, vollkommen leer, ich weiß nicht, wie lange, ich komme erst wieder zu mir, als er über mir erstarrt und die Augen schließt, und später werde ich mich daran erinnern, wie er unbewusst seine Zähne entblößte und dass mir auffiel, wie spitz die beiden Eckzähne seines Oberkiefers waren, dass sie mich eine Sekunde lang an David Bowie denken ließen, aber in diesem Moment denke ich nichts, lasse meinen Körper einfach den Nachhall dieses Genusses empfangen, eines Genusses, der, ganz gleich, was weiter geschehen wird, alles wert ist. Auch Minuten später bereue ich nichts.

Ich gehe auf die Toilette, und auf dem Weg dorthin muss ich über mich lachen. Ich habe, das muss man sich vorstellen, vor lauter Geilheit einen Knopf an seiner Weste abgerissen. Vielleicht sollte ich ihn suchen, den Knopf mit nach Hause nehmen, ihn als Souvenir behalten, ich schüttle den Kopf, du redest davon, mit Arne Næss' Rat ernst zu machen, denke ich, von einem Ortswechsel, vom Auffinden einer überraschenden Position, einem Unter-den-Flügel-Rutschen, ich lache leise, und während ich, über mich selbst grinsend, auf der Kloschüssel hocke, gleiten meine Augen durchs Zimmer. Während des Interviews bin ich nur einmal auf der Toilette gewesen, habe da jedoch versucht, so schnell wie möglich zu sein, und der Versuchung widerstanden, in Berges intimster Privatsphäre herumzuschnüffeln. Jetzt aber entdecke ich, an einem Haken hängend, ein Schmuckstück, fast versteckt in der Ecke hinter dem Seitenschränkchen des Spiegels. Ich wische mich ab und wasche mir die Hände, stelle mich vor den Wandhaken. Ich sehe mir das Schmuckstück an. Mein Herz klopft. Wieder eine Zündkerze. Eine gefährliche Zündkerze. Es ist eine Goldkette mit zwei Anhängern: ein Herz und ein Anker. Beide mit einem kleinen Diamanten.

Ein Irrtum ist ausgeschlossen, es ist Gry Storefjelds Schmuckstück, das, von dem ihr Bruder erzählt hat und das sie stets um den Hals trug.

Alle Bruchstücke fallen jetzt an ihren Platz. Auch das Bild, das ich im Wohnzimmer gesehen habe, die Fotografie von Gry und Nicolai. Sie war vor der Hütte am Blankvann gemacht worden. Er kannte den Weg dorthin. Zuerst überkommt mich Wut, dann Angst. Ich beginne zu zittern. Wie konnte ich, quasi eine Starjournalistin, mich in einem Menschen so grundlegend täuschen? Trotz seines exzentrischen Äußeren bin ich in dem Glauben gewesen, einen freundlichen, scheuen Mann zu interviewen, einen sogar etwas schwächlichen, bemitleidenswerten Mann. Und dann stellt sich heraus, dass er es getan hat. Ich bin dem Charme eines gemeingefährlichen Mörders auf den Leim gegangen. Ich bin zu Gast bei einem … Ich bin vor Schreck wie erstarrt, sehe vor mir, wie er jetzt gerade im Schlafzimmer sitzt und weiß, dass ich ihn durchschaut habe, oder dass er schon auf dem Weg in die Küche ist, um ein geeignetes Messer zu holen. Ich fasse mir an den Hals, alles dreht sich vor meinen Augen, ich fange zu singen an, wie um zu zeigen, dass ich im Badezimmer nichts Verdächtiges gefunden habe, dass ich mich im Gegenteil besser fühle als je zuvor, ich singe »Brass in Pocket«, das heißt, ich singe nicht, ich summe »Brass in Pocket« oder »Positive Vibration« oder »Mood Indigo«, was genau, weiß ich nicht, ich summe einfach, spiele mit dem Gedanken, nackt in den Treppenaufgang zu laufen, einfach nur weglaufen, fortkommen, aber dann denke ich, oder hoffe, dass er ja nicht weiß, dass ich es weiß, und als ich ins Schlafzimmer komme, liegt er noch immer im Bett und lächelt, als glaubte er wirklich, es gehe mir vortrefflich, oder er lächelt, weil mein Summen so furchtbar klingt, wahrscheinlich hört es sich eher an wie ein Gurgeln. Ich ziehe mich an, versuche, das Zittern, die Angst zu verbergen, fast wäre ich umgefallen beim Hineinsteigen in die Hose, ich deute auf meine Armbanduhr, er nickt, als verstünde er, dass ich irgendwo rechtzeitig hinmuss, zur U-Bahn, zum Taxi, ins Leben, ich ziehe mir den BH an, kämpfe mit den Blusenknöpfen, er streift sich eilig Unterhose und Hose über und folgt mir zur Tür, wir küssen uns, er winkt. Im Aufzug glaube ich immer noch, dass er im Eiltempo die Treppe nimmt und unten auf mich warten wird. Mit dem Messer.

Keiner da. Im Laufschritt erreiche ich die U-Bahn-Station und gerade noch den Zug aus Richtung Sognsvann.

Tags darauf in der Zeitungsredaktion. Hinter mir liegt eine elende Nacht fast ohne Schlaf. Gleich als Erstes gehe ich zu Martin hinein, um ihm zu erklären, dass aus dem Porträt nichts wird. Ich drücke mich vage aus, sage, ich hätte es nicht hinbekommen, es habe sich als Sackgasse erwiesen. Martin zeigt keine Schadenfreude, wirkt eher erleichtert. Okay, sagt er. Okay. Er lacht, stupst mich an. Sag nicht, ich hätte dich nicht gewarnt. Der Typ ist zu gewöhnlich. Uninteressant.

Ich weiß nicht, ob das ein Trost ist. Auch Martin hat nicht erkannt, was in Berge steckt. Wenn, oder falls, Berge verhaftet wird, kann ich lediglich Überraschung spielen, Schockiertheit, und Martin erzählen, ich hätte während des Interviews das unangenehme Gefühl gehabt, dass er etwas verbirgt. Dass ich mich sogar vor ihm gefürchtet hätte.

Falls er verhaftet wird. Denn ich stehe vor einem größeren Problem als dem eines geschrotteten Porträts. Die Polizei muss von meinem Verdacht erfahren. Oder eigentlich von meiner Gewissheit. Gleichzeitig darf niemand erfahren, dass der Tipp von mir stammt, der Journalistin, die ihn interviewt hat. Wird es trotzdem herauskommen? *Sie ist mit einem Massenmörder ins Bett gestiegen*. Wohl kaum. Weshalb sollte er es erzählen? Um ehrlich zu sein, glaube ich nicht, dass er es erzählen wird.

Aber *wenn* er es erzählte?

Herrgott, Herrgott, Herrgott.

Ich kann mich nicht dazu durchringen, in die Kantine zu gehen, mit anderen zu reden, noch nicht mal mit Ulrik. Ich spaziere hinauf zu den Wasserspiegeln vor dem Regierungsgebäude, setze mich auf eine Bank unter den Lindenbäumen. Ich habe ein Sandwich dabei, das ich mir, zur Ablenkung, zu Hause gemacht habe, Hähnchen, Pesto und sonnengetrocknete Tomaten, zu etwas anderem hat mir die Phantasie gefehlt, aber das schmeckt immer. Jetzt bringe ich nicht mehr als ein paar Bissen hinunter.

Ich bin geneigt, den Lauf der Ereignisse abzuwarten, darauf zu bauen, dass die Polizei Berge bereits auf dem Radar hat, dass er bald festgenommen wird. Man kann mir nichts vorwerfen. Ich habe mich in keiner Weise schuldig gemacht. Ich habe bloß mit ihm geschlafen, denke ich.

Herrgott, Herrgott, Herrgott.

Nichts passiert. Die Tage vergehen. Ich arbeite an ein paar kleineren Sachen, ich bin unkonzentriert, erkenne kaum die

Wörter, die ich schreibe, ich schlafe schlecht, schiebe alles hinaus, drehe Däumchen. Dann kommt eine Ablenkung: *Der Wegbereiter*, mein Buch über Arve Storefjeld, erscheint, und das Interesse lässt nichts zu wünschen übrig, ich muss von einem Interview zum nächsten rennen, bin wieder im Fernsehen, in allen Medien, ich bin nicht ich selbst, doch der Verlag ist hochzufrieden, steht im Hintergrund und klatscht Beifall, und vielleicht liegt es an den Mikrophonen, dem Bühnenlicht, an den vielen engagierten Fragen, die mir Ablenkung verschaffen, dass ich meine Unruhe teilweise verdränge, aber es dauert nicht lange, bis der Gedächtnisverlust abflaut und die Unruhe von Neuem ihre Krallen in mich hineinschlägt, denn ich weiß, ich bin erledigt, sollte herauskommen, dass ich mit einem kaltblütigen Mörder geschlafen habe. Einem Untier.

Natürlich kommt es nie heraus. Er wird nichts sagen. Ich weiß es einfach.

Sieht er mich, wenn ich im Fernsehen bin, hört er sich an, was ich sage?

Ich muss es melden.

Und wenn ich mich irre? Angenommen, es *waren* Terroristen? Angenommen, es gibt eine andere Erklärung?

Nein, kein Irrtum. Ich muss ihn anzeigen. Der Polizei von dem Schmuckstück erzählen.

Ich kenne eine Methode, die absolut wasserdicht ist.

Ich gehe in eine Telefonzelle, in eine der wenigen, die es noch gibt, an der Kreuzung Rådhusgata und Rosenkrantz' gate. Ich rufe an.

Tage später wird Nicolai Berge festgenommen. Die Neuigkeit verbreitet sich wie ein Virus. Das ganze Land ist angesteckt. Es wird über nichts anderes gesprochen. Berge ist in aller Munde.

Ich bleibe zu Hause. Martin ruft an, fragt, ob ich was schreiben kann. Immerhin hätte ich mich trotz allem mit Berge getroffen. Nein, sage ich nur. Martin versucht gar nicht erst, mich zu überreden. Er versteht. Das ist das Beste an Martin. Ich brauche nichts zu sagen. Er versteht, warum ich passe. Erst habe ich das Porträt aufgegeben. Und dann diese Enthüllung. Er versteht. Er glaubt, er würde verstehen.

Die Tage vergehen. Ich bin wieder in der Arbeit. Sitze mit den Ohrenschützern an meinem Platz. Ich schreibe an Verschiedenem, halte mich aber aus dem Fall Berge heraus, da ohnehin das ganze restliche Norwegen damit befasst ist. Neulich hat Foyn mich aufgehalten und gefragt, ob ich nicht einen Kommentar schreiben könne. Niemand führt eine solche Feder wie Sie, sagte er, stand da in einem T-Shirt ohne Schriftzug, ohne Aufdruck, ganz schwarz, à la Steve Jobs. Ich habe nur die Hände in die Luft gestreckt, wie um anzuzeigen, dass ich ausnahmsweise nichts zu sagen hätte. Er tat es mit einem Lachen ab. Bringen Sie mir was, wenn Sie einen Ine-Wang-Blickwinkel gefunden haben, sagte er.

Die Wochen vergehen. Eines Morgens stelle ich fest, dass ich schwanger bin. Ich habe mir so sehr ein Kind gewünscht. Ich kann dieses Kind nicht bekommen. Ich kann nicht das Kind eines Mörders austragen. Eines Terroristen. Und wenn doch, bestünde dann nicht ein hohes Risiko, dass es eine Missgeburt wird? Ein Monster? Ich muss an *Rosemary's Baby* denken, den Film.

Ist das eine Strafe?, denke ich. Werde ich jetzt dafür bestraft, dass ich diese grausamen Vorfälle zu meinem eigenen Vorteil genutzt habe?

Am selben Abend stehe ich am Wohnzimmerfenster, betrachte die Reihenhausfassaden, die sich den Hang hinaufschlängeln.

Der Nachbar verstaut seinen riesigen Grill, ein kleines Krematorium, unter einer Plane und stellt ihn an die Hauswand. Die Kabel mit farbigen Glühbirnen hängen noch immer zwischen den Bäumen, ich weiß nicht, ob er sie vergessen hat oder ob man sie auch im Winter einschalten kann.

Ich muss mich besinnen. Ein paar Tage. Zur Sicherheit. Angenommen, ich bekomme das Kind? Für ein Kind wäre es perfekt, hier aufzuwachsen. In der Nähe wimmelt es nur so von Spielplätzen und Kindergärten. Ein behütetes, sicheres Dasein. Eigentlich ist diese Reihenhaussiedlung gar nicht so schlecht. In letzter Zeit weiß ich das immer mehr zu schätzen. Die ruhige Umgebung. Die gepflegten Gärten. Eine Siedlung mit autofreien Gehwegen. Und wenn ich hierbliebe, mir eine Katze anschaffte und sie Ziggy taufte? Wieso nicht das Kind zur Welt bringen? Das Erlebnis einer aufgehobenen Schwerkraft, wie Rachel gesagt hat. Ich könnte als Journalistin für das Østland Blad tätig sein, das seine Redaktion in Ski hat. Vor einigen Jahren gab es eine Politikerin, die ein Kind bekommen hat und die Bekanntgabe des Vaters verweigerte. Sie ist damit durchgekommen. Und Martin, wird er eins und eins zusammenzählen? Wohl kaum. Dazu reicht seine Phantasie nicht. Und er ist zu sehr mit seinen eigenen Angelegenheiten beschäftigt. Wie ich ihn kenne, würde er mich zu einem Kind sogar noch beglückwünschen, es toll finden.

Was ist mit Berge? Er würde nicht wissen können, dass ich zu der Zeit nicht mit anderen Männern zusammen war.

Trotzdem.

Ich weiß, was ich tun muss. Ich habe keine Wahl.

Auf dem Weg durch die Straßen der Stadt sehe ich in den Schaufenstern aller Buchhandlungen, an denen ich vorübergehe, meine Biographie über Arve Storefjeld ausgestellt. Sie verkauft sich so gut, dass der Verlag mir jeden zweiten Tag jubelnde Gratulationsmails schickt. Zu Hause in der Küche stehen großzügige Blumenbuketts. Ich schaue mir den Umschlag an, sehe meinen eigenen Namen mir entgegenleuchten, aber ich habe einen schlechten Geschmack im Mund.

Das ist nicht das Ende. Es wird ein Gerichtsverfahren geben. Berge wird zur Verantwortung gezogen werden. Mir graut bereits vor diesen Wochen.

PETER MALM

I

Alles war vollkommen. Keinerlei Beunruhigung. Ich saß in der Bar und genoss die Sekunden, bis mein Drink an den Tisch gebracht wurde, die Ungeduld des Gaumens, während ich in Gedanken jene Schicksalsfügung lobpries, die es mir möglich machte, in einem Land leben zu dürfen, das ich halb zum Scherz, halb im Ernst als eine musterhafte Kolonie betrachtete, einen versteckten Zipfel der Welt, in dem wir ein so beneidenswert bequemes, ungestörtes Leben führen konnten. Es war Samstagabend und ich saß im Limelight, dieser eminenten Bar in der Lobby des Grand Hotel, Wand an Wand mit dem Oslo Nye Teater – daher der Name, obschon man nicht mehr, wie in alten Tagen, aus dem Vestibül des Theaters direkt in die Bar hineinspazieren konnte. Das Komische, aber auch das, was mir an diesem Ort am allerbesten gefiel, war, dass ich mich hier so *weitab* des Rampenlichts befand wie nur irgend denkbar, es waren immer überraschend wenige Gäste in der Bar, selbst an einem Samstag, was ich für ein Zeichen dafür nahm, dass der Osloer Bevölkerung jegliche Begriffe von Qualität und Eleganz abhandengekommen waren, sie suchten Zerstreuung lieber an geräuschvollen Orten mit greller Inneneinrichtung, wo sie obendrein von ungehobelten Kellnern ohne fachliche Kompetenz bedient wurden. Oft habe ich mich gefragt: Kann irgendetwas es mit einem Barkeeper aufnehmen, der sein Handwerk bis in die Fingerspitzen beherrscht?

Gerade hatte Edgar einen Wodka Martini vor mir abgestellt, auf einer dieser weichen Servietten, die zum Aufsaugen der Feuchtigkeit am Glas dienen. Ich werde mich an dieser Stelle nicht über Wodka Martinis verbreiten, über das Verhältnis von Wodka zu Martini, es ist bereits viel zu viel darüber geschrieben worden, ich will lediglich anmerken, dass es im Leben weniges gibt, das sich mit dem ersten Schluck von einem meisterlich zubereiteten Wodka Martini messen kann – und dies bedeutet eben auch, dass das Glas im Voraus kalt ist, dass der Wodka im Voraus kalt ist und der Cocktail natürlich – natürlich! – nicht geschüttelt wird, sondern nur gerührt, dieses unbegreifliche Schütteln ist eine Sünde, die Ian Fleming auf seine Kappe nehmen muss, diese Alternative existiert praktisch nicht. Und das weiß Edgar.

Edgar, ja, ein echter angelsächsischer Name. Nachdem wir miteinander bekannt geworden waren, vertraute Edgar mir einmal an, dass seine Mutter – eine theaterinteressierte Person – ihn nach der rechtschaffensten Figur aus Shakespeares *König Lear* benannt habe. Und das passte. Das heißt, in meinen Augen war Edgar der Prototyp eines Butlers, er ließ mich an Mr. Stevens in Kazuo Ishiguros glänzendem Roman *Was vom Tage übrig blieb* denken. Edgar gehört zu jener aussterbenden Kategorie von Menschen, die unsichtbar sind, wenn man allein zu sein wünscht, die jedoch in Hörweite parat stehen, wenn man etwas benötigt oder reif ist für einen kurzen Wortwechsel, nicht zuletzt dann, wenn dieser das eigentliche Motiv darstellt hinter der Einkehr in die angenehm kühlen Räumlichkeiten des Limelight an einem warmen Samstagabend im August, während andere sich in dem Gewimmel vor den Gastgärten der Restaurants und Cafés um die Plätze streiten, am liebsten solche mit Aussicht auf einen augenversengenden

Sonnenuntergang (es muss irgendetwas auf sich haben mit den Norwegern und ihrer Sonne, etwas, das schon ans Pathologische grenzt.) Ich glaube, Edgar eignet die Fähigkeit, Gesichter zu lesen, er kann sehen, wenn einer seiner Gäste ein offenes Ohr wünscht, und an diesem Abend brauchte ich schlicht jemanden, bei dem ich mir Luft machen konnte für die – ich will es nicht Frustration nennen, sondern einen leichten Verdruss, den ich an mir bemerkte, seit ich am Vortag bei einem Strafverfahren, einem Sexualverbrechen, einer brutalen Hinterhofvergewaltigung, das Urteil gesprochen hatte, eine viel zu milde Strafe meiner Meinung nach, ich hatte ein Jahr mehr geben wollen, hatte aber meine Beisitzer (zwei wohlmeinende Seelen ohne Verständnis für die verschärften Umstände) nicht dazu bewegen können mitzuziehen. Ich ließ mir in keiner Weise etwas anmerken, doch das Urteil quälte mich, auch an diesem Samstag. Aus juristischer Sicht war an dem Strafmaß nichts auszusetzen, aber war es gerecht? Ja, ich befürworte durchaus die humane Prägung unseres Strafrechts. Trotzdem. Begingen wir damit nicht einen Verrat an der Geschädigten? Die arme Frau wird ihr ganzes Leben mit den Folgen dieser monströsen Untat zu kämpfen haben. Es musste also erlaubt sein, über einem Wodka Martini einen Herzenserguss loszuwerden, wobei der Drink im Übrigen genauso perfekt war wie immer, und wann ist ein Wodka Martini perfekt – ja, wenn einem ist, als trinke man das Nordlicht.

Diese Zerknirschtheit, diesen Anflug von Gewissensbissen, offenbarte ich nun Edgar (wobei ich in keiner Weise die Grenze der Schweigepflicht überschritt), was von diesem mit einem ernsten Nicken quittiert wurde, als wüsste er, dass ich allein durch mein Klagen Knoten zu lockern vermochte, die in meinem Inneren zu stramm saßen; Edgar war nun nicht länger Barmann, er verwandelte sich in einen Beichtvater, und in dieser Rolle antwortete er selten auf meine Fragen, streute lediglich ein Grunzen oder Räuspern ein, hin und wieder ein kurzes Lachen, wie um mich zum Weiterreden zu animieren – wie an diesem Samstag, als ich ihm mit meinen Bedenken und gezügelten Jeremiaden eine ganze Weile in den Ohren lag, wobei ich nicht einmal meine Stimme zu erheben brauchte, denn es ist eine weitere Qualität des Limelight, meines Refugiums, dass hier nicht diese schreckliche Tafelmusik gespielt wird, mit der man sonst so oft gequält wird; ich habe nie verstanden, wie Leute eine Unterhaltung führen können, wenn irgendwer direkt hinter ihnen musikalische Ohrwürmer radebrecht.

Edgar ist für mich irgendwie ein Rätsel, und um ehrlich zu sein, wünsche ich, dass dies so bleibt. Ein allmächtiger Butler ohne Geschichte. Ich schätze sein Pokerface, hinter welchem er mich so selten erahnen lässt, was er denkt. Nur in Ausnahmefällen geschah es, dass er die Stimme erhob, etwa wenn er fand, dass ich einen falschen Drink bestellte oder einen, der mir nicht anstünde, besonders bei solchen, die seiner Meinung nach zu *vulgär* waren – mitunter bestellte ich einen Cocktail, weil ich darüber gelesen hatte oder weil ich etwas Neues ausprobieren wollte –, und mit einem entwaffnenden Glitzern in den Augen sagte er dann: »Objection, Your Honor!« Darüber musste ich immer lachen. Ich antwortete: »Sustained.« Edgar verstand sich auf diese edlen Künste besser als ich. Als Richter habe ich gelernt, auf Sachverständige zu vertrauen.

Edgar war es dann auch, der nach einem Räuspern, wie zur Ankündigung, dass er sich die Freiheit einer Störung nehmen werde, leise fragte, ob ich die Nachricht vernommen hätte, in einer Hütte in der Nordmarka solle sich etwas höchst Grauenerregendes zugetragen haben. Ich schüttelte den Kopf (ich hatte vor Antritt meiner Exkursion ins Limelight weder Radio gehört noch ferngesehen). Ich verbannte diese Neuigkeit denn auch sofort aus meinen Gedanken, wollte diese Blase aus Wodka, Wermut, mit einem Hauch von Olive, nicht kaputtmachen lassen von einer weiteren Geschichte über der Menschen beispiellose Fähigkeit, sich gegenseitig Schaden zuzufügen. »Geben Sie mir gleich noch einen«, sagte ich zu Edgar, als sei dies zugleich eine Antwort auf seine Frage. Ich hatte frei, ich hörte innerhalb der Wände des Gerichts die ganze Woche hindurch mehr als genug über Missetaten. Heute wollte ich einfach hier sitzen und Edgar hinter der Theke mit Flaschen und Rührgläsern tüfteln sehen, in dieser augenfälligen Bar, die von einem bekannten norwegischen Architekten entworfen worden war und mit ihrer schmalen Form und den Spiegeln an der hinteren Wand, ihren Regalen und Schiebetüren und Schlingerleisten aus Edelholz ein eigener exotischer Raum im Raum war, eine Domäne, in der Edgar Alleinherrscher war, und es dauerte nicht lange, bis er mit dem Tablett kam und einen neuen Wodka Martini vor mich hinstellte. Ich betrachtete lange das Getränk, das kegelförmige Glas und die klare Flüssigkeit, ein Kunstwerk in all seiner Einfachheit. Schon bei der Hälfte des Drinks hatte ich Edgars beunruhigende Auskunft vergessen. Einzig das Wort »Nordmarka« schwamm irgendwo in meinem Unterbewusstsein wie die Olive am Boden des Glases.

Wenn ich Edgar verließ, sagte ich nie »Tschüss«, ich sagte »Auf Wiedersehen«, und oft geschah es, dass ich mich schon in die Bar zurücksehnte, bevor ich überhaupt auf die Straße hinausgetreten war und unter dem eindrucksvollen Kupferbaldachin des Hotels stand. Ein Sonderbonus an einem Besuch im Limelight bestand überdies in der Freude an dem Spaziergang nach

Hause, denn nach einigen Zentilitern von Edgars Elixieren sah ich die Hauptstadt stets in einem anderen Licht oder wie durch einen verschönernden Schleier.

An jenem warmen Spätsommerabend erfuhr dieses Erlebnis vielleicht eine zusätzliche Verstärkung dadurch, dass ich meinen hellen Leinenanzug trug – ein Wunder an luftigem Behagen –, sowie durch das Gefühl, dass mein Panama-Hut und der leichte Spazierstock voll zur Geltung kamen. Ich brauchte nicht einmal einen Blick auf die Reflexionen in einem Schaufenster zu werfen, um die Bestätigung zu bekommen, dass ich mich gut ausnahm (auch meine üppige Silbermähne ist mir erhalten geblieben, und ich habe mich für eine rahmenlose Brille mit dünnen Goldbügeln entschieden). Ich sah in der Tat aus wie ein Richter, ich hätte eine Filmrolle als Richter bekommen können. Nicht selten geschah es, dass sich Menschen, insbesondere Frauen reifen Alters, mit einem Lächeln, das ich als Anerkennung deutete, nach mir umdrehten – als gäbe es in der Stadt viel zu wenige Menschen meiner Prägung. »Sie waren schon immer ein distinguierter Herr, Peter Malm«, sagte unlängst eine Dame im Gerichtsgebäude zu mir, wiewohl nicht ohne einen Anflug von Ironie.

Was treibe ich auf meinen Wanderungen durch die Straßen? Ich schaue. Das genügt mir. Ich betrachte die Menschen, die kleinen Ereignisse, die entstehen können, ich beobachte alles und jeden, an dem ich vorbeikomme, und das ist genug. Das ist eine Freude an sich. Es setzt Gedanken in Gang. Mehr verlange ich nicht.

Ich überquerte die Karl Johans gate und ging, oder eigentlich ziehe ich es vor, den alten Ausdruck *flanieren* zu verwenden, über den Eidsvolls plass, wo ich einige Sekunden innehielt, um den Anblick des Parlaments zwischen den zwei Steinlöwen auf mich wirken zu lassen oder um jener Versammlung meinen Respekt zu zollen, welche die Gesetze erließ, mit denen ich nach bestem Wissen und Gewissen die Bürger des Landes maß.

Edgars Andeutung hatte ich bereits erfolgreich verdrängt, diesen Satz, in dem das Wort »grauenerregend« vorkam und der mich, ohne dass ich es hätte erklären können, ein unheilverkündendes Glockengeläut vernehmen ließ, auch wenn ich nicht wusste, wovor es warnte. Ich wollte mich davon auch nicht durcheinanderbringen lassen. Am Morgen hatte ich bei meiner Tasse Kaffee die Zeitung durchgeblättert, mich daran erfreut, in einem Land, in einer Kolonie zu leben, in der sich nichts ereignete, was von großer Bedeutung war. Den Schlagzeilen über erschütternde Ereignisse im Ausland, über Kriege und Katastrophen, folgten die gewöhnlichen Meldungen über kleine Skandale und wenig beunruhigende Vergehen in unserem kleinen Reich. Genau so wollte ich es, ich mag Unruhe nicht, ich bin ein Mann, der den kleinen täglichen Routinen den Vorzug gibt. Zudem hatte ich – endlich, wie ich sagen muss – gute Fortschritte gemacht bei der Arbeit an einem Buch über Gerechtigkeit, welches mir bereits seit Jahren im Kopf herumschwebte. Diese sehnlich erwünschte Beschäftigung nahm meine gesamte Freizeit in Anspruch, ja, früher an diesem Tag war ich noch zu Hause gesessen und hatte eine Art Gliederung skizziert, und jetzt stand ich mit der Nase in Richtung Storting gewandt, zu der Rotunde mit dem Sitzungssaal, die wie ein freundliches Antlitz herausstand, und sinnierte über eine Problematik, die mich schon lange beschäftigte. Wie war das denn nun eigentlich? Ja, Gerechtigkeit hatte immer das Nachsehen gegenüber der Macht. Wäre zum Beispiel die Möglichkeit denkbar, dass ein amerikanischer General oder Präsident vor das UN-Kriegsverbrechertribunal in Den Haag gestellt würde? Natürlich nicht. Und es gab mehr als genug Beispiele dafür, dass die Gerichtshöfe, sofern sie nur ein bisschen unter Druck gesetzt wurden, nicht mehr so agierten, dass der Schutz des Rechtsstaats gewährleistet war; unabhängige Gerichtshöfe waren leider nicht immer so unabhängig, besonders nicht in Ländern, in denen autoritäre Regime an der Macht waren. In solchen Fällen konnte man sehen, wie Richter sich immerfort in den Dienst autoritärer Führer stellten. Falls ich mich dazu versteigen darf, eine Vision anzubringen, wiewohl ich vorsichtig wäre, es eine Vision zu nennen, würde diese von einer Gesellschaft handeln, einer Welt, in der Gerechtigkeit mehr bedeutet als Macht.

Ich schlenderte weiter auf den Wessels plass zu, kam in einen angenehmen Rhythmus, der auch dem dünnen Spazierstock einen guten Schwung verlieh, jenem Stock, der mir mein gesamtes Erwachsenenleben hindurch ein weitaus lieberer Besitz war als, sagen wir, die Skistöcke, welche sonst bei der Bevölkerung so hoch in Ehren gehalten werden. Ich will an dieser Stelle nicht unter den Tisch kehren, dass mit ein Grund, warum ich dieses Buch schreiben, es veröffentlicht sehen wollte, Dobermann war, oder richtiger, Amtsrichter Odd Bergmann. (Wegen seines schmalen Gesichts und seines hitzigen Gemüts wurde er heimlich Dobermann genannt, wobei nicht alle dies negativ interpretieren würden, sondern sie würden sagen, er sei lediglich ein beflissener Hüter des Renommees des Gerichts.) Mitunter musste ich ihn in seinem Büro aufsuchen, in dem das atypischste Möbelstück ein römischer Feldherrenstuhl war, und bei diesen Besuchen achtete er stets darauf, sich, gleichsam zufällig, in diesen Stuhl zu setzen, wie um das Machtverhältnis zwischen uns oder die Wichtigkeit des von ihm Gesagten zu unterstreichen, und wenn er, was nur selten vorkam, lächelte, wirkte es aufgesetzt, fast wie ein

Zähnefletschen. Immer hatte ich in Dobermanns Gegenwart das Gefühl, dass er mich durchschaute, dass er meine Defizite erkannte, meine juristische Kompetenz in Zweifel zog. Nicht zuletzt deshalb wollte ich dieses Buch schreiben, ich wollte ihm zeigen, dass er sich irrte. Dass ich ins Gewicht fiel. Zumindest ein bisschen.

Vor der Freimaurerloge blieb ich stehen und drehte mich um. Oft machte ich mir ein Vergnügen daraus, nach ungewohnten Winkeln zu suchen, Winkeln, die Oslo von einer überraschenden Seite zeigten, die irgendwie das Gewohnte verfremdeten, und hier, von der Ecke vor Halvorsens Conditori aus gesehen, bekam die Stadt etwas Kosmopolitisches, und das sage ich wohl wissend, dass es Oslo an wirklich alter Architektur fehlt und dass die wenigen historischen Gebäude, die es gibt, von bescheidenem Interesse sind; für mich aber besaß dieser Abschnitt des Studenterlunden, mit seinen hohen Lindenbäumen vor der noblen Fassadenreihe der Karl Johans gate, eingerahmt von den Ornamenten und dem barocken Exterieur der Freimaurerloge und dem hellen Ziegelstein des Parlamentsgebäudes, dennoch einen gewissen historischen Flair, der mich stolz machte auf die Stadt, so stolz, dass ich dachte – und ein größeres Kompliment gibt es nicht –, die Stadt könne als exemplarische Koloniehauptstadt eines globalen Imperiums betrachtet werden.

An diesem Samstag allerdings wollte es mir nicht gelingen, mich an diesem Anblick – oder, wenn ich ehrlich war: an dieser Illusion – zu erfreuen, womöglich deshalb, weil ich, ohne dass ich einen Grund dafür hätte nennen können, einen nahe bevorstehenden Bruch mit der Normalität erahnte. Und ich wünschte keinen Bruch mit der Normalität, ich wollte, dass alles so blieb, wie es war, eine Perlenschnur aus Alltagen, ausgefüllt mit gewohnten Tätigkeiten in einer verborgenen Provinz, von der niemand Notiz nahm und die deshalb als unaufregendes Kaff weiterbestehen konnte (in welchem man von gewissen Ecken der Hauptstadt aus eine nicht allzu interessante Architektur aufwerten konnte). Es war erst wenige Minuten her, dass, wie es schon in der Bibel geschrieben steht, alles sehr gut war, ich war mit einem Wodka Martini in meinem Eden gesessen, in gehobener Stimmung trotz des Gedankens an ein zu mildes Urteil, doch dann hatte sich meine Laune aufgrund von ein paar Wörtern verschlechtert, die auf mich zugekrochen waren und deren giftiger Inhalt erst jetzt zu wirken begann, und dabei war es nicht das Wort »grauenerregend«, bei dem ich beinahe ins Stolpern geriet, sondern schlicht das Wort »Nordmarka«.

Darüber sann ich nach, während ich mich sammelte und versuchte, leichten Schrittes die Nedre Vollgate entlangzugehen, wobei ich es nicht vermeiden konnte, als ich die Ecke zur Tollbugata erreichte, einen Blick auf die Andvord-Schreibwarenhandlung zu werfen. Ich weiß nicht, ob es an meiner unruhigen Gemütsverfassung lag, aber ich konnte die Lage dieses Geschäfts nicht gutheißen, ich nahm sie als eine Bestätigung dafür, dass etwas aus dem Gleichgewicht geraten war. Früher war das Andvord zwischen Stortorvet und Karl Johans gate gelegen, neben der duftenden Svaneapoteket, und dort pflegte ich denn auch für gewöhnlich mein dickes, cremefarbenes Briefpapier sowie die erlesenen, burgunderrot gefütterten Kuverts einzukaufen. Auch meine bunten Tuschestifte, dünn wie Tätowiernadeln, hatte ich in den reichbestückten Regalen gefunden. Nun war dieses ehrenwerte Geschäft hierher verbannt worden, in eine Seitengasse sozusagen, in eine Ecke der Stadt, in der nur wenige Menschen verkehrten. Natürlich hatte ich nichts dagegen, dass die Stadt sich veränderte, aber manches sollte von Veränderung doch besser unberührt bleiben. Wie der Zugang zu einer Handvoll klassischer Bars. Ein öffentliches Bad mit Mahagonigarderoben, Marmorskulpturen und dekorativen Fliesen. Und Schreibwarenhandlungen höchster Güte, wo man einen Papierbogen gegen das Licht halten und den Anblick eines sorgfältig ausgearbeiteten Wasserzeichens genießen konnte. Das war ein Mindestmaß an Zivilisation. Sogar in einer Kolonie.

Am Ende der Nedre Vollgate erblickte ich eine weißgekleidete Gestalt, die den Hügel am Kontraskjæret heraufkam. Soweit ich sehen konnte, war es die Journalistin Ine Wang. Obschon sich meine Begeisterung für ihr Revolverblatt, in welchem übrigens auch der Inhalt von immer geringerem Format ist, in Grenzen hält, kam es doch vor, dass ich mir wegen des Magazins, für das sie jetzt schrieb, samstags die Zeitung kaufte. Zudem erinnerte ich mich an eine ihrer scharfsinnigen Reportagen – das heißt, es war eine ganze Serie in der Zeitung gedruckt worden – Mitte der 90er Jahre, über die verbrecherischen Zustände in der Baubranche; das war investigativer Journalismus, der wirklich Respekt verdiente (soweit ich mich erinnerte, hatte sie dafür auch irgendeinen Preis erhalten). Es sollte nicht nötig sein, das zu sagen: Menschen, die ungerechte Gesellschaftsverhältnisse aufdecken, haben stets Zustimmung bei mir gefunden. Außerdem hatte sie in den letzten Jahren eine Reihe lesenswerter Interviews geschrieben, sogar Amtsrichter Odd Bergmann hatte sie porträtiert, als dessen Karriere sich gerade im Aufwind befunden hatte, und obwohl es mich tief in meinem Inneren trifft, muss ich zugeben, dass das Porträt überdurchschnittlich anregend war, allem voran deshalb, weil es an dieser einigermaßen zugeknöpften Person Seiten hervorkehrte, von denen niemand von uns im Gericht auch nur etwas geahnt hatte – wie beispielsweise, dass er seit dreißig Jahren Yoga auf fortgeschrittenem Niveau praktizierte.

Ich hatte Lust, sie anzuhalten, sie auf dieses Porträt anzusprechen, ein paar freundliche Worte zu wechseln mit einer so hervorragenden Journalistin (auf der anderen Seite bin ich nicht der Typ, der Fremde auf der Straße anhält), doch da eilte sie schon vorbei, überquerte den Christiania Torv und bog in die Øvre Slottsgate. Sie war hübsch gekleidet, als wäre sie unterwegs zu einer Feier oder zu einem Geburtstagsfest in einem Restaurant.

Bevor ich weiterging, wandte ich den Kopf nach links, als hätten meine Sinne einen leisen Schrei vernommen. Oder vielleicht eher eine Vibration. Unweigerlich wurde mein Blick vom Holmenkollås angezogen. Die Nordmarka. Wieder tauchte das Wort in meinem Bewusstsein auf. Das Bild eines finsteren, bedrohlichen Waldes.

Die Dämmerung brach herein und ich setzte meinen Kurs heimwärts fort, erneut aus dem Gleichgewicht geraten. Ich ging zwischen dem Gamle Raadhus und dem Garnisonssykehuset hindurch, Christianias ältestem erhaltenen Gebäude (über welches man dennoch keine Lobeshymnen anstimmen kann), bevor ich nach rechts zur Kreuzung Kongens gate abbog. Ich bin diese Strecke, die mich gewissermaßen in der Geschichte zurückführt, immer gern gegangen, und als ich endlich den Bankplassen erreichte, kam mein Körper wieder zur Ruhe.

Wie immer verharrte ich dort einige Sekunden in Freude. Dies war *mein* Platz. Am anderen Ende lag die neue, fast camouflierte Norges bank – wie passend (und das ist nicht ironisch gemeint) für ein Land, das seinen neugewonnenen, nahezu unanständigen Reichtum am liebsten verstecken würde –, und rechter Hand imponierte das alte Bankgebäude, heute das Museum für zeitgenössische Kunst. Ich richtete meinen Blick auf den Springbrunnen zwischen den zwei Rasenflächen mit den Silberahornbäumen und nahm das wohltuende Geräusch von Wasser in mich auf, ehe ich meinen Blick rückwärts wandte, zu den gelben Baldachinen über den Tischen vor dem Engebret Café unten an der Ecke zur Kirkegata. Ich wusste, dass es eine Übertreibung war, doch für mich repräsentierte der Platz etwas ähnlich Außergewöhnliches wie die Piazza Navona in Rom. Dieser Platz war eine Perle, ein kostbares Idyll, und vielleicht weil er in Kvadraturen lag, dem allerältesten Stadtkern, überfiel mich hier stets ein Gefühl von Stabilität, wie ich es so bitter benötigte, von etwas Unberührtem, und so wünschte ich auch, dass es sein sollte, ich betrachtete mich als eine juridische Version des Archimedes, ich wollte in Frieden gelassen werden, ich mochte es nicht, dass jemand versuchte, meine Kreise zu stören.

Ich schloss die Tür zu dem Gebäude neben dem Engebret Café auf und nahm die Treppe ins oberste Stockwerk. Ich benutzte selten den Aufzug, ich genoss den langsamen Aufstieg, bewunderte die außergewöhnlich ornamentierte Treppenflucht. Niemand weiß, dass hier, hinter der gelben, neubarocken Fassade, eine Privatunterkunft liegt. Die Wohnung ist ein Geheimnis.

Sonntag ist mein Lieblingstag, es ist dies auch der einzige Tag, an dem ich ein wenig Mühe auf das Frühstück verwende, und zwar mache ich mir immer dasselbe: Eier, Speck und Toast, ein Toast, so golden wohlgemerkt, dass der Eindruck in mir entsteht, ich würde Gold speisen. Toaster um Toaster habe ich ausprobiert und schließlich ein glänzendes Wunderwerk ohne allzu viele Knöpfe gefunden, das mir die gewünschte Qualität liefert, wobei diese Qualität auch beinhaltet, dass der erste

Bissen von der knusprigen, goldenen Brotscheibe mich in mein *annus mirabilis* zurückführt, nach London. Ich darf hinzufügen, dass auch die Art und Weise des Hochschnellens der Brotscheibe aus dem Toaster von Bedeutung ist, sogar das Geräusch und die Sprunghöhe, ein eigenes ästhetisches – eine Mischung aus kinetischem und musikalischem – Element. Der Toast ist meine Madeleine, wenn ich mir diese literarische Anspielung erlauben darf. Zur Sicherheit decke ich dazu ein Glas englischer Orangenmarmelade mit leicht bitterem Nachgeschmack auf, ein besonderer Kitzel; wenn alles andere versagt, gibt das den Kick.

Vielleicht empfinde ich an solchen Sonntagen eine noch tiefere Dankbarkeit als sonst für diese Wohnung am Bankplassen, und natürlich auch für die Aussicht, die zu bewundern leider – oder glücklicherweise – nur einigen wenigen vergönnt ist: vom Ekebergåsen bis nach Bygdøy, mit dem Kolsås dahinter, gar nicht zu reden von dem alten Prachtbauwerk im Vordergrund und der Festung Akershus als Blickfang vor dem Fjord. Ich genieße das Privileg, nackt in der Wohnung herumgehen zu können, es gibt keine Nachbarn direkt gegenüber, die Räume sind »nicht einsehbar«, wie es in den Wohnungsanzeigen heißt. Das ist ein Begriff, der mir aus der Seele spricht. Ich wollte, mein ganzes Leben könnte so sein: nicht einsehbar.

Dieser Sonntag war leider nicht wie andere Sonntage. Ich hatte meinen Morgenmantel angelegt. Speck und Spiegeleier waren makellos, der Kaffee schmeckte vorzüglich und der Toast sprang golden aus dem Toaster, mit einer Art pawlowschem Geräusch, das den Speichelfluss im Mund anregte. Die Morgenzeitung hatte ich nur auf den Tisch geschleudert, ohne sie mir anzusehen, ich pflege für gewöhnlich während des Frühstückens die Zeitung durchzublättern, was ich einzig zur Zerstreuung tue, da doch selten etwas von Bedeutung darin steht – abgesehen von der Auslandschronik –, aber ich gebe zu, dass es mir mitunter Vergnügen bereitet, zum Beispiel von ganz und gar unwesentlichen Kulturereignissen zu lesen, welche von Journalisten ohne den mindesten Durchblick und bar jeder Referenz auf mehreren Seiten breitgetreten werden. (Nicht selten kommt mir darüber der Gedanke, ich läse ein Bezirksblatt, erbauliche Meldungen über das Geschehen in unserer kleinen Gemeinde.) Ebensolche Belanglosigkeiten erwartete ich denn auch an diesem Morgen, starrte aber plötzlich hinab auf eine Titelseite, auf der in Kriegslettern Edgars Andeutung bestätigt wurde, laut der sich etwas Grauenvolles im Wald zugetragen haben solle. Annähernd die halbe Zeitung stand im Zeichen der Nachricht von Arve Storefjelds Tod – das heißt, er war nicht bloß tot, er war ermordet worden, zusammen mit vier anderen.

Ging eine Erschütterung durch das Gebäude? Oder war das nur ein Beben in meinem eigenen Körper, das mich zum Narren hielt?

Meine erste Reaktion war Unglaube. Oder war es eher Unmut? Etwas in mir wollte leugnen, dass es stimmte. Ein Terroranschlag, stand in den Zeitungen geschrieben. Ich musste das Wort mehrmals lesen, und wenn es das oberste Ziel der Terroristen war, Angst zu erzeugen, so war ihnen dies zweifellos gelungen, denn diese Schurken hatten nicht nur fünf Menschen ermordet, sie hatten das norwegische Idyll untergraben. *Mein* Idyll. Meine Goldküste. Einen von träger, gedankenloser Zufriedenheit geprägten Morgen. Die Kaffeetasse halb erhoben, saß ich da und merkte, dass meine Hand ein klein wenig zitterte. In meinen Augen existierte nichts Kostbareres als Norwegens paradiesischer Zustand, die Tatsache, dass das Land von gewaltsamen Episoden großen Stils beinahe unberührt geblieben war. Das war das Wertvollste, das wir hatten. Wertvoller als Jotunheimen und die Lofoten. Vor dem Zweiten Weltkrieg waren wir auf norwegischem Boden 126 Jahre lang von allen Streitigkeiten verschont geblieben. Eine verblüffende Tatsache. Auch in der Zeit nach dem Krieg hatten wir uns meist mit Glanz bewährt. Durch Heraushalten nämlich. Es war uns gelungen, abgeschieden zu leben, unsere Verhältnisse so beneidenswert einzurichten, dass wir es vermeiden konnten, hineingezogen zu werden. In den Dreck, in die Barbarei der Gewalt.

Ich versuchte zu essen, aber das Essen hatte einen Beigeschmack bekommen. Es gelang mir nicht einmal, mich an der Knusprigkeit des Specks zu erfreuen.

Um die Wahrheit zu sagen, ich hatte für Arve Storefjeld, »die Lippe aus Bjølsen«, nichts übrig. Trotz meiner Betroffenheit konnte ich meine Abneigung gegen ihn nicht unterdrücken. Immer sah ich ihn vor mir, wie er breitbeinig in seiner Mako-Baumwollunterwäsche in Dovre stand und mit Binsenweisheiten um sich warf, mit peinlich trivialen Aussagen, die bis ins Lächerliche überinterpretiert wurden, ja, die von einem geifernden Pressekorps als außergewöhnliche Klugheit ausgelegt wurden. Für mich war Storen, »der Große«, wie er genannt wurde, immer ein Phrasendrescher gewesen, ähnlich wie mein Großvater.

Großvater war Prediger gewesen, oder genauer, er war Prediger neben seiner Arbeit in einer kleinen Druckerei. Großvater war nicht nur ein unbeugsamer Mann (ich glaube nicht, dass meine Großmutter es besonders leicht mit ihm hatte), er war auch der Grund, weshalb ich schon früh eine Skepsis gegenüber jeglicher Religion entwickelt hatte. Seine letzten Jahre verbrachte er in einem Pflegeheim, jedoch konnte er noch den Tag miterleben, als ich mein Jurastudium begann, und während ich auf einem Stuhl neben seinem Bett saß, ließ er sich lang und breit über das Buch der Richter aus dem Alten Testament aus, tätschelte mir den Arm und sagte, in diesem Buch seien die Richter die Führer des Volkes. »Du wirst Richter werden«, sagte er mit prophetischer Stimme, »du wirst die Norweger aus ihrem Unglauben herausführen.« »Ich glaube, ein so hohes Ziel werde ich mir vielleicht eher nicht stecken, Großvater«, sagte ich so diplomatisch, wie ich konnte, während mich zum ersten Mal eine Ahnung überkam, dass die Entfernung zwischen Theologie und Jura besorgniserregend kurz war, dass die Zehn Gebote und die Verfassung auf gewisse Weise verwandt sein könnten.

Jedes Mal, wenn ich Arve Storefjeld reden, ihn politische Sentenzen auf Kindergartenniveau hinausposaunen hörte, dachte ich an Großvater, den ich in meiner Jugend hie und da auf dem Rednerpult einer Missionsgemeinschaft gesehen und der zu meiner Verwunderung immer genau dasselbe gesagt hatte, ohne dass irgendjemand darauf reagiert hätte. Zudem war Storen ein Hampelmann auf dem Podium, mit einem Repertoire an theatralischen Gesten, die man alsbald wiedererkannte, besonders die Art und Weise, wie er seine Wörter, oder jedes wichtige Wort, herausköpfte, und für Storen war jedes einzelne Wort wichtig, die Wörter waren Bälle, die er den Zuhörern zuzuköpfen versuchte. Man konnte sehen, wie er von seinen eigenen Ansichten mitgerissen wurde, genau wie ein Prediger; es fehlte nur, dass er in Zungenrede ausbrach, wobei, wenn man es genauer unter die Lupe nahm, vieles von dem, was er sagte, genauso unverständlich war wie Zungenrede. Eines aber musste man ihm lassen: Niemand konnte eine Versammlung so anheizen wie Storen. Arve Storefjeld war populär, vielleicht war er sogar, was man »geliebt« nennt.

Aber wer waren die vier anderen? Die Namen waren noch nicht öffentlich bekanntgegeben worden. Es stand nicht viel auf all diesen Zeitungsseiten, sie bestanden überwiegend aus Bildern. Man wusste vorläufig wenig, die Hauptsache war: Storen war tot. Es wurden die Schockreaktionen leitender Personen der Arbeiterpartei wiedergegeben. Während ich einen großen Bissen Speck und Ei mit der Gabel aufspießte, stellte ich fest, dass ich entsetzt war, dass dieses Entsetzen aber geringer ausfiel, als es sollte. Ich muss zugeben, dass ich, zumindest irgendwo in meinem Inneren, dachte, dass sie, die Ap, es verdient hätte. Ich hatte immer meine Schwierigkeiten damit gehabt, ihre Selbstverherrlichung zu schlucken – dass sie alle Ehre für den Wiederaufbau des Landes und die Errichtung einer Wohlstandsgesellschaft für sich beanspruchte und dabei verschwieg, dass es sich um ein Werk gemeinschaftlicher Politik handelte. Mit dem letzten Stück Toast saugte ich die Reste des Eies und des Speckfetts vom Teller auf und dachte, dass ich dies niemals laut sagen dürfte. Um Gottes willen, dachte ich, du musst darüber genauso Schweigen bewahren wie über alles andere, worüber du geschwiegen hast.

Wenn das Wetter es zulässt, wage ich mich sonntags über den Rand jenes Kreises hinaus, in dessen Inneren ich mich für gewöhnlich aufhalte. Ich breche dann auf zu meiner kleinen Strandtour, wie ich es nenne, und da kann es schon vorkommen, dass ich mich den Fjord entlang bis nach Frognerkilen bewege, wo ich dem Schloss Oscarshall einen Gruß mit meinem Hut zukommen lasse und wieder umkehre, doch in der Regel, und das tat ich denn auch an diesem Tag (vielleicht weil ich erschütterter war, als ich mir eingestehen mochte), begnüge ich mich damit, den Rådhusbakken hinunterzuspazieren und entlang des Akershuskaias bis hinaus zum Vippetangen zu promenieren, bevor ich an der Ostseite der Festung in die Kongens gate einbiege.

Es verging noch eine Weile, bis ich endlich aufbrach, ich glaube, ich brauchte ein paar Extrastunden, um die Bedeutung der Zeitungsschlagzeile zu verdauen und zu dem Entschluss zu gelangen, dass dieses Ereignis einen ansonsten herrlichen Sonntag nicht kaputtmachen dürfe, und als ich auf dem Platz draußen vor dem Eingang stand und mich von dem Rauschen des Springbrunnens aufheitern ließ, war es mir fast gelungen, den ganzen Vorfall zu verdrängen. Leider kehrte die Besorgnis bereits mit Erreichen des Christiania Torvs zurück. Mir wurde wieder einmal vor Augen geführt, wie schnell die Dinge sich ändern können. Es brauchte nicht mehr als einen Blick auf die Ausstellungsstücke in Damms Antiquariat, um daran erinnert zu werden, dass auch dieses Geschäft von seinem ursprünglichen Standort, den prunkvollen Räumlichkeiten in der Øvre Slottsgate, vertrieben worden war, unter deren Dach alte Segelschiffe über antike Globusse gesegelt waren, die auf einem Meer orientalischer Teppiche standen. Ein versiegter Brunnen. Es würde wohl nicht mehr lange dauern, bis das Antiquariat auch von hier würde fortziehen müssen. Das verstand sich von selbst. Der Wirtschaftsliberalismus forderte immer neue Opfer, und in einer Provinz ohne Respekt vor Tradition und Bildung erhob sich niemand für kulturelle Denkmäler von solchem Schlag.

Vermutlich war es der Anblick von Büchern – gepaart mit der erschreckenden Nachricht über den Vorfall in der Nordmarka –, der mir wieder einmal den Gedanken einbrachte, ich sollte mich für ein paar Monate beurlauben lassen, verreisen, so dass ich mit meinem Werk über Gerechtigkeit, oder richtiger: Ungerechtigkeit, auf Kiel legen konnte. Dass der Gedanke bei dieser Sonntagspromenade auftauchte, mochte auch damit zusammenhängen, dass ich der Verlockung eines frühen Mittagessens im Restaurant Solsiden am Kai unterhalb der Festung nachgab (tolle Aussicht auf den Fjord und eine angenehme Brise durch ein geöffnetes Fenster, aber viel zu viel Lärm für meinen Geschmack), denn als ich dort saß mit meinem überbackenen Kaiserhummer, schwebte mir vor, dass eine Beurlaubung für das Voranschreiten meiner Arbeit Wunder bewirken könnte. In einem kühnen Moment erwog ich sogar die Möglichkeit eines Aufenthalts an der einstigen Goldküste in Westafrika, aber ich wusste, dass mir der Mut dazu fehlen würde. Das Ziel der Reise sollte wohl eher ein Schweizer Bergdorf oder ein norditalienischer See sein – insbesondere Letzteres stellte sich mir als ein geeigneter Ort dar, auch aus dem Grund, weil Italien, was die Rechtsgeschichte anbelangt, auf eine reiche Tradition zurückblicken kann. Würde mich das womöglich zu einer Art literarischen Heldentat antreiben können? Tage, die mit Espresso auf der Terrasse, Croissants und Orangensaft, mit Ausblick auf die Riva-Boote (diese strahlenden Mahagoniwunderwerke) auf dem Wasser begannen? Ich schlug mir den Gedanken aus dem Kopf, ich konnte genauso gut hier arbeiten, wahrscheinlich würde ich hier sogar *besser* arbeiten. In der friedlichen Kolonie. Jedenfalls in der *ehemals* friedlichen Kolonie.

Während ich über den Akershusstranda weiterspazierte, dann am Vippetangen stand, das Gesicht in Richtung Hovedøya gewandt, grübelte ich weiter über mein Buch nach oder über das, was ein Buch werden sollte – vielleicht sogar ein Wespenstich in den breiten Hintern der Öffentlichkeit. Schon in meiner Studienzeit hatte es mir einen Schrecken versetzt zu erkennen, dass ein Gesetz nicht notwendigerweise gerecht war. Man befolgt ein Gesetz, weil es Autorität besitzt. Weil es beschlossen wurde. Fertig und aus. Kein Recht ohne Macht. Auch die rechtsgeschichtliche Perspektive hatte mich schockiert: Wie *relativ* waren doch die Gesetze! Man stelle sich nur diesen Sprung vor, von den alten Tagen, als alle an die göttliche Allmacht des Königs glaubten, bis heute, da wir daran glauben, das Volk würde regieren, und man stelle sich nur vor, wie ungleich im Codex Hammurapi der Rang der Menschen ihrem Wert nach festgelegt wurde, wogegen die amerikanische Unabhängigkeitserklärung behauptete, dass alle Menschen gleich erschaffen worden seien. Gestern noch wurde Mördern wie selbstverständlich der Kopf abgehackt, heute bekamen sie eine Einzelzelle mit Fernseher und Schreibtisch. Gestern noch waren die Vierbeiner die Guten, heute galten nur noch zwei Beine, um mit George Orwell zu sprechen. Kein Gesetz war objektiv. Auch die Gerechtigkeit war nicht objektiv. Die Gerechtigkeit war ein Kunstprodukt der Gewohnheit. Ideen über Gerechtigkeit waren genauso zeitlos wie die Damenmode. Trotzdem glaubten alle rund um den Globus, ihre Auffassung von Gerechtigkeit sei die einzig vernünftige, und deshalb gab es eine Frage, über die ich immerzu nachdachte und mit der ich nie fertigwurde: War es möglich, eine Gesetzessammlung zu entwerfen, die universell oder selbstverständlich oder offensichtlich für alle Gültigkeit besäße, »we hold these truths to be self-evident«? Wahrscheinlich nicht. Leider (wiewohl auch der Naturrechtsgedanke seine Anhänger hat). Über alles das wollte ich schreiben. Es sollte mein Lebenswerk werden und zugleich eine Fortsetzung der kleinen Frucht meines Londonjahres: *Auge um Auge*.

Selbst Dobermann würde davor den Hut ziehen müssen.

Ja, ich musste meine Stärke ausspielen: Den mir innewohnenden Sinn für Gerechtigkeit, meinen inneren Kompass, wenn ich mir erlauben darf, diesen abgenutzten Ausdruck zu verwenden.

Ich stand dort am Vippetangen, wippte vielleicht sogar ein wenig mit den Zehen auf und ab bei dem Gedanken an jenen Tag, da ich das Büro des Amtsrichters Odd Bergmann betreten und ihm das Buch überreichen würde, mit einer kleinen Widmung.

Bis zum Abend war es mir, zumindest bis zu einem gewissen Grad, gelungen, die Nachricht über das traurige Schicksal Arve Storefjelds in den Hintergrund zu drängen. Ich mixte mir einen Cocktail – ich wage zu behaupten, dass sich meine Fertigkeiten mit den Jahren, freilich gut beholfen durch Edgars freundliche Ratschläge (auch hinsichtlich der unverzichtbarsten Ausstattung), so weit entwickelt hatten, dass ich heute einen halbwegs brauchbaren Cocktail zuzubereiten imstande bin – und traf alle Vorbereitungen für einen Festakt vor dem DVD-Player, meine fixe Sonntagabendbeschäftigung. Cocktails und Fernsehserien, wohlgemerkt britische Fernsehserien. An diesem warmen Spätsommerabend fand ich es angemessen, mir einen Long Island Iced Tea zuzubereiten, und im Hinterkopf hatte ich dabei die Worte, die Edgar einst auf seine zurückhaltende Art zu mir gesagt hatte: Einen guten Cocktail zu mixen, ist fortgeschrittene Chemie. Verschiedene Flüssigkeiten werden vor dem Auge des Gastes durch Katalyse gemischt. Man könnte es so beschreiben, dass in den unbekannten Schichten des Bewusstseins Reaktionen ausgelöst werden.

Die Wohnung ist schlicht eingerichtet. Geschmackvoll, wie ich glaube, aber schlicht. Geräumige Zimmer mit wenigen Möbeln. Viele Freiflächen, Böden, Wände ohne Gegenstände. Bisweilen wünschte ich, dass ich die ganze Zeit hier sein könnte, nie hinausgehen müsste.

In dem Raum, den ich als Arbeitszimmer nutze (selbstverständlich der größte Raum), steht ein alter Flügel. Nicht sehr groß, aber immerhin ein Flügel – wie das Wort schon sagt, eine *Schwinge* im Raum. (Eine hässliche Kerbe befindet sich am Flügelgehäuse, aber ich wollte sie nicht ausbessern lassen.) In dem kleineren, angrenzenden Wohnzimmer, das auch meine Bibliothek ist, stehen zwei etwas speziellere Möbelstücke: ein Wegner-Stuhl und ein Diwan. Der Stuhl gehört zu dem »Wing Chair« genannten Typus und ist ein Geschenk gewesen. Wie bei vielen Designermöbeln kann man fast unmöglich darauf sitzen, doch unter Zuhilfenahme von Kissen habe ich ihn sehr komfortabel hergerichtet. Dort sitze ich, wenn ich lese oder mir britische Fernsehserien ansehe, und damit meine ich Dokumentationen, keine Dramaserien.

Zu der Zeit schaute ich gerade eine Serie, die ich schon viermal gesehen hatte, derer ich jedoch nie überdrüssig wurde: *Civilisation*, in welcher Sir Kenneth Clark, jener Mann, der Ende der 1960er Jahre, als die Serie eingespielt wurde, Direktor des Prachtmuseums The National Gallery in Londen war, uns durch die westliche Kulturgeschichte geleitet, und das in einer Art und Weise, die in mir den Wunsch aufkommen ließ, als Brite geboren worden zu sein. Währenddessen nippte ich an meinem Long Island Iced Tea und dachte an Edgars Aussage, dass ein Cocktail auch etwas Zivilisierendes sein sollte. Man war ein Mr. Hyde, der zu einem Dr. Jekyll wurde.

Diese Abende genieße ich mehr, als ich auszudrücken vermag. Den meisten anderen genügen Serien wie *Die Sopranos* oder *The Wire* (über die von Intellektuellen tiefgründige Analysen verfasst werden, als wollten sie damit die Vergeudung ihrer Lebenszeit rechtfertigen), sofern sie sich nicht alberne Seifenopern ansehen, wohingegen ich mir mit einem stimulierenden

Long Island Iced Tea in der Hand *Civilisation* zu Gemüte führe. Ja, alle wollen Zerstreuung, aber ich behalte mir das Recht vor, mir meine Zerstreuung selbst auszusuchen, und so saß ich hier also in Wegners Wing Chair und hörte dem sonoren Englisch des Sir Kenneth Clark zu, der mich an diesem Abend durch die Kulturgeschichte vom Untergang des Römischen Reichs bis hin zu Karl dem Großen lotste, genauer gesagt, zum karolingischen Oktogon in Aachen. Würde es nicht so feierlich klingen, so würde ich sagen, die Fernsehbilder hätten mich *beseelt*. Nur weniges übertrifft dieses Hochgefühl, das ich empfinden kann, wenn ich mit einem Cocktail in der Hand in meiner Geheimwohnung sitze, in einer unscheinbaren, wenig beachteten Kolonie, und den Abend verstreichen lasse, indem ich Sir Kenneth Clark folge, wenn er in seiner Tweedjacke an den unerwartetsten Orten Europas auftaucht, auf den Hebriden, in Ravenna, immerzu mit einem gedankenanregenden Kommentar auf den Lippen. Welch eine Bereicherung! Ein wohlkomponierter Cocktail und Sir Kenneth Clark.

Ja, ich gebe es zu, ich habe eine Schwäche für das Britische. Meine Anzüge kaufe ich in der Savile Row. Meine Schuhe, meine Morgenmäntel, alles. Es ist kein Zufall, dass ich von Kollegen zum Scherz Lord Malm genannt werde, »Erz-Lord«. Ich will meine Schwäche für das ehemalige britische Empire auch gar nicht verhehlen. Man spricht über das alte Griechenland, das Römische Reich, doch für mich steht in der kurzen Geschichte der Menschheit – ja, denn auf lange Sicht ist dieser Zeitraum erschreckend kurz – bislang das britische Empire an der Spitze der Zivilisation. Was mir am britischen Reich immer wieder Bewunderung abverlangt, ist insbesondere dessen Fähigkeit zum Aufbau einer Infrastruktur sowie das Bestreben, den Menschen kulturell auf eine höhere Ebene zu befördern – ganz und gar nicht jedoch des Empires Neigung zur Hierarchie und einer nachgerade feudalen Rangordnung des Menschen, auch die Machtausübung nicht, die leider bisweilen gewaltsame Auswirkungen nach sich ziehen konnte. Hie und da mag mich der Gedanke anwandeln, Norwegen sei ein modernes Äquivalent zur Goldküste in Westafrika, dergestalt wohlgemerkt, wie sich jene britische Kolonie in der ersten Hälfte des 20. Jahrhunderts darstellte, als der Wohlstand beträchtlich anstieg und Straßen, Eisenbahnen und Industrie, Schulen und Spitäler, Telegraphen und Wasserversorgung, Banken und Postämter errichtet wurden, und nicht zuletzt Institutionen, die für eine parlamentarische Demokratie sorgten – bevor also die Kolonialzeit abgelöst wurde von der Freiheitsbewegung (die auf dem Papier mehr Freiheit brachte als in der Wirklichkeit) und dem Niedergang. Ich würde das nie laut aussprechen, aber es kommt vor, dass ich mich als einen Verwalter der britischen Schule sehe, in einem Land, das jederzeit von chaotischen Kräften in den Abgrund gestürzt werden kann.

Ja, ich habe eine eigentümliche Weltsicht, darüber bin ich mir völlig im Klaren, und deshalb behalte ich sie auch für mich. Dies sind Theorien, die, um es so auszudrücken, den Umkreis meines Wing Chairs nicht verlassen. Dennoch habe ich mich nie als Norweger, als ein Anhänger des Nationalstaats mit seinen engen Grenzen gefühlt, sondern als Bürger eines Imperiums, als Mitglied von etwas Größerem, und deshalb spiele ich gern mit dem Gedanken, dass wir auch heute in einem Imperium leben, dass Norwegen, ganz gleich, was wir uns einbilden, eine Kolonie ist – nicht so, als gehörten wir zu einem anderen Land, sondern als Teil eines globalen Imperiums, das von einem namenlosen, übernationalen und gesichtslosen liberalen Kapitalismus und einem grenzenüberschreitenden

Kommunikationsnetz gebildet wird, in dem sich nicht zuletzt die Unterhaltungsindustrie austobt. Ziel sollte es sein, dies zu nutzen, um allen Menschen ein neues, gesundes kosmopolitisches Bewusstsein, eine neue, gesunde Identität zu verschaffen, woraus sich die einmalige Gelegenheit ergäbe, eine globale *Gerechtigkeit* herauszubilden. Zu hoffen stünde, dass dieses erste, wirklich weltumspannende Imperium, in einem noch höheren Maß, als es das britische getan hat, unsere Zivilisierung bewirken könnte, dass es den Grundstein legen könnte für eine Weiterentwicklung der Demokratie und eine Steigerung des Wohlstands für alle Menschen.

Sobald mir solche Gedanken kommen, schlage ich sie mir auch schon wieder aus dem Kopf, ich bin trotz allem kein Sir Kenneth Clark. Doch jetzt, dank dieser schrecklichen Morde, die erneut in meinem Bewusstsein auftauchten, blieb ich sitzen und trieb das Gedankenspiel weiter. Ich hatte die Befürchtung, dass Norwegen, gleich einer wohlgeordneten und friedlichen Provinz am äußersten Rand dieses neuen globalen Zivilisationsimperiums, von einem Terrorregime bedroht werden könnte, dass der Anschlag Risse in unserem Schutzschild bewirkte, ja, dass der Charakter des Landes als ein sorgloses Eden schlichtweg zerstört werden könnte, auf dieselbe Weise etwa, wie die ressourcenreiche britische Kolonie Uganda in jenen bösen Albtraum verwandelt wurde, der unter dem Stichwort Idi Amin firmierte. Es blieb nicht aus, dass mir ein Roman einfiel, den ich einmal gelesen hatte, das heißt, ich dachte lediglich an den Titel: *Warten auf die Barbaren*.

Es gelang mir, diese Gedanken zu verdrängen. Es gelingt mir immer, solche Gedanken zu verdrängen. Dieser Vorfall ging mich nichts an. Als ich mich spätabends vor das große, gewölbte Arbeitszimmerfenster stellte und auf den friedlichen

Bankplassen hinunterschaute, wo das Wasser im Springbrunnen spritzte, obwohl sich gar keine Menschen in der Umgebung befanden, dachte ich, wie schon oftmals zuvor, dass ich mich dafür entschieden hatte, mein Leben der ästhetischen Kontemplation zu widmen (beinahe im Geiste Schopenhauers). Nichts durfte das zerstören. Obgleich ich äußerlich mittendrin steckte und an der Welt teilnahm, hatte ich mich aus ihr zurückgezogen.

Der Montag wurde ein merkwürdiger Tag. Die Arbeit im Gericht hielt keine Überraschungen oder besonderen Herausforderungen bereit, aber der sogenannte Blankvann-Vorfall war überall, auf den Titelseiten der Zeitungen, auf den Bildschirmen, in den Gesprächen im Korridor, in der Kantine. Es herrscht ein Schockzustand. Eine Todesangst. Es wird darauf hingewiesen, wir hätten Übungen zur Verteidigung von Bahnhöfen, Flughäfen und anderen wichtigen Knotenpunkten abgehalten, und dann passiert so etwas – ein tödlicher Angriff mitten im dichtesten Wald. In der Mittagspause las ich auch Ine Wangs Kommentar über Arve Storefjeld, über seine Bedeutung für die norwegische Politik, und ich muss zugeben, ich war verwundert; in meinen Augen war die Huldigung übertrieben, für mich stimmte das nicht überein mit der kritischen Journalistin, die Unregelmäßigkeiten im Bauwesen und Absprachen über horrende Abfindungssummen in der Wirtschaft aufgedeckt hatte.

Jetzt wurden auch die Namen der anderen Ermordeten öffentlich bekanntgegeben, und es versetzte mir einen Stich, als ich erfuhr, dass eine davon Gry Storefjeld war. Sie stand für mich für etwas ganz anderes als ihr Vater, sie hatte etwas von einer, wie soll ich sagen, gequälten Seele, und dafür hegte ich Sympathie. Vielleicht beruhte meine wohlwollende Einstellung ihr gegenüber in erster Linie auf der Entdeckung – das war in einem größeren Interview vor einigen Jahren zu lesen gewesen (sie war damals bereits mehrmals interviewt worden) –, dass sie eine Arbeit über den Dichter Samuel Taylor Coleridge verfasst hatte. Ich dachte mir, sie habe womöglich dieselbe Affinität für das Britische wie ich. Zwar hatte mich ein Foto ins Stutzen gebracht, das sie selbst der Zeitung übermittelt haben musste – es war allem Anschein nach frühmorgens aufgenommen worden – und das sie bei einem Rockfestival oder einem politischen Lager zu zeigen schien. Auf dem Bild trug sie Shorts und Gummistiefel und ein enges T-Shirt (ohne BH darunter), unter dem die Konturen eines Busens zu erahnen waren, der wohl für viele Männer, insbesondere für jene, die Platon gelesen hatten, die eigentliche Urform eines Frauenbusens darstellen musste. »Morgen-Gry«, Morgengrauen, lautete die Bildunterschrift. Es würde mich nicht wundern, wenn haufenweise junge Männer dieses Bild aus der Zeitung herausgerissen und in ihren Träumen einen Eid abgelegt hätten, eines Tages würden sie Gry Storefjeld als Präsidentin fordern.

In mehreren Zusammenhängen hatte ich gelesen, dass sie, besonders von der Boulevardpresse, das junge Norwegen genannt worden war.

Und jetzt war das junge Norwegen tot.

Es machte mich wütend, dass jemand Gry Storefjeld umgebracht hatte. Viel wütender als die Tatsache, dass ihrem Vater das Leben genommen worden war. Es tat mir aufrichtig leid, dass sie, die Coleridge-Expertin, tot war.

Nach der Gerichtsverhandlung blieb ich im Büro sitzen und sann darüber nach, warum diese fünf Menschen gemeinsam in einer Hütte in der Nordmarka gewesen waren. Wäre es möglich, die Zufälligkeiten zu kartieren, die sie dorthin geführt haben? Ich musste an einen Roman denken, den ich in meiner Jugend gelesen hatte, *Die Brücke von San Luis Rey* von Thornton Wilder, in dem ein Mönch einen Sinn zu finden sucht für den Einsturz einer Hängebrücke in einer Schlucht in Peru, bei dem fünf Menschen in den Abgrund gerissen werden. Warum hatten sich ausgerechnet diese fünf Menschen zu genau diesem Zeitpunkt dort befunden?

Meine Grübeleien wurden aus einem bestimmten Grund ausgelöst. Ich hatte noch einen anderen Namen wiedererkannt, und ohne Zweifel war es dieser Name, der die größte Gemütsbewegung in mir bewirkte. Jetzt verstand ich, wieso das Wort Nordmarka eine so heftige Reaktion in mir hervorgerufen hatte. Eines der Terroropfer war Sofie Nagel. Ich war Sofie Nagel einmal begegnet. Mitten im Wald. In der Nordmarka.

Das Wort Nordmarka weckte den starken Drang in mir, mich in die Natur zu begeben, und in meinem kleinen Universum kommt als Natur nur eines in Frage: der Schlosspark. Sobald ich mich im Büro fertig gemacht hatte, nahm ich meinen Panama und meinen Spazierstock und schlug den Weg über die schattige Allee ein, welche vom Wergelandsveien schräg dorthin führt. Auch sonst ist dies eine Spazierstrecke, die ich oft, zumindest im Sommerhalbjahr, nach beendeter Arbeitszeit gehe. Für diese herrliche Anlage auf der Anhöhe über der Stadt habe ich eine besondere Schwäche, sicherlich deshalb, weil es ein sogenannter englischer Garten ist, und meine größte Zuneigung gilt dabei dem Dronningparken. In meinen Augen ist der 18. Mai ein größerer Festtag als der Nationalfeiertag am 17. Mai, denn an diesem Datum werden die Pforten zu dieser grünen Lunge geöffnet, die mich von allen Anlagen der Stadt am meisten erquickt. Mehr Natur als das brauche ich nicht.

Dann und wann, an besonders heißen Sommertagen, wenn ich mit einer Zeitung beim Lysthuset sitze, gebe ich mich der Einbildung hin, der Dronningparken sei für mich, was für die in der Kolonialzeit in Neu-Delhi ansässigen Engländer Shimla gewesen sein musste, ein Ort, den man aufsuchte, wenn die Hitze zu groß wurde.

Während ich an diesem Tag durch den Park schlenderte – ich habe eine spezielle Strecke gefunden, die mir ein maximales Landschaftserlebnis bietet – und dabei pausenlos innehielt, um die höchst verschiedenartigen Bäume zu bewundern, kehrten meine Gedanken aus natürlichen Gründen zu einem sonderbaren Ereignis in der Nordmarka zurück.

Meine Sicht auf das Leben war nie eine heitere, das gebe ich zu, und in jüngeren Jahren habe ich mehrmals mit dem Gedanken gespielt, mir das Leben zu nehmen (ich hatte zu jener Zeit viel Camus gelesen, und bekanntermaßen hat Camus geschrieben, dass es nur ein wirklich ernstes philosophisches Problem gebe: den Selbstmord. Sich entscheiden, ob das Leben es wert ist, gelebt zu werden oder nicht). Direkt nach dem Studium – ich hatte gerade einen Job in einem Ministerium bekommen – fiel ich in eine überaus schwere Phase, und eines Morgens in meiner kleinen Wohnung nahm ich einen der cremefarbenen Papierbögen heraus, die ich in Andvords Schreibwarenhandel erstanden hatte, und schrieb einen Brief an meine Eltern, die damals noch unter den Lebenden weilten. Den Brief legte ich gut sichtbar auf den Küchentisch. Danach suchte ich einen kleinen Rucksack heraus, in den ich jedoch nichts anderes hineinpackte als eine Wasserflasche (ich glaube, ich sah in dem Rucksack eine Art Camouflage) sowie ein Glas Tabletten, welches ich in der Seitentasche verstaute. Ich war fest entschlossen, mein Leben im Wald zu beenden.

Später erst ist mir der Gedanke gekommen, wie sonderbar dieses Unterfangen war. Ich ging sonst nie in den Wald (möglicherweise als Reaktion darauf, dass ich in meiner Kindheit so oft zu Waldausflügen gedrängt worden war), aber aus Gründen, die sich meinem Verständnis entzogen, hatte ich die Eingebung, dass ich jetzt tief in den Wald vordringen müsse. Ich nahm die Straßenbahn hinauf zum Frognerseteren und ging abwechselnd auf Waldwegen und Steigen Richtung Norden durch das Gebiet, das von den Leuten Nordmarka genannt wird. Es war ein Montag und kein Mensch zu sehen, und ich glaube, meine Wahl fiel gerade deshalb auf einen Montag, weil ich niemandem zu begegnen wünschte. Ich ging lange. Es gab nur mich und die Fichten und Forstwege und Steige, die mich über Anhöhen und zwischen Gewässern hindurchführten. Ich kam an einigen Häusern vorbei, von denen ich später herausfand, dass sie zu dem Gebiet Slakteren gehören mussten, wanderte weiter nordwärts, bis ich an einen Bach kam, an dem ich das Wasser in der Flasche auffüllte, bevor ich den Pfad verließ und eine Anhöhe hinaufkletterte. Das musste direkt südlich des Blankvannsbråtens gewesen sein, doch von meinem Standpunkt aus konnte ich den Platz nicht sehen. Ich hielt an, als ob eine Stimme sagte: Hier. Hier kannst du es tun. Ich hatte eine kleine Lichtung erreicht, es gab sogar einige Quadratmeter Gras zwischen den Stellen, die mit Heidekraut bewachsen waren. Hier wird mich keiner finden, dachte ich, vielleicht werde ich niemals gefunden. Der Gedanke beunruhigte mich nicht. Ich setzte mich ins Gras, es war trocken, weich, angenehm.

Ich lehnte mich zurück. Ich entdeckte eine Ameise, mehrere Ameisen. Überall Leben, dachte ich, aber von jetzt an wird das Leben ohne mich auskommen müssen. Ich wandte meinen

Körper dem Rucksack zu, und gerade als meine Hand auf dem Weg zur Seitentasche war, knackte es in den Zweigen und eine Gestalt trat auf die Lichtung. Ein Flattern in Weiß. Ein Engel, dachte ich. Mehrere Sekunden vergingen, bevor ich sah, dass es eine Frau in meinem Alter war. Ich war verwundert, denn für eine Wanderung war sie auffallend unpassend gekleidet, sie trug eine leichte, helle Windjacke über einem weißen Sommerkleid, es war zwar warm, aber man ging wohl eher nicht in einem Kleid auf Waldwanderung. Es war ein schönes Kleid, wie ich jetzt sah, nicht nur weiß, sondern mit einem verschlungenen hellblauen Muster, das mich an das Wort arabesk denken ließ – oder vielleicht tauchte das Wort deshalb auf, weil die Frau in die Lichtung gleichsam herein*schritt*, mit den Bewegungen einer Tänzerin. Zu allem Überfluss hatte sie einen Blumenkranz in der Hand, sie musste auf den Wiesen unten am Wasser Feldblumen gefunden haben. Mir kam der Gedanke an Ophelia aus *Hamlet*. Sie wirkte zunächst erschrocken, als habe sie ebenso wenig wie ich damit gerechnet, hier jemanden anzutreffen, mitten im Wald auf einer Anhöhe abseits des Weges.

An dieses Erlebnis, das vielleicht umwälzendste Ereignis in meinem Leben, dachte ich, als ich zu meiner fixen Bank beim Lysthuset im Dronningparken ging, meinem Shimla, und während ich dort auf der kleinen Anhöhe saß und meinen Blick auf dem Deich mit dem Springbrunnen verweilen ließ, da war es, als ob dies alles zurückkehrte, stärker als je zuvor, diese Minuten, in denen ich auf einer Lichtung im Gras lag, auf einer Böschung am Blankvann in der Nordmarka.

Sie hatte sich neben mir niedergelassen. Wieder fiel mir der Kontrast zwischen ihrem hellen Kleid und der grauen, verschlissenen Windjacke auf. Als ob sie zwei verschiedene

Personen wäre. Sie heiße Marie, sagte sie. Marie Knutsen. Unter uns konnten wir Wasser erkennen, sie erzählte, gleich nördlich würden einige Häuser liegen, ein bekannter Ort, sie sagte, im Winter führe eine Loipe dort vorbei. Ich erklärte ihr, dass ich nicht sehr walderfahren sei, dass ich mich nie hier in der Marka aufhielte. Darüber lachte sie. Es war ein schöner Tag, warm. Wir legten uns auf dem Rücken ins Gras. Wir sprachen über alles Mögliche. Sie deutete zu den Wolken hinauf, und als sie etwas sagte, in dem das Wort Cumulus vorkam, musste ich an eine Erzählung von Johan Borgen denken. Trug sie denn nicht sogar den Titel »Im Gras«? Ich lächelte bei dieser Erinnerung, machte eine lustige Bemerkung über eine dicke Cumuluswolke direkt über uns, ich wollte nichts anderes als hier liegen, ihrer Stimme zuhören und währenddessen die Schönwetterwolken beobachten, die wie weiße Rorschachtests über den Himmel zogen.

Dann drehte sie sich auf die Seite und küsste mich. »Tu's nicht«, sagte sie. Nicht mehr. Nur das: »Tu's nicht.« Als ob sie wüsste. Dann küsste sie mich erneut.

Diese Küsse. Die Lichtung um uns herum weitete sich aus, das Licht änderte seine Tönung, das Gras wirkte grüner. Und ich verlor jedes Zeitgefühl. Die Küsse währten eine Ewigkeit. Noch heute kann ich die Augen schließen und mich erinnern, wie ihre Lippen sich anfühlten, als sie die meinen berührten, ja, wann immer ich es will, kann ich mir ihre Weichheit in Erinnerung rufen, ihre Feuchtigkeit, die Flamme, die durch mich hindurchjagte.

Dieses Erlebnis war in der Tat eines der rätselhaftesten meines Lebens. Ich war im Begriff, mir todbringende Tabletten zwischen die Lippen zu schieben, und stattdessen wurden sie von Küssen berührt.

Gerettet durch einen unerklärlichen Zufall.

Und sie? Steckte in ihren Küssen ein Anflug von Dankbarkeit? Plötzlich presste sie sich an meinen Körper, hielt mich fest umschlungen. Ich hatte den Eindruck, dass *sie* es war, *die sich ans Leben klammerte*. »Das war ein glücklicher Zufall«, sagte sie leise. Sie musste unsere Begegnung meinen. Ja, dachte ich, so findet man einen anderen Menschen, vielleicht den Menschen, mit dem man sein Leben teilen wird: Man fällt einander zu.

Ich war hungrig. Ich hatte keinen Proviant mitgenommen. Mein Lunchpaket bestand aus einem Tablettengläschen. Ich hatte nicht weiter gedacht als bis zu diesem Punkt. An diesem Punkt hätte ich nicht mehr sein sollen.

Sie nahm einen Apfel aus ihrer Windjacke. Sie teilte ihn mit einem kleinen Klappmesser. Sie gab mir die eine Hälfte. Später dachte ich, dieser Moment ließe sich mit einer Urszene assoziieren. Nur dass es umgekehrt war: Sie führte mich *aus* der Versuchung.

Sie küsste mich wieder. Die Küsse hatten einen neuen Geschmack bekommen.

Aus der anderen Tasche zog sie eine Wasserflasche, bot mir zu trinken an. Ich robbte zu meinem Rucksack und holte meine eigene heraus. Sie nickte. Verstehend, dachte ich. Wir tranken. Wir tranken Wasser und lachten. Ich trank Wasser ohne Tabletten im Mund.

Marie. Sie wollte mir den Blumenkranz schenken. »Leg ihn hierhin«, sagte ich, als wollte ich der Stelle, an der wir saßen, Ehre erweisen. Zusammen gingen wir zurück. Ich hatte die Vorstellung, dass auch sie ein Tablettenglas in der Tasche hatte. Eine Wasserflasche und gefährliche Tabletten. Nebeneinander gingen wir jetzt durch einen warmen, duftenden Wald, wir gingen auf einem breiten Pfad, bald auf Waldwegen, einer Allee aus Fichten und Feldblumen, wir wanderten heimwärts, jeder mit seinem ungeöffneten Tablettenglas in der Tasche, dachte ich. Wir lachten viel. Als wüssten wir, dass wir uns irgendwie gegenseitig die Selbstmordgedanken ausgetrieben, einander geborgen hatten. Oder: Sie hatte mich gerettet, um sich selbst zu retten.

Am Frognerseteren spendierte ich ihr ein Essen. Wir waren beide hungrig. Wir aßen alles Mögliche, ich kann mich nicht erinnern, jemals so viel gegessen zu haben, es schmeckte wunderbar, ich dachte, dass es genauso schmeckte, als wäre ich nach einem Schiffbruch geborgen worden. Sie erzählte von ihrem Traum, Schauspielerin zu werden, und dass sie lange Zeit bei einem Amateurtheater mitgemacht hatte. Ich erzählte ihr von dem Lesekreis Junger Juristen. Zum Schluss bestellten wir Kaffee und den berühmten Apfelkuchen des Lokals. Da saßen wir, leicht sonnengebräunt und mit Tannennadeln in den Socken, schlossen die Augen, und ich dachte, dass der Tag wahrhaftig einen glücklicheren Ausgang genommen hatte, als ich es mir bei meinem morgendlichen Aufbruch zu meiner ziellosen Waldwanderung ausgemalt hatte. »Diese Begegnung werde ich nie vergessen«, sagte sie, als wir an der U-Bahn-Station Nationaltheatret auseinandergingen. Sie erzählte, sie wohne in Gamlebyen, am Harald Hårdrådes plass, sie werde zur Weiterfahrt die Straßenbahn nehmen. Ich wohnte zu jener Zeit zur Miete in Vika. »Danke, Marie«, sagte ich.

Sie verschwand. Eine Arabeske, dachte ich. Ein komplizierter Mensch.

Zu Hause las ich den Brief, der auf dem Küchentisch lag. Es war, als hätte ihn ein anderer Mensch geschrieben.

Erst tags darauf, als ich wieder an meinem Platz im Ministerium saß, ging mir auf, was für eine Dummheit ich begangen hatte. Ich dachte an diese Küsse, die alles verändert hatten. Wieso hatte ich sie nicht nach einer Telefonnummer, einer Adresse gefragt? Ich hatte keinen Zweifel. Wir waren wesensverwandt. Sie war diese andere Hälfte, von der Platon im *Symposion* schreibt. Nach der Arbeit fuhr ich nach Gamlebyen, durchkämmte das Viertel, stellte mich auf den Harald Hårdrådes plass und fragte alle, die mir über den Weg liefen, ob sie eine Marie Knutsen kannten, setzte mich in eines der wenigen Cafés, die es damals dort gab. Es hätte nicht viel gefehlt und ich wäre aufgestanden und hätte durch das Lokal gerufen: »Hat irgendwer von Ihnen Ophelia gesehen?« Ich fand sie nicht.

An zwei aufeinanderfolgenden Montagen rief ich im Ministerium an und meldete mich krank, und dann wanderte ich, zielstrebig, voll des Eifers, zur Kobberhaughytta in der Nordmarka. Mit dem Rucksack, einem Riesenlunchpaket und einer Thermoskanne voller Kaffee. Einem Apfel und einem Klappmesser. Ich ging zum Blankvann, kletterte zu der Lichtung auf dem Hügelkamm auf der Südostseite, ich wollte sehen, ob sie vielleicht an derselben Stelle auftauchte, von demselben Gedanken getrieben war wie ich. Derselben Sehnsucht.

Niemand.

Ein verwelkter Blumenkranz.

Seitdem habe ich keinen Fuß mehr in den Wald gesetzt. Mit den Jahren ist die Nordmarka für mich zu einem ähnlich unrealistischen Ziel geworden wie der Amazonas. Aber ich glaube, dass dieses Ereignis vielleicht der Grund war, warum ich immer durch den Dronningparken streifte, als hoffte ich, eines Tages ein neues wundersames Zusammentreffen zu erleben, zu sehen, wie Marie durch das Gras dem Lysthuset entgegenspazierte.

Dann, vielleicht zehn Jahre später, tauchte sie auf einer Fotografie auf. Obwohl sie ihr Haar anders trug, erkannte ich sie sofort wieder. Das Bild war in einem der Büros der Arbeiterpartei am Youngstorget geschossen worden. Sie musste demnach irgendeine Stellung dort bekleiden. Und sie hieß nicht Marie. Sie hieß Sofie. Sofie Nagel. Warum hatte sie gelogen? Aus Scham, weil sie ein Tablettenglas in der Tasche hatte? Oder hatte sie deshalb einen falschen Namen genannt, weil sie nicht mehr wünschte als einen Kuss? Weil das genügte? Weil nichts dieses Erlebnis kaputtmachen durfte? Etwas Unerklärliches, das sich im Wald zugetragen hatte. Tatsächlich hatte sie gar nicht gelogen, denn später fand ich heraus, dass sie Sofie Marie hieß und ihr Mädchenname Knutsen war, sie hatte in der Zwischenzeit geheiratet und den Namen Nagel angenommen, war wieder geschieden worden, hatte aber den Namen behalten.

Immer wieder hatte ich daran gedacht, sie aufzusuchen, sie danach zu fragen.

Ich hatte es nicht getan. Jetzt war es zu spät.

Und wie konnte sie, die so küsste, Arve Storefjelds Lebensgefährtin werden? Kann man die Mysterien des Lebens begreifen, dieses undurchschaubare Spinnennetz aus Zufällen, die es geschehen lassen, dass man an einem See mit einer Frau zusammentrifft und dass diese Frau mehrere Jahrzehnte später auf der gegenüberliegenden Seite desselben Sees einem Mord zum Opfer fällt?

Und wieso fand ich keine andere Frau, die so küsste? Ich weiß es nicht. Es ist ein Rätsel, und als ein solches belasse ich es. Zwar hatte ich ein paar Beziehungen mit Frauen, ganz kurze Beziehungen. Aber danach lebte ich allein. Für mich, für einige wenige Menschen, ist womöglich die Freiheit (oder sollte ich sagen, die Einsamkeit?) ein höheres Gut als die Liebe.

Ich erhob mich von der Bank beim Lysthuset und verließ den Dronningparken. Aus einem törichten Impuls heraus schaute ich ins Theatercaféen, bereute es aber sofort, als mir ein Tisch zugewiesen wurde in jenem Raum, der vermutlich über die schlechteste Akustik in ganz Oslo verfügt. Anstatt von leisem Stimmensummen war ich von Lärm umgeben. Natürlich hätte ich den Ort verlassen sollen, doch aus reiner Höflichkeit blieb ich sitzen und aß eines der kleineren Gerichte. Ich war Richter, man nickte mir zu, ich wollte kein Aufsehen erregen. Das Ohrensausen legte sich glücklicherweise auf dem Weg nach Hause, und es war eine Erlösung, sich im Arbeitszimmer über dem gesegnet stillen Bankplassen hinsetzen und die Aussicht auf die bekannten Gebäude außerhalb genießen zu können, all dies architektonische *Gewicht*, das mich umgab und das mir, zumindest früher, ein Gefühl der Sicherheit, des Beschütztseins eingepflanzt hatte.

Meine Wohnungseinrichtung war vielleicht sparsam und willkürlich, für die Anfertigung des Schreibtischs aber hatte ich einen Möbeltischler beauftragt. Der Schreibtisch ist T-förmig, wobei der Kopf des Ts vor dem großen Bogenfenster steht und das Bein rechtwinklig in den Raum hineinragt. Das bedeutet, dass ich auf vier großzügigen Flächen arbeiten kann, und ich habe mir einen Bürosessel mit Rollen besorgt, mit welchem ich rasch das ganze T umfahren kann. Es ist ein prächtiger Schreibtisch, der noch dazu – im Gegensatz zu dem Rest der Wohnung – von einer üppigen Unordnung geprägt ist, von Notizhaufen, Zeitschriften, alten Zeitungen, Stapeln von Büchern voller bunter Markierungen, mit welchen ich mögliche Zitate gekennzeichnet habe für das, was mein Lebenswerk werden soll. In der einen Ecke zum Vorzimmer steht der Flügel, die andere wird von einem Kamin beherrscht, und es ist mir stets ein Fest, wenn ich des Winters dort ein Feuer anzünde und danach in meinem Bürosessel diesen riesenhaften Schreibtisch umsegle, suchend und blätternd und notierend, ohne zu wissen, wo oder wie dieses Notierte Verwendung finden wird (an solchen Abenden ist es allerdings auch nicht so wichtig, dies zu wissen).

In der Mitte des Schreibtischs befindet sich ein Kleinod, das ich von meiner Mutter habe, eine alte Sætre-Keksdose. Ich habe sie beim Aufräumen des Hauses gefunden. Meine Mutter hat die Metalldose als Nähkästchen benutzt. Zwirnrollen und Stoffteile, Stopfgarn, Nadeln und Knöpfe lagen darin – alles aus einer Zeit, als Kleidungstücke noch geflickt wurden, als wir noch keine reichen, verwöhnten Verbraucher waren, die jedes Teil wegwarfen, sobald es ein Loch bekam. In einem ihrer Schränke habe ich noch etwas anderes gefunden, das ich aufgehoben habe. Mehrere Blöcke mit Notenpapier. Mutter war Klavierlehrerin. Der Flügel hatte ihr gehört, obschon auch ich darauf gespielt hatte. Jetzt schneide ich die Notenblätter in der Mitte durch und benutze sie als Memoranden, auf denen ich Argumente, Einfälle, Zitate aus Quellen aufschreibe, Dinge, von denen ich glaube, dass sie mir bei meiner Arbeit über die wankende Gerechtigkeit von Nutzen sein werden. Ich nenne sie »Noten« zu meinem Opus magnum. Ich verwende dafür dünne Filzstifte, am liebsten Stärke 0.3. Ich schreibe auch auf den Notenzeilen, und zuweilen mache ich mir einen Spaß daraus, Sätze oder Wörter auf verschiedene Zeilen zu schreiben, als würde ich eine Melodie oder einen Akkord komponieren. Für diese Fragmente verwende ich verschiedene Stifte, nach einem System, bei dem jedes Thema eine eigene Farbe bekommt. Das erinnert mich an mein erstes Schuljahr, als wir Vokale mit Rot und Konsonanten mit Blau schrieben. Welch eine Freude! Dazu passt auch gut, dass ich die Memoblätter in die Sætre-Dose mit dem Hahn auf dem Deckel hineinlege, der mich in Gedanken zu meinem ersten ABC zurückführt, dem wichtigsten Buch meines Lebens, die Grundlage für meine gesamte Bildung, für all die Ideen, welche mich nunmehr hoffentlich in die Lage versetzen werden, ein ABC der Gerechtigkeit zu verfassen. Ich denke, eines Tages werde ich alle diese Blätter mit einem Faden zu einem nahtlosen Ganzen zusammennähen, oder eher: sie so gestalten, dass es aussieht, als würde ein Zettel auf dem anderen aufliegen, wobei der Leser aber dennoch die versteckten Verbindungen zwischen Gedanken erahnen kann, die allem Anschein nach nichts miteinander zu tun haben. Beim Betrachten des Hahns auf dem Deckel denke ich nicht nur an mein erstes ABC, sondern dass es auch darum geht, wieder von vorn anzufangen. Und in weniger bescheidenen Momenten: dass mein Werk ein Hahnenschrei werden soll, der das ganze Volk aufweckt.

Dieser Tage aber empfand ich bei der Arbeit dennoch nicht dieselbe Freude wie früher. Es bedrängte mich das Gefühl, dass diese Morde am Blankvann meinen Alltag gefährdeten, meine langersehnten Rolltouren um einen T-förmigen Schreibtisch voller Quellen möglicher goldener Worte (ein kleiner Beitrag zur Zivilisierung der Menschheit). Ich empfand einen immer größer werdenden Grimm gegen diese skrupellosen Terroristen. Obgleich der Schock in der Bevölkerung groß war, wirkte die Untat nicht unmittelbar wie eine Katastrophe, doch das Phänomen konnte schnell den Anfang von etwas Ungeheuerlichem bilden, so wie der berühmte Eisberg, von dem man glaubte, er werde in dem Lack des schwimmenden Paradieses Titanic lediglich einen Kratzer hinterlassen – eine scheinbare Kleinigkeit, die etwas Kolossales, Unsinkbares zum Sinken brachte.

Mittwochabend traf ich Lev, einen Freund, im Limelight. Schon immer habe ich die Engländer um ihre Clubs beneidet. Ich wäre zu gern Mitglied in einem englischen Club, einem Ort, wo ich vorbeischauen könnte, wann immer es mir in den Sinn kommen möge, wo ich von einem distinguierten Gastgeber empfangen würde, einen Drink serviert, eine Kleinigkeit zu essen bekäme, wo ich eine zivilisierte Unterhaltung mit anderen Mitgliedern führen könnte, ganz gleich, wie oberflächlich die Bekanntschaft wäre, oder einfach, um für mich allein in einem bequemen Lehnstuhl zu sitzen und eine Zeitung zu lesen von demselben Kaliber wie die englischen, in denen sogar die Nachrufe und Sportseiten kleine Kunstwerke darstellten. Aus diesem Grund habe ich beschlossen, das Limelight, dieses lange, schmale, fast hinter der Rezeption des Grand Hotel versteckte Barlokal zu meinem englischen Club zu erklären, und in Anbetracht der dunklen Chesterfield-Einrichtung sowie nicht zuletzt des allzeit gleichermaßen korrekten Edgar, der einem Butler so nahe kommt, wie man es sich nur denken kann, passt das doch gut – nur der *afternoon tea* fehlt. Oft dachte ich, der Trafalgar Square befände sich nur einen Steinwurf entfernt. Aufgrund des Namens, Limelight, überkommt mich denn auch zuweilen die Vorstellung, dass ich aus einer Art Theater, dem Osloer Gerichtsgebäude, heraus die Bar betrete, und dies ist vielleicht gar nicht einmal so unrichtig, da doch große Teile meines Alltags damit ausgefüllt sind, mir Tragödien (getraue ich mich hinzuzufügen: Komödien) anzusehen und einem Chor aus Anklagen und Verteidigungsreden zuzuhören. Im Limelight kann ich das alles von mir abschütteln und gleichzeitig ein Ventil finden für den geringen Bedarf nach Konversation, der womöglich in mir vorhanden ist. Mehr kann ich mir nicht wünschen: einen stimulierenden Raum in einem angesehenen europäischen Hotel in der Hauptstraße der Stadt. Ein Ort inmitten der Geschäftigkeit, aber trotzdem von der Umwelt abgeschirmt. Das genügt.

Ich sehe denn auch nicht ein, weshalb ich mich jetzt anschicken sollte, über den Blankvann-Vorfall zu sprechen, da ich ihn doch so schnell wie möglich zu vergessen wünschte. Die Morde waren eine Bedrohung nicht nur *meines* sorgenfreien Lebens, sondern des sorgenfreien Lebens einer ganzen Nation, unserer Stellung als versteckte, schamlos bevorzugte Kolonie, eine vom Weltelend unberührte Idylle.

Trotzdem konnte ich mich nicht zurückhalten. »Das mit diesen anderen ist schrecklich«, sagte ich zu Lev, nachdem wir nicht allzu weit von der Theke und Edgars wachsamem Blick entfernt in zwei bequemen Stühlen Platz genommen hatten; natürlich konnte es auch sein, dass der Ort, das Limelight, mich ganz besonders an Sofie Nagel, die Amateurschauspielerin, denken ließ. »Ich kann allerdings nicht behaupten, dass die Nachricht von Arve Storefjelds Ableben eine besondere Niedergeschlagenheit in mir ausgelöst hätte.« Lev schaute mich an, sichtlich überrascht, dass ich, der vorsichtige Peter Malm, derart unverblümt sprach. »Ich erinnere mich ja noch an die Jahre, als er in die norwegische Politik hineingewalzt kam«, sagte Lev, »damals, als sie ihn immer nur Arvingen genannt haben – niemand ist so versessen auf Wortspiele wie Journalisten.« Lev lachte, oder wieherte eher – Lev, benannt nach Tolstoi und ausgestattet mit einem Gesicht (etwas an der Nase und den Augenbrauen), das einen amüsanterweise an Bilder des russischen Schriftstellers erinnern mochte. »Das war, bevor auch noch die hellsten Köpfe in der Partei begriffen haben, dass er nur heiße Luft von sich gab«, fuhr Lev fort. »Trotzdem haben sie sich getraut, ihn Minister werden zu lassen«, sagte ich. »Solange man einen guten Beamtenapparat hat, besteht keine Gefahr«, sagte Lev. In diesem Punkt stimmte ich ihm zu, das wusste ich aus meiner Zeit im Ministerium.

Es ist immer traurig, alte Freunde zu treffen, den Verfall, den Unterschied zu sehen zwischen dem Studenten, den man einst kannte, und der gebeugten Gestalt, die vor einem steht. Nicht so bei Lev Hambro. Ja, auch er war vom Alter gezeichnet, wir sind beide 55 Jahre alt, jedoch sind ihm dieser helle Blick, die Gelenkigkeit seiner Schritte, sein lebenserfülltes Wesen erhalten geblieben. Vielleicht hing das mit dem Umstand zusammen, dass er Lehrer war, Grundschullehrer.

»Was nimmst du?«, fragte ich. Lev schielte zu der Flaschenbatterie auf den Regalen hinter der Theke, als handelte es sich um Preise, die man bei einer Lotterie gewinnen konnte. »Ich werde einen Old Fashioned nehmen«, sagte er. »Ein bisschen fühle ich mich heut Abend so.«

Ein Blick zu Edgar genügte, schon machte er sich an die Ausübung seiner Künste in dieser architektonischen Perle von einer Bar.

»Ich habe mich immer gefragt, wie eine so himmelschreiend seichte Person wie Storen es so weit bringen konnte«, sagte Lev, wobei ihm hoffentlich entging, wie ich zusammenzuckte, denn dasselbe hätte er genauso gut über mich sagen können. »Erinnerst du dich an das Porträt in dem Magazin, das vom vorigen Sommer … aus Dovre, von dieser … wie heißt sie noch mal … Ine Wang?«, sagte Lev. »Die hat ihn ja dargestellt wie einen Politiker von staatsmännischer Qualität, Herrgott noch mal!« Lev verdrehte die Augen. »Ine Wang ist ansonsten eine gute Journalistin«, warf ich ein, »sie muss seinem Charme verfallen sein wie so viele andere.« Lev schaltete noch einen Gang höher: »Er soll angeblich Charisma gehabt haben, dabei hatte der nicht mehr Charisma als eine Planierraupe. Ein Schwachsinn sondergleichen!« Lev hatte große Ohren, und sie ähnelten denen eines Elefanten dergestalt, dass sie, wenn er sich aufregte, noch weiter abstanden. »Zumindest dieses ganze Gebrabbel von wegen ›Einar und ich‹ hätte sie ausmisten können, dieses Mantra, bei dem alle Ap-Leute feuchte Höschen kriegen. Soweit ich weiß, sind Storefjeld und Gerhardsen einander nur ein- oder zweimal begegnet, und der alte Landesvater soll peinlich berührt gewirkt haben, als Storen angefangen hat, über ihren gemeinsamen Hintergrund beim Veivesenet zu palavern. Trotzdem bekam Storen bei jedem kleinsten Hinweis auf diese Gemeinsamkeit warmen Beifall im Saal. ›Wir müssen uns jetzt für den richtigen *Weg* entscheiden.‹ Das sagte er sogar mit demselben Knacken in der Stimme wie Gerhardsen.«

Ich lachte, versuchte mich zurückzuhalten, aber ich lachte. Es war herrlich, über all das zu lachen, herrlich, hier im Limelight zu sitzen, versteckt mitten in der Stadt, herrlich, Edgar mit seinem runden Tablett einherschreiten und für jeden von uns ein Glas auf der weichen Cocktailserviette abstellen zu sehen. Ich ergriff meines und hielt es hoch, wie ein Juwelier, der einen Edelstein prüft. Die Farbe ist Teil des Genusses. Ich nickte Lev zu und wir führten mit einer synchronen Bewegung die Gläser zum Mund. »Aah«, sagte er leise. »Aah«, sagte ich, genauso leise. Auch unser Genießen war synchron.

Ich sandte Edgar einen dankbaren Blick zu. In Shakespeares Stück wird Edgar am Ende König.

Wenn ich nur eine einzige Sache zu Lev anmerken dürfte, dann wäre es die, dass er immerzu mit einem ungewöhnlichen Kleidungsstück herumläuft, das er »mein tragbares Gedächtnis« nennt. Es ist eine alte Fotoweste der Marke Banana Republic (er erzählte mir, er habe seinerzeit fünf solcher Westen gekauft und immer noch ein paar unbenutzte einsatzbereit im

Schrank liegen), so eine safariartige Khakiweste mit einer Unzahl an Taschen unterschiedlicher Größe, auch auf der Innenseite, ja, sogar auf der Rückseite. Die Weste macht ihn zu einer wandelnden Kommode, dachte ich. Im Laufe der Jahre habe ich ihn die wunderlichsten Gegenstände aus diesen Taschen herausholen sehen, auf die Schnelle erinnere ich mich an einen PEZ-Spender mit Micky-Maus-Kopf, einen Nagelknipser, eine (echte?) Medaille, eine bunte Swatch aus den 80er Jahren, einen Jadedrachen, eine Spieldose, Spielkarten, Aufziehspielzeuge, eine zusammengefaltete Flagge, nämlich jene von Nepal – »die einzige nicht rechteckige Flagge der Welt!«. Lev erzählte, seine Schüler liebten diese Weste, für sie sei sie wie eine Märchenerfindung oder wie eine Wunderlampe. Ich habe immer eine besondere Wärme für Lev empfunden. Es ist, als wollte ich ihn retten. Wovor, weiß ich nicht.

Womöglich plagte mich ein schlechtes Gewissen, denn plötzlich hatte ich das Bedürfnis, mich etwas positiver über Arve Storefjeld zu äußern. »Als Parlamentarier konnte er sich ziemlich geschickt anstellen, er hatte die Volksmeinung oft auf seiner Seite«, sagte ich. »Ja, durch bewusstes In-die-Irre-Führen«, sagte Lev, der eindeutig nicht in der Stimmung war, Lob auszuteilen. »Zumindest war er eine schillernde Persönlichkeit«, versuchte ich. »Und geil«, sagte Lev. »Ein Schwerenöter. Auch als seine Frau noch gelebt hat.« Ich wollte ihn zum Einhalten bewegen, andererseits wollte ich auch die Fortsetzung hören, denn Lev hatte einen Freund, einen »Insider«, bei der Arbeiterpartei. »Alle haben davon gewusst«, sagte Lev. »Mein Deep Throat meint, dass es in Valen war, wo er alle seine Geliebten gebumst hat, er hat sie in den Wald gefahren und durchgevögelt, bis sie nicht mehr aufrecht gehen konnten.« Ich lachte, ich wollte nicht lachen, aber es war unmöglich, nicht zu lachen. »Jetzt übertreibst du aber ein bisschen«, sagte ich. Kein Wunder, dass Lev seine Jobs verlor, dachte ich. »Bei Gott, es ist wahr«, fuhr er fort. »Es sollen sogar junge Frauen darunter gewesen sein, AUF-Mädels. Sie waren gegen ihn, haben seine Linie kritisiert. ›Ich vögle sie zur Eintracht‹, hat er einmal im Suff geprahlt. Es hat wahrscheinlich einige gegeben, die ihn gern tot gesehen hätten.« Lev blieb einige Sekunden lang still. »Aber wozu dann die anderen umbringen?«, setzte er hinzu. »Nur skrupellose Terroristen hätten das kleine Mädchen umbringen können.«

Der Gedanke an das unschuldige Kind brachte uns zum Schweigen, machte, dass wir uns auf unsere Gläser konzentrierten. Ich hätte gern über die vier anderen reden wollen, Gry, das junge Norwegen. Lefebvre, den Franzosen. Die arme kleine Sylvie. Und natürlich Sofie Nagel. Ich brachte es nicht über mich. Und Lev hatte recht. Es leuchtete ein, dass Storen das Ziel war, die vier anderen mussten einfach vom Strudel erfasst worden sein.

Lev Hambro ist der perfekte Mann für Zusammenkünfte, wohlgemerkt einmal die Woche. Eigentlich sollte ich mich seiner Redeflut nicht öfter als alle vierzehn Tage aussetzen. Lev. Ein Talent. Im Gegensatz zu mir. Ich hatte ihn gegen Ende meines Studiums kennengelernt, er pflegte im Aulakjelleren zu essen, obwohl er oben in Blindern Norwegisch und Geschichte studierte. Er hatte immer einen Roman dabei, den er sich in der Deichman-Bibliothek ausgeliehen hatte. Zu jener Zeit steckte hinten in jedem Buch in einer eingeklebten Hülle ein Papierstreifen, und die Datumsstempel auf dem Streifen verrieten, ob das Buch beliebt war oder nicht. Lev untersuchte immer die Zettel, bevor er eine Wahl traf, entschied sich nur für Bücher, die von wenigen ausgeliehen worden waren. »Ich will ein

Außenseiter sein«, sagte er, »ich will nicht lesen, was alle anderen lesen.« Nach glänzendem Examen bekam er eine Anstellung an der Universität. Doch weil er zu ehrlich war, oder zu fähig, fand sein Emporklettern auf dieser Karriereleiter ein abruptes Ende. Er bekam einen Job an der Hochschule. Auch dort wurde er hinausgedrängt, war zu geschwätzig, stattdessen wurde er Lehrbeauftragter an einer weiterführenden Schule. Sehr beliebt. Aber nicht beim Direktor. Und so war er in der Grundschule gelandet, in Tonsenhagen, wo er jetzt unterrichtete. Das musste sein, als hätte man in der ersten Klasse Einstein als Lehrer, dachte ich. Oder war es nicht Wittgenstein, der nach Vollendung seines *Tractatus* Grundschullehrer geworden war? Trotzdem: Levs Karriere hatte den entgegengesetzten Weg dessen eingeschlagen, was er verdiente. Der hellste Kopf, den ich kenne, steht in der Grundschule vor der Tafel, dachte ich. Wenn etwas die Ungerechtigkeit des Lebens zu veranschaulichen vermag, dann die Tatsache, dass Lev, das Talent, als schlecht bezahlter Lehrer sein Auskommen findet, wohingegen ich mich, mit meinen weit geringeren geistigen Fähigkeiten, als hoch besoldeter Richter verdinge. Lev selbst ließ sich nichts anmerken.

Ich überlegte, ob ich auf einen Roman von Thomas Bernhard zu sprechen kommen sollte, den ich eben erst fertig gelesen hatte, aber Lev wollte, was Arve Storefjeld betraf, nicht lockerlassen. »Und was sagst du zu diesen Waffellunchs, die er immer veranstaltet hat?«, sagte er. »Ja, die sogenannte Waffeldiplomatie«, murmelte ich. »›Es ist wichtig, einen Raum zu haben für informelle Gespräche.‹« Lev äffte Storens Stimme nach. »›Kaffee ist der Kitt der norwegischen Gesellschaft.‹« Ich wollte versuchen, ihn zum Schweigen anzuhalten, aber Lev war ein guter Stimmenimitator. »Die Wähler haben das geschluckt«, fuhr er fort, »sie liebten dieses Image, ein Minister, der so war wie sie, der alle möglichen Leute, auch ausländische Politiker, in sein Wohnzimmer im Maridalsveien einlud, ihnen von seinem Vater erzählte, von dessen Arbeit in der Nagelfabrik und den ganzen Fabriken, die früher am Fluss entlang vor seinem Fenster lagen. Edgar, noch zwei Old Fashioned!« Ich lachte, ich wollte nicht lachen, aber ich lachte. Ich wandte mich um in der Befürchtung, dass wir zu viel Aufmerksamkeit auf uns lenkten, aber wir waren fast allein im Lokal. Lev schlug ein Bein über das andere. Er lief immer in irgendwelchen alten Adidas-Joggingschuhen herum, die übrigens eine Renaissance erfahren hatten und von Jugendlichen mit neidischen Blicken bedacht wurden. Lev, 55 Jahre alt, war plötzlich wieder in Mode.

Schweigend blieben wir sitzen, lange. Wir schauten abwechselnd zu den Theaterbildern, welche die Wände schmückten, und zu Edgar, der hinter den Teakholzlatten der Theke herumwerkte. Bald hatten wir ein weiteres funkelndes Glas vor uns stehen.

»Jetzt ist er jedenfalls tot«, sagte ich endlich, vielleicht auch als Zurechtweisung für Lev. »Ja, jetzt ist er tot«, sagte er und hob wie zum Angedenken das Glas. »Nicht einmal ein Hohlkopf wie Storen verdient ein solches Schicksal, auch wenn er seine Gegner selbst gern als Hohlköpfe bezeichnet hat.«

»Er war gut im Zerschneiden von Bändern«, sagte ich.

»Er ist gern über neue Brücken gegangen, mit einer Musikkapelle hinter sich«, sagte Lev.

»Sie sollten eine Musikkapelle in der Kirche haben, die Orgel weglassen«, sagte ich.

Lev kramte nach etwas in einer der größeren Taschen. Ein Stundenplan und ein australischer Zehn-Dollar-Schein fielen auf den Tisch.

»Warst du in Australien?«, fragte ich, ehrlich erstaunt. »In Tasmanien, voriges Jahr«, sagte Lev. »Tasmanien?«, sagte ich.

»Um mir das große Trabrennen in Launceston anzusehen«, sagte Lev, als ob das alles erklärte.

Lev interessierte sich für Trabrennen. Es wäre zu seinem Vorteil gewesen, wenn er sich weniger dafür interessiert hätte.

Spät am selben Abend, nachdem mein Körper sich von der Wirkung der Old Fashioneds losgesagt hatte, blieb ich lange vor dem Arbeitszimmerfenster stehen und sah zu dem vis-à-vis gelegenen Museum für Gegenwartskunst hinüber. Nur selten ließ ich mich von den Ausstellungen dort locken (zu viel Krimskrams für meinen Geschmack), aber es kam vor, dass ich unversehens durch die Bronzetüren trat, um mich an den außergewöhnlich schönen Jugendstildetails in dem alten Bankgebäude zu erfreuen, besonders an den Lichtarmaturen und den Metallelementen der Dekoration.

Ich stand am Fenster und sah zu der Fassade hinüber, die jetzt beleuchtet war, wodurch der grob gehauene Larvikit noch besser zur Geltung kam, einmal abgesehen davon, dass das Dach im Dunkeln verblieb und ich die zwei großen Figuren zu beiden Seiten des Reichslöwen höchstens erahnen konnte. Es war schön, ein solches Bauwerk als Nachbarn zu haben, den Blick darauf verweilen zu lassen, besonders an diesem Abend – nicht nur, weil ich von dem vielen Geplauder im Limelight ein bisschen benommen war, sondern weil ich mich schämte. Ich hätte das Blankvann-Thema nicht aufs Tapet bringen sollen, ich wollte es einfach nur vergessen, wollte zurück in den stillen Alltag, meine Freiheit genießen, einschließlich der Tatsache, dass ich hier mutterseelenallein wohnte. Sonst befinden sich nur Büros in dem Gebäude. Es war ein Zufall, der mir die Gelegenheit verschafft hatte, die Wohnung zu kaufen, als das Haus vor vielen Jahren den

Besitzer gewechselt hatte – ich bin dem neuen Eigentümer auf ewig dankbar. Ich lade nie jemanden zu mir nach Hause ein. Die Leute würden sich bloß wundern. Ich wünsche auch nicht, dass irgendjemand mein verstecktes Paradies entdeckt. Nur Lev weiß davon.

Überhaupt bin ich viel für mich allein. Bisweilen denke ich, dass ich nur zwei Freunde habe – und das auch nur, wenn ich Sir Kenneth Clark dazuzähle. Meine sonstigen »Freunde« gehören zu der Kategorie Oberkellner, Barkeeper, Verkäufer, Friseure, Rezeptionisten. Das ist genug. Das hat seinen Grund. Nicht nur meine Wohnung ist ein Geheimnis, sondern ich trage ein noch größeres Geheimnis mit mir herum: Ich bin ein Mensch ohne Talent. Zumindest relativ gesehen. Ich bin talentlos im Vergleich zu jenen, die etwas besitzen, das man Talent nennt. Ein Trost ist, dass es nur wenige Menschen mit Talent gibt. Wirklich wenige. Meinen wenig bemerkenswerten Fähigkeiten zum Trotz traue ich mich zu sagen, dass ich ein guter Richter bin. Was einen guten Richter ausmacht? Das habe ich schon früh erkannt: ein gesunder Verstand. Elementare Menschenkenntnis. Worauf es ankommt, ist nicht so sehr die Beherrschung juristischer Spitzfindigkeiten als vielmehr die Fähigkeit zuzuhören, zu verstehen, die Fähigkeit, einen Funken Weitherzigkeit zu zeigen. Mir fällt das leicht (und ich würde es kein Talent nennen, das ist eine Fähigkeit, die vielen Menschen zu eigen ist). Oft hege ich Menschen gegenüber Verachtung, empfinde aber gleichzeitig Mitleid mit ihnen. Wie die Tochter des Gottes Indra in Strindbergs *Ein Traumspiel* denke ich: Es ist schade um die Menschen.

Habe ich verstehen gesagt? Es geht nicht nur um Verstehen, sondern darum, zu verstehen, dass es vieles gibt, das nicht zu verstehen ist.

Ich war versucht, den Abend mit einer Folge *Civilisation* abzurunden, zum Beispiel mit jener, in der Sir Kenneth Clark gegen Ende hin, während des Umherwandelns in der schwindelerregend langen Landkarten-Galerie des Vatikanischen Museums, mit einer sanften Kritik der Übertreibung und der Eitelkeit des Barock aufwartet, doch stattdessen blieb ich, als ob auch das ein Bildschirm wäre, vor dem großen Arbeitszimmerfenster stehen und schaute hinaus, schaute zu der Festung Akershus, die dort im Flutlicht lag wie ein goldenes Schmuckstück, und während ich dort stand, dachte ich wieder, wie vorteilhaft es war, hier zu wohnen, im Zentrum zwischen drei Banken, zwei alten und einer neuen, und die Börse nur ein paar Häuserblocks entfernt. Als befände ich mich in der Mitte eines Kraftfelds. Oder als würde ich an mein Dasein als Bürger einer der allerkleinsten Kolonien des neokapitalistischen Imperiums erinnert.

Ich bin in dem Stadtteil Kjelsås aufgewachsen, sozusagen am Waldesrand, in einer am Hang zum Grefsenkollen gelegenen Villa, mit weiter Aussicht über den Osloer Talkessel. Meine Eltern wollten mich immer zu Wanderungen in der Marka bewegen, besonders im Herbst, wenn es darum ging, so viele Beeren und Pilze wie möglich zu sammeln – ihnen steckte noch immer der Vorratsgedanke in den Knochen, auch wegen des Kriegs –, aber ich hasste den Wald, ich wollte in die Stadt, stand oft vor dem Wohnzimmerfenster und träumte davon, in der Innenstadt zu wohnen, und das nicht nur, weil ich die Stadtstraßen lieber mochte als den Wald oder das durchsichtige Umfeld in Kjelsås, sondern auch, weil mir klar war, dass man sich im Stadtkern leichter verstecken konnte als am äußersten Rand, leichter sogar noch als im Wald selbst. Nur unter vielen Menschen kann man unsichtbar werden.

Das ist vielleicht mein einziger origineller Gedanke: Ich habe früh erkannt, welch ein Vorteil es wäre, unsichtbar sein zu können. In Ruhe gelassen zu werden.

Trotzdem ahnte ich damals noch nicht, dass ich damit meiner erfolgreichsten Lebensstrategie auf die Spur gekommen war, jener, die mich hierher führen sollte. Zum Bankplassen, dem perfekten Versteck.

Ich ging wieder ein Stück ins Zimmer hinein und strich mit der Hand über den Flügel. Obschon ich nicht mehr auf ihm spiele, sorge ich bisweilen dafür, dass er gestimmt ist. Selten kommt es vor, dass ich den Deckel anhebe und die Finger über die Tasten laufen lasse, die schwarzen aus Ebenholz, die weißen mit Elfenbein verkleidet – beides heute tabu –, wie um die Gedanken in meine Jugend zurückzuführen. Mein Vater war Stationswärter am Bahnhof Kjelsås (als dieser nicht mehr bemannt war, wurde er an den Bahnhof Grefsen versetzt) und hielt sich in dem gemütlich eingerichteten Gebäude auf, das von Paul Due entworfen worden war. Meine Mutter war Klavierlehrerin. Beide wollten, dass ich Pianist werde, ich sei gut, hieß es, sehr gut, aber ich wusste, dass ich es nicht war, ich war lediglich »gut« im Vergleich zu den schlechten, ich war gut, weil ich fleißig übte. Vom Klavierhocker aus hatte ich Aussicht auf den Stadtkern, aber wovon ich träumte, war nicht die Aula in der Universität dort unten, kein Debütkonzert, auch wenn alle, auch der Lehrer, zu dem ich in den letzten Jahren gegangen war, einer der besten in Oslo, mich auf dieses Ziel hin drängten, sondern ich träumte von einem Leben als Jurastudent, als einer von vielen, in dem Gebäude am selben Ort. Als ich eines Tages allein im Haus war und übte, wurde ich von einer heftigen Wut übermannt, einem Protestzwang, oder wie auch immer man das nennen soll. Ich habe keine Erklärung dafür, ich habe nie verstanden, was da über mich gekommen ist. Zuerst suchte ich in der Abstellkammer eine Beißzange und versuchte, die Klaviersaiten zu durchtrennen, doch das gelang mir nicht, mag sein, dass die Zange zu stumpf war, also holte ich eine Säge und begann, den Rahmen zu zersägen, ich weiß nicht, wohin das geführt hätte, wäre nicht zufällig mein Vater nach Hause gekommen und hätte mich zum Aufhören bewogen – jedoch erst, nachdem es mir gelungen war, eine tiefe Kerbe zu fabrizieren. Ich brauchte gar nicht zu sagen, dass ich mit dem Klavierspielen aufhören wolle, auch meiner Mutter nicht. Später begriff ich, dass es der Gedanke daran war, als Solopianist aufzutreten, allein auf einer großen Bühne zu sitzen, gut sichtbar für alle, der mir zuwider war. Sich als Meister auszugeben, wenn man keiner war. Ich habe den Flügel nie wieder angefasst. Aber ich *höre* viel Musik, und so hat mich das Klavierspiel immerhin zu einem guten *Zuhörer* gemacht – etwas, das mir auch als Richter von Nutzen gewesen ist.

Das Klavierspiel war keine »road not taken«. Ich habe nie bereut, dass ich es aufgegeben habe. Im Gegensatz zu meinen Eltern – und vielen meiner Lehrer – erkannte ich, dass meine Fähigkeiten einer traurigen Begrenzung unterlagen. Darum bereitet es mir auch einen besonderen Genuss, den besten Pianisten zuzuhören, sie eine Beethoven-Sonate spielen zu hören und mich zu erinnern, wie ich sie gespielt habe, vielleicht ohne fehlerhafte Anschläge, aber steif, den Unterschied herauszuhören, die Qualität wertzuschätzen. Zwischen guten und schlechten Richtern einen Unterschied auszumachen, ist hingegen keine so leichte Aufgabe, man kann streng sein, man kann mild sein, aber als Richter hat man seine Gesetze, seine Paragraphen, an denen man sich orientieren muss, Präzedenzen, Urteile des Obersten Gerichtshofs, Beweise, die Argumente des Gerichts, es gibt nur wenig, was man falsch machen kann.

Ich denke oft an die erstaunliche Tatsache, dass ich Richter bin. Dass ich mich getraut habe, diese Verantwortung auf mich zu nehmen. Doch als sich die Gelegenheit geboten hat, habe ich der Versuchung, mich zu bewerben, nicht widerstehen können. Mein Abschlusszeugnis war ausreichend und sämtliche anderen formalen Qualifikationen waren in Ordnung. Obwohl ich halb erwartete, irgendeine wachsame, kluge Person würde hervortreten und mir Knüppel zwischen die Beine werfen, verlief die Prozedur ohne Probleme (glücklicherweise hatte Dobermann zu dem Zeitpunkt noch nicht die Leitung des Osloer Gerichts übernommen), und ich will nicht verhehlen, dass es aufregend war, vom norwegischen König persönlich als Richter vereidigt zu werden. In all den Jahren danach aber habe ich versucht, mich so unsichtbar wie möglich zu machen, damit den Leuten nicht auffiele, dass es mir an den Kapazitäten oder den Fähigkeiten mangelt, von denen ich mir einbilde, dass ein Richter sie besitzen müsse (möglich, dass ich die Latte hochlege, aber ich bin der Meinung, für einen Richter *soll* die Latte hochgelegt werden). Und wenn dies – ich muss hinzufügen: bis dato – gutgegangen ist, so einzig und allein deshalb, weil ich in Norwegen lebe, wo Qualität nur oberflächlich nachgeprüft wird. Es ist ein Leichtes, seine Mängel zu verbergen in einem Land, das geprägt ist von jenem Stumpfsinn und jener monumentalen Gemächlichkeit, welche stets ein im Überfluss lebendes Volk kennzeichnen. Ich rede so wenig wie möglich, ich schreibe verständige Urteile (in denen insbesondere die Beweisauswertung so gründlich gearbeitet ist, dass gegen den Fall nicht leicht Berufung eingelegt werden kann), ich begegne allen mit Respekt.

Es passt mir ausgezeichnet, Richter zu sein. Ohne angeben zu wollen, muss es mir erlaubt sein zu sagen, dass ich aus meinen mangelhaften Voraussetzungen das Beste herausgeholt habe, ich habe einige Entscheidungen getroffen, die sich als äußerst glücklich erwiesen haben. In derselben Weise, in der ich unsichtbar mitten in der Stadt lebe, verstecke ich mich hinter einer hohen Position. Mein Deckmantel ist der Richterberuf. Die meisten, die den Wunsch hegen, nicht aufzufallen, versuchen sich hinter einem unbedeutenden Beruf zu verstecken, vielleicht in den Tiefen irgendeiner Bürokratie. Ich habe mich für eine andere, ich möchte sagen: mutigere Strategie entschieden. Mein Verschwinden ergab sich aus dem Bekleiden einer hohen Stellung. Damit niemand mich sieht, habe ich mich mitten ins Sichtfeld gestellt.

Es waren außergewöhnliche Tage. Ich ging meinen Pflichten im Gericht nach, wechselte einige Worte mit Dobermann, lauschte höflich seiner tiefen Stimme und seiner kultivierten, veraltetet wirkenden Sprachform (mit der er kaschierte, dass er selten etwas Interessantes sagte), folgte meinen sonstigen Routinen, pflegte mein zurückgezogenes Dasein und saß doch die ganze Zeit wie auf Nadeln, und der Grund dafür war schlicht und ergreifend dieser vernichtend dreiste Terroranschlag. Es war, als ob eine Art dunkle Parallelwelt aus den Schatten aufgetaucht wäre, eine Wirklichkeit, die in meine eigene mühsam abgegrenzte Wirklichkeit einzusickern drohte.

Um die Wahrheit zu sagen, ich hatte Angst. Denn der Terrorangriff war nicht allein gegen ein Ziel im Wald gerichtet, sondern ich fasste ihn ebenso als einen Angriff gegen den größten Vorzug dieses Landes auf: gegen unsere unaufregende Geschichte, die Unsichtbarkeit im globalen Nachrichtenbild. Sogar Menschen in den USA oder in China, Menschen mit abgeschlossener Schulbildung, hatten keine Ahnung, wo

Norwegen lag, geschweige denn davon, was dessen Einwohner machten. Der Gewinn dieser einzigartigen Anonymität bestand darin, dass sie uns ermöglichte, ein Jahrzehnt ums andere in Frieden zu leben, uns dem prüfenden Blick der Welt zu entziehen. Jetzt allerdings musste ich feststellen, dass auch ausländische Zeitungen über den Blankvann-Vorfall berichteten, das heißt, zumindest spendierten sie ihm eine kleine Spalte. Das gefiel mir so wenig, dass die Entdeckung mir einige Sekunden lang Herzklopfen bescherte. Es war, als ob meine eigene Anonymität bedroht wäre. Ich befürchtete, dass das, was Norwegen widerfahren war, auch mir widerfahren würde.

Ich glaube, dieses unangenehme Gefühl, diese Angst, muss es gewesen sein, die mich eines Nachmittags am Universitetsplassen zum Stehenbleiben veranlasste. Ich hatte früh meine Arbeit abgeschlossen und war auf dem Weg hinauf zum Dronningparken, aber nun entschied ich mich anders und schritt stattdessen auf einen beliebten Zufluchtsort zu, die Juristische Bibliothek im Westgebäude. Auf dem Weg hinein werfe ich immer einen raschen Blick auf den Giebelfries am Mittelgebäude, auf welchem man sieht, wie Athene den Prometheus beseelt, und wenngleich ich nie ein Prometheus sein werde, empfinde ich mitunter ein solches Gefühl des Beseeltwerdens, wenn ich die Treppe hinaufsteige zu dem Gebäude, das Domus Bibliotheca genannt wird. Üblicherweise komme ich hierher, um in Büchern zu blättern, nach Argumenten und Quellen für mein Buch zu suchen, mein *work in progress*, oder in dem Bedürfnis, meinen Wissensdurst zu pflegen, aber an diesem Tag begnügte ich mich damit, mir an dem Fenster, das auf die Karl Johans gate hinausgeht, einen Platz zu suchen. Ich wollte einfach nur dort sitzen. Ruhig aus- und einatmen. Den Studenten zusehen. Unter Studenten sein. Auf dem Platz außerhalb hatte ich die Eingebung gehabt, das könnte mir helfen. Mich beruhigen. Meine Lebensfunken wiederbeleben. Ich hoffte, durch den Aufenthalt hier könnte ich etwas aufspüren, das mir abhandengekommen war.

An diesem Tag nun blieb ich dort sitzen und dachte an meinen Aufenthalt in England nach Abschluss meines Studiums, oder richtiger: nachdem ich meinen Job im Ministerium aufgegeben hatte. Die Begegnung mit Sofie Nagel in der Nordmarka war von so entscheidendem Charakter, dass sie für mich eine neue Lebenseinstellung mit sich gebracht hatte, und bevor ich in einem der großen Anwaltsbüros anfing, verbrachte ich ein Jahr in London. Ein Jahr, das nicht bloß ein Jahr war, sondern eine Epoche, ein halbes Leben. Während des Jurastudiums hatte ich mir als freies Wahlthema Rechtsgeschichte ausgesucht, doch weil dabei nur an der Oberfläche gekratzt worden war (der meiste Platz kam dem Römischen Recht zu), hatte ich Lust, diese Problematik weiterzuverfolgen, mehr darüber herauszufinden, wie die Gesetze sich mit der Zeit verändert hatten und wie sie von einem Erdteil zum anderen variierten. Im Nahen Osten, in den Jahrtausenden vor Christus, sprach man von Auge um Auge, Zahn um Zahn, und in Dantes *Inferno* konnte man nachlesen, wie die Höllenqualen die Sünde spiegeln sollten (hatte man sich der Völlerei schuldig gemacht, musste man bereits Verzehrtes heraufwürgen und das eigene Heraufgewürgte wieder hinunterschlucken, bis in alle Ewigkeit). Dieses Thema reizte mich. Denn wie sollten wir, in der modernen Gesellschaft, für Gerechtigkeit sorgen, dafür, dass Gesetzesbrechern eine gerechte Bestrafung zukam? Das Ergebnis meines Ringens mit diesem Stoff, und es war ein Ringen, das sich eher wonnevoll als ermüdend gestaltete, war das dünne Büchlein *Auge um Auge*. Es erregte nicht aller Welt Aufmerksamkeit, fand aber genügend Leser, so dass es mir in juristischen Kreisen einen gewissen Ruf einbrachte.

Genauso sehr aber wie diese Studien war es die Stadt London, die Eindruck auf mich machte. Zwar hielt ich mich für kürzere Perioden auch in Cambridge (Henry Maine!) und Oxford auf, und nicht zuletzt in Edinburgh – weil die Tradition der Rechtsgeschichte dort höher im Kurs stand –, doch mein Basislager war London. Oh, was für eine Stadt! Allein die unerschöpflichen Erkenntnismöglichkeiten im British Museum bis hin zu der nahezu unbegrenzten Auswahl an Tee und Turkish Delight im Fortnum & Mason. Ich wohnte direkt am Tavistock Square, also in Bloomsbury, ein kurzes Wegstück entfernt sowohl vom University College wie auch von der London School of Economics and Political Science, und in der Bibliothek der letztgenannten war es, wo ich Miss Huxley begegnete. Sie arbeitete dort. Ihr Name war Ann, aber in Gedanken nannte ich sie immer Miss Huxley, weil ein freundlicher Mann auf eine meiner Fragen geantwortet hatte: »Ask Miss Huxley.« Er deutete auf eine zierliche, charmante Frau hinter dem Tresen, und als ich mich an sie wandte, geschah irgendetwas Unbegreifliches zwischen uns – obwohl ich nicht religiös bin, kann ich nicht umhin, mich auf das Buch der Sprichwörter zu berufen: Drei Dinge sind mir unbegreiflich, unter anderem eines Mannes Weg an einer Jungfrau.

Das Jahr in London, in dem ich meine Spezialstudien in Rechtsgeschichte betrieb, war auf mehr als eine Weise ein *annus mirabilis*. Nicht nur konnte ich in dieser Zeit *Auge um Auge* schreiben, sondern ich wurde zweimal die Woche von Miss Huxley gevögelt (in Gedanken verwende ich stets dieses unfeierliche Wort), regelmäßig, auf einem kleinen Sofa in ihrem Büro direkt nach Dienstschluss (einige Male auch während der

Öffnungszeiten), wobei sie es stets vorzog, auf mir zu sitzen, sie ritt mich, bis ich ins Keuchen geriet, und es gefiel ihr nicht bloß, mich zu reiten, sondern sie war eine Reitmeisterin, ich wünschte mir nichts anderes, als dazuliegen, den Blick nach oben auf ihre wogenden Brüste gerichtet (das heißt, oft waren sie von der Bluse bedeckt, da wir nicht die Geduld hatten, uns vollständig zu entkleiden), und zu spüren, wie sie sich aufrichtete und auf mich niedersank, und ich glaubte, am Ende würde daraus eine Gewohnheit werden, aber es wurde uns nie zur Gewohnheit, jeder einzelne Abend weckte eine verzweifelte, fast explosive Leidenschaft in uns, als glaubten wir beide, am nächsten Tag werde die Welt untergehen und dies sei die letzte Gelegenheit, uns zu lieben, an jedem einzelnen dieser Abende gaben wir alles, was an Begehren in uns steckte, ja, es ist seltsam, sich daran zu erinnern: Miss Huxley ritt mich so nachhaltig und ausdauernd, dass ich später dachte, dass ich mich niemals würde beklagen können, dass mir für den Rest meines Lebens genügend körperliche Liebe zuteilgeworden war, in einer Weise glaube ich, in diesen Monaten alles an Begierde, das ich besaß, aufgebraucht zu haben, alles, was ich auf Lager hatte, auch auf einem zukünftigen Lager; desgleichen würde ich nie zu einem einsamen, sexuell unbefriedigten Mann werden, da Miss Huxley in einem knappen Jahr vermittels annähernd hundert leidenschaftlicher Ficks die erotischen Sehnsüchte eines ganzen Lebens befriedigt hatte. (Als ich die Heimreise antrat, erzählte sie mir, dass sie mit einem Mann verlobt sei, der in Singapur arbeite und der dieses Jahr nur ein paarmal zu Hause gewesen sei – ich erinnerte mich, dass sie zweimal über kürzere Zeiträume der Arbeit ferngeblieben war –, sie sagte das, glaube ich, um mir zu zeigen, dass ich kein schlechtes Gewissen zu haben brauchte, weil ich London jetzt verließ, oder um mir zu versichern, dass es sich um ein gleichwertiges Verhältnis, oder Nicht-Verhältnis, gehandelt habe – keiner hatte den anderen ausgenutzt.) Ich gebe zu, wenn ich hier im Lesesaal der Domus Bibliotheca sitze und die Bücherregale betrachte, sehe ich mitunter die zierliche Miss Huxley wie eine Erscheinung vor mir, wie sie sich auf mir hob und senkte, wie sie mich regelmäßig zu einem Genuss trieb, der an Wahnwitz grenzte, und mir zugleich genügend körperliche Liebe für ein ganzes Leben bescherte. Ich bin ihr auf ewig dankbar.

Irgendwie bin auch froh, dass es mir erspart bleibt, den Komplikationen und Gefahren der Liebe ausgesetzt zu sein. Im Gericht sehe ich oft genug, wohin verschrobene Liebe führen kann. Es ist kein Zufall, dass einer von drei Morden in Norwegen vom Partner begangen wird.

Ich glaubte schon, der Gedankenstrom sei damit beendet und würde nunmehr in dieses unbewusste Vakuum übergehen, welches einem langen Sinnieren nachfolgt, doch dann verkehrte sich alles und mündete in eine unerwartete Erkenntnis: Dieses hundertmalige Vögeln mit Miss Huxley währte nur einige Sekunden. Maries Kuss, oder genauer gesagt, Sofies Kuss auf der Waldlichtung dauerte eine Ewigkeit. (Manchmal denke ich mir diese Waldlichtung als den wahren Dronningparken.)

Arme Sofie.

Ich schüttelte mich, wie ich dort in der Bibliothek saß. Dieser Fall von Terrorismus beunruhigte mich. Sogar meine Erinnerungen ließen mich daran denken.

Ich verließ die Juristische Fakultät – ausnahmsweise einmal ohne ein Gefühl der Verjüngung –, und da mir jegliche Lust auf eine Runde im Dronningparken vergangen war, spazierte ich langsam zurück, die Karl Johans gate hinunter. Ich versuchte, meine Ausgeglichenheit wiederzufinden, wollte mich an den letzten Spätsommertagen erfreuen, ich lüpfte für eine ältere Dame den Hut, aber sie lächelte nicht. Sogar der Spazierstock verweigerte mir den Gehorsam, die elegante Bewegung (von der ich eigentlich geglaubt hätte, sie stecke mir im Körper) blieb aus. An der Ecke vis-à-vis dem Musikpavillon empfand ich jäh eine starke Sehnsucht nach dem Chesterfield-Interieur des Limelight und Edgars milder Fürsorge. Hoffentlich würde er meiner Bekümmernis mit einem seiner ausgefalleneren Cocktails Abhilfe schaffen können.

Beim Hinunterflanieren auf der Hauptgeschäftsstraße fiel mir auf, dass eine andere Atmosphäre über der Stadt schwebte als früher, und gleichzeitig dachte ich, dass diese Atmosphäre die Stimmung des übrigen Landes spiegelte. Die Leute trauerten. Ich weiß, es hört sich übertrieben an, aber es erinnerte mich an die kalte Januarwoche Anfang der 90er Jahre, als König Olav gestorben war. Ich spazierte weiter, war aber nichtsdestoweniger erstaunt, denn obschon das Land von einem unheimlichen Ereignis erschüttert worden war, hatte ich es für eine Selbstverständlichkeit gehalten, dass die Reaktion darauf sehr bald wieder abklingen würde, dass man bestrebt wäre, schnellstmöglich in den sorglosen Alltag zurückzukehren. Wenn ich mich jedoch umblickte, wirkte es, als wollten die Menschen in der Trauer *verweilen*, ja, sie noch *hinauszögern*. Etwas war mit ihren Gesichtern. Fast war es, als ob sie froh wären, dass etwas passierte, als schwelgten sie quasi ein wenig in der ganzen Aufregung. Hätte ich es nicht besser gewusst, hätte ich glauben können, dass sie die Untat wie eine Vitaminspritze erlebten. Sahen sie nicht, was für eine Gefahr das darstellte? Wegen des ganzen Trubels zog unser kleines, friedliches Fleckchen Aufmerksamkeit auf sich, und das konnte zu zusätzlichen

Störungen führen in jenem begehrten Dasein, welches das Leben in einer Kolonie kennzeichnen sollte und es Jahrzehnt um Jahrzehnt auch getan hatte, unsere moderne Version der Goldküste, in deren Hauptstadt die Paradestraße nicht Karl Johans gate, sondern genauso gut Sorgenfreistraße heißen könnte.

Ich ging mit ruhigeren Schritten, musste aber stehen bleiben, fühlte mich außer Atem. Der Vorfall im Wald hatte die Nation in einen Schockzustand versetzt. War das Entsetzen, der Unglaube, darauf zurückzuführen, dass hier im Land so *wenig* passierte? Ich muss gestehen, dass mich das Gebaren der Leute überraschte. Dieser, wie ist das Wort, *Overkill* an Gefühlen. Ich stellte fest, dass auffallend viele Menschen, die ich als zähe Brocken betrachtet hatte, auch in meinem Arbeitsumfeld, es anscheinend liebten, in Trauer zu sein. Als handelte es sich dabei um ein aufgestautes Bedürfnis. Es hätte nicht viel gefehlt und sie hätten sich Trauerschleifen umgebunden, ich hatte fast ein schlechtes Gewissen, weil ich in meinem hellen Leinenanzug daherkam. Offensichtlich ist es so, dass alles andere Bedauerliche in der Welt, die ungeheuren, sinnlosen Katastrophen, die tausenden Toten jeden Tag, zu weit weg sind. Wir schaffen es nicht, das in uns aufzunehmen, wollen es nicht. Durch die Blankvann-Morde wurde es möglich, auch hier zu trauern, selbst wenn bei dem brutalen Angriff nur – »nur« – fünf Menschen gestorben waren. Nie würde es mir allerdings in den Sinn kommen, so etwas schwarz auf weiß niederzuschreiben, für eine solche Aussage würde man mich mit Stöcken aus dem Land jagen. Die Leute wünschten offenbar, in Ruhe ihrer ersehnten und seligmachenden Trauer nachgehen zu können.

Hier und da wurden spontan Gedenkstätten errichtet. Die zahlreichen Nachrufe, diese Glanzbildversionen eines Lebens, waren lang und humorlos, die reinsten Orgien an verlogenem

Geschwätz. Einzig über Sofie Nagel wurde nüchtern berichtet, und ich wusste es zu schätzen, auf diesem Weg zu erfahren, dass sie auf festlichen Abendveranstaltungen große Erfolge mit Varietés gefeiert hatte. In Gedanken sah ich vor mir, wie sie bei einer Nummer unter allgemeinem Jubel Storen parodierte. Vielleicht war er deshalb so hingerissen gewesen von ihr. Der Gedanke schnitt mir in die Brust.

Das weiße Sommerkleid mit dem hellblauen Muster. Eine Arabeske.

Dann kamen die Beisetzungen, über die in allen Medien gebührend berichtet wurde. Auffallend war für mich, dass in den verweinten Gesichtern, die im Fernsehen zu sehen waren, inmitten all der Trauer, auch ein Anflug von Ekstase zu entdecken war. Und Arve Storefjeld wurde zu etwas erhoben, das er nicht war. Es wirkte, als wollten die Ap-Spitzen ihn zu einer mystischen Figur erklären. Die Lobhudelei überstieg jedes vernünftige Maß. Wir hatten doch trotz allem glänzende Politiker, die ein ganzes Leben lang durch die Korridore des Parlaments wandelten, ohne dass irgendjemand bei ihrem Ableben mehr als eine obligatorische Phrase herunterleierte. Meine Reaktion war die eines Kindes: Das ist ungerecht, sagte ich eines Morgens laut vor der Zeitung, während ich mich damit abkämpfte, ein Marmeladenglas zu öffnen, das zu öffnen mir normalerweise keinerlei Schwierigkeiten bereitete.

Noch mehr ärgerte mich, dass Grys älterem Bruder, Ståle Storefjeld, einem Taugenichts, der sich bis dahin in keiner Weise hervorgetan hatte, der jetzt aber auf den Beisetzungen seines Vaters und seiner Schwester Reden hielt, plötzlich ein neuer Nimbus verliehen, ein Respekt entgegengebracht wurde, den er überhaupt nicht verdiente; die Reden waren denn auch voller banaler, nichtssagender Wendungen (man erkannte das deutlich, wenn man sie auf dem Papier las), wurden aber nichtsdestoweniger überall zitiert und als tiefe Weisheit und wahrer Trost gelobt.

Und was soll man über den Ministerpräsidenten sagen? Arve Storefjeld war einer seiner härtesten Gegner gewesen. Storen und sein Hofstaat, bekannt für perfide Schikanen und jene schofle Kunst, die im Volksmund Brunnenvergiftung genannt wird, gehörten einer Fraktion an, die der Ministerpräsident bei einer Exkursion in den Weltweiten Saatguttresor auf Spitzbergen wahrscheinlich gerne spurlos hätte verschwinden sehen. Und was passiert? In der Trefoldighetskirke schreitet er zum Rednerpult hin und steht lange still, sucht nach Worten. Und noch ehe die Worte kommen, sieht man, dass er eine Träne vergossen hat. Die Leute sind einer Ohnmacht nahe. Ein Staatsmann erster Klasse, sagt jemand. Seine Popularität steigt in den Himmel. Er kann tun und lassen, was er will, die Wahl im nächsten Jahr ist bereits gewonnen.

Ich versuchte, die Verdrießlichkeit von mir abzuschütteln, als ich die Karl Johans gate hinunterspazierte und dabei tapfer, wenn auch vergebens, den Panama lüftete, wenn ich an Damen vorüberging, die möglicherweise eine höfliche Geste zu schätzen wissen mochten. Doch selbst das Gehen auf einer meiner Lieblingsstrecken der Hauptstadt, noch dazu an einem warmen Tag, unter den Lindenbäumen nahe den Wasserbecken und Springbrunnenanlagen der Spikersuppa – und für mich übertrifft dies mit Leichtigkeit Unter den Linden in Berlin –, konnte mir die trüben Gedanken nicht austreiben. Ich brauchte jetzt wirklich einen Drink, eine Art Springbrunnen unter den Cocktails. Ich glaube, Edgar verstand den Wink auch sofort, als ich gleich darauf in die himmlisch friedlichen Räume des Limelight eintrat, wo lediglich zwei

Geschäftsmänner, die vermutlich im Grand Hotel logierten, an einem der Tische saßen.

Die Lust auf Experimente war mir jedoch vergangen. »Geben Sie mir einen Manhattan«, sagte ich, oder flüsterte ich halb, »oder nein, lieber einen Bloody Mary, ich glaube, das ist das Einzige, das jetzt etwas taugt. Ich fühle mich, als hätte ich einen Kater.« Edgar nickte unmerklich und zog sich in sein Laboratorium zurück.

In der Innentasche meiner Jacke trage ich immer, zusammengefaltet, ein halbes Notenblatt. Mir war in der Domus Bibliotheca ein Einfall gekommen, aber erst jetzt nahm ich das Blatt heraus und schrieb ein paar Sätze zwischen zwei Notenzeilen. Der Gedanke war aus einer Erinnerung heraus entstanden, der Erinnerung an eine Stelle in Johs. Andenæs' Buch über die gerichtliche Verfolgung der Kriegsverbrecher nach der Okkupation, ein Gedanke, der, wie es so oft der Fall ist, wie Treibholz angeschwemmt kommt und bei dem es nur noch darum geht, ihn hinzukritzeln, bevor er wieder verschwindet.

Das Buch, das ich zu schreiben beabsichtigte, sollte viel konkreter werden als *Auge um Auge*, welches sich ja an der Grenze zur Ideengeschichte und zur Anthropologie bewegt hatte. Der Arbeitstitel lautete *Leben um Leben* (gerade nicht *Zahn um Zahn*), und obwohl es mein Plan war, über die wenig objektive Gerechtigkeit zu schreiben, wollte ich als einen Ausgangspunkt die Nachkriegsprozesse gegen die Nazianhänger in Norwegen nach dem Zweiten Weltkrieg heranziehen. Mich mit der Frage auseinandersetzen, ob darin Gerechtigkeit zu finden sei oder nicht, und zwar in Bezug auf die Strafmaße. Die Idee war alt. Sie muss mir bereits als Heranwachsender gekommen sein, zu der Zeit, als alle glaubten, ich würde Pianist werden. Und während ich da saß, immer noch aufgewühlt, in einem weichen Lehnstuhl im

Limelight, mit einem halben Notenblatt (voller Schrift) in der Hand, kehrte ich in Gedanken noch einmal zurück in diese Zeit und zu einer der grundlegendsten Erfahrungen meines Lebens.

Vier Häuser unterhalb von uns wohnte ein Mann, der wegen Landesverrat angeklagt worden war. Er war Mitglied der Nasjonal Samling gewesen. Auch meine sonst so toleranten und milde gesinnten Eltern hegten gegen ihn eine tiefe Verachtung, ich sah Herrn Haug geduckt durch die Straßen in Kjelsås gehen, als ob jeder Meter, den er hinter sich brachte, einen Schritt in einem lebenslangen Spießrutenlauf darstellte. Sogar wir Jungen warfen ihm strenge Blicke zu, riefen ihm, wenn er weit genug weg war, Quisling, Landesverräter, Nazi-Haug und Gestapo-Wichser zu, ja, sogar Judas riefen wir ihn, was uns jedoch nicht daran hinderte, wenn wir Lose oder Marken verkaufen gingen, an seine Tür zu klopfen, denn er kaufte immer welche, immer mehrere Lose und Marken auf einmal, aus seinem Mund kam nie ein Nein.

Als ich ein weniger älter wurde, fand ich mehr über ihn heraus. Einmal stand ich sogar bei ihm in der Stube mit einem Block Gewinnlose in der Hand. Herr Haug besaß eine riesige Wanduhr, und den Gerüchten zufolge kam zu jeder vollen Stunde, wenn die Uhr schlug, eine Figur in Nazikleidung aus der Luke heraus, um »Deutschland, Deutschland über alles« zu singen, aber als ich dort in der Stube stand, entdeckte ich, dass es sich um eine gewöhnliche Schweizer Kuckucksuhr handelte, die »O mein Papa« spielte. Es machte auch das hartnäckige Gerücht die Runde, Herr Haug solle auf dem Unterarm eine Hakenkreuztätowierung haben. Es stellte sich heraus, dass es ein normales Kreuz war, kunstvoll ausgearbeitet, vielleicht keltisch. Da kam mir zum ersten Mal ein Verdacht bezüglich unserer Neigung, Menschen falsch einzuschätzen.

Edgar kam mit dem Drink. Ich trinke selten Bloody Mary, für mich ist der wie eine kleine Mahlzeit, und viel zu oft kommt mir dazu eine Assoziation an Ketchup. Edgars Version hingegen ist etwas ganz anderes, Edgar weiß, wie er die perfekte Balance hinbekommt zwischen Worcestershire- und Tabascosauce, Zitrone, Pfeffer und Salz – ich habe es mehrmals selbst ausprobiert, jedoch fehlt meinen Drinks Edgars Raffinesse, seine Fähigkeit, die Zutaten in einer höheren Einheit aufgehen zu lassen. Ich nickte Edgar – König Edgar – anerkennend zu, wie er da in seinem Teakholzpalast stand und mich beobachtete, als ob er gespannt mein Urteil erwartete. Wenn ich vor einem Bloody Mary sitze, fange ich außerdem oft nach Metaphern zu suchen an, und an diesem Tag musste ich an Balder denken, der starb, weil er von einem Mistelzweig getroffen wurde. Es musste die in all das Rot gepflanzte Selleriestange gewesen sein, die mich in diese sonderbare Vorstellung stieß, aber vielleicht sagte das ebenso viel über die ungewöhnliche, fast hätte ich gesagt: morbide, Gemütsverfassung, in der ich mich befand.

»Irgendwas Neues über Blankvann, Edgar? Haben sie endlich einen dieser Barbaren zu fassen gekriegt?«

Edgar schüttelte den Kopf und senkte den Blick, als bedauerte er es, mich enttäuschen zu müssen.

Ich habe Herrn Haug immer als rechtschaffene Person erlebt. Er hatte einen Garten – den wir Berghof nannten –, in welchem er die Kinder Äpfel stehlen ließ, es hatte den Anschein, als hegte und pflegte er die Bäume mit der größten Sorgfalt, damit immer genügend Äpfel da wären, wenn wir im Herbst auf Diebestour gingen. Wir glaubten immer, es sei mit Lebensgefahr verbunden, bei Nazi-Haug Äpfel zu klauen, dass er jederzeit herauslaufen und mit einer Luger nach uns schießen könne, tatsächlich aber war es wohl eher so, dass er hinter dem Vorhang stand und sich über unser Kommen freute. Er kam von einem Bauernhof, war aber einige Jahre Seemann gewesen und später Hausmeister in der Sjømannskirken in London. Nach Hause zurückgekehrt, wurde er NS-Mitglied, weil seine Geliebte ihm das als Bedingung gestellt hatte – *ihm*, der geradezu anglophil war (ein weiterer Beweis dafür, zu welchen Verschrobenheiten einen die Liebe treiben kann). Zu allem Überfluss löste diese Frau, als die Okkupation in ihr zweites Jahr ging, die Verlobung auf. Herr Haug hatte während des Kriegs vielen geholfen – da er von einem Bauernhof stammte, hatte er oft für die Ärmeren Lebensmittel beschafft –, aber diese Mitgliedschaft, zu der er sich idiotischerweise hatte überreden lassen und die er, noch idiotischer, nicht annullieren ließ, wie es andere taten, als der Wind dann aus einer anderen Richtung wehte, zerstörte alles für ihn. Nach dem Krieg gab es keine Gnade. Herr Haug wurde verurteilt und bekam seine Strafe, ein erkleckliches Bußgeld sowie den Verlust des Stimmrechts für zehn Jahre, doch das Schlimmste war, dass er zum Gegenstand eines kollektiven Hasses wurde, der mehrere Jahrzehnte anhielt. Gleichzeitig wusste ich, dass es viele in Kjelsås gab, die bei ihrer Arbeit für die Deutschen ansehnliche Summen verdient hatten, ohne dafür bestraft zu werden. Schon als Kind habe ich die Logik dahinter nicht verstehen können. Was die »Unterstützung des Feindes« betraf, war die Arbeit in deutschen Militäranlagen doch wohl von größerer Bedeutung als eine passive Mitgliedschaft bei der NS. Ich hatte den Verdacht, diese Prozesse könnten ziemlich willkürlich verlaufen sein. Aus meiner Sicht gab es in ganz Kjelsås keine barmherzigere und moralisch aufrechtere Person als Herrn Haug, und ich verwende ganz bewusst das Wort barmherzig, weil ich glaube, dass es unsere Fähigkeit ist, Barmherzigkeit zu zeigen, die uns über unsere eigene egoistische Natur hinausführt. Wieder dachte ich, wie Kinder oft denken: Das ist ungerecht. War es nicht eigentlich *Rache*, worauf die Menschen aus waren? Nicht Bestrafung, sondern Rache? Natürlich ist das eine vereinfachte Darstellung, aber ich glaube, diese Erfahrung war ein weiterer Grund dafür, dass ich (auch während des Sitzens auf dem Klavierhocker) von einem Jurastudium träumte. Ich wollte mein Land retten, vielleicht sogar reinwaschen, Buße tun für diesen Schandfleck in unserer Rechtsgeschichte, ich wollte Norwegen zivilisierter machen.

Als mein Vater dahinterkam, wie ärgerlich mich der Umgang mit Herrn Haug stimmte, sagte er: »Du bist zu weichherzig. Du gehörst an die Seidenfront.«

Wenn es etwas gibt, das ich mehr als alles andere verachte, dann ist es *die Masse*. Einzelpersonen, die zu denken aufhören, wenn sie als Teil einer Masse auftreten. So, wie es auch bei Herrn Haug der Fall war.

Diese Empörung, oder der blauäugige Idealismus, mein Gerechtigkeitssinn oder wie ich es nennen soll, wurde mir natürlich schon früh während meines Jurastudiums ausgetrieben – ich entdeckte auch vielerlei Abstufungen bei der Behandlung der sogenannten Landesverräter –, und auch wenn ich vielleicht nicht aufhörte, an Gerechtigkeit zu glauben, so legte ich die Latte doch tiefer an, dachte, das Ziel müsse sein, *mehr* Gerechtigkeit zu schaffen. Und was mein Buch anging, so wusste ich, dass es die Welt nicht aus den Angeln heben würde. Nichtsdestotrotz wäre es eine tiefe Befriedigung, es zu schreiben. Eine Art Testament. Das Wissen, dass man eine winzige Spur hinterlassen hat.

Einmal habe ich von Herrn Haug etwas geschenkt bekommen, das er auf einem Markt in England gefunden hatte. Es war ein Taschenkompass aus der Kolonialzeit, und Herr Haug erzählte mir, dass er auch von den Soldaten verwendet worden sei, die am Ersten Weltkrieg teilgenommen hatten, laut dem Verkäufer habe der Kompass einem Soldaten gehört, der an der Schlacht von Gallipoli beteiligt gewesen sei. Er sah aus wie eine dicke Taschenuhr, das Gehäuse war aus Messing und leicht verbeult, wie durch eifrigen Gebrauch im Feld, und wenn ich den Deckel aufklappte, zitterte die Nadel, weil sie Norden, oder etwas, was Norden nahekam, immer erst wie nach großen Anstrengungen fand. Es mochte auch an einer Luftblase gelegen haben. Der Kompass wurde für mich zu einem Symbol, denn ich dachte dann immer, dass das Instrument, das uns dabei helfen sollte, die »Gerechtigkeit« zu finden, überaus zerbrechlich sei. Ich trug ihn jeden Tag bei mir.

Die Erinnerung löste eine Ungeduld in mir aus. Ich bezahlte, sagte Edgar Lebewohl und eilte nach Hause. Mir steckte der Kick eines tolldreisten Bloody Mary im Körper. Ich sah vor mir, wie ich bald an meinem prunkvollen Schreibtisch sitzen und Notizzettel voller Schrift in verschiedenen Farben in einem Halbkreis vor mir ausbreiten würde. Ich hatte die Anlagen zu einem ganzen Kapitel im Kopf.

Draußen auf dem Weg zum Bankplassen verspürte ich abermals diese Leichtigkeit, die ich so schätzte. Bald ist der Blankvann-Fall gelöst, dachte ich. Bald ist dieser ganze unglückliche Trubel vergessen. Bald geht alles wieder seinen gewohnten Gang.

II

Mein Blendwerk hielt nicht lange vor. Mehrere Wochen vergingen, und es gab keinen Zweifel: Die noch immer unaufgeklärten Morde in der Nordmarka waren im Begriff, jene stabile Gemütsverfassung zu zerstören, die ich mir über mehrere Jahre mit

Fleiß aufgebaut hatte. Trotzdem versuchte ich tapfer, beim täglichen Frühstück dieselben Routinen zu verfolgen, will heißen, ich toastete zwei Scheiben Brot und versah sie mit süßem Aufstrich – vielleicht mit etwas Grapefruitmarmelade oder ein paar Teelöffeln Rhabarber-Ingwer-Konfitüre –, während ich BBC World Service auf meinem Sony-Radio hörte, das zu der Zeit, als ich es gekauft hatte, etwas ganze Neues war, ein kompaktes Wunder, nicht größer als ein Taschenbuch. Ich wusste, dass andere ihre Nachrichten im Netz lasen, aber ich bevorzugte mein altes Radio, welches BBC über die Antenne einfing und mir Informationen über das Allerwichtigste lieferte, was sich in der Welt zutrug, wobei mir die unbedeutenden Lokalnachrichten der Kolonie erspart blieben, einschließlich des ganzen Klatschs und Tratschs. Die Morgenzeitung blätterte ich für gewöhnlich nur schnell während des letzten Schlucks Kaffee durch. In diesen Wochen aber konnte ich noch nicht einmal das Radio einschalten, um mir BBC World Service anzuhören, meine gesegneten Rituale wurden jeden Tag von Schlagzeilen über den Blankvann-Fall zerstört, vor dem man unmöglich die Augen verschließen konnte und der auch im Zeitungsinnern jede Seite dominierte, obwohl es sich im Großen und Ganzen lediglich um Wiederholungen dessen handelte, was man bereits wusste. Auf mich wirkte es, als ob sowohl der PST, der polizeiliche Sicherheitsdienst, als auch die Polizei im Dunkeln tappten. Falls es Terroristen waren, befanden sie sich sicherlich längst außer Landes.

Diese einseitige Fokussierung auf den Terror im Wald führte allmählich dazu, dass ich eine leichte Gereiztheit verspürte, eine Gereiztheit, die nicht einmal das Geräusch des fröhlich aus dem glänzenden Toaster springenden, goldenen Toastbrots zu mildern vermochte. Dieser ganze *Lärm*, den dieses Ereignis hervorrief. Ich verstand natürlich, dass das eine große Sache war, eine Goldgrube, um es freiheraus zu sagen, aber es wirkte, als ob die Medien den Stoff breittreten wollten, als ob sie sich weigerten, das Thema aufzugeben, sie waren wie geifernde Hyänen vor dem Festmahl eines Kadavers (ich schämte mich dafür, dass ich so dachte, aber so dachte ich). Wieder und wieder sah man diese Karten, auf denen Hütten und Schuppen eingekreist waren, Porträts der Ermordeten mitsamt Bildern aus ihrem Leben. Und alle, absolut alle, redeten davon. Man trauerte nicht nur, man wollte auch reden. Und nur darüber wollte man reden. Wochenlang. Am Anfang war das vielleicht ein frischer Wind – etwas anderes, eine Abwechslung – morgens am Küchentisch. Ein Schauder, der die Hand beim Griff um die Kaffeetasse ein kleines bisschen zum Zittern brachte. Jetzt aber hatte ich es satt, darüber zu lesen, mir die Schmierblätter anzusehen, die auf meinem Weg zum Gericht von ihren Ständern schrien. War es möglich, dass man es satthaben konnte, über etwas so Grausames zu lesen? Ja, das war es, hauptsächlich deshalb, weil es so selbstbezogen und kurzsichtig war (aus meinem Gedankenspiel heraus, ein Einwohner einer kleinen Kolonie zu sein, war das unschwer zu erkennen). In den Medien wurden die Morde so dargestellt, als wären sie von globaler Bedeutung, von weltgeschichtlichem Format. Eine Wut begann sich in mir aufzustauen, eine Wut, die ich anderen gegenüber selbstverständlich nicht zu erkennen gab, zumindest niemandem im Gericht – der bloße Gedanke an Dobermanns verdutztes Gesicht genügte, dass ich so tat, als ob nichts wäre, das heißt, ich versuchte nach bestem Vermögen, denselben Schrecken auszudrücken wie alle anderen. Dieselbe Trauer. Innerlich aber war ich aufgewühlt. Vierzehn Tage, drei Wochen lang vergaßen alle, dass es eine Welt außerhalb unserer eigenen gab, eine Welt, in der sich Dinge zutrugen, die unsere hochgeschaukelte Grausamkeit völlig in den Schatten stellten.

Aufs große Ganze gesehen war unsere »Tragödie« eine Lappalie. Wie würden wir es erst aufnehmen, wenn sich etwas weit Ernsteres ereignete, etwas wie die Geiselnahme von Beslan vor einigen Jahren? Über dreihundert Tote, und die meisten davon Kinder?

Ich dachte – und es würde mir nie in den Sinn kommen, das laut zu sagen –, dass sich das Ganze einer Übertreibung annäherte. Einem Trauerporno. Doch, ja, es war entsetzlich, es war unfassbar. Aber sollte uns das nicht gleichzeitig in Staunen versetzen? Wie beinahe unwirklich war es doch, in Norwegen zu leben, wo viele Jahre vergingen zwischen jeder Katastrophe jenes Schlages, mit dem wir jetzt zu kämpfen hatten? Sollten wir denn nicht auch fähig sein zu erkennen, wie relativ das war? Dass in anderen Ländern, in Mexiko, Brasilien, Nigeria, fünf ermordete Menschen, sogar ein getöteter Spitzenpolitiker, etwas Alltägliches waren? Man stelle sich nur vor, Journalist im Irak zu sein. Welche Wörter sollte man erst verwenden, wenn alle zwei Wochen 8 oder 28 oder 88 Menschen durch Selbstmordattentate ums Leben kamen? Ja, würden gewiss einige sagen, aber das hier ist Norwegen. Musste man demnach einem so verhätschelten, überbeschützten Volk angehören, an einem Ort frei von jeglichem Drama leben, damit ein solches Ereignis mit einer derartigen Wucht einschlagen, die reinste Untergangsstimmung erzeugen konnte? (Um Gottes willen, dachte ich wieder, das darfst du niemals laut aussprechen, vor keiner lebenden Seele, nicht einmal vor Lev.)

Nachdem der Terror am Blankvann sämtliche Medien knapp einen Monat lang dominiert hatte, begann ich, eine eigentümliche Abnützung zu bemerken. Als ich eines Abends den Fernseher einschaltete und feststellte, dass der Fall wieder einmal die Hauptmeldung war, konnte ich eine leichte Gleichgültigkeit wahrnehmen. Gleichzeitig wurde mir bewusst, dass dies

Unterhaltung war. Viele reagierten wohl durchaus empathisch und zeigten das auch, echtes Mitleid, doch auf einer tieferen Ebene hatte sich der Vorfall in einen Zeitvertreib verwandelt. Nicht nur ich, sondern der Großteil der Bevölkerung fläzte allabendlich vor dem Fernseher, um die letzten Neuigkeiten in dieser fürchterlichen Sache aufzusaugen. Nimm die Kaffeekanne mit, Kari, die Nachrichten fangen an! Die Kekse stehen auf der Küchenzeile. Komm! Schnell! Sie haben eine neue Spur im Blankvann-Fall!

Eine andere ärgerliche Sache war das ungleiche Verhältnis hinsichtlich der Aufmerksamkeit, die den verschiedenen Opfern entgegengebracht wurde. Ja, gut, Storen war eine bekannte Figur, seine Tochter ebenso. Aber was war mit Sofie Nagel? Warum war über sie nicht mehr zu lesen? Vielleicht war ja gerade sie der Schlüssel zum Verständnis des Tatmotivs. Und dieser Franzose, der Filmemacher – ganz zu schweigen von Sylvie, dem kleinen Mädchen. Was, wenn sie hellseherische Fähigkeiten besessen, über gefährliche Kräfte verfügt hatte, und jemand sie aus dem Weg räumen wollte?

Und warum waren die Menschen plötzlich so ängstlich, besonders in Oslo, direkt in der Stadt? Der Blankvann-See lag doch trotz allem ein gutes Stück im Waldinneren. Ja, die Untat hatte an der Idylle gekratzt, aber was, wenn diese Barbaren das Parlament in die Luft gesprengt hätten? Das Gebäude der Arbeiterpartei am Youngstorget? Da hätte man allen Grund gehabt zur Angst. Aber so etwas war undenkbar, so etwas würde selbstverständlich nie passieren.

Lasst uns fertigwerden damit, dachte ich. Es reicht jetzt.

Eines allerdings muss ich einräumen: Als ich zum ersten Mal las, dass die Morde mit einem Messer ausgeführt worden waren, löste das in meinen Gedanken eine gehörige Unruhe aus.

Aus irgendeinem Grund zerstörte das sogar die Erinnerung an Sofie Nagels Klappmesser, das, mit dem sie ihren Apfel zerteilt hatte. Mir fiel auf, dass in den Schreibereien das »Böse« immer wieder zum Thema gemacht wurde. In einem Artikel wurde behauptet, die Morde seien »satanisch«. Alles das weckte beinahe unfreiwillig mein Interesse, auch als Richter, und an mehreren Abenden saß ich am Schreibtisch – ich ließ sogar ein Konzert von Haydns erquicklicheren Streichquartetten im Gamle Logan sausen – und hielt meine Gedanken fest: Gibt es Menschen, die ausschließlich böse sind? Manchmal stellte ich mir vor, was mit den Tätern geschehen würde, wenn sie schließlich gefasst würden. Was wäre die gerechte Strafe für jemanden, der fünf Menschen die Kehle durchgeschnitten hat? Einschließlich einem Kind. Einem Kind! Doch sobald ich daran gedacht hatte, schob ich es wieder beiseite, ich wollte nicht darüber nachdenken.

Jedoch folgte im Kielwasser unweigerlich ein anderer Gedanke: Der arme Richter, dem ein solcher Fall in den Schoß fällt.

Einige Sekunden blieb ich sitzen mit dem Gefühl einer Eiseskälte im Körper.

*

Als könnte ich dadurch alles auf Abstand halten, konzentrierte ich mich auf den Alltag – den ruhigen Alltag, auf den ich so großen Wert legte. Ich toastete mir morgens mein Brot und tat meine Arbeit im Osloer Gericht mit peinlicher Genauigkeit, spazierte im Dronningparken und versuchte, die Bürger der Stadt mit unvoreingenommenem Blick zu beobachten. Es war kühler geworden, und ich hatte auf einen dickeren Anzug umsteigen, den Panama ablegen müssen (ich trug sonst nie eine Kopfbedeckung, mit Ausnahme einer sündhaft teuren Astrachanmütze – ein sogenannter Botschafterhut –, wenn es im Winter kalt wurde). Abends saß ich am Schreibtisch oder mit einem Cocktail in Wegners Wing Chair und hörte Musik oder sah mir eine Sendung an, in der Sir Kenneth Clark hoffnungsvoll über die Zivilisation sprach, mich zum Blenheim Palace mitnahm oder mir Thomas Jeffersons wunderliches Monticello zeigte, die Villa, die er, inspiriert von Palladio, selbst entworfen hatte.

Trotzdem ließ die Unruhe mich nicht los. Ich weiß nicht, warum, aber es war, als ob diese nationale Erregung, dieser ganze Aufruhr, eine Drohung gegen mich persönlich darstellte. Der Terroranschlag zerstörte nicht nur meine Illusion von einem Leben in einer geschützten Enklave, einer Musterkolonie, die ihren Bürgern noch über etliche Jahrzehnte die günstigsten Lebensbedingungen der Welt hätte bieten können (weil wir uns nicht hervortaten und uns so loyal einzuordnen wussten in das ökonomische und technologische System des globalen Imperiums) – sondern es war auch, als witterte ich die Gefahr, dass meine Wenigkeit in irgendeiner Weise in die Ereignisse hineingezogen werden könnte. Eines Tages erlebte ich etwas, das ich als Warnung interpretierte. Im Korridor begegnete ich Dobermann, dem Amtsrichter Odd Bergmann, dem gewissenhaften Wächter des Gerichts. Wir pflegten seit jeher eine Abneigung gegeneinander, obwohl wir während des Studiums lange Gespräche im Aulakjelleren geführt hatten – er hatte sogar bei ein paar Treffen des Lesekreises Junger Juristen vorbeigeschaut (wobei ich hinzufügen sollte: ohne ein besonderes Verständnis an den Tag zu legen für die Möglichkeiten, die der schönen Literatur innewohnen, nämlich ein Vordringen in die tieferen Ebenen der Bedingungen des Menschseins). Später hatten wir keinen Kontakt mehr, es kam erst zu einem Wiedersehen, als er Amtsrichter wurde. Ich argwöhnte, dass er sich schon wie ein Höchstgerichtspräsident (was für ein Wort!) fühlte, dass es ihm feuchte Träume bescherte, die viertmächtigste Person im Land zu werden. Mit den Jahren fiel mir immer deutlicher auf, dass er ein Hühnchen mit mir zu rupfen hatte, dass er eine Skepsis gegenüber meinen Kenntnissen, ja, überhaupt meinen juristischen Qualifikationen hegte.

An diesem Tag hielt er mich auf und sagte, es seien ihm Gerüchte über ein Buch zu Ohren gekommen. Ein Lächeln wie ein Zähnefletschen. Ja, es werde ein Buch herauskommen, antwortete ich. Wieder lächelte er, und in meinen Augen war das ein spöttisches Lächeln, als glaubte er, dass ich bluffte, dass es aus der Hand eines so unbegabten Mannes wie mir niemals ein weiteres Buch geben könnte, zumindest kein interessantes. So, wie er das ganz sicherlich sah, war *Auge um Auge* lediglich ein kurzes Aufblitzen gewesen. Während wir uns unterhielten, oder eher, während wir abwägten, wie lange wir wortlos dastehen konnten, ohne dass es unhöflich wurde, fiel mir auf, dass er eine Neigung zu Manschettenknöpfen und viel zu protzigen Ringen hatte. Außerdem war er dafür bekannt, bei seinen Strümpfen Farben zu wählen, die irgendwie ein bisschen frech sein sollten, aber überhaupt nicht frech waren. Dobermann, auch er ein Rätsel. Ich erinnerte mich an das Porträt über ihn, das Ine Wang für das Magazin geschrieben hatte – nicht nur machte er Yoga, er hatte auch einen Hund; keinen Windhund, worauf ich getippt hätte, sondern einen Zwergspitz. Ich versuchte, ihn vor mir zu sehen, Dobermann beim Gassigehen mit seinem kleinen Hund. Wie er wohl hieß? Ich suchte eine Entschuldigung, nickte in Richtung meines Büros. »Natürlich«, sagte er. »Immer viel zu tun, Peter.« Derselbe misstrauische

Blick. Als könne er nicht glauben, dass ich es bis hierhin, bis in sein Gerichtsgebäude geschafft hatte.

Ich kann es nicht recht erklären, aber es war, als ob das Unbehagen, das ich beim Gedanken an den Blankvann-Vorfall empfand, durch die Begegnung mit Dobermann verstärkt wurde. Bestand die Gefahr, dass ich entblößt wurde? Als untauglich entlarvt? Als ich die Bürotür schloss, wurde ich einige Sekunden von einem Schwindel übermannt, so heftig, dass ich beinahe das Gleichgewicht verlor. Eigentlich bestand gar kein Grund dazu, aber mein ganzes stabiles Dasein schien im Kentern begriffen.

Unter Aufbietung enormer geistiger Anstrengungen gelang es mir, mich auf etwas anderes zu konzentrieren, wobei es sich auch als hilfreich erwies, dass ich Vorbereitungen für ein paar Zivilrechtsfälle treffen musste, die mich erwarteten. Genau so wünschte ich es. Ich wollte in Ruhe und Frieden im Gericht arbeiten, wollte meine Gedanken sammeln für die Verhandlungen, denen ich vorsaß, ich wollte kluge, wohlformulierte Urteile in meinem Büro verfassen, wollte mir jede Störung verbitten, wollte allem voran meine Abende für mich allein haben, wollte in meiner verborgenen Wohnung sitzen, einen Cocktail in der rechten Hand, und mir Pianostücke anhören, gern Beethovens späte (die Diabelli-Variationen!), ich wollte allein sein, ich wollte in meinem Chefsessel um meinen T-förmigen Schreibtisch herum rollen und auf halben Notenblättern kleine Erkenntnisse notieren (die alten irischen Gesetze aus dem 5. Jahrhundert!), wollte mich in den Kissen meines Wing Chairs zurücklehnen und mir *Civilisation* ansehen, den unvergleichlichen Sir Kenneth Clark in Florenz und Urbino auftauchen sehen und über die Frührenaissance erzählen hören und über den Glauben, der Mensch sei das Maß aller Dinge. Und bevor ich mich schlafen legte, wollte ich vor dem großen Fenster über dem leeren Bankplassen stehen und zu der flutlichtbestrahlten Festung Akershus hinaufsehen, die dort lag und mich beschützte. Eine Wohnung bewachte, ein Leben, nicht einsehbar.

Der September neigte sich dem Ende zu. Ich hatte Lev ins Statholdergaarden eingeladen, wie ich es manchmal tue, ich verdiene gut, ich lebe allein und esse oft auswärts, und wenn ich nicht in dem Wand an Wand gelegenen Engebret Café esse, dann am liebsten im Statholdergaarden, das nur einen Steinwurf entfernt liegt. Ich mag es auch, Lev etwas zu gönnen, das Lehrergehalt ist eine Schande, nur ist es allerdings leider so, dass Lev ebenso gut ins Egon oder ins Mona Lisa oder zu Burger King hätte essen gehen können, für ihn besteht der Lebenssinn nicht im Essen, sondern im Gespräch. Solange er mit Meinungen um sich werfen kann, würde er von Brot und Käse allein leben können. Und von ein paar Tropfen Whisky.

Als er bei mir vorbeischaute, trug er seine übliche Fotoweste über einer Fleecejacke und einem zerknitterten Hemd – als wollte er, dass die Leute, oder die Schüler, glaubten, eigentlich sei er Fliegenfischer oder Jäger. Aus der größten Tasche lugte immer eine Trabrennzeitschrift hervor, ich nehme an, das ist seine Lektüre, wenn er mit dem Bus in die Stadt fährt. Lev wohnt in einer kleinen Wohnung in Tonsenhagen, nicht weit entfernt von der Schule, in der er unterrichtet. Und nicht weit von der Bjerke-Trabrennbahn, sollte ich wohl hinzufügen. Ich habe mich nie getraut, seine Residenz in Augenschein zu nehmen. Lev zufolge ist das einzig Bemerkenswerte an seiner Wohnung ein Regal, auf dem er seine Sammlung von annähernd achtzig Miniaturflaschen unterschiedlicher Whiskysorten aufgestellt hat. »Ich betrachte es als meine Altartafel«, sagte er.

Ansonsten weiß ich wenig über Levs Vergangenheit. Einmal zeigte er mir die abgegriffene Fotografie eines jungen, langhaarigen Mannes mit Rickenbacker-Gitarre. »Wer ist das?«, fragte ich. »Ich«, sagte Lev, »ich habe in einer Band namens Revolver gespielt.« In seiner Brieftasche (von altmodischer Art, der reinste Archivschrank) sah ich durch Zufall das Bild einer blendenden Schönheit im Bikini. »Meine Ex«, sagte Lev unaufgefordert. »Wir waren fünf Jahre verheiratet.«

»Hör zu, Lev«, sagte ich, so freundlich ich konnte. »Wir wollen heute nicht in den Busch, du könntest dich ausnahmsweise mal ein bisschen herausputzen, passend zu dem Ort, den wir aufsuchen. Raus aus den Joggingschuhen und probier die da. Wir haben dieselbe Größe. Die sind von Church's in der Regent Street. Frisch poliert.« Er schnaubte. Ich überhörte es. »Hier, zieh das weiße Hemd an, und dann leihst du dir ein schwarzes Sakko von mir. Größe 52?« Er nickte, nahm die Kleidungsstücke und ging ins Bad. Ich glaube wahrhaftig, er wusch sich auch unter den Armen, jedenfalls kam er in weißem Hemd und Sakko und mit nass zurückgestrichenen Haaren heraus und war nicht wiederzuerkennen. »Mr. Hambro, I presume?«, sagte ich. »Bereit für einen Abend in der Stadt? Lass uns einen Ort aufsuchen, an dem etwas anderes serviert wird als Popcorn und Baconcrisp.«

Lev ist ein fleißiger Kinogänger. Nach dem, was er mir erzählt hatte, war ihm nun allerdings der Zutritt zu mehreren Osloer Kinos verweigert worden, weil er, mehrmals, in einem Tobsuchtsanfall Popcorneimer und riesige Schachteln mit Baconcrisp an sich gerissen, sie in den Mittelgang geworfen und die Snackbesitzer beschimpft und ihn vorgeworfen hatte, dass sie nicht gekommen seien, um sich einen Film anzusehen, sondern um zu völlern wie die Römer in den Tagen ihres

Untergangs. Was für ein haarsträubender Mangel an Bildung! Das war es denn auch, was er seinen Schülern zu vermitteln versuchte: Bildung. In meinen Augen war Lev, trotz seines Kleidungsstils, der Sir Kenneth Clark des Osloer Schulwesens. Unermüdlich kämpfte er darum, den Ablenkungsversuchen der Schüler Einhalt zu gebieten, ihre Aufmerksamkeit auf das Lernen zu richten. Ruhe und Neugier zu erzeugen, eine Freude am Sich-bemühen-Dürfen. Kurzum, Lev wollte sie zivilisieren. Und welcher Schüler hätte nicht seine Freude an einem Lehrer, der plötzlich eine versteinerte Muschel aus der Tasche seiner Fotoweste herausnahm und eine Erzählung anfing über Darwin und dessen Fund fossiler Muscheln hoch oben in den chilenischen Anden?

Draußen am Bankplassen, wo die Wasserstrahlen des Springbrunnens noch immer optimistisch in die Luft schossen, erzählte mir Lev, dass er bei einer der Filmvorführungen im Filmens Hus gewesen war, die das Norsk Filminstitutt im Gedenken an Jules Lefebvre, Gry Storefjelds Freund, veranstaltet hatte. Lefebvre hatte seine norwegische Exfrau, die Mutter der kleinen Sylvie, auf einem Festival im Ausland kennengelernt. Auch sie war Regisseurin. So war er nach Norwegen gekommen, wo es ihm gelungen war, dem Staat sowie auch verschiedenen Institutionen durch das Initiieren einer äußerst zweifelhaften Zusammenarbeit zwischen dem norwegischen und dem französischen Film massenhaft Geld abzupressen, er hatte es sogar zuwege gebracht, eine Anstellung als Lehrbeauftragter an der Filmschule Lillehammer zu ergattern, wo er, der erbärmliche Regisseur, vor norwegischen Grünschnäbeln Vorlesungen über das Filmemachen hielt. »Ein schrecklicher Typ«, sagte Lev. »Die Inkarnation französischer Arroganz. Obendrein war seine Mutter Karrierediplomatin, angeblich verhasst in der arabischen Community. Vielleicht sollte jemand hier nach Tatmotiven suchen, sich ein bisschen die French Connection ansehen. Die unbekömmliche Familie Lefebvre.«

Eine ganze Woche lang hatte das Filmens Hus Lefebvres Filme ausgestrahlt. In einem Anfall von Masochismus war Lev hingegangen, um sich jenen Film anzusehen, der als Lefebvres Meisterwerk gehandelt wurde. Und auch wenn ihm ausnahmsweise das Knirschen und der Gestank von Popcorn und Baconcrisp erspart geblieben waren, war es laut Lev eine Qual gewesen, diesen Film zu sehen: »So gotterbärmlich peinlich, dass es in allen Gelenken wehtat.« Lefebvre produzierte Filme in der Tradition Éric Rohmers, nur provozierend schlechter. Davor hatte er eine Reihe mehr oder weniger pornographischer Filme gedreht, die sich allesamt einen Anschein von Seriosität gaben, was die Kulturelite dazu bewog, bei den geschmacklosen Szenen ein Auge zuzudrücken. Während der Vorführung des »Meisterwerks« musste Lev sich auf die Lippen beißen, um nicht im Dunkeln aufzustöhnen, wohingegen die anderen begeistert seufzend dasaßen, als verliehe der tragische Tod des Regisseurs dem Film eine Qualität, die er nicht besaß. »Um es freundlich zu formulieren«, sagte Lev, »Lefebvres Tod ist kein Verlust für die Kunst.«

Als ich in die Kirkegata einbog, war Lev verschwunden. Ich drehte mich um und entdeckte ihn im Gespräch mit einer Prostituierten, ich konnte gerade noch beobachten, wie er ihr einen Geldschein zusteckte, wie einer Bettlerin. »Wie viel hast du ihr gegeben?«, fragte ich vorsichtig, als er mich wieder eingeholt hatte. »Tausend Kronen«, sagte er. »Du bist verrückt«, sagte ich. »Sie braucht das Geld dringender als ich«, sagte er. »Ich habe vorige Woche ein bisschen was auf der Rennbahn gewonnen.«

Manchmal frage ich mich, ob es irgendeinen Sinn hat, Mr. Hambro auf ein Abendessen einzuladen.

Alle meine Bedenken schwanden jedoch, als die wohlbekannte Fassade des Statholdergaarden in der Rådhusgata vor uns auftauchte und wir kurz darauf vor dem Eingang standen. Wie in einem Versuch, die Zeit langsamer vergehen zu lassen, genieße ich stets den Moment, wenn ich diese Räumlichkeiten mit ihrem Flair von Geschichte und gastronomischem Adel betrete. So auch jetzt. Ich hielt Lev die Tür auf, und wir traten in den gelben Raum. Sofort tauchte jemand von der Bedienung auf, als wäre ich ein ersehnter Gast. »Herr Malm«, sagte die Frau. »Wie angenehm, Sie zu sehen.« Ein freundliches Lächeln in Levs Richtung, als ob die bloße Tatsache, dass er in meiner Gesellschaft verkehrte, für Klasse bürgte. Sie geleitete uns durch den Salon mit dem warmen Rotton und weiter in das hellblaue Zimmer, Cleopatra-Saal genannt, und wies uns einen Platz an einem der Fenstertische zu. »Ausgezeichnet«, sagte ich und signalisierte nur mit einem Nicken, selbstverständlich würden wir, ohne großes Herumreden, das fünfgängige Tagesmenü mit Weinbegleitung nehmen. Ich bat um ein Glas Champagner, wohingegen Lev auf Whisky bestand, Ardberg, und obschon ich es ein wenig ungewöhnlich fand, billigte ich seine Wahl – sogar Edgar hätte anerkennend genickt. Im Grunde überraschte es mich, dass Lev den Namen dieses vorzüglichen Malzwhiskys kannte, sofern dies nicht seinen Miniaturflaschen zuzuschreiben war, die dadurch endlich einmal für etwas gut waren. Wenn er sie nicht seine Altartafel nannte, behauptete er, seine Whiskyregale seien sein »Weinkeller«, für den er fast vierzig Jahre gesammelt habe.

Ich vollführte eine Handbewegung in den Raum hinein, wie um Levs Aufmerksamkeit auf den außergewöhnlichen Stuck an der Decke zu lenken, auf den geschmackvollen orientalischen Bodenteppich, die Orchideen auf dem Fensterbrett, doch da hatte er schon eine Vorlesung über Aufstieg und Fall der Sozialdemokratie angefangen. Ich hatte den Eindruck, dies seien Gedanken, die ihm durch den Kopf gingen, nachdem er noch mehr über Arve Storefjeld gelesen hatte und über eine Theorie, der zufolge die Morde mit dem Ziel verübt worden seien, der Arbeiterpartei zu schaden.

Während ich an dem Champagner nippte und Levs Ausführungen lauschte, wurde mir bewusst, welche Schärfe seinen Aussagen stets innewohnte. Natürlich war das, was er sagte, höchst subjektiv, jedoch steckten hinter den zugespitzten Formulierungen anregende Problemstellungen. Er sollte wirklich an einer Universität lehren, anstatt in einem Klassenzimmer voll wilder Viertklässler zu sitzen. Sein Talent ist von solcher Größe, dass es implodiert ist, dachte ich.

Lev, der seinen Malzwhisky trank wie andere Espresso, in drei Schlucken, nahm übrigens auf seine eigene, amüsante Weise an den gesellschaftlichen Debatten teil. Er schrieb Leserbriefe, verfasste unablässig Beiträge für Zeitungen, beteiligte sich an Internetdiskussionen und postete Kommentare. Oft schrieb er unter einem Pseudonym. Änderte seine Stimme. Wie ein Søren Kierkegaard, behauptete er selbst. Er hatte jedenfalls seinen Spaß daran. Gruß, ein Junge, 8 Jahre alt. Gruß, Frau Hammer, Rentnerin. Er konnte lange Beiträge zu ernsten Themen schreiben, beispielsweise über die ethischen Bedenken einzelner Ölfonds-Investitionen, genauso gern aber schrieb er über Belanglosigkeiten – wütende Briefe über den Hundekot, der überall herumlag, besonders im Frühling, oder über die Unzuverlässigkeit der Osloer Verkehrsbetriebe. Gruß, Oberst Bull. Manchmal machte ich mir den Spaß und versuchte zu erraten, welchen

Diskussionsbeitrag er in der Morgenzeitung geschrieben hatte, aber den Rechner einzuschalten und nachzuforschen, wie er sich in Internetmeetings in den Kommentarfeldern auslebte, habe ich mich nie getraut. Mich beschleicht der Verdacht, dass mich das mehr als nachdenklich stimmen würde.

Unsere Kellnerin, eine junge Frau, die mit ihrem dichten, hochgesteckten Haar und den strahlenden Augen faktisch ein klein wenig an Gry Storefjeld erinnern mochte, stellte das erste Gericht des Abends vor uns auf den Tisch – marinierten Lachs mit Lauchasche und Mango, einem Schuss Koriander und … einer Sauce velouté auf Miesmuschelsud (Letzteres musste ich sie bitten zu wiederholen). »Wohl bekomm's«, sagte ich unnötigerweise zu Lev, denn er schaufelte das Essen einfach in sich hinein wie in irgendeiner x-beliebigen Kantine, während er weiter darüber schwadronierte, dass die Arbeiterpartei ihre Seele an den Wirtschaftsliberalismus verkauft habe. Ja, ja, dachte ich, aber hatten wir nicht alle freudig unsere Seelen an den Liberalismus verkauft? Ich sagte nichts, wollte ihn nicht noch weiter anstacheln.

Aus irgendeinem Grund – während er misstrauisch die Lauchasche beäugte – kam er auf Arve Storefjelds Frau, Mosse, zu sprechen, die ganze Heuchelei, die da in den Gedenkworten serviert worden sei, als wären sie eine perfekte Familie gewesen. »Wenn ich von ihrem Heim im Maridalsveien höre, denke ich eher an Theaterstücke von O'Neill oder Norén«, sagte Lev. Als Anlass für seinen Ausbruch dienten wieder einmal Informationen, die von seinem Freund und Insider in der Arbeiterpartei stammten. Storens Frau war gestorben, als Gry und Ståle Teenager waren, und Storen hatte sie immer in seinen späteren Interviews erwähnt, mit ihr angegeben. Mosse war ebenfalls eine bekannte Figur in der Partei gewesen. »Unerwartet von uns gegangen«, stand in der Todesanzeige. »Von wegen«, sagte Lev. »In Wirklichkeit war sie todunglücklich.« »Du meinst, sie hat an Depressionen gelitten?«, fragte ich. »Es ist wohl noch keine medizinische Diagnose gefunden worden für das, was Mosse Storefjeld gefehlt hat«, sagte Lev mit einer Grimasse. »Vermutlich hat sie ganz einfach an sexueller Vernachlässigung gelitten. Und an fehlendem Mitbestimmungsrecht in ihrem eigenen Heim – ein Paradox angesichts der Tatsache, dass sie in der Gewerkschaft und der Fafo für die Geschlechtergleichstellung gearbeitet hat. Erinnerst du dich nicht an den verbitterten Gesichtsausdruck auf den wenigen Bildern, die von ihr in der Zeitung waren?« Lev trank von seinem Wein, als wäre es Wasser. »Eine Zeit lang war sie im Sanatorium Modum. Die Wahrheit ist, sie war ein Wrack.« Lev suchte nach etwas in seiner Tasche, vergaß, dass er sich ein Sakko von mir geliehen hatte. »Am Ende hat sie so starke Medikamente genommen, dass sie krankgemeldet war«, sagte er. »Es geht das Gerücht, dass sie sich das Leben genommen hat, eine Überdosis Tabletten, aber meine Theorie ist, dass sie an Lebensüberdruss gestorben ist.«

Ich ließ mir nichts anmerken, zuckte aber zusammen, als er das mit den Tabletten und der Überdosis erwähnte.

»Über alles das wird Stillschweigen bewahrt, damit der Storefjeld-Mythos nicht zerstört wird«, sagte Lev. »›Die vorbildliche Ehe‹.« Lev sah in sein leeres Weinglas. »Offiziell ist sie an Herzversagen gestorben, sie haben behauptetet, sie hätte ein schwaches Herz gehabt.«

Levs Ausführungen hatten mich so sehr vereinnahmt, dass ich kaum die freundliche Erläuterung der Kellnerin über den nächsten Gang mitbekam, ich hörte gerade noch etwas von »petit pois und chips« und »Gotland-Trüffeln« – ich hätte mich gern nach diesen Trüffeln erkundigt. Wirklich? Aus Schweden?

Und gleichzeitig bemerkte ich, dass Lev das Thema gewechselt hatte, er redete jetzt auf einmal über den Tschernobyl-Unfall, der mehr als alles andere den Zerfall der Sowjetunion verursacht habe, ich hatte keine Ahnung, wie oder warum er auf dieses Thema zu sprechen gekommen war, aber Lev wurde des Plauderns nie müde, und es ließ sich nun einmal gut plaudern unter den Kronleuchtern im Cleopatra-Saal des Statholdergaarden, frei von Muzak und mit weit voneinander entfernt angeordneten Tischen, ein wahrer Segen.

»Skål, Mr. Hambro«, sagte ich.

»Wenn sie das nächste Mal *Stalker*, Tarkowskis Film, in der Cinemateket zeigen, werde ich dich mitnehmen«, sagte Lev.

Wir bekamen den Hauptgang des Abends: Filet von der Kalbslende und Kalbsbries – exzellent, wie ich schon nach einem Bissen konstatieren konnte (soweit ich es herausschmeckte, waren auch ein wenig Grünkohl und Rettich dabei, dazu Bratensaft mit Thymian). Ein Vignamaggio Chianti Classico von 1999. Was konnte man sich mehr wünschen? Selbst Lev unterbrach einige Minuten lang seinen Redestrom, ich ertappte ihn sogar dabei, wie er vor Wohlbehagen die Augen schloss, und plötzlich tupfte er sich auf überaus elegante Weise mit der Serviette die Lippen. Als stamme er aus einem Hause der Oberschicht, großgezogen von einer strengen Gouvernante.

Danach legte er gleich wieder los mit seinen Litaneien über Nationen, die auf ihrem angesammelten Reichtum schlummerten. Über PR-Menschen und Medienstrategen, die in den Parteien Einzug gehalten hätten, mit der Folge, dass die Politiker glaubten, sie arbeiteten für die PR-Branche. Ich konnte nur hie und da ein Wort einwerfen. Dann lenkte Lev das Gespräch hin zu den Unruhen, die aktuell in der Finanzwelt herrschten. »Das musste ja kommen«, sagte er. »Die Gier hat ihre Grenzen.« Lev schaltete noch einen Gang höher, redete noch lauter, erzählte lang und breit über die Tricks der Banken, wie sie Kredite an Leute vergäben, die sich keine Kredite leisten konnten, und über die heutige Wirtschaft, die auf einem geldbasierten Kapitalismus aufgebaut sei. »Wieso finden wir uns damit ab?«, sagte er und stellte das Glas fest auf den Tisch. »Einige wenige streichen den Gewinn ein, solange alles glatt läuft. Wenn sie Verluste schreiben, muss die Gemeinschaft für die Rechnung aufkommen!« Ich bedeutete ihm mit einem Zeichen, dass er sich mäßigen solle, mehrere Gäste hatten sich bereits zu uns umgedreht, vielleicht waren einige darunter sogar Finanzmenschen. Lev senkte die Stimme, und es kann durchaus sein, dass mir etwas entging, denn auf einmal hatte er auch das, die wirtschaftlichen Zustände, mit dem politischen Verfall in Zusammenhang gebracht. Denn was sei Politik?, fragte Lev rhetorisch. Politik sei die Fähigkeit des Voraussehens. Ein Denken über das Hier und Jetzt hinaus. Das Erkennen möglicher Folgen. Gerade dieser Mangel an Einbildungskraft seitens der Politiker habe es den Banken ermöglicht, die komplette Wirtschaft an die Wand zu fahren. »Die Phantasielosigkeit ist die Wurzel aller schlechten Politik«, sagte Lev.

Es gab Zwischengänge, mehr Wein, Levs Meinungskaskaden über den verbrecherischen Charakter der Finanzwelt. Im Nachhinein erinnerte ich mich an wenig von alldem, aber gegen Ende hin kam er darauf zu sprechen, dass jetzt der richtige Zeitpunkt wäre, um Aktien zu kaufen. »Kauf welche«, sagte er, »wo du ja ein bisschen Geld auf der hohen Kante hast. Kauf Statoil und Norsk Hydro und Yara und Telenor. Aber warte noch mit DnB NOR, da ist noch kein Boden in Sicht, warte bis nächstes Jahr.«

»Sprich jetzt nicht«, sagte ich zu Lev. »Ich muss einfach ein paar Sekunden mit diesem Dessert allein sein.« Der erste Bissen hatte mich in den Himmel erhoben. Ich vergaß alles über die Bankenkrise und Aktien, vergaß Storen und Gry und Sofie, sogar die kleine Sylvie, die ganze Tragödie. Hatte ich ein schlechtes Gewissen? Ich hatte kein schlechtes Gewissen. Ich war in meiner Mitte. Ich musste unsere Kellnerin herbeirufen, mir den Namen wiederholen lassen. Es stellte sich heraus, dass es holländische Himbeeren waren auf einem Maracuja-Curd (jedenfalls glaube ich, dass sie das sagte) … Kokossorbet und Scheiben von weißer Schokolade … was noch, ja, Ananas und Minze. Ich spielte mit dem Gedanken, es auf dem Notenblatt zu notieren, das ich in der Innentasche hatte, erhob jedoch stattdessen das Glas edlen Tokajers und sagte: »Das ist ein Mahl, das eine Serie von Sir Kenneth Clark begleiten könnte.«

»Clark – ist das der aus *Superman*?«, frage Lev.

Und trotz dieses Desserts im Statholdergaarden: Stolperten meine Gedanken nicht einige Sekunden lang mehrere Jahrzehnte zurück, zu dem ziemlich ungekünstelten, aber dennoch unvergesslichen Apfelkuchen am Frognerseteren?

Es war, als hätte mich das Abendessen im Statholdergaarden wieder auf die Beine gebracht, mir wieder zu meinen festen Routinen verholfen. Die Tage, die darauf folgten, waren geprägt von einfachem Frühstück, Toast mit Zitronenmarmelade oder Rosenblattgelee, von unkomplizierten Fällen im Amtsgericht und erholenden Spaziergängen durch die Stadt und den Dronningparken (der bald geschlossen werden würde, und in meinen Augen war dies das am schwersten wiegende Argument gegen die Monarchie, ich rechnete es ihr fast als ein unbegreifliches Verbrechen an der Bevölkerung Oslos an, dass man diesen Park mitten im Stadtzentrum für acht Monate im Jahr schloss). Ich war auf dem besten Weg, die Ruhe zurückzuerobern. Gott sei Dank hatten die Medien angefangen, sich mit anderen Themen zu befassen als mit dem Terror in der Nordmarka, wiewohl das Fehlen von Antworten in Bezug auf die Täter naturgemäß eine offene Wunde darstellte. Morgens kehrte ich zurück zu meinem alten Sony-Radio und dem BBC World Service, und abends konnte ich ungestört in meiner entlegenen Wohnung mit einem Cocktail in der rechten Hand dasitzen und mir *Civilisation* ansehen: Mein Leben verlief ganz nach meinen Wünschen. Öfter noch als früher setzte ich mich an den Schreibtisch, um die Notenblätter zu studieren, die ich in der Sætre-Dose aufbewahrte (»Da ist ein Gerechter, der geht zugrunde in seiner Gerechtigkeit, und da ist ein Gottloser, der lebt lange in seiner Bosheit.« Prediger, 7,15), und ich stand jetzt kurz davor, die Konturen eines Ganzheitsgedankens in *Leben um Leben* zu erahnen, einem Buch, in dem die juristische Abrechnung bei den Nachkriegsprozessen lediglich als Ausgangspunkt dienen sollte oder als Zentrum für weitere Gedanken und eher spekulative Assoziationen (die Freiheit zum Spekulieren würde ich mir nehmen, zumindest bis zu einem gewissen Grad), ich fühlte einen neuen Elan, ja, ich fühlte mich *verwegen.*

Zwischendurch fand ich sogar Zeit, einen Roman zu lesen, den ich seltsamerweise noch nicht gelesen hatte, *Der Fall* von Albert Camus, in dem ein Anwalt eine Art Beichte ablegt. Ja, doch, ich war wieder in die Gänge gekommen. Ich hatte die Zeit wiedergewonnen, und alles war wohltuend still.

Wenn ich ab und zu spät nach Hause kam, blieb ich am Bankplassen stehen und schaute hinauf zu meiner Wohnung. Abends wurde es jetzt früher dunkel, und ich sah das warme Leuchten im obersten Fenster (ich ließ immer das Licht im Arbeitszimmer an). Wieder musste ich daran denken, was für ein Glück ich hatte. Niemand würde glauben, dass hier irgendein

Mensch wohnte. Man würde einfach glauben, jemand hätte in einem der Büros das Licht auszuschalten vergessen.

Trotz dieser wiederbelebten Arbeitsfreude war es, als weigerte sich der aufregende Herbst, mir Ruhe zu gönnen. Plötzlich ereignete sich im Blankvann-Fall eine sensationelle Wende – und ausnahmsweise ist dieser Stehsatz hier angebracht. Ein Mann wurde festgenommen und des Mordes beschuldigt. Und keine hundert weißen Elefanten hätten verhindern können, dass der Name dieser Person mit Pauken und Trompeten sofort in allen Medien ausgerufen wurde: Nicolai Berge.

Warum hatte das vorher keiner gesehen? Es hagelte Schuldzuweisungen. »Berge hat sich unter dem Radar bewegt«, lautete die Entschuldigung, eine Phrase, die bis zum Überdruss wiederholt wurde.

Ich befand mich zu Hause, wollte mich gerade in den Sessel setzen und auf der Jagd nach Argumenten für *Leben um Leben* um den Schreibtisch herum rollen (vielleicht, um mir anzusehen, was ich mir über die hinduistische Gesetzgebung notiert hatte), doch einem Impuls folgend – bald hätte ich gesagt: einem unglücklichen Impuls –, schaltete ich stattdessen die *Dagsrevyen* ein, und da war es, natürlich in einer Sondersendung, mit Reportagen und Interviews und Kommentaren von allen möglichen Leuten. Stand Norwegen still, wie man sagt? Vielleicht tat es das. Ich weiß nicht, ob es mich überraschte. Ja. Nein. Ich hatte Nicolai Berges Tun und Treiben ein wenig verfolgt, vielleicht aufgrund meiner Skepsis gegenüber jener Inzucht, jener Vetternwirtschaft, von der man in der Arbeiterpartei bisweilen Tendenzen erblicken konnte. Schon das erste Mal, als ich ein Bild von ihm in der Zeitung gesehen hatte – das muss im Zusammenhang mit einem Führungsstreit in der

AUF in Oslo gewesen sein –, hatte ich dieses Angesicht als ein vermessenes wahrgenommen, hinter dem sich, freiheraus gesagt, ein hochmütiges, wenig sympathisches Wesen verbarg. Auf dem Bild stand er in theatralischer Positur, mit Hammer und allem Drum und Dran (oder war es ein Klebeband?), und schlug auf einer Tür unten am Youngstorget irgendwelche »Thesen gegen die Arbeiterpartei« an. Wie kindisch, dachte ich damals. Was für ein empörender Größenwahn, den ehrenwerten Luther, seine heroischen Taten, in einen klitzekleinen, sicher sektiererisch angehauchten norwegischen Machtkampf hineinzuziehen. Ein einziger Blick. Der genügte. Darüber wurden Bücher geschrieben, oder nicht? Öfter als es einem lieb ist, braucht man nur ein paar Sekunden, um sich eine Meinung über einen Menschen zu bilden. Das muss an Instinkten liegen, die wir im Laufe zehntausender Jahre erworben haben, Instinkte, die wichtig sind für unser Überleben. (Ich werde mich allerdings hüten, so etwas laut während einer Diskussion in der Personalkantine des Gerichts zu sagen.)

Was war mein erster Gedanke? Ich erinnere mich gut. Ich dachte: Einen übleren Schurken werden wir auf der Anklagebank eines norwegischen Gerichtssaals nie zu Gesicht bekommen.

Oder nein – meine erste Reaktion war kein Gedanke, sondern Wut. Es machte mich schlicht rasend, dass *ein* Mann – ein einzelner Mensch – der Grund war für diese enorme Aufregung, die mich erneut so vollkommen aus dem Gleichgewicht brachte, ja, die über einen Monat lang meinen Alltag zerstört, *verpestet* hatte.

Eine, nein, zwei Sekunden lang dachte ich an die Todesstrafe. Dass sie das einzig Richtige wäre.

Meinen Schreibtisch und *Leben um Leben* hatte ich ganz vergessen. Ich saß in dem kleineren Wohnzimmer, in dem ich sonst mit einem Cocktail Sir Kenneth Clark beim Herumwandeln durch Europa zusah, aber jetzt handelten die Bilder von Nicolai Berge und seiner ungeheuerlichen Tat. Aus dem Gesagten konnte ich heraushören, dass er ein Verhältnis mit Gry Storefjeld gehabt hatte, und ich muss sagen, mein Erstaunen darüber war maßlos. Wie hatte sie, ein Mensch mit einer offensichtlichen Begabung, eine Kennerin des komplexen Dichters Samuel Taylor Coleridge, einer widerlichen Null wie Nicolai Berge verfallen können? Dass Berge später auch ein paar Erzählbände herausgebracht haben soll, konnte ich ehrlich gesagt nur schwer glauben – wenn, dann bei einem obskuren Verlag, und mit Erzählungen niedrigsten Niveaus. (Ich verfolgte die Literaturszene aus den Augenwinkeln, und die Tatsache, dass seine Veröffentlichungen vollkommen an mir vorübergegangen waren – in einem Land, in dem sogar das Mittelmäßige hochgejubelt wird –, nahm ich als sicheres Zeichen für das Fehlen jeglicher Qualität.)

Berge. Ein Name, plötzlich verwandelt und einem ganzen Volk ins Gesicht gespuckt.

Ich empfand ein starkes Bedürfnis nach einem Negroni, konnte mich aber beherrschen. Auch wäre ich der Versuchung ausgesetzt gewesen, zu viel Gin beizumengen. Es war dies kein Abend für Cocktails. Alles würde völlig danebengehen.

Die nächsten Tage waren ein Wirrwarr aus Bildern und Schlagzeilen. Jeden Morgen saß ich vor der Arbeit am Küchentisch und hatte die Zeitungen um mich herum ausgebreitet, auch die, die ich am Vorabend gekauft, die zu lesen ich aber noch keine Zeit gefunden hatte. Es waren so viele, dass ich unter all dem Papier die kleinen, exklusiven Marmeladengläser bald nicht mehr fand. Wohin ich mich auch wandte, sah ich entweder Nicolai Berges Namen oder Nicolai Berges Gesicht, ein Gesicht, welches im Übrigen immer dämonischere Züge anzunehmen schien. Die Zeitungen nahmen kein Blatt vor den Mund. »Gescheiterter AUF-Prinz.« »Tragödie einer Familie.« Nicolai Berges Leben, von seiner Kindheit an, wurde vor der Nation ausgebreitet. Und dann waren da noch die Bilder. Woher hatten sie die? Von Freunden (»Freunden«)? Das waren die reinsten Bilderkavalkaden, die da in den Boulevardblättern abgedruckt wurden. »Wie konnte ein Junge aus gebildetem Hause in der Bygdøy allé zu einem Barbaren werden, einem Wilden, der mit einem Messer im Wald herumläuft?« Da war Nicolai Berge als Konfirmand, Nicolai Berge auf einem Klassenfoto der weiterführenden Nissen-Schule, im AUF-Lager auf Utøya, mit Weinglas auf einem Verlagsfest. »Ein scheinbar ganz normaler norwegischer Jugendlicher«, stand da. »Was ist schiefgelaufen?«

Meine Tage waren abermals zerstört. Ich fand nicht die Ruhe, derer ich bedurfte, um auch nur irgendetwas zu tun, und sei es nur, die Sætre-Dose mit weiteren Notizen zu füllen oder Musik zu hören. Einzig die Arbeit im Gericht verlief problemlos, weil ich dort meine Pflichten im Halbschlaf (und untadelig) erfüllen konnte.

Trotzdem erinnerte ich mich an Levs Rat, und inmitten dieser Turbulenzen kaufte ich Aktien bei den Unternehmen, die er mir genannt hatte. Ich sah das praktisch als eine Art Pflicht an, da ich mich doch als Bürger einer der zurückgezogensten und bestorganisierten Kolonien des marktliberalistischen Imperiums betrachtete – zumindest bis jetzt. Natürlich hätte ich mich schon früher mit solchen Dingen beschäftigen sollen, ich, ein Mann, der einiges an Geld auf dem Konto hatte und obendrein in einem alten Bankenviertel wohnte, mit der Börse gleich um die

Ecke. Ich war überrascht, als ich entdeckte, um wie viel die Aktien in den letzten Wochen gefallen waren. Es war nur eine Frage der Zeit, bis sie wieder steigen würden. Selbst ich, ein Amateur, konnte sehen, dass die Zeit für einen Kauf außergewöhnlich günstig war, wobei ich gleichzeitig dachte, dass dadurch meine Sicht auf Norwegen und dessen Stellung in der Welt eine Bestätigung erfuhr: Wir geben vor, eine freie Nation zu sein, unsere Verhältnisse selbst zu bestimmen, in Wirklichkeit aber sind wir eine Kolonie, die einem unsichtbaren, weltumspannenden Imperium unterworfen ist, völlig abhängig von den Launen der globalen Wirtschaft mitsamt den jüngsten Bocksprüngen in der technologischen Entwicklung.

Doch Berge stiftete weiter Verwirrung. Bald sickerte die Information durch, dass der Angeklagte schwieg, dass er sich weigerte, eine Erklärung abzugeben. Bis jetzt hatte er weder der Polizei noch dem Haftrichter gegenüber eine Erklärung abgegeben. Sofern das überhaupt möglich war, wurden dadurch noch mehr Theorien in Umlauf gebracht. Psychologen, ja, Krethi und Plethi aus allen Fachbereichen machten einen Wettkampf daraus, wer in den Zeitungen schreiben oder im Fernsehen interviewt werden durfte.

Selbstverständlich wurde auch auf den Vater losgegangen, Olaf Berge. Ich kann mir vorstellen, wie sich das abgespielt haben muss. Die versammelte Meute vor dem Wohnhaus in der Bygdøy allé. Wie ich es verstanden habe, hat er sich von der Polizei vernehmen lassen, sich aber geweigert, vor der Presse zu sprechen. Mehrere Zeitungen brachten Nahaufnahmen von Olaf Berge beim Verlassen des Grundstücks (es mochte den Anschein haben, als hätten wir auch in Norwegen eine Heerschar an Paparazzi). Die Fotos zeigten ein abgezehrtes, kampfesmüdes Gesicht. Einen gebrochenen Mann.

Es dauerte auch nicht lange, bis ein bekannter Journalist einen langen Artikel über Nicolai Berge schrieb (ich hatte halb erwartet, Ine Wang würde sich zu der Angelegenheit äußern, doch falls sie es getan hat, habe ich es nicht mitbekommen), in dem der Betreffende eine Theorie – in meinen Augen glich es eher einer Anschuldigung – über das Tatmotiv aufstellte. Wieder saß ich am Küchentisch, und ein weiteres Mal wurde mir das Frühstück verleidet durch meine halb unfreiwillige, halb gierige Lektüre des Artikels (in welchem übrigens das Bild des Publizisten größer war als das von Berge). Es gehe hier um den gescheiterten Schriftsteller, um ein verkrüppeltes Gemüt, das Aufmerksamkeit wünsche, behauptete der Verfasser, jene Aufmerksamkeit, die zu erreichen ihm durch seine Fiktion nicht gelungen sei. Ein Werk musste her, das mit Blut geschrieben war. Und nun könne der verrückte Schriftsteller sich einer breiten Berichterstattung erfreuen, die zugleich als eine verspätete Werkpräsentation betrachtet werden könne. Zwei goldene Toastscheiben sprangen aus dem glänzenden Toaster, während ich diese Schlussfolgerung las, wie ein hörbarer Punkt. Ich verteilte die Orangenmarmelade (mit einem Schuss Rum) auf den Scheiben, und obgleich ich bis dahin keinen Funken Mitleid für Berge empfunden hatte, hörte ich ein »Arme Seele!« über meine Lippen kommen.

Und gleichzeitig, wenn auch, zugegeben, tief aus meinem Inneren: Das wäre zu viel des Guten.

Die am freundlichsten Gesinnten (sofern es angeht, ein solches Wort in diesem Zusammenhang zu verwenden) – und paradoxerweise waren das Bekannte von Gry Storefjeld – behaupteten, Berge müsse durchgedreht sein. Sie hätten ihn schon lange für psychisch instabil gehalten. Im *Morgenbladet* stellte ein Literat zudem einen Vergleich zwischen Berge und einem anderen

Schriftsteller an, dem deutschsprachigen Dichter Paul Celan, der in einem geistesgestörten Augenblick seine Frau (sogar seinen Sohn, wie von einigen gesagt wurde) mit einem Messer umzubringen versucht hatte. Ich saß nur da und schüttelte den Kopf über all das. Wenn ich mich nicht täuschte, hatte Celan sich später selbst eine Stichwunde zugefügt, und daran hatte Berge sich jedenfalls nicht versucht. Noch nicht.

Mein Alltag war dermaßen aus den Fugen geraten, dass ich Lev zu einem außerordentlichen Treffen in den Club, sprich ins Limelight, einberief, und vor dem Eingang zum Grand Hotel blieb ich am Narvesen-Kiosk stehen und schaute mir den Ständer mit den Boulevardzeitungen an. »Keine Gnade für Berge«, stand in Riesenlettern auf einer der Titelseiten. Es war Ståle Storefjeld, Sohn und Bruder, der sich äußerte. Niemandem konnte die Wut verborgen bleiben, die jetzt gegen Berge gerichtet war, und dabei dachte ich nicht nur an die Gefühle der Hinterbliebenen, sondern an eine Art kollektiven Zorn – es war eine Stimmung entstanden, in der ein Hang zur Lynchjustiz erkennbar war (ich sah gewissermaßen meine eigene erste Reaktion in vergrößertem Maßstab). Sicher kam das auch von der Überraschung. Man hatte einen Fall von Terrorismus erwartet, ein vertracktes Komplott. Etwas Ausländisches, Fanatisches. Ein Spinnennetz von apokalyptischen Ausmaßen. Und dann zeigte sich, dass der Mörder, der *Dämon*, ein weißer Mann war, ein Oslo-Junge aus einer respektierten Familie, einer der ihren. Die Ap war sozusagen von der Ap ermordet worden.

»Ist dieser Mann böse?«, lautete eine andere Schlagzeile.

Normalerweise komme ich nie zu spät, aber Lev musste warten. Ich konnte mich nicht vom Fleck rühren. Ich blieb stehen und starrte diese Schlagzeile an. Als ich noch vor einigen

Wochen am Schreibtisch gesessen war und die Problematik des Bösen durchdacht hatte, war ich zu dem Ergebnis gelangt, dass ich nie geglaubt hatte, es könne *böse* Menschen geben. Ich schaute mir die Verurteilten an, oft für schreckliche Taten Verurteilte, und ich sah in ihnen unglückliche Seelen, die auf die schiefe Bahn geraten waren, für die sich die Umstände nicht vorteilhaft entwickelt hatten. Die Verhaftung Berges jedoch brachte diesen Glauben ins Wanken. Was, wenn er böse *war*? Existierte eine schwarze Kraft in ihm? Eine Machtgier jenseits des Normalen? Ein kranker Wunsch, über Leben und Tod zu herrschen? Konnten manche Menschen schlichtweg Monster sein?

War ich lange zu naiv gewesen? Eigentlich habe ich mir über den Menschen als Art nie Illusionen gemacht. Ich glaube nicht an irgendwelche Fortschritte. Ja, gewiss, wir denken uns immer neuen Firlefanz aus, doch der Mensch benimmt sich weiterhin genau so tierisch wie zuvor. Es wurde schon immer mit größerer Freude niedergerissen als aufgebaut. Jede technologische Neuerung ist eine Chance auf noch grausameren Krieg. Noch mehr Tyrannei. Es besteht kein Zweifel, meine Tage mit Jens Bjørneboe und der *Geschichte der Bestialität* haben Spuren in mir hinterlassen, ein eingehendes Studium der dunklen Kapitel der Menschheitsgeschichte macht einen leicht zum Pessimisten. Der kurze Weg von Weimar nach Buchenwald. Unsere Zivilisation ist ein dünner Firnis über der Barbarei. Man schaue sich nur den August 1914 an, ein Lehrgeld, das wir bereits unter den Teppich gekehrt haben.

Wenn die Jahre im Gericht mich etwas gelehrt haben, dann dass die Menschen hurten und betrogen, einander verrieten und töteten wie nie zuvor. Vom Richtertisch aus, nicht zuletzt in Strafsachen, sah und hörte ich, wie durchtrieben und lügenhaft und unheimlich brutal die Menschen sein konnten. An dem einen Tag umarmst du jemanden, am nächsten schlägst du ihn zu Boden. Aber ist das das Böse?

Allerdings gibt es wenig, was ich dagegen tun kann. Abgesehen davon, der Gerechtigkeit Genüge zu tun, um es ein bisschen feierlich auszudrücken. Fiat justitia. Alles, was ich tun kann, ist horchen, wie mit einem inneren Geigerzähler, ob an der Schuld der Angeklagten Zweifel bestehen könnten. Und Mitleid empfinden mit diesen unglücklichen Menschen.

Etwas sagte mir, dass ich dennoch in ernste Schwierigkeiten geraten würde, wenn ich über Berge zu Gericht sitzen müsste.

Ich ließ den Blick über die Schlagzeilen auf dem Zeitungsständer wandern. Es war, als hörte man einen Mob schreien. Bereits an dem Tag, als Berge mit einer Polizeieskorte zur Vorführung beim Haftrichter gefahren wurde, hatten sich mehrere Menschen neben dem letzten Streckenabschnitt vor der Tiefgaragenabfahrt des Gerichtsgebäudes versammelt, und in der *Dagsrevyen* war zu sehen, wie die Leute ihrer Abscheu gegen Berge Luft machten. »Du feiger Schuft!«, rief einer. »Kindsmörder!«, kam es von jemand anderem. »Du Sohn des Teufels! Du verdienst es nicht zu leben!«

Hinter all diesem Lärm lag auch der Ruf, dass jemand zur Verantwortung gezogen werden müsse. Wieso waren die Morde nicht verhindert worden? Wo war der PST? Wieso hatten sie diese Bedrohung nicht erkannt? Man habe ja seinen Blog gesehen, diese ganzen extremen Beiträge, schrieb ein Kommentator. »Berge ist ein schwarzer Schwan«, sagte ein pensionierter Ermittler, wie um den Sicherheitsdienst zu entschuldigen. »Nichts ist schwieriger vorherzusagen als das Allereinfachste.«

Letzteres hörte sich an wie eine Lebensweisheit.

Ich brauchte wirklich Entspannung, ich brauchte Levs Blickwinkel, und ich brauchte einen Cocktail der ganz besonderen Art. Ich brauchte Edgar. Auf dem Weg ins Grand Hotel – allein der Name hob meine Laune – musste ich an mein Jahr in London denken. Ich bin nie religiös gewesen. Eine gute Bar zu betreten ist wohl das, was bei mir einem sakralen Erlebnis am nächsten kommt. Könnte ich sagen, dass es den Hauch einer Eucharistie an sich hat? Ich dachte an meine Besuche in der American Bar im Savoy Hotel, die ich bei meinem ersten Londonaufenthalt entdeckt hatte. Seither habe ich die Bar viele Male besucht, und ich habe nie ein Taxi dorthin genommen, sondern ich bin *gewandert*, wie auf einer Pilgerreise, an deren Ende ein heiliges Ziel wartete. So wie die Katholiken ihr Santiago de Compostela haben, habe ich das Savoy in The Strand. Ich dachte immer: Ich bin nicht nach London gekommen, um ins Theater oder ins Museum zu gehen, sondern um die weltbeste Bar zu besuchen. Hier waren mir auch einige jener Cocktails serviert worden, an die ich mich am besten erinnere: Bronze Guardian, Eternal Whisper, Napoleon's Wish. An diesen Cocktails zu nippen, das war, als würde eine Geschmackswundertüte geöffnet. Ich weiß nicht, ob ich mich das zu sagen traue, aber die Besuche in der American Bar des Savoy bilden Höhepunkte in meinem Leben. Mehr noch als an das sinnliche Erlebnis erinnere ich mich an diese Cocktails als unvergleichliche Geschichten. (Apropos religiös: Es ist leicht übertrieben, aber wenn ich eine Bibel habe, dann das Savoy Cocktail Book.)

Als ich das Limelight betrat und den schwachen, schwachen Duft einstiger Zigarren inhalierte, sah ich Lev an seinem Lieblingsplatz sitzen, direkt an der Wand mit der signierten Fotografie von Charlie Chaplin (das Bild war aufgenommen worden, als Chaplin 1964 in Oslo zu Gast war) – Chaplin und das Limelight gehörten ja zusammen. Mehrere Gegenstände lagen vor ihm auf dem niedrigen Tisch verteilt. Es sah aus, als schaffe er Ordnung in einigen der zahlreichen Taschen seiner Fotoweste, die er über einem dünnen Pullover trug. Auf dem Tisch lagen ein Fächer aus Mitgliedskarten, Coupons von der Bjerke-Trabrennbahn, zwei mysteriöse Schlüssel, ein Fisher Space Pen, ein antiquarisches Mobiltelefon und mehrere andere Dinge, von denen ich nicht wusste, was sie waren (ein kleiner Hummer aus rosa Plastik?). Und eine Mundharmonika. »Kannst du spielen?«, fragte ich ihn und deutete darauf. Lev holte ein Tuch aus einer Tasche und putzte das Instrument – einen Moment schien es mir, das Tuch ähnle dem vieldiskutierten Schottland-Taschentuch, und ich musste in Gedanken über mich lachen. »Das ist eine Blues-Mundharmonika«, sagte er. »Manchmal hole ich sie heraus und verwende sie, um die Aufmerksamkeit der Schüler zu gewinnen.«

Mehrmals schon hatte Lev mir erzählt, dass es immer schwieriger werde, im Klassenzimmer die Ruhe aufrechtzuerhalten. Wir sprachen ein wenig über die Schule, während Edgar unsere Bestellungen aufnahm. »Zwei Mint Julep – obwohl Herbst ist«, sagte ich entschuldigend, halb in der Erwartung eines »Objection, Your Honor«, bevor ich die Unterhaltung auf Nicolai Berge lenkte, denn das war es selbstverständlich, was ich auf dem Herzen hatte (ich glaube, in meinem Unterbewusstsein wünschte ich, Lev würde alle meine Aversionen noch weiter schüren), und als ich eine energische Verurteilung Berges anstimmte (als Richter tue ich das sonst nie, aber ich saß ja trotz allem im Limelight), merkte ich, wie gut es tat, ein Ventil zu finden für das nagende Unbehagen, das mich bei dem Gedanken an diesen Menschen befiel. Dann machte ich eine Pause und wartete auf eine Salve von Lev, diesem notorischen

Kritiker der Arbeiterpartei, doch Lev überraschte mit Nachdenklichkeit, er sagte kein Wort, während Edgar uns mit unseren Gläsern versorgte, in denen Minzblätter und Bourbon eine wunderbare Einheit eingingen, und erst nachdem er von dem Drink gekostet hatte, als hege er Zweifel an Edgars Fertigkeiten, erinnerte er mich an eine Geschichte, die ich vergessen hatte – »fast ein entstelltes Märchen« (Levs Worte) – und die vielleicht die eine oder andere Erklärung zu Nicolai Berge lieferte. »Erinnerst du dich nicht, was für einen Trubel die Heirat von Olaf Berge und Maj Runesen ausgelöst hat?«, sagte Lev. Auch ich nippte an meinem Glas, genoss die Wirkung des ersten Schlucks, das Gefühl, wenn der Geschmackssinn zum Leben erwacht. »Mir dämmert da was«, sagte ich und nickte dankbar Edgar zu, der ausdruckslos in seinem weißen Hemd und der schwarzen Weste hinter dem Tresen stand. »Sie kamen beide jeweils aus einem mächtigen Arbeiterpartei-Clan«, sagte ich. Im Nachhinein betrachtet, war Olaf Berge vielleicht einer der Ap-Politiker, die ich immer am meisten geschätzt habe, er war zweimal Minister gewesen, in Ministerien, die selten in den Nachrichten waren – er gehörte zu diesen Politikern, an deren Namen sich die Leute nicht einmal mit einer Flinte im Nacken erinnern konnten. So, wie ich das sah, war Olaf Berge eine Zierde in der Verwaltung unseres kleinen Protektorats. »Die Trauung von Olaf und Maj erinnerte fast an eine Königshochzeit«, fuhr Lev fort, »und als Maj schwanger wurde, waren die Hoffnungen natürlich enorm, auch innerhalb der Partei, alles war für einen Thronfolger angerichtet, etwas ganz Außergewöhnliches.« Lev hob das Glas, und ausnahmsweise sah es aus, als würde er den Unterschied zwischen einem Cocktail und Edgars Cocktail erkennen. »Man hat gespannt darauf gewartet, wann die Begabung des Jungen sich offenbaren würde«, sagte Lev. »Man hat auf eine Art Erlöser gehofft, auf einen Messias, aber Nicolai Berge war eine Enttäuschung – zwei Adler hatten einen Spatz gezeugt. Sag mal, sollte ein Mint Julep nicht streng genommen in einem Silberbecher serviert werden?«

Ich musste meine Reaktion verbergen – und zwar nicht darüber, dass Lev tatsächlich etwas über Cocktails wusste –, indem ich zwei Schlucke hintereinander nahm. Wenn ich mich nicht verhört hatte, *verteidigte* Lev Nicolai. Deutete an, die Tatsache, Sohn von Olaf Berge und Maj Runesen zu sein, müsse auch eine *Belastung* gewesen sein. Dabei ließ es sich auch nicht vermeiden, dass ich an meine eigene Jugend dachte, an das Klavierspiel und die Erwartungen meiner Eltern.

»Also ehrlich, Lev ... Stehen wir beide solchen deterministischen Gedankengängen nicht skeptisch gegenüber, dem Glauben, dass harmonische und intelligente Eltern harmonische und intelligente Kinder in die Welt setzen?« Ich schaute Lev an, seine großen Ohren, während ich zugleich meine Entrüstung zu verbergen suchte. »Die Geschichte zeigt doch eher, dass Kinder von ›Genies‹ im besten Fall anonyme, konventionelle, zufriedene Menschen werden, oder – und nicht selten – dass es zu einem Fiasko kommt, dass sie als Drogenwracks enden oder in der Psychiatrie landen. Unglücklich und selbstzerstörerisch.« Lev nickte, murmelte irgendwas über die Kennedy-Kinder, bevor er etwas sagte, das ich dann doch als eine Kritik an meiner spontanen Verurteilung auffasste: »Nicolai Berge hat vielleicht nicht die Hoffnungen erfüllt, die viele in ihn gesetzt haben, aber als ein Fiasko kann man ihn definitiv nicht bezeichnen.«

Meine Antipathie erwachte abermals zum Leben, vielleicht auch provoziert durch Levs Aussage. »Ich erinnere mich noch, wie ich ihn zum ersten Mal im Fernsehen gesehen habe«, sagte ich. »Das war bei einer Diskussion zwischen Jungpolitikern, und da wurde mir schlagartig bewusst: Er wirkte wie ein ungemein *unbeholfener* Mensch. Er hat um Worte gerungen. Es hörte sich an, als hätte er nicht einmal die Fragen verstanden, die er zu beantworten versuchte.«

Nur die kleine Mundharmonika lag noch auf dem Tisch. Lev griff danach und spielte eine Bluesstrophe. Es hörte sich toll an, Edgar lächelte hinter seiner Teakholzpalisade. »Tschechow«, sagte Lev. »Hat man etwas hergezeigt, soll man es auch verwenden.« Er ließ den glatten Gegenstand in eine der vielen Taschen gleiten. »Worauf ich eher hinauswill, ist, dass Berge trotz allem zwei Erzählbände herausgebracht hat. Und apropos …« Lev musste innehalten und lachen. »Vielleicht hast du ja gehört, dass bei den Ermittlungen etwas durchgesickert ist. In seiner Wohnung auf dem Nordberg stand ein Safe. Du weißt schon, so ein riesiger, altmodischer Safe. Komisch, oder? Sie haben wahrscheinlich geglaubt, er hätte Maschinengewehre oder Sprengstoff darin versteckt, aber nachdem sie ihn mit viel Mühe geöffnet hatten, fanden sie nur eine externe Festplatte und das Manuskript für eine neue Erzählsammlung mit dem Titel *Missglückte Berichte* oder so ähnlich.«

Auch ich musste darüber lachen, während Lev mit einem Blick Kontakt zu Edgar aufnahm. »Ich glaube, wir sind reif für einen weiteren Mint Julep«, sagte er. »Wir brauchen etwas, um unseren Zorn auf die Wall Street abzukühlen.«

Es stellte sich heraus, dass Lev noch immer verärgert war über das wirtschaftliche Chaos, das nunmehr Finanzkrise genannt wurde und täglich ernster zu werden schien. Er sagte, die Leute ließen sich zum Narren halten, sie glaubten, die Banken seien immer noch so gebaut wie mein Nachbargebäude in Kvadraturen, die altehrwürdige Norges Bank, aus solidem Stein, mit sicheren Kellergewölben. Aber so sei das ja nicht mehr, jetzt bestünden die Finanzinstitutionen aus unsichtbaren Netzwerken, aus einem Geflecht, das mit der Maya der Hindus verwandt sei, und wenn dieses Geflecht sich auflöste, löste sich alles auf. Nicht nur das, die Fiktionen lösten sich in Luft auf.

Es gefiel mir nicht recht, das alles zu hören, es war, als ob Lev auch meine Idee eines gut funktionierenden globalen Imperiums durchlöcherte. »Versuch, dich zu entspannen«, sagte ich und wollte ihn zum Anstoßen bewegen – und dabei auch Charlie Chaplin in den Toast miteinbeziehen –, als Edgar mit einer neuen Runde Mint Julep kam, aber Lev wollte nicht prosten, nicht einmal mit Chaplin, er wollte seine Wut darüber ablassen, dass der norwegische Staat jüngst mit einem Rettungspaket für die Banken angerannt gekommen war. Eine unfassbare Summe, mehrere hundert Milliarden Kronen, wurden plötzlich für langfristige Anleihen zur Verfügung gestellt. Woher kam dieses Geld? Wo man es sich sonst noch nicht einmal leisten könne, den Alten im Altenheim eine extra Frühstückssemmel zu spendieren. Man beachte, dass wir jetzt eine sozialdemokratische Regierung hätten. Warum dann die Ideologie, von den Armen zu nehmen und den Reichen zu geben? Es sei immer dieselbe schändliche Geschichte. Wieder einmal dürften wir zusehen, wie die großen Schurken davonkamen. Lev hob den Finger, als sollte ich mich in Acht nehmen. »Zuerst schnappen sie, die Banken, sich dein Geld. Dann raffen sie in ihrer Gier so viel zusammen, dass sie ihre eigene Sicherheit untergraben, und plötzlich sitzen sie in der Klemme. Und was passiert? Tja, dann kommst du, der kleine Mann, mit deinem Steuerzettel und haftest für sie, für die ganzen Millionäre. Sie plündern dich zweimal! Und du ziehst den Hut und verneigst dich noch vor ihnen. Es gibt keine

Gerechtigkeit. Es ist genau wie im Krieg. Die Weißkragenträger kommen davon.«

Ich glaube nicht, dass Lev wusste, dass er mit dieser Kriegsverbrechersache bei mir einen Nerv traf. »Pass auf deinen Blutdruck auf«, sagte ich. Nicht nur seine großen Ohren, auch sein Gesicht hatte einen gefährlichen Rotschimmer angenommen. »Hör auf, dir Sorgen um mich zu machen«, sagte Lev. »Hier müssen wir etwas tun, gegen ein Wirtschaftssystem, das uns langfristig kaputtmacht. Die ganze Berge-Sache ist nur eine Ablenkung. Sie beansprucht unsere gesamten geistigen Kräfte, obwohl sie eine Lappalie ist. Auf lange Sicht gesehen.«

Das war Lev, dachte ich, das war Lev, wie ich ihn reden hören mochte. »Ich habe jedenfalls ein paar Aktien gekauft, wie du es mir geraten hast«, sagte ich, um ihn aufzuheitern.

»Aber nicht von DnB NOR, hoffe ich?«, sagte er. Ich schüttelte den Kopf. »Sehr gut, denn was DnB NOR angeht, diese Schurken, bei denen solltest du noch ein bisschen warten, einen kühlen Kopf bewahren, wie die Finanzhaie sagen, warte bis … sagen wir, bis Januar, und kauf so viele Bankaktien, wie du dir dann leisten kannst.« Er erhob das Glas, in welchem die Minzblätter wie Miniaturpalmen auf einer einsamen Insel aus dem Eis ragten. »Skål, auf William Faulkner«, sagte er, »den holden Beschützer des Mint Julep.«

Es konnte keine Rede mehr davon sein, abends diese willkommene Ruhe zu finden, die ich benötigte, um mit meinem Buch über die gerechte Bestrafung voranzukommen (»Mehr herausfinden über die Fußfolter als Strafe zur Zeit der Tang-Dynastie«, schrieb ich gerade auf eines der halben Notenblätter, die ich in die Sætre-Dose legte). Auf lange Sicht war Berge womöglich eine Lappalie, aber in Norwegen war er überall, ein Phänomen, das jegliche Aussicht versperrte.

Zwischendurch versuchte ich es mit einem Wechsel meiner Arbeitsmethode, meines Rituals. Ich erhob mich aus meinem Bürosessel, verließ den weitläufigen T-förmigen Schreibtisch und ging in das angrenzende Wohnzimmer, wo ich mich auf den Diwan legte (ich habe das Wort mit seinem persischen Anklang immer gemocht). Es ist nicht irgendein Diwan. Ich habe ihn schon zu Anfang meiner Karriere gefunden, als ich ihn bei einem Besuch am Obersten Gerichtshof entdeckte, in einem Lagerraum, dessen Tür offen stand. Mein Begleiter erklärte, der Diwan solle entsorgt werden, er sei ein altes, abgenutztes Möbelstück, das noch aus der Zeit stamme, als Paal Berg Vorsitzender des Obersten Gerichtshof gewesen sei, der Diwan sei in seinem Büro gestanden. Ich fragte, ob ich ihn haben könne, und dann habe ich ihn »restauriert«, ohne ihn jedoch neu beziehen zu lassen, weil es mir gefiel, auf demselben Stoff zu liegen wie einstmals Paal Berg – ein Jurist mit einer phantasieanregenden, bunten Laufbahn –, wenn er über Ideen und Formulierungen brütete. Bisweilen phantasiere ich davon, dass ich Paal Berg *bin*, der Minister, Richter, Widerstandskämpfer, eine bedeutende Persönlichkeit (im Gegensatz zu dem, was ich bin), Vorsitzender am Obersten Gerichtshof (wie gut, dass Dobermann nichts von alldem ahnt). Es kommt vor, dass mir dann andere Gedanken kommen, dass die Illusion Früchte trägt.

Auch der alten Stereoanlage aus Kjelsås habe ich mich angenommen, ich höre gern bestimmte Musikstücke während des Arbeitens, besonders weil ich auf Notenblättern schreibe. Ich bin kein Anhänger von Symphonien und Opern, von all diesem Lärm, den man dabei unweigerlich in Kauf nehmen muss, ich brauche es losgelöst, bis auf die Knochen, ergo habe ich eine Schwäche für Quartette, am liebsten aber mag ich Klavierstücke. Es kann Bach sein, Beethoven. Besonders Beethovens späte Klavierstücke sind mir eine Inspiration. Sie klingen anders. Als hätte er plötzlich, ganz am Ende, eine neue Freiheit gefunden, einen neuen Mut für Kompositionen, die außerhalb der Zeit lagen, in meinen Ohren klingt es, als habe er (beispielsweise in den fünf letzten Klaviersonaten) alles Gegenwärtige überschritten, einer Musik vorgegriffen, die erst noch kommen sollte. Was, wenn mir so etwas gelingen könnte, denke ich. Nun ja, auf einer bescheideneren Ebene. Wenn ich mich freimachen könnte. Würde ich auf diese Weise einen originellen Gedanken empfangen können? Gerade dadurch nämlich, dass ich mich nicht mehr darum kümmerte, was die Leute (Dobermann!) dachten, auf Beifall und Erfolg pfiff? Doch, das war eine Möglichkeit, mit der zu spielen mir gefiel. Aussteigen aus dem Strom der Zeit. Ein wahrer Außenseiter werden, frei von aktuellen Konventionen.

Würde ich das wagen?

Oder war dieses ganze Projekt, *Leben um Leben*, ein Ausdruck von Hybris? Sich bemerkbar zu machen barg immer ein Risiko. Plötzlich stieß man auf Widerstand. Qualifizierte Kritik. Plötzlich war man entlarvt. Da war es schon verlockender, denselben Kurs beizubehalten wie immer, nicht aufzufallen, den allzu großen Respekt zu bewahren, den man bereits genoss.

Dafür zu sorgen, dass man sich unter dem Radar bewegte.

Die meisten meiner Platten stammen aus den zwei gut sortierten Musikläden ganz oben in der Karl Johans gate, beide aufgrund des Onlinehandels und der neuen Formate inzwischen leider verschwunden. Es verschafft mir eine spezielle Freude (und das nicht nur aus nostalgischen Gründen), eine LP herauszunehmen, die große Scheibe zu betrachten, die Rillen wie eine Art

Jahresringe, als ob die Musik etwas Organisches wäre. Ich lege die Platten vorsichtig auf, genieße das Knistern beim Auftreffen der Nadel auf dem Vinyl (manchmal warte ich noch mit dem Aufdrehen des Verstärkers, damit ich nur das Flüstern der Rillen höre), bevor das Zimmer erfüllt wird von diesem leicht spröden Geräusch, das sich auf einer CD oder in einem der neuen digitalen Formate niemals wiederherstellen lässt. Natürlich ist es nur eine Gewohnheit, aber sie funktioniert, ich schreibe leichter, vielleicht auch musikalischer, mit dieser Tonfolge im Hintergrund. Es kommt sogar vor, dass ich den Entwurf zu einem Urteil hier auf dem Diwan schreibe, auf einem Notenblatt, mit Beethovens sechs letzten Bagatellen für Klavier im Hintergrund. Ich mag es, Urteile abzufassen. Nicht selten nehme ich mir Arbeit mit nach Hause, und wenn der Diwan-Entwurf fertig ist, verleihe ich der Sprache den letzten Feinschliff am Schreibtisch, wobei ich mitunter mit dem Sessel hin und her rolle und zur Festung Akershus hinausschaue, wo nach dem Krieg die Landesverräter erschossen worden waren. Ich versuche, klar und einfach zu schreiben. Ein Urteil muss gut begründet sein (die Beweisauswertung wasserdicht), aber es sollte von allen gelesen werden können. Dank solcher Phrasendrescher wie meinem Großvater, dem Laienprediger, und Arve Storefjeld bemühe ich mich, nur so viele juristische Schablonen zu verwenden wie unbedingt nötig. (Im Gericht spreche ich zu den Zeugen stets mit leicht verständlichen Worten, vermeide den Fachjargon). Bisweilen half die Musik mir auch, den Sprachrhythmus zu finden. Ich will nicht behaupten, ein gutes Urteil sei ein Kunstwerk, aber hinter einem Urteilsspruch steckt um einiges mehr an Arbeit, als die meisten vermuten würden.

Ab und zu lege ich die Notizen beiseite und schalte die Musik aus. Liege nur da. Genieße die Stille. Einer der größten

Vorteile, am Bankplassen zu wohnen, ist die Stille, besonders im Winter. Auch der Springbrunnen ist dann still. In einer luxuriösen Wohnung zu wohnen ist schön und gut, aber der größte Vorzug ist die Stille. Andere mögen vielleicht in die Berge fahren, ich kann hier sitzen und dieselbe Ruhe, denselben Seelenfrieden erfahren. Ich glaube, die alten Griechen haben das begriffen: Der Sinn des Lebens ist nicht Handlung, sondern Kontemplation. Das Denken. Descartes hatte recht. Es geht mir nie besser, als wenn ich hier auf dem Diwan liege und mich von der Stille ausfüllen lasse. Ich habe diese Jagd nach Unterhaltung nie verstanden, die so große Teile unseres heutigen Daseins prägt. Nichts, nicht einmal Sir Kenneth Clark, kann sich mit der Stille messen, und das war auch einer der Gründe, weshalb ich einen derart großen Widerwillen gegen Berge verspürte, gegen den ganzen Blankvann-Vorfall. All das *Spektakel*, das er mit sich brachte.

An diesem speziellen Abend aber tat ich etwas Ungewöhnliches, ich hörte mir ein Stück für Violine an. Ganz am Anfang schon war ich darauf aufmerksam geworden, was in den Medien über die kleine Sylvie berichtet wurde, das arme neunjährige Mädchen, das in der Nordmarka in diesen bestialischen Schlund hineingezogen worden war – dass sie insbesondere Paganinis Sonate in e-Moll mit einem Einfühlungsvermögen gespielt habe, das bei den Zuhörern für Ergriffenheit sorgte. (Sie soll sogar Caprice Nr. 24 gespielt haben, was ich fast nicht glauben konnte, so fordernd, wie gewisse Partien darin waren.)

Ich besaß dieses Stück auf einer LP, die ich seinerzeit in einem der Läden am oberen Ende der Karl Johans gate gekauft hatte, wo ich mich auch mit einem der enthusiastischen und kenntnisreichen Angestellten beraten hatte – ich vermisse wirklich diese Gespräche –, um die beste Aufnahme zu finden, und die legte ich jetzt auf, Paganinis Sonate in e-Moll für Geige und Gitarre, ließ mich auf Paal Bergs Diwan nieder und hörte zu. Es blieb nicht aus, dass mir Tränen in die Augen traten, oder, um es freiheraus zu sagen: Ich weinte. Ich weinte, weil es ein bezauberndes Stück war, aber auch, weil das Schicksal der kleinen Sylvie mein Herz zum Vibrieren brachte.

Als ich aufstand, mischte ein anderes Gefühl sich hinzu, eines, auf das ich nicht stolz war: ein *Hass* auf Nicolai Berge.

Endlich, nach mehreren Wochen, war die größte Aufregung rund um die Festnahme von Berge zum Glück vorbei, und obgleich mir die Erschütterung immer noch im Körper steckte (und gewisse Nachbeben verursachte), gelang es mir, zu meinen festen Routinen zurückzufinden. Ich arbeitete, ich dachte nach, ich spazierte – die Zeit für meine Barbour-Jacke oder den Burberry-Mantel war gekommen. Kaschmirschal. Ich konnte mich wieder an den Menschen erfreuen, die ich beobachtete; ich lächelte einem jungen Paar zu, das sich auf einer Treppe küsste, ich nickte einer alten Dame freundlich zu, die mit den Tauben sprach, und zwischendurch, an einer Ecke mit einer überraschenden Aussicht, blieb ich stehen und notierte etwas mit dünner, lilafarbener Filzstiftschrift auf ein Notenblatt, das ich in der Tasche hatte (vielleicht über das Verhältnis zwischen dem Römischen Recht und dem Code Napoléon). Auch meine literarischen Interessen konnte ich in dieser Phase wieder pflegen, ich befand mich in der Schlussphase meiner Lektürewiederholung von Albert Camus und las abends *Die Pest*, wie um Unterstützung zu finden für die Gesinnung, die ich auch meinem Wirken als Richter zugrunde gelegt hatte und die mir jedes Mal zu Hilfe war, wenn ich glaubte, meine Bemühungen seien zu nichts nutze. Denn wie Dr. Rieux sagte: »Man musste auf die eine oder andere Art kämpfen und nicht auf die Knie fallen.«

Nichts konnte sich messen mit den stillen Tagen in meiner Wohnung am Bankplassen. Nur ich, Sir Kenneth Clark und Beethovens späte Klavierstücke. Dazu eine Sætre-Dose voll goldener Worte. Oft ging ich zum Fenster hinüber und schaute nur hinaus, vollführte mit dem Blick einen Bogen von der Kastanienallee neben dem idyllischen Grev Wedels plass bis hin zum Architekturmuseum, jenem Gebäude, in dem einst die allererste Niederlassung der Norges Bank in Christiania untergebracht war, entworfen von keinem Geringeren als Christian Heinrich Grosch, unserem Meister des Klassizismus. Ich habe mich hier verschanzt, dachte ich, als mein Blick schließlich an der Festung Akershus haften blieb, wobei ich dies nicht als etwas Bedenkliches auffasste, ganz im Gegenteil, ich hatte mich vor all dem Lärm verschanzt, der außerhalb meiner Wände herrschte (zu der Zeit verwendeten übrigens die Medien – verständlicherweise diesmal – viel Zeit mit Berichten über die Wahl eines Schwarzen zum US-Präsidenten).

Je mehr Tage dahingingen, desto erleichterter war ich, dass Berge und der Blankvann-Vorfall aus den Nachrichten verschwanden. Nach meinem Empfinden hatte die ganze Aufmerksamkeit, die dieser Untat entgegengebracht wurde, das Land Norwegen und die phänomenalen Vorzüge, die dessen Einwohner genossen, beinahe zerstört: Unsere unbemerkte Anwesenheit in der Welt. Unseren Status als Parenthese – eine periphere, wohlgeordnete Kolonie, die nicht viel Aufhebens von sich machte. Die Hysterie rund um den Blankvann-Fall hätte leicht die Scheinwerfer des Imperiums auf uns lenken können, mit der Folge, dass wir uns plötzlich mit unangenehmen Fragen konfrontiert sähen, im schlimmsten Fall Fragen ethischen Charakters, darüber, was wir eigentlich so trieben hinter unseren geschlossenen Türen.

Ja, es hing an einem seidenen Faden. Kleine Ursache, große Wirkung, wie es in der Redensart heißt. Jetzt mussten wir dafür Sorge tragen, dass Norwegen eine halb versteckte Provinz blieb, jene Musterkolonie, die ihren Bürgern über mehrere Jahrzehnte hinweg die vorteilhaftesten Lebensbedingungen der Welt hatte zuteilwerden lassen. Genauso wenig, wie ich wollte, dass jemand mein Land mit kritischem Blick beäugte, wollte ich, dass jemand meine privaten, mühsam etablierten Kreise störte.

Die Zeit verging, die Monate änderten ihren Namen, Weihnachten kam und das neue Jahr. An einem Januartag, als die Schneeflocken groß wie Daunen herabfielen, tat ich, was Lev mir geraten hatte, und kaufte unverschämt viele Aktien von DnB NOR, nachdem der Kurs auf 20 Kronen gefallen war. Von hier aus kann es nur aufwärts gehen, dachte ich, fühlte aber trotz dieses aufflackernden Optimismus weiterhin eine Unruhe, und ich wusste auch, was der Grund dafür war, denn obwohl die Blankvann-Morde nur mehr selten in den Nachrichten Erwähnung fanden, gelang es mir nie restlos, Nicolai Berges Visage zu vergessen. Es war, als witterte ich eine Gefahr, als sähe ich vor mir, wie alles sich jederzeit auflösen könnte. Auch die Hauptstadt wirkte einen Moment lang gefährlich, als Anfang Januar Demonstrationen gegen den Krieg stattfanden, den Israel im Gazastreifen führte. Sowohl im Schlosspark als auch auf der Karl Johans gate kam es zu regelrechten Straßenschlachten. Fenster gingen zu Bruch und Raketen wurden abgefeuert, Müllbehälter brannten, und die Polizei bewegte sich mit Schlagstöcken und Schilden voran.

Außerdem war der Dronningparken, diese Oase, gesperrt, und beim Spaziergang unter den Lindenbäumen entlang der

Karl Johans gate dachte ich oft an Sofie Nagel, das »Nordmarka-Mädchen«, wie ich sie nannte. Wie zufällig doch alles war! Hätte ich sie um ihre Telefonnummer gebeten, wäre ich energischer gewesen, mein Leben hätte ganz anders werden können. Ich hätte vielleicht eine Familie gehabt, wäre Anwalt geworden, hätte in Adamstuen gewohnt. Und sie wäre am Leben geblieben.

Ich versuchte, mich wie gewohnt zu verhalten. Es wurde Frühling. Es wurde wieder Sommer. Ich erledigte mit Fleiß meine Arbeit im Gericht. Ich glaube, nur wenige verstehen, welche Befriedigung es für einen Menschen bedeutet – nicht zuletzt für jemanden mit so durchschnittlichen Fähigkeiten wie mich –, durch einen Saal zu schreiten, in dem alle anderen sich erhoben haben, sich zu setzen und den Hammer auf den Tisch zu schlagen mit den Worten: »Die Verhandlung ist eröffnet.« Dort sitze ich in meinem schwarzen Mantel mit Samtschleife und tue so, als ob es das Natürlichste auf der Welt wäre, dass ich hier sitze.

In diese Phase fielen auch etliche langweilige und überdies ziemlich einfache Fälle (auch wenn einige behaupteten, sie seien kompliziert), und um hinter dem Richtertisch gedanklich nicht komplett abzuschweifen, musste ich, um mich wach zu halten, auf ein paar Kniffe zurückgreifen. Obwohl ich mir in der Regel Notizen mache auf dieser Maschine, die für uns Richter aufgestellt ist, klicke ich gern mit dem Kugelschreiber, einem Ballograf, den ich einst von Lev bekommen habe, und kritzle hin und wieder ein Wort oder einen Satz auf den Notizblock. Oft sind es nur irgendwelche Schnörkel (die wohlgemerkt an Schrift erinnern), mit denen ich die Leute glauben mache, dass ich alles aufmerksam verfolge und mir wichtige Punkte notiere. Auch wenn offensichtlich gerade nichts Wichtiges gesagt wird, drücke ich hin und wieder die Patrone herunter und kritzle einen Schnörkel. Die Leute zucken dann zusammen, als hätte ich ein Gewehr nachgeladen. Auf diese Weise gelingt es mir, sie stutzig zu machen, ihnen den Gedanken einzugeben, mir wäre etwas aufgefallen, das sonst keinem aufgefallen war, was wiederum ihr Zutrauen in meine Kompetenz stärkt. Unter Anwälten wird dies als Warnung aufgefasst: »Lord Malm hat mit dem Kuli geklickt!« Wenn ich über längere Zeit keine Frage gestellt habe, ahme ich mitunter einen Psychoanalytiker nach, indem ich plötzlich einen Zeugen anspreche: »Können Sie Ihre letzte Aussage näher erläutern?« Erneut richten sich dann alle auf, als würde ihnen bewusst werden, dass ich etwas gehört hätte, was sie selbst nicht gehört hatten, aber hätten hören sollen.

Vorerst jedoch war ich noch nicht entlarvt. Trotz meiner inneren Unruhe. Mein Ruf als vernünftiger und unabhängiger Richter war unangetastet. (Mir wird weder eine anklage- noch eine verteidigungsfreundliche Haltung zur Last gelegt.) Außerhalb des Gerichtssaals nickte ich meinen Kollegen zu und scherzte mit den Kanzleiangestellten, zu denen ich immer ein gutes Verhältnis pflegte. Auch mit Dobermann tauschte ich angestrengte Phrasen aus, wenn wir uns zwischendurch auf der Treppe oder im Korridor über den Weg liefen. Unlängst lud er mich mit freundlichen, gleichwohl aber übertriebenen Gesten auf einen Plausch in sein Büro – wo er sogleich in dem Feldherrenstuhl Platz nahm und mich auf das kleine Sofa verwies. Ich glaubte, er habe eine Frage an mich, aber er sprach bloß über dies und das, und das auf leutselige Art, als ob wir Freunde wären und einander lediglich über die Ereignisse der letzten Wochen auf den neuesten Stand bringen wollten. Obwohl ich so tat, als wäre nichts, und mich an dieser sonderbaren Unterhaltung beteiligte, geriet ich in Verwirrung, ich hatte das Gefühl, dass Dobermann mich während der Konversation abmaß, mich *testete*. Es war, dachte ich auf dem Weg hinaus, als ob er etwas *ausheckte*.

Ich fragte einen der Büroangestellten, wie Dobermanns kleiner Hund heiße. Ich hätte es erraten müssen. Cäsar.

Ich ging häufig ins Limelight. Zusammen mit Lev redete und lachte ich unter dem Bild von Charlie Chaplin. Meine Mittagsmahlzeiten nahm ich im Engebret Café oder in einem der anderen Restaurants in Kvadraturen oder im Stadtzentrum ein. Ich promenierte durch die Straßen und beobachtete das Leben. Ich wandelte im Schlosspark umher, allmählich dann auch wieder im Dronningparken, so überreich wuchernd, dass ich sogar an die Kew Gardens erinnert wurde, den botanischen Garten in London, und beim Lysthuset fischte ich mitunter meinen alten Kompass aus der Innentasche und freute mich, wenn er, mit Mühe zwar, schließlich den Norden fand. Es wurde so warm, dass ich wieder meinen Leinenanzug anlegen konnte. Ich beobachtete, ich genoss das Leben, ich lächelte vor mich hin, ich bot einen seltsamen Anblick in meiner distinguierten Erscheinung, die ein gewisses Aufsehen erregte (das von der guten Sorte), ich war Gerichtsvorsitzender, ein hoher Beamter – ein Butler, dachte ich in einem Augenblick voll Galgenhumors –, unterwegs in der Kolonie, einer nördlichen Goldküste am äußersten Rand des Bewusstseins der übrigen Welt, wo jedoch alles so funktionierte, wie es dank des erfolgreichen übergeordneten imperialen Systems funktionieren sollte (sofern man von einem klitzekleinen Knarren in der Wirtschaft absah). Ich lüftete fidel den Panama-Hut vor allen, die mir ein Nicken schenkten, ich war einer jener Bürger, die dazu beitrugen, unter diesen peripheren Himmelsgefilden Zivilisation und Bildung aufrechtzuerhalten. Hier geht Peter Malm, dachte ich. Gerne auch: Lord Malm, der Erz-Lord. Ich beherrsche kaum das kleine Einmaleins, dachte ich. Ich habe keinen Schimmer, wer das Staatsoberhaupt von Spanien oder Italien ist, ich weiß nicht, wie man Aserbaidschan buchstabiert, ich könnte Keynes' Wirtschaftstheorie oder den Unterschied zwischen Herder und Hegel nicht erklären, mein Intellekt ist äußerst begrenzt, doch seht mich an, hier gehe ich in meinem hellen Leinenanzug, den Spazierstock gewandt schwingend, ein respektierter Richter im Königreich Norwegen, einer gesegneten, unbedeutenden Provinz, die Rohstoffe und Halbfabrikate exportiert und der die Welt ansonsten keine besondere Aufmerksamkeit zollt. So soll es sein, dachte ich. Lass es so sein.

Der September kam. Es waren Parlamentswahlen, und die Arbeiterpartei, nach dem Blankvann-Vorfall weiterhin auf der Sympathiewelle reitend, schlug sich gut – nicht einmal Nicolai Berges AUF-Vergangenheit konnte ihnen schaden –, und die rot-grüne Regierung führte die Regierungsgeschäfte weiter.

Es gab Pläne für ein Denkmal in der Nordmarka, am Blankvann. Die Leute lieferten sich Auseinandersetzungen in der Zeitung, es fehlte nicht an aggressiven Beiträgen darüber, wo es stehen und wie es aussehen sollte.

Meine Tage schritten dahin wie früher.

Es wurde Herbst und bald kam Weihnachten, und ich ahnte nicht, dass mir der Winter meines Missvergnügens bevorstand.

III

Die Wende trat Mitte Dezember ein, und das an einem Tag, der besonders vielversprechend begonnen hatte. Obwohl ich nicht vor zwölf im Gericht zu sein brauchte, war ich früh aufgestanden und hatte mir die Zeit genommen, ein ordentliches Frühstück zuzubereiten, noch dazu mit zwei Spiegeleiern – etwas,

was ich sonst nur sonntags tue. Draußen, am Bankplassen, waren die Silberahornbäume mit kleinen Glühlämpchen geschmückt. Ich war gerade mit dem Essen fertig, genoss den letzten Bissen Speck und Toast, während ich BBC World Service hörte, eine sachliche Stimme, die keine erwähnenswerten Neuigkeiten brachte.

Mein Handy klingelte.

Es war ein Schock. Als Richter ernannt zu werden in dem Verfahren gegen Nicolai Berge. Das war das Letzte, was ich erwartet hatte. Oder wollte. Es war Odd Bergmann, Dobermann persönlich, der anrief. Ich erkannte die Stimme, noch bevor er dazu kam, seinen Nachnamen fertig auszusprechen, sah ihn vor mir, wie er sich in seinem Büro in den römischen Feldherrenstuhl begeben hatte, in dem er jetzt sicherlich saß und die »gewagte« Farbe seiner Socken betrachtete, die er für diesen Tag ausgewählt hatte.

Üblicherweise wurde bei der Frage, welcher Richter welchen Fall bekam, nach dem Zufallsprinzip entschieden. Dies sei jedoch ein spezieller Fall, sagte Bergmann. Es werde ein Richter benötigt, der von niemandem in Frage gestellt werden könne. Und über dessen Unbefangenheit kein Zweifel bestehe. Ich sah Dobermann im Feldherrenstuhl vor mir. »Ich möchte, dass Sie den Fall übernehmen«, sagte er, als wäre ich nicht Richter, sondern Verteidiger. »Die Rechtssicherheit gilt auch für Berge«, sagte er. »Es ist wichtig, dass diesem Untier – entschuldigen Sie – eine gerechte Behandlung zuteilwird.«

Leben um Leben, dachte ich.

Einen Augenblick lang bereute ich es, Richter geworden zu sein. Sich einen Ruf als guter Richter zu erarbeiten, war nicht schwer. Aber ein *wirklich* guter Richter zu sein, das war schwer. Jetzt – endlich! – wirst du entlarvt, sagte ich mir. Jetzt werden alle sehen, dass du kein guter Richter bist, obwohl du gerade dafür bekannt bist, ein solcher zu sein.

Der Erhalt dieses Telefonanrufs war, gelinde gesagt, eine kalte Dusche an diesem Morgen, als ich in der Küche saß und Dobermanns tiefe Stimme hörte, ihn über Nicolai Berge reden hörte. Ich blickte auf die Eierreste auf meinem Teller und fühlte sogleich einen verbissenen Drang auszurufen: »Ich weigere mich!« *Non serviam.* Ich wollte diesen Fall nicht annehmen. Auf der anderen Seite aber hätte ein Nein oder eine Ausrede Dobermann misstrauisch machen, Zweifel in ihm säen können, was dann wiederum meine gesamte erfolgreiche Fassade ins Bröckeln hätte bringen können. Ich konnte es nicht wissen, hegte aber den Verdacht, Dobermann habe mir den Fall deshalb übergeben – wobei er zugleich nach außen hin sagen konnte, dass ich eine offensichtliche Wahl sei –, um mich zu entlarven, damit mir ein skandalöser Schnitzer unterlief, damit ich ein Urteil fällte, dem es an jeder fachlichen Verankerung fehlte. Mit anderen Worten, es war eine Falle. Er wusste, ich wollte diesen Fall nicht, um nichts in der Welt, er wusste, dass es mir missfiel, im Mittelpunkt des öffentlichen Interesses zu stehen. Genau deshalb hatte er mir den Fall übertragen.

Ich legte auf, und gleichzeitig tauchte ein verwirrender Gedanke auf. Irrte ich mich? Hatte ich mich die ganzen Jahre in Dobermann getäuscht? Stand er mir vielleicht weniger skeptisch gegenüber, als ich geglaubt hatte? Denn er würde wohl kaum durch die Ernennung eines ungeeigneten Richters sein eigenes Renommee aufs Spiel setzen wollen.

Ich saß da und schob mit der Gabel Krümel auf dem Teller hin und her. War ich aber nicht auch ein wenig stolz? Fühlte ich mich denn nicht auch geschmeichelt? Flüsterte mir nicht eine innere Stimme zu, dass ich jetzt zeigen müsse, dass ich das in mich gesetzte Vertrauen verdiente? Es bestand kein Zweifel, dass ich Respekt genoss (gänzlich unverdient), sogar im Gericht war man der Meinung, ich solle mir das Höchstgericht zum Ziel setzen. Darüber lächelte ich nur, ich erkannte sofort, dass darin eine noch größere Hybris läge als im Verfassen von Büchern, und ich wollte das Schicksal nicht herausfordern. Das Einzige, worum ich die Richter des Obersten Gerichts beneidete, war ihre eindrucksvolle Umgebung, die Tatsache, dass sie tagtäglich durch die prunkvollen Korridore des alten, reich verzierten Gebäudes vis-à-vis dem Finanzministerium wandern konnten. Die grünen Lampenschirme! Ich hatte überlegt, mir eine solche Lampe mit grünem Glasschirm anzuschaffen, ich sah vor mir, wie gut sie sich zu Hause auf meinem Schreibtisch machen würde.

Ich starrte auf das Handy. Wieder dieses Gefühl, dass ich abgelenkt wurde. Dass irgendjemand in meinen geliebten Kreisen sein Unwesen trieb. In meinem Leben gelten mir Zeit und Stille als die höchsten Güter. Beide waren jetzt einer Bedrohung ausgesetzt. Ich würde mehr zu tun bekommen. Und es würde mehr Lärm verursachen. Ich wünschte nicht, mich mit dem Monster Berge und dieser abscheulichen, bluttriefenden Materie zu befassen. Allem voran wünschte ich nicht, die wachsamen Augen einer ganzen Nation auf mich gerichtet zu wissen. Ich wollte einfach nur hier sitzen, hoch über dem Bankplassen, ich wünschte nichts anderes, als mich mit meinen eigenen Dingen zu beschäftigen, kleine Zettelchen zu schreiben und sie in die Sætre-Dose zu legen, Zettel, von denen ich mir einbildete, dass ich sie zu einem Pamphlet, zu einer Brandfackel über das zerbrechliche Gerüst der Gerechtigkeit zusammenfügen könnte, wobei ich sogar den Plan verfolgte, die Nachkriegsprozesse als Paradebeispiel heranzuziehen, handelte es sich dabei doch um eine Abrechnung, mit der uns zu brüsten wir so oft die Frechheit besaßen. Zugleich aber witterte ich eine noch größere Gefahr: Ich würde es nicht hinbekommen, Recht zu sprechen in dieser Sache. Ich würde mich blamieren. Vielleicht würde Dobermann, ja, vielleicht würden sogar alle ahnen, dass meine Trauer über den Tod Storefjelds und der anderen, selbst der armen kleinen Sylvie, nicht tief genug saß, sie würden erkennen, dass ich, alles in allem, nicht von ausreichend großem Kaliber war, um in diesem überaus wichtigen Fall zu Gericht zu sitzen, überhaupt Richter zu sein. Mein gewagter Bluff könnte endlich durchschaut werden, sozusagen zur Hauptsendezeit.

Erneut war es mir, als ob alles ins Wanken geriet. Obwohl ich saß. Der Kaffee schmeckte plötzlich nach nichts. Ich hatte das Gefühl, als würde ich eine letzte Mahlzeit einnehmen.

Ich ging ins Wohnzimmer und legte mich auf Paal Bergs alten Diwan. Ich musste einen Vorwand finden. Ich konnte Dobermann erklären, dass ich befangen sei, ich konnte mich bei ihm einzuschmeicheln versuchen, eine Runde mit ihm gehen, wenn er seinen kleinen Zwergspitz Gassi führte, konnte ihm, während ich Cäsar streichelte, von Sofie Nagel erzählen. Noch bevor ich den Gedanken zu Ende gedacht hatte, wusste ich, dass ich niemals irgendjemandem von dieser Episode im Wald würde erzählen können. Ich konnte eine Krankheit vorschützen. Ich konnte um Beurlaubung ansuchen, Erschöpfung oder eine Depression als Grund angeben, so wie Kjell Magne Bondevik zu seiner Zeit als Ministerpräsident. Er hatte für seinen offenen Umgang mit diesem Thema ausschließlich Sympathie und Respekt geerntet. Ja, der bloße Gedanke daran, mich mit Berge auseinandersetzen zu müssen, erschöpfte mich. Alles wurde jetzt akzeptiert. Tatsächlich bestand die Gefahr, dass mir sogar noch größere Wertschätzung entgegengebracht würde, wenn ich bekanntgab, an einer solchen Erkrankung zu leiden.

Es galt ja beinahe schon als Qualifikation, eine Dunkelheit durchlebt zu haben. Die Menschen hielten mich für dunkel, glaubte ich. (Im Notfall könnte ich Dobermann von der Episode mit der Säge und dem Klavier in meinen Jugendjahren berichten.) Doch, das könnte klappen.

Da ich nun schon auf dem Diwan lag, legte ich eine LP mit Beethovens elf Bagatellen auf, Opus 119, als wollte ich meinen Gedanken beim Überschreiten einer Grenze helfen, und während ich dalag und zuhörte, den innovativen Tonfolgen nachzugehen versuchte, kehrten die Gedanken dennoch zu dem Gespräch mit Dobermann zurück, und mir wurde klar, dass es da noch etwas anderes gab, dass meine Abscheu vor Berge, vor seinem ganzen Wesen, womöglich der ausschlaggebende Grund meiner Verweigerung war, stärker noch als die Befürchtung, die Mängel in meinem Wirken als hoher Beamter könnten entdeckt werden. Ich war in keiner Weise unparteiisch. Meine Skepsis gegenüber der Arbeiterpartei machte mich auch misstrauisch gegenüber einigen der Opfer. Sogar Sofie Nagel gegenüber. Wenn ich darüber nachdachte, glaubte ich, dass ich sie schon immer ein bisschen dafür gehasst hatte, dass sie nach unserer Wanderung aus der Nordmarka, aus unserer gemeinsamen Finsternis heraus, nicht mit mir Kontakt aufgenommen hatte. Für sie wäre es einfacher gewesen, mich zu finden, als umgekehrt, ich hatte ihr erzählt, wo ich arbeitete. Ich hatte überhaupt keine Lust, mich mit diesem Mumpitz zu befassen. Ich wollte in der Idylle verbleiben, die üblichen Fälle übernehmen – jaja, zuzeiten auch schwierige, aber solche, die ich mit Bravour meistern konnte. Ich wollte im Limelight sitzen und in Ruhe meinen Wodka Martini genießen, wollte in der Stadt umherflanieren, ohne an die juristischen Wirren dieses Falls zu denken, geschweige denn an das gefühlsmäßige Inferno, das er mit sich brächte. Allein die erneute

Glorifizierung Storefjelds und der Ap würde mich an den Rand der Schlaflosigkeit treiben. Mein einziges Talent bestand darin, meine Talentlosigkeit zu verbergen. Bei der Aufmerksamkeit, die ich mir dadurch automatisch zuziehen würde, könnte meine ganze listige, verdeckte Operation den Bach hinuntergehen. Mein ganzes Dasein.

Ich sagte zu.

Sie wollten ein würdiges Gerichtsverfahren aufziehen, und sie hatten sich an mich gewandt, Peter Malm. Ja, ich bin der Mann, dachte ich. Der Auserwählte. In den Zeitungen wurde in aller Schwülstigkeit geschrieben, das Böse werde vor Gericht gestellt. Aber meine Arbeit war es, ein Gerichtsverfahren zu leiten, nicht, einen Exorzismus abzuhalten. Mein Berufsethos war bereits zum Leben erwacht.

Als herauskam, dass ich als Richter ernannt worden war, erhielt ich einen Anruf von einer Journalistin eines der Zeitungsmagazine. Ich glaubte zunächst, es sei Ine Wang, aber es war jemand anderes. Sie bat um ein Interview. Ich lehnte ab. Es überraschte mich, dass Journalisten glaubten, ein Richter würde wie irgendein x-beliebiger Promi in einem Magazin hervortreten wollen (erst im Nachhinein erinnerte ich mich, dass Dobermann einmal ein Porträt über sich hatte schreiben lassen, und ich empfand einen gewissen Stolz, dass ich mich nicht auf dasselbe niedere Niveau begeben hatte wie er). Sie machte sogar den Vorschlag, sie könnten ein Bild von mir mit einer Balkenwaage machen. Was für eine Idiotie, was für ein Klischee. Was dachten die sich dabei?

Die nächsten Monate verliefen anders als sonst. Aufgrund des umfassenden Strafverfahrens, das mich erwartete, hatte ich weniger im Gericht zu tun, wiewohl ich weiterhin Zivilverfahren vorzubereiten hatte. In meiner Freizeit versuchte ich, mit meinem Buch weiterzukommen, aber meine Konzentration war hinüber. Jedes Mal, wenn ich an den Schreibtisch heranrollte, blieb ich sitzen und starrte aus dem Fenster. Ich kam nicht weiter.

Eines Abends gelang es mir dennoch, mich zusammenzureißen, ich dachte, es sei wichtig, die Routinen aufrechtzuerhalten, die Jagd nach Inspiration nicht aufzugeben. Ich stellte mich vor das kleine Bücherregal aus Walnussholz, welches identisch ist mit meiner Bibliothek, und da ich mit Camus fertig geworden war, griff ich mir fast aufs Geratewohl ein Buch heraus: *Bleak House* von Charles Dickens, ein Roman, den ich im Laufe meines *annus mirabilis* in London gelesen hatte. Ich hatte, wie bereits erwähnt, am Tavistock Square gewohnt, und bald hatte ich herausgefunden, dass auch Dickens einige Jahre dort gelebt und unter anderem *Bleak House* dort geschrieben hatte, deshalb hatte ich mir das Buch gekauft. Und was für eine Geschichte das war! Gewiss, ich hatte den Begriff »gerechte Strafe« in London in eine rechtsgeschichtliche Perspektive gesetzt, und ja, ich war dort von Miss Huxley in einer Weise sexuell befriedigt worden, dass es für ein ganzes Leben reichte, doch was mir von diesem Aufenthalt am besten in Erinnerung geblieben ist, das ist die Wonne, die ich bei der Lektüre von Charles Dickens' *Bleak House* empfand. Hin und wieder denke ich mir, dass es das war, was ich in diesem Jahr in London getan habe: *Bleak House* zu lesen. Das war ein Roman, der ein Jahr lang andauerte. Ich kann mit Gewissheit sagen, dass Dickens' Roman für mein juristisches Wirken von größerer Bedeutung war als das norwegische Gesetzbuch. Obwohl ich Stapel von Fachliteratur gelesen habe, war es doch *Bleak House*, das mich am meisten beeinflusst hat.

Jetzt setzte ich mich in Wegners unbequemen, dank der Kissen aber komfortablen Wing Chair und blätterte in dem Buch, begutachtete die Unterstreichungen, die ich vorgenommen, und die Kommentare, die ich an den Rand geschrieben hatte, als ich in meinem Zimmer am Tavistock Square gesessen war und das Buch zum ersten Mal gelesen hatte. Ich glaube, mir gefiel der Roman deshalb so gut, weil Dickens das verworrene Universum der Juristerei schildert, wie es kein anderer, weder davor noch danach, geschildert hat, doch als ich mir diese Schilderungen jetzt wieder ansah, einige der Stellen las, in denen Dickens den Fall Jarndyce contra Jarndyce beschreibt, musste ich an den Blankvann-Fall denken, denn auch dieser nahm langsam enzyklopädische Ausmaße an, er umfasste bald alles. Als der Fall nun vor Gericht kommen sollte, gab es niemanden, keinen Fachbereich, der nicht eine Meinung zu den verschiedenen Aspekten hatte und der sich nicht, sobald sich die Gelegenheit bot, in aller Ausführlichkeit darüber verbreitete.

Ich habe immer viel gelesen. Um ehrlich zu sein, habe ich während meines Studiums genauso viel belletristische wie juristische Literatur gelesen. Ich habe oft die Meinung verfochten, alle Studienzweige, einschließlich Jura, sollten mindestens zwanzig Werke der Weltliteratur obligatorisch in ihren Lehrplan aufnehmen, in dem *Bleak House* auf jeden Fall enthalten sein müsse. Ich für meinen Teil – und das war auch für die Wahl meines Themas, Gerechtigkeit, von Bedeutung – bin nie fertig geworden mit einem Roman wie *Verbrechen und Strafe* von Dostojewski. Oder mit *Die Brüder Karamasow* – mit dem Mord im Zentrum (wie man es auch dreht und wendet, Rache ist die Kehrseite von gerechter Strafe). Im Lesekreis Junger Juristen versuchten wir, uns an Werke heranzutasten, in denen juristische Probleme behandelt wurden. Wie *Der Kaufmann von Venedig* von Shakespeare. Oh, wie gut ich mich daran erinnere – nicht zuletzt an den Wortwechsel über die Gerichtsszene, denn wie sollte man »ein Pfund Fleisch« interpretieren? Die Gespräche über Kafkas *Prozess* oder »In der Strafkolonie« stellten selbstredend ebenfalls Höhepunkte dar. Eine ganze Juninacht verging im Gespräch über Atticus Finch, den Anwalt aus *Wer die Nachtigall stört* von Harper Lee. Wie bereits erwähnt, war auch Dobermann mit von der Partie. Merkwürdigerweise. Vom heutigen Standpunkt aus betrachtet, kann ich mir keinen Menschen denken, dem der größte Vorzug der Literatur – Ambivalenz, Unsicherheit, Zweifel gelten lassen zu können – ferner stünde als Dobermann. Die Auslegung eines Gesetzes mochte sich schwierig gestalten, schwieriger jedoch war die Auslegung einer Ansicht aus Camus' *Der Fremde*: »Wie hatte ich übersehen können, dass nichts wichtiger ist als eine Hinrichtung und dass es alles in allem das einzig wirklich Interessante für einen Menschen ist. Wenn ich je aus diesem Gefängnis herauskommen sollte, würde ich mir alle Hinrichtungen ansehen.«

Unser kleiner Verein löste sich auf. Der eine wechselte die Universität. Einer brach das Studium ab. Ein anderer hörte auf, belletristische Literatur zu lesen. Nur ich war noch übrig im Lesekreis Junger Juristen. Ich denke, ich bin auch jetzt noch immer Mitglied. Wenn ich mich als Richter einigermaßen gut geschlagen habe (fast hätte ich gesagt: damit durchgekommen bin), so liegt das daran, dass ich so viele literarische Werke gelesen habe, dass ich durch diese Bücher zur einer Art grundlegendem Verständnis über die Natur des Menschen gelangt war.

Ich kam trotzdem nicht voran, nicht einmal, nachdem ich mit *Bleak House* im Schoß im Schaukelstuhl gesessen war, und vielleicht weil ich an diesem Abend besonders desillusioniert war und eines Heilmittels der außergewöhnlichen Sorte bedurfte, griff ich auf eine meiner Lieblingsfolgen von *Civilisation* zurück. Das war die über die Romantik. Ich mixte mir einen Cosmopolitan und richtete mich leidlich ein. Und es half, etwas löste sich. Ich verlebte, wenn ich so sagen darf, erbauliche Stunden. Auch ist es ein Drink mehr geworden als sonst. Etwas war da an der Kombination von Cosmopolitan und Sir Kenneth Clarks Stimme, seinen weisen Worten über Beethovens Musik und Byrons Poesie und Rodins Skulpturen (Balzac!), das eine Gedankenreaktion auslöste und neue Gedanken hervorrief, die ich nie zuvor gedacht hatte. Mir kam auch eine Idee für *Leben um Leben*, ich kritzelte sie auf das halbe Notenblatt, welches ich vernünftigerweise immer neben dem Sessel bereitliegen habe, und tat es dann in die Sætre-Dose auf dem Schreibtisch. Ich war einer Verzückung nahe, ich kann es nicht erklären.

An diesem Abend blieb ich viel zu lange auf. Am nächsten Tag im Gericht musste ich alle meine Schauspielkünste abrufen, um einen lästigen Kater zu verbergen.

*

Eines Tages geschah etwas Erschütterndes, und im Nachhinein musste ich mich fragen, ob es etwas damit zu tun gehabt haben könnte, dass die Öffentlichkeit nunmehr über meine Ernennung zum Richter in der Causa Berge informiert war. Oder war diese Dramatik lediglich ein weiteres Anzeichen dafür, dass die Welt in eine Schieflage geraten war? Wie dem auch sei: Ich wurde zusammengeschlagen, und nicht irgendwo, sondern vor dem Parlament, fast wie zum Hohn gegen die gesetzgebende

Versammlung des Landes. Sogar in mein gesegnet ereignisloses Dasein sickerte jetzt die Brutalität.

Es war spät und ich war auf dem Weg nach Hause vom Grand Hotel (nach einer Audienz bei König Edgar), ich war in einer ausgelassenen Stimmung, als ich Zeuge einer Szene wurde. Direkt neben der Statue von C. J. Hambro, dieser bewundernswerten Figur, wurde ein Mann von einem anderen Mann angepöbelt, ehe dieser dazu überging, ihn zu stoßen und anschließend so auf ihn einzuschlagen, dass er zu Boden ging. Doch damit gab der Kerl sich nicht zufrieden, sondern er trat den Liegenden noch gegen den Brustkorb. Es war bereits so spät, dass ich der einzige Beobachter dieses Zwischenfalls war. Natürlich hätte ich umkehren oder einen großen Bogen um die beiden machen sollen, aber ich blieb stehen.

Während ich dastand und zusah, wie ein armer Kerl Prügel bezog oder schlichtweg malträtiert wurde, regte sich etwas in mir, eine Stimme, die sagte, dass ich nicht bloß herumstehen und tatenlos zusehen dürfe. Mit anderen Worten, es steckt irgendwo in meinem Innern ein Korrektiv zu meiner leichtfertigen Behauptung (mit der ich beim geselligen Beisammensein kokettieren konnte), dass das Leben jeglichen Sinn entbehre. Denn der Sinn des Lebens, dachte ich, wie ich dort stand, oder: es erklang wie ein Druck im ganzen Körper – der Sinn des Lebens ist es, andere Leben zu retten. Oder anderen Menschen das Leben leichter zu machen, ihren Schmerz zu lindern. (Es war mir, als hätte ich auf einem meiner halben Notenblätter etwas zu diesem Thema notiert, etwas im Zusammenhang mit Naturrecht.) Trotzdem: Ich zögerte. Ich war wie von einem Kraftfeld umgeben, hinter mir das Nationaltheater und vor mir das Parlament. Spielte das mit hinein? Sah ich mich wie einen Akteur in einem klassischen Drama? Wollte ich unseren Volksvertretern huldigen?

Ich habe eigentlich nie an Zivilcourage geglaubt, jemanden zu retten, wenn man es streng genommen nicht musste, aber ich gebe zu, es steckte eine Unsicherheit in mir, seit wir uns in der Studienzeit, im Lesekreis Junger Juristen, *Koloss* von Finn Alnæs vorgenommen hatten, und dann natürlich auch Johs. Andenæs' Habilitationsschrift über »strafbare Unterlassung«. Das hatte Eindruck hinterlassen. Man konnte genauso strafrechtlich zur Verantwortung gezogen werden, wenn man es unterließ, Hilfe zu leisten. Und jetzt war es, als ob mein Körper mehr als der Kopf mir zu handeln gebot. Du musst eingreifen! Ich kann es nicht ausdrücken, ich muss mich damit begnügen zu sagen, dass dies eine Erfahrung war, bei der ich für einen kurzen Moment die Wahrheit von Kants kategorischem Imperativ erkannte, der ja seinerseits als ein kleinstes gemeinsames Vielfaches der zahlreichen Gebote in den von Menschen aufgestellten moralischen Systemen betrachtet werden konnte. Ich stellte mir vor, ich selbst läge dort auf dem Boden, und überlegte, welche Reaktion ich mir von einem Passanten wünschen würde.

»Aufhören«, sagte ich. »Halt«, sagte ich und streckte eine Hand aus, einen Arm, als ob ich den Rüpel allein durch diese Geste dazu bewegen könnte, nicht weiter auf den am Boden Liegenden einzutreten, und im Grunde konnte ich weder mehr sagen noch mehr tun, bevor ich auch schon von einem tüchtigen Schlag getroffen wurde, und als ich wieder zu mir kam, lag ich auf dem Boden.

Der Angreifer nahm mir nicht mein Geld ab, sondern er nahm etwas viel Wertvolleres: Er stahl meinen alten Kompass aus der Innentasche meiner Tweedjacke, den, den ich von Herrn Haug bekommen hatte. Ich fühlte mich nackt ohne ihn. Ich sah das als schlechtes Zeichen an, als ein sehr schlechtes Omen.

Hinterher überkam mich das nagende Gefühl, das Ganze sei inszeniert worden, dass es eine Art Test darstellte. Wenn ich daran dachte, kam mir der immer stärkere Verdacht, die beiden Prügelnden hätten das nur gespielt, ein Ablenkungsmanöver, damit sie mich ausrauben konnten – ich bin mir fast sicher, dass der eine dem anderen direkt vor meinem Eingreifen zugezwinkert hatte. Oder täuschte ich mich?

Selbstverständlich brachte ich den Vorfall nicht zur Anzeige. Ich war nicht dumm. Nach der unsanften Begegnung mit dem Kiesboden vor dem Parlament zog ich mich deshalb noch mehr zurück, ich befürchtete, eine eventuelle Meldung in der Zeitung könnte Aufmerksamkeit auf sich ziehen, die dann wiederum eine Serie von Untersuchungen in Gang setzen würde, was in letzter Instanz zur Folge hätte, dass meine hart erworbene Tarnung heruntergerissen würde und alle sehen könnten, wie ungeeignet ich als Richter in dem wichtigsten Prozess war, der nach der Jahrtausendwende in diesem Land stattfand. Ich verfluchte meinen moralischen Impuls, den törichten Einfall, der mich kopfüber zu Boden geschickt hatte.

Nicht immer lohnt es sich, anderen zu helfen – ganz gleich, was die Leute sagen.

An dem Abend, als ich die Prügel bezogen hatte, blieb ich mit einem Eisbeutel auf der Wange auf dem Diwan liegen und dachte nach. Ich bereute es. Ich ärgerte mich, dass ich nicht Nein gesagt, eine wasserdichte Ausrede erfunden hatte, als Dobermann anrief.

Der Tag der Verhandlung rückte näher, und natürlich wurde in sämtlichen Medien die Anzahl der Meldungen über Berge und den gesamten Blankvann-Fall noch einmal kräftig hochgeschraubt, es war, als ob die Nation das ganze Trauma bereits vergessen hätte und all das Schreckliche wiederholt werden müsste. Vieles, was schon einmal gesagt worden war, wurde noch einmal gesagt, und alle Involvierten wurden aufs Neue zu Interviews geladen. Es war wie eine Reprise, zum Teil in Zeitlupe.

Ich selbst hatte mehr als genug zu tun. Ich hatte früh die Anklageerhebung und die Beweisunterlagen bekommen, und in den darauffolgenden Monaten hatte eine Reihe vorbereitender Sitzungen mit allen Beteiligten stattgefunden. Jetzt, unmittelbar vor dem Prozess, hatte ich noch mehr um die Ohren. Gleichzeitig bereitete ich mich *mental* darauf vor. Auf Berge.

Eines Abends traf ich mich mit Lev, der mir sagte, ich solle einen Blick auf Berges Blog werfen. »Ich habe ihn lang als Gesinnungsgenossen angesehen«, fügte er kryptisch hinzu.

Ich konnte mich erinnern, etwas darüber gelesen zu haben, vermutlich in der Zeit direkt nach seiner Festnahme. Das war in einem Artikel, womöglich von einem Soziologen verfasst, in dem Berge als eines dieser gefährlichen, neuen Elemente in der heutigen Gesellschaft beschrieben wurde: Der hasserfüllte, männliche Verlierer, einer, der in der Blogosphäre einen Tummelplatz findet, einen Ort, an dem er sich behaupten kann. Davon verstand ich nur Bahnhof, ich wusste nichts oder nur wenig über die neuen sozialen Medien. Aber ich dachte an Berge, auf den das vielleicht zutreffen mochte: Wir hatten es hier mit einem Mann zu tun, der viel an Zurückweisung erfahren hatte, von seiner Partei, von Gry Storefjeld, von der literarischen Öffentlichkeit. Konnte das eine gefährliche Verzweiflung hervorgerufen haben?

»Wurde sein Blog nicht gesperrt?«, fragte ich. »Hat niemand ihn entfernt? Die Polizei?« Lev schaute mich mitleidig an, saß hinter einem Whiskey Sour, einem seiner Lieblingsgetränke.

»Erstens einmal steht dort nichts drin, was gesetzlich verboten wäre«, sagte er, »und zweitens ist es nicht so leicht, etwas aus dem Internet zu entfernen. Glücklicherweise.« Lev ist ein großer Verteidiger der Meinungsfreiheit, und er weiß viel über das World Wide Web, in ihm lebt ein alter Hippie. Er kritzelte eine Internetadresse auf eines meiner halben Notenblätter.

Am nächsten Abend, daheim in meiner Wohnung, holte ich das Blatt Papier heraus. Mir kamen Zweifel. Ich sollte in dem Verfahren gegen Berge Recht sprechen. Ein Richter sollte idealerweise nicht mehr wissen als andere, sollte allein auf die im Gerichtssaal vorgelegten Beweise und Zeugenaussagen Bezug nehmen. Andererseits hatte ich bereits viel darüber gelesen, bevor mir der Fall Berge – fast hätte ich gesagt: unfreiwillig – in den Schoß gefallen war. Und wer würde es schon erfahren, wenn ich jetzt ein paar Minuten auf den Bildschirm blickte?

Ich überlegte, ob ich mir nicht stattdessen lieber eine Kenneth-Clark-Folge ansehen sollte, aber die Neugier obsiegte. Ich setzte mich an den Schreibtisch und schaltete den Computer ein. Berges Blog lief, wie sich zeigte, unter dem Titel Pens, Weiche, und das Wort weckte sogleich angenehme Assoziationen an meinen Vater, der ja sein ganzes Berufsleben hindurch bei der Eisenbahn gearbeitet hatte. Was soll ich sagen? Ausgehend von dem, was ich bereits über diesen Blog gelesen hatte, die Anschuldigungen gegen Berge in Hinblick auf seinen Hass gegenüber der Ap, hatte ich erwartet, zum Teil rabiate Ansichten zu finden. Aber wie in der Justiz dreht sich alles um Interpretationen. Vielleicht wäre es mit einiger Mühe möglich gewesen, in Berges Blog die Andeutung einer gefährlichen Ideologie ausfindig zu machen, aber da musste man schon eine gehörige Portion Phantasie besitzen und bewusst überinterpretieren. Ich las mehrere Beiträge aus den Jahren vor seiner

Festnahme, und die waren keineswegs rabiat und in jedem Fall nicht rechtsextrem, wie von Einzelnen behauptet wurde. Zwar fand sich einiges Provokantes darunter, aber ich konnte durchaus nachvollziehen, dass man mit dem, was er schrieb, einer Meinung sein konnte. »Der Machoverein Grei hat seine Basis am Youngstorget und nicht am noblen Holmenkollen«, las ich irgendwo. Der Beitrag handelte von diesen frühen AUF-lern, die nunmehr einflussreiche und hochbesoldete Posten in Banken, Brokerhäusern, Consulting-Firmen und im Außenministerium bekleideten. Um ehrlich zu sein, begann mir das Ganze ein bisschen Spaß zu machen, ich bekam Lust auf einen Gimlet (war es der Limettengeschmack, der mich anzog, oder vielleicht eher der Gedanke an Philip Marlowe, Raymond Chandlers Detektiv und Gimletkenner), konnte mich aber zurückhalten, es war wichtig, bei dieser kleinen privaten, wie soll ich sagen, *Voruntersuchung* bei klarem Verstand zu bleiben. Soweit ich es beurteilen konnte, war der Großteil der kritischen Blogbeiträge von jemandem geschrieben worden, der weiter links stand als die Ap, besonders die Beiträge, die gegen deren restriktive Einwanderungspolitik gerichtet waren, und viele davon würden gewiss nützlich sein können als Ausgangspunkt für fruchtbare, ja, wichtige Debatten über das ideologische Fundament der Partei (worin auch, wie ich es herauslas, die offenkundige Absicht dieses Blogs bestand). »Die Züge des ›freundlichen‹ Totalitarismus und von oben gesteuerten Utilitarismus, von denen die Arbeiterpartei in ihrer Blütezeit geprägt war, haben ihre Anziehungskraft verloren in einer Zeit, da der Individualismus das Feld beherrscht«, las ich. Nicolai Berge unterstrich den Bedarf an einer grundlegenden Systemkritik und verwendete wiederholt die Wendung »ein neues Navigationssystem finden«, was in mir einen Widerhall fand – ich dachte sofort mit Kummer an den kostbaren Feldkompass, der mir gestohlen worden war. »Dass der Ap jede Glut fehlt, die Unbeholfenheit der Partei, erklärt sich daraus, dass alles schon erreicht ist«, schrieb Berge. »Der Grund, weshalb die Ap heute in einer ideologischen Krise steckt, ist darin zu suchen, dass die Wohlstandsgesellschaft, die Ende der 1940er Jahre noch eine Utopie war, jetzt Wirklichkeit geworden ist.«

War das der Mörder Berge?

Ich las einen Beitrag, in welchem er über die Sehnsucht nach einem Politiker schrieb, der über ein größeres Vokabular verfüge und die Sprache besser zu beherrschen wisse als die heutigen, ein Politiker, der nicht so verdammt mediengeübt sei und sich die ganze Zeit gegenüber irgendetwas absichere, ein Politiker mit Strahlkraft, der die Bürger schlicht *inspirierte*.

Ich hätte ihm kaum mehr beipflichten können.

Saß ich da und nickte zu den Ansichten eines Mannes, den ich verachtete, oder zu verachten glaubte? Ich tat es. Ich saß da und nickte. Ein Gimlet würde jetzt guttun, dachte ich. Ich schlug es mir aus dem Kopf.

Ich wollte den Rechner ausschalten, blieb jedoch sitzen und scrollte weiter, und obwohl ich schnell las, hatte ich den immer stärker werdenden Eindruck, dass dies eine ziemlich intelligente Kritik an der Arbeiterpartei war. Doch Berge schrieb auch über allgemeinere Themen, er schrieb, die heutigen Politiker interessierten sich mehr für Meinungsumfragen als dafür, mutige und unbeliebte Entscheidungen zu treffen, über das Problem des Klimawandels beispielsweise – ihre Angst, im Fernsehen etwas Falsches zu sagen, sei größer als die vor der fortschreitenden Verunreinigung der Atmosphäre. Er vermisste Verantwortung, Umdenken, Tatkraft. Wo war die Person, die etwas Vernünftiges dazu sagen konnte, dass die kapitalistische

Macht sich von der politischen Kontrolle freigemacht hatte? Was sollten wir mit einem Wirtschaftssystem machen, das sich von der Demokratie entfernte?

An irgendetwas erinnert mich das doch, dachte ich. Dann fiel es mir ein. Levs Leserbriefe. Auch wenn viele dieser Beiträge reichlich gewagt waren, so waren sie doch alle aus dem Gedanken heraus verfasst, dass sie zu etwas Gutem führen könnten. Empfand ich eine zaghafte, aber beginnende Sympathie für Berge, oder zumindest für seinen Blog?

Ich fragte mich, ob Berge vielleicht als ein Michael Kohlhaas betrachtet werden konnte – in meinen Studientagen war ich sehr ergriffen gewesen von Heinrich von Kleists Novelle –, ein Mann, der seinem Gerechtigkeitssinn zum Opfer fällt und dadurch Böses tut?

Ich ging, um mir einen Gimlet zu mixen, stellte aber fest, dass der Rose's Lime Cordial aufgebraucht war. In Ermangelung einer besseren Idee machte ich mir einen Black Russian, aber irgendetwas misslang, er schmeckte zu stark nach Wodka, zu wenig nach Kahlua. Oder umgekehrt. Das alles stimmte mich nachdenklich. Wie sollte ich mit diesem Gerichtsverfahren zu Rande kommen, wenn mir noch nicht einmal die Zubereitung von etwas so Einfachem wie einem Black Russian gelingen wollte?

*

Ich erwachte in ermunterndem Frühlingslicht an jenem Montag, an dem das Verfahren gegen Nicolai Berge eröffnet werden sollte. Ein Paradox, dachte ich. Es hatte lange geregnet, jetzt herrschte Sonnenschein in der Kolonie. Ich kleidete mich in einen meiner besseren Anzüge aus der Savile Row und war von einem Gefühl erfüllt, das Optimismus ähnlich war, als ich auf dem Weg zu dem wichtigsten Auftrag meiner Karriere durch die Straßen schritt. Es war, als läge an diesem Morgen ein feierlicher Nimbus über dem Gerichtsgebäude, das fiel mir ganz oben in der Rosenkrantz' gate auf, als das Gebäude vor mir aufragte. Ich bin der sogenannten postmodernen Architektur stets skeptisch gegenübergestanden, dem Spiel mit klassischen Formen und Elementen, aber just das Gerichtsgebäude hat schnell Gnade in meinen Augen gefunden – ich kann nichts dafür, doch die Fassade aus Granit und Fauske-Marmor lässt mich an Sonnentagen an das mächtige Viceroy's House in Neu-Delhi denken, das stolzeste Bauwerk des Britischen Empires.

Ich habe Hauptverhandlungen immer gemocht. Mit Genuss betrete ich die schlichten, hellen Säle, bereit, jene »Rituale« zu begehen, die noch immer gepflogen werden – nehmen wir etwa nur, dass bei meinem Eintreten alle Anwesenden sich erheben, als wäre ich Priester in einer Kirche und würde aus dem Evangelium lesen. Es gefällt mir nicht bloß, sondern ich weide mich geradezu daran, mit dem Reichslöwen im Rücken dazusitzen und mit den Fingern die Form eines Zelts zu bilden, um meine Hellhörigkeit, meine Konzentration zu bezeigen. Ja, es gefällt mir. Administrator sein. Admiral sein. Einer, der ein Segelschiff durch die Skylla und Charybdis der Paragraphen lenkt, sofern es mir gestattet ist, mich ein wenig schwülstig auszudrücken über die widerstreitenden Interessen von Anklage und Verteidigung. Ich genieße dies mehr, als ich zuzugeben wage – vielleicht weil hinter meiner Maske aus Ernst und Selbstsicherheit Demut verborgen liegt, weil ich weiß, dass die mir erwiesene Ehrerbietung unverdient ist.

Selbstverständlich hatte dieser Prozess etwas ganz und gar Eigenes an sich. Ein deutliches Anzeichen hierfür bekam ich bereits, als ich mich dem C. J. Hambros plass näherte und die Übertragungswagen vor dem Gerichtsgebäude parken sah (wie kleine Parasiten vor einem riesigen Zuckerstück, dachte ich). Dieser Fall zog eine Aufmerksamkeit auf sich, wie ich sie noch nie erlebt hatte – und von der ich wusste, dass ich sie danach nie wieder erleben würde –, ich konnte eine Art *Druck* spüren, so wie man bisweilen ein Wettertief im Körper fühlen kann. Was machten alle diese Menschen hier? War das nicht ein bisschen wie in alten Tagen, als man in Scharen herbeiströmte, um einer öffentlichen Hinrichtung beizuwohnen?

Durch unbeirrtes Dahinspazieren, wobei ich es unterließ, den Spazierstock zu schwingen, erreichte ich den Personaleingang, ohne von den Journalisten entdeckt zu werden. (Es mochte indessen auch daran liegen, dass meine Anonymität immer noch gewahrt war, obschon ein Bild von mir, wiewohl einer jüngeren Version von mir, mehrmals in den letzten Wochen in der Zeitung abgedruckt worden war.) Auf dem Weg hinein beschäftigte mich der Gedanke an die Landesverräter. Für die meisten hatte Berge sich in gleicher Weise schuldig gemacht wie Quisling. Gerade deshalb musste dies ein *gerechter* Prozess werden, eine Art Nachkriegsprozess im Kleinformat, für den unsere Gesellschaft bekannt werden könnte.

Und ich bin es, Lord Malm, der dafür Sorge tragen soll, dass Berge eine den allgemeinen Prinzipien der Rechtssicherheit und Demokratie gemäße Behandlung erfährt, dachte ich, als ich am selben Morgen Saal 227, den größten uns zur Verfügung stehenden Gerichtssaal, betrat und mich in dem bequemen, hochlehnigen Stuhl hinter dem Richtertisch zurechtsetzte. »Die Verhandlung ist eröffnet«, sagte ich mit fester Stimme und schlug den Hammer auf den Tisch. Nicht fest. Aber bestimmt. Viele Richter haben die Verwendung des Hammers aufgegeben. Ich dagegen schätze diesen kurzen Knall, der wie ein Startschuss den Verhandlungsbeginn anzeigt. Es erinnert mich an meine Schulzeit, wenn der Lehrer in den Lärm des Klassenzimmers eintrat und in die Hände klatschte und wir augenblicklich still wurden, auf dass die Bildungsreise weitergehen konnte. Aber schon nachdem ich den Hammer zur Seite gelegt hatte und in den Raum blickte, überkam mich – ich weiß nicht, ob wegen des ganzen Aufsehens, und obwohl nichts darauf hindeutete – ein Gefühl, dass ich keine Kontrolle hatte. Es war, als hätte Dobermann mich zum Klavierspielen auf eine große Bühne gelockt, auf der ich ein Stück zum Besten geben sollte, von dem er wusste, dass meine Fähigkeiten dazu nicht hinreichten. Ich legte die Fingerspitzen aneinander und betete inständig, dass niemand – niemand in ganz Norwegen – den Verdacht hegte, dass sich ein solches Gefühl in mir regte.

Die ganze erste Woche blieb ich, nachdem ich den Talar in den Schrank gehängt hatte, immer noch eine Weile im Büro sitzen. Ich musste vor dem Nach-Hause-Spazieren ausruhen, und während der Prozess noch im Gange war, wollte ich nicht im Limelight Zuflucht nehmen, für den Fall, dass ich beobachtet wurde und jemand der Presse einen Wink gab. An mehreren Abenden ging ich auf die Dachterrasse des Gerichtsgebäudes, da um diese Zeit nie jemand dort war. Die Aussicht tat mir gut. Ich saß auf einem Stuhl und schaute zum Schloss hinunter und zum Holmenkollåsen dahinter. Es war der Gedanke an Berge, der mich quälte. Wie sollte ich zu ihm stehen?

Als ich am ersten Tag den Saal betrat und ihm endlich von Angesicht zu Angesicht gegenüberstand, erwachte meine Antipathie von neuem zum Leben. Ich hatte das Gefühl, einer Energie des Bösen gegenüberzustehen. Einer Art satanischen

Präsenz. (Oder war ich bloß voreingenommen?) Was wäre die gerechte Strafe für so einen Menschen? Ich musterte ihn und dachte: Das ist der Mann, der Sofie Nagel getötet hat, die Frau, die einstmals, wie aus dem Nichts, auf einer Waldlichtung erschienen ist und mir das Leben gerettet hat. »Du aufgebrezeltes Monster!«, rief jemand, und obschon ich die betreffende Person sogleich mit Bestimmtheit darauf hinwies, die Ruhe zu wahren, sofern sie auf ihrem Zuschauerplatz zu verbleiben wünsche, konnte ich den Ausbruch nachvollziehen. Berge war in einem dieser Anzüge angetreten, die offensichtlich sein Markenzeichen und von seltsam altertümlichem Schnitt waren, und dieser Aufzug wurde von den vielen, die ihn – bildlich gesprochen – in Sack und Asche zu sehen wünschten, als Provokation empfunden.

Berge, dieser starke, stolze Name. Auf immer ruiniert. Auch für die anderen unschuldigen Träger desselben Namens. Man hört jemanden »Berge« sagen, und ein Gefühl des Unbehagens durchströmt den Körper.

Ansonsten verlief alles wie immer, abgesehen davon, dass Berge schwieg; auf die Fragen nach den Formalitäten wie Name, Beruf, alle diese Dinge musste ich ein bestätigendes Nicken akzeptieren, und bei der Frage, ob Berge sich gemäß der Anklage schuldig bekenne, musste ich mich an den Strafverteidiger wenden. (»Das Schweigen muss als ein ›Nein‹ verstanden werden«, erklärte dieser.) Der Prozess ging indessen seinen Gang, mit dem Unterschied, dass alles länger dauerte, umständlicher war, vielleicht weil alles gravierender, das Verbrechen so außerordentlich brutal, so schwer zu fassen war. Es gab das Eröffnungsreferat der Anklage mit seinem überaus ernsten Inhalt, es gab die Bemerkungen der Verteidigung, ein paar zaghafte Versuche, in einzelnen Punkten die Beweisdarstellung der Anklage zu korrigieren, und dies alles führte ich mit fester Hand, ich hatte die ganze Zeit über im Hinterkopf, dass der Prozess auf eine Weise ablaufen solle, die einer Gerichtsverhandlung würdig sei, es war, als wollte ich eigenhändig den Eindruck von Norwegen (meiner Goldküste) als eine wohlgeordnete, und nicht zuletzt makellos verwaltete Kolonie wiederherstellen.

Rechtssicherheit. Demokratie. Menschenwürde.

An dem Tag, als Berge die Aussageerlaubnis erteilt wurde, schüttelte er nur den Kopf. Ich versuchte ihm, so gut ich konnte, verständlich zu machen, dass es zu seinem eigenen Besten sei, sowohl eine Aussage zu machen, als auch auf die Fragen des Gerichts zu antworten. »Falls Sie sich dafür entscheiden zu schweigen, bin ich verpflichtet, Sie darüber in Kenntnis zu setzen, dass dies gegen Sie sprechen *kann*«, sagte ich und schaute ihn an, als hoffte ich, allein mit meinem Blick die antizivilisatorischen Anwandlungen, die ich in ihm vermutete, aus der Welt zu räumen. Obwohl ich es verbarg, war ich engagierter denn je, ich glaube, ein Detektor würde entlarvt haben können, dass mein Puls aufsehenerregend hoch war. Berge schüttelte immer noch den Kopf, wirkte desinteressiert.

Ich saß allein im Büro oder auf der Dachterrasse und sann über Berge nach. Über sein Schweigen. Dass er es fertigbrachte zu schweigen, passte auch zu der Unerschütterlichkeit, derer es bei der Ausführung einer solch grausamen Handlung bedurfte.

Ein Artikel fiel mir ein, der kurz vor Berges Festnahme abgedruckt worden war. Er war von einem Kriminologen verfasst worden, der zu zeigen versucht hatte, dass die Verwendung eines Messers sowie die durchschnittenen Kehlen auf einen Ritualmord hindeuten könnten. Was, wenn eine religiöse Sekte dahintersteckte? Der Verfasser hatte gemeint, in ihrer klinischen Präzision hätten die Morde etwas Sakrales an sich. Dies könne bedeuten, dass die Täter die Morde als etwas Notwendiges auffassten – um ein Kriterium zu erfüllen, etwas in Gang zu setzen, damit sie »errettet« werden könnten.

Ich hatte das belächelt, den Kopf darüber geschüttelt, als ich den Artikel am Frühstückstisch gelesen hatte. Jetzt erinnerte ich mich jedoch, dass Berge ja Religionshistoriker war, und ich blieb sitzen und grübelte.

Dies waren Gedanken, die ich mit meinen beiden Beisitzern nicht teilen mochte. Obwohl wir die Zeit in den Pausen mit Reden und Diskutieren zubrachten, gab es vieles, was ich – zumindest vorläufig – für mich behielt.

Mehrmals an diesen Abenden im Büro merkte ich, dass ich im Finstern saß. Es war spät geworden, und ich hatte vergessen, das Licht einzuschalten.

Die Tage vergingen, und ich saß mit vor der Brust zu einem Zelt geformten Fingerspitzen hinter dem Richtertisch, damit die Zuhörer sich in dem Glauben wähnten, ich würde mit ganz besonderem Interesse zuhören. Ich genieße den Ruf, unerschütterlich zu sein, und ich verstehe dies als Kompliment. Ein Richter sollte unerschütterlich sein. Dennoch ist es vorgekommen, ich gestehe es, dass ich während langer Strafverfahren, vielleicht mitten in der umständlichen und leider auch einschläfernden Erklärung eines Rechtspsychologen, weggedriftet bin – weggedriftet in einer Weise, dass ich nicht mehr wusste, was gesagt worden war –, und in solchen Fällen mag diese lauschende Pose als guter Deckmantel dienen.

Bei dem Prozess gegen Berge beschäftigten mich Probleme ganz anderer Art, und dabei denke ich nicht an die unmäßige Medienaufmerksamkeit, sondern daran, dass alle Bausteine sozusagen von ihrer normalen Position verschoben worden waren. Das quälte mich. Das ewige Hyänenlächeln der Staatsanwältin, ihre strebsame Aggressivität. Die stotternde Stimme des Verteidigers – als stecke in jedem Satz eine Klage, dass er diesen undankbaren Fall hatte übernehmen müssen. Von den widersprüchlichen Zeugenaussagen ganz zu schweigen. Besonders anfangs plagten mich pochende Kopfschmerzen, und das, obwohl ich meine abendlichen Limelight-Besuche ausgesetzt hatte. Ich fühlte mich unwohl in dieser spektakulären Vorstellung, mit deren Vorsitz Dobermann mich in seiner Gewieftheit beauftragt hatte. Ich war mehr Zirkusdirektor als Richter; Anklage und Verteidigung und Polizeizeugen diverser Art waren die Artisten, und ringsherum saß ganz Norwegen als Publikum und verlebte prächtige Tage. Ich war gezwungen, mehr Schmerztabletten einzunehmen, als mir lieb war, und zum ersten Mal seit Langem musste ich abends Schlaftabletten nehmen.

Ich freute mich schon darauf, wenn diese turbulenten Wochen ein Ende fanden, damit ich wieder in den Genuss eines ereignislosen Alltags käme – fast hätte ich gesagt: der kolonialen Atmosphäre von Palmenrauschen und Brandung, eine Art ewiges Schlaraffenleben (ein gut entlohntes wohlgemerkt). Mehr als alles andere wünschte ich mich zurück an meinen T-förmigen Schreibtisch mit der alten Keksdose wie einer Kaaba darauf, ich vermisste es, in dem Bürosessel umherzurollen, ein Notenblatt mit Notizen nach dem anderen in immer neuen Reihenfolgen anzuordnen, um herauszufinden, ob ich in den Fragmenten über Gerechtigkeit und gerechte Strafe eine Komposition finden könnte, die in dem gesamten Komplex einen neuen und ungeahnten Zusammenhang erkennen ließe. (Das letzte Notenblatt, das ich in die Sætre-Dose gelegt hatte, handelte von der Spannung zwischen Legalismus und Konfuzianismus im alten China.) Ich sehnte mich danach, abends wieder Sir Kenneth Clark beim Umherspazieren in Ruinen und Kathedralen zuzusehen, ich wollte Romane ohne abschließende Antworten lesen und Beethovens letzte Klaviersonaten hören (den zweiten Satz von Nr. 28, eine fast jazzartige Improvisation, die nach innen drang, oder nach außen), doch vorläufig musste ich mich damit abfinden, dass meine Tage geprägt waren von Menschen und ihrem Gerede, Anklagevertretung, Anwaltschaft, Verteidigung, Zeugen und nochmals Zeugen, es gab einen »Auszug aus den Gerichtsakten«, einen Spiralordner mit Dokumenten, der so dick war, dass er als Mordwaffe hätte dienen können, da waren Bilder, entsetzliche Bilder aus der Hütte am Blankvann, Obduktionsberichte und die Gerichtsmediziner mit ihren detaillierten Ausführungen und Schrecken einflößenden Nahaufnahmen, fast nicht auszuhalten das alles (obwohl ich nach so vielen Jahren im Gericht abgehärtet war), und dann die Tatortbegehung – du lieber Gott, die Tatortbegehung, hinter Absperrbändern, die das Medienwolfsrudel auf Abstand halten sollten! –, da waren Zeugen, Zeugen und nochmals Zeugen, Gerede, Gerede und nochmals Gerede, nur Nicolai Berge redete nicht, denn Nicolai Berge erging sich in Schweigen, er war anwesend und zugleich nicht anwesend, hin und wieder schenkte er sich Wasser in sein Glas wie zum Beweis, dass er nicht mit offenen Augen schlief.

Ich hatte alles unter Kontrolle, wurde aber die ganze Zeit über von einem Gefühl begleitet, dass jederzeit etwas Unvorhergesehenes eintreten könnte.

Eines Abends, als ich ausnahmsweise früh nach Hause ging, beschloss ich, im Engebret Café zu Abend zu essen. Es ist vielleicht nicht das beste Restaurant der Stadt, wenngleich die Küche ihre Spezialitäten vorzuweisen hat (in den letzten Monaten hatte ich beispielsweise mehrmals Kabeljau gegessen), aber an diesem Abend bestellte ich mit Senf gratiniertes Lammkarree, ein Gericht, von dem ich wusste, dass sie es vortrefflich beherrschten.

Ich hatte ein Buch in der Dokumentenmappe, ich habe immer ein Buch dabei, auch bei Restaurantbesuchen, sowohl, um beim Warten auf das Essen etwas zu tun zu haben, als auch, um nicht gestört zu werden. Ich habe eine besondere Schwäche für englische Literatur, und heute kam William Golding die Ehre zu, mir Gesellschaft zu leisten. Ich werde des Lesens nie müde, ich weiß, dass es mich zu einem besseren – eventuell zu einem weniger schlechten – Richter macht, und wenn es etwas gibt, das die Literatur mich gelehrt hat, dann, dass es keine Wahrheit gibt. Jedenfalls keine absolute. Alles, was wir haben, sind Geschichten, Erzählungen. Das ist es denn auch, was ich im Gericht tue, ich wiege Geschichten gegeneinander ab, suche nach derjenigen Geschichte, der das größte Gewicht zukommt (so, wie ich das sehe, kommt hier das mit dem »Ermessen des Richters« ins Spiel). Zudem versuche ich, mich in das Denken und Fühlen anderer Menschen hineinzuversetzen – seien es nun die Geschädigten, die Opfer, aber ebenso die Angeklagten.

Gerade deshalb war es auch so schmählich, dass Berge schwieg, sich weigerte, *seine* Geschichte zu erzählen.

Ich habe das Engebret Café immer geschätzt, das seine Glanztage in der Zeit hatte, als das Christiania Theater dort angesiedelt war, wo jetzt das Museum für Gegenwartskunst untergebracht ist, und es in der Gaststätte von Künstlern und Schauspielern nur so wimmelte. Das Beste am Engebret ist denn auch seine Patina (zusammen mit den hohen Sandwiches), es gibt nicht mehr viele Orte in der Hauptstadt, die noch so aussehen wie damals, als die drei Großen der Kolonie, Ibsen, Grieg und Munch, dieses Lokal frequentierten. Aber noch nicht einmal die warme Umgebung, die leicht museale Atmosphäre des Engebret brachten mich an diesem Abend in Stimmung. Das Essen kam, und ich hatte um einen Aquavit gebeten, den ich sonst selten trinke, ein Zeichen dafür, dass irgendetwas verquer ging.

Obwohl die Verhandlung ihren erwarteten Verlauf nahm und ich von allen, auch von den Zeitungen, Lob zugesprochen bekam für die Art und Weise, in der ich bei dem Ganzen den Vorsitz führte, steckte in mir noch immer eine Ängstlichkeit. Es war, als hätte ich eine Tragödie inszeniert und würde jetzt gespannt darauf warten, ob die Nation die erwartete, und *notwendige*, Katharsis erfuhr. Dieser Tage ertappte ich mich oft dabei, dass ich mein Format unter Beweis stellen wollte, indem ich ständig ganz unverfängliche Plaudereien auf die Jurisprudenz hinlenkte und mit Phrasen und kurzen Ausführungen um mich warf (wie Storen!, dachte ich), in die ich so viele Fachausdrücke wie möglich einzustreuen versuchte. Bisweilen gelang es mir sogar, die eine oder andere juristische Raffinesse zu erwähnen, auch wenn das für die Person, mit der ich mich unterhielt, völlig irrelevant war – etwa für den Oberkellner des Engebret, als ich dort ankam – und ich schon im nächsten Atemzug merkte, dass ich keine Ahnung hatte, was ich da eigentlich brabbelte, dass ich es eigentlich selbst nicht verstand. Der Gedanke an mein krampfhaftes Benehmen ließ mich beinahe erröten, wie ich so dasaß. Eines zumindest war sicher: Was den Prozess gegen Berge anging, musste ich meine Engagiertheit hintanstellen, denn das konnte mein Tod sein. Ich hielt mich dazu an, so wenig wie möglich zu sagen (obwohl ich einmal einen Zeugen unterbrechen und dazu anhalten musste, sich in seiner Lobhudelei zu mäßigen, ihn daran erinnern, dass es in dem Verfahren nicht darum gehe, zu erörtern, inwieweit Arve Storefjeld ein bedeutender Politiker gewesen sei oder nicht).

Darüber hinaus machte ich mir Sorgen um Lev. Ich hatte ihn gefragt, ob er mit mir zusammen ins Engebret essen gehen wolle, doch er hatte abgelehnt. Irgendwas stimmte nicht. Ich wusste, dass er sich viel zu oft auf der Bjerke-Trabrennbahn herumtrieb. Einmal hatte ich vorsichtig Kritik daran geäußert, dass er sich in diesem Milieu bewegte. Daraufhin hatte er mich verwundert angesehen und gesagt, das sei ein Vorwurf, den er nicht verstehen könne. Was wüsste ich denn schon davon? Von all den originellen Menschen, denen man dort begegne, von all den erfrischenden Geschichten, die man dort zu hören bekomme? Von der Liebe zu diesen prächtigen Tieren? Auf Pferde zu wetten war nur ein Alibi. Es war die Atmosphäre, von der Lev angelockt wurde, eine Welt, von der die meisten nichts wussten.

Aber er spielte. Und sein Einsatz war immer zu hoch.

Ich dachte an mich selbst: War es in irgendeiner Form besser, an der Börse zu wetten als auf Pferde?

Und dahinter wiederum: Zeigt nicht auch dies, meine Voreingenommenheit, meine mangelnde Qualität als Richter?

Ich blätterte in dem Roman von William Golding (*Der Turm der Kathedrale*, ich weiß nicht, ob ich ihn zufällig ausgewählt hatte, einen komplexen Roman über den Ehrgeiz und die zerbrechlichen Grundlagen desselben), ohne mich jedoch zu konzentrieren, aber Golding beansprucht die volle Aufmerksamkeit des Lesers, erfordert Langsamkeit, was auch der Grund ist, warum ich ihn so hoch schätze. Ich überlegte, ob ich ein Dessert nehmen sollte – Moltebeeren oder Heidelbeerkuchen oder Pflaumenkompott –, konnte mich aber nicht entscheiden. Wieso schwieg Berge? Ich verstand es nicht. Denn es sah nicht gut aus. Wahrhaftig, es sah nicht gut aus. Da war dieses Schmuckstück, Gry Storefjelds Schmuckstück, das bei ihm zu Hause gefunden worden war. Auch hatte sich herauskristallisiert, dass er beim Militär an einem Nahkampftraining teilgenommen hatte. Das war ungewöhnlich in der Einheit, in der Berge gedient hatte, und auch wenn es sich um einen Einzelfall handelte, für den sich ein übereifriger Offizier verantwortlich zeigte, verfügte Berge also über Erfahrung im Umgang mit Messern (über Fähigkeiten im sogenannten »silent killing«). Mit anderen Worten, er besaß die Voraussetzungen, einen Menschen auf jene professionelle Weise zu töten, die in der Hütte am Blankvann demonstriert worden war.

Ein Zeuge der Anklage, ein Freund Gry Storefjelds, berichtete über diese Nahkampffertigkeit, er hatte sie Berge einmal vorführen sehen. Sie seien im Lokal Blå am Akerselva gewesen, und Berge sei von einem Mann bedroht worden, der größer gewesen sei als er. Rasch habe Berge sich außer Reichweite von Tritten und Schlägen begeben, und als die Person auf ihn zugekommen sei, habe er sich, um es dem anderen schwerer zu machen, einen Treffer zu landen, halb zur Seite gewandt und die Arme angehoben, die Ellbogen dicht an der Brust und mit offenen Händen – wie um zu signalisieren, dass er sich nicht prügeln wolle. Als der andere trotzdem nicht aufgehört habe, sei Berge schnell auf ihn zugegangen und habe ihm einen überraschenden Ellbogenhieb gegen den Solar plexus versetzt. Der Mann sei zu Boden gesunken. Das alles sei so schnell gegangen, dass es fast niemand mitbekommen habe, aber dieser Freund von Gry kannte sich mit Kampfsport aus, deshalb erinnerte er sich daran. »Man sieht es nicht oft, dass jemand sich so verhält oder den Ellbogen auf diese Weise benutzt«, sagte er. Hinterher habe Berge behauptet, er habe bloß instinktiv gehandelt.

Beim Anhören dieses Zeugen kam mir der Gedanke, dass ich diese Kunst selbst gerne beherrscht hätte, damals, als ich geglaubt hatte, einen Raufbold aufhalten zu können, stattdessen aber direkt vor dem Parlament niedergeschlagen worden war.

Auch Berges Temperament, seine Wut, wurde als Anhaltspunkt herangezogen. Grys Bruder erzählte von einer Wochenendtour zu der Hütte unter dem Raudberget in Dovre. Bei einem Streit mit Arve Storefjeld, Grys Vater, soll Berge so rasend geworden sein, dass er spätabends noch davongefahren sei. In der Tür aber habe er sich umgedreht und mit der Handkante eine drohende Geste vollführt: eine Schnittbewegung vor der Kehle. (Ein kurzes Raunen ging durch den Gerichtssaal, als Grys Bruder die Geste demonstrierte – auf etwas zu theatralische Weise, wenn man mich fragt.)

Ich ließ den Nachtisch aus. Ich klappte den Roman zu. Ich musste nach Hause, eine Schlaftablette nehmen.

Wochen vergingen. Jeden Tag saß ich im Gerichtssaal 227 und beobachtete Berge. Anfangs hatte er ganz verloren dreingeblickt, als verstünde er nicht, was da vor sich ging. Nach und nach wirkte er nur noch abwesend. Der Forderung der Gesellschaft nach einem korrekten Rechtsverfahren wurde auf Punkt und Beistrich Genüge getan, aber zugleich stand Berge vor einer ganzen Nation am Pranger. Manche Kommentatoren schrieben, er werde unter dem Druck zusammenbrechen, aber er brach nicht zusammen. Empfand er Reue? Unmöglich zu sagen. Ich gebe zu, dass Berge mir zu denken gab. Es gelang mir nicht, die gehörten Aussagen mit der resignierten, aber immer weniger dämonisch wirkenden Gestalt, die verschlossen neben dem Verteidiger saß, in Einklang zu bringen. Berge wirkte unlesbar. War er – dieser junge Mann im altmodischen

Anzug – ein Massenmörder? Verbarg er eine Wut, einen *Zorn*, dessen Dimensionen niemand erahnen konnte? Ich war immer der Meinung, meine Faszination für Mr. Kurtz in *Herz der Finsternis* rühre daher, dass Joseph Conrad ihn so wenig sagen lässt. Es war, als ob ich halb erwartete, Berge würde sich plötzlich erheben und rufen: »Schlagt die Teufel alle tot!« Es gelang mir nicht, zu ihm durchzudringen, aus seiner Denkweise – fast hätte ich gesagt: seiner Bösartigkeit – herauszufinden, wer er war.

Das Grauen! Das Grauen!

Die Theorie über das Motiv war natürlich zentral. Die Tat mochte Ausdruck einer Psychose sein – bald würde der Gerichtspsychiater die Bühne, Verzeihung: den Zeugenstand betreten. Das Gutachten lag vor, und ausgehend von dem, was darin aufgezeigt werden konnte (die Grundlage war dürftiger als sonst, zumal Berge nicht mit ihnen hatte reden wollen), gab es keine Anhaltspunkte, die auf Unzurechnungsfähigkeit hindeuteten. Auch sein Verhalten im Gefängnis war normal. Wenn nun aber eine Psychose ausgeschlossen werden konnte – warum hatte er es getan? Waren die Morde politisch motiviert? Hatte Berge diese fünf Menschen getötet, weil er für eine größere Sache kämpfte – eine, die für uns alle im Dunkeln lag (irgendeine totalitäre Bewegung)? War er von einer Theorie beeinflusst, die nur einigen wenigen auf der Welt bekannt war?

Mitten in den Bemühungen der Staatsanwältin, aufzuzeigen, dass Berge an der Arbeiterpartei Rache nehmen, ihr schaden wollte, ertappte ich mich bei dem Gedanken, dass die andere Haupttheorie einfacher wirkte: Berge hatte Gry Storefjeld und den Franzosen aus Eifersucht ermordet, und die übrigen hatten sich leider am selben Ort befunden. Ich hatte mehr als genug Fälle erlebt, in denen Eifersucht Anlass der brutalsten

Verbrechen war. Auch in der Literatur – nehmen wir nur etwa *Die Kreutzersonate* von Tolstoi – wurde gezeigt, wie krank man vor Eifersucht werden konnte.

Ich versuchte, so gut ich es vermochte, meine Beisitzer, einen Mann und eine Frau, in den Pausen als Sparringpartner zu nutzen, auch sie hatten eindeutig das Bedürfnis, ihren Ansichten Luft zu machen, die bisherige Beweisführung zu diskutieren. Sie waren zwei kluge, gewissenhafte Personen, aber ich musste sie mehrmals daran erinnern, sich nicht zu früh auf eine Meinung einzuschießen.

Es war kräftezehrend. Anstatt den hellen Frühling zu genießen, vielleicht eine Beurlaubung zu nutzen, um an einem norditalienischen See arbeiten zu können, musste ich hier im Gericht sitzen und einem endlosen Strom von Worten zuhören, mit denen versucht wurde, die Beweggründe des Angeklagten zu ermitteln. »Berge ist die Inkarnation des Bösen«, wurde, fast resigniert, in einer Zeitung geschrieben. Es war, als ob die Kommentatoren sich von seinem Schweigen und dem leeren Gesichtsausdruck provoziert fühlten. »Wir haben unseren Hannibal Lecter bekommen«, wurde in einer anderen Zeitung geschrieben.

Was, wenn Berge sich jeder Schablonisierung entzog? Wenn die Motive, die ihn zu der Tat angetrieben hatten, unzugänglich waren? Ich würde das hinnehmen können, aber würden andere, würde das norwegische Volk es können? Genau darin lag das Problem bei der Rechtsprechung in diesem Prozess. Die Erwartungen des Publikums. Die Angst vor dem Komplizierten. Und dies war kompliziert. Trotzdem: Die Menschen wollten *verstehen*. Sie wollten eine Antwort, sie wollten Schlussfolgerungen, glasklar wie ein Syllogismus. Wir alle wollen glauben, dass wir in einem logischen Universum leben.

Aber mich beschlich die immer deutlicher werdende Ahnung, dass es nicht möglich sein würde, dieser Sache auf den Grund zu kommen. Berge zu verstehen. Manchmal blieb das Unverständliche unverständlich, auch nachdem alle ihre Erklärungen abgegeben hatten. Wie viele konnten damit leben?

Abends lag ich, ohne Musik zu hören, auf dem Diwan. Ich sann darüber nach, was Paal Berg getan hätte, wie er damit umgegangen wäre. Einige Sekunden war ich versucht, Dobermann anzurufen, für einen Schwatz. Soweit ich es verstanden hatte, war er zufrieden mit mir – auch wenn es immer schwierig war zu wissen, was ein Mensch wie Dobermann eigentlich dachte.

Ich verwarf die Idee wieder.

Falls die Beweise stichhaltig wären, würde Berge verurteilt werden, unabhängig davon, ob seine Motive im Unklaren blieben.

Das Gericht hatte für einen Tag frei, und ich beschloss, mich dem Fall von einem anderen Blickwinkel aus zu nähern. Nach dem Frühstück spazierte ich zum Universitetsplassen, doch anstatt die Juristische Bibliothek aufzusuchen, nahm ich die Treppe hinauf in den ersten Stock und klopfte an die linke Tür. Ich musste lediglich einen Augenblick warten, ehe mir aufgeschlossen wurde. Nicht viele können sich das erlauben, aber ich kann es. Man kennt mich. Mir wurde Einlass gewährt in einen der ehrenwertesten Räume der Hauptstadt, oder warum nicht sagen, der ganzen Kolonie: die Rechtsgeschichtliche Sammlung. Ein Geheimnis mehr oder weniger für alle, die draußen vor den Fenstern vorbeihasteten. Für mich – einen Unreligiösen – kommt dieser Raum einer Kirche am nächsten.

Es war schon viel zu lange her, dass ich die Sammlung besucht hatte (das war, als ich nach einem Beleg in *The Legal*

History of India gesucht hatte), aber jetzt suchte ich, und das Wort ist korrekt, Zuflucht dort. Die Räumlichkeiten gehörten zu den stilvollsten, die ich kannte, mit einer Bibliothekarin, die, was Kenntnis und Erfahrung anbelangte, der alten Schule angehörte, eine Frau, eher verwandt mit Sir Kenneth Clark als mit Miss Huxley, um es so zu sagen. Ich sah mich um, betrachtete die dunklen Paneele und Regale mit Büchern (viele davon sehr alt), die alle Wände bedeckten, sowie die schmale Treppe, die zur Galerie und zu noch mehr Büchern hinaufführte. Es existierten nur wenige Räume, die einem eine bessere Möglichkeit boten, sich in einen Text zu vertiefen, einem Text die ganze Konzentration zu widmen. Ich nickte der Bibliothekarin zu (wie einem Freund – ich glaube, sie freute sich über mein Kommen) und nahm an dem großen Tisch Platz, und zwar setzte ich mich so, dass ich durch die Jalousien Aussicht hatte auf das Außenministerium und auf König Haakon, wie er da auf dem 7. juni-plassen stand und auf den Hafen hinausblickte. Mein Alibi war selbstverständlich die Suche nach Quellen für mein *Opus magnum* über Strafe und Gerechtigkeit, über Macht und Gerechtigkeit, aber mein eigentliches Anliegen war ein ganz anderes. Ich wollte ein literarisches Buch lesen, und zwar wollte ich es genau in diesem speziellen Raum lesen und nicht zu Hause. Aus der Dokumentenmappe holte ich eines der beiden Bücher, die ich mir diskret besorgt hatte, und obgleich die Bibliothekarin sich in ihr Büro zurückgezogen hatte, wollte ich sichergehen, dass sie keinen Verdacht schöpfte, falls sie doch ihren Kopf hereinstecken sollte, weshalb ich es in *Law and Colonial Cultures* (das ich von einem der Regale heruntergeholt hatte) hineinlegte, wie ein Jugendlicher, der nicht wollte, dass jemand mitbekam, was er las.

Weil ich Berge trotz der ernsten Anklagen, die gegen ihn gerichtet waren, so rätselhaft fand, hatte ich mich dazu entschlossen, einen Blick in seine beiden Erzählbände zu werfen, *Unbegreifliche Geschichten* und *Gefährliche Erzählungen* – beide faktisch in einem respektablen Verlag erschienen. Aus dem Gedanken heraus, dass man bei einem Gerichtsprozess oft Geschichten gegeneinander abwägt, war das kein ungebührlicher Entschluss. Trotzdem begleitete mich eine bange Ahnung, als ich den ersten Band aufschlug und mich gleichzeitig in meine Studienzeit zurückversetzt fühlte, in der ich mich, anstatt rechtswissenschaftliche Texte zu lesen, oft in literarische Werke vertieft hatte.

Ich weiß nicht, ob ich mich zu sagen traue, dass mein Verdacht sich bestätigte, aber obwohl ich kein Literat bin, erkannte ich sofort, dass diese Erzählungen von außergewöhnlichem Karat waren. (Der Debütband enthielt über dreißig Erzählungen, alle verhältnismäßig kurz.) Das Gefühl, das ich beim Lesen in erster Linie empfand, war Verwirrung. Und das meine ich in positivem Sinne. Denn wann ist ein Buch gut? Wenn es den Leser verwirrt. Eine der Aufgaben von Dichtung ist es, den Leser dazu zu bringen, jene grundlegenden Vorstellungen zu hinterfragen, die er bis dahin für gegeben hielt, und es war, ich schäme mich nicht, dies zu sagen, eine Bereicherung, dort in der Rechtsgeschichtlichen Sammlung zu sitzen und zu spüren, wie diese Erzählungen ein Ineinandergreifen der Gedanken bewirkten und sie in ungewohnte Bahnen lenkten. Mitunter fühlte ich mich *erschüttert.* Ich musste mich förmlich an der Armlehne festhalten. Wann hatte ein Buch mich das letzte Mal erschüttert?

Ich hatte vor, den anderen Band zu Hause zu lesen, aber bereits jetzt gelangte ich zu der Ansicht, dass die Kritiker diesen Büchern unmöglich Gerechtigkeit hatten widerfahren lassen können – ich wähle meine Worte ganz bewusst. Für mich vermittelten Berges Erzählungen in erster Linie ein *Lebensgefühl*, sie sagten mir etwas darüber, wie es ist, Möglichkeiten und Verbindungen zu sehen, die der Zukunft angehörten, die von den meisten anderen jedoch abgelehnt wurden. Es herrschte in diesen Erzählungen ein *Ton*, den ich als überaus anregend empfand, auch weil er so anders klang als, wie soll ich sagen, der Kammerton des Zeitgeists. Es war Jahre her, dass ich mich in so sonderbare Geschichten vertieft hatte wie »Von den Außenposten des Imperiums« und »Das Buch vom El-Harta-Brunnen, Sahara«. Die Erzählung »Ramanujan« (wieso hieß sie so?), die ich in der Rechtshistorischen Sammlung gelesen hatte, mit *Law and Colonial Cultures* als vorgehaltenem Schild für den Fall, dass jemand seine Nase hereinstecken sollte, handelte von fünf Müttern, die zum selben Zeitpunkt an fünf verschiedenen Orten des Erdballs einem Kind gegenübersaßen und fünf Geschichten erzählten, die alle abgeschlossen, aber dennoch Fortsetzungen voneinander waren und in ihrer Ganzheit eine größere Geschichte bildeten. Ich musste fast lachen über die Erkenntnis, die *Freude*, die das in mir weckte. Nach meinem Verständnis, waren Berges Erzählungen eine Einladung an den Leser, sich nach anderen Arten zur Benutzung der Vorstellungskraft auszustrecken. Vielleicht haftete ihnen auch der Hauch von etwas Exklusivem an, da sie ein Mitdichten der ganz besonderen Sorte verlangten. Lag hier der Anstoß für etwas? Für mich schien es offensichtlich, dass die Erzählungen zusammenhingen, und das auf andere Weise, als es bei Erzählungen der Fall ist, die augenscheinlich einen Zusammenhang aufweisen, indem sie eindeutige Verbindungen herstellen – es wirkte, als ob viele von Berges Erzählungen sich durch versteckte Passagen zueinander in Beziehung brachten, so dass tiefere, wortlose Zusammenhänge auftauchten. Es erstaunte mich, dass das niemandem aufgefallen war. Ich saß am Fenster und schaute hinauf zu König Haakon mit seinem majestätisch einwärtsgebogenen Rücken, und ich glaube, oder ich *weiß*, dass ein kleines Lächeln um meinen Mund spielte. Ich war, ja, ich war beeindruckt. Ergriffen. Einzelne der Geschichten bescherten mir eine so sinnliche Wonne, dass sie mich an die Aufklappbücher aus meiner Kindheit denken ließen, diese Erzählungen, bei denen Bilder dreidimensional aus den Seiten aufstiegen.

Und während ich las, hatte ich die ganze Zeit über die Frage im Hinterkopf: War das der Mörder Berge?

Das lange Gerichtsverfahren ging weiter und meine Schwermut dauerte an. Die Stadt war wieder perfekt für Spaziergänge, auch wenn die Pforten des Dronningparken immer noch nicht geöffnet worden waren. Auf dem Heimweg vom Gericht entschied ich mich oft, auf einen Abstecher zum Hafen hinunterzugehen, wobei ich eine Strecke vorzog, die mich die Rosenkrantz' hinabführte, anstatt über den Studenterlunden und den Fridtjof Nansens plass zu gehen. Ich musste daran denken, dass Harry Fett und Arnstein Arneberg Anfang des vorigen Jahrhunderts einen Vorschlag in den Raum gestellt hatten, wie man die Stadt besser an den Fjord anbinden könne: Sie wollten die Rosenkrantz' gate zu einer breiten Avenue machen, oder genauer: den Abschnitt von der Karl Johans gate bis hinunter zum Hafen, sie wollten den Duft der Meeresbrise in die Stadt hineinschleusen. Von der Ecke des Grand Hotel hätte man dann bis zum Wasser sehen und gleichzeitig die Festung Akershus mit dem Blick einfangen können. Und dahinter wiederum: die Hovedøya mit ihren Klosterruinen. Sie hatten auch vorgeschlagen, die Staatliche Kunstakademie auf ein Grundstück am unteren Ende des Kontraskjæret zu verlegen. Ich versuchte immer, das vor mir zu sehen, und in meinen Augen war das eine mutige Vision. Auch so ein Plan, aus dem nie etwas wurde. So war es immer. Aus den meisten Ideen, sogar aus glänzend Gedachtem, wurde nie etwas.

Sofie Nagel. Daraus hätte etwas Grandioses werden können, und dann wurde doch nichts daraus. Oder war ich es gewesen, der die Gelegenheit ungenutzt hatte verstreichen lassen?

Auf einem meiner Spaziergänge begegnete ich Ine Wang, der Journalistin. Mir fiel ein, dass ich sie an jenem Samstagabend beobachtet hatte, als ich zum ersten Mal vom Blankvann-Vorfall Wind bekommen hatte, das heißt, ich hatte den Fall lediglich wahrgenommen wie das Sausen eines Giftpfeils an meinem Ohr vorbei. Ich hatte lange nichts mehr von ihr in der Zeitung oder im Magazin gelesen, tatsächlich schon über ein Jahr nicht mehr, und als ich ihr über den Weg lief, erkannte ich auch, warum. Sie schob einen Kinderwagen vor sich her. Sie sah gut aus. Auch an diesem Tag konnte ich mich nicht dazu durchringen, sie anzusprechen.

Eines Freitagabends gestattete ich mir endlich einen Besuch im Limelight, ich bemerkte eine beginnende Gleichgültigkeit.

Nun war es ja eigentlich Lev, der ein Treffen vorgeschlagen hatte. »Es wäre wieder an der Zeit, sich einen El Diablo zu genehmigen«, sagte er – wir hatten einst eine heitere Stunde verlebt über diesem ungewöhnlichen Drink, der, zumindest in Edgars Version, eine fluoreszierende Wirkung entfalten konnte. Es dämmerte mir, dass irgendetwas im Anzug war, doch als wir einander in den Chesterfield-Stühlen gegenübersaßen, bewahrte Lev lange ein Pokerface, während er nach irgendetwas in einer der vielen Taschen seiner Fotoweste suchte. Er fand es zuletzt, ein polynesisches Navigationsgerät – kreuz und quer gespannte Fäden in einem kleinen Rahmen aus dünnen Zweigen. »Du brauchst Hilfe«, sagte er. »Hier, nimm das, das bastle ich immer mit den Kindern in der Schule, wenn wir den Pazifik durchnehmen.« Ohne eine Miene zu verziehen, erklärte er mir nach einer kurzen Pause, dass er in Privatkonkurs sei. Sprich: pleite. Er hatte alles beim Pferderennen verspielt. Es stellte sich heraus, dass er irgendjemandem eine Menge Geld schuldete, einer Person, die Lev nur Moskusen nannte (wie ich es verstand, war das ein Kerl, mit dem absolut nicht zu spaßen war). Natürlich hätte ich ihm den Betrag leihen können, oder ihm einfach das Geld geben, aber es ärgerte mich, dass er, wenn es ums Geld ging, derart unbeholfen und gedankenlos sein konnte.

Als ich ihm deshalb Vorhaltungen machte und ihn fragte, wie in aller Welt man auf diese Weise sein gesamtes Geld verwirtschaften konnte – wir hatten unsere Drinks noch nicht bekommen, und ich glaube, ich wäre nicht so streng mit ihm gewesen, wenn mir schon die Funken eines El Diablo den Gaumen gekitzelt hätten –, sah er mich mit einem Lachen im Gesicht an. »Du gibst dir schreckliche Mühe, ein sicheres Leben aufzubauen, Peter, aber sag mir ehrlich: Würdest du lieber einmal im Leben einen phänomenalen, gigantischen Glückstreffer landen, oder würdest du es vorziehen, hin und wieder nur ein bisschen unbedeutendes Glück zu haben?«

Edgar kam, bedauerte die Verzögerung – er nickte in Richtung einiger japanischer Touristen am Tresen. Lev nahm einen ausgiebigen Schluck von seinem El Diablo, einen ausgiebigeren, als man es bei so einem Cocktail sollte. Ich selbst nippte lediglich von meinem Drink und merkte, wie er sich zärtlich an meinen Brustkorb schmiegte, als ob eine Frau – und durchaus kein Teufel –, mich umarmte, sofern das nicht abgedroschen klingt.

Es stellte sich heraus, dass Lev obendrein noch gefeuert worden war (besser gesagt, es zeigte sich, dass Lev nie eine feste Anstellung an der Tonsenhagen-Schule gehabt hatte). Er hatte ein paar Handys kaputtgeschlagen. »Es wird immer verrückter«, sagte er, »Fünftklässler, die mit ihren Handys herumspielen, anstatt dem Lehrer zuzuhören.«

Die Popcorneimer, dachte ich. Es wiederholt sich.

Ich glaube nicht, dass dieser Gedanke mir vor einem Jahr gekommen wäre, aber es war viel geschehen in diesem Jahr, und jetzt sagte ich: »Du kannst bei mir wohnen.« Ich war selbst über diesen Vorschlag überrascht. Aber eines der Zimmer in meiner Wohnung stand leer, das heißt, es war mit Pappkartons vollgeräumt, mit Dingen, die ich mitgenommen hatte, bevor ich mein Elternhaus in Kjelsås verkauft hatte, Dinge aus meinem Jugendzimmer unter anderem. Vielleicht konnte Lev mir beim Auspacken helfen, ein Matchbox-Auto für eine seiner Taschen bekommen.

»Du könntest mein, wie heißt es, persönlicher Assistent werden«, lachte ich. Ich lachte, weil ich den Gedanken lustig fand. Und realistisch. »Du könntest mein Sparringpartner sein«, sagte ich. »Vielleicht werde ich dann endlich das verdammte Buch fertig schreiben, das ich ansonsten sicher nie fertigstellen würde.« Doch, der Gedanke gefiel mir. Wir könnten eine Art Kolonie in der Kolonie erschaffen, ein kleines Bollwerk gegen die Verfallstendenzen, die jetzt drohten, auch durch den Blankvann-Vorfall. Ich freute mich schon jetzt auf unsere Gespräche über die Kriegsverbrecherprozesse, und mir fiel ein, dass ich mir noch einen Stuhl anschaffen musste, vielleicht sogar einen Wegner Wing Chair, vollbeladen mit guten Kissen, so dass es auch möglich wäre, darin zu sitzen. Ich sah vor mir, wie Lev und ich dort saßen, schwebten und dabei Beethovens spätere Klavierstücke hörten (die Variationen, die die allerletzte Sonate beschließen!), wie wir Tönen lauschten, die gewissermaßen nach etwas Verborgenem, etwas Wichtigem suchten, oder wie wir Sir Kenneth Clark bei seinen Wanderungen durch Europa zusahen und Maulaffen feilhielten angesichts seiner einsichtsvollen Sätze, ich freute mich schon darauf, Lev die Folge vorzuspielen, in der Sir Kenneth Clark in Nürnberg über Dürers »Melencolia I« spricht und später die Zitate auf den Balken von *Montaignes Turm* abliest, ehe er sich weiter nach England begibt und Hamlet zuhört, der am Grab seinen Monolog hält, mit Yoricks Schädel in den Händen. Während wir beide an unseren Wodka Martinis nippten.

»Was für ein Buch?«, fragte Lev. »Womöglich habe ich dir noch nicht davon erzählt«, sagte ich, »aber du kannst dir sicher sein, dass du noch viel darüber hören wirst.« Ich lächelte. Ich sah vor mir, wie mit Levs Hilfe etwas komplett anderes daraus werden würde, *Lev und Peters ABC*, etwas in der Richtung, ein meisterhaftes Lehrbuch mit dem Deckel der Sætre-Dose auf dem Umschlag.

»Ich habe übrigens alle meine Miniaturwhiskyflaschen ausgetrunken«, sagte Lev. »Es gab da ein paar Abende, an denen habe ich mich … ziemlich düster gefühlt. Aber das ist jetzt vorbei.« (Im Kopf hatte ich ein Bild: Lev, auf dem Fußboden liegend, umgeben von leeren Miniaturflaschen, wie ein Gulliver in Liliput, der sich zu Tode gesoffen hatte.) Lev gab Edgar ein Zeichen, und dieser nahm zwei frische Longdrinkgläser aus dem Kühlschrank und begann mit Tequila, Crème de cassis, Limette und Ingweröl zu jonglieren. »Danke«, sagte Lev und beugte sich vor, legte eine Hand auf meine, »das ist ein großzügiges Angebot.«

Ich wusste nicht, ob er es annahm oder ablehnte.

Im Laufe dieser Wochen war es, als hätte alles, ich weiß nicht, wie ich es nennen soll, einen neuen Dreh bekommen. Ich kann auch nicht sagen, wann es geschah, aber eines Tages erkannte ich, dass der Gerichtsprozess den Anschein von Fiktion angenommen hatte. Vermutlich wegen seiner langen Dauer und weil er von so vielen mit Argusaugen verfolgt wurde, wurde damit begonnen, das heißt, die Medien begannen, Erzählungen daraus zu bilden. Die verschiedenen Akteure wurden mit Attributen, Epitheta, versehen, als wären wir Teil eines Epos oder der Keim von etwas, aus dem ein Mythos werden sollte, sofern es erlaubt ist, sich solcherart auszudrücken. Besonders auf die Staatsanwältin hatte sich die Presse eingeschossen, sie war bereits in mehreren Zeitungen porträtiert worden und konnte sich mit Adjektiven wie »heroisch« und »gnadenlos« brüsten, zudem waren die Schlagzeilen von Bildern geziert, in denen sie sich überaus vorteilhaft ausnahm. Auch dem beschaulich wirkenden Strafverteidiger, der sich in den Augen des Publikums einer unmöglichen Aufgabe gegenübersah (er war es sicher leid, als »des Teufels Advokat« bezeichnet zu werden), waren meterlange Zeitungsspalten voller Beschreibungen gewidmet worden. (Es sollte mich nicht wundern, wenn sich dieser tragische Fall – mit all dem Prestige, das er mit sich brachte – für beide als Karrieresprungbrett herausstellen sollte.)

Hinsichtlich der Charakterisierung meiner eigenen Person hatte ich keinen Grund zur Unzufriedenheit. Wie in einer Zeitung geschrieben stand: »Hinter dem Richtertisch sitzt der zurückhaltende, aber bestimmte Richter – von Kollegen nur Erz-Lord genannt – wie ein olympischer Gott und wacht über das Ganze.«

Ich fragte mich, ob Dobermann das gelesen hatte. Ob es ihm gefiel oder nicht.

Als Richter habe ich mich oft gewundert, wie subjektiv das Gedächtnis ist. So auch jetzt. In dem Prozess gegen Berge waren Zeugen aufgetreten, die von Kindheits- und Jugenderlebnissen berichteten, bei denen die Hauptperson involviert war, und obwohl wir viele dieser Geschichten in ganz unterschiedlichen Versionen zu hören bekommen hatten, hatte niemand es der Mühe wert gefunden, auf die entstandenen Widersprüche hinzuweisen. Ein ehemaliger Klassenkamerad Berges aus der weiterführenden Schule erzählte, bei einem Gespräch über ihren bevorstehenden Wehrdienst habe Berge geäußert, er würde am liebsten bei der Fremdenlegion anheuern, dass ihm nicht nur der Gedanke an das beinharte Trainingsprogramm gefalle, sondern dass sie auch der perfekte Ort sei für einen Einzelgänger wie ihn. Ein Mann aus derselben Klasse behauptete, Berge habe überlegt, den Militärdienst zu verweigern und stattdessen zum Zivildienst zu gehen. Ich hatte fortwährend das Gefühl, dass die Zeugen etwas erdichteten, ja, dass sogar die Sachverständigen dichteten. Sogar die Polizei, die Ermittler.

Ich saß hinter dem Richtertisch, ließ wie gewohnt die Finger ein Zelt bilden und dachte an die Fakten, die unumstößlichen Fakten, die über den Tatort bekannt waren: Wie viele Geschichten sich daraus erst erschaffen ließen! Selbst eine Geschichte über außerirdische Wesen würde nicht unwahrscheinlich wirken.

Aber es sah nicht gut aus für Berge. Es sah wirklich nicht gut aus.

Ich litt Qualen.

Warum wollte er nicht reden?

An einem dieser Morgen, als ich am Frühstückstisch saß und vor mich hin grübelte – ich blätterte nicht einmal die Zeitung durch oder hörte BBC World Service –, ging es mit dem Toaster durch. Irgendetwas haute nicht hin. Der Toast war völlig verbrannt. Lange blieb ich sitzen und betrachtete das glänzende Wunderwerk, die zwei Scheiben, die nicht wie gewohnt fröhlich herausgesprungen waren.

Ich musste lüften. Ich fing an, mich vor mir selbst zu ängstigen, vor meiner Urteilskraft.

Ich hätte ihn gern reden hören. Ich bildete mir ein, allein das Hören seiner Stimme hätte vieles klären können.

Wir näherten uns dem Abschluss des Verfahrens, und meine Zweifel wurden immer größer. Hie und da beobachtete ich heimlich die Beisitzer, die beidseits von mir mit so geradem Rücken dasaßen. Es war, als wollte ich herausfinden, welche Meinung sie eigentlich vertraten. Was sie dachten, in den Pausen aber nicht sagten.

Gleichzeitig ärgerte es mich, dass die Verteidigung es nicht fertigbrachte … ich fand das Wort nicht. Erfindungsreicher?, kreativer? zu sein. Es war, als ob der Strafverteidiger nur jene Aspekte äußerte und heranzog, die das Lehrbuch ihm vorschrieb. Ich vermisste den energischen Versuch, jeden Stein umzudrehen, eine Suche nach unerwarteten Blickwinkeln, die den Gedankengang der Anklage unterwanderte.

Wann fing ich ernsthaft zu zweifeln an? Es konnte schon vor Beginn des Prozesses passiert sein, als ich mir in aller Heimlichkeit Berges Blog angesehen hatte. Der letzte Eintrag, direkt vor seiner Festnahme verfasst, hatte als Ausgangspunkt einige Aussagen »eines bekannten Ap-Politikers« genommen, die dieser in einem größeren Interview Anfang Juni 2008 getätigt hatte. Auf eine Frage nach den Aussichten für die Weltwirtschaft hatte der Betreffende einige bombastische Stellungnahmen heruntergeleiert, nämlich dass er, soweit das Auge reiche, keine Unterwasserklippen erblicken könne (»und ich spreche hier als Enkel eines Lotsen«), es werde einen weiteren Konjunkturanstieg geben – nicht zuletzt in Norwegen. Letzteres liege darin begründet, dass die Ap alles so gut vorbereitet habe für eine gesunde Wirtschaftspolitik (»genau wie erfahrene Fischer bekannte Peilungen nutzen, wenn sie ihr Garn auswerfen«). In seinem Blogeintrag, geschrieben einige Monate danach, zeigte Berge, wie sehr dieser Ap-Politiker sich geirrt hatte. Berge wies darauf hin, dass die Aktien – auch die norwegischen Schwergewichte – sich im freien Fall befänden, ausgelöst durch etwas, das einer internationalen Finanzkrise gleichkäme. Berge meinte dazu, dass die törichten Aussagen dieses Ap-Politikers im Grunde das dilettantische Verständnis der Weltwirtschaft widerspiegle, das die Parteimitglieder auszeichne und das seinerseits auf einem mangelnden Bewusstsein für die tiefgreifenden Folgen der Globalisierung beruhe, Umstände, welche die norwegischen Politiker ohnmächtig machten – ja, die uns praktisch alle zu Sklaven des Marktes machten.

Es war unschwer zu erkennen, dass Berge über Arve Storefjeld geschrieben hatte, und in dem Kommentarfeld, das die Reaktionen vor seiner Festnahme zeigte, schrieben die Leute, Berge würde auf dem Namen eines Toten herumtrampeln oder ihn schlichtweg entehren (auf die eigentliche Argumentation war niemand eingegangen). Diese verärgerten Kommentare ließen den Eindruck in mir entstehen, dass es als Tabu angesehen wurde, sich in den schweren Tagen nach dem Blankvann-Vorfall kritisch über die Ap zu äußern. Die Ap stand unter Schutz.

Ich saß mit Gewissensbissen vor dem Bildschirm: Hatte Berge das wirklich geschrieben, *nachdem* er Arve Storefjeld ermordet hatte?

Während der Prozess in die Schlussphase ging, kreisten meine Gedanken ständig um seine beiden Bücher. Ich erinnerte mich an die letzte Erzählung, die ich in der Rechtsgeschichtlichen Sammlung gelesen hatte. Sie war eine Art Monolog, ein Murmeln, und es war mir nach und nach aufgegangen, dass die Worte einem Mann in den Mund gelegt waren, der sich in einem Verlies oder an einem Ort befinden musste, wo er unter Überwachung stand, doch bei fortschreitender Lektüre und durch die Mobilisierung verborgen liegender Erinnerungsbrocken kam ich dahinter, dass der Mann, der da sprach, ein Dalai-Lama sein musste, vielleicht der zwischen dem sechsten und dem siebten, und erzählt wurde die Geschichte seiner Auffindung mit zwei Jahren, als Reinkarnation des vorigen Dalai-Lamas, eine absonderliche und detailreiche Geschichte darüber, wie und warum gerade er aus den Millionen von Möglichkeiten herausgepickt worden war; als kleines Kind hatte er Dinge wiedererkannt, die man vor ihn hingelegt hatte, doch dann war irgendetwas schiefgelaufen, oder, das heißt, es ging schief, als er im Jünglingsalter in dem verhältnismäßig neuen Potala-Palast unmoralische Neigungen offenbarte, ja, als böser Mensch hervortrat, und um seine Verfehlungen zu verbergen, mussten die Priester ihn einsperren, dafür Sorge tragen, dass die Geschichte nie herauskam oder vergessen wurde, und währenddessen einen neuen, und gütigen, Dalai-Lama finden.

Ich habe lange über diese Erzählung nachgedacht, wie ich da umgeben von tausenden Büchern saß, die davon zeugten, dass Recht unter den Bedingungen von Geographie und Geschichte stattfand. Wovon handelte die Erzählung? Von der Möglichkeit, dass etwas Gutes in etwas Böses, oder zumindest in etwas Enttäuschendes, verdreht werden konnte? Ohne dass ich eine direkte Verbindung sah, stieg aus meinem Unterbewusstsein

ein Gedanke auf: Berges Geheimnis, welches bewirkte, dass ich seinem Wesen nicht auf den Grund kam, war, dass er ein Mann außerhalb der Zeit war.

Ich zuckte zusammen, denn im selben Moment ging mir auf, dass ich dasselbe über mich sagen konnte.

Die Hauptverhandlung befand sich im letzten Kapitel. Auch die Gerichtspsychiater hatten jetzt ihre Show abgezogen. Zumindest für die Presse war es eine Show gewesen. Aus meiner Sicht hatten die Ausführungen sich in keinerlei Weise als hilfreich erwiesen, trotz ihrer beeindruckenden Terminologie und den erschöpfenden Analysen des Psychiaters, und ich gestehe, dass ich mehrmals nur dasaß und, fast wie zum Protest, mit dem Ballograf-Füller klickte. Die Quintessenz war schlussendlich, dass sie Berge für strafrechtlich zurechnungsfähig erklärten, er litt an keiner ernsten Persönlichkeitsstörung. (Außerhalb des Gerichts aber tobte eine Debatte, viele meinten, er *sei* krank, dass er krank sein *müsse*, kein gesunder Mensch würde einem Kind die Kehle durchschneiden.)

Die Aussagen der beiden Psychiater wurden lang und breit zitiert. Quer durch das Land, ich glaube, sogar an den Esstischen ganz normaler Familien, wurden mögliche Gebrechen diskutiert, es war, als ob das ganze Volk auf der Schulbank säße und Einblick bekäme in die neuere Psychologie (plötzlich konnte jeder Dahergelaufene Details amerikanischer Diagnoseschlüssel erklären), fast erwartete ich, die beiden Psychiater als Gäste in der Skavlan-Talkshow auftreten zu sehen, wie sie Lacher ernteten, wenn sie die Symptome des Asperger-Syndroms herunterbeteten. In meinen Augen waren die Schlussfolgerungen ihres Berichts das Resultat eines viel zu engen Vorstellungsvermögens. (Dies laut auszusprechen, hütete ich mich klarerweise.) Berge passte weder in die Zurechnungsfähigkeits- noch in die Unzurechnungsfähigkeits-Schublade. Je genauer ich ihn beobachtete, je mehr ich über ihn hörte, über ihn las, desto größer wurde meine Überzeugung, dass er alle Kategorien sprengte. Der Mann in dem anachronistischen Anzug, der Mann, den ich Tag für Tag mit in sich gekehrtem Gesichtsausdruck neben seinem Verteidiger sitzen sah, stellte alle Analysemodelle in Frage. Er war ein Mensch, dem mit Worten nicht beizukommen war. (Aber verhielt es sich nicht mit *allen* Menschen so?)

Unweigerlich denkt man, entweder die Anklage oder die Verteidigung müsse recht haben. Aber was, wenn keiner von ihnen recht hat? Könnte das auch sein?

Es war gut, dass das Ganze bald vorbei war, denn der Fall ekelte mich immer mehr an. Zeitweise fühlte ich mich richtiggehend schlecht. Es war kein Trost, dass meine Aktien ihren Wert längst verdoppelt hatten – tatsächlich war der Wert um mehr als das Dreifache gestiegen (DnB NOR). Ich hatte eine immer stärker werdende Empfindung, ein Pilatus zu sein. Meiner Meinung nach war Berges Schuld nicht über jeden berechtigten Zweifel hinaus bewiesen. Vielleicht war er an demselben Tag, als die Morde stattgefunden hatten, in der Nordmarka gewesen, doch die Anklägerin hatte nicht beweisen können, dass er tatsächlich am Tatort gewesen war. Trotzdem: Konnte ich ihn freisprechen? Andere Beweise häuften sich, die sogenannte Indizienreihe war lang. All die Schlaumeier – und von denen gab es immer mehr – sagten und schrieben, Berge würde schuldig gesprochen werden. »Eine erdrückende Beweislage« und so weiter. Ich war mir denn auch im Klaren darüber, dass es das war, was »das Volk« wünschte. Sollte ich so feige sein? Ich dachte an das Kjelsås meiner Kindheit, ich dachte an Herrn Haug. Wieder einmal sah ich mich mit etwas konfrontiert, das ich in dieser

Welt am meisten verachtete: die Masse. Ich wollte ein kluges Urteil, ein gerechtes Urteil abfassen, aber mir waren die Hände gebunden. Oh, Herrgott. Oh, Herrgott. Was sollte ich tun? War es möglich, in dieser Sache Gerechtigkeit walten zu lassen?

Du musst eingreifen! Ich vernahm denselben seltsamen Ruf wie damals, als ich gesehen hatte, wie ein Mann vor dem Parlament niedergeschlagen wurde. Gleichzeitig dachte ich an den Tumult, an die Unsicherheit und die Unruhe, die im Falle einer Freisprechung Berges ausgelöst würden. (Und wo wäre dann der Schuldige? Oder die Schuldigen? Waren es doch Terroristen gewesen, ein Killertrupp, der so professionell agierte, dass er keine Spuren hinterließ? Warum sprach niemand mehr von diesem Mann mit dem schwarzen Vollbart – dem »Dschihadisten« –, der von einem Wanderer beobachtet worden war? Die Gestalt soll zudem durchtrainiert gewirkt haben. Eine Zeitung hatte ihm den Beinamen *der verschwundene Mann* gegeben. Erneut dachte ich an den Ausdruck »Ritualmord«, an den Artikel, in welchem die Möglichkeit in Erwägung gezogen wurde, eine religiöse Sekte könnte für die Untat verantwortlich sein. Was, wenn da etwas dran war?)

Ich weigerte mich.

Wäre ich König in alten Tagen gewesen, hätte ich ihn begnadigen können. Gnade vor Recht ergehen lassen. Ohne Argumente. Aber ich war nur ein einfacher Richter, ich musste mich an die Beweisführung und die Gesetze halten, ich sollte ein Urteil abfassen, dem Volk Katharsis verschaffen.

Ich sah den Albtraum vor mir: »Norwegischer Rechtsskandal. Harte Kritik an Richter.«

Mein Königreich für einen Kompass.

Obendrein hatte Dobermann nun angefangen, sich von einer freundlicheren Seite zu zeigen. Wenn er jetzt mit mir sprach, tat er dies mit einem neuen Respekt. Er wirkte zufrieden, und damit meine ich, ehrlich zufrieden. Eines Tages schlug er vor, wir sollten, wenn alles vorbei sei, zum Essen ausgehen, er wolle sich gern mit mir über ein paar Romane unterhalten, die er zuletzt gelesen habe. »Das ist richtig gut gelaufen, Peter«, sagte er. »Der Rest ist nur mehr Routine.«

Ich verstand nicht, was er meinte. Trotzdem. Hatte ich mich in ihm getäuscht?

In letzter Zeit hatte ich des Öfteren abends die wohlige Sphäre des Limelight aufgesucht, ich versuchte nicht einmal mehr, mich hineinzuschleichen. Keiner hätte sich daran gestoßen, wenn ich ein Glas Bier getrunken hätte. Wer konnte es mir da übel nehmen, wenn ich vor einem wohlkomponierten Cocktail saß, einem der herausragendsten Kennzeichen einer hochentwickelten Zivilisation? Trotzdem. Ich kam nicht in die richtige Stimmung. An einem dieser Abende geschah es auch, beim Warten auf einen Wodka Martini, dass mir schlagartig aufging, dass diese klassische Bar dereinst verschwinden könnte, dass diese Möglichkeit tatsächlich bestand in einem Land, dem jeglicher Sinn für Lokale von großem historischen Wert kläglich abging. Was sollte aus der Stadt, aus meiner Koloniehauptstadt werden, ohne eine Bar wie dem Limelight?

Edgar kam mit dem Drink. Ich hatte Lust, ihm mein Herz auszuschütten, die Meinung dieses Ehrenmanns über den Gerichtsprozess zu hören, aber es gelang mir, mich im Zaum zu halten. Ich lehnte mich mit dem kalten Glas in der Hand zurück. Mir waren Zweifel an Berges Schuld gekommen. Ich nippte an dem Drink, aber er schmeckte mir nicht, und wenn ein Wodka Martini mir nicht schmeckt, dann liegt etwas ernsthaft im Argen.

Wir wollten gerade zu den Schlussplädoyers ansetzen, und noch bevor die Staatsanwältin mit dem ihrem begann – in dem sie ziemlich sicher eine stringente und überzeugende Erzählung vorlegen würde –, ahnte ich, dass es mich in meinem Zweifel nur bestärken würde. Denn eines wusste ich: Das Leben bot keine so einfache Logik, keine so traditionellen Kausalzusammenhänge, wie es viele Geschichten taten. Trotzdem dachten die Ankläger in Mordfällen oft wie Verfasser von Kriminalromanen, es war verlockend, die Erzählung von hinten aufzurollen, so dass die Teilgeschichten in der Summe jenen Ausgang, jenes Ende lieferten, auf das die Geschichte am Schluss hinauslief.

Nicolai Berge mit einem Messer, fünf schlafenden Menschen in den Hals gestochen.

Seit dem Morgen schon spürte ich, dass dieser Tag besonders werden würde, beim Betreten des Gerichtssaals konnte ich die große Verantwortung, die auf meinen Schultern lastete, beinahe körperlich spüren, es war, als wären die Blicke der ganzen Welt auf mich gerichtet. Ich war Gerichtsvorsitzender in diesem kleinen Land, und meine Aufgabe war es, dafür zu sorgen, dass es in diesem Fall zu einem Urteil kam, zu einem Ende, damit die Blicke der Welt wieder anderswohin gerichtet werden konnten. Damit alle vergessen konnten. Es war an der Zeit, dass die Bevölkerung anderes zu denken bekam, Zeit, dass die Menschen einsahen, dass dies ein Ausnahmefall war (fünf Morde, kaltblütig ausgeführt von ein und derselben Person), dass etwas derart Extremes zu ihren Lebzeiten wahrscheinlich kein zweites Mal vorkommen würde; kurz gesagt, es war an der Zeit, zurückzukehren in den ereignislosen Alltag und das behagliche Leben in einer geschützten Kolonie, zurück in den Genuss jener Güter, die uns aufgrund der ungeheuer günstigen Verteilung des Reichtums der Welt durch das unsichtbare Imperium zuflossen.

Nichtsdestominder beschloss ich, an diesem Tag etwas Ungewöhnliches zu tun, etwas, das sicherlich auch als kontrovers angesehen würde: Vor dem Schlussplädoyer der Staatsanwältin wandte ich mich an Berge, der in seinem Dreireiher aus dem Fenster starrte, und erinnerte ihn daran, dass er ganz am Schluss, nach den Plädoyers, das Wort ergreifen könne. Und nicht nur das. Ich appellierte noch einmal an ihn. Ich sah die Staatsanwältin stutzen. Ich war bekannt als ein Richter, der selten die Stimme erhob oder eine Glut erkennen ließ. Obwohl ich bei der Wahl meiner Worte neutral blieb, war das für mich gleichbedeutend mit der Bitte, Berge möge etwas sagen, eine Erklärung abgeben. »Das ist eine überaus ernste Angelegenheit«, sagte ich, während ich versuchte, seinen Blick auf mich zu ziehen. »Ich bitte Sie inständig, es sich zu überlegen!« Ich weiß nicht, warum ich mich wegen Berge bekümmerte, aber ich tat es. Woher diese plötzliche Empfindsamkeit? Wieso so gewissenhaft? Ich wusste nur, dass es mich schmerzen würde, ihn verurteilen zu müssen, ohne dass er selbst etwas dazu geäußert hätte.

Es war unmöglich zu erkennen, ob Berge meine Aufforderung ad notam nahm. Er wandte den Kopf und begegnete meinem Blick, doch das ausdruckslose Gesicht verriet nichts. Ich erteilte der Anklägerin das Wort für das Schlussplädoyer.

Ich brauchte eine Geschichte, die ich in die andere Waagschale legen konnte. Doch dafür musste Berge sie erzählen.

NICOLAI BERGE

I

Wenn ich *eine* Erinnerung herausgreifen müsste? Ich schließe die Augen und sehe Gry eine Pirouette drehen, bevor sie die Zacken des Schlittschuhs in die schwarze Fläche hinein hackt, dass das Eis aufstiebt, dann still steht, meinen Blick sucht. Ich sehe mich lachen, den gefrorenen Atem vor dem Mund. Es ist Nacht, sibirische Kälte, Vollmond. Wir sind am Blankvann in der Nordmarka, es ist kurz vor Weihnachten und es ist noch kein Schnee gefallen. Dick und funkelnd liegt vor uns das Eis, ein weiter, einladender Eislaufplatz mitten im Wald. Wir haben direkt daneben in einer Hütte Quartier bezogen, Valen. Wir sind allein. Die Fenster am Blankvannsbråten sind dunkel. Obwohl Vollmond ist, tritt der Sternenhimmel so klar hervor, dass das ganze Universum näher wirkt. Ja, das ist die Erinnerung. Alles gesammelt in einigen langen Minuten. Gry und ich, die einander an den Händen halten und rückwärts laufen, ich in den abgenutzten Eishockeyschuhen, die ich in der Hütte gefunden habe, Gry in ihren alten Eiskunstlaufschuhen, es gelingt uns sogar, rückwärts zu übersteigen, an sich schon eine kleine Kunst, aber meist laufen wir hintereinander her, johlen und lachen, laufen so weit über den See, wie wir können, als wollten wir die ganze Eisfläche erobern, und weil es uns Freude macht zu sehen, wie wir Spuren, Zeichnungen im Eis hinterlassen, eine Schrift, die niemand verstehen kann, nur wir, und der ganze Körper ein Jubel über das

Tempo, das wir erreichen können, über das herrliche Knistern unter den Kufen und das gelegentliche Singen tief drinnen im Eis. Danach stehe ich in einiger Entfernung und sehe Gry mitten auf dem See einen Kreis laufen, dann eine Acht, über die sie mehrmals dahingleitet, so küsst sie auch, denke ich, lässt ihre Zungenspitze um meine kreisen, um meine Eier, nichts kann uns jetzt auseinanderbringen, denke ich, wir gehören auf ewig zusammen, Gry & Nicolai, ich schaue in den Sternenhimmel empor, schaue umher, betrachte die schneefreien, in einem Ring um den See stehenden Fichten, stumme Trolle, die das Mädchen mitten auf dem Eis bewundern. Ein mattes Blinken im Stahl der Kufen, zwei Messer, die in das Eis hineinschneiden. Sie versucht ein Kunststück, das sie verlernt hat, einen kleinen Sprung, aber sie stürzt. Rollt sich auf den Rücken und lacht.

Bin ich jemals glücklicher gewesen?

Tags darauf schoss sie ein Foto von uns, als wir auf dem Vorplatz vor der Hütte saßen. Kahlfrost und warme Körper. Sie benutzte den Selbstauslöser, wäre fast gestolpert, als sie zurücklief und sich neben mich warf, weshalb sie darauf auch so verschmitzt lächelnd dreinblickt. Dieses Bild ist es, das mir von uns beiden am besten gefällt. Später hat sie mir erzählt, sie habe eine Kopie davon in das Gästebuch der Hütte geklebt.

Seither bin ich nicht mehr dort gewesen, die Hütte war gewissermaßen das Geheimversteck des Storefjeld-Clans. Hierher hat ihr Vater auch immer seine Kumpels mitgenommen, um Parteipolitik zu diskutieren und – wie eine männliche Lady Macbeth – noch die Ehrenhaftesten dazu anzustacheln, gemeine Schmutzkampagnen gegen Rivalen auszuhecken.

Jetzt ist Gry tot. Mehrere Jahre haben wir es miteinander getrieben, dass die Fensterscheiben beschlugen. Und jetzt ist sie zu Asche geworden, Erde.

Wie konnte das passieren? Und wie bin ich hier gelandet, in diesem … Dreck, in dieser vor anderthalb Jahren noch absolut … unwahrscheinlichen Lage? Ist dies mein … Karakorum? Warum sitze ich hier in diesem öden Saal vor einem Richter, der mich Tag für Tag mit ausdruckslosem Blick mustert? Oder eigentlich, nicht nur vor einem Richter und seinen Beisitzern … Seit mehreren Wochen bin ich die Attraktion Nummer eins zur Unterhaltung des norwegischen Volkes, die Augen einer ganzen Nation sind auf mich gerichtet. *Idee: Ein Richter kommt eines Tages ins Gerichtsgebäude. Alles sieht normal aus, bis er den Gerichtssaal betritt und entdeckt, dass sich die Einrichtung verändert hat, der Raum ist plötzlich aus Stein und in die Wände sind Hieroglyphen eingemeißelt. Sein Beisitzer, ein Mann mit Schakalskopf, stellt sich als Anubis vor und bringt ihn auf den aktuellen Stand. Die Aufgabe des Richters besteht jetzt darin, Seelen abzuwiegen.*

Manchmal fühle ich, dass die Partei schuld ist, dass ich … dass ich niemals hätte beitreten, mich niemals mit diesem Koloss hätte einlassen dürfen.

Es kommt vor, dass ich einen *Hass* gegen die Partei empfinde.

Es ist beunruhigend, an wie wenig ich mich erinnere. Ich muss einen Schock erlitten haben, irgendetwas muss Teile meiner Erinnerung ausradiert haben. Mitunter schwimmen verzerrte Szenen und Bilder – irgendwie kubistisch – in meinem Gedächtnis umher, aber es gelingt mir nicht, einen Zusammenhang zwischen ihnen herzustellen. Ich habe mich entschieden zu schweigen. Wenn ich etwas sagte, käme bloß ein Durcheinander heraus.

Über das Davor und das Danach dieses … dieser … dieses Unbegreiflichen … ist meine Erinnerung klarer. An etwas erinnere ich mich ganz genau. Aber von den Tagen nach der Bekanntgabe, dass Gry … dass Gry und vier andere … ums Leben gekommen waren, habe ich nur vage Vorstellungen.

Eine Woche verging. Vielleicht zwei. Oder drei. Ich weiß nicht mehr. Eine Journalistin rief bei mir an. Ich wusste, wer sie war, ich hatte ab und zu gelesen, was sie in der Zeitung oder im Magazin schrieb. Irgendwas an ihrem Bild in der Verfasserzeile hatte schon immer meine Neugier geweckt. Sie wollte ein Interview mit mir machen, oder richtiger: Sie wollte ein Zeitungsporträt schreiben. Sie drückte sich zurückhaltend aus, respektvoll. Sie könne gut verstehen, wenn ich fände, dass das schwierig werden könne, sagte sie. Auch wenn sie es recht gut verpackte, war mir klar, worauf sie hinauswollte. Das Porträt über mich sollte zugleich ein Porträt über Gry sein. Es gebe sicherlich vieles, was noch nicht über sie erzählt worden sei, sagte Ine Wang vorsichtig. Wahrhaftig, so viel ist sicher, dachte ich. Ganz zu schweigen von all den Niederträchtigkeiten, die noch nicht über ihren Vater, Arve Storefjeld, herausgekommen waren.

Tu's nicht, rief es in mir.

Ich bat um Bedenkzeit – als würde ich an einer Quizsendung teilnehmen. Das ist kein Spiel, sagte etwas in mir. Aber der Gedanke war verlockend. Ich hatte die Nachrufe mit immer größerem Unglauben gelesen. Ich weiß nicht, wann ich sie gelesen hatte, aber irgendwann hatte ich sie gelesen. Vieles war nachgerade unwahr. Nicht zuletzt das, was über ihren Vater geschrieben wurde. Vergessen waren alle Machiavelli-Verschwörungen. Für jemanden, der gehört hatte, wie Storen im Suff über den Parteivorsitzenden lästerte, ihn einen Arschkriecher und Schlimmeres nannte, mussten diese todernsten Huldigungen in eine unerträgliche Heuchelei umschlagen. Und die Schreiberlinge, die da ihre Loblieder auf seine Tochter anstimmten, hatten nie gesehen, wie sie sich die Kleider vom Leib riss und vor einem Haufen verschämter AUF-Bubis von einem Felsen nackt kopfüber ins Meer sprang, nur um zu zeigen, wie beschissen freigeistig sie war, etwas, das sie noch deutlicher dadurch unterstrich, dass sie sich mit ihrem demonstrativ unrasierten Unterleib, wie ein nasses Büschel Seetang zwischen den Beinen, auf dem Rücken treiben ließ. (Schon in der Nissen-Schule hatte ich die derben Sprüche unter den Jungen vernommen, den Witz, dass sie sich eine Glühbirne, das Ende mit dem Gewinde, in ihre Möse schrauben könne – und sie zum Leuchten bringen.)

Oder täuscht mich die Erinnerung … War ich womöglich noch zu benebelt, um die Einzelheiten dieses Geschreibsels mitzubekommen?

Jedenfalls hatte ich mit dem Gedanken gespielt, zu den Begräbnissen zu gehen, war indessen zu dem Schluss gekommen, dass einige sich davon vermutlich provoziert fühlen würden, sie wussten, dass Gry und ich, und erst recht Storen und ich, nicht gut aufeinander zu sprechen gewesen waren, vorsichtig ausgedrückt. Aus den vielen Reportagen und Fernsehbeiträgen konnte ich aber entnehmen, dass es einen Priester gab und viel Christentum. Ein Kirchenlied über Gottes Wirken, auch wenn alle Menschen tot wären. Scheiße, nein, hätte Storen gebrüllt. Sowohl er als auch Gry waren erklärte Atheisten.

Die erste, wie soll ich sagen … verlorene Zeit nach dem 23. August wurde abgelöst von Tagen, die geprägt waren von einer tiefen … Ich befand mich in einem Zustand, den ich nicht zu definieren imstande bin, in einer Art … Es klingt anstößig, aber es war vergleichbar mit einem kreativen Rausch. Fast gegen meinen Willen verfolgte ich das Geschehen in den Zeitungen, im Fernsehen und im Internet. Ich sah, wie mehrere bis dahin anonyme Menschen in die medialen Suchscheinwerfer gerieten, und ich hätte voraussehen müssen, oder vielleicht hatte ich das ja, dass eines Tages jemand auch zu mir Kontakt aufnehmen würde. *»Ich erwachte eines Morgens und war berühmt.« Beginn einer Erzählung über einen Mann, dessen Ehefrau eine Affäre mit einem beliebten, attraktiven Politiker unterhält, Typ Kennedy. Niemand weiß von dem Verhältnis. Bei einem ihrer Rendezvous, eines Abends in einem Hotel, bricht ein Feuer aus, bei dem beide durch Rauchgasvergiftung ums Leben kommen. Plötzlich steht dadurch der Ehemann im medialen Rampenlicht. Er erwacht eines Morgens, weil sein Haus von Presseleuten belagert wird. Nachdem er all die Jahre hindurch ein normales Leben geführt hat, wird er jetzt ein Prominenter. Sein gesamter Status erfährt ein Upgrade. (Unsicher, aber ersten Satz aufbewahren.)*

Am nächsten Tag, genau zur selben Uhrzeit, rief Ine Wang bei mir an.

Ich sagte zu.

Wieso habe ich nachgegeben? Lag es an dem Gedanken, dies könnte … dass dies eine letzte … Liebeserklärung sein könnte? Dass ich Gry ehren wollte, indem ich etwas Nettes über sie sagte? Oder tat ich es – und der Gedanke war durchaus nicht abwegig –, um keinen Verdacht zu erregen?

Natürlich hätte ich ablehnen, ein wasserdichtes Alibi erfinden sollen. Aber dann war da noch die Eitelkeit. Und die Gewissheit, dass viele ihrer alten AUF-Freier vor Ärger in Atemnot geraten würden. Ich will nicht verhehlen, dass Letzteres schwer ins Gewicht fiel.

Am Telefon fragte mich Ine Wang, ob es irgendetwas gebe, das Gry und ich gewohnheitsmäßig getan hätten, als wir in Borgen in der Westye Egebergs gate gewohnt hatten. Ob wir jetzt vielleicht dasselbe tun könnten, es als Rahmen verwenden, das würde sich gut machen. Ich dachte an diese euphorische Zeit zurück. Ich hätte ihr erzählen können, dass Gry und ich oft hinunter ins Blå gegangen waren und uns in dem Gastgarten mit Bier und Wodka hatten volllaufen lassen, bevor wir nach Hause torkelten, Blues spielten und vögelten, bis einer von uns um Gnade flehen musste. Ich hätte, nur um zu beobachten, wie sie es aufnehmen würde, von dem einen Mal erzählen können, als Gry mich mitten in der Nacht geweckt und zum Friedhof Vår Frelsers gravlund geschleift hatte, der ganz in der Nähe lag, weil sie es unbedingt auf dem großen, flachen Granitstein auf Bjørnstjerne Bjørnsons Grab treiben wollte. Ihren Beweggrund habe ich nie verstanden, vielleicht steckte eine Form von Blasphemie dahinter. »Ja, wir ficken in diesem Land«, flüsterte sie mir einen entstellten Vers der Nationalhymne ins Ohr, als wir dort lagen.

Ich lehnte Ine Wangs Vorschlag ab, hörte, dass meine Stimme aggressiver klang als beabsichtigt. Sie bat um Verzeihung, wir könnten uns auch anderswo treffen, egal wo, sagte sie. Ich schlug ein kleines Restaurant am Olaf Ryes plass vor, fast aufs Geratewohl, ich war erst unlängst an dem Lokal vorbeigegangen, hatte mir den Namen gemerkt.

Am vereinbarten Tag saß ich in der U-Bahn aus Richtung Nordberg und wusste, dass es vieles gab, sehr vieles, was ich Ine Wang niemals verraten würde können. Oder sollte ich jetzt erst recht versuchen, das Bild zurechtzurücken, das die Menschen sich von Gry gemacht hatten? Ich hatte mich noch nicht entschieden, welche … Strategie (welche Version? welchen Filter?)

ich anwenden sollte, als ich nach der langwierigen Fotosession unten am Akerselva zu Ine Wang hinaufeilte, die im Restaurant in Grünerløkka wartete. Ich mochte sie auf Anhieb. Ich glaube, es lag an ihren rußschwarzen Augen. Es war zu viel, und sie wusste, dass es zu viel war. Sie musste ein gutes Stück älter sein als ich, aber aus irgendeinem Grund erschien sie mir wie eine Gleichaltrige – sie wirkte entflammt, eifrig, neugierig. Neubekehrt, dachte ich, ohne dass ich wusste, warum ich ausgerechnet das dachte. Der einleitende Smalltalk ging mir leicht von der Hand, ich erinnere mich nicht genau, aber ich glaube, ich erzählte ihr, welche Musik ich gerade hörte, Schostakowitsch, und ihre ersten Fragen waren weniger zudringlich, als ich befürchtet hatte. Ich hatte Mühe, die richtigen Worte zu finden, aber ich antwortete so gut … so gewissenhaft, wie ich konnte, nahm den Füller heraus, als wäre er ein Stock, etwas, auf das ich mich stützen konnte, und endlich, oder eigentlich ziemlich schnell, ich erinnere mich nicht, hatte sie es geschafft, das Gespräch auf die Beziehung zwischen Gry und mir zu bringen; sie fragte, wie wir zusammengekommen seien, und ich sah, dass auch Ine Wang sich in der Situation nicht wohl fühlte, mag sein, dass sie sich noch nicht sicher war, ob aus dem Porträt etwas werden würde oder nicht. Oder ob sie den »missing link« finden würde, nach dem sie suchte, wie auch immer er aussehen sollte. *Ein kleines Mädchen sucht am Strand nach Muscheln, als sie einen schweren, ovalen Metallgegenstand findet, von der Größe ihrer Handfläche. Es stellt sich heraus, dass es ein Kettenglied ist, das zu einer dicken Kette gehört haben muss. Als das Mädchen es zu Hause säubert, entdeckt es, dass die Oberfläche mit winzigen Zeichen in einer Sprache versehen ist, die es nicht versteht. Am nächsten Tag nimmt eine unbekannte Person mit ihm Kontakt auf. (Welche Sprache? Ausgestorben? Außerirdisch?)*

Ich antwortete, glaube ich, ausführlich auf Ine Wangs Fragen, wie um eine gute Figur abzugeben, ich muss von der Nissen-Schule erzählt haben, von Grys Interesse für Coleridge – doch, ich bin mir ziemlich sicher, dass ich davon gesprochen habe –, ich trank von meinem Bier und erzählte über uns, über Gry und mich, wie wir manchmal auf dem Boden über einer Australienkarte lagen und Orte suchten, die wir bereisen könnten, Wagga Wagga, Oodnadatta, Woolloomooloo; ich hatte so eine Ahnung, nach welcher Art Geschichten Ine Wang auf der Jagd war, das meiste von dem, was ich sagte, waren Halbwahrheiten. Obwohl ich sie nicht enttäuschen wollte, wollte ich doch auch nicht alles erzählen, und gleichzeitig verfluchte ich mich die ganze Zeit für meine eigene Feigheit.

Die Wahrheit ist, Gry hat mich zum Leuchten gebracht. Ich weiß nicht, ob sie die vulgären Scherze der Jungen in der Schule mitbekommen hat, aber es geschah immer wieder, dass sie mich auf den Rücken drehte und sagte: »Bleib liegen, dann werde ich dich zum Leuchten bringen.«

Hier in Saal 227, dem größten Raum des Osloer Gerichtshofs, existiert als Zierde, auf der ich meine Augen verweilen lassen kann, nur ein Löwe mit Axt. Es ist seltsam, wenn man darüber nachdenkt. Große Teile der norwegischen Bevölkerung sehen in mir das personifizierte Böse. Eine gigantische … Bedrohung.

Ich weiß, ich sollte jedem Wort, das gesagt wird, aufmerksam folgen, aber meine Gedanken wandern in alle Richtungen, wenn auch natürlich in erster Linie zu Gry und ihrem … zu dieser Beziehung (das Wort ist zu schwach), die ja der Grund dafür ist, dass ich mich in einer Lage befinde, die so ernst ist, dass eine Heerschar von Journalisten nach jedem weiteren Tag im Gericht lange Zeitungskommentare schreibt. Eigenartigerweise denke ich gar nicht so sehr an das Urteil, das mich erwartet. Ich habe mich bereits selbst verurteilt: Ich bin ein Idiot. Ich war blind. Die meisten meiner Tages- und Nachtstunden vergehen mit Selbstkritik. Mein ganzes Erwachsenenleben hindurch habe ich nur einen Leitgedanken gehabt, und der handelt von der Wichtigkeit vorausschauenden Denkens – was auch mit einschließt, dass wir das Unwahrscheinliche, das … *Unvorhergesehene* einkalkulieren. Ich möchte sogar behaupten, dass dies des Menschen edelster Zug ist: Unsere Fähigkeit … in die Zukunft zu sehen … uns vorzustellen, was kommen könnte. Ich habe meine ganze politische Karriere auf dieser Idee aufgebaut – ja, auch meine Erzählungen gründen auf unserer einzigartigen Kapazität, über das Hier und Jetzt hinauszudenken.

Trotzdem sitze ich hier. Das habe ich nicht kommen sehen. Selbst in meinen kühnsten Vorstellungen hätte ich mich am Ende nicht hier gesehen, in Saal 227, angeklagt wegen … Mordes. Und dass eines meiner Opfer Gry Storefjeld ist.

Um die Wahrheit zu sagen, ich war von Gry Storefjeld hingerissen, seit ich an der weiterführenden Schule begonnen und sie durch den Schulhof stolzieren sehen hatte, mit leicht schwingenden Hüften und einer Mähne, die ich in Gedanken Black-Panther-Haar nannte, ohne recht zu begreifen, wieso – es hatte vielleicht einfach nur damit zu tun, dass es schwarz und voll war und bei mir tatsächlich Assoziationen an das Bild der revolutionären Bürgerrechtsaktivistin Angela Davis auslöste, das ich (in einem von Vaters Büchern?) gesehen hatte, oder weil es mir das Gefühl vermittelte, etwas Gefährlichem gegenüberzustehen (einem schwarzen Leoparden). Auf jeden Fall war es ihr Haar, das einem als Erstes an ihr auffiel, da es immer in wilder Unordnung oder locker hochgesteckt war, so dass es den Kopf in einer Weise umkränzte, die alle Aufmerksamkeit auf sich zog. Ansonsten wirkte Gry Storefjeld so abschreckend selbstsicher und gleichzeitig so hinterlistig und unberechenbar, dass ich ihr sogleich den Beinamen *das Unvorstellbare* gab. Halt dich fern von ihr, sagte ich mir. Was nicht nötig war. Meine schreckliche Schüchternheit würde mich in jedem Fall davon abgehalten haben, sie anzusprechen. Nichtsdestoweniger quälte mich ihre beunruhigende Anziehungskraft, wenn ich sie in den Pausen sah. Das Unvorstellbare – womöglich hatte sich mein Leitgedanke, sozusagen unbewusst, schon zu dieser Zeit herausgebildet. Ich konnte es nicht unterlassen, ihr verstohlene Blicke zuzuwerfen, und ich sah, dass sie mir ebenfalls Blicke zuwarf. Das Unvorstellbare – und zugleich eine Herausforderung. Sie wusste, wer ich war, der Sohn von Olaf Berge, und ich wusste, sie war die Tochter von Storen höchstpersönlich. Wir stammten aus unterschiedlichen Parteiflügeln, deren Uneinigkeit etwas zur Folge hatte, das einer Feindschaft vergleichbar sein mochte. Das heißt, ich glaube, mein Vater und Storen betrachteten einander mit Respekt, oder mit jener Sorte Respekt, der tief in ihrem Innern vielleicht in gegenseitigem Hass wurzelte. Mit der Vorliebe für Vereinfachungen, die allen Menschen eignet, wurde mein Vater als der Aristokrat der Ap angesehen, wohingegen Storen als der Proletarier galt. Ich wusste damals nicht, wie richtig das war, aber in einem vertraulichen Moment – wir saßen vor dem Kamin – sagte mein Vater zu mir, die Demokratie müsse die Idee der aufgeklärten Elite in sich aufnehmen, sofern sie nicht ihre Bedeutung einbüßen wolle – ich weiß, dass es ihn desillusionierte, die Demokratie in den Populismus hinübergleiten zu sehen, in etwas, das dem vergleichbar war, was Tocqueville die Tyrannei der Mehrheit nannte, aber ich weiß auch, dass er nie auf die Idee verfallen wäre, dies öffentlich zu sagen. Jedenfalls bestand ein himmelhoher Unterschied zwischen den beiden, zwischen Storens Gebaren als Polterer und Vaters chevaleresken Wesen. *Ritterlich* war ein Wort, das ich oft von Frauen hörte, wenn sie über Vater sprachen. Storens Traum war es, in Norwegen so viele Straßen, Tunnels und Brücken wie möglich zu bauen, Vaters heimlicher Traum war es, Außenminister zu werden, sich an globalen Problemstellungen abzuarbeiten; er las immer viel über internationale Politik. Mein Vater wollte Norwegen zu einer »moralischen Großmacht« machen, zu einem Weltgewissen. »Warum nicht?«, hörte ich ihn bei einer Gesellschaft zu Hause zu einem skeptischen Kollegen sagen. »Warum sollten wir uns für so eine Bezeichnung schämen? Wir dürfen niemals Angst haben, an einem Regime Kritik zu üben, das andere unterdrückt und die Meinungsfreiheit einschränkt, auch wenn das unserem Export schaden sollte.« Ich glaube, vielen in der Partei war Vaters Redegewandtheit ein Dorn im Auge. Aus ihrer Sicht führte Redegewandtheit zu Misstrauen bei den Wählern. Seine Gegner in der Partei ließen denn auch keine Gelegenheit aus, sich spöttisch über sein Vermögen zu äußern, und über seine Wohnung, das ganze oberste Stockwerk eines Hauses in der Bygdøy allé, eine ungewohnt helle Dachgeschosswohnung voller skandinavischer Designermöbel (die meisten von Großvater) – einschließlich einer Bartheke, die förmlich ein kleiner Spiegelsaal war. Zum Scherz, und auch, wie ich glaube, um bewusst Unmut zu erzeugen, nannte er das herrschaftliche Domizil Camelot, er versammelte oft Gleichgesinnte zur Beratschlagung um einen riesigen, allerdings nicht runden Eichentisch.

Erst im letzten Frühling, mitten in der Vor-Abitur-Phase, trotzte ich sowohl meiner Schüchternheit als auch dem Vorsatz, mich von Gry fernzuhalten. Sie stand allein auf dem Schulhof und blätterte in einer Zeitung. Sie sah mitgenommen aus, das dichte Haar noch zerraufter als sonst, vielleicht hatte sie die Nacht durchgefeiert. Ausgerechnet in dem Moment musste ich an das Gerücht denken, das über sie in Umlauf war. Dass sie mit Liam Gallagher von der Band Oasis geschlafen haben soll. Auf dem Roskilde-Festival. Ich weigerte mich, das zu glauben. Ich glaubte nicht einmal, dass sie dort gewesen war, ich hatte sie nie über Musik reden hören. Man konnte viel Lobendes über Gry Storefjeld sagen, aber nicht, dass sie musikalisch war. Einmal hatte sie in einem Stück gesungen, das ihre Klasse aufgeführt hatte. Es klang nicht gut, es klang genauso furchtbar wie bei ihrem Vater, als er »My Way« gesungen hatte – ich hatte es in einem Fernsehbeitrag gehört.

Trotzdem hatte ihre Stimme etwas Bezauberndes. So eine leicht heisere, raspelnde Morgen-danach-Stimme, und wenn ich sie in den Pausen mit anderen Schülern diskutieren hörte, dann hörte ich oft einen gefährlichen Unterton heraus, wie bei einer verzauberten Hardangerfiedel. Ihr Blick gehörte derselben Kategorie an – den sie jetzt von der Zeitung hob und in mich hineinpflanzte, als ich ihr endlich, nach drei Jahren, direkt gegenüberstand –, es war gleichsam ein zweistimmiger Blick, voller Verachtung und zugleich voller Neugier.

So standen wir direkt nebeneinander, mehrere Sekunden lang. Ich versuchte, ihrem Blick standzuhalten, musste zuletzt aber die Augen niederschlagen, überwältigt von ihrem Black-Panther-Haar, von ihrer bloßen Anwesenheit. Sie wartete. Ich suchte nach den Worten, die mir entfallen waren. Dann hatte sie keine Lust mehr zu warten und ging.

»Gehst du zu dem AUF-Treffen morgen?«, fragte ich sie, nachdem ich endlich die Sprache wiedererlangt und sie mir schon den Rücken zugekehrt hatte. Ich wusste, dass sie bei der Gruppe dabei war.

Es war sicher kein Zufall, dass das Erste, was ich zu ihr sagte, etwas über die AUF war, die Jugendorganisation der Arbeiterpartei, die später über mein Schicksal entscheiden sollte.

Sie machte auf dem Absatz kehrt. »Wenn du bei der AUF Mitglied wirst, trete ich aus«, sagte sie.

Gleichzeitig lag etwas in ihren Augen, das mich glauben machte, dass sie es nicht so meinte.

Das nächste Jahr verbrachte ich beim Militär, aber als ich dann im Herbst mein Studium der Religionsgeschichte begann, machte ich energische Vorstöße, um sie kennenzulernen. Sie studierte ebenfalls in Blindern, Englisch und Literatur, wir waren beide bei der AUF St. Hanshaugen – sie war doch nicht ausgetreten –, und im Frühling kamen wir ins Gespräch, und nicht nur das, an den Abenden, an denen es jetzt immer länger hell war, unternahmen wir bald Spaziergänge durch die Villenstraßen in der Gegend um Blindern, in dem betäubenden Duft von Traubenkirschen und, später dann, auch von Flieder, wir unterhielten uns hauptsächlich über Politik, aber es kam auch vor, dass sie mir von Coleridge erzählte und ich ihr von der Religion, von meinem Interesse an der Transzendenz, von der Sehnsucht des Menschen nach einem Überschreiten der Wirklichkeit, einem *Dahinter*, dem Erreichen der anderen Seite. »Wie wenn du einen Schleier mit dem Messer durchschneidest«, sagte ich, als ich sah, dass Gry nicht verstand, wovon ich sprach. Habe ich das gesagt? Ich glaube, ich habe es. Zu der Zeit belegte ich gerade ein Seminar für meine Bachelorarbeit, schlug mich mit dem Hinduismus herum, ich wollte über *dharma* schreiben, über das

Mahabharata, das Gespräch zwischen Krishna und Arjuna vor der gewaltigen Schlacht, ich erzählte ihr, dass ich mich während des Masterstudiums noch weiter in das Thema vertiefen wolle, vielleicht würde ich sogar ein bisschen Sanskrit studieren, sie lachte über all das nur, und schließlich wurde dann auch nichts daraus, weil ich mich stattdessen in etwas anderes verwickelte, eine Arbeit, die nie fertig wurde. *Idee: Verfremdung berühmter Schlachten. Geschichte aus Tahiti im Pazifik, Ende der 1950er Jahre. Ein siebzigjähriger Europäer, der fünfzehn Jahre auf der Insel gelebt hat, bestreitet seinen Lebensunterhalt mit dem Zeichnen bunter Prospekte und dem Verfassen von Science-Fiction-Romanen. Eine Mischung aus Paul Gauguin und Robert Louis Stevenson. Die Eingeborenen erzählen, er sei angeblich Jude. Seine Bücher erfreuen sich großer Beliebtheit. Der Mann, kahlköpfig und bartlos, stellt sich als Adolf Hitler heraus, der unter dem Pseudonym Hieronymus Adolphe schreibt, und seine Erzählungen, in andere Sonnensysteme verlegt, sind Umschreibungen der größten Schlachten des zweiten Weltkriegs. (Zu schwierig? Viel Recherchearbeit.)*

Im Sommer 2000, diesem sagenumwobenen Jahr, sollten wir beide an dem AUF-Lager auf Utøya im Tyrifjord teilnehmen, und ich blickte diesem Ereignis mit einer Erwartung entgegen, die sich schwer beschreiben lässt. Ich hatte einen Plan ausgeheckt, und die Idee dazu war mir gekommen, als Gry an einem verzaubernden Frühsommerabend im Eventyrveien ihre Begeisterung für das Coleridge-Gedicht »What if you slept« mit mir teilte; ein Gedicht über jemanden, der von einer Rose träumt, und als das lyrische Ich erwacht, steht die Rose in einer Vase neben dem Bett.

Es ist mir kaum erinnerlich, wie ich an Bord der kleinen Fähre »Thorbjørn« gelangt war oder dass ich überhaupt in Utøya ankam, der erste Tag ging in einem Chaos praktischer

Verrichtungen unter, aber ich sah, wie Gry ihr Zelt auf dem Lagerplatz aufschlug, und das war ein entscheidender Faktor, denn ich hatte eine Rose auf die Insel geschmuggelt, ich konnte vor lauter Anspannung beinahe mein eigenes Tunnelzelt, das ich Tunnel of Love getauft hatte, nicht aufbauen, zudem hatte ich noch ein anderes Problem, denn ich befürchtete schon, dass ich mit einem Messer zu Werke gehen und in der ersten Nacht ihre Zeltplane durchschneiden müsse, aber zum Glück bekam ich Hilfe von der Freundin, mit der Gry sich das Zelt teilte. Nachdem Gry eingeschlafen war, steckte sie die Rose in eine Flasche und stellte sie neben ihren Schlafsack.

Am nächsten Morgen kam Gry zu mir herüber. Mit raffiniert nachlässig hochgesteckten Haaren. Es hatte in der Nacht leicht geregnet und sie stand da in Shorts und Gummistiefeln. Stand vor mir und sah mir in die Augen mit diesem zweistimmigen, aber trotzdem warmen Blick, bevor sie sich nach vorn beugte und mich sanft auf den Mund küsste. Es war, als ob etwas, das ich geträumt hatte, Wirklichkeit geworden wäre.

Ich hatte ein Zweimannzelt, und in der darauffolgenden Nacht erwachte ich davon, dass jemand den Reißverschluss aufzog. Das Geräusch werde ich nie vergessen. Es war wie die Ankündigung von … Licht … oder einer Offenbarung. Es war Gry, die durch meinen Tunnel zu mir hereinkroch. Wir versuchten, leise zu sein, doch das vergrößerte die Anspannung nur. Ich konnte es kaum fassen, ich lag da und wurde von einem Mädchen umarmt, von dem ich vier Jahre lang phantasiert hatte und das nicht nur von mir, sondern von vielen, nicht zuletzt einer Heerschar an AUF-Jungs, begehrt wurde. Sie hatte sich mein Zelt ausgesucht. Und vielleicht, weil ich so angespannt war, so … *bereit*, wurde es so … anders, als ich es mir vorgestellt hatte. Ich war davor schon mit ein paar

Mädchen zusammen gewesen, ganz kurze Beziehungen, fast von Ersatzcharakter, deshalb überrumpelte es mich, dass die Ekstase, die ich früher bestenfalls für einige Sekunden am Ende des Geschlechtsakts erfahren hatte, jetzt bereits einsetzte, als sie sich neben mich legte, schon als ich mit ihrem Körper in Berührung kam, und nie werde ich den Augenblick vergessen, als sie den Höhepunkt erreichte und »oh Gott, oh Gott, oh Gott« flüsterte; und die Tatsache, dass sie, das Unvorstellbare, ausgerechnet das flüsterte, gab mir das Gefühl, ich wäre in Besitz einer Kraft, die mir früher nicht zugänglich gewesen war, und obwohl ich im Nachhinein einsah, dass es eine Illusion war, lebte dieses Gefühl weiter in mir fort.

Es wurde das Zeltlager aller Zeltlager. Nur vage erinnere ich mich, dass ich Vorträgen zugehört, an Gesprächen, Diskussionen teilgenommen hatte, in einem Seminar in der Skolestua war, in der Bolsjevika gegrillt, Fußball gespielt, das Lied »An die Jugend« von Nordahl Grieg gesungen hatte – es gab nur Gry, Gry, Gry, überall, die ganze Zeit.

Eigentlich war ich der AUF skeptisch gegenübergestanden, seit ich das erste Mal bei einer Tagung dabei gewesen war. Einige ihrer Mitglieder wirkten so selbstsicher und rechthaberisch, dass man sie für Zeugen Jehovas halten konnte. Jetzt aber scherte mich das alles überhaupt nicht. Ich erinnere mich nicht, glaube aber, dass ich bei allen Diskussionen unterlegen war, ohne dass es mich kümmerte, ich war ohnehin schon als Sieger hervorgegangen, ich hatte Gry gewonnen, und zumindest daran erinnere ich mich, dass ich stolz war und dass auch Grys Augen vor Aufmunterung leuchteten, als ich auf der kleinen überdachten Bühne hinter dem berühmten Rednerpult einen langen, zerfahrenen Diskussionsbeitrag hielt, einen richtigen kurzen Vortrag vor all den Jugendlichen, die dort auf dem ansteigenden Boden halb vor mir saßen, halb lagen. Ich legte, oder versuchte zumindest, meine Ansichten darzulegen für die Ursachen des unlösbaren Nahostkonflikts; die Wurzel all dieser Bösartigkeiten, sagte ich, obschon ich tief im Inneren wusste, dass das für dieses Konglomerat aus Problemen eine lächerlich einfache Erklärung war, sei das 1916 getroffene Sykes-Picot-Abkommen, die willkürliche Gebietsaufteilung zwischen Großbritannien und Frankreich, und es ist nicht auszuschließen, dass ich in meiner Aufregung auch noch etwas Deftiges über die Balfour-Deklaration hinzufügte, und soweit ich mich erinnere, erntete ich Applaus, zumindest zerstreuten Applaus, und während ich redete, war es, als redete ich einzig für Gry. Vermutlich saßen viele zukünftige herausragende Politiker dort vor mir im Gras und hörten zu, viele politische Angelegenheiten, sogar bedeutende, waren zum ersten Mal als Ideen bei den Sommerlagern aufgekommen, und jetzt stand ich da hinter einem der, wie behauptet wurde, wichtigsten Rednerpulte in Norwegen und verbreitete mich über das größte und schwierigste aller außenpolitischen Probleme, ein Thema, das ich auch mit meinem Vater diskutiert hatte, und trotzdem bedeutete es mir nichts, hier zu stehen, und auch nicht, dass ich viele Punkte vergaß, denn das einzig Bedeutsame war, dass ich hinterher Gry küssen konnte und es weiterhin würde tun können, zwischen und während all der anderen Aktivitäten. Später war dann auch noch der frischgebackene Ministerpräsident zu Besuch gekommen. Die Arme umeinander geschlungen, saßen wir auf dem Boden und lauschten seiner Ansprache, und obwohl ich nur die Hälfte von dem hörte, was er am Rednerpult sagte, hinderte mich das nicht daran – ich sprühte vor Leidenschaft –, ihm die Frage zu stellen, inwieweit wir gewillt seien, die Sozialhilfe Stufe für Stufe abzubauen, um auf lange Sicht die Wohlstandsgesellschaft zu retten. Ich bin mir nicht sicher, aber ich glaube, die Frage verwirrte ihn, doch eigentlich kümmerte mich auch das überhaupt nicht, nicht einmal die Meinung des Ministerpräsidenten. Wir waren wegen der Politik hierher gekommen, aber es war der *Kjærlighetsstien*, der Liebespfad, den ich von dieser Woche im Gedächtnis behalten habe, die Abendspaziergänge mit Gry, sie und ich eng umschlungen an den steilen Klippen entlang; all die großen Worte über die Not in der Welt und die drängenden Probleme, um die es zu kämpfen galt, das alles ging mir am Arsch vorbei. Wenn es nach mir ging, konnte diese ganze Immanenz zur Hölle fahren, was mich interessierte, war die Transzendenz, denn ich war dahintergelangt, ich hatte die Grenze übertreten, ich war durch die Plane hindurchspaziert und hinein in die Arme von Gry Storefjeld, eines Mädchens, von dem ich geglaubt hatte, dass es unerreichbar sei für jemanden wie mich.

Sie hatte mich zum Leuchten gebracht.

Ich dachte: Ich habe etwas, das die anderen nicht haben. Vorstellungskraft. In die hat Gry sich verliebt.

Zwischen den Veranstaltungen gingen wir im Tyrifjord baden, wir gingen auch heimlich baden, schwammen zu Stellen, wo kein anderer uns sehen konnte. Einmal entdeckten wir etwas, das an eine kleine Grotte erinnerte, und weil unsere Körper sogar unter Wasser brannten, drückte ich sie beim Küssen so fest gegen die Klippenwand, dass sie danach eine Schürfwunde am Nacken hatte. Ich bekam es mit der Angst, war voller Fürsorge, und als wir zum Zeltplatz zurückkehrten, klebte ich ihr ein Pflaster auf die Wunde. Zu diesem Zeitpunkt zeigte sie mir auch eine besondere halbmondförmige Narbe, direkt unter ihrer Halsmulde, die sie sich bei einem ernsten Sturz mit dem Fahrrad zugezogen hatte. Sofort war ich von noch größerer Hingabe erfüllt, ich sagte ihr, sie müsse vorsichtig sein, und am Ende dieses Sommers schenkte ich ihr das Schmuckstück, das meine Mutter mir hinterlassen hatte und von dem ich wusste, dass es ihr viel bedeutet hatte. Ich legte es ihr um den Hals, so dass das Herz und der Anker auf der Narbe unter ihrer Halsmulde lagen, und sagte, dass es sie immer beschützen werde, ich sagte, jetzt sei sie sicher, wir seien jetzt ein unverwundbares Zweimanngefolge. Wir hatten uns durch etwas hindurchgeschnitten, wir waren *dahinter*, waren jenseits aller Fährnisse.

Jedes Mal, wenn ich später mit dem Auto von Sollihøgda heruntergekommen bin, auf dem Weg nach Hønefoss oder Hallingdal, bin ich ein bisschen langsamer gefahren, so dass ich einen kurzen Blick auf die Insel erhaschen konnte, wie sie leuchtend dort unten im Tyrifjord lag, friedlich und idyllisch. Für mich war die Insel immer von einem Nimbus des Paradiesischen umgeben. Ein zitterndes Herz.

Ob ich Ine Wang irgendetwas davon erzählt habe, weiß ich nicht mehr, vielleicht habe ich es, in meiner Erinnerung jedenfalls sitzt sie mit einem schiefen Lächeln in dem Restaurant am Olaf Ryes plass und hört mir zu, während sie hie und da ein Wort notiert und mit halbem Auge aufpasst, dass das Aufnahmegerät funktioniert. Ich versuchte, einen Blick auf ihren Block zu werfen, aber ihre Handschrift war eher Stenographie, Zeichen, die nur sie dechiffrieren konnte. Das Essen kam, und es schmeckte überraschend gut, ich glaube auch, ich war erleichtert, dass das Gespräch einigermaßen passabel verlief, oder immerhin besser, als ich befürchtet hatte. Es hatte mir davor gegraut, ich bin nie gut darin gewesen, mich zu verkaufen, zumindest nicht mündlich.

Allerdings wäre es mir auch nicht möglich gewesen, Ine Wang verständlich zu machen, wie … verliebt ich war in jenen Jahren. Wie sehr Gry Storefjeld mich … verzaubert hatte. Ja, *verzaubert*, denn es hatte etwas Märchenhaftes an sich. Ich denke daran, wie ihr Blick in der Ekstase verschwand oder sich gewissermaßen um 180 Grad drehte – als ob sie eine Schamanin wäre und eine innere Reise anträte –, oder wie sie auf dem Rücken lag, nachdem wir miteinander geschlafen hatten, atemlos und mit glühender Haut, das Black-Panther-Haar wie einen Fächer über das Laken ausgebreitet, nur um sich im nächsten Augenblick wieder auf mich zu rollen, mich zu entführen, mich ins Jenseits mitzunehmen. In diesen Jahren war ich mehr in Grys Wohnung als in meiner. Ihre Wohnung lag in einem der vier funktionalistischen Blöcke, die in der Westye Egebergs gate einen achteckigen Platz bilden, auf dem Höhenzug über dem Fredensborgveien – es muss dies zu dem Schönsten gehören, was je in Oslo errichtet wurde –, und dort wohnte Gry im siebten Stock – im siebten Himmel – mit Aussicht auf Sirius und das Kap der Guten Hoffnung. Die Zimmer waren spartanisch eingerichtet, an den Wänden hingen Filmplakate, und sie hatte Teelichter in leeren Marmeladengläsern aufgestellt, Limonadenkisten mit Kissen dienten als Stühle, und die Bücher standen an den Wänden auf dem Boden. Im Schlafzimmer lagen lediglich zwei Matratzen nebeneinander unter einem Poster der Allgemeinen Erklärung der Menschenrechte. Wir brauchten nichts. Wir hatten alles. Wir waren Gry und Nicolai. Gry & Nicolai, wir waren aneinandergekoppelt, nichts konnte uns scheiden. *Ein Atomphysiker an einem respektablen Institut verliert seinen Job, als er eine Idee über Eroto-Energie in Umlauf bringt, basierend auf der Theorie über Nichtlokalität. Seiner Ansicht nach wird die Welt durch den Geschlechtsverkehr in der Luft gehalten, welcher überall auf der Welt zu jeder Zeit stattfindet. Er landet schließlich als Guru am Fuße des Himalayas, und mit den Jahren kommen immer mehr Menschen zu ihm – auch Staatsoberhäupter und ehemalige Institutskollegen – und bitten um Rat. (Zu ausgefallen. In die B-Mappe legen.)*

Von alldem, von meiner himmelstürmenden Verliebtheit, konnte ich Ine Wang nichts erzählen. Oder davon, dass Gry als Pyjama ein T-Shirt trug, das Snoopy auf dem Dach der Hundehütte zeigte. Dass sie sich in zwanzig Sekunden ankleiden, sich quasi in zwanzig Sekunden in eine festliche Schale werfen konnte. Dass sie Nachrichten und Notizen in Blockbuchstaben schrieb, als hätte sie gerade erst das Schreiben gelernt. Dass sie darauf bestand, das Sternbild Orion das »Stundenglas« zu nennen. Dass sie einen ganzen Tag nur mit Toblerone, ihrer Lieblingsschokolade, überleben konnte. Dass sie immer Sex wollte, wenn es donnerte, und dass sie dann ganz still dalag, in einer Stellung, die sie »Lauschender Lotus« nannte. Dass sie … Ich entdeckte, dass sie nicht nur eine Narbe unter der Halsmulde hatte – ihr ganzer Körper war voller kleiner und großer Narben, als hätte sie unvorsichtig gelebt, sich immerfort aufgeschürft und geschnitten. Geklettert, gestürzt, gefallen. Während wir miteinander redeten, lag ich neben ihr und strich über ihre Haut. Wir schliefen nicht, wir redeten und redeten, konnten gar nicht genug kriegen vom Reden, vom Erzählen, und wenn uns die Wörter ausgingen, rollte sie sich herum und brachte mich zum Leuchten.

Die Beziehung mit Gry hatte für mich natürlich einen enormen Statusanstieg in AUF-Kreisen zur Folge. Aber es führte auch dazu, dass sich das Klima in den Diskussionen veränderte. Insbesondere viele junge Männer wetterten gegen meine Standpunkte mit einer Heftigkeit, die den Verdacht in mir hervorrief, dass es sich dabei nicht nur um Meinungsverschiedenheiten handelte, sondern ebenso sehr um Neid und Eifersucht.

Im Januar, als wir schon zwei Jahre zusammen waren, organisierten Gry und ich einmal ein Fest für Freunde und Bekannte, das heißt, Gry übernahm die Einladungen, und sie hatte ein sehr umfangreiches Netzwerk. Das Fest fand im Maridalsveien statt, in Storens Haus – er war an diesem Wochenende in Dovre –, in einem dieser alten, am Akerselva aneinandergereiht liegenden Holzhäuser, die renoviert und zu attraktiven Wohnstätten umgebaut worden waren, mit einem Kaufpreis, den kein »Arbeiter« zu zahlen in der Lage gewesen wäre, nicht einmal jene, die beim Oslo Veivesen arbeiteten, oder im *Oslo Vei*, wie es jetzt hieß. Insofern illustrierte Arve Storefjeld lediglich, dass große Teile der Arbeiterklasse sich längst in eine kaufkräftige Mittelschicht verwandelt hatten – oder, im globalen Vergleich betrachtet: in eine Klasse von Stinkreichen.

Das Fest war ein großer Erfolg, ein Fest, von dem noch lange gesprochen wurde und auf dem auch viele hohe Tiere erschienen waren. Kurz vor Mitternacht trat ich hinaus in den kleinen Garten, mir war heiß, ich brauchte Luft. Als ich mich umdrehte, sah ich, wie das alte Haus gleichsam unter dem Fest erbebte, wie es von dem glitzernden, funkelnden Schnee eingerahmt wurde, und durch die Fenster betrachtete ich die beleuchteten Räume, in denen die Leute tanzten oder sich unterhielten, tranken und Fingerfood aßen, kleine Delikatessen, für deren Zubereitung Gry und ich den ganzen Tag gebraucht hatten. Und in einem der Fenster, in dem, das mir am nächsten gelegen war, entdeckte ich Gry, sie unterhielt sich mit einer bekannten Person aus dem Kulturbetrieb, und ich sah, wie sie förmlich strahlte, ich sah ihre zerzausten Haare, ihr eifriges Gestikulieren, das schwarze

Seidenkleid, das um sie herum*floss*, ich konnte beinahe nicht fassen, dass wir zusammen waren, aber das waren wir, und ich konnte es nicht in meinen Kopf hineinbekommen, dass dieses blühende, tosende Fest uns galt, uns zu Ehren stattfand, gewissermaßen zur Feier unserer Beziehung, aber das tat es, und hier stand ich im Garten vor dem Haus von Storen höchstpersönlich, mit Myrens Verksted auf der anderen Seite des Akerselvas, und schaute in diese Räume voller Menschen und in das warme, durch die Fenster auf den Schnee fallende Licht. Ich war in einer Art existentiellem Mekka. Ich war das Zentrum. Gry und ich, Gry & ich und unsere Liebe waren das Zentrum dieses wimmelnden, festlichen Ereignisses; alle diese regen Menschen, einschließlich der Berühmtheiten aus dem Kulturbetrieb, hatten unseretwegen hier zusammengefunden, unterhielten sich, speisten, diskutierten, lachten, tanzten wegen uns. Aber trotzdem gab es nichts, das mehr zählte als Grys Gesicht, das mich anstrahlte, wirklich strahlte, strahlte von etwas, das ich für Glück hielt, als sie mich da im Garten entdeckte und mir eine Kusshand zuwarf, als wäre sie ergriffen, gerührt, weil ich dort stand und das Ganze von außen betrachtete, weil ich, so nehme ich jedenfalls an, dort im Schnee stand und strahlte vor Glück, oder vielleicht noch mehr: vor Dankbarkeit. Und so herrlich das alles war – als stünde ich auf dem Königshof mit meiner Prinzessin –, kam mir nie der Gedanke, dass es hier enden sollte, ich hielt es für eine Selbstverständlichkeit, dass es noch weiterginge, dass alles auf dem Weg nach oben war, ich begriff nicht, dass dies der Höhepunkt meines Lebens war. Im Nachhinein wirkt es unbegreiflich, dass ich Jahre später allein in einer kleinen Wohnung sitzen und auf die Stadt hinunterblicken würde. Verbannt auf einen Satelliten, auf eine Laufbahn rund um eine herrliche Welt, die ich einst besessen, jetzt aber verloren hatte.

Letzten Endes, als es darauf ankam, war meine Vorstellungskraft nicht viel wert.

Mag sein, dass ich etwas davon Ine Wang gegenüber erwähnt habe – nicht das Fest, aber etwas anderes –, denn sie machte sich jetzt noch fleißiger Notizen, es war offensichtlich, dass es diese Art Geschichten waren, auf die sie aus war, mir kam der Gedanke an eine … Psychoanalytikerin, die ihren Patienten plötzlich etwas sagen hört, das sie später weiterverfolgen kann, und die deshalb Stichwörter auf ihren Block kritzeln muss. Oder vielleicht war das nur ein Trick, dachte ich, denn der Anblick der schreibenden Ine Wang ermunterte mich zum Weiterreden, und mir fiel etwas Harmloses ein über Filme, das ich sagen konnte, ich erzählte, dass Gry Filme gemocht habe, dass sie von Tarkowski und Kieślowski und Sokurow begeistert gewesen sei. Von Letzterem hatte Ine Wang noch nichts gehört. Bei der Erwähnung von Grys Leidenschaft für den Film dachte ich, dass dies bereits ein Vorzeichen dafür gewesen sei, dass sie einst einem Regisseur verfallen sollte. Ich hatte es denn auch als ärgerlich empfunden, dass sie Tarkowski und Kieślowski mochte, wo doch der halbe Globus ihre Begeisterung für die beiden teilte, aber dass sie Alexander Sokurow schätzte, stieß auf große Zustimmung bei mir, bürgte das doch für selbständiges Denken. *Moloch* über Hitler, *Taurus* über Lenin – verwirrende und originelle Filme. Und *Russian Ark* hatten wir gemeinsam gesehen. Winterpalast, drei Jahrhunderte, eine einzige, nicht unterbrochene Einstellung. Unvergesslich. Deshalb war es mir auch unbegreiflich, dass sie diesem Scharlatan Lefebvre verfallen war, einem Regisseur, dem es noch nicht einmal mit allen verfügbaren Mitteln der Welt gelungen wäre, etwas zustande zu bringen, das auch nur einen Anflug von künstlerischem Wert besaß.

Wie hatte sie sich nur diesem Mann hingeben können? Es war ein Rätsel. Sofern es nicht ein Ausdruck ihrer selbstzerstörerischen Seite war.

Seltsamerweise habe ich wenig von diesem Nachmittag, dem Abend in dem Restaurant am Olaf Ryes plass im Gedächtnis behalten, aber es kommt mir vor, als wäre Ine Wang die ganze Zeit über mit einem kleinen Lächeln um den Mund dagesessen, als hätte der Bericht über unsere Liebe, über Gry & Nicolai, sie angesteckt, sie an irgendetwas denken lassen, vielleicht an etwas aus ihrem eigenen Leben. Ich folgte den Bleistiftbewegungen, wenn sie die Seiten ihres Journalistenblocks mit Krähenfüßen füllte, und mir kam der Verdacht, dass sie auch etwas Kritisches schrieb, vielleicht eine Bemerkung über mein Aussehen oder über meine wirren, unzusammenhängenden Antworten.

Dann ließ sie das Thema fallen – es war, als habe sie den Hebel einer Weiche verstellt – und fragte, wo ich an jenem Samstag gewesen sei, als … Sie musste gleichsam innehalten, um zum Sprung anzusetzen … an jenem Samstag, als ich von den Morden am Blankvann gehört hätte.

Ich meine mich zu erinnern, dass die Frage mich eine Weile außer Gefecht setzte. In meiner Erinnerung nehme ich wieder den Füller heraus, wie als Balancierhilfe auf einem Seil über einem bodenlosen Abgrund. »Ich war in der Stadt«, brachte ich schließlich hervor. Ich glaube, sie deutete mein Zögern als ein Zeichen innerer Bewegtheit. »Ich war in Oslo«, sagte ich. In gewisser Weise entsprach das der Wahrheit. Mehr als die Hälfte der Fläche des Osloer Stadtgebiets ist Wald.

Jetzt, mitten im Prozess, erkenne ich, wie abwesend ich anfangs war. Die ersten Tage in Saal 227 erscheinen mir wie eine

Halluzination … wie die Fragmente eines Traums. Ich habe nichts gesagt. Ich habe mehr als ein Jahr Zeit zum Nachdenken gehabt, aber die gegenwärtigen Minuten, der eigentliche Grund, warum ich hier saß, war mir nach wie vor schleierhaft. Als ich dann den Gerichtssaal betrat, wurde alles noch schlimmer. Das Unwirkliche dieser ganzen Angelegenheit. Das irgendwie … Feierliche. Die Steifheit. Vage erinnere ich mich, dass ich bei der Frage nach den Personalien aufgestanden bin, oder dass mir beim Aufstehen geholfen wurde, und dass ich, anstatt auf die Fragen zu antworten, bestätigend genickt habe. Die Anklageerhebung? Ich erinnere mich an nichts davon. Nicht an ein Wort. Ist das möglich? Es ist möglich. Habe ich mit Ja oder mit Nein auf die Frage geantwortet, ob ich mich schuldig bekenne? Ich, das heißt, der Verteidiger, muss verneint haben.

Jetzt denke ich mir, dass ich der Eröffnungsrede der Staatsanwältin konzentriert hätte zuhören sollen, aber meine Gedanken waren anderswo. Oder waren fort. Auch die Bemerkungen des Verteidigers gingen meilenweit an mir vorbei. Man spricht davon, im Augenblick der Tat bewusstlos zu sein. Ich denke mich in der Zeit voraus: Ist es möglich, auch im Augenblick der Urteilsverkündung bewusstlos zu sein? *Ein Mann wird zum Tod verurteilt und lächelt erleichtert, als wäre er bloß zur Entrichtung einer unbedeutenden Geldbuße verurteilt worden. Der Verteidiger versucht, ihm den Ernst der Lage klarzumachen. Der Mann ergreift lediglich dessen Hand und sagt: »Danke, danke. Ich schulde Ihnen mein Leben.«*

Jedenfalls habe ich keine, wie wird das genannt … Aussage gemacht, als sich nach der Eröffnungsrede die Gelegenheit dazu bot, aber ich weiß noch, dass der Richter an diesem Punkt seine Augen auf mich richtete und sagte … mich inständig *ermahnte*, zu sprechen, mit eigenen Worten zu schildern, was … an diesem

Morgen im Wald vorgefallen sei. Sein Argument indessen bekam ich nicht mit. Vielmehr begeisterte mich die Art seines Sprechens, seine … Bildung. Sein ganzes Wesen war ein Ausdruck von … ich will nicht sagen Kompetenz … *Unbefangenheit.* Wer war dieser Mann? Mein unmittelbarer Gedanke war der, dass er eine trockene … eine langweilige Person sein müsse, einer dieser grauen Juristen mit distinguierter Sprache, die noch nie ein literarisches Buch aufgeschlagen haben. Erzkonservativ. Mir kam es so vor, als wäre ihm eine dieser Perücken gut gestanden, wie sie die englischen Richter benutzten. Trotzdem … Aus irgendeinem Grund glaubte ich, dass ich … in guten Händen sei.

Als die Polizisten der Reihe nach als Zeugen vortraten, richtete ich mich auf, aber ehrlich neugierig – kann man das sagen? – wurde ich erst an dem Tag, als die Vernehmung der übrigen Zeugen begann. Es war, als machte mich das hellhöriger. Oder, hellhörig ist das falsche Wort … Wachsamer, vielleicht. Nervöser? Und dann war da irgendwie … eine Art Stimmungsveränderung. Die Abneigung legte sich wie Dunst über den Saal. Obwohl ich den Zeugen selten in die Augen sah, merkte ich, wie sehr sie mich verachteten, besonders jene, die mich noch aus der AUF-Zeit kannten.

»Es war schrecklich«, sagte eine junge Frau, mit der ich einmal gemeinsam bei einer politischen Werkstatt auf Utøya gewesen war, »es war ein Schock zu erfahren, dass es einer von uns war.« Letzteres ist zu einem Refrain geworden. Ich schätze, das ist eine Schlagzeile in den Zeitungen (ich bringe es nicht über mich, Zeitung zu lesen, solang der Prozess läuft, obwohl ich Gelegenheit dazu hätte).

Manchmal drehe ich mich vorsichtig zu den Publikumsplätzen um, ohne zu viel Aufmerksamkeit auf mich zu lenken. Lieber wäre es mir ohne diese … Gaffer, diese … Parasiten.

Bei meinem einzigen großen Bühnenauftritt als Schriftsteller sollte ich mit zwei anderen Autoren, beides bekannte Namen, ein Gespräch über das Schreiben von Erzählungen führen. Es wurde ein Fiasko, ich kam fast nicht zu Wort. Der einzige Trost war, dass ich aufgrund der hellen Scheinwerfer, die auf uns gerichtet waren, das Publikum nicht sehen konnte.

Hier jedoch sehe ich sie deutlich. Wer sind all diese Menschen, die hierher kommen, um bei dem Gerichtsverfahren gegen mich dabei zu sein? Ich studiere heimlich ihre Gesichter. Ich sehe Abscheu, ich sehe Verurteilung, ich sehe … Hass, blanken Hass. Was machen sie hier, warum sitzen sie hier tagaus, tagein und hören sich langwierige Zeugenaussagen an? Warum wollen sie nicht die schönen Frühlingstage genießen, draußen im … ich höre, wie verlockend das Wort klingt: Freien? Wieso wollen sie nicht lieber im Wald sein?

Hier sitze ich und sehne mich nach einem Waldweg, einem Platz für ein Lagerfeuer, einem See, ausgerechnet.

Das war das Schlimmste an meiner Zeit in Untersuchungshaft. Sonst gibt es über das Gefangenendasein nicht viel zu sagen. Man gewöhnt sich an alles. Außerdem bin ich viel zum Lesen, viel zum Schreiben gekommen. Ich beklage mich nicht.

Aber ich vermisse den Wald.

Ist es meine Liebe zum Wald, aufgrund derer ich hier sitze, zwischen einer Anklägerin, die bestrebt ist, mich lebenslang hinter Gitter zu bringen, und einem Verteidiger, der unermüdlich versucht … wie nach bestem Vermögen, Zweifel an meiner Schuld zu säen, oder zumindest mildernde Umstände zu finden?

Am Freitag, den 22. August – also einige Wochen vor meinem Treffen mit Ine Wang am Olaf Ryes plass –, war ich in den

Wald gefahren. Ich betrachte das im Nachhinein als eine der vielen Launen des Schicksals: Mein Plan war gewesen, an jenem Wochenende nach Kopenhagen zu reisen, ich wollte mir eine Ausstellung im Louisiana ansehen. Wegen des Wetters aber hatte ich es mir anders überlegt und war stattdessen in die Marka gefahren. Was wäre geschehen, wenn ich doch nach Kopenhagen gefahren wäre?

Am Freitagnachmittag packte ich, fast ungeduldig, meinen Rucksack, ich war guter Laune, ohne dass ich mir Gedanken darüber machte, was der Grund für meine gute Laune sein mochte, ich nahm nur leichtes Gepäck mit, hatte aber trotzdem genug dabei für ein paar Übernachtungen im Freien. Das Wetter, der Vorwand für die Wanderung, hielt sich stabil warm und schön, sogar die unfähigen und überbezahlten Meteorologen konnten für die kommenden Tage nichts Falsches voraussagen, also packte ich nur eine Fleece- und eine dünne Softshelljacke ein und begnügte mich mit einem kleineren Rucksack als sonst. Ich nahm nicht einmal das Tarp mit – die Zeltplane, die ich für gewöhnlich über den Schlafplatz spannte –, ich wollte unter offenem Himmel schlafen, und der leichte Drei-Jahreszeiten-Schlafsack genügte vollauf zu dieser Zeit. Und dann habe ich noch ein Paar Gore-Tex-Stiefel, mit denen ich bis zum Nordkap laufen könnte, ohne dass ich Blasen davon bekäme. In eine Seitentasche steckte ich aus einem Einfall heraus *Das Ende einer Affäre* von Graham Greene, eines der Bücher, das meiner Mutter gehört hatte.

Bald befand ich mich in der Gegend zwischen Sognsvann und Svartkulp, und gleich danach auf dem Steig, der zum Øvre Blanksjø weiterführt. Mein Plan war es, über den Skjærsjødammen zum Fagervann hinaufzuwandern, das so herrlich zwischen Stutehaugen und Lyberga liegt. Ich schritt über Wurzeln, balancierte auf einem provisorischen Steg über ein Moor. Ich genoss jeden Schritt. Oder anders gesagt, meine Lunge, mein ganzer Leib genoss jeden Schritt. Die Weichheit des Untergrunds. Die lästige Hitze zwischen den Wohnblocks auf dem Nordberg verwandelte sich im Schatten zwischen den Bäumen in eine angenehme Wärme. *An ihrem Lebensabend blickt eine Frau zurück und erkennt, dass sie immer nur Beziehungen zu Männern unterhalten hat, deren Nachnamen etwas mit Bäumen zu tun hatten. Frederik Gran (Fichte), Henning Bjørk (Birke), Steinar Alm (Ulme), Thor Furulund (Kiefernhain), Martin Hassel (Hasel) und so weiter. Macht sich Gedanken, wie das gekommen sein mochte. Ob ich in meinem vorigen Leben Druidin war, fragt sie sich. (»Druide«, von einem indoeuropäischen Wort für Eiche – dru. In der keltischen Mythologie wurde die Eiche als Portal zwischen Welten betrachtet. Sie hatten auch dasselbe Wort für Eiche wie für Weisheit.) Plot: Sie ist nie mit jemandem mit einem Namen für Eiche, Ek oder Eik, zusammen gewesen, und sie beschließt, vor ihrem Tod einen Mann mit einem solchen Nachnamen zu finden. (Unsicher. Könnte zu eindimensional ausfallen. Für die C-Mappe.)* Schon nach nur wenigen Minuten im Wald war ich so gut aufgelegt, wie ich es in der Stadt selten bin. Oder lag es eher daran, dass ich alles aus einer anderen Perspektive betrachtete? Im Studium hatte ich gelesen, dass die Hindus das Leben in vier Stadien einteilten, und ich dachte mir, dass ich schon jetzt, als junger Mann, das letzte erreicht haben musste, in dem man in den Wald wandert und ein asketisches Leben führt.

Woher diese, fast hätte ich gesagt: fatale, Vorliebe für den Wald? Das fing bereits an, als ich noch in Romsås wohnte, als wir Kinder genauso viel im Wald umherschwirrten, wie wir Zeit beieinander zu Hause verbrachten oder zwischen den

Wohnblocks spielten. Als Kinder kannten wir jeden Winkel des Waldes direkt nebenan, wussten, welche Bäume, Felskuppen, Hügelchen unseren Star-Wars-Figuren am besten als Basis dienten. Der ganze Røverkollen wurde von uns zu dem Waldmond Endor umgestaltet. In diesen Jahren verbrachte ich wahrscheinlich mehr Zeit in Lillomarka als unten in Grorud oder in der Stadt. Als ich älter wurde, erweiterte ich meinen Umkreis, ich wanderte über Movatn und Tømte in die eigentliche Nordmarka. Die vielbenutzte Karte von damals habe ich immer noch, voller kleiner Kreuze, gepunkteter Linien und in klitzekleiner Schrift geschriebener Wörter (als handelte es sich um Geheiminformationen). So, wie ich mich einst in Tolkiens Karte aus *Herr der Ringe* verloren hatte, kann ich heute über der Nordmarka-Karte sitzen und zärtlich die einzelnen Namen betrachten (Norskeperskallen, Trehørningen, Mago), die mir allesamt warme Erinnerungen sind, kleine private Geschichten. In späteren Jahren wusste ich es besonders zu schätzen, dass der Wald ein Fortkommen von dem ewigen Lärm möglich machte, nicht nur vom Verkehrslärm, sondern von dem unaufhörlichen Hintergrundlärm der Medien, diesem ganzen Gebrabbel, das von Informationen, Nachrichten, Klatsch, Kommentarfeldern erzeugt wurde. Der Wald war eine Zone, in der sich meine Gedanken loslösten. Auch an jenem Freitag, beim Wandern auf einem Nadelteppich entlang des Nedre Blanksjøs, konnte ich das spüren – die Gedanken bewegten sich auf andere Weise als sonst, wanderten in Bahnen, die nicht schon von Tausenden anderen abgetreten waren. Steinige Hügel, Kiefernheiden, mit dickem Moos bekleidete Schluchten. Gab es etwas Erhebenderes als das Eintreten in eine Lichtung: durch dichten Wald gehen, und dann, unerwartet, eine Öffnung, plötzlich gebadet in Sonnenlicht? In solchen Momenten kamen mir zuweilen Ideen, die mir andernorts niemals gekommen wären, zumindest bildete ich mir das ein, kleine Einfälle, die ich sofort niederschrieb. Die meisten davon verwendete ich nie, aber es machte mir Freude, mit einem Bleistiftstumpf und einem abgegriffenen Notizbuch in den Händen dazustehen, schreibend, und währenddessen den Duft von Heidekraut und Waldboden in mich aufzunehmen und zuzusehen, wie schön die Lichtstreifen schräg durch die Fichten fielen.

Auf der Ostseite des Øvre Blanksjøs ließ ich mich auf meinem fixen Stein nieder. Hier sitze ich immer. Hin und wieder nehme ich das Notizbuch heraus, blättere darin, wie um zu sehen, ob sich Unterschiede finden zwischen den Ideen, die mir in der Stadt gekommen sind, und denen aus dem Wald. *Frau. Vielleicht Ärztin. Eine Person, die sich nicht in Spekulationen ergeht, was nach dem Tod mit ihr geschehen wird, sondern darüber, was vor ihrer Geburt mit ihr geschehen ist – Letzteres aus dunklen Visionen und Träumen heraus.*

Es war der Anblick – und das Geräusch – eines Eichelhähers, der mich diese Sätze hatte hinkritzeln lassen.

Während ich auf dem Stein saß, ließ ich den Blick auf dem trockenen Baum verweilen, der schon viele Jahre über den Wasserspiegel hinaushing und dem Teich eine eigene Atmosphäre verlieh. Hierher kam fast nie jemand. Obwohl es nicht weit war bis zum Sognsvann, wo immer viele Leute zum Baden hinkamen, konnte ich sogar an Sonntagen allein hier sitzen. Auf dem Weg hierherauf hatte ich Heidelbeeren gepflückt, einen kleinen Beutel damit befüllt. Ich durchwühlte den Rucksack. Wenn ich vorhatte, mehrere Nächte draußen zu verbringen, packte ich immer leichtes Essen ein, Knäckebrot, Haferflocken, Gefriergetrocknetes, aber jetzt, für die kurze Tour, hatte ich mir ein kleines Extra gegönnt: eine Halbliter-Thermosflasche

Milch. Ich füllte einen tiefen Plastikteller mit Heidelbeeren und goss die Milch darüber. Dazu Zucker aus zwei Papiertütchen, wie man sie in Kaffeehäusern bekommt. Himmlisch. Auch weil es mich in meine Kindheit zurückversetzte, in meine Jugendjahre, in mein problemloses Leben in Romsås.

In die Zeit vor Gry Storefjeld.

Das Heidelbeerenessen war Teil eines Spiels, das wir uns ausgedacht hatten, wir heckten einen Plan aus, wie wir uns in einer Notlage am besten bergen könnten. In der Phantasie sahen wir vor uns, wie wir, tief im dichtesten Wald, von Orkanen und Erdbeben überrascht würden, oder im Winter von starkem Schneefall, und nicht mehr in die Stadt zurückkehren konnten. Und so erstellten wir Listen von allem, was die Natur an Nahrung zu bieten hatte, von Fischen und Insekten bis hin zu essbaren Pflanzen und Wurzeln, aber wir erfanden auch Überlebenspakete, Dinge, die wir immer im Rucksack haben sollten. Einen Anorak, eine zusammenklappbare Schaufel, eine Schachtel Rosinen, solche Dinge. Von meinem Vater hatte ich früh etwas bekommen, das er selbst in seiner Kindheit verwendet hatte, einen kleinen Kessel mit einem Deckel, der mit drei Stahlklammern fixiert wurde. Darin befanden sich ungefütterte Fäustlinge, ein Nylonseil, dünner Stahldraht, eine Zündholzschachtel, eine Flöte, eine Einmannpackung, Brühwürfel, drei große Sicherheitsnadeln, ein Taschenmesser, eine winzige Beißzange und andere Dinge, an die ich mich nicht erinnere, und alles musste sich am richtigen Platz befinden, damit ich den Deckel wieder draufbekam. Diese Herausforderung trage ich bis heute mit mir herum: Was wäre die optimale Überlebensausrüstung, verpackt in das kleinstmögliche Behältnis? Ich habe viele Vorschläge skizziert, auch ziemlich lustige – mit und ohne Kondome (zum Wasserschöpfen). Ich denke: Wenn ich das in meinem Rucksack habe, und es tritt eine Katastrophe ein, könnte ich sozusagen eine neue Zivilisation aufbauen. Ich muss für alles Platz finden, und das in einem Objekt, das nicht größer ist als eine Lunchbox. Ich habe es oft auf Wanderungen mit dabei, wie um meine Ausrüstung zu testen. Abends, am Lagerfeuer, nehme ich es dann manchmal heraus, schaue mir die Gegenstände an und denke über Verbesserungsmöglichkeiten nach. Gibt es etwas, auf das ich verzichten kann? Wie viel braucht man, um ein Leben zu retten?

Gegen Ende des Interviews, als ich durch das Fenster auf die Parkanlage am Olaf Ryes plass schaute, auf den Springbrunnen, der dort lag, wo die Fußwege einander mittig trafen, stellte Ine Wang mir eine Frage, die sie als schwierig bezeichnete. Oder, ich bin mir nicht sicher, ob sie es so formulierte, ich bin mir noch nicht einmal sicher, ob es gegen Ende des Interviews war, zumindest bilde ich mir ein, dass sie ihr Omelett noch nicht aufgegessen hatte – andererseits glaube ich nicht, dass sie überhaupt mehr als die Hälfte davon gegessen hat. Sie fragte, ob es an Gry auch bedenkliche Seiten gegeben habe. Etwas in der Richtung. Oder war sie eine noch härtere Gangart gefahren, hatte sie »hässlich« gesagt? (Hatte sie das Wort »gemein« verwendet?)

Jedenfalls erinnere ich mich, dass ich kurz davor war, mit einigen kleinen Geschichten herauszuplatzen, die Gry in ein … ungünstiges Licht gerückt hätten. Es hätte nicht viel gefehlt und ich hätte erzählt, wie sie, als Schauspielschülerin an der Nissen-Schule, einmal als Pantomimin auf der Karl Johans gate aufgetreten war, weiß geschminkt, und die Vorbeigehenden nachgeäfft hatte. Ich wurde durch Zufall Zeuge dieses Schauspiels, und ich weiß noch, dass ich das als eine kleine

Boshaftigkeit auffasste, durch die sie, ohne es zu wissen, etwas von ihrem Charakter preisgab. In meinen Augen war das zu billig. Aufmerksamkeit auf sich zu lenken, indem man andere zum Narren hält. Mir taten die Passanten leid, die zunächst noch darüber lachten, wenn Gry ihren Gang nachahmte, dann aber verzweifelt, peinlich berührt, schnellstmöglich wegzukommen versuchten, was dann in weiterer Folge, zum Jubel des Publikums, von Gry ebenfalls imitiert wurde. Sie verdiente Geld (oder ging der Erlös vielleicht an die Operation Daywork?) damit, andere zu verscheißern, und das enttäuschte mich, wobei ich allerdings zugeben musste, dass sie als Mimin extrem gut war.

Ebenfalls verlockend wäre es gewesen, von ihrer Scheiß-drauf-Einstellung zu erzählen. Von ihrem rebellischen Wesenszug. Sie kümmerte sich nicht um Verhütung. »Mach dir darüber keine Gedanken«, flüsterte sie im Zelt auf Utøya. »Ich bin in einer sicheren Phase.« Die Woche darauf zogen wir uns vor der Matratze in ihrer Wohnung aus. Ich nahm an, dass das Risiko jetzt höher sei, und holte ein Kondom heraus. Es war ein sorgfältig ausgewähltes Kondom, ich hatte die Packung vor dem Utøya-Lager mit dem Gedanken an Gry gekauft, wiewohl ich noch nicht einmal an die Möglichkeit zu denken gewagt hatte; ich hatte eines davon in meine kleine Brieftasche gesteckt wie einen Geldschein von außergewöhnlich hohem Wert, wie etwas, das sich gegen Dienste eintauschen ließ, die jenseits dieser Welt lagen. Als sie es sah, riss sie mir das Kondom aus der Hand und zog daran wie an einem Gummiband, schoss es an die Wand, dass es gegen ein Bild schnalzte – oder genauer gesagt, gegen eine Titelseite, die ihr Vater aus der Boulevard-Zeitung VG ausgerissen, eingerahmt und später feierlich seiner Tochter geschenkt hatte, es war die Schlagzeile über den Tod

Einar Gerhardsens; das ganze Titelblatt war eine Fotografie, die die auf dem Stock ruhenden Hände des alten Staatsmannes zeigte und die Gry ihr Altarbild nannte. Mir kam das fast wie ein Sakrileg vor, ein Kondom gegen das Foto des Landesvaters zu schnalzen, das musste ungefähr genauso schlimm sein, wie wenn ein Muslim Mohammed gezeichnet hätte. Sie lachte und setzte sich auf mich, stürzte sich in einen Ritt, der bald jedes Milligramm Samen, das ich besaß, aus mir heraus- und in sie hineinsaugte. Es war, als wünschte sie sich, alles sollte Risiko, alles sollte Schicksal sein.

Hätte ich Ine Wang das erzählen sollen? Nur, um ihr Gesicht zu sehen?

Natürlich hielt ich den Mund. Lieber kam ich auf eine ungefährliche Episode über das Schachspiel zu sprechen. Ich glaube, das muss auch der Zeitpunkt gewesen sein, an dem ich um ein weiteres Glas Pils bat. Langsam dämmerte mir, dass ich nie in dieses Interview hätte einwilligen sollen, und diese Erkenntnis erfuhr noch eine Verstärkung, als sie fragte, ob ich etwas dazu sagen könne, warum es zwischen Gry und mir zur Trennung gekommen sei.

Nein, rief es in mir. Darüber darf ich absolut keinen Mucks verlieren.

Weil sie eine Fotze war. Fast wären mir diese Worte über die Lippen gekommen. Ich stand kurz vor dem Ausbruch des Tourette-Syndroms. Ich überlegte, ob ich aufstehen und gehen sollte, ohne Erklärung.

Stattdessen redete ich – ich glaube, ich formulierte es halb im Spaß so – über Grys »Quarterlifecrisis«, über Gry, die es tatsächlich fertigbrachte zu sagen, unsere Beziehung sei »nicht nachhaltig«. Ich habe vergessen, wie Ine Wang reagierte. Ich bilde mir ein, dass sie lachte und dass das nicht bloß dem Wein geschuldet war, überhaupt fand ich mehr Vergnügen daran, dort zu sitzen und Ine Wangs ein bisschen zu stark geschminktes Gesicht zu betrachten, als von Gry und mir zu erzählen.

Wie aus schlechtem Gewissen wegen meiner leicht flapsigen Antwort versuchte ich, die Trennung anders zu erklären. Ich musste mehrmals von vorn beginnen, brachte aber am Ende heraus, dass es wahrscheinlich eher die Politik gewesen sei, die uns getrennt habe. Eine unterschiedliche Sicht darauf, was wichtig war. Ich war der Ansicht, die Arbeiterpartei stehe vor einer Krise. Sie wies darauf hin, dass es gut um die Partei bestellt sei. Gerade eben erst hätte sie, wenn auch nur kurz, die Regierungsmacht gestellt, und sie könnte sie 2005 sehr schnell zurückgewinnen. Die rot-grüne Koalition. Wie könne ich das eine Krise nennen? Ich vertrat die Meinung, dass die Krise von so tiefgreifender Art war, dass sie noch nicht zur Gänze spürbar sei, weshalb es allerdings umso wichtiger wäre, sich jetzt der Diskussion zu stellen, sich jetzt die Köpfe zu zerbrechen, um einen besseren, von gänzlich neuen Visionen geprägten Kurs abzustecken.

Bei diesem letzten Punkt schnitt ich recht gut ab, worauf Ine Wang einen noch größeren Eifer an den Tag legte. Sie wollte mehr erfahren über den Aufruhr bei der Wahl der AUF-Leitung in Oslo. Ihr Blick forderte mich zu einer ehrlichen Antwort heraus. Sie hatte ganz eindeutig recherchiert. Das schmeichelte mir und ärgerte mich zugleich. Ich zögerte … ich überlegte, die ganze Angelegenheit als eine Nebensächlichkeit abzutun, aber dann, und ich erinnere mich nicht, wieso, entschied ich mich anders und legte ihr meine Version des albernen Machtkampfs zwischen mir und einer selbstbewussten jungen Frau aus Gamlebyen dar, einer entschiedenen Anhängerin milder Indoktrination in Sachen Parteidisziplin. Obschon sie eine ihrer Freundinnen war, hatte es mich überrascht, dass Gry sich hinter dieses Mädchen gestellt hatte, und noch überraschender war es für mich gewesen, dass die Schmutzkampagne im Vorfeld der Wahl im hohen Maße in der alten »Ich zerquetsche dich wie eine Laus«-Mentalität vonstattengegangen war – unser kleines Scharmützel hatte im Grunde nur den unheimlich hässlichen Machtkampf widergespiegelt, der zu dieser Zeit in der Mutterpartei herrschte, ein entzündeter Führungsstreit, der zu Aufspaltung, Geheimtreffen, Schwierigkeiten bei der Zusammenarbeit und erbitterten Personalkonflikten führte.

Hatte ich meinen Hamburger aufgegessen oder war noch die Hälfte übrig? Ich erinnere mich nicht. Aber ich erinnere mich, dass ich ein bisschen herumdruckste, als ich die Episode mit der Wahl kommentierte, und dass ich in Ine Wangs Augen eine gewisse Überraschung ablesen konnte. Es kommt mir auch so vor, als hätte ich, in einem Anfall von Ehrlichkeit, auf die Behauptungen Bezug genommen, dass ich keine Volksnähe ausstrahlte, was wohl auch stimmte – in dieser Hinsicht ähnelte ich meinem Vater, dem Aristokraten. Sie sagten, ich wirke arrogant, jedoch lag dies lediglich daran, dass sie meine Schüchternheit falsch interpretierten. Nichtsdestotrotz räumte ich Ine Wang gegenüber ein, dass ich mit gewissen Dingen meine Probleme hatte, unter anderem mit allem, was nach Ritual roch, nach Massenmusterungen und dem rhythmischen Skandieren von Schlagwörtern, mit allen diesen Dingen, die ich mit diesen Fischschwärmen assoziierte, bei denen alle Fische dieselben Bewegungen ausführen, genau zur selben Zeit. So wie bei den Feiern zum 1. Mai. Gry und ihre Freundesschar begannen diesen Tag immer mit einem langen, ausgedehnten Frühstück, mit viel eingemachtem Hering, viel Schnaps. Danach der gemeinsame Marsch zum Youngstorget, zu phrasenhaften Reden und begeistertem Klatschen. Dann folgte der Umzug, bei dem sie, allesamt gut betuchte Jugendliche, herumliefen, als wären sie in die harte Ära der 30er Jahre zurückversetzt worden, hinter stolzen, anachronistischen Gewerkschaftsfahnen und dem Hornorchester marschierten sie, zusammen mit der geringen Anzahl erwachsener Männer und Frauen, die allen Grund zum Marschieren hatten. Wacht auf, Verdammte dieser Erde! Nie hatte der Umzug aus weniger Verdammten bestanden. Auch von Storen und seinem ewigen Gefasel von wegen Gewerkschaft, Gewerkschaft, Gewerkschaft hatte ich die Nase gestrichen voll. Eine hängen gebliebene Platte. Gar nicht zu reden von den Parteitagen, wo Leute aus der soliden Mittelschicht sich hinstellten und alte Arbeiterlieder zum Besten gaben wie in der Karaoke-Bar. Oh, diese Maskerade. Mein Projekt war es, die Arbeiterbewegung zu modernisieren. Für eine Neuausrichtung der Werte zu kämpfen. Die Demokratie neu zu erfinden. Nach vorn zu blicken. Uns für das Unvorhersehbare zu rüsten.

Letzteres erwähnte ich nicht Ine Wang gegenüber. Glaube ich. Auch nicht, dass ich das mit den Wahlkämpfen nicht hinbekam, das Missionierengehen. Ich fühlte mich wie ein Gebrauchtwagenhändler, wenn ich Hausbesuche machte oder vor einer U-Bahn-Station stand und versuchen sollte, die Menschen mit Ap-Schlagwörtern zu überzeugen oder Flyer auszuteilen, als handle es sich um Werbung für ein neues Restaurant im Viertel. Gry hatte sich bereits den Trick angeeignet, die Leute an den Oberarmen anzufassen und sie gleichzeitig bei der Hand zu nehmen, was der Kontaktaufnahme und dem damit eingeleiteten Gespräch irgendwie eine besondere Innigkeit verlieh, mit dem Ziel, den anderen zum Abstimmen für die richtig Partei zu verführen – sie zum Narren zu halten, dachte ich. Auch das Rosenverteilen wirkte auf mich wie ein Klischee – wie eine schlechte Anmache, ein Versuch, jemanden auf ein Date einzuladen. Die Zentrumspartei lief wenigstens nicht herum und verschenkte vierblättrige Kleeblätter.

Im Allgemeinen war Gry eine gute Rednerin, aber ich hörte bald, dass ihre Reden zu simpel waren, dass es sich bloß um Ausschnitte aus dem Parteiprogramm handelte, um dieselben Stehsätze, oder eine Variante der rhetorischen Phrasen ihres Vaters, die, gepaart mit einer glühenden Überzeugung, ihren Ansichten die Illusion von etwas Wichtigem, Wahrem gaben. Ich hatte gedacht, wir würden ein Team werden, dass ich ihr *Substanz* verleihen würde. Aber das wollte sie nicht, sie wollte banal sein. »Nur das Banale kommt an«, sagte sie. »Und du musst an die Gefühle appellieren. Du sprichst über ihren Kopf hinweg«, sagte sie. »Du unterschätzt die Menschen«, sagte ich.

»Nachtisch?«, fragte Ine Wang. Oder vielleicht fragte sie das erst später, ich erinnere mich nicht, ich weiß nur noch, dass ich bedauernswert tief in meinen eigenen Gedanken versunken war, denn es hatte von der ersten Stunde an innerhalb der AUF eine große Gruppe gegeben, die mich mit Misstrauen beäugte. Das waren die Engstirnigen, die Humorlosen, solche Leute, mit denen man nur über Politik, Strategien, die nächste Wahl reden konnte und die einem nicht mehr zuhörten und die Augen verdrehten, sobald man über Fußball oder bildende Kunst oder Reiseziele zu reden anfing – oder schlimmer, sie hatten einige Phrasen einstudiert, »Ich finde Lars Saabye Christensen gut«, aber man konnte sehen, dass sie das weder wirklich ernst meinten noch jemals ein Buch aufgeschlagen hatten. Sie nannten mich immerzu den Nebelfürsten, und das ärgerte mich, denn ich war hellsichtig, sie waren es, die im Nebel festsaßen, denen es an Licht fehlte. *Ein Chinese kehrt um das Jahr 700 nach langer Reise gen Westen nach Hause zurück. Er berichtet von einem Volk, das in langen, schmalen Schiffen segelt und einäugige Götter verehrt, die Blitze erschaffen, indem sie einen Hammer werfen und dabei über den Himmel reiten. Ihre Schrift bestehe aus geraden Strichen, die sich leicht in Holz kerben oder in Stein ritzen ließen. Der Mann wird in den Kerker geworfen, weil niemand ihm glaubt. Östliche Version von Marco Polo. (Brauchbar, weiterentwickeln.)*

Auf dieses Politduell um den Leitungsposten in der AUF Oslo hatte ich mich allerdings vorbereitet, ich hielt eine Art Wahlkampfrede, und obwohl meine Darbietung möglicherweise nicht allzu gut ausfiel, waren meine Anschauungen deutlich genug. Ich brachte einzelne Anliegen vor, für die wir kämpfen sollten, wie etwa einen besseren öffentlichen Verkehr, mehr Aufmerksamkeit für die Möglichkeiten, die sich in Groruddalen boten – ich war trotz allem in Romsås aufgewachsen –, und nicht zuletzt müssten wir *gegen* die vorgeschlagene Zusammenlegung der Krankenhäuser in Oslo kämpfen, für die auch die Ap sich eingesetzt hatte – ein kolossaler Irrtum in meinen Augen. Dennoch behandelte ich in meiner Rede vorranging Grundsatzfragen, meine Priorität galt der Weltanschauung und der Ideologie. Ich stellte die klassische Frage, was getan werden müsse, und meine Antwort war, dass wir zu den Wurzeln zurückkehren, die Partei reformieren müssten, sie geeignet machen für die Herausforderungen, die uns im 21. Jahrhundert erwarteten, die wirtschaftliche Konkurrenz aus Asien und die Migration, besonders aus Afrika, wo die Bevölkerung am schnellsten wachse. Erwähnte ich die Gefahr ökologischer Katastrophen? Ich weiß es nicht mehr. Jedenfalls sagte ich, dass es uns an den Werkzeugen fehle, um diese Angelegenheiten zu handhaben, ich sagte, dass die Arbeit, die uns erwarte, als »Herkulesaufgabe« bezeichnet werden könne, und erkannte gleichzeitig in den Augen vor mir, dass sie nichts mit den Aufgaben des Herkules verbanden, dass die Bildung, die früher vorausgesetzt wurde, im Schwinden begriffen war, und vielleicht war das auch der Grund dafür, dachte ich, dass weder diese jungen Leute noch die Parteispitze die Herausforderung ernst nahmen. Direkt nach dem 11. September hatte ich dafür argumentiert, dass wir einer Neuorientierung bedurften. Wir waren *exponiert* wie niemals zuvor, wir waren auf eine neue Art verwundbar. In einem Artikel für die *Dagsavisen* hatte ich geschrieben, dass wir globale Bürger seien, dass eine Innenpolitik ohne internationale Perspektive unmöglich sei. In der Debatte nach meinem Diskussionsbeitrag für diese Wahlveranstaltung jedoch schlug alles in einen internen Machtkampf um. Vom Rednerpult herab wurde ich ein Judas und noch Schlimmeres genannt, weil ich in der Zeitung über Parteistreitigkeiten geschrieben hätte, und das, obwohl ich einzig die »Stimmensammlerpolitik« kritisiert und geschrieben hatte, die Ap dürfe sich nicht in einen Verdummungsprozess begeben, bei dem man aus Angst vor einem Rückfall in den Meinungsumfragen gegen die eigenen Ideale wettere.

Auch die Ap brauchte ein Überlebenspaket.

Das sagte ich nicht. Ich hätte es sagen sollen.

Irgendwie hatte diese Wahlveranstaltung etwas an sich, das mich die Ap – und sicher auch andere Parteien – als eine Religion denken ließ. Dieser AUF-Kampf löste in mir eine starke Empfindung aus, dass ich auf dem berühmten Altar des Gemeinwohls »geopfert« wurde. Viele hielten mich für den besten Kandidaten, aber um den Frieden zu wahren, wählten sie dieses Mädchen, Grys Freundin, eine Person, die keine Qualifikationen vorzuweisen hatte außer der, dass sie ihr Mundwerk zu gebrauchen wusste – bestimmt würde sie irgendwann in der Zukunft den Trostpreis der Ministerposten ergattern und eine gute Kulturministerin werden.

Sagte ich irgendwas darüber zu Ine Wang, als wir am Olaf Ryes plass saßen? Wahrscheinlich nicht. Vermutlich begnügte ich mich damit zu wiederholen, Gry und ich seien in der Wahl unseres politischen Weges nicht immer einer Meinung gewesen. Das heißt, ich hätte nie eine Formulierung wie »Wahl des politischen Weges« benutzt, es wäre mir sauer aufgestoßen, handelte es sich dabei doch um eine von Arve Storefjelds Lieblingsfloskeln.

Irgendetwas bahnte sich an. Ich betrachtete Ine Wang, die mir gegenübersaß mit ihren rußschwarzen Augen, in der Hand einen Bleistift mit Bissspuren. Die ganze Situation erfuhr eine Veränderung. Was als Interview gedacht war, schien nun einen anderen Dreh zu bekommen (wie in einer meiner Erzählungen, dachte ich). Besonders gegen Ende des Gesprächs, auch wenn ich mich dagegen sträubte, fühlte ich mich immer stärker zu ihr hingezogen; es war da ein Aufblitzen in ihren Augen … Es war, als sei ihr ganzes Ich erfüllt von einer anderen … einem besonderem … Funken. Es mag auch damit zu tun gehabt haben, dass es draußen regnete und das Lokal immer gemütlicher wirkte – in einer Ecke des Restaurants brannte sogar Feuer in einem kleinen Kamin. Irgendwann musste ich einen Kaffee bekommen haben, ich erinnere mich deutlich, einen Espresso getrunken zu haben, einen Muntermacher. Auch weiß ich noch, dass Ine Wang dazu überging, mir Fragen über mein Schreiben zu stellen, und ich, so gut ich konnte, darauf antwortete, ja, dass ich richtiggehend euphorisch wurde, angesteckt vielleicht von den Funken, die sozusagen von ihr auf mich übersprangen, obwohl sie wohl kaum etwas von mir gelesen hatte, aber es fiel mir leichter, über solche Dinge zu reden als über Gry, über all dieses … Traumatische. Soweit ich mich entsinne, unterhielten wir uns sogar ein bisschen über Musik, über David Bowie, ausgerechnet, ich sah, dass Ine Wang eine attraktive Frau war, und es überraschte mich, als ich heraushörte, dass sie Single war; draußen goss es in Strömen, aus der Küche strömten angenehme Düfte, an einem der anderen Tische wurde gelacht, ich hatte noch keine Lust zu gehen, sie stellte diese fixen Fragen, die bei allen Porträts gestellt wurden, meine Antworten waren zuerst flapsig, dann ausführlicher, und ich ertappte mich bei dem Wunsch, dass sie das Porträt doch nicht machen würde. Dass sie lieber etwas anderes vorschlagen würde. Etwas Spannendes. Wie etwa, ob ich noch irgendwo anders hingehen wolle. Ob sie mich in einer der vielen pulsierenden Bars des Viertels auf einen Drink einladen dürfe.

Sie bezahlte, packte ihr Zeug zusammen, und wir verließen das Restaurant. Draußen im Regen, umgeben von all den verführerischen Lichtern, die sich im Asphalt rings um den Olaf Ryes plass spiegelten, wirkte es, als ob Ine Wang ebenfalls noch nicht nach Hause gehen wollte, und doch endete es damit, dass sie höflich meine Hand nahm und sich für das Interview bedankte. Sie eilte zur Haltestelle und erreichte eben noch die einfahrende Straßenbahn. Ich blieb noch einige Minuten stehen und starrte in die Luft. Die Tropfen hatten eine glatte, glasartige Form angenommen. Ich hatte Lust, David Bowie zu hören, aber ich hatte nichts von Bowie auf dem iPod.

Ich habe mich im Gerichtssaal nach Ine Wang umgesehen. Quasi Ausschau nach ihr gehalten. Ich hätte geglaubt … Sie hat sich nicht blicken lassen. Ich dachte, sie würde vielleicht als Zeugin aussagen. Ich hatte gehofft, sie würde es tun. Nur, damit ich sie sehen könnte. Hören, was sie zu sagen hätte. Vielleicht hätte sie berichtet, was eigentlich gesagt wurde an jenem Abend in Grünerløkka. Auf der anderen Seite konnten sie wohl schlecht alle, mit denen ich jemals gesprochen hatte, in den Zeugenstand rufen. Kann sein, wer weiß, dass sie ihr nachgeforscht, sie sogar verhört haben, nur um herauszufinden, dass sie nichts Wesentliches beizusteuern hatte.

In den letzten Tagen ist mir aufgefallen, dass der Richter, diese unergründliche Gestalt, angefangen hat, mir einen ... wie soll ich sagen ... prüfenden Blick zuzuwerfen, wenn die Zeugen sprechen, als wolle er meine Reaktion studieren oder mich provozieren, damit ich ... Manchmal nimmt er einen Kugelschreiber heraus und notiert etwas. Ich würde zu gern sehen, was er schreibt. Ist er bereits von meiner Schuld überzeugt? *Ein Richter sitzt mit seinen Beisitzern zusammen und bespricht den Fall: »Wir haben die Antworten, aber wir werden niemals die Fragen finden.«*

Was wird morgen in diesem Saal gesagt werden? Was in einer Woche? Ich versuche mir auszudenken, was am Ende des Prozesses geschehen könnte. Noch nicht einmal das gelingt mir, obwohl ich mich so oft auf mein hohes Ross gesetzt und gesagt habe, die wichtigste Eigenschaft des Menschen sei seine Fähigkeit, in die Zukunft zu blicken, sich das Kommende vorzustellen. Wie peinlich. Ist alles ... Habe ich ... Ich merke, wie ich die ganze Zeit, fast panisch, versuche, die auftauchenden Ideen zu empfangen, Ansätze zu neuen Geschichten. Wie um mich zu überzeugen, dass ... meine Vorstellungskraft noch intakt ist, oder zumindest nicht abgestorben. Dass sie mich schließlich und endlich retten kann. Uns alle retten kann.

II

Als ich am Freitag, den 22. August, auf dem Stein am Øvre Blanksjø saß, auf meiner Wanderung zu einer Übernachtungsstelle am Fagervann, spürte ich ein Ziehen in mir, und zwar ein Ziehen aus einer anderen Richtung. Oh, diese Zufälle – die wir doch so selten sehen, sehen, wie sie uns hierhin und dorthin werfen. Denn wieso saß ich hier und beobachtete zwei Libellen, die tief über der Wasseroberfläche flogen? Wieso war ich nicht auf dem Weg nach Kopenhagen zu einer Ausstellung im Louisiana Museum of Modern Art, die mir vielleicht die nötige Inspiration verschafft hätte? Kam das daher, weil ich auf einmal Lust bekommen hatte, am friedlichen Øvre Blanksjø im Lotussitz zu kontemplieren? Beim Betrachten des trockenen Baums, der über den Teich hinausragte, erkannte ich, dass etwas ganz anderes dieses Ziehen in mir auslöste. Ein paar Tage zuvor war ich auf eine von Grys Freundinnen gestoßen – noch dazu auf die, mit der Gry im ersten Sommer auf Utøya das Zelt geteilt hatte –, und als ob es das Natürlichste der Welt wäre, erzählte sie mir, Gry würde dieses Wochenende nach Valen fahren, zusammen mit ihrem Vater. Ich tat, als wisse ich davon, oder tat jedenfalls, als ob nichts wäre. Ein Nicken zum Abschied und ein Schön-dich-getroffen-zu-haben.

Wäre es richtig, das einen Zufall zu nennen? Fehlt uns ein Wort für diese kleinen Begebenheiten, die uns dazu veranlassen, die schicksalsträchtigsten Entscheidungen zu treffen?

Das Zusammentreffen fand in der Operapassasjen statt. War es Zufall – wieder hege ich Zweifel an dem Wort –, dass wir einander gerade dort über den Weg liefen? Jetzt jedenfalls stand ich wie angewurzelt in diesem Korridor zwischen Storgata und Youngstorget, und das, ohne dabei an die in den Stockwerken über uns gelegenen Büros der Norwegischen Arbeiterpartei zu denken. In einigen Tagen würde Gry in Valen sein, auf dem Vorplatz sitzen und über den Blankvann-See hinausblicken. Unmöglich, dieses Wissen loszuwerden, es heftete sich mit Widerhaken in mein Bewusstsein. *Ein verliebtes Paar unternimmt einen Spaziergang im Paris der Gegenwart. Sie befinden sich in der Rue Dalayrac und nehmen aus einem Einfall heraus die Passage Choiseul. Als sie am anderen Ende herauskommen, finden sie sich nicht mehr zurecht. Die Menschen sind seltsam anders gekleidet, die Automobile verschwunden. Sie sind plötzlich in London, das Jahr ist 1830. Sie irren herum, bis sie Piccadilly erreichen, wo sie bald die Burlington Arcade entdecken. Sie betreten die Passage in der Hoffnung, nach Paris und in ihre eigene Zeit zurückzufinden, doch beim Heraustreten auf der anderen Seite stehen sie in der Avenida de Mayo in Buenos Aires. Das Jahr ist 1911. Und so weiter. Rund um die Welt und durch die Geschichte vermittels bekannter Passagen. (NB: Brauchbar.)*

Gry Storefjeld. Die Gewissheit, dass sie sich in Valen befand, oder sich bald dort befinden würde, war ein Magnet für meine Gedanken. Nicht das Wetter war der Grund, weshalb ich die Reise nach Kopenhagen hatte ausfallen lassen.

Ich versuchte, dagegen anzukämpfen. Als ich mich am Øvre Blanksjø auf den Stein gesetzt hatte, die Heidelbeeren mit Milch und Zucker verspeiste und mich von zwei Libellen unterhalten ließ, war vielleicht wirklich noch der Glaube in mir vorhanden, ich würde beim Fagervann meinen Schlafsack ausbreiten, doch jetzt wurde ich von einem unwiderstehlichen Impuls übermannt, der eigentlich kein Impuls war, sondern ein Plan, der schon seit mehreren Tagen auf einer tieferen Ebene in mir bereitgelegen war. Ich hatte nicht vor, mich nach Nordosten über den Skjærsjødammen zum Fagervann zu begeben, sondern ich erkannte, dass ich mich im Kreis bewegte, gegen den Uhrzeigersinn, dass ich die Zeit zurückdrehen wollte, indem ich in Richtung Nordwesten der Kobberhaughytta zustrebte, dem Blankvann zu, ich wollte zu Gry, ich war unbewusst die ganze Zeit dorthin unterwegs gewesen. Ich musste einen letzten Versuch starten. Vier Jahre lang hatte ich mich mit dem Gedanken an Gry gequält. Natürlich hätte ich sie ihrer Wege gehen lassen sollen, aber ich würde keinen Frieden finden, ehe ich sie nicht ein letztes Mal damit konfrontiert hätte. Ich glaubte nicht an ihre Beziehung mit diesem Franzosen, für sie war das nur ein Spiel. In vielerlei Hinsicht betrachtete ich diese Waldwanderung als eine Rettungsaktion. *Operation Gry*. Ein letzter Versuch, und wenn der misslang, würde ich sie loslassen. Hand aufs Herz, oder zehn Messer ins Herz, wie es in dem Kinderspruch heißt. Dachte ich das wirklich? Ja, der Ausdruck »Zehn Messer ins Herz« fuhr mir durch den Sinn, obwohl ich ihn seit meinen Knabentagen in Romsås nicht mehr benutzt hatte. Und da war auch noch etwas anderes, ein Detail, das den Gedanken an einen letzten Versuch rechtfertigte: Ich hatte unlängst ein Bild von ihr in der Zeitung gesehen, aufgenommen bei irgendeiner politischen Konferenz. Um den Hals trug sie immer noch das Schmuckstück, das ich ihr geschenkt hatte. Ein Herz und einen Anker. Mutters Schmuckstück. Dass Gry es noch immer trug, musste etwas zu bedeuten haben. War das vielleicht ein Geheimzeichen? Ich erinnerte mich, was ich zu ihr gesagt hatte, als ich den Schmuck direkt unter die Narbe an ihrer Halsmulde gelegt hatte: »Der Anker ist dafür da, dass die Liebe sich festmachen kann.«

Ich hatte die Nahaufnahme von Gry in der Zeitung angestarrt, fast hypnotisiert von dem Schmuckstück um ihren Hals. Vielleicht sagte es nichts Sicheres über die Liebe aus, aber es sagte etwas über Hoffnung. Und die Hoffnung war das Größte von allem. Derselbe Gedanke war mir auch beim Studium der Religionen gekommen: Im Grunde genommen waren sie alle ein Ausdruck von Hoffnung. Dass da noch mehr ist. Dass es einen Sinn gibt hinter dem Sinnlosen. Auch hinter sinnlosen Beziehungsbrüchen.

Es war die Hoffnung, die mich dazu veranlasste, den Kurs zu ändern, den Teller abzuspülen, den Rucksack zu packen und den kaum sichtbaren Steig den Hang hinauf zu wählen, so dass ich zu dem Pfad gelangte, der zum Store Åklungen hinabführte. Vielleicht war auch ein irrationales Moment mit im Spiel: Ich glaube, die Hütte am Blankvann wirkte deshalb so anziehend auf mich, weil sie verbotenes Terrain war. Gry hatte gesagt, wir sollten uns nicht mehr treffen. Der Ort war tabu. Mit anderen Worten, eine unwiderstehliche Versuchung.

Ja, so war es. Natürlich. Das sah ich jetzt. Dies war keine gewöhnliche Übernachtungstour in den Wald, es war eine Liebesexpedition, und wie alle Expeditionen entbehrte sie nicht der Gefahren. Storen würde ebenfalls in der Hütte sein, und ich konnte nicht ausschließen, von einem Willkommensgruß der grimmigen Sorte empfangen zu werden. »Noch einen Schritt näher und ich brech dir das Genick wie einem jungen Dorsch!« Soviel ich wusste, hatte er dort eine Schrotflinte, vielleicht sogar ein Jagdgewehr. Die Jagdsaison war noch nicht eröffnet, aber Gott weiß, was ihm zu tun einfallen mochte. »Ein bedauerlicher Unfall, ich hab geglaubt, das wäre der Dachs, der uns schon lange lästig gefallen ist.«

Ich überquerte den Waldweg am Südende des Store Åklungen und schlug den Pfad ein, der mich über den Sumpf führte, vorbei an der Lynhytta und an der Westseite des Sees entlang. Ich hatte den Kurs geändert, ich war auf dem Weg nach Nordwesten. Es ging bereits auf den Herbst zu, die Natur wirkte trockener und die Farben waren blasser – ganz anders als im Mai, wenn man durch fünfzig Grüntöne wanderte. Auch Blumen gab es nicht mehr so viele, weniger Schmetterlinge durchschnitten die Luft. Ein paarmal blieb ich stehen und riss ein Stück Birkenrinde ab, das sich vom Stamm herunterkräuselte, und steckte es in den Rucksack.

Anstatt am Ullevålseter vorbeizugehen, ging ich einen Bogen auf der höhergelegenen Seite, es ergab sich einfach, es war, als ob ich niemandem begegnen wollte, als schämte ich mich für meine Kursänderung, doch hier am Abhang wurde ich plötzlich gewahr, dass etwas anders war. Ich blieb stehen. Horchte. Ich schaute umher, und nicht weit entfernt entdeckte ich einen Elch, er wirkte fast getarnt, ein riesiger Bulle mit beeindruckendem Geweih stand an einer Schattenstelle und knabberte an den jungen Laubbäumen. Zuerst empfand ich die Situation als gefährlich und bekam Angst. Irgendein Instinkt. In Gedanken griff ich schon nach dem Kampfmesser, das ich in einer Seitentasche hatte, ein Cold Steel mit scharfer Klinge. Dann entspannte ich mich, streckte mir gewissermaßen selbst die Zunge heraus. Ich hatte lange keinen Elch mehr gesehen, obwohl ich immer wieder Elchkot entdeckte, diese kleinen Kügelchen, mit denen wir als Kinder immer so viel Unfug angestellt hatten. Ich stand nahe genug, dass ich seine große Oberlippe arbeiten sehen konnte. Die dünnen, langen Beine lösten in mir immer die Vorstellung aus, das Tier würde auf Stelzen stehen. Behutsam holte ich mein Handy heraus und machte ein Foto. Im selben Moment, als ich das Bild an Ask Diesen sendete, machte der Elch sich nach Norden davon.

Ask war ein Freund, oder ein halber Freund, aus meiner Studienzeit. Vor drei oder vier Jahren hatte ich ihn zu einer

Übernachtungstour zum besagten Fagervann mitgenommen. Ask hatte sich für Elche begeistert, seit er als Junge *Der Troll-Elch* von Mikkjel Fønhus gelesen hatte, in Religionsgeschichte hatte er für ein Seminar eine Hausarbeit über Geweihträger geschrieben, über die vier Hirsche am Weltenbaum Yggdrasil bis hin zu Gestalten mit Geweihköpfen in der samischen Mythologie. Er war so krankhaft versessen darauf, Elche zu sehen, dass ich ihn auf eine Safari mitnahm, ich wusste von mehreren Elchfährten im Wald und versprach ihm, dass er Elche zu sehen bekommen würde, aber wir sahen keine, und er zog mich gründlich damit auf. Nun aber war ich einem begegnet, dem ersten seit Langem, deshalb war ich so aufgeregt und schickte ihm das Bild. »Hab endlich dem König einen Gruß entboten, direkt beim Ullevålseter«, schrieb ich triumphierend. Im Weitertrotten lachte ich über mich selbst, über meine Aufregung. Ich verstand den Anblick dieses prächtigen Tiers als ein glückliches Vorzeichen.

Gleich darauf hörte ich ein Pling und bekam einen Smiley; Doppelpunkt und Klammer, von Ask Diesen. Seltsam. Da hat man einen Menschen viele Jahre nicht gesehen, und dann kriegt man plötzlich einen Smiley. Noch ein gutes Zeichen.

Ich schaltete das Handy ganz aus, steckte es in den Rucksack. Ich lief den steilen, dicht bewachsenen Hang südlich der Aurtjernene schräg hinunter. Hin und wieder geschieht es, dass ich im Wald etwas erlebe, das einer transzendenten Erfahrung nahekommt. An einzelnen Punkten, etwa zwischen zwei Bäumen, überkommt mich mitunter ein Gefühl, als würde ich durch etwas *hindurch*gehen, in eine Art Geheimgebiet gelangen. Dass ich sozusagen aus der Welt *verschwinde*. Fort bin. Vielleicht war es gar nicht so verwunderlich, dass der Gedanke auftauchte, als ich mich diesen Steilhang hinabbewegte, denn einmal, an einer der dunkelsten Stellen, war ich hier über eine »geheime Hütte« gestolpert. Ich bezweifelte, dass ich sie wiederfinden würde. Es gab eine ganze Menge solcher unerlaubter Unterschlüpfe an unzugänglichen Stellen. Die meisten waren zur Freizeitnutzung errichtet worden, aber es gab auch solche, in denen Leute wohnten, überlebten. Hätte ich so etwas auch tun können, alles hinter mir lassen, Zuflucht suchen in einer primitiven Holzhütte irgendwo in der Nordmarka? Ich glaube, das hätte ich. Der Gedanke wirkte bisweilen verlockend. Rousseau, Thoreau. Alle Brücken hinter sich abbrechen, ein ganz einfaches Leben führen, als Jäger und Sammler. Vielleicht würde mir das einen Schreibschub verschaffen, einen neuen Blickwinkel eröffnen. *Ein Schiffsreeder lebt als Eremit. Er ist nie mit einer Frau zusammen gewesen. Als 70-Jähriger trifft ihn plötzlich die Erkenntnis, dass er seine Gene weitergeben muss. Er gibt eine Annonce in der Zeitung auf, und im Laufe der nächsten zehn Jahre beschäftigt er der Reihe nach zwanzig Dienstmädchen, von denen jedes circa ein halbes Jahr bei ihm arbeitet. Er schwängert sie alle. Alle bekommen ein kleines Vermögen von ihm mit und tragen das Kind aus.*

Die provisorische Wohnstätte, die ich vor einem Jahr gefunden hatte, war allerdings von anderer Art. Ich war auf sie gestoßen, als ich aufs Geratewohl das steile Waldgefälle hinabgestiegen war. Nicht viele konnten von dieser Hütte gewusst haben, es gab keine Fußsteige in diesem unwegsamen Gelände.

Draußen vor dieser Behausung saß eine männliche Gestalt von verwüstetem Aussehen. Sein Verhalten wirkte zunächst ein wenig bedrohlich, er schaukelte mit seinem riesigen Körper vor und zurück und brummte dabei. Nachdem er mich dann mit wachsamem Blick gemustert hatte, wurde er lockerer, als hätte er mich wiedererkannt. Wir kamen ins Gespräch. Der Mann hatte lange Haare, einen schwarzen Vollbart, die Kleidung hing teilweise in Fetzen an ihm herab. Es vergingen mehrere Minuten, bis mir einfiel, wer er war. Panther Hansen. Wir waren gemeinsam beim Militär gewesen. Ich erinnerte mich, dass ich vor Jahren eine Vermisstenanzeige gesehen hatte, er hatte in Nittedal gewohnt, oder jedenfalls glaubte ich, dass es Nittedal war, und war in eine psychiatrische Anstalt eingewiesen worden. Vielleicht waren es die Leute aus der Klinik, von denen die Anzeige stammte. Viele Menschen verschwanden jedes Jahr spurlos.

Tja, dachte ich dort auf dem Steilhang, hier haben wir einen von ihnen, das heißt, ich dachte unmittelbar: Nanu, hier sitzt ja der verschwundene Mann.

Enok, so hieß er. Enok Hansen. Er muss gesehen haben, was ich dachte. »Keiner aus meiner Familie lebt noch«, sagte er. »Also erzähl keinem was. Mir geht's gut.«

Ich wurde neugierig, hatte Lust, ihn zu fragen, wie er hier draußen zurechtkam, verkniff es mir aber. Aus dem, was ich sah, gewann ich den Eindruck, dass ihm das Überleben keine Probleme bereitete. Ich dachte, dass er vielleicht in Hütten einbrach, oder in Häuser in Maridalen oder am Vettakollen.

An der Hüttenwand hing ein Elchgeweih. Eine Jagdtrophäe? Überall hingen wie zum Schmuck kleine weiße Tierschädel unterschiedlicher Größen, vielleicht von Rehen, Füchsen, Hasen, Eichhörnchen, ich weiß nicht. Mehrere Häute von Kreuzottern hingen von einem Stock herunter, der waagrecht über dem Eingang befestigt war. Das war so absonderlich, dass es schon an der Grenze zum Unheimlichen lag. In einem Kabäuschen sah ich einen Schinken und Teile von Tierkörpern an Seilstücken an der Decke hängen. In einem anderen »Zimmer« konnte ich Regale erahnen, viele Konserven. Mitten in der Hütte stand ein

Zeltofen von dem Typ, wie wir ihn beim Heer im Zwölfmannzelt verwendet hatten, mit einem Rohr, das durch das Torfdach lief. Und was war das? Ich bin mir ziemlich sicher, dass ich eine kleine Sammlung an Spielzeugen erkannte, eine Aufziehfigur, eine Matrjoschkapuppe, eine Schneekugel mit Landschaft.

War er verrückt? Unmöglich zu wissen. Er sprach mit ruhiger Stimme. Er sah aus wie eine Mischung aus einem Verrückten und einem Weisen aus dem Morgenland.

Zwischen den Kreuzotterhäuten hingen an Schnüren getrocknete Pilze. Es hätte mich nicht gewundert, wenn es Fliegenpilze gewesen wären.

Beim Militär also war es, wo ich Enok begegnet war, einem Riesen von fast zwei Metern. Ich kannte ihn nicht, wir hatten selten miteinander gesprochen, waren aber in derselben Einheit gewesen. Mir war aufgefallen, dass er ein übermäßiges Interesse zeigte für etwas, das er das Tao der Physik nannte, für Holismus und massenhaft solchen Hokuspokus sowie für Syd Barrett von Pink Floyd, überhaupt wirkte er wie ein Mystiker, war viel für sich allein. Er hatte die Star-Wars-Filme hunderte Male gesehen und meinte, wir sollten auch in der Armee Laserschwerter benutzen. Einmal in der Kantine redete er über Erich von Däniken und erklärte, vor langer Zeit hätten intelligente außerirdische Geschöpfe der Erde einen Besuch abgestattet. Er behauptete, sie würden bald zurückkehren, doch böse Wesen vom Planeten Barsoom würden sie daran hindern. »Wir werden uns bereithalten, Enok, du kannst auf uns zählen«, sagten wir und klopften ihm kameradschaftlich auf den Rücken, um unser Lachen zu verbergen. Bei den Übungen fanden wir heraus, dass er sich überaus gut auf das Schleichen verstand, er bewegte sich so geschickt und geräuschlos, dass wir ihn Panther Hansen nannten. Überhaupt war er viel eifriger bei der Sache als wir. Ich weiß noch, dass er beim Nahkampftraining alle Übungen mit einer Gewissenhaftigkeit ausführte, die schon beinahe erschreckend wirkte. Er erntete sogar Lob von unserem Ausbilder: »Seht euch Hansen an, der ist ein Naturtalent.«

Jetzt aber war sein Blick anders. Feurig, ein solcher Blick, wie man ihn bei fanatischen Glaubensanhängern sah. Eine alte, verschlissene Bibel lag neben der Eingangstür, so eine mit dünnen Seiten und goldenem Schnitt. Enok riss eine Seite heraus und drehte sich eine Zigarette damit. Einen Augenblick lang blieb er sitzen und starrte die Buchstaben an. »Der Prophet Jesaja ist besser als Rizla«, sagte er zufrieden und zündete die Zigarette an. Meines Wissens kam er aus einem tief religiösen Zuhause. Beim Militär hatte er manchmal aus dem Buch Ezechiel, dieser Schatzkiste für verwirrte Seelen, zitiert.

»Wichtig, das Lager zu tarnen«, sagte er und zeigte darauf. »Sie können es aus der Luft sehen, wenn sie mit ihren Schiffen kommen.« Von seiner Zigarette stieg ein anderer Duft auf als der von Tabak. »Wer?«, fragte ich. »Die Barsoom-Bewohner«, sagte er.

Wie unwirklich das doch war, hier draußen vor dieser versteckten Hütte in der Nordmarka zu sitzen, auf einem steilen Abhang, wo nur wenige oder gar niemand vorbeistreifte, es war, als befände man sich in einer Art Mittelalter, sozusagen Wand an Wand mit der Großstadt. Hier lebte er, ein Einsiedler, den man, wenn man es nicht besser wüsste, als einen Heiligen hätte betrachten können. Als hätte er meine Gedanken gelesen, zeigte er mir ein Heft mit unverständlichen Zeichen, sie sahen aus wie Maya-Schrift oder etwas Ähnliches, er behauptete, das sei eine Botschaft, die er bekommen habe, er habe eine Stimme im Herzen vernommen. Wusste er, dass ich Religionsgeschichte studiert hatte? »Wir müssen uns vor den Barsoom-Bewohnern versteckt halten«, sagte er. »Und nur Eisen kann uns schützen. Nur die Ketten können uns frei machen.« Enok, Panther Hansen, tätschelte einige Kettenstücke – als wollte er sich festketten oder den Eindruck einer Art Prometheus erwecken, als wollte er eine Heldentat vollbringen, sei aber von den Göttern gefesselt worden. Er musste die Ketten von den Hütten stibitzt haben, wo sie von den Dachrinnen herunterhingen. »Wir müssen der Kausalkette folgen«, sagte er, »Glied für Glied.«

Ich verstand nichts oder wenig von dem, was er sagte. Es war, als wäre ich auf einen Mr. Kurtz gestoßen, wie er so dasaß und vor sich hin murmelte im Herz eines finsteren Waldes. »Alle, die sich mit den Barsoom-Bewohnern verbündet haben …«, sagte Enok jetzt, »es gibt nur einen Weg, wie man sie umbringen kann.« Er schaute mich an, als müsste ich die Antwort wissen. »Im Schlaf«, sagte er. »Einzige Möglichkeit.« Er legte den Zeigefinger an den Hals, wobei er mir zugleich einen vielsagenden Blick zuwarf. »Aber pass auf deine Hände auf«, sagte er und deutete auf ein Paar dünner Handschuhe, das auf einem Baumstumpf neben dem Eingang zur Hütte lag. »Ihre Haut ist giftig.«

Er sprach langsam, normal, nicht wie ein Verrückter, aber er war verrückt, er war völlig durchgeknallt.

Ich warf einen verstohlenen Blick auf das Elchgeweih. Befestigte er es womöglich manchmal an seinem Kopf, um einen rituellen Tanz zu vollführen?

Um ein Haar hätte ich zu grinsen begonnen, aber ich hielt mich zurück. Enok Hansen konnte einem leidtun. Oder – ich musste mich wieder einmal korrigieren – vielleicht musste er einem gar nicht leidtun. Vielleicht ging es ihm gut. Sofern nur die Barsoom-Bewohner ihn in Frieden ließen.

Seltsam, dachte ich, als ich seine Hütte verließ. Fast wie eine Szene aus einem Märchen. Oder aus einem Traum. Dasselbe dachte ich jetzt, während ich den Abhang hinunterging. Ich schaute in alle Richtungen, konnte aber keine Spur von Panther Hansen oder der Hütte entdecken, über die ich vergangenen Sommer gestolpert war. *Man kann seinem Schicksal nicht entkommen, heißt es. Geschichte über eine Person, der das gelungen ist.*

Direkt beim Vestre Aurtjern gelangte ich auf einen Forstweg. Diesem folgte ich ein kurzes Stück, bevor ich zwischen den Bäumen in den Wald trat, und wieder war es, als überschritte ich etwas, eine Art Schwelle in eine andere Wirklichkeit, denn jetzt befand ich mich in einem Urwald, wo ich durch hohes Farnkraut watete und über auf dem Boden liegende, modernde Bäume hinwegschritt, ich bewegte mich am Rand eines Sumpfes voran, ehe ich das Plateau und die Kiefernheide an der Ostseite des Magnusputtens erreichte. Es war bald Abend und ich wanderte durch Luftschichten von unterschiedlicher Temperatur, eine warme Zone wurde jäh von einer kühleren abgelöst, ein Erlebnis, das ich mit meiner Kindheit in Romsås verband, wenn ich mit den Schienbeinschonern in der Hand und heruntergekrempelten Stutzen vom Fußballfeld kam und spürte, wie kalte und warme Luft abwechselnd an meinen Beinen entlangstrich, ein Gefühl, das jetzt allerdings dazu führte, dass meine Gedanken einen Zickzackkurs einschlugen: »Ich mach's«, »ich mach's nicht«, »ich mach's«, »ich mach's nicht«. Ich fand meinen fixen Lagerplatz auf einem über das Wasser hinausragenden Felsvorsprung. Den Rucksack ließ ich zwischen zwei kleinen Kiefern, an denen ich bei Schlechtwetter das Tarp zu befestigen pflegte, ins Heidekraut fallen. Der See lag ganz still. Auf der Oberfläche schwammen die Blätter der Wasserlilien. Und zwei Enten. Es kamen nie Menschen hierher. Niemand. Im Winter kerbte eine Loipe einen blauen Schnitt über das Wasser. Im Sommer war keine Menschenseele zu sehen.

Aber in einer Hütte nicht weit entfernt saß Gry Storefjeld. Um ihren Hals hing immer noch das Schmuckstück, das ich ihr geschenkt hatte.

Ein letzter Versuch.

Ich sitze nicht in einem Gerichtssaal, sondern in meinem Karakorum, und ich sehe den Weg nicht, der mich hierher geführt hat … ans Ende der Welt. Ich versuche, dem Geschehen zu folgen, aber es gelingt mir nicht, und anstatt mir anzuhören, welche Fragen Anklage und Verteidigung und die Besitzer an die Zeugen richten, bewegen sich meine Gedanken aus dem Gerichtsgebäude hinaus auf den davorliegenden Platz. Ich versuche, mir in der Erinnerung den C. J. Hambros plass zu vergegenwärtigen, die vier … nein, die fünf hier aufeinandertreffenden Straßen vor mir zu sehen, dort zu spazieren, Gebäude für Gebäude mit so vielen Einzelheiten wie möglich heraufzubeschwören, an die vielen Male zu denken, als ich in den Lokalen dieses Viertels gesessen bin und eine angenehme Zeit verbracht habe. Auch mit Gry. Wir hatten sogar hier eingekauft, Bettzeug bei Fru Lyng, Laufschuhe im Løplabbet. Wir waren im, wie hieß noch das Café … Herr Nilsen gesessen und viel mehr miteinander beschäftigt gewesen als damit, dem schlechten Jazz-Trio zuzuhören. Und jetzt saß ich hier und hörte, oder versuchte, nicht hören zu müssen, wie Zeugen davon berichteten, wie sehr ich Gry gehasst hätte.

Ich bin beeindruckt von der Gedächtnisleistung dieser Menschen, ich, dem das Erinnern so schwerfällt. Es scheint, als erinnerten sie sich an alles, was ich je gesagt oder getan habe. Als zwischen uns Schluss war, soll ich zu Gry gesagt haben: »Du wirst bald deiner Nemesis begegnen!« Eine Freundin von Gry behauptete das im Zeugenstand, und ihrer Auffassung nach musste ich schon damals meine Rache geplant haben.

Daran habe ich keine Erinnerung, und es stimmte mich freudig, als der Richter die Zeugin fragte, ob diese Äußerung in ihrer Anwesenheit getätigt worden sei. Es stellte sich heraus, dass ihr das lediglich berichtet worden war. Von Gry.

Es ist, als würde der Richter … Ich würde mir wünschen, dass er die Zeugin fragte, ob sie etwas über Nemesis und die griechische Mythologie wisse.

Es gibt eine Kluft zwischen … Ich muss mich von dem Gedanken befreien.

Wieder diese Erkenntnis … oder die Befürchtung: Meine Vorstellungskraft ist geschwächt. Sie reicht nicht mehr aus.

»Eine unfassbare Untat«, sagte ein Zeuge. Ausgerechnet diesen Satz habe ich mitbekommen. Das Wort »unfassbar« wird von vielen verwendet. Bestimmt auch von den Zeitungsschreibern. Das ist auch meine Meinung. Das alles ist unfassbar. Worte taugen nicht. Es gibt keine Worte für dieses … diese …

Je mehr Tage vergehen, desto deutlicher erkenne ich, mit was für einer Selbstzufriedenheit alle Beteiligten agieren. Oder mit welchem Stolz. Sie denken, sie seien im Begriff, einen beispielhaften Prozess abzuhalten. Wahrscheinlich wird auch in den Zeitungen viel darüber geschrieben. Dabei sollten sie allesamt viel … demütiger sein. Denn es ist, als ob sie sich dadurch, dass sie so viele Ressourcen auf diesen Fall verwenden und ihm so viel Platz in den Zeitungsspalten widmen, in den Glauben einlullten, solche Vorfälle (ich wähle bewusst ein so rundes Wort) würden sich niemals wiederholen. Aber das werden sie. Niemand kann sich vor schrecklichen Ereignissen schützen. Dem Unvorstellbaren. Wir glauben, wir seien vorbereitet, aber wir werden jedes Mal auf dem falschen Fuß erwischt. Egal, was wir tun – wir werden nie vorbereitet sein.

Selbstbetrug. Der ewige Selbstbetrug.

Sollte ich aufstehen und das sagen? Ich sitze still. Ich merke, dass der Richter mich ansieht. Als ob er … Fast ist es, als ob er …

Wahrscheinlich sehnt er sich einfach nach Hause zu seiner Frau. Zu einer Abendmahlzeit. Einem Kreuzworträtsel. Einem Glas Likör. Einer nichtssagenden Seifenoper im Fernsehen.

Ine Wang nahm erneut Kontakt mit mir auf, ich hatte es halb erwartet, oder nein, es kam wie eine Überraschung. Sie rief an. Sie wolle sich gern noch mehr mit mir unterhalten, sagte sie vorsichtig … *schonend* ist vielleicht das Wort. An ihre genauen Worte erinnere ich mich nicht. Irgendwas darüber, dass ihr noch ein oder zwei Teilstücke fehlten, damit das Porträt so gelungen ausfiele, wie sie es gern hätte. Fügte sie ein »für Gry« hinzu? Ich erinnere mich nicht.

Wieder durchfuhr es mich: »Sag nein.« Eine neue Chance, dieses ehrlose Vorhaben abzuwenden, diese … Leichenschändung. Die Leute würden es ohnehin garantiert schlecht aufnehmen.

Ich sagte zu. Wir verabredeten uns. »Sie können auf einen Brunch vorbeikommen«, sagte ich.

Ich backte. Wieso backte ich? Wollte ich sie beeindrucken?

Bevor sie kam, saß ich im Arbeitszimmer und schrieb an Pens, meinem Blog. Das Logo ist eine Eisenbahnweiche, wie ich sie von dem alten Märklin-Set in Erinnerung habe, das mein Vater aus seiner Kindheit aufgehoben hatte. Eine Linksweiche. Mir hat die Idee immer gefallen, etwas auf ein neues Gleis zu lenken, die Weichen zu stellen. Ein Y, eine Wegscheide. In meinen Augen bestand hierbei auch eine leichte Verwandtschaft mit Großvaters Erfindungen – Scharniere, Beschläge, Klinken, Dinge zum besseren Öffnen von Fenstern und Türen. Zwei Jahre war es her, dass ich den Blog eingerichtet hatte. Ich betrachtete das Schreiben dieser Beiträge als eine Pause, versuchte, jede Woche oder alle vierzehn Tage einen neuen hinzuzufügen.

Während des Wartens auf Ine Wang arbeitete ich an dem Entwurf für einen typischen Pens-Eintrag. Über Norwegen und das Öl. Darüber, dass das nichts Dauerhaftes sei. Über Wirklichkeitsverleugnung. Über die Notwendigkeit, sich auf andere Tätigkeiten zu verlegen, wenn sich die Umstände änderten, Umstände, die sich unserer Kontrolle entziehen. Ich fand ein Beispiel, kein so gutes vielleicht, aber ich wollte es trotzdem verwenden, schließlich handelte es sich nur um einen Blog, den nicht viele lasen. Wenn es plötzlich keine Nachfrage nach Öl mehr gebe, schrieb ich, dann würde Norwegen auf dem Abstellgleis landen. So wie gewisse Hafenstädte Südamerikas, man denke nur an Valparaíso in Chile, schrieb ich. Valparaíso hatte seinen Wohlstand darauf aufgebaut, dass Schiffe auf ihrer Seereise um das Kap Horn in dem Hafen anlegten, doch nachdem der Panamakanal gebaut worden war, war der Schiffsverkehr zum Erliegen gekommen.

Das wirkte zu weit hergeholt, ich löschte es wieder. Mir kam allmählich mein Scharfsinn abhanden.

Ich war nervös. Wieso war ich nervös?

Dann war sie da, ein Klingelgeräusch und ihre Stimme über die Gegensprechanlage. Ich erinnerte mich, dass ich sie gerade erst im Fernsehen gesehen hatte. Es hatte mehrere Wochen gedauert, bis ich es wieder über mich brachte, den Fernseher einzuschalten, doch am Abend vor ihrem Besuch hatte ich ihn gerade noch rechtzeitig angemacht, um das Ende einer Sendung zu sehen, in der Ine Wang über Arve Storefjeld sprach. Mir fiel auf, wie gut sie sich im Fernsehen machte, das dicke

Make-up wirkte fast natürlich. Lange blieb ich stehen und bewunderte sie, ehe mir klar wurde, dass sie dort saß und Arve Storefjelds »ambitiöse Verkehrspolitik« pries. Meine Stimmung wurde so gedrückt, dass ich abschaltete.

Nun aber schloss ich ihr die Tür auf, und bald darauf stand sie in meinem Arbeitszimmer und schaute sich neugierig die drei Bildschirme an, als glaubte sie, ich sei Börsenmakler, wobei sie gleichzeitig die Aussicht lobte. Auch mein Schreibtisch, dessen Unterlage mit großen Stücken Pauspapier beklebt war, faszinierte sie. Ein Blick genügte, dass ich antwortete: »Ich denke mir ein neues Buch wie eine Terra incognita, die ich dann langsam erforsche, mit Namen fülle, mit Sätzen, Strichen, Verbindungen, Netzwerken.« Sie lachte. Ich hörte, wie prätentiös, wie übertrieben sich das anhörte. Trotzdem fuhr ich fort: »Wenn alles voll ist, klebe ich ein neues Blatt darüber, fange sozusagen von vorn an, mit dem Unterschied, dass ich dann die Wörter, Sätze und Zeilen darunter erahnen kann, ich kann gewissermaßen obendrauf schreiben, denken, skizzieren, sie als Rampen benutzen.« Sie hob das oberste Blatt an, wie um die Wirkung zu testen. »Also schreiben Sie hier auch auf das Tischtuch?« Um ihren Mund spielte noch immer ein Lächeln. »Nennt man das nicht ein Palimpsest?«, fragte sie. »Ja, vielleicht können Sie es so sehen.« Es gefiel mir, dass sie das Wort Palimpsest kannte. Es war lange her, seit ich mit jemandem gesprochen hatte, dem das Wort Palimpsest geläufig war. *»Der Splitter«. Nach Schostakowitsch. (Stichworte auf einem Papiertischtuchzipfel.) Bei einem Unfall bekommt ein Mann ein Kristallstückchen ins Auge, woraufhin er in der Lage ist, dem Polizeisicherheitsdienst als Berater beizustehen. Dank dieses Mannes können mehrere Terroraktionen verhindert werden. Einem Meer scheinbar unbedeutenden Informationen gegenübergestellt, gelingt* *es ihm als einem von wenigen, alarmierende Teilstücke herauszufiltern und sie anschließend zu kombinieren. Der Mann mit dem Splitter im Auge besitzt die einzigartige Fähigkeit zu sehen, wie Daten, die scheinbar nichts miteinander zu tun haben, dennoch eine Verbindung aufweisen können.*

Sie bewegte sich langsam umher, wobei sie einen leichten, fast unmerklichen Parfumduft hinter sich herschleppte. Ein Duft von etwas ... Komplexem. Sie hatte weniger Make-up aufgetragen als beim letzten Mal. Im Eingang hatte sie eine Lederjacke aufgehängt, und sie trug eine weiße, klassische Bluse und dazu schwarze Jeans. Eng. Sie konnte es sich leisten, enge Jeans zu tragen.

Sie sagte etwas von wegen, dass es schön sein müsse, hier zu wohnen, dass man von hier aus direkt in das Waldgebiet der Marka gehen könne. Und auf dem Weg ins Wohnzimmer – jedenfalls glaube ich, dass es dort war – fragte sie, ob Gry und ich aktive Freiluftmenschen gewesen seien.

»Wir sind selten im Wald wandern gewesen«, sagte ich.

»Sind Sie manchmal im Wald?«

»Hin und wieder«, sagte ich, oder glaube ich, dass ich sagte. »Ist jetzt schon eine Weile her«, fügte ich hinzu.

Beim Magnusputten schnitt ich Fichtenreisig und breitete es so über das Heidekraut, dass die gebogene Seite nach oben zeigte – wie wir es schon in der Zeit der Birkhahnbalz in den Knabenjahren gelernt hatten, das Errichten einer nahezu federnden Matratze aus duftendem Harz und Tannennadeln. Ich suchte Holz, kramte die Birkenrinde aus dem Rucksack und zündete am Ufer ein Lagerfeuer an. Das war zu der Zeit nicht erlaubt, aber ich hatte vor vielen Jahren eine sichere Feuerstelle angelegt, mit Steinplatten als Unterlage und Steinen in einem

Kreis rundherum. Ich wollte den Duft riechen, der Duft ist mir das Liebste an Lagerfeuern, mehr noch als die Flammen, auch wenn mir mitunter beim Blick ins Feuer die reinsten Traumgebilde erscheinen können (mit Interesse habe ich in meiner Studienzeit Texte über den Zoroastrismus gelesen). Jeder hat seine eigene Theorie, wie man ein Lagerfeuer aufbauen, welche Form es haben soll – vom Lagerfeuerbauen zur Architektur ist es nicht weit –, auch ich hatte meine Präferenzen, ohne dass ich sie deshalb jemandem aufdrängen wollte.

Ich schaute mich nach den beiden Enten auf dem See um, konnte sie jedoch nicht entdecken. Es waren ein Männchen und ein Weibchen gewesen. Ein Paar. Ein gutes Zeichen, dachte ich.

Nach einer Weile suchte ich Kessel und Pfanne heraus, das Einzige, was ich noch hatte von der Sturmküche aus Aluminium, die ich einmal zu Weihnachten in Romsås von meinem Vater bekommen und meine gesamte Jugend hindurch fleißig im Wald benutzt hatte, für Haferbrei und so gut wie alle Suppenvariationen und Topfgerichte von Toro. Ich erinnere mich, was für eine Freude es mir machte, sie auszupacken, zu sehen, wie perfekt alle Teile ineinanderpassten – sie wurde zu einer Inspiration für die Überlebenspakete, mit denen ich mich später herumschlug.

Ich hatte eine kleine Kühlbox dabei, gerade groß genug für zwei Eier und ein paar dicke Scheiben Speck. Ich schraubte den Griff auf die Pfanne und stellte sie dort, wo die Glut am besten war, auf die Steine. Der Speck begann schon bei der ersten Berührung zu brutzeln. Ich wendete ihn ein paarmal, bevor ich die Eier aufbrach. Ich war hungrig. Oder, ich *bekam* Hunger von dem Anblick, dem Duft. Ich hatte die Gewohnheit, mir abends im Wald diese einfache Mahlzeit zuzubereiten, ich hatte das viele Jahre getan, schon seit ich die Hemingway-Erzählung »Der Kämpfer« gelesen hatte, in der Nick Adams, als er eines Abends vom Zug geworfen wird, zusammen mit zwei Fremden an einem Lagerfeuer sitzt. Mehr als an die Geschichte erinnerte ich mich an die Mahlzeit, die sie sich teilten. Es waren nur ein paar Sätze, aber die würde ich für den Rest meines Lebens in Erinnerung behalten, und ich bekam immer Hunger, wenn ich an diese Sätze dachte; irgendwas hatte das an sich, wie der eine Mann die Schinkenscheiben – ich dachte dabei immer an dicke Scheiben Speck – in die Bratpfanne legte und wie sie im Fett zu zischen anfingen, wie um die Eier herum das heiße Fett siedete und wie sie den Schinken und die Eier auf Brote legten und die Männer zum Schluss die Brotreste in das warme Schinkenfett tunkten, das ganz besonders. Seltsam. Eine Meistererzählung, und alles, was einem in Erinnerung bleibt, ist der im Fett brutzelnde Schinken.

Ich legte ein paar Scheiben Brot auf den Teller und lud den Speck und die Eier darauf. Ich wartete kurz, und dann aß ich. Dachte ich an Gry? An Gry, die sich nur ein paar Kilometer weit entfernt befand? Just in dem Moment dachte ich nicht an sie. Ich füllte den rußschwarzen Kessel mit Wasser und stellte ihn über das Feuer. Als das Wasser kochte, schüttete ich Kaffee hinein und ließ ihn ziehen.

Es fällt mir schwer, das Wohlgefühl zu beschreiben, das mich stets an einem Lagerfeuer überkommt (abgesehen davon, dass das sicherlich mit einer Ursituation zu tun hat). Immer wenn ich die Flammen tanzen sehe, wenn mir der Rauchgeruch in die Nase steigt, tauchen Erinnerungen an frühere Übernachtungstouren auf, auch an diejenigen, die ich gemeinsam mit anderen unternommen habe. Gesprächsbrocken, Erzählungen, Diskussionen. Auch zu Hause habe ich mit meinem Vater die schönsten Momente erlebt, wenn wir in der großen Wohnung in der Bygdøy allé vor dem Kamin saßen. Während er dafür sorgte, dass das Feuer schön brannte, kam er auf Dinge zu sprechen, über die er sonst nie gesprochen hätte.

Ich schaute dorthin, wo das Blau der Flammen am stärksten war. Dann tauchte sie auf und füllte das ganze Bewusstsein aus. Gry. Ich konnte umkehren, zurückgehen, nach Hause gehen oder frühmorgens zum Fagervann aufbrechen. Ich starrte wie in Trance in die Flammen. Plötzlich war es, als stünde ich vor einem brennenden Busch. Als vernähme ich einen Ruf. Ich musste weitergehen, ich musste zu dieser Hütte, ich musste mich Gry zeigen. Vor ihr stehen. Ich hatte keine Botschaft, ich musste nur etwas an seinen rechten Platz zurückdrehen.

Das Unvorstellbare. Warum sollte sich das Unvorstellbare nicht noch einmal ereignen?

Jetzt keine Wankelmütigkeit zeigen, sagte ich zu mir, oder besser gesagt, sprach ich zu den Flammen. Allein dass ich dort auf der Treppe stünde, würde ihr, würde uns eine letzte Chance geben. Der Rest lag bei Gry. Ganz gleich, wie das Ergebnis ausfiele, wäre etwas geheilt. *Ein Mann begibt sich auf die Suche nach einer früheren Geliebten, die jetzt in Australien lebt. Er sucht aufs Geratewohl, kennt ihren Wohnort nicht. Sucht in Wagga Wagga, in Oodnadatta, in Woolloomooloo. Nach zehn Jahren findet er sie in Wandering, an der Westküste. »Wieso hast du so lange gebraucht?«, sagt sie.*

Auf einer Party, ein halbes Jahr nachdem wir uns getrennt hatten, soll Gry eine temperamentvolle Rede gehalten haben, in der sie sagte, dass sie nicht an die Liebe glaube. Von einer ihrer schadenfrohen Freundinnen hatte ich gehört, Gry sei barfuß auf den Tisch gesprungen, habe das Weinglas erhoben und proklamiert, die Ehe gehöre ins Steinzeitalter. Erlöse uns von der Liebe! Das musste ein Widerhall gewesen sein von etwas, das sie gelesen hatte. Doch nun war sie also mit einem neuen Mann zusammengekommen, noch dazu mit einem von äußerst zweifelhaftem Kaliber, und erzählte allen, es sei was Ernstes.

Ich musste sie retten. Zumindest aber musste ich sie davon abhalten, diesen Franzosen zu heiraten. Er war schlicht und einfach nicht gut genug für sie. Das lag nicht daran, dass er Norwegisch mit einem idiotischen Akzent sprach (ich dachte ihn mir immer wie einen Inspektor Clouseau), sondern daran, dass es seinen Filmen so vollkommen an Wert fehlte. Ich hatte mich gezwungen, mir ein paar davon anzusehen, und das war nachgerade eine Folter gewesen. Unerträglich die Vorstellung, wie sie sich rittlings auf ihn setzte. Ich wollte nicht einmal, dass er ihre eher vulgären Seiten kennenlernte. Ich warf das letzte Stück Brennholz ins Feuer und erinnerte mich an Dinge, die ich fast vergessen hatte und an die ich nicht zu denken versuchte, die mir aber nichtsdestoweniger im Kopf umherschwirrten. Wie etwa, dass Gry nicht zu denjenigen gehörte, die sich um die Bikinizone oder generell um Behaarung kümmerten. Eines Winters trat sie mit Pelzmütze und einem altmodischen Muff, so einem, in den man seine Hände hineinstecken kann, im Schulhof an – ich hörte sie sagen, dass er ihrer Urgroßmutter gehöre. Sie sollten eine Szene aus einem Tolstoi-Roman nachspielen. Ein paar Jahre danach lag sie nackt neben mir, stieß mit ihrem üppig bewucherten Geschlecht gegen meinen Schwanz und flüsterte: »Komm in meinen Muff.« So war sie. Und hier saß ich jetzt und verabscheute den Gedanken, dass sie dasselbe zu diesem widerlichen Franzmann sagen würde.

Ich hob den Blick vom Feuer und schaute auf den See hinaus. Ich kann immer noch umkehren, dachte ich. Morgen früh kehre ich um und gehe zum Fagervann, sagte ich laut in die Luft.

Der Magnusputten lag da wie ein schwarzer, bodenloser Krater.

Ich weiß, in den Medien wird jede kleinste meiner Regungen verfolgt, sicher kommentieren sie sogar die Art und Weise, wie ich nach der Karaffe greife und mir Wasser einschenke. Sollte ich auf den Gedanken verfallen, dem Verteidiger etwas zuzuflüstern, würde das für Schlagzeilen sorgen: »Berge spricht!« Keinem gefällt es, dass ich mich für das Schweigen entschieden habe. Oder vielleicht doch – es schafft größeren Raum für … Spekulationen. Die Psychologen und Psychiater erleben gute Tage, ich schätze, allein ihre Rivalitäten untereinander werden schon als eine Form der Unterhaltung betrachtet, wie eine Art »sideshow« zur Hauptattraktion. Wie aber konnten sie, ein ganzes Korps, tagaus, tagein hier sitzen, alle mit eigenartigen Brillen? Mussten sie nicht in die Arbeit, in ihre Praxen?

Manchmal schaue ich mich verstohlen nach meinem Vater um, als glaubte ich, er befände sich im Publikum. Ich denke an das Überlebensset, das er mir geschenkt hat. Das kann mir jetzt nicht helfen. Nach allem, was ich mitbekommen habe, hat mein Vater beim Polizeiverhör nichts von Interesse gesagt, weder Anklage noch Verteidigung wollten ihn als Zeugen aufrufen. Ich kann verstehen, dass er nicht hier im Saal sitzen möchte. Zum allgemeinen Spott. Ich weiß noch, wie sehr ihm der Tod meiner Mutter naheging, und doch stand es ihm gut, Witwer der verunglückten Maj Runesen zu sein, er hat dadurch sogar Stimmen gewonnen, auch weil meine Mutter eine Art, wie soll ich sagen … heroischen Tod gestorben war. Es wurde behauptet, sie habe das Leben dreier junger Menschen gerettet. Und dann passiert das hier und zerstört alles. Sein Sohn. Der Hass eines ganzen Volkes. Ich habe gehört, jemand soll ihn angespuckt haben, als er auf dem Weg nach Hause war. Ins Gesicht. Welches Leid er erdulden muss. Vater eines Massenmörders. Welch unbeschreibliche Enttäuschung muss ich für ihn sein. Als ich in Untersuchungshaft saß, hat er darum gebeten, mit mir sprechen zu dürfen. Ich konnte es nicht. Ich glaube … Ich weiß, ich sollte mit ihm reden, aber ich werde nie die Worte dafür finden können, es würde ihn nur noch niedergeschlagener machen.

Ich bin in Karakorum. Ich bin am Ende der Welt.

Auch wenn es die Hölle ist, hier zu sitzen, und auch wenn ich versuche, die Zeit mit Gedanken an andere Dinge vergehen zu lassen, bin ich, wie gesagt, aufgewacht, als die Zeugen der Reihe nach hereingeführt wurden. Es kommt vor, dass ich mit einer Aufmerksamkeit, die man Interesse nennen könnte, das Gesagte verfolge … oder mit Unglauben angesichts dessen, was ich über mich selbst zu hören bekomme, insbesondere von den Zeugen seitens der Anklage. Vieles davon verblüfft mich. Zum Beispiel, was einzelnen AUF-Mitgliedern zu sagen einfällt. Ich hätte geglaubt, sie hätten sich keine spezielle Meinung über mich gebildet, doch wie es aussah, hatten sie viel über mich nachgedacht, hatten eine Menge zu sagen, was … seltsam war. Wie wenn … Ein früherer AUF-Leiter sagte, und das ohne Augenzwinkern, ich hätte schon immer an einem Messias-Komplex gelitten. Ich gestehe, dass ich nach dieser Behauptung nach der Wasserkaraffe greifen musste, obwohl mein Glas noch nicht leer war. Eine junge Frau, mit der ich nie ein Wort gewechselt hatte, die aber Psychologie studierte, meinte, ich sei ein typischer Narzisst. Ich erinnere mich nicht an die Beispiele, die sie dafür angeführt hat – ich musste schon genug damit zu tun gehabt haben, mich aufrecht im Stuhl zu halten –, aber ich erinnere mich, dass von den Publikumsplätzen ab und zu gedämpftes Lachen ertönte. Und dass der Richter um Ruhe bat. Und dass er mir verstohlene Blicke zuwarf, wie um aufzupassen … um zu sehen, wie ich es aufnahm. Von mehreren wurde behauptet, ich sei ein junger Mann, der auf die schiefe Bahn geraten sei, dass die Erwartungen mich verdorben hätten. Ich saß da und schielte zu ihnen hinüber, erinnerte mich an Unterhaltungen, die wir auf Utøya oder in Versammlungsräumen in der Stadt geführt hatten, ja, sogar in Cafés, und jetzt redeten sie über meine gewalttätige Eifersucht, meine Aggressivität, meine Gefühllosigkeit, meine … fehlende Empathie. Letzteres wurde zu einem Kehrreim, obwohl ich früher keinen von ihnen jemals das Wort Empathie hatte verwenden hören.

Die ganze Zeit denke ich: Vielleicht haben sie recht.

Manchmal ist es, als würde ich gleich in Tränen ausbrechen. Besonders dann, wenn von der kleinen Sylvie, dem talentierten Kind, die Rede ist. Der bloße Gedanke an … Es ist unmöglich, nicht … Ich zwinge mich, die Maske aufrechtzuerhalten, ich sehe die Kommentare schon vor mir: Er weint! Zum Tränenvergießen ist es jetzt zu spät!

Noch immer nichts zu sehen von Ine Wang. Hatte ich erwartet, sie hier zu sehen? Ich weiß nicht. Ist sie vielleicht … Schämt sie sich vielleicht für das, was zwischen uns vorgefallen ist?

Ich übertreibe. Hier zu sitzen ist nicht die Hölle. Es ist einfach nur sinnlos. Wieder und wieder versuche ich, eine Erklärung zu finden, warum ich hier in Gerichtssaal 227 sitze und nicht auf einer Bank am Studenterlunden oder zu Hause am Schreibtisch, die Augen auf die übereinandergeschichteten Lagen Pauspapier gerichtet. Ich finde keine Erklärung. Das alles ist unbegreiflich. Es ist, als ob die Vorstellungskraft in Valen zurückgeblieben wäre, als ob … Ich weiß nicht.

Als Ine Wang mich auf dem Nordberg interviewte, interessierte es sie sehr, dass die Wohnung meiner Mutter gehört hatte, sie schaute sich die ganze Zeit um, wie auf der Suche nach einem Schlüssel. Sie fragte, wobei sie sich quasi gleichzeitig für die Frage entschuldigte, ob ich noch mehr über meine Kindheit und Jugend erzählen könne, wogegen ich nichts einzuwenden hatte, ich hatte eine ganz normale und schöne Kindheit in Romsås verlebt. Es war mir auch erst klar geworden, dass wir reich waren, zumindest aber mehr als genug Geld hatten, als wir hinunter in die Bygdøy allé übersiedelten.

Was genau ich sagte, weiß ich nicht mehr, aber mehrere wesentliche Punkte habe ich ausgelassen. Wie etwa, dass für mich alles, oder vieles, im Alter von zwölf Jahren auseinandergebrochen war.

Ich habe oft über das mit der Freiheit nachgedacht, und das nicht weniger, nachdem ich in Untersuchungshaft gesessen bin. Auch in politischen Kreisen wird viel über Freiheit gesprochen. Darüber, dass es ein Hauptanliegen sei, den Menschen immer größere Freiheit zu verschaffen. Dass jedem Menschen die Freiheit zustehen müsse, das zu werden, was er will. Aber ist das nicht eine gewaltige Illusion? Der Mensch ist ja von Haus aus unfrei. Zumindest in der Hinsicht, dass man sich weder seine Eltern, sein Geschlecht, sein Aussehen, das Land noch den historischen Moment seiner Geburt ausgesucht hat. Womit man darüber hinaus zu kämpfen hat, sind eigentlich Kleinigkeiten.

Trotzdem: Meine Voraussetzungen waren die besten.

Im Alter von zwölf Jahren wurde mir bewusst, welch hohe Erwartungen die Menschen in mich setzten. Und dass ich sie enttäuschte. Zu der Zeit war es auch, als ich erkennen musste, welche Schwierigkeiten es mir bereitete, vor versammelter Menge zu stehen, selbst das laute Vorlesen in der Klasse war eine Prüfung. Die Schüchternheit war eine Sache, schlimmer war jedoch, dass mir das Sprechen fast nicht gelang, unser Lehrer glaubte lange, ich hätte einen Sprachfehler. Ich musste an einen Mann denken, den ich ständig in der Nachbarschaft in Romsås sah, ein gut gekleideter Mann mit dem Aussehen eines Filmstars. Ich bewunderte ihn. Eines Tages kam ich beim Einkaufen hinter ihm in der Warteschlange an der Kasse zu stehen, und da hörte ich ihn zum ersten Mal sprechen. Der Mann hatte eine lustige Piepsstimme. Was für eine Enttäuschung. So war es bei mir ebenfalls, nur dass es bei mir nicht um die Stimmlage ging. Ich konnte mich nicht ausdrücken, ich redete daher wie ein Hanswurst. Ich, der mehrmals mit angehört hatte, wie gut Vater im Redenhalten war, wusste, dass ich mich zum Gespött machte, wenn ich gezwungen war, auf einem Podium den Mund aufzumachen.

Erst mit Erreichen der Teenagerjahre ging mir auf, dass ich theoretisch etwas Einzigartiges darstellte. Ich war das Produkt der Vereinigung zweier Ap-Dynastien: Olaf Berge, der mit seinem ganzen Groruddal-Industrie-Ballast daherkam, und Maj Runesen als Angehörige des eigentlichen Arbeiteradels in Odda, deren Vater vor seinem Wirken als Berufspolitiker im Schmelzwerk gearbeitet hatte – allein bei dem Wort »Schmelzwerk« entblößten viele ältere Ap-Mitglieder das Haupt – und deren Mutter phasenweise in der Küche des alten Hardanger Hotels gestanden hatte. Bei meiner Geburt lebte mein Großvater mütterlicherseits nicht mehr, und an meine Großmutter habe ich nur vage Erinnerungen von einem Besuch in Odda als Vierjähriger, kurz vor ihrem Tod. Als Junge hörte ich von

Mutters Kindheit in der Folgefonngata und ihrer Jugend in den Sandeblokkene, sie war fast nicht zu stoppen, wenn sie von den Murboligen-Arbeiterwohnungen und von der Ungdomshallen und dem Folkets hus zu erzählen anfing. Einmal vertraute sie mir an, sowohl ihre Eltern als auch die meines Vaters hätten eine mehr als nur normale Begeisterung darüber gezeigt, dass sie und Olaf heiraten wollten, es hätte nicht viel gefehlt zu einer arrangierten Ehe, lachte sie. Meine Mutter fühlte sich fast wie in einem Jane-Austen-Roman, in einem Universum, in dem das Wichtigste von allem die Eheschließung war. »Du weißt ja – wir waren das Superpaar der Sozialdemokratie«, sagte sie, oder lachte sie, und stupste mich dabei an. Bei derselben Gelegenheit hatte sie mir verraten, und ich weiß nicht, ob es mir gefiel, das zu hören, dass ich bei einem Besuch in Dänemark entstanden sei. Vater und Mutter gehörten zu jenen Repräsentanten der Ap, die nach Dänemark gereist waren, um beim Begräbnis Jens Otto Krags im Sommer 1978 dabei zu sein. Mein Vater bewunderte den dänischen Politiker, ich glaube, er betrachtete sich als eine norwegische Version des früheren dänischen Ministerpräsidenten. Mutter sagte das nicht geradeheraus, aber ich verstand, dass dadurch die Erwartungen noch höher waren – nicht nur war ich gleichsam ein Abkomme zweier guter Zuchttiere, sondern meine Empfängnis war sozusagen obendrein von beinahe sakralen sozialdemokratischen Umständen begleitet.

Aus ihm wird etwas Großes. Anfangs hielt ich das für einen Scherz, etwas, was man über alle Kinder sagte. Nach und nach aber begriff ich, dass die Leute es wirklich so meinten. Sie dachten dabei an meinen Vater, der für seine schon beinahe bedrohliche Redegewandtheit bekannt war, und an meine für ihren Scharfsinn und ihre administrativen Fähigkeiten hochgelobte

Mutter. Ein Knabe mit zwei so begabten Eltern war ausersehen zu … für eine bedeutende Stellung in der norwegischen Gesellschaft.

Was das betrifft, war das Wort »Messias-Komplex« des AUF-Zeugen durchaus nicht aus der Luft gegriffen. Aber nicht ich war es, der daran litt.

Sie gaben mir die Namen meiner Großväter, der zwei Arbeiterpartei-Riesen aus Odda beziehungsweise Furuset, Daniel Nicolai, aber ich benutzte nur letzteren, der erste war zu gewaltig, zu biblisch und zu schwer beladen mit Propheten-Konnotationen, sofern es nicht das ganze kraftsozialistische Erbe war, von dem ich mich weigerte, ein Teil zu sein. *Wer bin ich? Ein junger Mann in der Umbruchphase gerät darüber ins Nachdenken, dass er sechzehn Ururgroßeltern hat und nichts von ihnen weiß. Er beginnt, sie zu studieren, einen nach dem anderen, und spürt, wie er langsam aufgespalten wird. Endet damit, dass er schizophren wird. (Aufheben. Kann was werden.)*

Überhaupt gab es vieles, was die Leute nicht über meine Mutter wussten. Obgleich sie als fähig galt, respektiert wurde, blieb sie für die meisten nur eine Gestalt im Hintergrund. Meine Mutter machte nicht viel Aufhebens um sich. Das mochte auch ein Protest gegen meinen Vater gewesen sein, von dem sie meinte, er mache zu viel Wirbel um seine Person.

Mutter hatte ein Geheimnis. Sie trank.

Ich weiß nicht, ob sie in Romsås trank. Erst als Teenager ging mir auf, dass sie nur selten Essen kochte und dass sie an häuslichen Tätigkeiten völlig desinteressiert wirkte, es war mein Vater, der sich dieser Dinge annahm. Nach der Arbeit lag sie meist auf dem Sofa und las Graham Greene – mit einem kleinen Glas Armagnac neben sich. Graham Greene und Armagnac gehören zusammen, behauptete sie. (Nachdem ich selbst angefangen hatte, Graham Greene zu lesen, dachte ich, es hätte eher Whisky sein müssen. Oder Gin.)

Glaubt man den Anekdoten, war es meine Mutter, die darauf bestanden hatte, dass wir in Romsås wohnten, ganz oben im Groruddalen, wo ja auch die Familie meines Vaters ihre Wurzeln hatte – hier in diesem Tal war es gewesen, wo mein Großvater seine Metallwarenfabrik aufgebaut hatte. Meine Mutter betrachtete Romsås als sozialdemokratisches Paradebeispiel für ein gelungenes Wohngebiet, mit ringförmigen Straßen rund um die weißen Häuserblocks, sechs Wohnungsgenossenschaften nahe am Wald, mit großen, luftigen Wohnungen, einer gediegenen Aussicht und leichtem Zugang zu allen Einrichtungen: Kindergärten, Schulen, Lebensmittelläden, Einkaufszentren, Bibliotheken. »Romsås ist für die Ap, was der Holmenkollåsen für die Konservativen ist«, sagte sie. Aber es war offensichtlich, dass es meinen Vater in die Stadt zog, im Sommer konnte ich jeden Abend sehen, wie er mit einer Zigarette auf der Veranda stand und glücklos auf das Stadtzentrum hinunterstarrte. Zudem glaube ich, dass er nicht recht begreifen konnte, was mit Romsås geschah, nämlich dass das Milieu in einem immer größer werdenden Ausmaß von Familien mit Migrationshintergrund geprägt war. Ich weiß nicht, was Mutter und Vater zueinander sagten, ob mein Vater ihr ein Ultimatum stellte oder nicht, doch als ich mit der weiterführenden Schule beginnen sollte, zogen wir in die Stadt, in Großvaters alte Wohnung in der Bygdøy allé. Und jetzt war meine Mutter an der Reihe mit Unglücklichsein. Nach zwei Jahren gingen sie auseinander – laut meinem Vater war es eine vorbildliche und zivilisierte Scheidung – und Mutter zog auf den Nordberg. Sie betrachte es als ein Sanatorium, sagte sie zu mir. Sie wollte weg von dem Lärm und den Abgasen. Mein Vater blieb in der Bygdøy allé, direkt neben den morschen Kastanienbäumen.

Ich war natürlich blind gewesen, denn erst jetzt fiel mir auf, dass sie trank. Das kleine Glas Armagnac, das ihre Graham-Greene-Lektüre begleitete, war bloß ein Ablenkungsmanöver. Ich hatte geglaubt, das sei alles, was sie trank, sie erweckte fast den Eindruck, als habe sie ein schlechtes Gewissen, weil sie sich jeden Abend nach dem Essen ein paar Zentiliter gönnte. Ich dachte mir, jemand, der mit einem verschmitzten Lächeln und einem Buch auf dem Sofa lag, während Frank Sinatra leise im Hintergrund »You Make Me Feel So Young« sang, müsse ein Mensch ohne wie auch immer geartete Probleme sein.

Meine Mutter arbeitete als Sachbearbeiterin im Sozialministerium, das in den 1990er Jahren zum Sozial- und Gesundheitsministerium wurde, und dort, im Regierungsviertel, in einem Ministerium, das sich der Volksgesundheit widmete, saß meine Mutter und soff sich zu Tode. Vielleicht hatte jemand es bemerkt, aber geschwiegen. Auch in der Presse wurde kein Wort darüber geschrieben – sofern sie denn davon wussten. Den Grund ihres Trinkens kenne ich nicht, ich weiß nur, dass Kausalzusammenhänge oft unklarer sein können, als wir es gern hätten. Vielleicht trank sie, weil sie ein Mensch mit Hemmungen war und den Alkohol zum Auftauen benötigte. Oder weil mein Vater all seine Zeit auf die Politik verwendete und sie in der Ehe verschmachtete. Oder – wer weiß – weil sie Vestlandet vermisste. Mochte sie womöglich einfach den Zustand des Betrunkenseins? Vor dem Mauerfall hätte es immerhin ein wenig Spannung in ihren Alltag gebracht, wenn jemand sie der Spionage verdächtigt hätte – denn es war eine unumstößliche Tatsache, dass meine Mutter Umgang mit Osteuropäern pflegte und dass diese Namen trugen wie Tovaritch und Smirnoff, Wyborowa und Zubrówka –, aber in all diesen Jahren war nun also Mutters Alkoholsucht von niemandem erwähnt worden, und vielleicht sagt das am meisten aus über ihr Arbeitsumfeld, über die Blindheit, die entstehen kann in jenem grauen Gewimmel, das nüchtern Staatsverwaltung genannt wird. Andererseits verrichtete sie ihre Arbeit tadellos, sie war eine große Bereicherung für das Ministerium – besonders in Ap-Kreisen wurde sie für ihre Arbeit als treibende Kraft in wichtigen gesundheitspolitischen Fragen gelobt, sie zeichnete sogar für eine Regierungsentscheidung verantwortlich, die im Parlament als ein Meilenstein gehandelt wurde.

Im Nachhinein habe ich mir vorgeworfen, dass ich zu wenig getan habe. Bei einer Gelegenheit allerdings habe ich es versucht. Ich habe sie auf das Trinken angesprochen, ihr erklärt, dass ich mir Sorgen mache. »Du verstehst das nicht«, sagte sie nur. »Danke«, sagte sie und umarmte mich. »Es geht mir sehr gut.« Ratlos blieb ich zurück.

Es kommt vor, wenn ich nachts wach liege, dass ich mich frage, ob meine Mutter auch deshalb getrunken haben mag, weil ich eine so große Enttäuschung war.

Seit ich ein kleiner Junge war, wollte ich ein Beschützer sein. An der Tiurleiken-Schule hatte es eine üble Bande gegeben, Rowdys der schlimmsten Sorte. Ein kleiner Junge wurde besonders gequält, und eines Tages wollten sie ihn »taufen«, indem sie seinen Kopf ins Klo steckten. Ich sah, dass er das nicht verkraften würde, dass dieses Ereignis ihn sicherlich für den Rest seines Lebens zugrunde richten würde. »Nehmt mich stattdessen«, sagte ich, ohne dass ich wusste, woher ich den Mut dazu nahm. Ich glaubte auch nicht, dass sie es tun würden, aber sie taten es. Zuerst pissten einige von ihnen in die Kloschüssel, dann legte einer von den Rohlingen noch einen anständigen Haufen obendrauf, danach drückten sie mein Gesicht in das stinkende Loch und betätigten über meinem

Kopf die Spülung, so dass ich mich in einem Strudel aus Urin und Scheiße befand. Mit einem Gedanken konnte ich mich immerhin trösten, als ich zu Hause unter der Dusche stand, nachdem ich die letzten Stunden geschwänzt hatte: Dass diese Handlung irgendetwas in dem kleinen Pimpf bewirkt haben müsste, etwas, das ihn dazu bewegen würde, die richtigen Entscheidungen zu treffen. Ich dachte auch, dass dies dem Rest meines Lebens Sinn verleihen würde. Ich hatte einen Menschen gerettet, ich hatte nicht umsonst gelebt. Aber so kam es nicht. Der Kleine entschied sich dafür, sich den Rowdys anzuschließen. Alles ging schief. Wir zogen um, und ich verlor ihn aus den Augen. Vor Jahren habe ich gehört, dass er sich als Zuhälter betätigt haben und schon im Gefängnis gesessen sein soll. Manche Menschen wollen nicht beschützt werden.

Wie gesagt: Das mit der Freiheit, die Vorstellung, dass alles gut wird, solange dem Menschen nur die Wahlfreiheit gelassen wird, ist eine Illusion.

Einmal in den Sommerferien fuhr meine Mutter nach Hause nach Odda. Sie fuhr gern Auto, sie hatte sich einen kleinen Audi gekauft, sie fand, es passe gut, dass das Wort auf Lateinisch »Horch!« bedeuten konnte, denn das tat sie, wenn sie fuhr, und sie fuhr oft lange und schnell, und fast immer hörte sie dabei Frank Sinatra. Das sei ein bisschen komisch, erzählte sie mir einmal, denn zuerst sei sie voller Begeisterung für Nancy Sinatra gewesen, ihr Hit »These Boots Are Made for Walkin'« habe sie dazu veranlasst, aus Odda aufzubrechen und nach Oslo zu gehen, um zu studieren. Ein Freund meiner Eltern erzählte mir, meine Mutter habe bei ihrer Hochzeit »Somethin' Stupid« gesungen, worauf alle wie vom Donner gerührt dagestanden wären, denn sie hatte eine warme und besondere Stimme, niemand habe verstehen können, warum sie nicht öfter gesungen habe. Durch »Somethin' Stupid« aber, das Nancy ja im Duett mit ihrem Vater singt, hatte Mutter Frank Sinatra entdeckt und war völlig hingerissen – wohlgemerkt von der Version der 1950er Jahre, dem Frank Sinatra der ersten Comeback-Phase. Die Hintergrundmusik meiner Kindheit waren somit LPs wie *Songs for Young Lovers*, *In the Wee Small Hours* und *Songs for Swingin' Lovers!*. Meine Mutter meinte, Frank Sinatra sei eine Inspiration für ihre politische Arbeit, weil es bei allem, sagte sie, auf das Timing ankomme, darauf, zu wissen, wann eine kontroverse, aber wichtige Reform durchgeboxt werden könne.

Spät eines Samstagabends, während eines Besuchs bei einer Cousine in Odda, beschloss Mutter plötzlich, nach Oslo zurückzufahren. »Ich liebe es, in der Nacht hinterm Steuer zu sitzen«, sagte sie, »besonders, wenn es so hell ist wie jetzt.« Davon, dass sie gern schnell fuhr und es noch leichter war, schnell zu fahren, wenn wenige Autos auf den Straßen waren, sagte sie nichts. »Du hast doch getrunken«, sagte die Cousine. »Das letzte Glas ist schon eine Weile her«, sagte Mutter, gleichsam beleidigt. Was die Cousine nicht wusste, war, dass meine Mutter stets einen kleinen »Notproviant« im Handschuhfach mitführte, eine kleine Flasche mit einem Spionagenamen auf dem Etikett. Ich schätze, dass diese Flasche bereits leer war und in einem Mülleimer lag, noch bevor meine Mutter das Zentrum verlassen hatte und auf die Brücke hinauf abgebogen war. Und südlich der Stadt, auf der Straße, die am Wasser entlangläuft, kam ihr ein Auto entgegen, es geschah mitten in einer der wenigen Linkskurven, und das andere Auto fuhr mit so hoher Geschwindigkeit, dass es auf die falsche Fahrbahn geriet. Ich habe mir immer vorgestellt, dass meine Mutter vielleicht ein Ausweichmanöver vorgenommen hat, indem sie den Wagen nach links riss, aber ich glaube, sie hat sich bewusst entschieden, das Lenkrad nach rechts herumzureißen und dadurch von der Straße abzukommen, über den Steinrand hinaus, der hier zum Teil kaputt oder abgetragen war, so dass er als Rampe fungierte, und dann ab ins Wasser, und das sogar an einer der wenigen Stellen, wo es ziemlich tief war. Wie sich herausstellte, waren die drei Jugendlichen, einschließlich des Fahrers, betrunken gewesen. Von Mutter jedoch wurden keine Proben genommen, es dauerte auch lange, bis das Auto mit ihr darin aus dem Wasser geborgen werden konnte. So wurde sie eine Art Heldin. Zwei der Jugendlichen aus dem anderen Wagen waren noch dazu Mitglieder der AUF Odda gewesen.

Ich habe versucht, den Anblick vor mir zu sehen. Der Audi, der durch die Luft fliegt und dann mit meiner Mutter im Wasser versinkt. Wer weiß, ob sie überhaupt herauszukommen versucht hat. Wer weiß, ob sie nicht völlig zufrieden war mit der Situation. Tönte Frank Sinatra aus der Anlage? »Too Marvelous for Words«? (Frank Sinatra hätte sich wohl befreien können, Mutter hatte erzählt, vor seinem Comeback in den 50er Jahren habe er durch möglichst langes Schwimmen unter Wasser seine Lungenkapazität trainiert.)

Als meine Mutter starb und ich auf den Nordberg übersiedelte, gab es in der Wohnung erstaunlich wenig, das weggeworfen werden musste, im Großen und Ganzen nur Kleidung und leere Flaschen. Der Safe, den sie sich aus nicht nachvollziehbaren Gründen angeschafft und dessen Kombination ich auf einem Blatt Papier mit dem Briefkopf des Ministeriums in der Nachttischschublade gefunden hatte, war voller leerer Flaschen, warum, weiß ich nicht, vielleicht wollte sie die Illusion aufrechterhalten. Sie war eine Spionin, pflegte Umgang mit Polen und Russen, Wyborowa und Smirnoff.

Meine Mutter war eine Leserin, doch abgesehen von Graham Greenes gesammelten Werken standen nicht viele Bücher in dem kleinen Bücherregal, und nur eines davon habe ich selbst gelesen: *Bleak House* von Charles Dickens. Den zahlreichen Unterstreichungen entnahm ich, dass es sie sehr gefesselt haben musste. *Eine unverheiratete Frau, eine eifrige Leserin, findet im Zug einen liegen gelassenen Roman. Sie hat den Roman selbst gelesen und ist fasziniert von den originellen und witzigen Kommentaren am Rand, von denen sie meint, dass nur ein Mann sie geschrieben haben kann. Sie gibt eine Annonce in der Zeitung auf: »Wo sind Sie, der ›Wie kann man nur so blind sein?‹ auf Seite 225 in* Bildnis einer Dame *geschrieben hat?« Ein Mann meldet sich. Sie beginnen ein Verhältnis.* Meine Mutter hatte *Bleak House* von Dickens gelesen und darin eine Welt gefunden, in der sie sich wiedererkannte, hunderte miteinander verwobene Personen, und beim Zuklappen des Buchs hatte ich eine neue Erklärung für ihr Trinken: die Bürokratie. Sie hatte nicht ihrer Ehe wegen oder meinetwegen angefangen zu trinken, sondern weil sie ein Spielstein in der Ungeheuerlichkeit des öffentlichen Sektors war. Mit ihrem Trinken hatte sie aus der Not eine Tugend gemacht, um in dem Machtspiel und den Intrigen in einem der größten, ineffektivsten Ministerien des Staates zu überleben, einem Bürokomplex, in dem obendrein die Verantwortung pulverisiert worden war. Vielleicht war ihr Trinken schlicht Rebellion, dachte ich. Wie ein Protest gegen das ewige Streben nach einem Aufsteigen in der Hierarchie der Staatsverwaltung. Wie ein Protest gegen die Pedanterie und den Bürokratismus, gegen alle, die darauf pochten, dass dem Protokoll Folge geleistet werden, jede Kleinigkeit den Dienstweg gehen müsse. Ich erinnere mich an etwas, das sie einst zu mir sagte: »Es ist, als befände man sich im Bauch eines Monsters.« Der Alkohol ermöglichte es ihr, die Sinnlosigkeit unzähliger Meetings, Berichte, all der Reisespesen zu ertragen, die Tatsache, ein Teil dessen zu sein, was Dickens in einem anderen Roman das »Circumlocution Office« nannte – das Amt für Komplikationen –, ein Ministerium, dessen Aufgabe darin bestand, rein gar nichts zu tun.

Niemand hat es gesehen. Dass sie trank. Auch ihre vielen Parteifreunde nicht.

War das der Grund für meine Skepsis gegenüber der Arbeiterpartei? Weil sie meine Mutter hatte versinken lassen?

Ich meine mich zu erinnern, dass ich aus meinen Gedanken und Abschweifungen herausgerissen wurde, als Ine Wang mich ansprach. Fast wirkte es, als habe sie mit den Fingern schnippen müssen, um mich zu einer Reaktion zu bewegen, das heißt, meine Reaktion bestand darin, dass ich zur Stereoanlage hinüberging und die Musik ausschaltete, das Frank-Sinatra-Album, das gerade lief – denn die LPs und CDs meiner Mutter hatte ich selbstverständlich behalten. Ine Wang hatte ihren Block herausgenommen und das Aufnahmegerät auf den Tisch gelegt, den Knopf gedrückt. Sie wolle gerne zu Gry zurückkehren, sagte sie, zu unserer Beziehung. Sie warf mir einen Blick zu, um zu sehen, ob das für mich in Ordnung sei. Dann fragte sie mich, ob ich in Dovre gewesen sei.

Ja, ich sei dort gewesen, sagte ich und erzählte einige harmlose Geschichten über den Ort und die Wandermöglichkeiten, die es dort gab. Ein wenig bereitete es mir ein schlechtes Gewissen, dass ich ihr nicht die unzensierte Fassung lieferte, denn bereits im Herbst nach dem Wunder von Utøya waren Gry und ich nach Dovre gefahren, wo wir die Hütte unter dem Raudberget für uns allein hatten. Ich drängte darauf, den Brattbakken hochzusteigen, bis zu dem Plateau, von dem aus wir die Snøhetta sehen könnten, aber Gry sagte: »Fuck die Snøhetta, fuck die Berge«, und nahm stattdessen eine

Toblerone heraus, eine Schokolade, von der sie behauptete, dass sie davon abhängig sei, seit sie sich in der Grundschule mit Dreiecken befasst hätten. »Es genügt, wenn wir diese Gipfel besteigen«, sagte sie und brach ein Matterhorn für mich ab, denn sie wollte in der Hütte bleiben, Liebe machen, nicht wandern gehen, sie wollte vögeln, sagte, wir würden einen Rekord aufstellen, wir würden vögeln, bis wir den Dovrefjell zum Erbeben brächten. Sie benutzte nicht das Wort vögeln, sondern erfand ein Codewort, körperliche Arbeit, nannte sie es. »Wir müssen jetzt ein gutes Stück körperlicher Arbeit verrichten«, sagte sie. »Wir haben einen neuen Rekord in körperlicher Arbeit aufgestellt«, schrieb sie ins Gästebuch. Als Schriftsteller weiß ich, dass das Wort Rekord von dem Lateinischen *recordari* kommt, vergegenwärtigen, sich erinnern, und diese Herbstwoche in Dovre war wirklich unvergesslich, es würde mich nicht wundern, wenn Dovre ein kleines bisschen gekrängt hätte unter unseren gemeinschaftlichen Anstrengungen, aber gleichzeitig fällt mir ein, dass das lateinische Wort buchstäblich etwas mit dem Herzen zu tun hat, und das stimmt, denn nicht mein Unterleib war es, der einer Beeinflussung ausgesetzt war, sondern mein Herz. Die alten Römer hatten recht: Der Ort der Erinnerung ist das Herz.

Habe ich doch irgendwas darüber zu Ine Wang gesagt? Ich hoffe nicht.

Wenn ich mich recht entsinne, wechselte sie das Thema und kam auf meine provokanten politischen Ansichten zu sprechen. Oder sagte sie »brisant«? Sie erwähnte etwas, das ich auf Pens, meinem Blog, gepostet hatte. Ich sagte, das habe sie missverstanden, und ich sagte es ziemlich verärgert, ich sagte, dass ich es satthätte, dass alles in diesem Blog von den Leuten auf die schlimmstmögliche Weise interpretiert werde.

Sie war nicht dumm, sie sah, dass ich kurz davor war, die Schotten dichtzumachen. »Sie haben mir etwas zu essen versprochen«, sagte sie heiter, als ob sie es mir nicht übel nähme, wenn ich es vergessen hätte. Bei genauerem Nachdenken bin ich mir nicht sicher, ob sie das mit dem Essen zu diesem oder zu einem späteren Zeitpunkt gesagt hat, es erschreckt mich, wie rasch und in welcher Eindringlichkeit mir die Erinnerungen an diesen Abend kommen. Ich stand auf, entschuldigte mich, sagte etwas darüber, was für ein schlechter Gastgeber ich sei. Es dauerte eine Zeit, bis ich aufgedeckt hatte, den Aufschnitt und die Hörnchen, die ich gebacken hatte. Während ich Tee aus der Kanne einschenkte, sagte ich etwas über meine Schwäche. Über mein mangelndes Redetalent. Ich muss mit dieser Vertraulichkeit herausgerückt sein, weil ich ihr dabei behilflich sein wollte, wieder in Fahrt zu kommen. Ich erzählte ihr, im Nachhinein hätte ich ganz klar erkannt, dass ich nie ein guter Politiker hätte sein können, dass ich zum Glück nie die Leitung der AUF Oslo übernommen hätte. »Es war gut, dass ich verloren habe«, lachte ich. »Ich kann mich schriftlich ausdrücken, wie in meinem Blog, aber nicht mündlich.«

»Für mich passt das nicht recht zusammen«, sagte Ine Wang, während sie ein Hörnchen der Länge nach aufschnitt. »Ich habe gehört, Sie sollen ein begabter Jungpolitiker gewesen sein.«

Ich glaube, mit dieser Lüge wartete sie auf, um mich zu ermuntern, mehr zu verraten. Oder womöglich verstand sie nicht, was das Problem war. Sie konnte nicht beurteilen, welch große Hoffnungen meine Eltern, und viele der Parteispitzen ebenso, in mich gesetzt hatten. Ich sollte ein Anführer werden. Mein Großvater väterlicherseits war Unternehmensgründer gewesen, mein Großvater mütterlicherseits Schmelzwerkarbeiter. »In dir steckt etwas Besonderes«, hatte meine Mutter auf irgendwie kryptische Weise meine gesamte Kindheit und Jugend hindurch gesagt, und ich hatte fast selbst daran geglaubt, bis ich im Alter von zwölf Jahren begriff, was Sache war. Besonders an die Präsentation eines Schulprojekts erinnere ich mich. Meine Arbeit war ausgezeichnet, aber als ich darüber sprechen sollte, stellte ich mich an wie der erste Mensch. Selten war ein Klassenzimmer mehr von Kichern erfüllt. Ich war verzweifelt und redete mit meinem Vater darüber. Er nahm es mir nicht übel, er sagte, es gebe mehrere Arten, auf die man beispielsweise mit Politik arbeiten könne, man brauche kein Redner zu sein, man könne Reden auch *schreiben*. Er nahm ein Buch über John F. Kennedy aus dem Regal und zeigte auf den Namen des Autors: Arthur Schlesinger jr. »Das kannst du lesen, wenn du älter geworden bist«, sagte er. Ich erzählte auch meiner Mutter von meinem Erlebnis im Klassenzimmer. Ich glaube, sie war versucht, mir ein Glas Armagnac zu verabreichen, aber sie strich mir nur übers Haar und sagte, mit der Zeit würde sich alles ändern.

Ich hoffte, sie würde recht behalten, und deshalb trat ich der AUF bei.

Es änderte sich nicht mit der Zeit.

Direkt nach der Niederlage bei der Jahresversammlung der AUF Oslo sollte ich an einer Fernsehdebatte teilnehmen, das war schon lange vor der Wahl beschlossen worden, ich selbst hatte es durchgesetzt. Natürlich hätte ich abspringen sollen, aber es musste irgendein Teufel in mich gefahren sein, ich wollte diesen Idioten zeigen, dass sie die falsche Anführerin gewählt hatten. Ich hatte mich gründlich darauf vorbereitet, es war eine Debatte zwischen Repräsentanten der Jugendorganisationen der Partei, die schon im Vorfeld für viel Aufmerksamkeit gesorgt hatte und von vielen Zuschauern im Fernsehen verfolgt wurde. Du lieber Himmel, was für eine Katastrophe. Ich wollte gleichsam die Scharte wieder auswetzen, brillieren, aber jedes Mal, wenn ich das Wort ergriff, saß ich nur da und brachte alles durcheinander, ich blamierte mich, wie sich wohl noch kein anderer AUFler je auf einem Fernsehschirm blamiert hatte. Ich hatte so viele gute Argumente, dass ich glaubte, sie wären aus sich selbst heraus stichhaltig, aber ich brachte keine zusammenhängenden Sätze heraus. Was mich zu Fall brachte, war nicht Unkenntnis, sondern das Ringen nach Worten. Und meine Schüchternheit. Sie lähmte mich beinahe. Zudem war ich immer durch irgendetwas abgelenkt. Von einer der Mitdiskutantinnen, einem redegewandten Mädchen von den Liberalen. Oder von irgendetwas im Studio. Den beweglichen Kameras, die einen wie bedrohliche Waffen anvisierten. Dem grellen Licht. Einem boshaften Grinsen des Diskussionsleiters – der auch die Vorstellung meiner Person auf sarkastische Weise vorgetragen hatte. Hinterher wurde ich von prominenten AUFlern als unfähig bezeichnet, sie sagten, ich solle mir den Gedanken, Politiker zu werden, aus dem Kopf schlagen, ich sei schlichtweg eine Belastung für die Partei. Ich glaubte, dieser Fernsehauftritt müsse für meinen Vater – meine Mutter war da bereits gestorben – eine enorme Enttäuschung bedeutet haben, aber er sagte nichts, er tat, als habe er meine klägliche Unzulänglichkeit nicht bemerkt. Die Zweifel meldeten sich mit neuer Wucht. Um heute ein guter Politiker zu werden, musste man Redefähigkeit besitzen. Ein Leben als Politiker bedeutete hunderte solcher Fernsehauftritte, Nerven in Hochspannung, ein Wettbewerb in Rhetorik, billigen Pointen und falschem Lächeln. Ich stellte mir vor, was für ein Druck dadurch womöglich auf mir lastete. Das war es nicht wert. Ganz gleich, wie hoch der Gewinn war.

Ich erinnere mich nicht, wie viel von alldem ich Ine Wang erzählte, einiges jedoch musste ich angesprochen haben, denn ich weiß noch, dass sie ihr Hörnchenstück mit Käse und ein wenig Feigenmarmelade weglegte und irgendetwas auf ihren Block schrieb, woraufhin sie zu mir herüberschaute und mich, fast mitleidig, anlächelte.

Was ich aber definitiv nicht erzählte, war, dass Gry und ich zu der Zeit, da alles so angespannt war, etwas taten, was wir nie hätten tun sollen, wir fuhren noch einmal nach Dovre, und wir waren blöd genug, zur selben Zeit hinzufahren, als Storen und Sofie Nagel in dem Dinosaurier von einem Chevrolet zu der Hütte unterm Raudberget hinaufgefahren waren, obendrein noch mit Ståle, Grys unverträglichem älteren Bruder, im Gepäck. Das Wetter war das ganze Wochenende über öde, feucht und nebelig. In Arve Storefjelds Gesellschaft hatte ich mich immer beklemmt gefühlt, insbesondere weil er nie eine Gelegenheit ausließ, beißende Kommentare über geistige Arbeit von sich zu geben – er wusste von meinem Schreiben –, doch nie hatte ich mich so beklemmt gefühlt wie damals, es war wie ein Hagelschauer infamer Worte. Er ist dumm, sagte ich mir. Er sieht nicht, dass jeder Politiker geistige Arbeit leistet, dass Politik Ideenproduktion ist, dass das Entscheidende darin besteht, die Denkweise der Menschen zu verändern. Es war eine Qual, sich mit einem potentiellen Schwiegervater in einer Hütte zu befinden und sich die Tiraden anhören zu müssen, mit denen er seine viel zu simplen und noch dazu antiquierten Ansichten zum Besten gab, die er zu allem Überfluss mit diesen banalen und oft wiederholten Metaphern aus Fischerei und Straßenbau würzte, gemischt mit einem Hinweis auf die Arbeit seines Vaters in der Nagelfabrik – man müsse doch »einen Nagel gerade richten dürfen, zum Teufel«, man müsse doch »den

Nagel auf den Kopf treffen dürfen, Scheiße aber auch«. Es war nicht auszuhalten.

Die Unverträglichkeit erreichte ihren Gipfel beim Abendessen am Samstag, obschon Storen alle Hemmungen fahren ließ und blutiges Beefsteak mit Zwiebeln servierte anstatt sein Lieblingsgericht, das ewige *pytt-i-panne*, die Restepfanne (»das ist Proletariernahrung, Nicolai, echte Hausmannskost«). Wir anderen waren zu einem Publikum für seine peinlichen Monologe verkommen, wobei er auch nicht vergaß, zwischendurch seinen Spott zu treiben mit diesen ganzen verschissenen Arschfickern in der Partei, die nicht dieselben Anliegen unterstützten wie er. Die Holzwände lösten ein Gefühl in mir aus, als wäre ich in die Wikingerzeit zurückversetzt worden, es hätte mich nicht gewundert, wenn er angefangen hätte, das Fleisch mit den Händen zu essen. Ich glaube, sogar Sofie Nagel war peinlich berührt. Grys Bruder saß nur da und grinste, als ob ihn nichts davon etwas anginge.

Nach einem vollständig lähmenden Beisammensein, bei dem alles, was ich sagte, jedes von mir vorgebrachte Thema, auf Schnauben und ablehnendes Lachen gestoßen war, wurde die Situation immer angespannter. Storen hatte natürlich Wind bekommen von dem Streit in der AUF Oslo, und die klägliche Debatte hatte er leider auch gesehen. Der Beefsteak-Genießer ließ niemanden darüber im Zweifel, dass er für mich keine Zukunft sah. Er saß da in seinem weißen Hemd und redete voller Überzeugung und wild gestikulierend, wie es in den Vorstellungen des Fernsehtheaters der 60er Jahre üblich war. Er ist ein ignoranter und herrschsüchtiger Tyrann, dachte ich. Und weil Gry in meinen Augen immer noch ein facettenreiches Unikat war, hielt ich es für höchst zweifelhaft, dass sie die Tochter eines so aufsehenerregend einfältigen und primitiven Menschen wie Arve Storefjeld sein konnte.

Immerhin konnte ich mich des Nachts auf »ein gutes Stück körperlicher Arbeit« freuen.

Die letzten Reste Beefsteak schwammen in Blut. Storen war in seinem Element, saß da in seinem traditionellen Klotzstuhl und feuerte eine Platitude nach der anderen ab, wahrscheinlich auch, um einem Grünschnabel zu zeigen, wie ein Politiker zu reden habe. Er schenkte Whisky in ein Behältnis, das wie ein altes Einmachglas aussah, und für mich war es, als ob sogar drinnen in der Hütte der Nebel immer dichter wurde. Aus irgendeinem Grund kam ich auf Musik zu sprechen, obwohl ich wusste, dass Storen kein musikalisches Gehör hatte, es war eine Qual, ihn beim gemeinsamen Singen mitgrölen zu hören, »Im Westen der Fluss, im Osten die Brück', in Schweiß und Treu' unser Glück« (und das, obwohl er auf der falschen Seite des Flusses wohnte); ich redete einfach drauflos und war zufrieden mit mir – ausnahmsweise gelangen mir zusammenhängende Sätze, was sicher darauf zurückzuführen war, dass Storen in einem jovialen Moment auch mir großzügig von dem Whisky eingeschenkt hatte –, und ich ließ nicht eher ab, als bis ich auf Mahler zu sprechen kam (wie war ich nur dorthin gelangt?) und am Ende mit der Auffassung um mich warf, die ersten Takte des vierten Satzes seiner neunten Symphonie seien der schönste Augenblick der Musikgeschichte. Oder eigentlich würde alles mit der Pause nach dem dritten Satz seinen Anfang nehmen, behauptete ich, in der Stille nach diesem kurzen Einblick in die Hölle, nach all diesen gewaltsamen und chaotischen Sequenzen. »Du denkst: Was jetzt? Was zur Hölle soll jetzt passieren? Und dann fließen diese unsagbar bezaubernden Harmonien auf dich zu und zwingen dich fast in die Knie.« Obwohl ich sah, dass Storen immer röter im Gesicht wurde, fuhr ich fort: »Ist das vielleicht, was nach dem Tod passiert – eine kurze

Pause, und dann diese unbeschreibliche Harmonie und Stille? Alles Grauenvolle in Schönheit verwandelt. Diese Sekunden müssen sogar dem abgehärtetsten Menschen Tränen in die Augen treiben.«

Storens Gesichtsausdruck gab zu verstehen, ein vergleichbarer Unsinn sei ihm innerhalb dieser vier Wände noch nie aufgetischt worden.

Alles hätte vielleicht noch gut ausgehen können, hätte ich das Ganze nicht mit der Aussage abgerundet, der Hauptvorstand der Arbeiterpartei solle mehr Mahler hören. Von seiner Radikalität lernen. Seiner Originalität und seinem visionären Blick. Von seinem Willen, neue Ideen in das Alte einzugliedern. Ich wusste, dass ich mich damit auf dünnes Eis begab – und der Whisky muss einen Teil der Schuld auf sich nehmen –, aber tief im Inneren war ich der Meinung, die Idee hätte etwas an sich.

Storen schaute hinunter in sein Glas. Unheilverkündendes Schweigen. Dann explodierte er. »Du gehörst nicht in unsere Partei, du bist nichts als ein kleiner, prätentiöser Scheißhaufen!«, brüllte er. Er schrie nicht, er brüllte. »Du könntest ein bisschen Asphaltdreck auf den Fingern vertragen, verdammter Theoretiker! Wir brauchen Politik, kein dämliches Geschwätz!« Es war, als hörte man dem Brüllen eines Ochsen zu. Ich stand auf, mir reichte es. »Sollte ich dich noch einmal wiedersehen, walze ich dich nieder!«, rief er, als ich die Stube verließ. Letzteres war ein Lieblingsspruch von ihm, gewissermaßen ein Hinweis auf seine glorreiche Zeit beim Veivesenet.

Ich eilte ins Zimmer, schnappte mir meinen Rucksack und verließ die Hütte. Gry folgte mir nicht, rief mich nicht zurück. Ich ging das kurze Stück runter nach Dovre und setzte mich draußen vor den Bahnhof. Die ganze Zeit wartete ich, dass Gry mir nachkäme. Solidarität zeigte. Die Art und Weise bedauerte, in der ihr Vater mich gekränkt hatte. Ich hoffte. Sie kam nicht. Ich schlief auf einer Bank und nahm den Frühzug nach Oslo. *Drei der schlimmsten Schurken der Welt halten ein Geheimtreffen ab. Cory Neba, Giardia Lamblia und My Xo. Ihre Bösartigkeit hat Menschen auf allen Kontinenten in Angst und Schrecken versetzt, aber jetzt wollen sie eine Wette abschließen, wer als Erster den Zusammenbruch eines lebenden Menschen herbeiführen kann. Vor ihnen, an einem Stuhl festgebunden, sitzt ein junger Mann. Eine Art Folter wird eingeleitet. Langsam wird klar, dass es sich bei den Wettbewerbsteilnehmern um ein Bakterium, einen Parasiten und ein Virus handelt. (In die C-Mappe. Oder verwerfen.)*

In der Zeit, die darauf folgte, wurde ich in meiner Ansicht bestärkt, dass die AUF, oder die ganze Ap, gefährlich an eine selbstzufriedene und übersättigte Glaubensgemeinschaft erinnerte, und irgendetwas an diesem Intermezzo in Dovre, an Storens Beschimpfungen, an der Aggressivität, die das in meinem Körper hinterlassen hatte, veranlasste mich, »95 Thesen zur Veränderung der Arbeiterpartei« an der Eingangstür des Büros unten in der Operapassasjen anzuschlagen, das heißt, ich schlug sie nicht wirklich an, sondern klebte sie auf. Streng genommen waren es nur zehn Thesen, mit Unterpunkten.

Meine Inspiration war Martin Luther, ich war der Meinung, die Partei habe eine Reformation nötig. Für mich war die Arbeiterpartei dasselbe, was die katholische Kirche für Martin Luther gewesen war. Wie die damalige römisch-katholische Kirche hatte die heutige Ap viel zu lange ihre Kardinäle, Bischöfe und Priester gehabt. Eine Hierarchie mit einer unverständlichen Sprache. Einen Machtapparat, dem das Wesentliche abhandengekommen war.

Ich bekam Publicity bis zum Abwinken. Mehrere Zeitungen brachten Bilder mit mehr oder weniger ironischen Kommentaren. Es lief darauf hinaus, dass ich – als erstes Mitglied seit vielen Jahren – aus der AUF ausgeschlossen wurde. Meine Antwort war selbstverständlich, dass ich meinen Mitgliedsausweis verbrannte, genauso wie Luther die Bannbulle ins Feuer geworfen hatte.

Ich bin mir nicht sicher, wie ich heute zu dieser Aktion stehe.

Dieser Ausschluss war der Auslöser dafür, dass ich in der Wohnung meines Vaters vorbeifuhr und eine Handvoll Anzüge und unverwüstlicher Qualitätsschuhe meines Großvaters auf den Nordberg mitnahm. Ich packte sie in zwei alte Koffer, die ebenfalls dort standen, Koffer voller Aufkleber von europäischen Hotels, die es nicht mehr gab. Jetzt begann ich, mich »bürgerlich« zu kleiden, elegant, fast wie zum Protest gegen den langweiligen Hipster-Dresscode der AUFler. Die Anzüge hingen noch immer in einem Schrank in der Bygdøy allé, in einem der Zimmer, die Vater nie betreten hatte, wie aus Respekt vor dem Verstorbenen. Großvater und ich hatten dieselbe Größe, die Anzüge passten wie maßgeschneidert, auch wenn ihr Schnitt anders war als der heutige. Es gefiel mir, die Anzüge eines Gründers, eines Innovators zu tragen, ich glaube, ich kann sagen, dass ich diese Anzüge mit Stolz trug, dass sie mir eine andere Haltung verliehen, mich mit geraderem Rücken gehen ließen. Ich schulterte das Erbe eines Arbeiterpartei-Mannes, der nicht nur die Internationale singen konnte, sondern auch Dinge geschaffen und verbessert hatte, der mit Beschlägen, Scharnieren und Klinken vielen Menschen den Alltag erleichtert hatte.

Die ganze Zeit über wartete ich, dass Gry Partei für mich ergreifen würde. Dass wir von unserer Burg aus, von der Anhöhe über dem Fredensborgveien, gemeinsam den Kampf für eine

Neugestaltung der Ap aufnehmen würden. Niemand konnte besser gerüstet sein als wir beide, die Kinder zweier Parteiflügel. Aber sie ergriff nicht für mich Partei. Unsere Beziehung lief trotzdem weiter wie früher, in normalen Bahnen, oder wie immer man das nennen soll, wir bekamen reichlich Gelegenheit zur Ausführung »körperlicher Arbeit«. Ein ganzes Jahr verging, bevor das Schreckliche eintrat.

Ine Wang hätte wohl so einiges zum Nachdenken gehabt, wenn ich ihr dies alles erzählt hätte. Oder habe ich etwas davon erzählt? Ich glaube nicht. Soweit ich mich entsinne, galt ihr Interesse immer noch Pens, meinem Blog, und wir sprachen eine Weile über die Unzufriedenheit, die zu mildern keiner Partei gelang, dieses »Mehr! Mehr!«, ein ewiges Genörgel des Volkes, wie von einem verwöhnten Kind, und da ich auf einmal spürte, wie sehr ich jegliche Politik satthatte, fragte ich sie, ob sie ein Glas Armagnac wolle, und nachdem ich es serviert hatte, stellte sie mir eine überraschende Frage. Zumindest glaube ich, dass es zu diesem Zeitpunkt war. Jedenfalls kam die Frage so unvermutet, dass ich vorgab, sie nicht gehört zu haben, meine Gedanken waren ohnehin abgeschweift, ich suchte mit dem Blick irgendeinen Ort im Osloer Talkessel – vielleicht den Youngstorget. Sie erhob die Stimme, wiederholte die Frage: »Hat Gry Marihuana geraucht?« Ich wandte mich zu ihr. Vielleicht bereute sie die Frage oder fürchtete, dass sie zu weit gegangen war, denn auf einmal interessierte sie sich nur mehr für ihr Glas und führte es zum Mund. Wenn ich mich recht erinnere, schnitt sie eine Grimasse, als ob der Inhalt des Glases zu stark wäre oder sie von dem Geschmack überrumpelt worden sei.

Ich tat, als ob nichts wäre, beugte mich über den Tisch und nahm mir eine Salamischeibe mit Fenchel. »Nein, hat sie nicht«, sagte ich, oder muss ich gesagt haben. »Das ist nur ein falsches Gerücht.«

Wieder: die halbe Wahrheit. Eine halbe Lüge. Oder eine große Lüge.

Ich hätte sagen können, warm, es wird wärmer, aber ich hielt den Mund, ich wollte nicht von dem Opium erzählen. Ich wollte nichts darüber sagen, wie selbstzerstörerisch und verletzlich sie war hinter der toughen, sexy Fassade.

Gegen Ende unserer Beziehung erkannte ich, dass meiner Liebe zu Gry auch der Wunsch zugrunde lag, sie zu retten. Schon früh hatte ich erkannt, dass sich hinter ihrer selbstsicheren Maske ein wankelmütiges Wesen verbarg. Ich konnte ein Stabilisator sein. Wieder dieser alberne Beschützerinstinkt, der in mir wach wurde.

Als wir zusammenkamen, rauchte Gry selbstgedrehte Zigaretten (genau wie ihr Vater), und das mit einer Gier, als ob sie die ganze Zigarette mit dem ersten Zug zum Verglühen bringen wollte. Dann gab sie das Rauchen plötzlich auf, problemlos, und alle meinten, sie würde wieder anfangen, was sie aber nicht tat. »Die Menschen haben keine Ahnung, was Willenskraft bedeutet«, sagte sie. Doch dann fing das mit dem Opium an. Ihr Vorwand war das Studium von Coleridge. Tatsächlich konnte ich die Idee nachvollziehen. Das war vielleicht eine der Facetten, die ich am echtesten an ihr fand, ihr Interesse für Coleridge, für die grenzensprengende Poesie dieser Epoche. Sie sagte, es gebe hier eine Vorstellungskraft, die sie fasziniere. Und weil Coleridge Opium in Form von Laudanum genommen hatte, einer Tinktur, wollte sie es ausprobieren, das heißt, sie wollte es rauchen, und es gelang ihr, sich etwas zu beschaffen, auch so eine lange Pfeife, von bester Machart angeblich – sie war verwundert, wie leicht es heute war, sich alles zu beschaffen, was man sich wünschte. Mehrmals betonte sie, ich bräuchte keine Angst zu haben, es sei bloß ein Experiment. Ich hielt das für einen Scherz. Aber sie machte weiter damit, sagte, es würde ihr guttun. Sie behauptete, es sei wie eine Befruchtung des Bewusstseins mittels synthetischer Intelligenz. »Keine Sorge, ich kann jederzeit aufhören«, sagte sie. »Hast du vergessen, wie leicht ich die Zigaretten für immer ausgedrückt habe?«

Für mich war Opium genauso anachronistisch wie Absinth. Ich konnte es nicht ernst nehmen, aber ich sah, dass es ihr zur Gewohnheit geworden war, dass es gefährlich zu werden begann. Über einen ihrer vielen Bewunderer, einen zweifelhaften Pharmazeuten mit einem Talent zum Schummeln bei der Opium-Buchführung, war sie dann auch an eine Variante von Laudanum gekommen. Ich versuchte, sie zum Aufhören zu bewegen. Sie verteidigte sich, sagte, sie wolle ihr Bewusstsein erweitern, so wie ich. »Ja, aber ich will das mit Worten tun«, sagte ich, »nicht mit Opium.« Ich wollte sie auch deshalb zum Aufhören bewegen, weil ich befürchtete, sie könne einen Kurzschluss à la Axel Jensen erleiden, ein Schriftsteller, den ich sehr schätzte und der wohl nie wieder derselbe geworden war, nachdem er in London LSD von R. D. Laing bekommen hatte. Du nimmst etwas, von dem du glaubst, es sei harmloser Stoff, eine unschuldige Zigarette, ein paar Tropfen in einem Wasserglas, und wirst für den Rest deines Lebens von diamantbesetzten Kröten und selbstleuchtenden Marsbewohnern verfolgt.

Sie hörte nicht auf, ich weiß nicht, ob sie süchtig war, aber wie mir zu Ohren gekommen ist, hat sie ihre Opiumeinnahme auch nach unserer Trennung fortgesetzt. Ich fühlte mich genauso ratlos und ohnmächtig wie bei meiner Mutter und dem Alkohol. Ich sah vor mir, wie auch Gry sich eines Tages in die

Tiefe stürzte, sich hinabfallen ließ mit einem Lächeln um den Mund. *Too Marvelous for Words.*

Davon erzählte ich nichts. Ich drängte Ine Wang, noch etwas zu essen. »Probieren Sie die Heidelbeermarmelade«, sagte ich. »Ich habe die Beeren selbst gepflückt.«

Sie hob die Augenbrauen. »Bewundernswert«, sagte sie, nicht ohne einen Anflug von Ironie. »Der Wald war nie wirklich mein Ding. Finden Sie das denn nicht langweilig? Nur Fichten.« Sie lachte.

Wenn sie wüsste, dachte ich.

Die Tage in Karakorum, oder in Gerichtssaal 227, gehen im Schneckentempo dahin. Ich versuche, das Geschehen zu verfolgen, und doch schweife ich immerzu in meinen Gedanken ab. Irgendwas ist auch mit diesem Richter, ich denke ständig an seine ernsten … seine mahnenden Worte am Anfang, nach der Eröffnungsrede der Staatsanwältin, wie er seine Hände fast gefaltet hielt, als er sagte, ich solle eine Erklärung abgeben. Es besteht kein Zweifel, dass er im Verlauf der Verhandlung immer größeres … Interesse an mir gezeigt hat. Anfangs hat er nie in meine Richtung gesehen. Jetzt wirft er mir oft … bohrende Blicke zu. Oder ist das eher ein Ausdruck der Neugierde? Auch an die Zeugen richtet er mehr Fragen, macht ausführlicher Notizen. Er macht mich nervös. Oder er macht, dass ich mich … schäme.

Ich versuche, ihn nicht anzusehen. Oder die beiden Beisitzer. Lieber schiele ich zu dem Staatswappen an der Wand hinter ihnen, dem Löwen mit der Axt, einer der wenigen Gegenstände im Raum, der … der die Phantasie herauszufordern vermag, der mir die Hoffnung gibt, dass sie nicht völlig im Dämmerzustand versunken ist. (Heißt es womöglich nicht Axt, sondern

Hellebarde? Und warum steht das Tier auf einem Bein?) *Ein Richter weist ein ungerechtes Urteil zurück und wird guillotiniert, indem die Axt des Staatswappens auf sein Genick fällt.*

Wenn ich mich zwischendurch kurz zu den Publikumsplätzen umdrehe, sehe ich viele Prominente dort sitzen. Von einigen kenne ich sogar die Namen, obwohl ich nicht weiß, was sie tun, was sie zu Prominenten macht. Was machen die hier? Bin ich so … spannend? Betrachten sie den Prozess als eine Art *Event*? Sieh nur, sein Auftreten! Eine Sensation. *Der schweigende Mann*. Oder sind sie hier, damit sie etwas zu sagen haben, wenn sie draußen interviewt werden? Auf dass ihr Promistatus einen Aufschwung erfährt?

Wenn ich darüber nachdenke: Ich bin jetzt selbst ein Promi.

Bin ich ein bisschen zusammengezuckt, als ich eines Tages, auf den Plätzen ganz hinten, einige Kollegen erkannt habe? Renommierte Schriftsteller. Wahrscheinlich sind sie hier, um Stoff für ein Buch über mich zu sammeln. Der Gedanke macht mich ganz schwindlig. Ich kann förmlich sehen, wie ihnen das Wasser im Mund zusammenläuft bei meinem Anblick, als wäre ich ein Leckerbissen, in den sie bald ihre Zähne schlagen werden. Ist das möglich? Ein Bestseller, der auf meinem Leben basiert? Natürlich, genau so wird es kommen, es werden Romane darüber geschrieben werden. *Der tragische Fall*. Es wird einen Konkurrenzkampf geben, wer als Erster randarf. Ich werde zu einer ganzen Industrie werden. *Berge*. Ein Wort. Dem nationalen Gedächtnis eingeprägt. Ich fühle mich abwechselnd in Hochstimmung und wütend.

Jedes Mal, wenn darüber gesprochen wird, was sich in den Stunden zugetragen haben mag, bevor diese fünf Menschen in der Nordmarka umgebracht wurden, spitze ich die Ohren. Ich wage zu behaupten, dass ich mindestens genauso …

wissbegierig bin wie alle anderen, die die dicke Luft in Saal 227 einatmen.

Nichts ist so verrückt, dass es nicht … Die vielen Zeugenaussagen, einige der Schilderungen, die ich mehr oder minder unfreiwillig mitbekommen habe, haben einen Deckel in meiner Erinnerung geöffnet, Nervenkreise aktiviert, die abgeschaltet gewesen sein müssen. Ich beginne, mich an mehr zu erinnern. An noch mehr.

Alles, was wir nicht verstehen. Schwarze Schwäne. Schwarze Leoparden. Panther Hansen.

Es ist einfacher … es ist komplizierter, als alle Akteure glauben.

Wie oft bin ich nicht zurückgekehrt zu dem Lager am Magnusputten in der Nacht zum 23. August. Ich hatte beschlossen, oder glaubte jedenfalls, dass ich beschlossen hätte, am nächsten Morgen umzukehren. Zugleich aber wusste ich, dass Gry sich in der Nähe befand, es war fast, als ich hätte ich ihre Fährte aufnehmen können, wenn ich in der Luft geschnuppert hätte.

Der Abend war ausgesprochen schön, es war warm, still, und es gab nur wenige Mücken. Ich versuchte, Gry in der Hütte vor mir zu sehen, an jenem Ort, den sie Valen nannten. Ich stellte mir vor, was sie gerade tat, ob sie sich schon hingelegt hatte oder vielleicht mit einem Glas Wein auf der Treppe saß und mit ihrem Vater plauderte. Ap-Politiker oder Gegner anderer Parteien schlechtredete. War der Franzose auch dort? Der bloße Gedanke, dass sich Gry und dieser widerliche Lefebvre in derselben Hütte aufhielten, ließ mich vor Verzweiflung die Zähne fletschen.

Es war bald Sonnenuntergang. Ich holte mein Notizbuch heraus, ich hatte ein paar Gedanken im Kopf, Mikroepiphanien, wollte sie zu Papier bringen, bevor sie mir entschwanden.

Ich steckte mitten in der Arbeit an einem dritten Erzählband. Auch der sollte umfassend sein, aus vielen kurzen Geschichten bestehen. *Zehn Personen sitzen um ein Lagerfeuer und erzählen. Die Umgebung wirkt idyllisch und die Stimmung ist beinahe pastoral; die Gedanken der Leser werden zu der Rahmenerzählung von Boccaccios* Dekameron *hingeführt. Die Geschichten übertreffen einander an Phantasiekraft und die Erzähler legen große Weisheit und Bildung an den Tag. Gegen Ende hin wird offenbart, dass man sich in einem Flüchtlingslager befindet, das von Hunger und Krankheit geprägt ist. Die Menschen rund um das Lagerfeuer sind abgemagert und in Lumpen gekleidet, sie alle sind nach einer grauenvollen Katastrophe auf der Flucht.*

Zwischen den Steinen war nur mehr Glut. Ich holte Wasser und löschte sie. Als ich den Kessel abtrocknete und in den Rucksack packte, entdeckte ich, dass ich, halb unbewusst, das Überlebenspaket mitgenommen hatte. Während ich über die immer dunkler werdende Wasseroberfläche hinausstarrte, versuchte ich, mich zu erinnern, woraus das Paket gegenwärtig bestand (nebst dem Kessel, der gleichfalls dazugehörte). Ein Knopfkompass, drei Zündhölzer und eine Reibe, zwei Angelhaken mit Vorfach, Nähnadel und Zwirn … was noch … eine kleine Flöte, eine Bandage mit Kompressen, das kleinste Schweizer Taschenmesser, ein Taschenspiegel für Signalzeichen … eine Rolle dünnen Stahldrahts, eine Minitaschenlampe. Wieder blieb ich sitzen und grübelte nach. Fehlte etwas?

Eine Hand zum Halten?

Bevor ich mich schlafen legte, füllte ich den Deckel des Flachmanns mit Armagnac. Besonders die ersten drei Schlucke hatten den Charakter einer feurigen Liebkosung. Ich trank sonst nicht viel. Das jedoch war ein Ritual auf meinen Waldausflügen, ein Spritzer Armagnac vor dem Schlafengehen.

Ich kroch in den Schlafsack. Der Geruch von Harz und Rauch vermischte sich mit dem Duft der Tannennadeln. Alles war still. Oder, alles war ein Rauschen, das nicht zu hören war, wenn man nicht danach lauschte, und es kam nicht nur vom Wald, sondern von etwas dahinter, darüber, darunter, jenseits. Ein Art Grundton des Lebens. Vielleicht war es das, was ich am meisten schätzte im Wald, im Schlafsack zu liegen und mich von diesem Rauschen einschläfern zu lassen. Ich kannte kein schöneres Wiegenlied.

Ich fand trotzdem keinen Schlaf. Ich überlegte, die Stirnlampe herauszuholen und einige Seiten Graham Greene zu lesen, ließ es aber sein. Hier in der Marka sah ich, wie dunkel die Abende geworden waren. Ein Halbmond hing tief am Himmel. Ein Klammerzeichen. Das Wort *hilal*, aus dem Islam, tauchte auf. Dachte ich an eine Sichel? Eher war es Grys Narbe unter der Halsmulde, die in meiner Erinnerung aufstieg. Erst später dachte ich an eine Sichel.

Mit dem Dichterwerden der Dunkelheit traten immer mehr Sterne und Sternkonstellationen hervor. Es ärgerte mich, dass der Orion zu dieser Jahreszeit nicht zu sehen war. Das Stundenglas.

Direkt vor dem Einschlafen wurde mir klar, dass ich mich umentschieden hatte. Ich war nicht mehr auf dem Nachhauseweg.

Ach, wenn sie nur hier wäre. Wenn sie mir Wärme zeigte. Wenn sie nur alles bereute. Mich zurücknähme.

Es gefiel mir, Ine Wang in der Wohnung zu haben. Da war etwas in ihrem Gesicht, eine Mischung aus zielbewusstem Eifer und … Obwohl sie auf das schwarze Make-up verzichtet hatte, trug sie immer noch den dunklen Lippenstift, der ihrem

Mund, besonders der Oberlippe, eine auffallende Üppigkeit verlieh. Die Fragen, die sie mir stellte, waren ernst, jedoch hörte ich gleichzeitig eine Art sondierenden Unterton heraus, als ob sie zu etwas anderem einlud, oder offen war für etwas anderes als das, worüber wir sprachen. Etwas passierte zwischen uns. Auch sie musste diese Veränderung bemerkt haben. Während ich von Gry Storefjeld erzählte, sah ich plötzlich Ine Wang nackt vor mir. Hatten diese ganzen makabren Voraussetzungen für unsere Treffen auch etwas Prickelndes an sich? Ich hatte jedenfalls nichts dagegen, ich genoss es, hier zu sitzen, mich von Ine Wang angezogen zu fühlen. Mehr als angezogen.

Ich fragte sie, ob sie noch ein Glas Armagnac wolle. Jedenfalls glaube ich, dass ich es ihr zu diesem Zeitpunkt anbot. Sie nahm es an, möglicherweise zögerte sie ein oder zwei Sekunden, doch dann nahm sie es an. »Das ist guter Armagnac«, sagte sie. Ich glaube nicht, dass sie wusste, ob er gut war oder nicht.

An dieser Stelle, während wir an dem Weinbrand nippten, musste eine Art Pause entstanden sein. Eine Weile saßen wir nur da und hielten Smalltalk. Das war nett, ich hätte sie gern ohne ihren Journalistenblock zu Besuch gehabt. Ich hatte den Eindruck, dass sie dasselbe dachte. Ständig fuhr sie sich mit der Hand durch die jugendliche Frisur, die ihr aber trotzdem gut stand, und warf mir dabei forschende Blicke zu, Blicke, die nichts mit der Interviewsituation zu tun hatten. Deshalb war ich enttäuscht, als sie abrupt wieder auf Gry zu sprechen kam, auch wenn dies natürlich der Grund unseres Beisammenseins war, denn das Porträt über mich würde jede Pointe vermissen lassen, sofern es den Lesern nicht gleichzeitig etwas über Gry Storefjeld erzählte, etwas, was sie noch nicht wussten.

Ich ertappte mich dabei, dass ich Ine Wangs Willensstärke bewunderte. Falls es Willensstärke war.

»Eine Sache hat ja immer zwei Seiten«, sagte sie. »Sehen Sie heute wirklich nichts Negatives an Gry? Ich weiß, Sie wollen nicht schlecht über eine Tote reden, aber ich finde, es muss erlaubt sein zu fragen …«

Mit anderen Worten, sie war nicht zufrieden mit der harmlosen Geschichte über das Schachspiel. Aber etwas Negatives über Gry sagen … Wäre das nicht so etwas wie … Blasphemie? Ich hätte immerhin sagen können, Gry habe immer Dreck unter den Fingernägeln gehabt. Aber war das etwas Negatives? Ich hätte sagen können, dass sie viele Rechtschreibfehler machte, als hätte sie nie Bock gehabt zu lernen, wie man Wörter richtig buchstabiert. Oder dass sie einen Tick zu emanzipiert war.

Nach unserer Trennung hatte ich mir eine Sammlung über Grys bedenkliche Charaktereigenschaften angelegt, hauptsächlich, um mich zu trösten. Wie etwa, dass es ihr an Humor fehlte. (Aber wieso hatte ich dann so oft mit ihr zusammen gelacht?) Ihr Unwissen in vielen Dingen – auch in solchen, über die sie etwas hätte wissen sollen – war monströs. (Als ich sagte, die Goldberg-Variationen seien ein Buch über Sexualpraktiken, glaubte sie es.) Sie war notorisch unpünktlich, kam immer zu spät zu Verabredungen. Hin und wieder ließ sie in Geschäften Gegenstände mitgehen. Auch solche, für die sie überhaupt keine Verwendung hatte. »Warum tust du das?«, fragte ich. »Es gibt mir einen Kick«, sagte sie, als wäre das ein hinreichender Grund zu stehlen.

Manchmal kam mir der Gedanke, dass sie nur Aussehen war. Haare. Gegen Ende unserer Beziehung ging mir langsam auf, dass sie ganz einfach deshalb so tief, so unergründlich wirkte – und Männer, glänzenden Auges, wiesen ständig darauf hin –, weil sie aufsehenerregend einfach gestrickt war. Sie war nicht besonders klug. Sie verstand wenig von Coleridge, war blind für seine theologischen Spekulationen, und auch wenn sie seine Gedichte aus dieser Periode las, kannte sie sich ansonsten nicht mit Literatur aus, sie konnte auch nie ihre Abschlussarbeit fertigstellen, ihr ganzes Coleridge-Interesse war nichts als eine gymnasiale Schwärmerei, die sich in der Begegnung mit seriöser Forschung in Luft auflöste. Alles, was ihr blieb, war das Opium. Was ich lange für Originalität gehalten hatte, waren bloß Allüren. Ich habe das Gerede über Vererbung, über Gene, immer gehasst, aber mit der Zeit musste ich zugeben, dass Storens Einfältigkeit immer deutlicher in seiner Tochter zum Vorschein kam. Und nicht nur das – hinter ihrem Charme besaß sie auch etwas von derselben Durchtriebenheit wie ihr Vater.

Die Liste wurde allmählich immer länger. Es half wenig, ich liebte sie deshalb nur noch mehr.

»Das Schlechteste, was ich über Gry sagen kann«, sagte ich zu Ine Wang, »ist, dass ihr meine Erzählungen nicht gefallen haben.« Ich ließ die Aussage fallen wie einen Scherz, aber ich meinte es so. Gry verstand nicht, dass ein Mensch sein Leben darauf verwenden konnte, Fiktion zu schreiben, wenn doch die Wirklichkeit so viele drängende Herausforderungen bot. »Du redest daher wie ein Phantast«, sagte sie zu mir. »Nehmen wir nur dieses hoffnungslos weltfremde Gerede über ›die übernationalen Perspektiven‹.« »Was meinst du?«, sagte ich. »Ja, nehmen wir zum Beispiel, dass du sagst, dass nicht wir, die Norweger, Einwanderer integrieren sollten, sondern dass Norwegen in die Welt integriert werden muss.« Sie musste innehalten, um ein falsches Lachen aus sich entweichen zu lassen. »Das ist wegen deinem Schreiben«, sagte sie, »die Schwärmerei der Literatur hat dein realpolitisches Fingerspitzengefühl zerstört. Du bist dabei, ein schrulliger Don Quijote zu werden!«

Wenn sie den *Don Quijote* schon nicht gelesen hatte, hatte sie immerhin davon gehört.

Darüber haben wir viel gestritten. Sie war jedes Mal verärgert, wenn ich das Notizbuch herausholte und etwas aufschrieb. Sie beschuldigte mich, mehr in Gedanken zu leben als in der Wirklichkeit. Ich verteidigte mich, indem ich sagte, die Gedanken seien ein Teil der Wirklichkeit, ich warf ihr vor, sie habe eine eingeschränkte Sicht auf die Wirklichkeit, ich sagte, das sei nicht gut für eine angehende Politikerin. Letzteres sagte ich, weil sie mir eines Abends anvertraute, dass sie es sich zum Ziel gesetzt habe, Ministerin zu werden. Aber dann, sagte ich, müsse sie sich die Tatsache vor Augen führen, dass unsere Fähigkeit zu dichten – uns vorzustellen, was nicht ist, aber sein könnte – eine mächtige politische Ressource sei.

Dafür hatte sie nur ein Schnauben übrig. Schmiss mit Kissen nach mir. Nannte mich einen Träumer.

Am Ende war es das, was unsere Beziehung unmöglich machte. Ich hatte mich in ein Mädchen verliebt, das Coleridges Imagination lobpries, dessen eigene Einbildungskraft man jedoch mit der Lupe suchen musste. Es gelang ihr nicht, die Vorstellungskraft, die sie bei Coleridge fand – »that synthetic and magical power«, gemäß seiner *Biographia Literaria* –, auf andere Bereiche zu übertragen. Etwa auf die Politik. Sie hatte sich bereits angepasst, redete wie alle anderen Politiker, sie war ein Echo des kommenden Ministerpräsidenten.

Ich glaube, ich hörte rechtzeitig auf, so dass Ine Wang nur mein Bedauern darüber vernahm, dass Gry meine Erzählungen nicht gefielen. Wenn ich mich recht entsinne, schrieb sie ein Stichwort auf ihren Block, vielleicht über die Falte auf meiner Stirn, darüber, wie sehr ich mich anstrengen müsse, Worte zu finden. Ich sah, dass ihre Hand ein klein wenig zitterte, als sie das Glas Armagnac anhob. Sie hatte hübsche Finger, einen eleganten Nagellack, der zu ihren Lippen passte.

Werde ich darüber schreiben können … über die Gerichtsverhandlung? Werde ich das einmal verwenden können? Eine verdrehte Version von Kafkas *Prozess* schreiben? Ich sollte Notizen machen. Über das Gefühl schreiben, wie mein Kopf erneut in eine Kloschüssel voller Pisse und Scheiße gedrückt wird. Doch das würde nur Empörung hervorrufen. Er *schreibt!* Ungerührt sitzt dieses Untier da und schreibt. Wenn das nicht Beweis genug ist für seine Schuld! Dieser höhnische Mangel an Interesse. Dieses himmelschreiende Fehlen von … *Reue*. Von Bedauern. Es ist eine Schande. Er sollte mit gesenktem Haupt dasitzen, und stattdessen sitzt er da und schreibt, als ob nichts geschehen wäre.

Besser, die Gedanken memorieren. Sie am Abend niederschreiben. So viele dieser Einfälle sammeln wie möglich, Keime für neue Geschichten, sich zu überzeugen versuchen, dass es immer noch … Hoffnung gibt, dass ein Rest Einbildungskraft zurückgeblieben ist. Das Erzählen als … Überlebenstechnik.

Ich spüre die Blicke, die alle auf mich gerichtet sind. Wie ich beäugt werde. Beurteilt. Abgewogen. Ich höre, dass ein großes Gedränge um die Plätze herrscht. Die Leute wollen das sehen. Wollen noch ihren Enkelkindern davon erzählen. Ich kann sie verstehen. Ein Monster wie mich werden sie nie wieder zu sehen bekommen. Ich bin eine Freakshow.

Ich selbst hefte den Blick auf das Staatswappen über dem Richtertisch. *Ein Mann mittleren Alters soll hingerichtet werden, aber als er mit dem Kopf auf dem Holzblock auf dem Schafott kniet, heult die Menschenmenge vor Schreck auf und flüchtet. Der Mann hebt den Blick und sieht einen Löwen auf zwei Beinen auf sich zukommen, eine Axt in der Hand.*

Es kommt vor, dass ich zu den reservierten Publikumsplätzen schiele, wo die Angehörigen sitzen. Es fällt schwer, zu ihnen hinüberzusehen. Einzig für sie empfinde ich … ein tiefes Mitleid. Für ihre Trauer gibt es keine Wörter. Das Gericht kann mich zu hundert Jahren in der dunkelsten Zelle verurteilen, es wird ihren Schmerz trotzdem nicht lindern. Ich sehe eine Frau, von der ich glaube, dass sie die Mutter des kleinen Mädchens ist, Sylvie. Ist sie nicht Regisseurin? Sie muss das Bedürfnis verspüren, mich zu ermorden. Eine Sekunde lang treffen sich unsere Blicke. Ich sehe nur Verwunderung.

Bereue ich es, dass ich Ine Wang zu mir nach Hause eingeladen habe? Jedenfalls erinnere ich mich, dass ich immer hingerissener von ihr war, dass mir bewusst wurde, wie attraktiv sie war in ihrer engen schwarzen Hose und der weißen Bluse aus einem Stoff, der so dicht wirkte, aber trotzdem so weich, dass ich Lust bekam, darüberzustreichen. Und gleichzeitig überkam mich eine bange Ahnung, ein Bewusstsein, dass ich das Interview beenden oder schlechterdings das ganze Porträt zurückziehen musste, ich wusste nur nicht, wie, und als sie in der nächsten Sekunde eine weitere, eine schärfere Frage über meine Beziehung zu Gry stellte, dachte ich, dass ich ihr mehr über das Schreiben hätte erzählen sollen, weshalb ich beschloss, das einfach jetzt zu tun, und sogar in aller Ausführlichkeit, doch bevor ich überhaupt angefangen hatte, hörte ich auch schon wieder auf, weil ich erkannt haben musste, dass auch Ine Wang nichts davon verstehen würde. Sie würde nicht verstehen, dass es wahrscheinlich all diese Sätze waren, misslungene Sätze oft, die das Verhältnis zwischen Gry und mir erschwerten. Aber Schreiben war das, was ich wollte. Es war der Schlüssel zum Verständnis meiner selbst.

Ein Erlebnis bei einem Utøya-Lager hatte 2002 die Lust zu schreiben in mir geweckt. Zwei Jahre waren Gry und ich damals zusammen, und nun stand ich abermals hinter dem ruhmreichen Rednerpult der Insel, gefasster diesmal, weniger abgelenkt von taumelnder Verliebtheit, und sprach über die Asylpolitik der bürgerlichen Regierung, über Austerität, über die Gefahr, dass Norwegen sich als ein kaltes, zynisches Land präsentierte, ich knüpfte an eine Äußerung des Obersten Flüchtlingsbeauftragten an, ich sprach über die Migrationsproblematik, über die Angst vor Menschen anderer Religionen, und ich glaube, ich sprach auf intelligente Weise, in Sätzen, die so komplex waren, wie das Thema es verdiente, und doch sah ich, dass es mir nicht gelang, die Leute mitzureißen, immer mehr fingen an, miteinander zu reden, einige legten sich ins Gras und schliefen halb ein, einige verließen das Gelände, sogar Gry fielen die Augen zu. Die Leute wollten Rhetorik. Sie wollten Phrasen. Sie wollten Gefühle. Schlagwörter. Riefst du »Solidarität!«, erntetest du sofort Applaus. Zu billig, dachte ich und redete unverdrossen weiter über mein Thema; ich sagte, alles sei in Veränderung begriffen, alles sei in Bewegung, nicht nur auf dem Balkan, im Nahen Osten, in Afrika, damit müssten wir uns auseinandersetzen, es zu nutzen lernen. Die Immigration könne zu einer ersehnten Mutation führen. Ich sagte, dass wir gegen unsere Xenophobie ankämpfen müssten, einsehen müssten, dass wir sehr wenige Menschen seien und über gigantische und ungenutzte Flächen verfügten, ich sagte, dass wir eine Demokratie sein sollten, die über den Nationalstaat hinausdenke, dass wir Norwegen zu einem Siedlungsland umgestalten sollten, mit der dazugehörigen Siedlungsmentalität und -kultur. Es wirkte, als ob meine Worte sich in Luft auflösten, ehe sie die Ohren der auf dem Boden liegenden

Jugendlichen erreichten. Ich sah, wie die Leute lieber mit ihren Handys spielten oder sich rücklings ins Gras sinken ließen, als würden sie vor Langeweile ohnmächtig.

Ich weiß nicht, wie das über mich kam, vielleicht war es ein unbewusstes Experiment, aber anstatt eine Schlusspointe zu bringen, vielleicht eine grobe Vereinfachung, mit der ich sie hätte wachrütteln können, fing ich zu singen an. Ich habe gehört, dies sei ein Trick, auf den stotternde Menschen zurückgreifen können. Und in gewisser Weise war ich ein Stotterer, ich beherrschte das Mündliche nicht. Ich war mindestens genauso überrascht wie die Zuhörer. Plötzlich hatte ich alle Blicke auf mich gezogen. Ich sang. Es war völlig unangebracht, aber ich sang. Ich wusste, ich hatte eine gute Singstimme, schon der Grundschullehrer hatte mir das gesagt, ich musste sie von meiner Mutter geerbt haben, aber ich benutzte sie nie, ich sang nicht gern, summte nur hin und wieder oder sang eine Strophe, und wenn andere dabei anwesend waren, blieben sie immer stehen und hörten zu, als hätten sie etwas Ungewöhnliches vernommen. Als ich nun dort hinter dem Rednerpult auf Utøya stand, kam mir die Idee, »Gott segne Norwegen« zu singen, ich weiß nicht, warum, vielleicht war das ironisch gemeint, und ich sang es zu der Melodie von »God Save the Queen«, die erste, zweite und die letzte Strophe, und ich sang es auf jene Weise, wie man Künstler die amerikanische Nationalhymne während des Superbowl-Finales a cappella singen hörte, ich ging aufs Ganze, sang mit der vollen Kraft meiner Lunge, und ich hörte, dass es fabelhaft klang, dass ich die Stimme eines Meistersängers hatte, mit genau dem richtigen Vibrato, genau der richtigen Atmung, und die Wahl von »Gott segne Norwegen« war auch insofern ein Glückstreffer, weil es perfekt in meine Stimmlage passte. Jäh hatte ich die Aufmerksamkeit der

Zuhörer gewonnen, ihnen floss regelrecht der Sabber aus den Mündern, sie wären mir in jeden Abgrund gefolgt, ich hätte sie, wie Jim Jones im Dschungel, auffordern können, aus einer Tonne Gift zu trinken. Zum ersten Mal erlebte ich, welchen Kick es einem verschaffte, hinter einem Rednerpult zu stehen und die ganze Versammlung dazu zu bringen, im Takt mitzuschunkeln. Wie seltsam, dachte ich. Eine Mutter und ein Vater, zwei Superhirne, die glauben, sie werden einen Einstein oder mindestens einen neuen Ap-Führer in die Welt setzen, und dann zeugen sie einen erbärmlichen Nationalsänger – oder was weiß ich, vielleicht hätte meine Mutter das gebilligt und gesagt, nichts brauche die Welt mehr als gute Sänger.

Diese ganze Session, mein Auftritt, oder wie ich es nennen soll, war natürlich komplett unvorhersehbar gewesen, deshalb hatte es auch, glaube ich, eine so starke Wirkung auf die Leute. Gry war aufgestanden, klatschte in die Hände und rief »Bravo!«. Vor Begeisterung. Vor Überraschung.

Ich besaß also doch ein Talent, eine außergewöhnliche Gabe. Ich hatte sie bloß früher nicht erkannt. Aber selbst inmitten dieses spontanen Beifalls, diesem herzlichen Applaus, den ich weder davor noch danach in vergleichbarer Form erlebt habe, stand mir eine Sache klar vor Augen: Ich würde nichts daraus machen, ich wollte nicht ein weiterer musikalischer Verführer werden, der die Volksmenge in einem vollbesetzten Saal dazu brachte, im Takt zu schunkeln. Eine weitere Eintagsfliege.

Nun bin ich noch immer nicht zum Punkt gekommen, denn die Entdeckung meines ungenutzten Talents war nicht die wichtigste Folge dieser Darbietung. Im Nachhinein erkenne ich, dass dort hinter dem Rednerpult, als ich auf das Singen zurückgriff, eine Umwälzung in mir stattfand: Es war nicht die Reaktion des Publikums, bald hätte ich gesagt: der

Jubel der Massen, der eine Veränderung in mir bewirkte, sondern es war der Blick auf das ganze Geschehen, ich hinter dem Rednerpult auf einer kleinen Insel im Tyrifjord, all die Jugendlichen auf der Wiese und »Gott segne Norwegen«, das aus der Anlage schallte; es hatte zu tun mit dem Erkennen der vielen Bedeutungsebenen, die Wirkungsgeschichte dieses Lieds verknüpft mit meiner eigenen Situation, verknüpft mit der Situation dieser Jugendlichen, verknüpft mit der langen Tradition des Ortes, verknüpft mit den herausfordernden Realitäten der Migration; und genau diese reich nuancierte Erkenntnis, die mich gleichzeitig in die Lage versetzte, alles fast übernatürlich scharf zu sehen, die Grashalme, die Gesichtsausdrücke, die Metalldrähte des Mikrophons, dies alles kündete von der Wichtigkeit, sich im Voraussehen zu üben, im Ausschauhalten nach dem Unerwarteten, nach dem, was sich an uns heranschleicht, aus dem toten Winkel sozusagen.

Es war, mit anderen Worten, die Vorstellungskraft, die in mir erwachte, und das auf andere Weise als früher – im Grunde war auch das Ausbrechen in den Gesang ein Ausdruck dieser Vorstellungskraft. Dort hinter dem Rednerpult auf Utøya erkannte ich, dass ich eine schöpferische Kraft besaß, die allerdings auf einem ganz anderen Gebiet beheimatet war, als meine Eltern, und was das betrifft, auch ich selbst, erwartet hatten. Ich besaß eine Stimme. Aber ich wollte versuchen, diese Stimme, die ja auch einen besonderen *Blick* mit sich brachte, in Schrift zu überführen. Schon früh, schon seit ich zum ersten Mal in der Menschenmenge auf dem Youngstorget gestanden war, hatte ich eine Skepsis gegenüber dem Gesprochenen, dem Demagogischen gehegt. Ich wollte mich nicht der Rede oder des Gesangs bedienen, sondern der Schrift, denn beim Gedanken an diesen seltsamen Auftritt entdeckte ich, dass latente Geschichten in mir verborgen lagen, Geschichten, für die ich aufgrund ihrer Komplexität, ihrer unklaren Ursachenzusammenhänge, in der Politik nie würde Verwendung finden können, und deshalb wollte ich mich auf die Ebene des Mythos hinabbegeben, wollte *dahinter* gelangen, über eine Grenze treten, und schon als ich vom Rednerpult herunterstieg, spürte ich, dass ich bereits etwas überschritten hatte, dass jener Daniel Nicolai Berge, der das Podium bestiegen hatte, ein anderer war als der, der jetzt herunterkam und von Gry Storefjeld umarmt wurde. Ich war lange ein Vogel gewesen, der in ein Aquarium gesteckt worden war, ich war schlicht und einfach nicht im richtigen Element. Etwas war geschehen. Meine Atmung war anders. Alles bekam plötzlich einen Sinn, sogar diejenigen Ereignisse, von denen ich lange geglaubt hatte, dass es sich um falsche Entscheidungen und Debakel handelte. So war das. Ich würde schreiben. Ich hatte auch schon immer gelesen, hatte immer einen besonderen Genuss dabei empfunden, zu spüren, wie die Turbinen der Vorstellungskraft angeworfen wurden, wenn ich die Augen auf die ersten Seiten eines Romans fallen ließ, aber immer hatte mich dabei ein schlechtes Gewissen geplagt, weil ich fühlte, dass ich lieber Fachliteratur lesen, mich schulen sollte, da ich ja Politiker werden sollte. *Eine französische Romanserie wird zu einem internationalen Erfolg. Der Autor schreibt unter Pseudonym. Phantasiereiche, unwahrscheinliche, noch dazu anrüchige Geschichten. Alle versuchen herauszufinden, wer sich hinter dem Pseudonym verbirgt. Nach mehreren Jahren wird der Verfasser enthüllt, ein katholischer Priester. Es stellt sich heraus, dass die Bücher auf Beichtbekenntnissen beruhen, die jedoch gerade ausreichend verändert wurden, so dass niemand Verdacht schöpfte. Das, von dem man geglaubt hatte, es sei pure Erfindung, sind wahre Geschichten.*

Nun würde ich also schreiben. Fiktion. Und obwohl ich keineswegs überzeugt war, dass ich über großes Talent verfügte, war ich mir doch sicher, dass ich genau darauf meine Energie verwenden würde – jene Stimme, jenen Blick in Gebrauch nehmen, deren Existenz ich auf Utøya erahnt hatte. Ich habe das Schreiben während meines Studiums begonnen. Mit Religionsgeschichte weiterzumachen, war in erster Linie ein Deckmantel oder sollte mir als Basis dienen (gleichzeitig verschaffte es mir Zugang zu einem Arsenal einzigartiger Geschichten). Ich schrieb nicht, um Berühmtheit zu erlangen oder weil es die letzte Möglichkeit war, meinen Vater nicht zu enttäuschen, jetzt, wo Mutter nicht mehr bei uns war. Ich schrieb, weil das die einzige Möglichkeit war, wie ich meinen Senf dazugeben konnte. Ein verlegener Mann ohne Redebegabung, der sich entschloss, Schriftsteller zu werden. Ich schrieb und schrieb, ich schrieb genauso ausdauernd, wie ich einst um Gry geworben hatte, schickte es an Verlage und bekam eine Ablehnung nach der anderen. Natürlich war ich enttäuscht, aber zugleich löste es auch eine Zufriedenheit in mir aus. Die Wahrheit ist, dass ich mich nie so zufrieden gefühlt hatte. Ich schrieb, ich nutzte die einzige Begabung, die ich besaß.

Ich fand einen Freund, Anders Wiik, der Literaturwissenschaft studierte (»Du musst herausfinden, was schon geschrieben worden ist, damit du nicht dasselbe noch einmal schreibst.«). Er war ein guter Tennisspieler, hatte als Austauschstudent in den USA gelebt. Ich habe ihn spielen sehen, und er war nicht bloß gut, er hätte ein Star werden können. Aber er wollte schreiben, und er wollte trinken, er hätte entschieden ein bisschen weniger trinken können. Ich weiß, das ist ein Vorurteil, aber es überraschte mich, einem Typen zu begegnen, der mehr über Literatur wusste als ich und dabei aus Sand am

Nordende des Storsjøen in Odalen kam. Aber so war das heute, man konnte mitten im Wald sitzen und trotzdem problemlos den Bocksprüngen der Weltliteratur folgen, up to date sein bei allen Strömungen, allen Zeitschriften und Magazinen – die Bibliothek in Nord-Odal habe seit 1997 Internetzugang, erzählte Anders, und davor hätten sie alles angeschafft, was ein literaturinteressierter Grünschnabel sich nur wünschen könne. Auch von dem großen Sohn des Dorfes, Sigurd Hoel, war Anders begeistert, besonders von dem Roman *Der Weg an das Ende der Welt*, von dem Anders meinte, dass er sein bester sei, vielleicht weil er seinen Namen mit der Hauptfigur teilte, und vor allen Dingen wollte er einen Gegenbeweis liefern zu Embrets abscheulicher Behauptung, die er Anders mit auf den Weg gibt, als dieser gerade auf dem Sprung hinaus in die Welt ist: »Viel Seltsames wird dir widerfahren. (…) Und hinterher – da begreifst du, dass sich alles schon vor dem zehnten Lebensjahr entschieden hat. (…) Später wiederholt es sich wieder.«

»Zur Hölle mit Freud«, sagte Anders.

»Freud war ein Mamasöhnchen«, sagte ich.

»Freud war ein Religionsstifter«, sagte Anders.

Anders bestand darauf, dass wir Blutsbrüderschaft schlossen, er hatte eine altmodische Füllfederspitze aus Stahl gefunden, mit der wir uns in die Haut ritzen konnten. Jetzt seien wir »Brüder der Feder«, sagte er anschließend. Wir hätten uns genauso gut »Verein der Abgelehnten« nennen können, denn wir bekamen die ganze Zeit Ablehnungen, und dennoch waren wir nie verbittert, wir wollten anders schreiben, und es war uns bewusst, dass die Ablehnungen dazugehörten, wir waren auf der richtigen Fährte, waren in unserem Element, wir waren nahezu unbesiegbar, wir schrieben einfach weiter, es seien die Versuche, die zählten, nicht der Erfolg, sagte Anders; wir schrieben und schrieben, lasen einander das Geschriebene vor, machten Verbesserungsvorschläge oder sagten, dass es nicht anders genug sei, dass es viel zu sehr dem Bekannten gliche, wir wollten die Stammessprache erneuern, verdammt. Unsere Geschichten sollten ein Gegengewicht bilden zu der ganzen Gefühlsduselei. Wir klopften einander aufmunternd auf den Rücken und lachten. Oft saßen wir in den billigen asiatischen Lokalen in der Gegend um die Torggata und tauschten bei Dim Sum und Nudelsuppe mit gegrilltem Schweinefleisch Ablehnungsschreiben aus. Anders war es auch, der mir Mahler nahebrachte, »eine Schüsselfigur für die Musik des gesamten 20. Jahrhunderts«. »Hör dir das an«, sagte er, als wir vor einer ziemlich schlechten Stereoanlage in seiner Studentenbude in Kringsjå saßen. »Der erste Satz von Mahlers 9. Symphonie ist in D-Dur. Du erwartest, dass er uns im letzten Satz sicher dorthin zurückführt. Und was tut er?« Natürlich musste ich ihm die Antwort schuldig bleiben, brauchte nur zu warten, bis er fortfuhr: »Er dämpft das Ganze einen Halbton herunter, auf Des-Dur! Da haut es dich fast von den Socken!« Anders hatte ich es zu verdanken, dass ich diese Symphonie – und besonders den vierten Satz – so sehr schätzte, und er war es auch, der mir erklärte, was Modulation ist, und ohne darüber nachzudenken versuchte ich, etwas Entsprechendes, eine Art Gleiten, in meine Erzählungen hineinzubringen. Wir schrieben weiter. Schickten Manuskripte ein. Empfingen höfliche Ablehnungsschreiben. Dann, fast wie eine Antiklimax, wurden wir angenommen. Jeder bei einem anderen Verlag. Ich brachte eine Erzählungssammlung heraus, Anders einen kurzen Roman. Der Verlag, bei dem ich angenommen worden war, hatte einen neuen Lektor bekommen, und dieser eine Mensch hatte nun etwas in meinen Erzählungen entdeckt. Kann es so zufällig sein?, dachte ich. Ein einziger neuer Leser – ein *offener* Leser – und alles wird auf den Kopf gestellt? Die Leute, mit denen ich verkehrte, waren erstaunt, sie hatten mich nie schreiben sehen, auch mein Vater zeigte sich überrascht. Gry hob die Augenbrauen an. Ich hätte sehen müssen, was mich hinter der nächsten Ecke erwartete.

Man kann nicht alles vorhersehen.

Leider wurden weder Anders noch ich mit Aufmerksamkeit bedacht, als unsere Bücher vorlagen, wenngleich ein paar Boulevardblätter eine briefmarkengroße Meldung darüber brachten, dass Olaf Berges Sohn als Schriftsteller debütiert hatte. Es kamen auch keine Zuhörer zu unseren Lesungen, nicht einmal, als wir »stereo« im Mono lasen, dem rockclubartigen Lokal in der Pløens gate, wo wir nebeneinander stehend abwechselnd Passagen aus unseren Büchern vortrugen.

Während ich an meinem zweiten Erzählband schrieb – Gry und ich hatten uns getrennt –, sandte Anders ein Manuskript von zweitausend Seiten an seinen Verlag, sein Ziel war es, so viele glänzende Passagen zu schreiben, dass sie am Ende einen Kurzschluss im Kopf des Lesers bewirkten. Man würde sehen können, wer den Roman gelesen habe, behauptete er, denn diese Menschen würden wie so eine Art Zombies herumlaufen. »Oder vielleicht wie eine Reset-Funktion, so dass sie von vorn anfangen können?«, schlug ich vor. Das Manuskript wurde abgelehnt. Von allen. Verdammte Feiglinge, sagte Anders. Scheiß Mainstream-Junkies. Aber er gab nicht auf, das Manuskript sei zu kurz, das sei der Fehler, er müsse es doppelt so dick machen, sagte er, noch mehr Stimmen hinzufügen, mehr Abschweifungen, und während er weiter an der Ausweitung seines Meisterwerks arbeitete, einer Art 8. Symphonie von Mahler in Romanform, wollte er gleichzeitig einen Plan B ins Leben rufen. Es mussten die chinesischen Lokale in der Torggata gewesen sein, die ihn auf die Idee gebracht hatten. Er fragte oft nach Glückskeksen, aber so was hatten sie nicht auf der Speisekarte, man bekam sie nicht einmal als Gast beim Bezahlen der Rechnung. Anders wollte ein Unternehmen gründen, das chinesische Glückskekse herstellte. »Norwegen braucht Glückskekse, wenn das Erdölzeitalter dem Ende zugeht«, sagte er. »Und wir beide könnten dann die Texte für diese Papierstreifen schreiben, du bist doch so gut bewandert in Taoismus und Konfuzianismus«, sagte er. »Und du kannst Zitaten aus der Weltliteratur einen ungewohnten Dreh verpassen«, sagte ich. »Denk drüber nach, während ich heimfahre und meine Finanzen regle«, sagte er.

Seine Schriftstellerambitionen waren zu dem Wunsch verkommen, Glückskekstexte zu verfassen.

Ich habe nichts mehr von Anders gehört. Ich habe ihn anzurufen versucht. Ich habe ihm mehrere E-Mails geschickt, aber alle blieben unbeantwortet. Ich habe einen langen Brief nach Sand in Nord-Odal geschrieben, aber keinen zurückbekommen. Ich sah vor mir, dass auch seine Texte für Glückskekse abgelehnt worden waren.

Oder dass er wieder mit dem Tennisspielen angefangen hatte.

Oder sich zu Tode gesoffen hatte.

Eine zweite Erzählungssammlung von mir wurde angenommen. Die am wenigsten negative Kritik erschien in einer Studentenzeitung, in der die Texte als »Grübeleien in Erzählform« bezeichnet wurden. Diesmal wurden auch in größeren Zeitungen Besprechungen abgedruckt. Allesamt von der erbärmlichen Sorte. Das Ärgerlichste war, dass die Erzählungen von allen in die Tradition Kafkas gestellt wurden. Es war, als würde man automatisch auf Kafka zurückgreifen, um anzuzeigen, dass es sich nicht um traditionelle Erzählungen handelte. Wenn mich jedoch etwas inspiriert hatte, dann eher die Erzählungen des Argentiniers Julio Cortázar (und Mahlers Modulationen, könnte ich hinzusetzen). Auch ich begab mich in einer Geschichte auf die Suche nach jenem Punkt, an dem der Inhalt sich herumdreht und zu etwas Unerwartetem wird, an dem alles eine neue Richtung einschlägt, als wäre eine Weiche mitten in die Erzählung eingebaut worden. Mein großer Gedanke war es, durch mein Schreiben alternative Ursachenzusammenhänge herauszuarbeiten, die Dinge von ihren gewohnten Plätzen zu stoßen, zu zeigen, dass sich hinter dem Sinnvollen etwas Erschreckendes oder Absurdes verbergen konnte. Im besten Fall, dachte ich – und ich weiß nicht, ob ich das in meinen stärksten oder in meinen schwächsten Momenten dachte –, würde der Leser in diesen Erzählungen, oder der Summe der Erzählungen, eine neue Denkweise erahnen können, und meine Hoffnung war es, dass diese Denkweise schließlich auch politische Auswirkungen nach sich ziehen könnte. Denn was die Politik am allermeisten brauchte, war Vorstellungskraft. Ich betrachtete mich noch immer als ein Outsider-Mitglied der AUF.

Wenn ich diese Gedanken rekapituliere, senke ich den Blick und schüttle den Kopf. Du armer romantischer Mensch, denke ich.

Hätte ich Ine Wang doch etwas davon erzählen sollen?

Ich hielt den Mund. Vermutlich war es klug, den Mund zu halten.

»Waren Sie traurig, als die Beziehung zu Ende ging?«, fragte sie – ich erinnere mich nicht genau, wann sie das fragte, nur dass es gegen Ende des Interviews war.

»Ja, natürlich«, sagte ich, »aber das ging schnell vorbei.«

Waren die Worte wirklich so gefallen? Hatte ich so kategorisch geantwortet?

Zu dem Zeitpunkt stand mir jedenfalls immer klarer vor Augen, dass dieses ganze Vorhaben, das Porträt, eine gravierende Fehleinschätzung meinerseits war, dass es fürchterlich schiefgehen konnte. Ich hatte zugesagt, weil mich die Anfrage überrumpelt hatte. Und weil ich die Journalistin mochte. Wie soll ich aus dieser Angelegenheit wieder herauskommen, dachte ich, während ich die Frau betrachtete, die mir gegenüber auf dem Sofa saß. Etwas an dem Stoff ihrer Bluse hob die Konturen ihrer Brüste hervor. Und hatte sie noch einen Knopf geöffnet oder war die Bluse schon die ganze Zeit über am Hals so offen gewesen? Ich musste die Sache beenden, sie zum Gehen bewegen. Und gleichzeitig wünschte ich mir, dass sie blieb – zumindest so lange, bis ich einen Ausweg gefunden hatte. Konnte ich die zwischen uns entstandene Spannung dazu verwenden? Oder war diese Spannung nur eingebildet? Ich fragte sie, oder jedenfalls glaube ich, dass ich sie fragte, ob sie noch einen Spritzer Armagnac wolle.

»Nur ein kleines Gläschen«, sagte sie, »einen Ankerschnaps. Ich habe jetzt, was ich brauche.«

Zuckte ich zusammen bei dem Wort Anker? Ich erinnere mich nicht.

Ich hatte die Flasche weggeräumt und musste aufstehen, um sie zu holen, und während ich das tat, dachte ich noch einmal an ihre vorherige Frage nach dem Grund unserer Trennung, und auch später noch habe ich weiter darüber nachgedacht, es gibt, ganz ehrlich gesprochen, nur wenig, worüber ich mehr nachgedacht habe. Wieso ist es zu der Trennung gekommen? Wegen allem, hätte ich zur Antwort geben können. Abnützung in allen Gliedern. Oder ich hätte sagen können, dass es schon lange zu Ende gewesen sei. Dass es der Dovre-Ausflug war, der uns die tödliche Wunde zugefügt hatte.

Der Bruch erfolgte allerdings nicht direkt danach. Unsere Beziehung fiel wieder zurück ins Gewohnte. Abgesehen davon, dass wir öfter Streit hatten. In Restaurants wollte ich viel Trinkgeld geben, sie wollte überhaupt keines geben. Ich sagte, dies zeige einen Mangel an Respekt für die Arbeitenden. Wenn wir in eine Stadt im Ausland reisten, wollte ich in Buchhandlungen gehen, sie wollte billiges Dope kaufen. Und so weiter.

Die Wahrheit ist, die Trennung traf mich völlig unvermittelt. Wir waren uns in vielen Dingen uneinig, aber meiner Ansicht nach lief es gut zwischen uns. Jedenfalls besser als bei den meisten anderen. Nach vier Jahren war ich von Gry noch immer genauso hingerissen wie damals, als sie auf Utøya zu mir ins Zelt gekrochen war und mich zum Leuchten gebracht hatte.

Eines Tages Ende Juli machte sie mit mir Schluss. Es waren Betriebsferien und nur wenige Menschen in der Stadt. Ich stand zwischen den Säulen auf der Treppe vor der Deichman-Bibliothek in Hammersborg und wartete auf sie. Der Ort war über mehrere Jahre unser Treffpunkt gewesen. Sie kam für gewöhnlich aus dem Büro der Arbeiterpartei am Youngstorget und ich vom Ausleihtresen der Bibliothek. Insofern war auch das eine Spiegelung unseres Entfernens voneinander, für sie gab es immer mehr Politik, für mich immer mehr Bücher. Sie suchte nach Vereinfachungen, ich nach Nuancen, Widersprüchen. Normalerweise gaben wir uns hier auf der Treppe immer einen Kuss, vielleicht weil wir die prächtigen Säulen mit einem Tempel assoziierten und es als ein Ritual betrachteten.

Sie war wie immer spät dran, aber das störte mich nicht, ich war guter Laune, ich würde in einem knappen Monat als Schriftsteller debütieren und hatte die Bibliothek aufgesucht, um mir *Die blaue Villa in Hongkong* von Alain Robbe-Grillet auszuleihen, einen Roman, der seinerzeit in der Gelben Serie herausgekommen war und in dem der französische Schriftsteller angeblich ein Hongkong erschaffen hatte, welches dem echten Hongkong ähnlich und zugleich unähnlich war, und während ich abwechselnd nach Gry Ausschau hielt und den warmen gelben Umschlag mit seinem Nimbus von Qualität betrachtete, dachte ich, dass genau dieser Roman eine entscheidende Inspiration für neue Erzählungen sein könnte, und ich freute mich schon darauf, mit dem Lesen zu beginnen, wenn wir in Grys Wohnung in Borgen angekommen wären. Das heißt, nachdem wir Sex gehabt hätten. *Mögliche Erzählungstitel: »Das Manuskript in Walter Benjamins Koffer«. »Sebastian und die Kunst der Fuge«. »Lynx & Lynx«.*

Es war ein schwüler Sommertag und dicke Wolken segelten wie schwarze Piratenschiffe über den Himmel über dem Ekebergåsen. Ich habe die Gegend um die Deichman-Bibliothek mit der Hauptfeuerwache und der alten Polizeiwache als Nachbarn stets zu würdigen gewusst. Als Kind dachte ich, dies müsste der sicherste Ort in der ganzen Stadt sein. Ich mochte es auch, Gry zu bewundern, ihre charakteristischen Hüftbewegungen, wenn sie um die Ecke des Y-Blocks bog und – wie auf einem Catwalk – auf dem »Deckel« des Arne Garborgs plass auf mich zukam, doch als sie sich an diesem Tag endlich zeigte, sah ich sofort, dass etwas nicht stimmte, anders war. Zuerst glaubte ich, es liege an ihrer schwarzen Kleidung, an dem leicht Militär- oder Polizeihaften ihrer Erscheinung. Doch dann fiel es mir auf: Sie hatte sich die Haare geschnitten. Und nicht bloß ein wenig, sondern ganz kurz geschoren. Ein Zentimeter, der ganze Kopf. Sinéad O'Connor. Mir war sofort klar, was das bedeutete. Sie hatte ihr stolzes Haar geschnitten, um sich stark zu machen – das Gegenteil von Samson. Ich stand auf der Treppe und wusste, was kommen würde. Sie hatte sich die Haare geschnitten, fast wie um es nicht aussprechen zu müssen.

Sie sprach es nichtsdestoweniger aus. Mit atemloser Stimme. Als ob sie gelaufen wäre. Oder als ob sie, trotz allem, nervös wäre, es ihr davor graute, die Botschaft zu überbringen. Sie sagte, wir müssten Schluss machen, und ich erkannte sofort, dass ihre Entscheidung endgültig war. Wir hätten uns einfach auseinandergelebt, sagte sie. Wir seien an einem Punkt angelangt, wo unsere Beziehung uns mehr Kraft raube, als sie uns verleihe, sagte sie. Sie küsste mich auf die Wange. Alles wirkte eingeübt. Ich kam fast nicht zu Wort, und wie immer stand ich nur da und stammelte Sätze hervor, die sich in meinem Kopf aufstauten. Ich tat, als ob nichts wäre, aber ich hatte das Gefühl, als wollte mir das Gesicht zerspringen. Sie sagte nicht mehr. Wir standen … ich weiß nicht, wie lange wir dastanden. Es war, als wolle sie sich nur versichern, dass die Nachricht – das *Urteil*, dachte ich – bei mir ankam. »In fünf Minuten habe ich ein Meeting am Youngstorget«, sagte sie dann, küsste mich wieder auf die Wange und ging rasch den Weg zurück, den sie gekommen war. »Nächstes Jahr sitzt ein Ministerpräsident der Arbeiterpartei dort an der Spitze«, rief sie nach hinten und deutete auf das Regierungsgebäude.

Als sollte das ein Pflaster auf der Wunde sein.

Sie war bei irgendeinem Komitee. In einem Jahr war Wahl. Sie war viel mit der Parteispitze zusammen, hatte bereits einen hohen Posten im Auge. Auch das ein Grund, warum sie mich fallen ließ. Sie sah, dass ich ein Klotz an ihrem Bein war, oder zumindest sein würde. Ich folgte Gry mit den Augen. Sie ließ mich buchstäblich stehen. Ihre schwingenden Hüften verschwanden hinter dem Y-Block. Ich fühlte nicht nur Trauer, Verzweiflung, sondern ich fühlte ebenso viel *Hass*. Mögest du umfallen, dachte ich. Möge dir alles Schlechte der Welt widerfahren. Ich spürte, wie mein Hass das ganze verdammte Hochhaus einschloss. Ein infernalischer Turm zu Babel über der bürokratischen norwegischen Quasi-Sozialdemokratie! Scheiß Betonscheiß! Ja, auch der Y-Block mit den vermaledeiten Picasso-Verzierungen und allem. Wenn es nach mir ging, konnten diese Gebäude gern von der Erdoberfläche verschwinden. Die Flüche, die ich in Gedanken ausstieß, waren so heftig, dass ich ihr Echo in einer klaren Kammer meines Bewusstseins hören konnte.

Ich stand zwischen den Säulen und japste nach Luft. Ich konnte nicht atmen. *Die blaue Villa in Hongkong* fiel mir aus der Hand. Ich sank auf eine der Treppenstufen nieder und blieb dort sitzen, bis ich die Kontrolle über meine Atmung wiedererlangte.

Ine Wang hatte mich gefragt, ob ich traurig gewesen sei. Nie hätte ich ihr verständlich machen können, wie traurig ich gewesen war. Nur mit knapper Not gelang es mir, mich zum Egertorget zu schleppen und die richtige U-Bahn zu finden. Zu Hause wurde mir plötzlich so schlecht, dass ich ins Bad gehen und mich übergeben musste, obwohl mein Magen leer war. Wie aus heiterem Himmel bekam ich Nasenbluten. Niemand hatte mich geschlagen, aber ich blutete. Ich musste mich erneut übergeben, aber es kam nur mehr Schleim, ich kotzte saure Galle, während aus meiner Nase Blutstropfen in die Kloschüssel fielen. Es fehlte nur noch, dass ich mir in die Hose machte. Als ich glaubte, das Schlimmste sei vorüber, begann ich zu weinen. Heulen ist vielleicht das richtigere Wort.

Nach der Trennung lag ich eine Woche im Bett, vollkommen antriebslos, und mein Gehirn wirkte entzündet und von fiebrigen Gedanken überschwemmt. Als ich das Bett wieder verließ, versuchte ich zu schreiben. Es ging nicht, es kamen nur Linien dabei heraus, die zu Ellipsen wurden, Punkt, Punkt, Punkt, und ich dachte mir, dass alle diese Punkte Tränen waren. Nur um mich gleich im nächsten Moment darüber zu ärgern, dass ich so deprimiert hier herumsaß, berauscht vom eigenen Selbstmitleid.

Sie ging nicht ans Telefon, aber ich bekam eine SMS, in der sie mir schrieb, wann ich die wenigen Dinge abholen könne, die ich bei ihr hatte. »Sag nichts«, sagte sie, als sie mir in Borgen die Tür öffnete. »Mach die vier Jahre nicht kaputt, all das Schöne.« Sie wusste selbstverständlich, dass die Anschuldigungen, die ich mit mir herumschleppte, von epischen Ausmaßen waren. Als sie mein trauriges Gesicht, die herabhängenden Schultern sah, konnte sie sich nicht zurückhalten, sie äffte mein Verhalten nach. Das erinnerte mich an ihren Auftritt als Pantomimin in der Karl Johans gate, als sie die armen Schweine nachgeäfft hatte, die sich an ihr vorbeizuschleichen versuchten. »Du musst das schlechte Herz deiner Mutter geerbt haben«, war alles, was ich herausbrachte. »Du machst viel zu viel Aufstand deswegen, das ist alles völlig banal«, sagte sie. »Du hast mir das Herz gebrochen«, sagte ich, wobei ich mich gleichzeitig verachtete, weil ich mit so einem Klischee daherkam. Mir fehlte einfach die Redegewandtheit. »Das Herz ist nicht aus Glas«, sagte sie, »das Herz ist ein Muskel, ein robuster kleiner Racker.« Ich stand mit den wenigen Dingen in den Händen da, zwei armseligen Plastiktüten. Sie küsste mich auf die Wange und lotste mich hinaus.

Das war Folter. Reine Folter.

Gry & Nicolai. Ich versuchte, eine Liebeserzählung mit dem Titel »&« zu schreiben, aber es wollte mir nicht gelingen. Das & war ein Knoten, und der hatte sich in meinem Körper festgesetzt, drohte alle lebenswichtigen Funktionen auszuschalten.

Mitten in all dem überkam mich eine Unsicherheit. Wie ich so darniederlag, mich im Bett umherwälzte und diese Jahre mit Gry immer wieder im Geiste abspulte, wie in dem Wunsch, der verlorenen Zeit auf die Spur zu kommen, erkannte ich deutlich, was ich schon lange geahnt, aber immer wieder beiseitegeschoben hatte, nämlich dass Gry, diese Person, von der halb Norwegen der Meinung war, sie besäße ein außerordentliches politisches Talent, und die obendrein als »betörend« und »intelligent« bezeichnet wurde, eigentlich ein ungemein begrenzter Mensch war, der sich einzig durch große Machtgier und eine übertrieben hohe Meinung von sich selbst auszeichnete. Sie versteckte ihre mittelmäßige Begabung hinter Selbstsicherheit und Dreistigkeit. Sagte das nicht alles über Norwegen aus, dass niemand dieses Spiel durchschaute? Doch anstatt alles aufzugeben und sie in Erleichterung und Dankbarkeit zu verlassen, liebte ich sie nur noch mehr. Ich wusste, dass ich sie loslassen musste, aber ich konnte es nicht.

Einige Wochen vergingen. Mehrmals fuhr ich in die Westye Egebergs gate und setzte mich auf die Fußmatte vor ihrer Wohnungstür, obwohl ich wusste, dass sie nicht zu Hause war. Es war, als wollte ich mittels Osmose einen letzten Rest von ihr absorbieren. Einen ganzen Nachmittag saß ich auf Bjørnstjerne Bjørnsons Grab. Ja, wir lieben dieses Land. Und nicht nur das, sondern aus purem Aberglauben wanderte ich eines Nachts um die vier Häuserblocks auf der Anhöhe über dem Fredensborgveien. *Zwölfmal* ging ich im Kreis herum, gegen den Uhrzeigersinn, während ich unaufhörlich »Nimm mich zurück, nimm mich zurück, nimm mich zurück« vor mich hin murmelte. Das Ganze war natürlich so pathetisch, dass man darüber nur den Kopf schütteln konnte. Ich war nicht ich selbst, ich fürchtete, den Verstand zu verlieren. Nur in kurzen, hellen Momenten vermochte ich das Komische, das himmelschreiend Absurde an dieser Situation zu sehen. Ich war verrückt vor Liebe zu einer Frau, die meine Liebe nicht verdiente und mich außerdem nicht wollte.

Ich wartete auf eine neue SMS, eine Mail, ich wartete auf einen altmodischen Brief. Jeden Tag öffnete ich den Briefkasten mit pochendem Herzen, weil ich hoffte, einen Brief darin zu finden, einen langen Brief, einen kurzen, in dem sie mir mit ihrer kindlichen Blockschrift und den vielen Rechtschreibfehlern etwas schrieb, das es mir leichter machte, das Unbegreifliche zu begreifen.

Ich rief immer wieder bei ihr an, sie ging nie ans Telefon. Am Ende legte ich das Handy in den Kühlschrank, ich wollte nichts mehr damit zu schaffen haben, vergaß es dort. Eines Tages klingelte es, ich konnte es gerade noch hören, ein Signal aus dem Inneren des Kühlschranks – vom Nordpol, dachte ich. Ich öffnete ihn und nahm es heraus. Es war mein Vater. »Wie geht's dir?«, fragte er.

Eine der wenigen Beschäftigungen, mit denen ich mich in jener Zeit ablenken konnte, war das Herumbasteln an meinem Überlebenspaket. Zumindest etwas hatte ich gefunden, das noch hinein musste: zwei Paracetamol.

Ich bügelte Hemden, reinigte Anzüge, ich putzte jeden Tag meine Schuhe. Ich mochte den Duft, er brachte mich auf andere Gedanken. In der Bygdøy allé hatte ich auch Großvaters Schuhputzfutteral gefunden, ein ganzes kleines Rettungspaket für Schuhe, mit Tuben und Dosen und Bürsten und Tüchern – ein Set, das eines Erfinders, eines Innovators, würdig war. Es hätte nicht viel gefehlt und ich hätte mich auf die Karl Johans gate gestellt und den Leuten angeboten, ihre Schuhe zu putzen – gratis –, wodurch ich sowohl Ablenkung erfahren als auch eine gute Tat vollbracht hätte (ein gutes Stück körperlicher Arbeit, wie Gry gesagt hätte).

In den Monaten nach unserer Trennung war ich oft in der Nordmarka. Die Gedanken waren weniger unerträglich, wenn ich zwischen den Fichten umherging, auf einer Anhöhe stand und ein Gewässer erspähte, in dem ich schwimmen konnte. Es war, als ob mir der Wald Trost spendete.

Hätte ich Ine Wang davon erzählen sollen? Hätte sie es verstanden? Ich machte mir Vorwürfe, dass ich über Unwesentliches drauflosplapperte, während ich alles Wesentliche für mich behielt.

Ich betrachtete sie heimlich, wie sie mit dem frisch gefüllten Glas Armagnac, dem »Ankerschnaps«, dasaß und durch die Seiten ihres Journalistenblocks blätterte, als ob sie nach etwas suchte, nach einer Frage, die zu stellen sie vergessen hatte. Kann sein, dass sie das Thema wechselte, über andere Dinge zu reden begann. Vielleicht hatte sie schon genug zusammen. Das Gedächtnis ist unzuverlässig. Bestimmt tat ich so, als ob ich aufmerksam zuhörte, aber wahrscheinlich suchte ich verzweifelt nach einer glaubwürdigen Ausrede, nach etwas, womit ich das Porträt verhindern konnte. Oder trügt mich die Erinnerung? Es würde mich nicht wundern, wenn ich stattdessen in meine eigene Welt verschwunden und in Gedanken zu jenem Samstag im August zurückgekehrt wäre, als ich erneut in den Wald aufgebrochen war.

Schon als ich auf dem Fichtenreisigbett am Magnusputten erwachte, noch bevor ich die Augen geöffnet hatte, wusste ich, dass die nächsten Stunden für mein restliches Lebens entscheidend sein würden. Aber ich – der auf den AUF-Versammlungen stets darauf gepocht hatte, wie wichtig es sei, das

Unvorhergesehene, ja, das Unwahrscheinliche mit einzukalkulieren –, ich hatte keine Ahnung, was mich hinter der nächsten Ecke erwartete.

Ich wachte früh auf. Erwachte zu Vogelgeräuschen. Trotzdem war es nicht wie im April, wenn der Vogelgesang Schicht auf Schicht um einen herum erklingt – wenn nicht einmal ein Phil Spector eine bessere *Wall of Sound* zustande brachte.

Ich war nervös, ich kümmerte mich nicht um das Feueranzünden, das Kaffeekochen, ich aß eine Scheibe Brot, bestrich es mit Marmelade aus einer kleinen Plastikdose. Ich wollte mir den Appetit nicht verderben, ich sah vor mir, wie ich zusammen mit Gry und den anderen in Valen frühstücken würde, Pfannkuchen mit Ahornsirup. Ich wollte nicht die Augen verschließen vor der Möglichkeit, dass selbst Storen, nach vier Jahren, einen Strich unter alte Unstimmigkeiten ziehen und mir jene Gastfreundschaft gewähren würde, die in der Storefjeld-Mythologie immer so groß hinausposaunt wurde. Vielleicht würde er mich endlich akzeptieren. Um ehrlich zu sein, hatte ich ihn oft heimlich bewundert. Für seine oratorische Begabung. Seine tausendundeine witzigen Anekdoten. Seine soziale Intelligenz. Sein phänomenales Gedächtnis – man konnte beinahe glauben, dass er alle Ap-Mitglieder des Landes mit Namen kannte. Eigentlich war ich mir ziemlich sicher, dass sie mich hereinbitten würden, ganz egal, wie peinlich es werden würde.

Ein letzter Versuch.

Meine Gedanken wurden von einem Geräusch abgelenkt, das von einem nicht weit entfernt liegenden See, dem Lørensetertjern, herzukommen schien. Ich hörte ein Rufen. Mehrmaliges Rufen. Es wurde durch die Stille gut vernehmbar zu mir herüber getragen. Es klang nicht wie ein Hilferuf, eher wie

Jubel. Ich kroch aus meinem Schlafsack und ging schnell in die Richtung, aus der die Geräusche kamen. Als ich eine kleine Anhöhe mit guter Aussicht über den See erreichte, erblickte ich einen seltsam gekleideten Mann auf einer Art Floß, das heißt, es waren eher drei oder vier dicke Holzpflöcke, die nicht so aussahen, als wären sie sonderlich gut aneinander befestigt. Der Mann rief: »Ich will hinter ihnen das Schwert zücken!« Zumindest glaube ich, dass das seine Worte waren. Und dann: »Aber sie werden dich fesseln und mit Stricken binden!« Oder etwas in der Richtung, bei Letzterem bin ich mir nicht so sicher. Es klang wie etwas aus der Bibel. Der Mann war jedenfalls nicht mit einem Strick festgebunden, sondern um ihn herum befanden sich Kettenstücke. Er sah aus wie ein Selbstmordattentäter, die Kettenglieder wie Sprengkörper.

Trotz der Entfernung hatte ich die Gestalt wiedererkannt. Es war der verschwundene Mann. Es war Enok. Panther Hansen.

»Hei!«, rief ich, oder meine ich, gerufen zu haben. »Hei!«, antwortete er. »Hei, hei, hei!«, rief er. Wie ein fröhliches Kind, dachte ich. Ein Kind, das entdeckt hat, dass es hier ein Echo gibt. Dann ließ er sich ins Wasser gleiten und verschwand, während gleichzeitig die Pflöcke auseinandertrieben. Ich stand ein gutes Stück vom See entfernt. Trotzdem begann ich, zum Ufer zu laufen. Weil ich jedoch die Wasseroberfläche im Blick behielt, fiel ich hin und schlug mir das Knie auf. Ich fluchte, es tat weh. Ich saß zwischen den Grasbulten, rieb mir das Knie und schaute währenddessen auf das Wasser. Ich konnte nichts tun, es wäre sehr viel Zeit vergangen, bis ich die Stelle erreicht hätte, an der er untergegangen war, und ich hätte ihn kaum auffinden können, der See konnte tief sein und die Ketten hätten ihn schon bis auf den Grund gezogen, außerdem hätte ich es nicht geschafft, seinen Körper daraus zu befreien.

Es war schrecklich. Ich zitterte, verbarg den Kopf in den Händen, dachte fieberhaft über Alternativen nach. So saß ich lange, bis mein Körper sich wieder beruhigte. Ich hätte ohnehin nichts ausrichten können. Das war ein Mensch, der sterben *wollte*, dachte ich. Eine verwirrte Seele. Ruhe in Frieden, dachte ich.

Der Wald stand in einem dichten Kranz um den See.

Der Meisterschleicher Panther Hansen hatte sich in die Ewigkeit hineingeschlichen.

Ich beschloss zu warten, bis ich nach Hause kam, und mir dann zu überlegen, ob ich die Polizei benachrichtigen wollte oder nicht. Ich schob das Problem hinaus. Zu dem Zeitpunkt empfand ich Enoks Ende auch nicht als Tragödie. Darüber hinaus war ich ungeduldig, ich wollte meine Expedition fortsetzen. Ich musste schnellstmöglich zum Blankvann gelangen. Ich war besessen von dem Gedanken an Gry Storefjeld.

Ich packte meine Sachen zusammen, räumte auf, redete mir ein, dass die Zeit knapp sei, wenn ich rechtzeitig dort sein wollte. Ich begab mich durch das unwegsame Gelände zurück zum Forstweg. Gry, dachte ich. Eine letzte Chance. Gry, Gry, Gry. Das war Irrsinn. Es war, als ob ich glaubte, sie würde verschwinden, wenn ich mich nicht beeilte. Ich wanderte weiter in Richtung Valen, verließ aber den Weg und hielt mich an das Waldstück an der Nordseite, als ich am Blankvannsbråten vorbeiging. So, als schämte ich mich immer noch für diese Expedition, als wollte ich nicht gesehen werden. Ich wusste, ich durfte nicht weitergehen. Das war mir vollkommen klar. Ich sollte umkehren, zum Fagervann gehen, mich unter einen Baum setzen und Graham Greene lesen. *Das Ende einer Affäre*. Basta. Ich ging weiter. Meine Beine liefen wie von selbst. Nimm mich zurück, nimm mich zurück, nimm mich zurück. Warum setzte ich diesem törichten Unternehmen kein Ende? Ich weiß es nicht.

Es gibt keine Antwort. Ich weiß nicht, warum ich mich dort befand. Ich könnte es niemals erklären. Ich könnte sagen, dass mein Körper mich dorthin geführt hätte, alle meine irrationalen Neigungen, aber das besagt nichts. Die Wahrheit ist, es ist ein Mysterium.

Ich kam zu dem Pfad, der den Hügel nördlich des Sees hinaufführte. Hörte ich einen Hubschrauber? Ich weiß nicht, das Geräusch entfernte sich. Ich fühlte mich ausgelaugt, sofern es nicht der Zweifel war, der dieses Gefühl hervorrief. Mir kam der Gedanke, dass ich Tabletten hätte nehmen sollen, Steroide oder irgend so was, die mich hätten aufputschen können.

»Was, wenn das Eis bricht?«, hatte sie an jenem Dezemberabend vor vielen Jahren gesagt, als wir hier gewesen waren. »Der See ist fünfzig Meter tief.«

»Das Eis bricht nicht«, hatte ich gesagt. »Ich weiß, wann das Eis sicher ist.«

Wieder dieses Hin-und-her-gerissen-Sein. War ich zu optimistisch? Was, wenn mein Besuch einen neuen Skandal auslöste, wie damals bei dem fatalen Dovre-Besuch?

Doch dann: die Hoffnung. Die Hoffnung trieb mich voran.

Mein Plan war es, zeitig bei der Hütte anzukommen, damit sie mir einen Platz am Frühstückstisch anbieten mussten. Sofern sie mich denn nicht fortjagten. Es war Gry, die amerikanische Pancakes zum Frühstück eingeführt hatte. Witzig: Bei aller Kritik an den USA war diese ungesunde Essgewohnheit mit Freuden übernommen worden. Ich hatte gesehen, wie Storen seine Pancakes mit massenhaft Ahornsirup übergoss, bevor er seinen berühmten Gürtel lockerer schnallte.

Wenn sie nur dort wäre. Wenn sie nur in guter Stimmung wäre. Wenn sie mir Wärme zeigte. Wenn sie nur alles bereute. Wenn sie mich nur zurücknähme.

Ich wusste, dass das eine vergebliche Hoffnung war. Aber ich weigerte mich, es zu akzeptieren.

Ganz oben auf der Steigung führte der Weg in eine dunkle Stelle hinein. In meinem Kopf tummelten sich Sätze: Ich war gerade hier in der Gegend … Ich wusste nicht, dass jemand hier ist, ich wollte nur … Ich wollte an der Südseite des Blankvanns nach seltenen Orchideen suchen, und dann habe ich mich gefragt … Sollte etwa Bedarf bestehen an etwas körperlicher Arbeit?

Operation Gry.

Obwohl vieles, was bei der Gerichtsverhandlung vor sich geht, meilenweit an mir vorübergeht, und vieles davon so unwirklich ist, dass ich es nicht verarbeiten kann, sind meine Tage in Karakorum – in Gerichtssaal 227 – so voller erstaunlicher Erkenntnisse, dass ich für viele Jahre genügend zu denken haben werde. Während ich hier sitze, überkommt mich ein immer größeres Bedürfnis zu schreiben. Vielleicht habe ich endlich die perfekte Schreibstätte gefunden. Irgendwas an dieser … absurden Situation, an dieser genauestens inszenierten … Zeremonie, bringt mich auf die absonderlichsten, aber auch, wie ich glaube, *originelle* Ideen. Könnte man es damit vergleichen, von gewaltigen Kräften umhergeworfen zu werden, um sich dann urplötzlich im Auge des Zyklons zu befinden? Wie gesagt, die Leute würden es garantiert missverstehen, oder vielleicht würden sie glauben, ich schriebe mir Argumente für meine Verteidigung auf. Ich warte mit den Notizen, bis ich zu Hause bin … Ich meine: in meiner Zelle. An einzelnen Abenden kritzle ich fast schon verzweifelt Skizzen für meine Erzählungen nieder … als handelte es sich um den Schatten eines Fabuliertalents, das dabei ist, mir zu entgleiten. *Ein Schriftsteller schreibt gute Bücher, bleibt aber unbekannt. Dann allerdings äußert eine gefeierte Pianistin in einem großen Zeitschrifteninterview, dass sie die Bücher dieses Schriftstellers lese. Ein halbes Jahr später, in einer Kultursendung, erklärt ein berühmter Biologe, die Bücher dieses Schriftstellers seien eine Inspiration für ihn gewesen. Wenig später erwähnt ein Spitzenpolitiker bei einer Fragerunde einen seiner Romane. Im selben Sommer wird ein Bild von einer Sportlegende geschossen, wie sie mit dem zuletzt erschienenen Buch des Schriftstellers am Strand liegt. Und so weiter. Langsam wird eine Neugier auf den Schriftsteller geweckt. Titel: »Utopia«.*

Mir ist noch etwas eingefallen, was man unbedingt in seinem Überlebensset mitführen sollte: einen Bleistiftstummel und etwas Papier.

Zur Abwechslung habe ich einmal aufmerksam zugehört – das ist bereits mehrere Tage her –, als eine Zeugin, eine junge Frau von der AUF, mit bewegter Stimme von kollektiver Schuld gesprochen hat. Von gemeinsamem Versagen. »Wir hätten es sehen müssen«, sagte sie. »Berge war ein Mann mit ernsthaften Problemen. Jemand hätte es melden müssen. Ihn dazu überreden müssen, sich Hilfe zu suchen.« Auf die Frage der Staatsanwältin, was sie damit meine, hatte die Zeugin von meinen heftigen Zornesausbrüchen berichtet. Von meiner grenzenlosen Selbstbezogenheit. Von meiner Verachtung für die Schwächen anderer Menschen. Wo hatte sie das her? Zur Ergänzung zog sie meinen Blog heran, von dem nicht nur sie, sondern auch andere meinten, dass er heikles Gedankengut enthalte. »Wir hätten es sehen müssen«, wiederholte sie, und ihr standen tatsächlich Tränen in den Augen. »Wir haben versagt, alle miteinander.«

Auch andere haben in ihren Zeugenaussagen heftige Ansichten in Bezug auf meine Persönlichkeit vorgebracht. Einige behaupteten, ich sei gestört. Sie gaben Äußerungen wieder, die ich in verschiedenen Zusammenhängen, sogar beim gemeinsamen Biertrinken am Wirtshaustisch, getätigt habe, und behaupteten, in ihren Ohren hätten sie immer wie Ansichten geklungen, die an der Grenze zur Verrücktheit lägen. Als Beispiel erwähnte einer »dieses ganze Gebrabbel über Transzendenz, über das Erreichen des Jenseits«. Wurde etwas von »grandiosen Vorstellungen« gesagt? Ich erinnere mich nicht. Andere – wobei mir auffällt, dass es sich dabei um die Zeugen der Verteidigung handelt – sind der Meinung, dass ich als nicht zurechnungsfähig einzuschätzen sei. So, wie ich das verstehe, wird die Frage nach der Zurechnungsfähigkeit in den Medien heftig diskutiert, und das bereits, bevor die Rechtspsychiater zu Wort gekommen sind. Mein Verteidiger hat sich sehr darauf eingeschossen, er sagt, dass das von großer Bedeutung sei. Dass es sich schlichtweg als eine Hilfe oder ein Vorteil für mich herausstellen könne.

Das alles macht mich … nachdenklich. Unsicher. Als ob ich nie verstanden hätte, wer ich selbst bin.

Stehe ich davor, geistesgestört zu *werden*? An einem Tag habe ich gesehen, wie sich der Reichslöwe über dem Kopf des Richters bewegt hat. *Leo panthera.*

Ich sollte von Panther Hansen erzählen, dachte ich.

Über eines bin ich froh, nämlich dass sich Ine Wangs Porträt von mir nicht unter den Dokumenten befand. Oder wer weiß, wäre das Porträt in dem Magazin abgedruckt worden, hätte der Verteidiger womöglich aus einigen meiner Äußerungen etwas Günstiges herausschlagen können – wo ich doch auch viel Gutes über Gry zu Ine Wang gesagt habe. Aber es ist ohnehin nichts daraus geworden. Ich habe eine … Lösung gefunden, auch wenn ich mich noch immer frage, ob es die richtige war. Aber wie sagt man: Es gehören zwei dazu.

Der Abend war angebrochen, und durch die Fenster des Hochhausblocks auf dem Nordberg konnten wir zusehen, wie unter uns in der Stadt das Tageslicht schwand. Ine Wang hatte das Aufnahmegerät abgeschaltet, nahm einen letzten Schluck Armagnac und stieß einen Seufzer des Wohlbefindens aus, zumindest etwas, das ich als einen solchen interpretierte, bevor sie das Glas absetzte. Ihre Blicke wurden immer gewagter, fast einladend. Was eben noch eine Interviewsituation gewesen war, war in etwas anderes umgeschlagen. Ich hatte Gedanken, die mich sowohl erregten als auch beunruhigten. Ich versuchte, mich dagegen zu wehren, musste aber trotzdem pausenlos ihre schönen Lippen ansehen. Ich hätte nichts dagegen gehabt, sie an meinem Hals zu spüren.

Sie stand auf, packte ihre Sachen ein, war zum Aufbruch bereit. Sie stand direkt vor mir, wie in der Erwartung, dass ich den nächsten Schritt tat. Ihre Beine in der engen schwarzen Jeans befanden sich beunruhigend nahe vor meinen Augen. Ich saß still. Nichts ist unvermeidbar, dachte ich. Sie trug Teller und Teetassen in die Küche – ich bin mir nicht sicher, ob sie das aus Höflichkeit tat oder weil sie die Küche sehen wollte. Ich spürte einen Sog im Körper, aber ich sagte oder tat nichts. Falls sie jedoch wieder ins Wohnzimmer käme und die Arme um mich legte … dann könnte ich ihr das Schlafzimmer zeigen. Ich ließ das Schicksal entscheiden. (Das Schicksal? Was ist das Schicksal anderes als die Summe von Zufällen?)

Ich wägte das Für und Wider ab. Das Beste war, wenn sie ging, wenn nichts passierte. Lieber hätte ich sie am nächsten Tag angerufen und ihr gesagt, dass ich kein Porträt mehr über mich wünschte. Dass ich es bereute. Ich hätte es auf Gry schieben können. Auf all das Schreckliche. Ich hätte sagen können, dass es nicht richtig sei. Dass ich es natürlich sehr bedauerte.

Wir standen im Vorzimmer. Ihre Augen waren ein wenig verschleiert. Sofern es nicht meine eigenen Augen waren, die mir einen Streich spielten. Wir blieben noch stehen und redeten über Zufälliges, fast scherzend, zögerten den Abschied hinaus. Ich hatte den Eindruck, dass sie mit mir flirtete. Oder mehr als flirtete. Sie war eine gut aussehende Frau. Besonders. Sie stand da und schaute mich seltsam an. Fragend.

Das Kribbeln im Körper.

Sie hängte sich die Jacke über den Arm. Ich öffnete die Wohnungstür für sie. Sie konnte noch immer einen Schritt auf mich zumachen, mich mit ihren Fingern berühren, den Fingern mit dem eleganten Nagellack.

Ich hoffte es. Oder hoffte ich, noch davonzukommen?

Draußen im Treppenaufgang, während sie auf den Aufzug wartete, wirkte es, als versuchte sie, sich zu sammeln, auf das ursprüngliche Setting zurückzukommen. »Haben Sie Gry nach der Trennung wiedergesehen?«

»Nein«, sagte ich. Und bevor Ine Wang im Aufzug verschwand, fügte ich hinzu: »Oder doch, bei größeren Versammlungen habe ich sie manchmal gesehen. Von weitem. Ich habe nicht mit ihr gesprochen. Ich war fertig mit ihr. Sie war aus meinem Leben verschwunden.«

Die Tür glitt zu und der Aufzug sank den Schacht hinab.

Fünf Minuten später klingelte es an der Tür.

»Ich habe meinen Journalistenblock vergessen«, sagte sie.

In der nächsten Sekunde küssten wir uns.

Wenn ich an Ine Wang denke, denke ich an sie mit Wärme.

Natürlich war Gry nicht aus meinem Leben verschwunden. Was ich zu Ine Wang gesagt habe, war gelogen. Ich hätte Teile meines Hippocampus amputieren können, und trotzdem hätte

Gry meine Erinnerungen dominiert. Vier Jahre lang war ich vor Sehnsucht geblendet, konnte kaum an etwas anderes denken. Nicht zuletzt an jenem Morgen dachte ich an sie, als ich auf dem Magnusputten mein Lager räumte und nach Valen aufbrach, um einen letzten Rettungsversuch zu unternehmen.

Aber wen würde ich retten?

Nimm mich zurück, nimm mich zurück, nimm mich zurück.

Der Steig, dem ich den Hang hinauf folgte, führte zur Kobberhaughytta, und ich musste ein bisschen suchen, bis ich den fast unsichtbaren Trampelpfad fand, der nach links abzweigte und zu dem Hügelkamm über dem Blankvann und der Hinterseite von Valen, der Hütte der Familie Storefjeld, führte. Es klingt seltsam, aber für mich fühlte es sich an, als träte ich über eine Schwelle in eine andere Zone. Etwas hatte sich radikal verändert, auch wenn ich nicht genau sagen konnte, was es war. Die Dinge glühten mit einer eigentümlichen Intensität. Die Zapfen, die Nadeln, das Moos. Ich schritt an einem Stein vorbei, der lebendig zu sein schien, als ob er atmete.

Tabu. Das Wort schnellte kaum merklich in meinem Bewusstsein empor.

Die Eingangstür ging auf den Blankvann-See hinaus, und ich musste an der Hütte vorbeigehen, um auf den Vorplatz zu kommen. Alles wirkte ein klein wenig verzerrt. Schief. Falsch. Der Wald hinter der Hütte vibrierte. Flimmerte. Schien schwarz, obgleich es ein wolkenloser Spätsommermorgen war. Fast war es, als müsste ich mir die Augen reiben, als glaubte ich, etwas stimme nicht mit meinem Sehvermögen.

Bleib locker, sagte ich zu mir. Schraub deine Erwartungen herunter, sagte ich zu mir. Ich war aus einem einfachen Grund hier: Ich wollte ein Fieber loswerden, das mich vier Jahre lang gequält, ja, mich geschwächt hatte. Im besten Fall würde sich etwas Erfreuliches ergeben. Und auch wenn sich nichts änderte, wäre meine Wanderung nicht umsonst gewesen. Ich bildete mir ein, allein sie zu sehen, sie etwas sagen zu hören, ganz egal, was, würde wie eine Erlösung wirken, würde mir dabei helfen, sie aus meinem System zu löschen, ein für alle Mal.

Geh es ruhig an, sagte ich. Egal, wie es ausgeht, es ist eine Win-win-Situation.

So, wie ich es sah, gab es keine unvorhersehbaren Faktoren.

Ich stand auf dem Vorplatz. Alle meine Sinne erreichten eine Intensität, wie ich es bis dahin nur einige wenige Male erlebt hatte. In entscheidenden Augenblicken. Wie damals auf Utøya, als ich eine Rose auf Grys Schlafsack gelegt hatte.

Mehrere Erinnerungen polterten mir durch den Kopf. Wie etwa die, dass sie einmal ein Hüpfseil gekauft hatte und wir gemeinsam mit den Kindern in der Westye Egebergs gate damit gesprungen waren, während wir alte Abzählreime riefen. Dass sie Mah-Jongg spielte und unermüdlich versuchte, sich das noch kompliziertere Go beizubringen. Dass sie ganze Ananas gekauft und so geschält hatte, wie es in den Tropen gemacht wird, kunstvoll, und uns beim Essen der Saft über das Kinn geronnen war. Dass sie mit so eigentümlichen Bewegungen tanzte, dass es wirkte, als tanze sie zu einem ganz anderen Lied als alle anderen. Dass sie dunkelblaue Augen hatte, die aber, wenn sie weinte, grünblau wurden, leuchtend. Dass sie meinen Schwanz, in seinen zwei Zuständen, David und Goliath genannt hatte.

Krähen hüpften am äußeren Rand des Vorplatzes umher. Mag sein, dass sie normalerweise dort etwas zu fressen fanden. Storen mochte Krähen. Einmal hatte er erzählt, dass er sie als Verwandte von Hugin und Munin betrachtete, den beiden Raben aus der nordischen Mythologie, die Odin Nachrichten überbringen, und das passte, denn Arve Storefjeld war ein entschiedener Anhänger von Klatsch und Tratsch, er betrachtete das als Kapitalanlage, er wollte alles über jeden wissen, damit er seine Intrigen spinnen konnte. Die Hütte, dachte ich, war kein Mittelpunkt für Ideen, sondern in erster Linie eine Klatschzentrale.

Mein Herz schlug beinahe hörbar, ließ mich an ein altes Motorkielboot denken. Ich erinnerte mich an den nahezu physischen Zusammenstoß in Storens Hütte in Dovre. Damals hatte mein Herz so heftig geschlagen, dass ich es mit der Angst zu tun bekommen hatte. Die Zerbrechlichkeit meines eigenen Herzens hatte mich mehr geängstigt als die Wut und die Drohungen Storens.

Ich schaute zur Eingangstür. Ich begann, die Expedition zu bereuen. Ich dachte: Das ist ein halsbrecherisches Unterfangen. Das reinste Hasardspiel. Kehr um! Du und dein dämliches Überlebenspaket. Du hast keine Chance, dich aus dieser Lage zu befreien. Die ganze Idee ist verrückt. *Ein »Humanist« entschließt sich zu einer Lebensweise, die einen Gegenbeweis oder eine Überschreitung der Theorien des Darwinismus liefern soll. Es gelingt ihm, sich wirklich zu verlieben und eine Frau zu heiraten, die andere als hässlich, ja, als abscheulich betrachten und die zudem mit offensichtlich schlechten Erbanlagen ausgestattet ist, die vielleicht nicht einmal Kinder bekommen kann. Gleichzeitig nimmt er eine Arbeit bei einer Nothilfeorganisation an und reist mit seiner Frau in eines der gefährlichsten Länder der Welt. Er will sehen, wohin Liebe und Idealismus ihn führen können, ob ihm das Überleben dennoch gelingen wird. (Kein Vorankommen mehr. In die C-Mappe legen. Nein, verwerfen.)*

Die Hütte wirkte völlig tot. Genau so: tot. Zumindest Gry war um diese Zeit normalerweise wach. Auch der Anbau sah menschenleer aus.

Ich weiß nicht, ob mich die Erinnerung trügt, aber mich überkam das Gefühl einer Bedrohung, einer bevorstehenden Gefahr. Ein Raubtier. Irgendwas. Ich ließ den Rucksack fallen und fischte das Cold-Steel-Messer aus der Seitentasche, das Zusatzmesser, das ich im Wald immer dabeihatte. Ich hatte es direkt nach dem Militärdienst in einem Laden in der Storgata gekauft, sicher deshalb, weil der Nahkampfausbilder uns eben dieses Messer gezeigt und gesagt hatte, dass es eine vorzügliche Waffe sei. Ein San Mai III mit Sechs-Zoll-Klinge. Stahl, der wie geladen wirkte. Ich fühlte mich eigentlich nie unsicher in der Marka, aber ich hatte das Messer gern im Rucksack parat, für alle Fälle. Mir gefiel der Glaube, dass ich mein Schicksal in den Händen hielt. Gleichzeitig wusste ich, dass dem nicht so war. Wir halten das Schicksal nie in unseren eigenen Händen.

Die Eingangstür stand offen. Ich spähte hinein, sah niemanden. Sie müssen unterwegs sein, sagte ich mir. Ich wandte mich um und steckte das Messer zurück an seinen Platz in den Rucksack, ließ die Tür offen.

Ich hatte einen Duft nach Pancakes oder Rührei erwartet, doch der Geruch, der mir entgegenschlug, war unbestimmbar, vielleicht von etwas Scharfem oder Süßlichem, wie Medizin. Fast wie in einem Krankenhaus. Oder war es Schwefel?

Ich hörte ein Rauschen. Es dauerte eine Zeit, bis ich begriff, dass es mein eigenes Blut war, das in meinen Ohren rauschte. Ich ging vom Gang in die Stube. Ich blieb stehen. Ließ es auf mich wirken. Wände, Fußboden, Decke, Möbel. Das Zimmer wirkte merkwürdig bekannt und zugleich völlig fremd. Unheimlich fremd. Auf dem Tisch standen eine Flasche XO-Cognac, ein runder Rémy Martin. Ich erinnerte mich, dass Storen Rémy Martin absichtlich so aussprach, als handle es sich um einen norwegischen Namen. Die Flasche war fast voll, was mir wie ein kleines Wunder vorkam. Das sah Storen nicht ähnlich. Und inmitten all dessen, ohne dass ich wüsste, wieso es gerade jetzt passierte, gelangte ich zu einer Erkenntnis, und das mit einer Intensität, die mich an Passagen in Texten über religiöse Menschen denken ließ: In diesem Augenblick verstand ich – und das auf so tiefgreifende Weise, dass die Verzauberung meinen Körper auf immer verließ, ganz buchstäblich, als ob sich Klauen von mir lösten –, dass meine Besessenheit von Gry auf einer Verblendung beruhte. Eigentlich hatte ich längst verstanden, dass sie recht hatte: Die Verbindung zwischen uns war nicht stark genug. Wie ich so in der Hütte stand, da war es, als ob das »&« zu einem »–« wurde. Ich war frei. Die ganze Expedition war ein Irrtum, ein Missverständnis. Oder gerade dadurch, dass sie zu dieser erlösenden Einsicht führte, ein Erfolg.

Erst jetzt, dachte ich, ist diese Beziehung vorbei, auch für mich.

Ich stand auf einem abgenutzten Flickenteppich, und mein Blick wurde vom Bücherregal angezogen. Ich hatte mir dessen Inhalt angesehen, als ich damals mit Gry hier übernachtet hatte. Da waren Gerhardsens signierte Memoiren, voll mit Unterstreichungen. Mehrere Bände von Kåre Holt, Kjell Aukrust, Mikkjel Fønhus. Roy Jacobsens *Die Sieger* stand auch dort, ungelesen.

Die Hütte wirkte verlassen. Kein Geräusch. Ich dachte: Sie sind weggefahren. Ein überstürzter Aufbruch. Eine Bedrohung, wo doch die Tür offen stand? Hatte der Letzte einfach vergessen abzuschließen?

Etwas sagte mir, dass ich mich zurückziehen, mich davonschleichen solle.

Ein neues Karakorum, dachte ich. Oder, dachte ich das? Ich glaube es nicht. Zumindest damals nicht.

Ich blieb stehen. Stand da und wusste nicht, was ich tun sollte. Gleichzeitig war ich von einer Gemütsruhe erfüllt, wie ich sie seit Langem nicht empfunden hatte. Vielleicht lag es an der Erleichterung. Ich hatte erkannt, dass ich Gry loslassen konnte. Es war vorbei. Endlich vorbei. Im Grunde brauchte ich sie gar nicht zu sehen, nicht mit ihr zu sprechen. Ich konnte jetzt umkehren, sollte umkehren. Ich blieb stehen. Ich stand mitten in der Stube und drehte mich langsam im Kreis. Ich erinnerte mich an das Dezemberwochenende, als Gry und ich in Valen gewesen waren. Damals hatte alles anders ausgesehen. Viel dunkler. Aber ich erinnerte mich an das Gästebuch. Ich ging zum Bücherregal, zog es heraus, blätterte darin, fand die Seiten, die wir beschrieben hatten. Später hatte sie auch eine Fotografie von uns beiden auf dem Hof vor der Hütte eingeklebt, die gleiche, die ich zu Hause hatte. Ich legte meine Finger darauf, wie um diesem Augenblick näherzukommen.

Ich las, was sie unter das Bild geschrieben hatte, da stand nur »4 x körperliche Arbeit«. Ich musste lächeln. Das war frech. Sogar Storen musste diesen Code geknackt haben.

Ich blätterte bis ans Ende des Buchs. Auf der letzten Seite hatte jemand, ein Kind, etwas gezeichnet und ausgemalt. »Freitag: Gry und ich backen Waffeln«, stand darunter. War auch ein Kind hier gewesen?

Wieder überkam mich eine Verunsicherung. Ein Handy begann auf dem Tisch in der Stube zu vibrieren, das Geräusch erschreckte mich, so dass ich fast das Gleichgewicht verlor. Ich verstand immer weniger. Ich ging auf eines der Schlafzimmer zu, die Tür stand einen Spaltbreit offen. Ich schaute hinein.

Dann wurde alles schwarz.

Ich hatte geglaubt, ich könnte es verheimlichen. Nie hätte ich gedacht, es könnte jemand entdecken, dass ich in der Hütte gewesen war. Um die Wahrheit zu sagen, an dem Tag meiner Festnahme war ich überrascht.

Später dachte ich, dass es unvermeidlich war. Dass es fast vorherbestimmt wirkte. Dass die Liebe, und noch mehr vielleicht die Liebe auf Abwegen, mich hierherführen würde, in diesen Gerichtssaal, angeklagt wegen Mordes.

Ich bin der meistgehasste Mann Norwegens.

III

War es vielleicht nur ein Zufall, dass die Polizei Interesse an mir fasste? Meine erste Vermutung war, dass Ask Diesen die Polizei kontaktiert hatte. Er hätte ihnen das Bild des Elchbullen zeigen können, das am Tag vor den Morden im Wald direkt beim Ullevålseter aufgenommen worden war. Ich erinnere mich nicht, aber es kann gut sein, dass ich damals, als Ask und ich beim Fagervann gewesen waren, das Cold-Steel-Messer dabeigehabt, ihm vielleicht sogar vom Militärdienst erzählt hatte. Ask Diesen war ein gewissenhafter Mann. Er hatte bestimmt Verdacht geschöpft und nicht gezögert, der Polizei einen Hinweis zu liefern.

Während des Prozesses kamen mir Zweifel. Ask Diesen war nicht als Zeuge aufgerufen worden. Nichtsdestotrotz konnte die Polizei mit ihm gesprochen haben. Vielleicht hatte Ask ihnen erzählt, dass er mich nicht kannte, dass er nur ganz oberflächlich Kontakt zu mir gepflegt hatte. Ein Smiley. Das war alles.

Dem Hörensagen nach war es »ein anonymer Hinweis«, der die Polizei dazu veranlasste, an meine Tür zu klopfen. Oder fast den gesamten Block zu belagern. Endlich konnten sie ihre

Ausrüstung herzeigen. Der Hinweis konnte von jedem x-Beliebigen gekommen sein. Und natürlich wurde bei der Beschlagnahmung meines Handys das Foto des Elchbullen gefunden. Es liegt als Beweis in der Dokumentenmappe, in der die verschiedenen Parteien herumblättern wie in einem fesselnden Thriller. Soweit ich verstanden habe, ist es auch möglich, die Handyposition zu bestimmen, indem man Daten von Basisstationen in der Nähe einholt.

Es war seltsam, an jenem Tag das Bild des Elchbullen zu sehen, als es auf dem großen Bildschirm hier im Gerichtssaal gezeigt wurde.

Es ist ein schönes Bild.

Ich sehne mich zurück in den Wald.

Die ersten Tage nach meiner Rückkehr aus Valen liegen für mich im Dunkeln. Irgendwie hatte ich es geschafft, mich nach Hause zu schleppen, und als ich wieder zu mir kam, oder wie ich es nennen soll, war ich von Ruhe erfüllt. Auch in den darauffolgenden Wochen, als unter anderem mein Treffen mit Ine Wang stattfand. Zu der Zeit hatte ich eine klare Idee – falls es in meinem Kopf klare Ideen gab –, wer die Untat begangen hatte. Es konnte niemand anders gewesen sein als Panther Hansen.

Eines der ersten Dinge, an die ich mich erinnerte, nachdem ich die Fähigkeit des zusammenhängenden Denkens wiedererlangt hatte, war das Ereignis am Samstagmorgen im Wald – der Anblick von Enok, der sich im Lørensetertjernet ertränkte. Zu diesem Zeitpunkt wurde mir zum ersten Mal die volle Tragweite dieser Episode bewusst.

Was sollte ich mit meinem Wissen anfangen? Ich fing nichts damit an. Es wäre gelogen zu sagen, dass ich mir in den ersten Wochen nach dem Blankvann-Vorfall groß den Kopf darüber zerbrochen hätte, ob ich die Sache mit Enok Hansen melden sollte. Als die Erinnerung auftauchte, hatte ich keine Zweifel. Ich musste den Mund halten. Ich durfte auf keinen Fall in die Ermittlungen hineingezogen werden. Allein der Gedanke widerte mich an, dass alte AUFler, alle Freunde von Gry, Wind davon bekommen sollten, dass ich die Hütte aufgesucht hatte – der Gedanke an den Spott, die Spekulationen, die abstrusen Schlussfolgerungen. Ich würde ernsthaft in Erklärungsnot geraten, wie man sagte.

Doch, ja, im Nachhinein habe ich mir Selbstvorwürfe getan. Dafür schäme ich mich. Diese unehrenhafte Angst, mich dafür rechtfertigen zu müssen, was ich an dem Ort gemacht habe. Diese verzweifelte Irrationalität.

Ich weiß nicht, ob das zu meiner Verteidigung angeführt werden kann, aber in diesen Wochen war ich davon überzeugt, dass die Ermittler dahinterkommen würden. Dass sie sich bis zu Enok Hansen vorarbeiten würden. Mit Bluthunden oder so. Mit ihrer ganzen komplexen Ausrüstung. Ich konnte es mir nicht anders denken, als dass er deutliche Spuren hinterlassen haben musste, irgendetwas, das zu einer raschen Aufklärung des Falls führen würde: Die Morde waren ein Ausdruck von Wahnsinn, der Vorstellungen eines kranken Mannes. *Ein älterer Mensch wird tot am Rand einer Landungsbrücke aufgefunden. Eine Identifizierung ist nicht möglich, jedoch deutet vieles darauf hin, dass er Seemann gewesen ist. Man entdeckt fünf ungewöhnliche Tätowierungen auf seinem Körper. Erzählung: Fünf Geschichten über diesen Mann, ausgehend von diesen Tätowierungen. Von fünf Häfen in verschiedenen Ländern. Zusammen liefern sie die Grundlage zu einer Hypothese über die Identität des Mannes. (Bringt es etwas, diese Ideen zu sammeln?)*

Ich habe viel über den Augenblick meiner Festnahme nachgedacht. Es war ein … Schock. Oder, ich finde das Wort nicht. »Unwirklich« wäre zu schwach. Die Sekunden, als die Polizei meine Wohnung stürmte, Uniformierte mit drohendem Blick, die in lautem Befehlston sprachen. Als ginge eine tödliche Bedrohung von mir aus. Worüber ich mir am meisten den Kopf zerbrochen habe, ist die Frage, warum ich geschwiegen habe. Wie ich das überhaupt fertiggebracht habe. Warum habe ich nicht sofort aufgeschrien, wieso um alles in der Welt habe ich nicht protestiert? Warum habe ich mich nicht geweigert, mich von der Stelle zu rühren, warum habe ich mich nicht unter Schreien von ihnen hinaustragen lassen, meine Unschuld beteuert, gebrüllt, die Festnahme müsse auf einem riesengroßen Missverständnis beruhen?

Wieder: Es muss der Schock gewesen sein. Ein Angriff auf meine Nerven. Eine Art totaler Lähmung der Sprechorgane und der Fähigkeit, rational zu denken. Warum aber habe ich auch später keine Erklärung abgegeben? Im Nachhinein sehe ich, dass der Grund meines Schweigens ebenfalls ein anderer war. Nach der Verhaftung brach eine gewaltige Verwirrung über mich herein. Ein Gedankenchaos, das mir Kopfschmerzen bereitete. Nicht nur kam mir der Verdacht, ich könnte in Bezug auf Enok Hansen falschliegen – sondern da war auch noch diese ausweglose Tatsache, dass es Minuten gab, vielleicht sogar Stunden, die wie aus meinem Gedächtnis gelöscht wirkten. Das alles brachte mich auf den Gedanken … oder machte mich zumindest offen für die Möglichkeit … ja, dass ich es war … dass tatsächlich ich es gewesen sein musste, der die Tat begangen hatte.

Lange, mehrere Wochen, mehrere Monate lang, dachte ich so. Dass ich es verdrängt haben musste. Irgendwie, dachte ich, habe ich es geschafft, meine schrecklichen Taten am Blankvann auszuradieren.

Meistens allerdings dachte ich überhaupt nicht. Eine große Stumpfsinnigkeit hatte mich befallen. Apathie. Wie ich es sehe, muss ich in eine Art Depression hineingeschlittert sein. Alles war Nebel. Mein Gedankenleben lag beinahe im Winterschlaf. Wenn ich zurückblicke, sind alle diese Monate im Gefängnis für mich fast verschwunden. Und das wenige, woran ich mich erinnere, ist des Erzählens nicht wert. Die Zeit in Untersuchungshaft erscheint mir wie ein einziger, unendlicher grauer Tag. Ich verfiel bald in die Routinen, ich lege Wert auf Routinen, es gibt nichts, worüber ich mich beklagen müsste.

Die Zelle ist acht Quadratmeter groß. Das hört sich wenig an, es ist genug.

Es ist, als versuchte ich jetzt, während meiner Tage in Saal 227, besonders in den letzten Wochen, alles Verlorene nachzuholen. Abends liege ich in meiner Zelle und denke darüber nach, was sich bisher in dem Prozess ereignet hat, als suchte ich nach Argumenten, warum ich … was ich tun soll, ob ich vielleicht doch darum bitten sollte, das Wort ergreifen, eine Aussage machen zu dürfen. Immer wieder versuche ich, den Tathergang zu rekapitulieren … zu rekonstruieren. Wie schon erwähnt, war ich in den ersten Tagen anwesend, aber gleichzeitig nicht anwesend. Ich schaffte es kaum, dem zu folgen, was von Seiten der Anklage und der Verteidigung, vom Richter und von den Polizeizeugen gesagt wurde. Ich will nicht sagen, dass es surrealistisch war, es war auch nicht so, dass meine Persönlichkeit sich gespalten hätte, wie es die Leuten oft sagten, dass ein Teil von mir das Ganze von außerhalb beobachtete – eher war es, als ob dieses riesige und akribisch in Szene gesetzte Tableau … ein

Scherz wäre, etwas, das ich nicht ernst zu nehmen brauchte, ganz gleich, wie todernst es war. Ja, es *war* ein Schauspiel, mit Kostümen und allem Drum und Dran – ein Drama, das darauf abzielte, der Bevölkerung Katharsis zu verschaffen, und es fiel mir schwer, zu entscheiden, ob ich den Schauspielern oder dem Publikum angehörte –, zumindest aber lag mir der Gedanke, dass ich die Hauptrolle spielen sollte, völlig fern.

Am Ende wurde es unmöglich, die Augen vor der Tatsache zu verschließen, dass ich es war, um den sich alles drehte. Ich bekam es trotzdem nicht in meinen Kopf, jetzt ebenso wenig wie in meiner Zeit in Untersuchungshaft, und bald wurden alle Fragen von einer anderen überschattet: Wie konnten sie denken, dass ich, Daniel Nicolai Berge, ein Mörder war, ein Terrorist? Was hatte ich an mir, was hatte mein Leben an sich, das die Leute das glauben machte?

Zum ersten Mal tauchte der Gedanke an Selbstmord auf. Ein paar Sekunden lang. Dann schlug ich ihn mir aus dem Kopf.

Allmählich wurde mir klar, auch aus dem, was mein Verteidiger sagte, dass schwerwiegende Beweise gegen mich vorlagen. Das Schmuckstück. Das spezielle Messer. Meine Nahkampfausbildung beim Militär. Und nicht zuletzt war da das Bild aus der Marka, aufgenommen am Tag vor den Morden.

Hinzu kam noch die Behauptung über meinen *Hass* gegen die Arbeiterpartei. Einer der Zeugen der Anklage, ein Historiker, Experte für politische Ideologien, wie verlautet wurde, stellte die Behauptung auf, mein Blog könne als ein Manifest gelesen werden. Als eine einzige, lange Kriegserklärung gegen die Arbeiterpartei. Auch die Anklägerin zitierte fleißig daraus – besonders aus Einträgen, in denen ich über Verrat geschrieben hatte. (»Die Ap ist diejenige Partei, die für die drängenden

Fragen der heutigen Zeit am besten gerüstet wäre, aber sie hat ihren Auftrag verraten, sie hat sich der Wachstumsphilosophie verkauft, der Kommerzialisierung und dem Populismus. In ihrer Ohnmacht hat sie an den erforderlichen Mühen für die Herausbildung einer ganzheitlichen Ideologie Verrat begangen und sich stattdessen dem Allereinfachsten ergeben: dem Pragmatismus.«)

Ich hatte das Bedürfnis, Protest einzulegen. Der Blog war ja nichts weiter als ein Schmierheft, ein lautes Nachdenken, eine Ein-Mann-Gedankenschmiede. Aber im Gericht wurde alles verdreht.

Ich schwieg. Und diesem Schweigen lag auch eine famose Gleichgültigkeit zugrunde. Es war ja doch alles sinnlos. An mehreren Abenden lag ich in meiner Zelle und nahm mir all die Götter vor, große und kleine, auf die ich bei meinem Studium der Religionsgeschichte gestoßen war. Keiner von ihnen konnte helfen. Ich war allein in einem sinnlosen Dasein. Alles, was ich hatte, waren mehr oder weniger schlechte Geschichten. Dahinter, darüber fand die Immanenz keine Transzendenz, sondern nur noch mehr Immanenz.

Ich war unschlüssig, was ich am ersten Tag im Gericht anziehen sollte. Am Ende hatte ich einen von Großvaters Lieblingsanzügen aus der Wohnung auf dem Nordberg holen lassen – einen Zweireiher mit Kreidestreifen. Als ich den in der Bygdøy allé fand, entdeckte ich, dass die Königliche Verdienstmedaille immer noch über der linken Brust hing, Großvater musste sie abzunehmen vergessen haben, als er den Anzug das letzte Mal trug. Sie war schön, eine goldene Medaille mit dem Wahlspruch des Königs auf der Vorderseite: Alt for Norge. Alles für Norwegen. Ich behielt sie, aber von dem Tag an lag sie versteckt in der Innentasche. Der Verteidiger hatte mir die Wahl eines anderen Anzugs nahegelegt, er war der Meinung, die Leute könnten das missverstehen. Ich überhörte seinen gut gemeinten Rat. Ich wollte einen Anzug tragen, der einem Innovator gehört hatte. Bestimmt würden die Leute sich darüber lustig machen, aber ich wollte mich so kleiden, wie ich mich immer zu kleiden pflegte. Ich war ein Mann außerhalb der Zeit.

Aufgrund dieser lähmenden Gleichgültigkeit – gibt es in der Pathologie einen Terminus dafür? – hörte ich auf, mir Gedanken darüber zu machen, was die Leute über mich dachten. Nur eine Sache schmerzte: Vater. Was er denken mochte. Ich sah ihn vor mir in der Wohnung in der Bygdøy allé, wie er jeden Tag dort saß, ein aufrechter Mann mit Hängebacken, und alles im Fernsehen und in den Zeitungen verfolgte. Ein Mann mit einer tödlichen Wunde, dank mir. Einmal gab der Verteidiger mir einen langen Artikel über ihn. Ich fand, ich müsse ihn lesen. Zwei Journalisten hatten über ihn geschrieben, über seine Karriere – in demselben Artikel stand auch viel über meine Mutter (aber kein Wort über ihr Alkoholproblem). Sie bohrten in dem Leben meiner Eltern herum, wie um die Erklärung dafür zu finden, wie zwei so fähige Menschen ein Monster hatten in die Welt setzen können. Ich habe die gesamte Sippe in den Dreck gezogen.

Soweit ich mich erinnere, habe ich in einem Interview nach einer Buchveröffentlichung einmal gesagt, durch die Verwendung des literarischen Textes als Bulldozer wolle ich die tieferen Bewusstseinsebenen verschieben. Das hatte ich natürlich nie geschafft. Erst jetzt, da mir fünf kaltblütige Morde zur Last gelegt werden, ist es mir gelungen, in dem unbewussten

Seelenleben der Menschen ein kleines Durcheinander zu bewirken. Ich hatte, freiheraus gesagt, einen unauslöschlichen Eindruck hinterlassen. Mein Name wird für alle Zeit Unbehagen hervorrufen. Berge. Ein Dorn im norwegischen Fleische.

Ich konnte verstehen, dass die Menschen sich nach Rache sehnten, wiewohl niemand das Wort Rache verwenden würde. Es wurde von einem »würdigen Gerichtsverfahren« gesprochen. Die Wahrheit ist, die Mehrheit der Bevölkerung hätte mich am liebsten gefoltert, gevierteilt. Fünf Menschen wurden auf abscheuliche Weise ums Leben gebracht. Ich verstand ihren Zorn. Wenn es nach ihnen ginge, würden sie mich fünfmal ermorden.

Hass. Ständig ertönt dieses Wort im Gericht. Ich habe nachgedacht. Habe ich Arve Storefjeld gehasst? Habe ich je Hass gegen Gry gehegt? Ich weiß es nicht.

Es ist seltsam. Im Laufe dieser letzten Wochen scheinen mich alle negativen Gedanken verlassen zu haben. Ich sehe jetzt nur mehr das Gute in diesen Menschen. Grys unerschütterlichen Optimismus. Ihre impulsiven Einfälle, wie an dem einen Sonntag, als sie mich dazu überredete, mit ihr zum Makrelenfischen zur Ulvøybrua zu gehen, weil sie frischen Fisch zum Abendessen wollte. Sogar Storen erscheint in meiner Erinnerung mit versöhnlichen Zügen. Seine Wirkung auf die Wähler, seine unvergleichliche Anziehungskraft. Seine Schwärmerei für norwegische Holzskier. Seine Pfannengerichte waren wirklich wohlschmeckend, und erstaunlicherweise konnte er mehrere Gedichte von Tor Jonsson auswendig. Schade, dachte ich, dass wir einander nie unter vier Augen begegnet sind, uns in aller Ruhe zusammensetzen und uns ein Glas Armagnac genehmigen konnten. Vielleicht hätten wir sogar Ideen aushecken können, die das ungenutzte Potential der Sozialdemokratie freigesetzt hätten. Ungeachtet dessen, was alle glauben, hängt mein Herz noch immer an der Arbeiterpartei.

Die Strategie der Anklagevertretung war vom ersten Moment an klar: Sie wollten ein Bild von mir kreieren als einer herzlosen, groben Person. Fast ertappte ich mich dabei, zu bewundern, wie ein Zeuge nach dem anderen mein Porträt langsam in etwas verwandelte, das dem immer abscheulicheren Bildnis gleichen musste, das Dorian Gray in einem abgeschlossenen Raum versteckte. Ich erinnere mich nicht, wann es war, alles verschwimmt im Durcheinander, aber eines Tages sagte eine Frau, die mir kaum bekannt war, im Zeugenstand aus, ich hätte Gry einmal in der Küche mit einem Messer bedroht – sie habe es vom Wohnzimmer aus gesehen. Aber so war es nicht. Als ich mir den Kopf darüber zerbrach, fiel mir ein, dass die Episode sich nach einer AUF-Versammlung zugetragen hatte, als wir zu einem Abendimbiss in die Westye Egebergs gate geladen hatten, ich hatte Melonen geschnitten und die Stücke zusammen mit Serrano-Schinken auf ein Tablett gelegt, und diese Frau musste beobachtet haben, wie ich bei einer Diskussion heftig gestikuliert und dabei zufällig das Messer in der Hand gehalten hatte. Gry hatte ihre Angst nur simuliert – sie war nicht umsonst in den Schauspielzweig gegangen.

Ich sollte etwas sagen. Über den verschwundenen Mann. Panther Hansen. Ich bringe es nicht über mich. Ich glaube auch nicht, dass das im Gericht gerne gehört würde. Ich glaube nicht, dass das norwegische Volk, sofern ich diesen Ausdruck verwenden darf, diese Geschichte ertragen würde. Denn es ist eine Geschichte, in der zwischen den Zeilen gesagt wird, dass schreckliche Dinge so zufällige, so banale Ursachen haben können, dass sie nicht zu verstehen sind.

Nichts ist komplizierter als das Einfache.

Jedes Mal, wenn ich darüber nachgedacht habe, ob ich von Enok Hansen berichten soll, habe ich mich in Saal 227 umgeblickt, mich diskret zu den Zuschauerplätzen umgewandt und die Gesichter studiert. Was habe ich gesehen? Ich habe weiterhin Verurteilung, Abscheu, Hass gesehen, aber ich habe auch ... Zerbrechlichkeit gesehen. Diesen Menschen das Sinnlose aufzubürden, etwas, das so einfach ist, dass ein Verstehen sich als unmöglich erwiese, würde diese Leute vor große Schwierigkeiten stellen – das war es, was ich beim Blick in diese Gesichter dachte. Sie würden nicht damit leben können, sich dermaßen getäuscht zu haben. Damit, dass das, was sie für den Inbegriff des Bösen gehalten hatten, in Wirklichkeit pure Verrücktheit war.

Enok Hansen wäre keine befriedigende Erzählung. Er wäre schlicht eine Riesenenttäuschung. Enok Hansen und das Buch Ezechiel würden, um es vorsichtig auszudrücken, niemandem die erlösende Antwort, erst recht nicht die ersehnte Katharsis bringen.

Trotzdem: Allabendlich lag ich in meiner Zelle und zermarterte mir das Hirn. Ich dachte, morgen werde ich aufstehen und von Enok berichten.

Wenn ich dann aber in Saal 227 saß, im Kreuzfeuer der Blicke, schwieg ich doch wieder nur.

Dann tauchte irgendwann ein unpassender Gedanke in meinem Bewusstsein auf, vielleicht auch als Reaktion auf die vielen, wenig vorteilhaften Zeugenaussagen, denn eines Tages ertappte ich mich dabei, dass ich … beinahe stolz war. Um die

Wahrheit zu sagen, ich habe mich immer als einen Menschen mit Beschränkungen betrachtet. Das einzig Bemerkenswerte an mir ist, dass ich die Entscheidung getroffen habe, zu schreiben. Daher rührte mein … nein, nicht Stolz … sondern es ermutigte mich, *stimulierte* mich, hier zu sitzen und diesen Zeugen zuzuhören, mitzuerleben, wie viele verschiedene Seiten, bald hätte ich gesagt, Dimensionen, mir zugeschrieben wurden.

Besonders eine Zeugenaussage war darunter, die mir keine Ruhe ließ und über die ich abends im Bett nachgrübelte: Eine mir völlig unbekannte junge Frau war vorgetreten und hatte gesagt, sie sei einmal mit mir befreundet gewesen; sie war offenkundig belesen und sagte, dass sie bei mir immer an Tom Ripley habe denken müssen, die Hauptfigur in fünf Büchern von Patricia Highsmith – dass ich etwas Gewissenloses und Unheimliches an mir hätte … oder sagte sie, etwas »Monströses«, ich hörte es nicht genau … dass ich hinter der Maske ein wirklich böser, oder, sie sagte nicht böse, sondern ein *amoralischer* Mensch sei, ohne Skrupel, und dass ich überdies die Eigenschaft besäße, mich aus allem herauszuwinden und in letzter Sekunde meiner Entlarvung zu entgehen. Erst jetzt hätte die Gerechtigkeit mich eingeholt. Sie fügte ein »Gott sei Dank« hinzu. Dem kurzen Schnauben des Richters entnahm ich, dass ihm dieser Zusatz nicht gefiel. Er schnitt eine Grimasse. Oder war es ein Lächeln?

Ich habe nie Patricia Highsmith gelesen, beschloss aber, es bei nächster Gelegenheit nachzuholen.

Halb gelähmt, halb fasziniert verfolgte ich diese Zeugenaussagen, es war, als würde ich in unterschiedliche Avatare aufgespaltet. *Ein Mensch, der dieselbe Fähigkeit besitzt, Form und Farbe zu wechseln, wie gewisse Tintenfische. Er oder sie ist imstande, jeden anderen Menschen, jedes andere Wesen nachzuahmen. Könnte ein Zoologe sein, Spezialgebiet Weichtiere. (Verbraucht? Zu ähnlich wie* Zelig*?)*

Eines der Ziele der Gerichtsverhandlung bestand in der Rekonstruktion der Ereignisse, die sich am Samstag, den 23. August 2008, in der Hütte zugetragen hatten. Ich glaube, ich kann sagen – ich bin versucht hinzuzufügen: im Namen aller –, dass diesbezüglich keine Mühen gescheut wurden. Wie ich es in Erinnerung habe, waren es insbesondere die Tatortermittler (nennen sie sich Kriminaltechniker?) sowie die Hauptermittler, die verhältnismäßig früh wichtige Teile zu dem »Puzzle« (wie einer von ihnen gesagt hatte) beigetragen hatten. Nach dem Stupor der ersten Tage war das der Punkt, an dem ich gleichsam aufwachte und die Ohren zu spitzen begann. Tag für Tag saß ich da und hörte zu, nicht zuletzt dem Gerichtsmediziner, als dieser die Obduktionsberichte durchging und ein makabres Bild nach dem anderen auf dem Bildschirm im Gerichtssaal gezeigt wurde. Trotzdem war ich nachdenklich und bin es immer noch. Ich weiß nicht, ob ich sagen kann, dass ich … enttäuscht war, aber was dabei herauskam, war, vorsichtig ausgedrückt, nur ein Teil der Wahrheit.

Vielleicht ist es nur Wunschdenken, aber ich glaube wirklich … dass es sich, zumindest für einige wenige Menschen in Norwegen, wie eine Phantasie ausnehmen muss, dass ich, Daniel Nicolai Berge, der Mann sein soll, der für die ungeheuerliche Tat am Blankvann verantwortlich ist. Die Wahrheit ist allerdings noch phantastischer. Es kann gar nicht oft genug wiederholt werden: Der Menschen Schwäche ist die Unzulänglichkeit ihrer Vorstellungskraft.

Inzwischen erinnere ich mich an immer mehr. In den letzten Wochen sind weitere Bruchstücke aufgetaucht, Bruchstücke des Albtraums in Valen. Es ist, als hätten all die im Gerichtssaal 227 gefallenen Wörter in meinem Gedächtnis einen Schalter umgelegt. Ich erinnere mich, dass ich in der Hütte stand und den starken Drang verspürte, gleich wieder umzukehren. Stattdessen aber war ich zu einem der Schlafzimmer gegangen. Die Tür stand einen Spalt offen, und ich stieß sie mit dem Ellbogen auf. Bei der Szene, die mich dort erwartete, versagte mein Sehvermögen. Oder es war, wie wenn ein Horrorfilmregisseur die Kamera heranzoomen und gleichzeitig zurückfahren lässt. Bevor der ganze Raum sich zu drehen begann und ich nahe daran war umzufallen. Dann wurde alles schwarz.

Ich weiß nicht, wie viel Zeit vergangen war. Als ich zu mir kam, befand ich mich irgendwo auf dem Waldweg nördlich des Ullevålseteren.

Alles war weg. Es war, als wäre ich aus einem Koma erwacht, obschon ich nicht weiß, wie es ist, aus einem Koma zu erwachen. Im nächsten Augenblick stieg ein Bild in mir auf. Erst jetzt gelingt es mir, dieses Bild festzuhalten. Ich sah Arve Storefjeld und Sofie Nagel in ihren Betten liegen, mit einer blutigen Wunde am Hals. Sogar aus mehreren Metern Entfernung sah ich, dass sie tot waren.

Ich taumelte weiter, halb stolpernd, halb aufrecht gehend durch den Wald oberhalb des Ullevålseteren.

Ein neues Teilstück tauchte auf. Gry. Gry im anderen Schlafzimmer. Auch dort stand die Tür einen Spaltbreit offen. Ich sah das Bett nicht. Ich hoffte. Ich hoffte inständig, dass Gry nicht darin lag. Doch als ich, in Todesangst, die Tür mit dem Knie aufstieß und hineinspähte, lag sie darin. Mit einer hässlichen Wunde am Hals. Das Kopfkissen war rot von Blut. Gry war tot. Sie, die der Grund meiner Anwesenheit war, sie, die ich anzutreffen gehofft hatte, damit ich endlich meinen Frieden mit ihr machen konnte, lag ermordet im Bett.

Meine Erinnerung daran ist jetzt deutlicher, die Bilder verschwinden nicht sofort wieder. Ich war starr vor Schreck, und gleichzeitig spürte ich Tränen fließen. Jetzt dämmert es mir, dass ich wie gelähmt dastand. Dass ich mir sagte, dass ich handeln müsse, Hilfe rufen müsse. Mein Handy war draußen im Rucksack, aber ich ging nicht nach draußen, holte es nicht, schaltete es nicht ein. Ich hielt den Gedanken nicht aus, in diese Sache verwickelt zu werden. Was sollte ich antworten, wenn ich gefragt wurde, was ich hier gemacht hätte? »Ich war verliebt«? »Ich habe geglaubt, ich bin verliebt«? »Ich wollte sie aus dem Kopf kriegen«? »Es war ein Versuch, an mir selbst einen Exorzismus durchzuführen«? Eher musste ich dafür sorgen, mich aus dieser Sache herauszuhalten, mich davonzumachen, zu verschwinden. Keine Spuren zu hinterlassen. Nicht einmal elektronische.

Schon damals muss ich gedacht haben: Das ergibt keinen Sinn. Es gibt keine logische Erklärung dafür, dass Gry hier liegt, tot.

Ich weiß nicht, wie ich es nach Hause geschafft habe, ich weiß nur, dass ich niemandem begegnet bin. Ich muss derselben Route gefolgt sein wie tags zuvor auf dem Hinweg. Vieles ist verschwunden, aber im Laufe der nächsten Tage und Nächte, die ich im Großen und Ganzen zu Hause auf dem Nordberg im Bett zubrachte, bekam ich auf die eine oder andere Weise mit, über das Fernsehen und Onlinezeitungen, was über den Vorfall am Blankvann berichtet wurde. Erst da muss ich verstanden haben, dass noch zwei weitere Menschen ermordet worden waren, Lefebvre und seine Tochter; sie waren im Anbau gelegen.

Ich fragte mich, ob ich dort auch gewesen sein konnte, glaubte es allerdings nicht. Ich weiß nicht, wie ich bei dem Anblick des kleinen Mädchens reagiert hätte.

Noch mehr Teile tauchten auf. Ich war in dem Schlafzimmer gestanden, in dem Gry lag. Es kam mir vor, als wäre ich eine ganze Weile dort gestanden. Ich dachte an die *Glut*, die sie immer ausgezeichnet hatte. Sie hatte geleuchtet. Jetzt war sie ausgelöscht. Ihre Haut sah aus wie Marmor. Ausgerechnet an ihren Auftritt als weiß geschminkte Pantomimin musste ich denken, wie sie die Leute durch das Nachahmen ihrer Gangart zum Narren gehalten hatte. Ich betrachtete ihre Haare. Nach der Trennung hatte sie es sich wieder wachsen lassen, aber das stolze Black-Panther-Haar lag jetzt wie verwelkt auf dem rotgefleckten Kopfkissen. Mein Blick wanderte zu der Narbe unter ihrer Halsmulde, zu dem halbmondförmigen Souvenir, das sie von ihrem Fahrradsturz zurückbehalten hatte. Jetzt war sie auf verhängnisvollere Weise gestürzt.

Wo bist du jetzt?, sagte ich, oder dachte ich – oder flüsterte ich in einem Albtraum lange danach. In Wagga Wagga? Oodnadatta? Woolloomooloo?

Ich erinnerte mich, wie es war, sie zu umarmen. Ich mochte es, meine Finger über jeden einzelnen ihrer Rückenwirbel hinaufwandern zu lassen, als spielte ich auf einem Instrument. Das Gefühl steckte mir noch immer in den Fingerspitzen. Ich weiß nicht, wie lange ich dort am Bett gestanden bin und sie angestarrt habe, ich weiß nur, dass ich mich niemals so ohnmächtig gefühlt habe, so bar jeder verborgenen Kraft. Gry war tot. Ein Mädchen, das einst unter mir gelegen war und »oh Gott, oh Gott, oh Gott« gewispert hatte.

Dann entdeckte ich das Schmuckstück, das ich ihr wie einen Talisman um den Hals gelegt hatte. Im Hinterkopf, wie ein höhnisches Echo, hörte ich meine Beteuerung, dass es sie beschützen werde.

Meine Mutter hatte es seinerzeit von ihrer Mutter geschenkt bekommen. Ein Anker und ein Herz. Hoffnung und Liebe. Sowohl Grys Bruder als auch die Staatsanwältin hatten das Schmuckstück falsch beschrieben, sie sprachen von einem Anker aus Silber, einem Herz aus Gold. Es war umgekehrt, denn das Wichtigste war die Hoffnung. Ich glaube, auch meine Mutter hatte die Hoffnung als das Höchste angesehen, gerade weil sie in ihrem Leben so voller Resignation war.

Ich konnte den Gedanken nicht ertragen, dass das Schmuckstück, sozusagen besudelt, an dem grausamen Tatort zurückbleiben sollte. Ich nahm es ihr ab, der Verschluss befand sich direkt am Anhänger, wodurch mir das Anheben ihres blutigen Nackens erspart blieb, ich bekam ihn mit den Fingernägeln zu fassen, ich weiß nicht, ob ich es über mich gebracht hätte, ihre Haut zu berühren.

Gry.

Das Unvorstellbare.

Ironischerweise besteht jetzt ein reges Interesse an meinen beiden Erzählbänden. Und nicht nur das: Der Verlag hat bei mir angefragt, ob sie das Manuskript mit dem Arbeitstitel *Missglückte Berichte*, das in meinem Safe gefunden wurde, veröffentlichen dürften. Ich antwortete, die Erzählungen seien nicht ganz fertig. Daraufhin schlugen sie mir einen neuen Titel vor, *Unfertige Berichte*. Sie waren ungeduldig, ja, legten eine beinahe lästige Aufdringlichkeit an den Tag. Laut meinem Verlag würden die Erzählungen von vielen mit großer Neugier gelesen.

Gar nicht so verwunderlich vielleicht, dachte ich.

Die beiden ersten Erzählbände sind in kunstvollen Taschenbuchausgaben neu aufgelegt worden, selbstverständlich mit einem gepflegten Vorwort, in dem der Verlagschef sich mit den ethischen Bedenken einer Neuausgabe dieser Bücher auseinandersetzt. »Nach reiflicher Überlegung«, »aus Rücksicht auf das allgemeine Interesse« und so weiter. Ich bekam die Bücher im Gefängnis zu sehen. Die Umschläge haben ein rein graphisches Design, nur Buchstaben, schlanke Antiqua-Versalien vor einem einfarbigen Hintergrund, als hätte man eine Sterbensangst davor, jegliche Illustration könnte falsche Assoziationen wecken. Ich saß in meiner Zelle und verfluchte die Umstände. Ich erinnerte mich, wie wehmütig es mich gestimmt hatte, in einen Buchladen zu gehen und nie auch nur die Spur eines meiner Bücher zu Gesicht zu bekommen. Wie gern hätte ich diese eleganten Ausgaben in den Regalen stehen oder vielleicht sogar in den Schaufenstern ausgestellt gesehen, die beiden Umschläge mit genau aufeinander abgestimmten Farben, Nuancen, die an ein Rothko-Gemälde denken ließen.

Mein Lektor hat als Zeuge ausgesagt. Er hat mir fast leidgetan. Ich bin aus dem Verteidiger nie klug geworden, aber ich sehe, dass er es gut mit mir meint – und das, obwohl ich mich als ein wenig kooperativer, wie heißt es … Klient erwiesen habe. Ich glaube, seine Strategie war es, Zeugen aufzurufen, die mich »normalisieren«, die dazu beitragen könnten, ein Gegengewicht zu schaffen zu dem Bild von mir als das einseitig … Böse. Oder vielleicht wollte er aufzeigen, dass ich, trotz allem, auch positive Eigenschaften besaß. Jedenfalls saß dort mein Lektor, ohne nach unten zu blicken, und sagte, er und auch die Leute vom Verlag hätten an mein Talent geglaubt. Dass sie es immer noch täten. Ich hatte Lust, aufzustehen und diesen mutigen Mann zu umarmen. Ich weiß, es kann hier keine Parallele gezogen werden, aber mir kam der Gedanke an die literarischen Aristokraten, die in dem Prozess gegen Agnar Mykle zu seinen Gunsten ausgesagt hatten, in jenen harten Tagen. Zudem ist mir aufgefallen, dass der Richter ein gesteigertes Interesse an diesem Zeugen zeigte. »Kann ein Buch, das schlechte Kritiken bekommen hat, trotzdem literarische Qualität besitzen?«, fragte er. »Ja«, sagte der Lektor. Ich weiß, es klingt seltsam, aber fast wirkte es, als wollte der Richter das Bild von mir als gescheitertem Schriftsteller ins Wanken bringen. Die Gesichtsausdrücke der anderen Beteiligten im Gerichtssaal verrieten ein Erstaunen über dieses plötzliche Engagement von Seiten des Richters. (Habe ich mich in ihm getäuscht? Etwas sagt mir, dass er ein Mensch ist, der sich einer einfachen Charakterisierung entzieht.)

Das alles führte dazu, dass meine Erzählungen jetzt auch von den scharfsinnigsten Literaturkennern des Landes interpretiert wurden. Endlich wurde ich *gelesen*. Es wurde angemerkt, viele der Erzählungen handelten von Menschen, die sich an der Randzone der bekannten Wirklichkeit bewegten. Durch einen unerwarteten Dreh (ja, endlich wurde dieses Wort benutzt) eröffne sich den Figuren die Möglichkeit, über eine Grenze zu treten, zu einer lange verborgenen Einsicht zu gelangen. Dennoch schmerzte mich der Beitrag eines Professors, der schrieb, einige dieser Protagonisten könnten als Unmenschen bezeichnet werden.

Abends, in der Zelle, habe ich oft nachgedacht … über all das, was während der Verhandlung gesagt und verlesen wurde, alle diese Versuche, mich zu verstehen und zu erklären, alle Deutungen, Analysen, die jetzt auch meine Bücher einschlossen. Mir ist klar geworden, dass ich ein … bedeutender Mensch bin. Buchstäblich gesprochen. Meine Person ist zu einem Korpus geworden, zu einem Text, und es herrscht Uneinigkeit darüber, wie er gelesen werden soll.

Die Erkenntnis überrumpelt mich. Auch deshalb, weil ich mir nicht sicher bin, was ich tun soll. Ich sehe, wie leicht ich selbst – wenn ich wollte – Einfluss nehmen könnte auf die Entscheidung, welche Bedeutung dieser Text haben soll.

Der Prozess nähert sich dem Ende. Wenn ich zurückdenke, zusammenzufassen versuche, wirkt es, als wären die Tage im Gerichtssaal für mich alle zu einem einzigen Tag zusammengeschmolzen. Obwohl ich weiß, dass die Verhandlung einem akribisch ausgeklügelten Ablauf folgt, kommt alles irgendwie sehr überstürzt. Manchmal finde ich trotzdem ausreichend Ruhe, um einige der Fäden zusammenzufügen. Eines Abends, als ich in der Zelle lag, begann ich über den Verteidiger nachzudenken, diesen … gewissenhaften Anwalt, von dem alle meinten, er löse seine undankbare Aufgabe auf eine mustergültige und unanfechtbare Weise. Ich habe gesehen, wie er auf zurückhaltende Art – entgegen dem Bild von mir als einem von Hass erfüllten, kaltblütigen Mörder, welches die Staatsanwältin heraufbeschwor – Gehör zu finden versuchte für etwas, das er »Berges Rätsel« nannte (mir gefiel die Bezeichnung, das könnte der Titel einer Erzählung sein). Durch seine Fragen an die Zeugen und Sachverständigen konnte er ständig auf »Berges fehlenden Kontakt mit der Wirklichkeit« hinweisen. »Er lebt in einer Phantasiewelt«, war einer seiner Kehrreime. Alles, was im Gerichtssaal über meine »bizarren Vorstellungen« gesagt wurde, verbuchte er für seine Sicht auf die Dinge, die er dann wiederum, unausgesprochen, als ein Korrektiv gegen die drastischen Behauptungen der Anklagevertretung ins Feld führte, dass man es bei diesem Fall mit einem akribisch geplanten Racheakt zu tun habe.

Doch, ja, es wäre verlockend gewesen … Vielleicht hätte ich ihm beistehen sollen. Mehrmals habe ich mich im Zaum halten müssen, um nicht durch ein Zeichen zu verstehen zu geben, dass ich sprechen wollte. In ihrer Reihe von Indizien hatte die Staatsanwältin beispielsweise etwas aufgegriffen, das von vielen berichtet worden war: dass ich mich eine Zeit lang überdurchschnittlich viel mit Computerspielen beschäftigt hatte, auch mit diesen ultrabrutalen Ego-Shootern; dass ich Nächte durchgespielt, nichts anderes mehr getan hätte – ein deutliches Zeichen sowohl für soziale Isolation wie auch für Gewaltphantasien, wie sie meinte. Ich hätte sie darüber aufklären können, dass ich viele der Spiele zu einer Zeit gespielt hatte, als ich glaubte, ich würde eine Masterarbeit in Religionsgeschichte schreiben, in der ich aufzeigen wollte, wie viele dieser Spiele, die ja auf Mythen basierten, auf eine neue Form von Religion hinzudeuten schienen. Auch in religiösen Gesellschaften konnte man beobachten, wie Gruppen von Menschen in einer simulierten Wirklichkeit verschwanden. In der letzten Phase hatte ich mehr gespielt, weil ich nach neuen Schreibweisen suchte, und ganz besonders begeisterte mich, dass man als Spieler von einem Level zum nächsten aufstieg und die neuen Levels immer schwieriger wurden. Ich fragte mich, ob dies auch ein Kompositionsmodell für eine Art mehrgliedriger Erzählungen sein könnte.

Alles das hätte ich ihnen erzählen können. Warum habe ich es nicht erzählt?

Weil ich – trotz allem – nicht so verwirrt erscheinen wollte, wie der Verteidiger mich darstellte?

Ich wünsche mir nicht nur, stumm zu sein. Ich bin stumm. Ich glaube, nicht einmal, wenn ich es versuchte, würde mir das Sprechen gelingen. Im besten Fall würde ich nur noch mehr herumstammeln, als ich je hinter dem Rednerpult in meiner

AUF-Zeit gestammelt habe, sie würden es lediglich für einen Beweis meiner Schuld halten.

Zwischendurch denke ich an das Überlebensset. Die optimale Ausrüstung. Wie großartig wäre es doch, wenn man Liebe als ein Konzentrat aufbewahren könnte, so wie Kraftbrühe in einem Suppenwürfel.

Zwischen Angelhaken und Auermetall: Zwei Gramm Liebe.

*

Erst gegen Ende des Gerichtsprozesses – und es mag dies an seinen überraschenden Fragen an meinen Lektor gelegen sein – wurde mir klar, dass der Richter identisch sein musste mit einem Mann, den ich einmal in der Stadt gesehen hatte. An einem Junitag vor vier, fünf Jahren war ich mit meinem Vater durch den Schlosspark spaziert, wir wollten ins Kunstnernes Hus, und nachdem wir an einem Mann in hellem Leinenanzug und mit Spazierstock vorbeigegangen waren, der seinen Panama-Hut lüftete, als Vater ihm zunickte, wandte mein Vater sich an mich und sagte leise: »Hier geht ein gerechter Mann.« Das Wort gerecht machte mich stutzig. Mein Vater musste das bemerkt haben, denn er erzählte mir, ein Freund von ihm habe einmal in einem Prozess als Zeuge aussagen müssen, bei dem jener Mann im Leinenanzug den Vorsitz geführt habe. »Mein Freund war voll des Lobes über die Art und Weise, wie dieser Richter die Verhandlung geleitet hat, und noch mehr über das gefällte Urteil.«

Ich muss mit meinem Vater sprechen, wenn der Prozess vorbei ist.

Vater hatte sich kaum merklich umgedreht und der Person nachgeblickt, die in Richtung Dronningparken verschwand.

»Ich sehe ihn manchmal«, sagte er. »Ich habe immer gefunden, dass er Earl Mountbatten ähnlich sieht.« Er warf mir einen kurzen Blick zu. »Der letzte Vizekönig von Indien«, fügte er hinzu, »eine Gestalt aus dem Schwanengesang des Britischen Empires.« Ich nickte, tat so, als würde ich verstehen. Ich fand, der Mann – oder die Gestalt – erinnerte einfach an einen englischen Gentleman.

Damals hatte ich sein Gesicht nicht gesehen, doch jetzt wusste ich, dass der Mann, der uns im Schlosspark über den Weg gelaufen war, Peter Malm war.

Ich habe oft über diesen Richter nachgedacht, mich häufig gewundert. Zu Beginn der Verhandlung hatte er abwesend gewirkt, hatte die Finger aneinandergelegt und zugehört, während er gleichzeitig auch nicht zuhörte, zumindest hatte ich den Eindruck, dass er nicht zuhörte. *Seelsorger, eine Geschichte, die mit diesem sonderbaren Wort spielt … Seelsorger, ein eigener Beruf, ein Mann, der in einem Büro Klienten empfängt. Der den Menschen eine Seele besorgt. Theorie: Wir werden nicht mit einer Seele geboren. Die Seele ist etwas, das wir im Laufe unseres Lebens herausbilden, und nur sie lebt nach unserem Tod weiter … Irgend so was. (Ich habe vergessen, was ich mir dabei gedacht habe. Es ist, als würde die Einbildungskraft schwinden.)* Im Laufe der nächsten Wochen aber fand in den Augen des Richters eine Veränderung statt, als wäre etwas eingeschaltet worden, als wäre ihm eine Idee gekommen – genau das: eine Idee –, und ich bemerkte, dass seine Blicke in meine Richtung immer prüfender wurden. Ich habe den Verdacht, dass er es diesen Zeugen nicht abkauft, dass es mir an … Empathie fehlt, dass ich schon immer etwas Dämonisches an mir gehabt haben soll, ich glaube, er hat durchschaut, dass ich diese Untat nicht begangen habe, ich glaube, er könnte auf die Idee verfallen, »berechtigte Zweifel an der Schuld des Angeklagten« anzumelden.

Vielleicht hat Vater recht: Er ist »ein gerechter Mann«.

Werde ich freigesprochen?

Fast hätte ich gesagt: Besteht die Gefahr, dass ich freigesprochen werde?

Nach einem langen Tag im Gerichtssaal liege ich oft in der Zelle und schäme mich dafür, wie wenig ich über die Menschen weiß. Wie viel habe ich über Gry gewusst?

Natürlich war sie nicht seicht. Ich habe das nur aus Selbstschutz gedacht. Die Wahrheit ist, ich habe sie nicht verstanden. Noch nicht einmal annähernd. Sie war bodenlos. Bodenlos wie alle Menschen. Ich habe schon immer Skepsis gehegt gegen Leute – oft nennen sie sich Wissenschaftler –, die glauben, sie könnten die Identität oder die Persönlichkeit eines Menschen klassifizieren, und die dafür auch noch eine Theorie zur Hand haben. Der Mensch ist bodenlos. Er ist bloß Rätsel auf Rätsel auf Rätsel auf Rätsel, den ganzen Weg abwärts. Wieso können wir damit nicht leben?

Ich hatte geglaubt, ich wäre fertig mit ihr. Ich *war* fertig mit ihr. Aber ich liebte sie immer noch. Diese Schönheit. Diese Hexe. Ich liebte die witzige, listige, intelligente, einfältige, unberechenbare, willensstarke, vulgäre, wunderliche, unbändige, warme, rücksichtslose Gry Storefjeld. Es ist nicht zu fassen. Ich liebe sie immer noch.

Etwas anderes fällt mir ein. Mehrmals wurde im Gericht angemerkt, dass ich wenige enge Freunde hätte. Natürlich zur Untermauerung des Bildes, das mich als asozial, als Einzelgänger darstellte. Aber es stimmte, ich hatte wenige Freunde. Und ich war beinahe froh darüber, dass niemand bis zu Anders Wiik vorgedrungen war, meinem Kumpel und Schreibgenossen aus der Studienzeit. Eines Sommers packte mich die Neugier und ich wollte herausfinden, warum ich keine Antwort von ihm bekommen hatte, nachdem er, wie ich annahm, heim in die Hedmarken gezogen war. Was war geschehen? Natürlich glaubte ich nicht an das mit den chinesischen Glückskeksen, das war bloß ein Scherz gewesen. An einem Wochenende fuhr ich nach Sand in Nord-Odal, ich dachte, dass er dort in aller Abgeschiedenheit sitzen und konzentriert schreiben würde, oder in einer Hütte tief im Wald, dass ein Romanmanuskript von zweitausend Seiten sich zu einem sechstausend Seiten starken Opus ausgewachsen hätte, zu einem Roman, der »jedes anerkannte Menschenbild destabilisierte« (seine erklärte Absicht), ein groß angelegtes Werk, das ein »Davor« und ein »Danach« in der norwegischen Literatur einleiten würde und das nicht zuletzt die Leute aus der Umgebung alles vergessen ließe über Sigurd Hoel und den Glauben, nach den ersten zehn Lebensjahren habe sich bereits alles entschieden. Doch jetzt erzählten mir seine Eltern, dass er nur ganz kurz zu Hause gewesen und bald wieder verschwunden sei. Das überraschte mich. Ob sie denn wüssten, was er jetzt mache? Ich dachte mir, er habe womöglich seine Tenniskarriere wieder aufgenommen, sei wieder in die USA gereist. »Er ist geklettert«, sagte sein Vater, wobei er gleichzeitig gemerkt haben musste, dass ich von Anders' Schicksal nichts wusste. »Er ist bei einem Kletterunfall im Trango-Massiv ums Leben gekommen.« Es dauerte einige Sekunden, bis mir die Bedeutung des Wortes aufging. »Trango?«, sagte ich. »Im Karakorum, in Pakistan«, sagte sein Vater, weil er glaubte, ich wüsste nicht, wo das war. Und das tat ich auch nicht. In diesem Moment ging mir auf, dass ich überhaupt nichts wusste. Über die Menschen. Über die Welt. Über das Leben. »Er ist geklettert?«, sagte ich. »Es stand eine Meldung in der Zeitung«, sagte sein Vater, mit dem Anflug einer Anklage in der Stimme. Oder sagte er das, um mir zu helfen, mir Trost zu spenden? Die Eltern selbst wirkten ruhig, als hätten sie sich mit dem Verlust ihres Sohnes abgefunden. Ich verstand überhaupt nichts. Anders Wiik hatte die Natur gehasst. Einmal, als ich zum Kolsåstoppen gehen wollte, hatte er gesagt, das würde er nicht schaffen, hatte behauptet, ihm würde schon bei den geringsten Höhen schwindlig. Nicht einmal zum Pfifferlingesammeln im Wald hatte ich ihn bewegen können. Ich verstand das nicht. Wie verlief der Weg von Nord-Odal ins Trango-Massiv? Oder war das buchstäblich ein Versuch, »bis an das Ende der Welt« zu gehen? Ich habe versucht, eine Erzählung darüber zu schreiben, »Karakorum«, aber es wollte mir nicht gelingen. Ich schämte mich. Wir hatten Blutsbrüderschaft geschlossen, wir waren »Brüder der Schreibfeder«, und ich wusste nichts über ihn.

Auf eine Weise verdiente ich es, dass ich hier saß, dachte ich. Angeklagt. Es war ein Verbrechen, so wenig über die Menschen zu wissen wie ich.

Für das Überlebenspaket: Einen chinesischen Glückskeks.

Im Laufe der letzten Wochen habe ich mich oft dabei ertappt, dass ich mich nach einer unerwarteten Modulation sehnte, nach einer Aussage, der Vorlage eines Beweises, der diesen ganzen Albtraum in eine … wie soll ich sagen … andere *Tonart*, in etwas Erbauliches überwechseln ließe.

Mehrmals war ich versucht, diesen … Dreh selbst herbeizuführen.

Denn ich könnte leicht meinen Freispruch erwirken. Ich könnte das Schweigen brechen – ja, das würde ich hinbekommen – und dem Verteidiger zu Hilfe kommen, der, wiewohl er unaufhörlich versucht hat, den Riss in der Beweisführung aufzuzeigen, nicht allzu versiert ist: Gry könnte mir das Schmuckstück mehrere Tage vor ihrem Aufbruch zur Hütte gegeben haben. Viele besaßen so ein Messer, und ich war auch nicht der einzige Mensch mit einer Nahkampfausbildung. Dass ich mich beim Ullevålseter befunden hatte, bedeutete nicht, dass ich Samstagmorgen am Blankvann gewesen war. Der Richter wusste das, die Beisitzer wussten das, vermutlich hatten ihnen die Argumente des Verteidigers längst die Augen geöffnet. Der Richter ist ein kluger Mann. Er wird sich fragen, ob es alternative Deutungen der Beweise gibt. In seinen vielen Jahren bei Gericht hatte er sicherlich gesehen, wie die Anklagebehörden sich bisweilen auf eine Theorie einschossen und im Lichte dieser Theorie die Beweise auslegten.

Allem voran könnte ich ihnen von dem verschwundenen Mann berichten.

Aber würden sie genug … Phantasie haben, um das zu verstehen? Wäre irgendwer imstande, die Vorstellungskraft so weit auszudehnen – zu sehen, dass das eine Möglichkeit war?

Was hätten sie im Gericht zu Enok Hansen gesagt? Denn hier … *hier* hätte der Verteidiger wirklich das Wort »Rätsel« aufs Tapet bringen können.

Das Problem war, dass ich selbst in Zweifel geraten war. Damals, als ich auf seine Wohnstatt gestoßen war, hatte ich geglaubt, ein Messer an seinem Gürtel gesehen zu haben, fast das gleiche wie meines. Jetzt war ich mir nicht mehr sicher. Wäre Enok, diese fast unwahrscheinliche Person, wirklich zur Ausführung einer solchen Handlung fähig gewesen? War das nicht nur Wunschdenken meinerseits? War es vielleicht bloß ein Zufall, dass er sich an jenem Morgen im Lørensetertjern ertränkt hatte, als ich auf dem Weg nach Valen gewesen war?

Was, wenn ich mich irrte? Ich konnte nicht mit hundertprozentiger Sicherheit sagen, dass Enok für die Untat verantwortlich war.

Und wenn ich es erzählte – würden sie das nicht bloß als einen Beweis dafür nehmen, dass *ich* verrückt war?

Ich stellte mir vor, wie ich es sagte, wie ich aufstand und sagte, der verschwundene Mann sei für immer verschwunden, spurlos. Dass die Wahrheit an Ketten gebunden auf dem Grund eines Sees liege.

Das klang … klang nicht …

Auch die Gerichtspsychiater sind jetzt – sozusagen als Letzte an der Reihe – fertig geworden. Sie haben ihre Berichte vorgelegt und ihre Aussagen getätigt. Sie haben eine lange, und ich glaube: unterhaltsame Erzählung darüber abgeliefert, was sie auf dem Grund meiner Seele vorgefunden haben. Es wäre verlockend, sich darüber lustig zu machen, aber ich werde die Sache auf sich beruhen lassen. Immerhin ist man zu der Schlussfolgerung gelangt, dass ich aus strafrechtlicher Sicht als zurechnungsfähig anzusehen sei. Was natürlich wenig gebracht hat. Diese mit einer quasi wissenschaftlichen Sprache glasierten Platituden führten bloß dazu, dass die Diskussionen außerhalb des Gerichtssaals erneut aufflammten, neue Höhen erreichten. Laut meinem Verteidiger wurden besonnene Kollegen auf offener Bühne zu Feinden. Erneut brach unter den Menschen und in allen Medien ein Streit über die Frage nach meiner Zurechnungsfähigkeit aus.

Ich kann es nicht mit Sicherheit sagen, aber es sah aus, als ob der Richter bei einigen der Fragen und Antworten in Zusammenhang mit dem Bericht der Sachverständigen unruhig auf seinem Stuhl herumrückte.

Bald sind wir am Ziel, wenn ich so sagen kann. Die Leute wirken erleichtert. Auch ist es, als nehme die Selbstzufriedenheit zu. Mir fällt auf, wie Anklägerin und Verteidiger einander vorsichtig zulächeln, als gratulierten sie einander zu einer … gelungenen Arbeit. Alle sind zufrieden. Alle loben das System. Schon sehe ich die Kommentare, in denen der vorbildliche Prozessverlauf herausgestrichen wird. Wenn man jedoch nicht bis zur Wahrheit vordringt – wie beeindruckend ist das dann?

Wie auch immer: Die meisten, um nicht zu sagen alle, halten es für ausgemacht, dass ich für schuldig befunden werde.

Aber wenn ich nun doch freigesprochen werde …? Ich wage nicht daran zu denken, was für ein Heidenspektakel dann losbrechen würde.

Es ist der letzte Tag im Gericht. Der Verteidiger hält sein Plädoyer.

Ich weiß nicht, wann ich … Ich bin überzeugt, dass … Erst jetzt sehe ich, was ich tun muss: Ich muss die Menschen um mich herum beschützen, meine Landsleute. Ich muss sie vor ihrer eigenen Unwissenheit, ihrer … fehlenden Vorstellungskraft schützen. Ich muss diesen Morden eine verständliche Logik verleihen, muss allen, die den Prozess verfolgen, eine Geschichte mit akzeptablen Ursachen und Wirkungen bieten. Ich denke an die goldene Verdienstmedaille meines Vaters in meiner Innentasche. Vielleicht sollte ich sie mir an die rechte Brust stecken. Das würde passen. Alles für Norwegen.

Ich muss gestehen.

Ich muss ihnen das Einfache geben, muss ihnen geben, was sie wollen.

Es ist, als ob meine Entscheidung zu einer Rampe würde. Ich spüre, wie ich in Gedanken hochgehoben werde, so wie damals auf Utøya hinter dem Rednerpult, als ich, anstatt zu reden, ein Lied angestimmt hatte: Gott segne Norwegen. Wieder ist es mir, als sähe ich die Situation in all ihren Schichten – mich, hier, auf der Anklagebank im Osloer Gerichtsgebäude, alle Beteiligten des Gerichts mit ihren unterschiedlichen Agenden, die Trauer der Angehörigen, die neugierigen Zuhörer auf den Publikumsplätzen, die beflissene mediale Berichterstattung über den Prozess, die Meinungen, Erwartungen und Bedürfnisse eines ganzen Volkes; und aufs Neue fügt sich alles zusammen und mündet in eine mehrdimensionale Erkenntnis, die meinen Entschluss untermauert. Ich sehe die Dinge um mich herum beinahe übernatürlich scharf, die Krallen des Löwen auf dem Staatswappen, die Textur des Richtertalars, einen Fettfleck auf der Lesebrille eines der Anwälte, das Frühlingslicht, das durch das Fenster zum C. J. Hambros plass hereinfällt. Ich sehe, worin meine Rolle besteht, welchen Beitrag ich leisten kann.

Ich muss diesen Blick in einer Erzählung umsetzen. Ich muss sprechen. Ich muss gestehen. Das Unvorhergesehene tun.

Ja, denke ich und bemerke, dass die Staatsanwältin auf den Wimpern eines ihrer Augen das Mascara schlampig aufgetragen hat. Natürlich. Es ist, als hätte ich den roten Faden meines Lebens wiedergefunden. Denn ist es nicht das, was ich immer angestrebt habe? Die Dinge in eine Schieflage zu bringen, sie aus ihrer Verankerung zu schieben? *Weichen zu verstellen?*

An diesem Punkt angelangt, könnte ich aufstehen und etwas sagen, das die Geschichte herumdrehen würde, sie eine andere Richtung einschlagen ließe, als alle geglaubt haben.

Plötzlich ist alles klar. Eine Konsequenz meines ganzen Lebens. Ins Gefängnis gehen. Über eine Schwelle schreiten. Sozusagen aus der Welt verschwinden. Ein Mensch außerhalb der Zeit werden.

Vor Beginn der Plädoyers hat der Richter mich daran erinnert, dass ich ganz am Ende das Wort ergreifen könne. Er muss meine Gedanken gelesen haben.

Doch, ich muss das Schweigen brechen. Ich muss aufstehen. Kein Schreiben mehr. Ich muss alle diese … nicht nutzlosen, aber … diese Erzählungsideen vergessen. Jetzt geht es um Taten. Aufstehen. Reden. Kein Stammeln. Ich kann ihnen nicht die Wahrheit erzählen, das, was ich für die Wahrheit halte, aber ich kann ein Geständnis ablegen. Sagen, was nötig ist. Und auf so überzeugende Weise, dass ich verurteilt werde. Ich muss an das … Wohl und Weh der Nation denken. Ich muss ihnen Ruhe bieten. Ihnen das Unerklärliche ein bisschen weniger unerklärlich machen. Die Entscheidung erfüllt mich mit … ich weiß nicht, womit. Oder, Moment: Sie erfüllt mich mit Hoffnung. Ich verstehe sie als einen Ausdruck von … ja, genau … *wiedergefundener Vorstellungskraft*.

Wenn dann noch immer jemand Zweifel hegte an meiner Anwesenheit in der Hütte, könnte ich von der kreisrunden Rémy-Martin-Flasche berichten, die am Morgen auf dem Wohnzimmertisch gestanden war, und dass sie fast voll war. Ich könnte von den letzten Seiten im Gästebuch erzählen, davon, was die kleine Sylvie hineingeschrieben und -gezeichnet hat. Mit ein wenig Glück befand sich noch immer ein Fingerabdruck auf der Fotografie, auf dem Bild von Gry & Nicolai.

Ist das vielleicht der Sinn des Lebens: Verhindern, dass andere Menschen die Sinnlosigkeit des Lebens erkennen?

Ich denke darüber nach, wie es nach meiner Verurteilung weitergehen würde. Ich würde viele Jahre im Gefängnis verbringen müssen. Sühnen. Würde ich das aushalten können? Die Monotonie? Ich würde es können. Man braucht nicht viel zum Überleben. Die Zeit in einer Zelle zu verbringen, erscheint mir als das am wenigsten Sinnlose, das ich tun kann.

Ich denke an Vater. Wir müssen reden. Gibt es irgendwo im Gefängnis einen Kamin? Wenn er kommt, kann er das Überlebenspaket mitbringen.

Ein Gegenstand, der noch fehlt: ein kleiner Anker aus Gold.

Ich bin voller Begeisterung. Es fehlt nicht viel und ich würde zum Richter hinübersehen, um ihm zu bedeuten, dass ich bereit bin zu sprechen.

Dann kommen mir erneut Zweifel. Sollte ich ihnen doch von Enok Hansen erzählen? Vielleicht wäre das trotz allem das Beste. Sie könnten den See nach seiner Leiche absuchen. Vielleicht würden sie ihn finden. Oder sie würden bei ihrer Suche bis zu seiner Wohnstätte vordringen, womöglich dort Beweise finden. Auch andere mussten doch in den Jahren, in denen er in der Nordmarka gelebt hatte, auf Enok gestoßen sein.

Nein, ich muss gestehen. Sagen, dass ich es war.

Oder nein, ich muss weiter schweigen. Alles dem Richter überlassen.

Der Verteidiger hat sein Schlussplädoyer beendet. Keine weiteren Fragen von Seiten der Anklagevertretung. Unsicherheit überkommt mich. Noch immer weiß ich nicht, für welche der Alternativen ich mich entscheiden soll. Was das Richtige wäre. Das Beste für alle. Ich könnte von Enok erzählen. Ich könnte gestehen. Ich könnte schweigen, mich dem Unvorhersehbaren hingeben.

Es ist ganz still im Saal.

Der Richter sieht mich an. Lange.

»Berge«, sagt er. »Sie haben das Wort.«

Jan Kjærstad
Ich bin die Walker Brüder
Roman

Aus dem Norwegischen von Bernhard Strobel

Oslo, 1984: Odd Marius Walaker ist ein ganz normaler Teenager. Er schwärmt für ein Mädchen, das ihn nicht beachtet. Er will die Ehe seiner Eltern retten und den kleinen Bruder seines besten Freundes finden, der eines Abends als vermisst gemeldet wird. Mit der flotten Nachbarsfrau verbindet ihn eine erotische Beziehung und in einem Magazin beantwortet er die Liebesbriefe anderer Leute. Er spekuliert über die Identität der Person, welche die Stadt mit Buch-Bomben terrorisiert. Vorstellungskraft ist die Voraussetzung für Verständnis, so sagte sein Geschichtslehrer, und Odd Marius beginnt, seine Gedanken aufzuschreiben – Gedanken, die nicht die eines normalen 15-Jährigen sind …
Viele Jahre später: Staatsminister Walaker sitzt nackt auf dem Dach des Parlamentsgebäudes. Er besinnt sich auf die Erkenntnisse und Fähigkeiten, die er als Jugendlicher hatte, und erkennt, dass dies der einzige Weg ist, das Land aus der schwersten Krise seiner Geschichte zu führen.

Jan Kjærstad
Der König von Europa
Roman

Aus dem Norwegischen von Alexander Riha

00.00.00. Alf I. Veber entschließt sich, das neue Jahrtausend abgeschieden in den Bergen zu begrüßen. Ein Nullpunkt, und ein Höhepunkt: Als er nur knapp einen Schneesturm überlebt, will er sein Leben neu ausrichten. Er reist nach London, um seine große Liebe wiederzufinden, muss aber erkennen, dass seine Hoffnungen falsch waren. Er kehrt der Zivilisation den Rücken und taucht in den urbanen Dschungel ein, getrieben vom Wunsch, das große Muster im Chaos aufzudecken. Er beginnt durch die Abenteuer seiner Vergangenheit zu verstehen, warum er an diesem Ort und zu dieser Zeit angekommen ist. Hier in Europa: einem kulturellen Schmelztiegel. Auf Europa: einem von vielen Jupitermonden. Im Untergrund findet er eine neue Liebe – doch um die Queen of Jupiter zu erobern, muss er selbst ein König ohne Land werden.

Jan Kjærstad
Das Norman-Areal

Roman

Aus dem Norwegischen von Bernhard Strobel

John Richard Norman wächst in Oslos denkbar schönster Straße auf: An dem einen Ende befindet sich eine Schokoladenfabrik, am anderen die Segeltuchfabrik »Christiana«, jene Fabrik, die dazumal das Schiff der norwegischen Polarexpedition, die Fram, mit den Segeln ausstattete. In diesem Spannungsfeld, zwischen Süßigkeiten und Entdeckungsreisen, wächst John Richard heran und entwickelt sich zum Inbegriff des qualifizierten, leidenschaftlichen Lesers. Mehr noch: Die Wörter lesen und leben sind für ihn gleichbedeutend. Entgegen der Warnung seiner Mutter, dass es nicht gut sei, wenn man sich zu sehr in die Bücher, in die Fiktion vertieft, verschlingt er Bücher wie andere Schokolade. Dass er letztendlich ein herausragender Verlagslektor bei einem renommierten Verlag wird, dessen Autoren fast immer erfolgreich sind, verdankt er einer Gabe: Er weiß immer, wann ein Buch Schokolade ist und wann ein Segel.
Als seine Lesefähigkeit unerwartet schwindet – und nicht nur das, denn plötzlich befällt ihn eine schwere Übelkeit, jedes Mal, wenn er ein Manuskript zu lesen beginnt –, sucht John Richard Zuflucht in einem Haus auf einer wenig bevölkerten Insel auf einer Landspitze am Meer. Dort taucht eine fremde Frau auf, in die er sich auf den ersten Blick verliebt, und die große Literatur wird von der großen Liebe in den Schatten gestellt. Oder doch nicht?

ISBN: 978-3-902711-11-3
HC, 656 Seiten

ISBN: 978-3-902711-49-6
HC, 688 Seiten

ISBN: 978-3-902711-65-6
HC, 456 Seiten